KB026652

왜 쓰는가

WHY WRITE?
by Philip Roth

Copyright © 2017, Philip Roth
Korean Translation Copyright © 2023 MUNHAKDONGNE Publishing Corp.
This Korean edition in published by arrangement with The Wylie Agency Ltd.
All Rights Reserved.

이 책의 한국어판 저작권은
The Wylie Agency LTD.와 독점 계약한 (주)문학동네에 있습니다.
저작권법에 의하여 한국 내 보호를 받는 저작물이므로
무단 전재와 복제를 금합니다.

Why Write?

왜 쓰는가

필립 로스 지음 ✦ 정영목 옮김

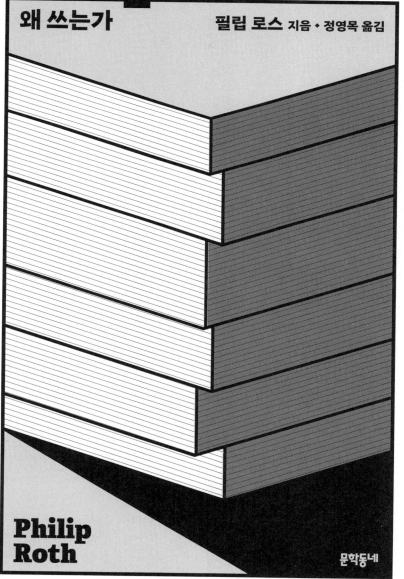

Philip
Roth

문학동네

일러두기

· '원주' 표기 외의 주석은 모두 옮긴이주이다.
· 본문 중 고딕체는 원서에서 이탤릭체로 강조한 부분이다.

차례

3부 • 설명

서문

여기 수록된 앞의 글 몇 편은 나의 글쓰기 이력에서 초기, 공세에 시달리던 시기에 나왔다. 그 글들은 기록에 남겨두기 위하여 포함했다 ─ 단편 「신앙의 수호자」가 『뉴요커』에 발표되고 그 잡지의 많은 유대인 독자가 그 소설을 유대인에 대한 모욕으로 간주하는 사건이 벌어지고 나서 오십오 년 뒤인 2014년 5월에 나는 유대교 신학원으로부터 명예학위를 받았는데, 나는 이것이 이십대 중반에 작품을 발표하면서부터 시작된, 유대계 제도와 기성 체제의 나에 대한 적대가 끝났음을 알리는 신호라고 믿는다. 『포트노이의 불평』(1969)의 발표 ─ 이 책은 그 이후 나온 나의 어떤 책보다 훨씬 많은 독자와 만났다 ─ 는 물론 이런 갈등을 완화하는 데 거의 도움이 되지 않았으며, 이것이 그 거센 분노를 유발하는 책의 기원, 그 놀라운 수용 방식, 어떤 그룹들에서 내가, 이제 그때처럼 반유대주의자라는 평판은 아니지만, 그 못지않게 모욕적인 여성 혐오자라는 평판을 얻게 되는 데 그 책이 계속 미치고 있는 영향을 검토하는 글 몇 편이 여기 재수록된 이유를 설명해 준다. (스벤스카 다그블라데트*에 실린 인터뷰를 보라.)

출간된 내 책 서른한 권 가운데 스물일곱 권은 소설이었다. 아버지의 마지막 병과 죽음을 이야기하는 『아버지의 유산』(1991), 내가 작가로서 발전해온 과정에 관한 짧은 자서전인 『사실들』(1988)을 제외하면, 내가 쓴 논픽션은 주로 도발을 받아 쓴 것이고 — 반유대주의와 유대인 자기혐오라는 공격에 대응하여 — 그게 아니면 진지한 정기간행물의 인터뷰 요청에 답하거나 수상 소감을 말하거나 친구의 중요한 생일을 기념하거나 죽음을 애도하기 위해 쓴 것이다.

이 책의 서두에 실린 카프카에 관한 글은 펜실베이니아대학에서 카프카의 고뇌에 찬 『아버지께 보낸 편지』와 더불어 그의 주요한 소설들, 그리고 막스 브로트의 카프카 전기를 가르치며 행복하게 한 학기를 보낸 뒤에 쓰게 되었다. 이런 혼종적인 에세이-이야기는 나중에 내가 『유령 작가』(1979)와 『미국을 노린 음모』(2004)에서 더 전면적으로 채택하게 될 접근 방법의 첫 시도였다. 즉 역사를 실제로 일어나지 않은 방식으로 상상하는 것으로, 처음에 「나는 전에는 늘 당신들이 나의 금식에 감탄하기를 바

---

* Svenska Dagbladet. '스웨덴 일간 신문'이라는 뜻으로, 스톡홀름에서 발행되는 일간지.

랐다『*I Always Wanted You to Admire My Fasting*』에서는 카프카가 미국에서 히브리 학교 — 내가 다닌 학교 — 교사로 보낸 시절을 떠올려보았고, 세월이 흐른 뒤에는 안네 프랑크, 그다음에는 찰스 린드버그와 나 자신의 가까운 가족의 다른 전기를 꾸며내보았다. 『뉴욕 타임스 북 리뷰』에 『미국을 노린 음모』의 서평과 같이 실으려고 쓴 「나의 유크로니아*My Uchronia*」에서는 린드버그 대통령하에서 나치 독일과 동맹을 맺은 상상의 1940년대 미국을 믿을 만한 현실로 만들기 위해 내가 내놓은 전략을 설명한다.

　나는 1977년부터 1988년까지 매해 반은 런던에서 살았으며 그곳에 거주하면서 『업계 이야기』(2001)에 실린 인터뷰들을 진행하게 되었는데, 그것들은 모두 여기에 재수록되어 있다. 프라하에서 이반 클리마, 프라하와 파리(와 런던과 코네티컷)에서 밀란 쿤데라, 토리노에서 프리모 레비, 예루살렘에서 아론 아펠펠트, 런던에서 에드나 오브라이언 — 이 모든 중요한 작가들이 런던의 내 집에서 비행기로 기껏해야 몇 시간 떨어진 거리에 있었으며, 그 덕분에 나는 그 시기에 쉽게 왔다갔다하면서 우정을 쌓고 누렸고, 거기에서 이 대화들이 생겨났다. 나는 '프라하의 봄' 붕괴 오 년 뒤인 1973년 전체주의적인 공산주의 체제의 프라하에서 이반과 밀란을 소개받았고, 2013년 미국 PEN에서 체코의 교육을 주제로 연설하면서 우리의 이후 만남의 걱정스러운 상황들을 보여주는 그림을 제시했다.

　1986년 가을 프리모 레비를 그의 집에서 만나려고 이탈리아로 향했는데 그전 봄에 우리는 먼저 런던에서 만난 적이 있었다.

그가 강연을 하러 런던에 왔고, 우리는 함께 아는 친구 덕분에 어울리게 되었던 것이다. 우리가 토리노에 있는 그의 서재에서 이야기를 하며 보낸 나흘 동안 내 눈에 그가 정말이지 얼마나 온전해 보이던지. 얼마나 쾌활한 사람이던지! 부러울 만큼 뿌리를 잘 내리고 있다는 것이 우리 대화의 서두에서 내가 그를 묘사한 방식이었다. "그를 둘러싼 모든 삶에 철저하게 적응되어 있었다." 그를 찾아가고 나서 몇 달 동안 우리는 편지로 연락을 주고받았으며, 이듬해 그의 집에 갔을 때 나는 그에게 미국 방문을 권했다—나는 새롭고 훌륭한 친구를 사귀었다고 믿었다. 그러나 그 우정은 진화하지 못할 운명이었다. 봄에 그는 자살했다. 불과 몇 달 전 기민하고 활달한 태도로 나에게 온전하고 쾌활하고 뿌리를 잘 내리고 있다는 인상을 심어주었던 그 위대한 작가가.

이 책은 2013년 3월 19일, 고향 뉴어크에서 열린 나의 여든번째 생일 축하 모임 때 뉴어크 박물관의 빌리 존슨 강당에서 손님과 친구 몇백 명을 청중으로 앞에 두고 한 연설로 끝을 맺는다. 나는 내 생일을 그때만큼 즐긴 적이 없었다. 그 자리에는 나의 가장 오랜 평생지기들, 뉴어크의 위퀘이크 유대인 구역에서 함께 큰 사내아이들 몇 명, 그리고 내가 살아오면서 얻은 수많은 친구들이 참석했다. 그날 저녁 모임은 '필립 로스 협회'와 '뉴어크 보존 및 유적 위원회'가 주최했으며, 내 연설에 앞서 조너선 레덤, 허마이오니 리, 알랭 핑켈크로트, 클로디아 로스 피어폰트가 내 작품들에 관해 이야기했다. 나는 수십 년에 걸친 친구이자 위대한 아일랜드 소설가 에드나 오브라이언의 소개로 등단했는데, 그녀가 다음과 같은 말을 했을 때 청중 가운데 일부는 놀랐을지 모르지만 나는 놀라지 않았다. "그에게 결정적인 영향을 준 것은 그의 부모였습니다. 그의 아버지 허먼, 이교도 보험 대기업에서 열심히 일한 그 유대인, 그리고 살림에 충실했던 그의 어머니."

나는 그날 저녁 연설(〈소설의 무자비한 친밀성〉)을 마무리하면서 『새버스의 극장』의 한 부분을 짧게 인용했다. 이것은 그 책의 결말 즈음에서 가져온 것으로, 평생 그랬던 것처럼 고립되고 상실감에 젖은 미키 새버스는 그 대목에서 자신의 사랑하는 가족이 모두 묻혀 있는 해안의 묘지를 찾아간다. 그곳에는 그가 흠모했던 형 모티도 있는데, 모티가 몰던 폭격기는 제2차세계대전이 종결되기 불과 몇 달 전 일본이 점령한 필리핀 상공에서 격추되었다. 그때 새버스는 아직 연약한 소년이었고, 바로 이 상상도 할 수 없는 유년의 충격이 그 이후 새버스의 모든 것을 결정하게 된다. 이 묘지 장면은 새버스가 그들의 묘석에 돌멩이를 하나씩 얹어놓고, 그들 모두를 떠올리는 가장 따뜻한 기억에 푹 잠긴 뒤 죽은 자들에게 아주 간결하게, "여기 내가 있다" 하고 말하는 것으로 끝난다.

나는 지금 그와 같은 말을 한다. 여기 내가 있다. 소설이라는 변장과 꾸밈과 책략에서 나와 여기에 있다. 여기 내가 있다. 날랜 손재주를 빼앗기고 그간 내가 소설 작가로서 누린 상상의 자유를 부여하던 그 모든 가면을 벗어버리고 여기에 있다.

1부

나 자신과
다른 사람들을 읽으며

"나는 전에는 늘 당신들이 나의 금식에 감탄하기를 바랐다", 또는 카프카를 바라보며

"나는 전에는 늘 당신들이 나의 금식에 감탄하기를 바랐습니다." 단식 광대는 말했다. "우리는 정말로 감탄하지." 감독이 온화하게 말했다. "하지만 감탄하면 안 됩니다." 단식 광대가 말했다. "뭐 그럼 우리는 감탄하지 않아." 감독이 말했다. "그런데 왜 우리가 감탄하면 안 되는 거지?" "나는 단식해야만 하는 사람이니까요, 나도 어쩔 수가 없어서 하는 거니까요." 단식 광대가 말했다. "대단한 친구로구먼." 감독이 말했다. "그런데 왜 어쩔 수가 없는 거지?" 그러자 단식 광대는 머리를 조금 들어올리더니 마치 키스를 하려는 듯 입술을 모으고, 한 음절도 빠져나가지 않도록 감독의 귓속에 대고 말했다. "내가 좋아하는 음식을 찾을 수가 없어서죠. 만일 찾았다면, 정말이지, 나는 아무런 소란을 피우지 않고 감독님이나 다른 사람들처럼 잔뜩 먹었을 겁니다." 이것이 그의 마지막 말이었지만, 그의 침침해지는 눈에는 여전히, 자신은 변함없이 계속 단식을 할 것이라는 확고하지만 이제 오만하지는 않은 믿음이 담겨 있었다.

— 프란츠 카프카, 「단식 광대」

1

나는 카프카에 관해 쓰면서 그의 나이 마흔(내 나이다)에 찍은 사진을 보고 있다 — 이때는 1924년, 그가 한 사람으로서 겪었던 어느 해 못지않게 달콤하고 희망에 찬 해이며, 또 그가 죽은 해이기도 하다. 그의 얼굴은 날카롭고 뼈만 남아 있다, 굴을 파는 짐승의 얼굴이다. 구레나룻이 없어서 그렇지 않아도 두드러진 광대뼈가 더 눈에 띈다. 귀는 천사의 날개 같은 모양으로, 또 그런 각도로 그의 머리에 달려 있다. 깜짝 놀랐으면서도 평정을 붙들고 있는 강렬한, 동물적인 눈길 — 엄청난 공포, 엄청난 제어. 두개골을 둘러싸며 바싹 당겨진 검은 수건 같은 레반트인의 머리카락이 유일하게 관능적인 특징이다. 콧마루에는 눈에 익은, 유대인 특유의 불거진 곳이 보이고 코 자체는 길면서 콧방울에 약간 무게가 실려 있다 — 고등학교 때 내 친구였던 유대인 소년들 절반의 코. 이렇게 깎인 두개골을 수천 개씩 가마에서 삽으로 파냈다. 살았다면, 그도 그 가운데 하나였을 것이다, 그의 세 여동생의 두개골과 더불어.

물론 아우슈비츠의 프란츠 카프카를 생각하는 것이 아우슈비츠의 다른 어떤 사람을 생각하는 것보다 더 무시무시하지는 않다―그것은 그냥 그 나름으로 무시무시할 뿐이다. 하지만 그는 너무 일찍 죽어 홀로코스트를 겪지 않았다. 살았다면, 아마 그는 친한 친구 막스 브로트와 함께 탈출했을 것이다. 브로트는 팔레스타인에서 피난처를 구했으며 이스라엘 시민으로 살다가 1968년에 그곳에서 죽었다. 하지만 탈출하는 카프카? 어쩐 일인지 그것은 덫에 걸린 상황에, 또 고뇌에 찬 죽음에서 절정에 이르는 이력에 그렇게 매혹되어 있던 사람에게는 있을 법하지 않은 일로 보인다. 그럼에도 미국에 갓 이민온 카를 로스만*이 있다. 카를의 미국으로의 탈출과 그가 이곳에서 마주한 뒤섞인 운을 상상해보았다면, 스스로 그런 탈출을 실행에 옮길 방법을 찾을 수도 있지 않았을까? 뉴욕의 '뉴 스쿨 포 소셜 리서치'가 그의 오클라호마 '그레이트 네이처 시어터'**가 되고? 또는 어쩌면, 토마스 만의 영향력을 통하여, 프린스턴대학의 독문과에서 자리를……*** 하긴,

---

* 카프카의 미완성 장편 『사라진 남자』의 주인공인 이민자이다. 1927년 카프카의 친한 친구이자 유저 관리자이자 전기 작가인 막스 브로트(1884~1968)가 카프카 사후에 이 작품을 출간하면서 『아메리카』라는 제목을 붙였다. ― 원주
** 『아메리카』에서 막스 브로트가 '오클라호마 네이처 시어터'라는 제목을 단 장에서 로스만은 '오클라호마 극단'에 고용된 뒤 뉴욕을 떠나는데, 그곳은 이런 구인 광고를 한다. "모두 환영! (……) 예술가가 되고 싶으면 우리 극단에 가입하세요!"― 원주
*** 독일의 소설가 토마스 만(1875~1955)은 프린스턴대학에서 강의했다(1938~1940). ― 원주

카프카가 살았다면, 만이 자신의 뉴저지 피난처에서 찬양했던 그의 책들이 과연 출간되었을지 확실치 않다. 결국 카프카는 한때 막스 브로트에게 자신이 죽으면 없애달라고 했던 원고*를 스스로 없애버렸을지도 모르고, 아니면 적어도 계속 자신만의 비밀로 간직했을지도 모른다. 따라서 1938년에 미국에 도착한 유대인 난민은 만이 말하는 비길 데 없는 "종교적 유머 작가"**가 아니라 약하고 책벌레인 쉰다섯 살의 독신남, 프라하의 한 국영 보험회사에서 법률가로 일하다가, 히틀러가 권좌에 오른 시기에 베를린에서 연금 생활을 하는 퇴직자가 된 사람이었을 것이다 — 그렇다, 저자이기는 하지만, 주로 동물에 관한 몇 가지 기묘한 이야기, 미국의 누구도 들어본 적이 없고 유럽에서도 극소수만 읽어본 이야기들의 저자였을 것이다. 고향을 잃은 K,*** 하지만 K가 보여주었던 고집스러움과 목적성은 없는. 쫓겨난 카를, 하지만 카를의 젊은 기운과 탄력은 없는. 그저 목숨을 간신히 부지하고 탈출한 운 좋은 유대인, 가져온 옷가방에는 옷가지, 가족사진, 프라하 기념물, 그리고 아직 출간되지 않고 정리되지 않은 『아메리카』『소송』『성』의 원고들, 그리고 (더 이상한 일들도 일어나니까) 추가로 파편에 가까운 상태인 소설 세 편, 그가 오이디푸스적 소심함, 완벽주의적 광기, 고독과 영적 순결에 대한 채울 수 없는 갈망 때

* 카프카는 두 장의 별도 문서를 통해 브로트에게 사후에 자신의 미발표 원고를 태우라는 지침을 내렸는데, 브로트는 이 요청을 따르지 않았다. — 원주
** 카프카의 소설 『성』의 1940년 영어판에 붙인 만의 서문 「경의」에서. — 원주
*** 카프카의 소설 『성』(1926)의 주인공은 'K'로만 알려져 있다. 『소송』(1925)의 주인공 요제프 K도 가끔 간단하게 'K'라고 일컬어진다. — 원주

문에 혼자만 간직하고 있는 괴상한 걸작들만큼이나 주목할 만한 소설들이 들어 있었을 것이다.

**

1923년 7월. 빈의 요양소에서 죽기 열한 달 전, 카프카는 어쩐 일인지 프라하와 아버지의 집을 영원히 떠나겠다고 결심하게 된다. 그전에 그는 어머니, 누이들, 위압적인 아버지에게서 독립해 따로 사는 데 잠깐이라도 성공해본 적이 없었고, 프라하의 '노동자 사고 보험 사무소' 법률 부서에서 일을 마친 뒤의 저녁 몇 시간 외에는 작가인 적이 없었다. 그는 그 일을 지루하고 기운 빠지는 일이라고 생각했음에도, 대학에서 법학 학위를 받은 이후로 쭉, 어느 이야기를 들어보나 가장 의무감이 강하고 꼼꼼한 직원이었다. 그러나 1923년 6월 — 그 몇 달 전 병 때문에 직장을 그만두고 연금을 받게 되었다 — 독일의 바닷가 휴양지에서 열아홉의 젊은 유대인 여성 도라 디만트를 만난다. 그녀는 '베를린 유대 민족의 집' 휴가 캠프에서 일하는 직원이었다. 도라는 정통파 폴란드계 가족을 떠나 혼자 살고 있었다(카프카의 반밖에 안 되는 나이에). 그녀와 카프카 — 막 마흔이 되었다 — 는 사랑에 빠진다. 카프카는 그전에 그녀보다 더 관습적이라고 할 수 있는 유대인 여성 둘과 약혼한 적이 있었지만 — 그들 가운데 한 명과는 두 번 — 괴로움이 많았던 약혼 관계는 소모열에 시달리다 대체로 그의 공포 때문에 파탄이 났다. "나는 정신적으로 결혼할 능력이 없습니다." 그는 어머니에게 전달을 부탁한, 아버지에게 보낸 마흔다섯 쪽짜리 편지에서 그렇게 말한다. "……결혼하겠다고 마음먹는 순간 나는 잠도 못 자고, 낮이나 밤이나 머리에서는 열이 나고, 인생은 인생이라고 부를 수 없는 것이 됩니다." 그는 이유를 설명한다. "결혼하는 것은 나에게 금지된 일입니다." 그는 아버지에게 말한다. "그것은 아버지의 영토이기 때문입니다. 가끔 나는 세계지도가 펼쳐져 있고 아버지가 거기에 대각선으로 몸을 뻗고 있다고 상상합니다. 그럴 때면 나는 아버지가 차지하지 않았거나 아버지의 손이 닿지 않은 지역에서만 사는 것을 고려해볼 수 있을 것 같은 느낌이 듭니다. 그리고 아버지의 크기에 대해 내가 갖고 있는 생각대로라면 그런 지역은 많지도 않고 별로 편안한 지역도 아닙니다 — 그리고 결혼은 그런 지역 가운데 하나가 아닙니다." 이 아버지와 아들 사이에 무엇이 잘못되었는지 설명하는 편지의 날짜는 1919년 11월이다. 어머니는 그것을 전달하지 않는 것이 최선이라고 생각했다. 어쩌면 용기가 없어서였을지도 모르지만, 아마도 아들과 마찬가지로 희망이 없다고 보았기 때문이었을 것이다.

카프카는 다음 이 년 동안, 그의 단편 몇 편을 체코어로 번역하기도 했고 당시 빈에서 아주 불행한 결혼생활을 하고 있던 스물네 살의 열정적인 젊은 여자 밀레나 예센카폴라크와 연애를 벌이려고 시도한다. 이 연애는 열띠게 진행되기는 했으나 대체로 편지를 통한 것이었으며, 카프카에게는 훌륭한 유대인 여성들과의 무시무시한 약혼보다도 훨씬 더 사기를 떨어뜨리는 일이었다. 과

거의 대실패들이 자극한 것은 그가 감히 충족시키지 못하는, 가장이 되고자 하는 열망뿐이었다. 그것은 아버지에 대한 그의 과장된 경외감—"가족에 홀려 있었다"고 브로트는 말한다—과 그자신의 은둔이라는 최면 상태가 억눌렀던 허기였다. 하지만 충동적이고 열광적이며 관습적 제약에 무관심했던 체코 여성 밀레나는 더 원초적인 갈망과 더 원초적인 공포를 불러낸다. 프라하의 비평가 리오 프라이트너의 말에 따르면 밀레나는 "정신병자"였다. 그러나 독일 강제수용소—밀레나는 1944년 그곳에서 신장 수술 뒤에 죽었다—에서 이 년 동안 그녀와 함께 지낸 마르가레트 부버노이만에 따르면 그녀는 정신이 아주 말짱했고 인정이 넘쳤으며 용기가 있었다. 프라하의 언론에 실린 카프카의 부고 가운데 밀레나가 쓴 것만이 유일하게 의미가 있었다. 그 산문은 강력하며, 카프카의 성취에 대한 그녀의 주장도 마찬가지다. 그녀는 아직 이십대였으며, 죽은 남자는 그의 소규모 친구 서클을 제외하면 작가로 알려져 있지도 않았다—그런데도 밀레나는 쓴다. "세상에 대한 그의 지식은 특별하고 심오하며, 그 자신이 심오하고 특별한 세계였다…… [그에게는] 기적에 가까울 만큼 섬세한 감정이 있었고, 무시무시할 정도로 비타협적이고 명료한 정신이 있었으며, 그래서 삶에 대한 정신적 두려움이라는 짐 전체를 자신의 병으로 감당하려 했다…… 그는 최근 독일어 문학에서 가장 중요한 책들을 썼다." 이 활력이 넘치는 젊은 여자가 침대에 몸을 뻗은 것을 상상할 수 있는데, 그것은 카프카에게 그의 아버지가 세계지도 위로 몸을 뻗고 있는 것만큼이나 무시무시했을 것이다. 그가 그녀에게 쓴 편지들은 지리멸렬하여, 활자화된 그의 다른 어떤 글과도 다르다. "공포"라는 단어가 페이지마다 나온다. "우리 둘 다 결혼을 했어, 당신은 빈에서, 나는 프라하에서 나의 '공포'와." 그는 그녀의 젖가슴 위에 머리를 뉘기를 갈망한다. 그는 그녀를 "어머니 밀레나"라고 부른다. 그들의 두 번의 짧은 밀회 가운데 적어도 한 번은 카프카가 절망적일 정도로 발기부전이었다. 마침내 그는 그녀에게 자신을 내버려두어달라고 말하고 밀레나는 이 포고를 존중하지만 슬픔 때문에 가슴이 텅 비고 만다. 카프카는 그녀에게 말한다. "편지를 쓰지 마. 서로 보지도 말자. 나는 당신이 조용히 나의 이런 요청을 수행해주기를 청할 뿐이야. 오직 그런 조건에서만 나는 생존이 가능해. 다른 모든 것은 파멸의 과정을 지속시킬 뿐이야."

그러다가 1923년 초여름, 발트해에서 자식들과 함께 휴가를 즐기던 누이를 찾아갔을 때 프란츠 카프카는 도라 디만트를 보게 되고, 한 달이 지나지 않아 마침내 프라하와 집의 "발톱"이 닿지 않는 베를린 교외의 방 두 개짜리 아파트에서 그녀와 살게 된다. 어떻게 그럴 수 있었을까? 어떻게 카프카는 가장 건강하던 시절에도 떠나지 못한 휴가를 아픈 상태에서 그렇게 신속하고 결단력 있게 떠날 수 있었을까? 밀레나를 만나러 빈으로 가려면(혹시라도 주말 동안 그녀를 만나기는 한다면) 어느 기차를 타야 하는가 하는 문제를 두고 끝도 없이 모호한 말을 늘어놓으며 편지로만 열정을 불태우던 사람, 예의바른 바우어 양과 약혼 상태가 길게 이어지는 고뇌의 시간 동안 결혼"해야 하는" 논거들을 "하지 말아야 하는" 논거들로 반박하는 메모를 혼자 몰래 작성하던, 깃을 높이 세운 옷을 입은 부르주아 구혼자, 소망과 그 실현을 갈라놓는 움직일 수 없는 장벽이 있다는 믿음이 패배에 대한 가혹한 비전의 핵심에 자리잡고 있는 파악할 수 없고 해소할 수 없는 것들의 시인, 쉽고 감동적이고 인간적인 구원과 정의와 완성의 모든 백일몽을 모든 해결책과 탈출을 조롱하는 반대의 꿈으로, 밀도 높은 상상력에서 탄생한 꿈으로 반박하는 소설을 쓴 카프카—이 카프카가 탈출하다니. 하룻밤 새에! K가 성의 벽을 뚫다니—요제프 K가 기소를 피하다니—"그것으로부터의 완전한 탈출, 법정의 관할구역에서 완전히 벗어나 살아가는 방식." 그래, 요제프 K가 성당에서 희미하게만 보았던 가능성, 하지만 헤아릴 수도 없고 실현할 수도 없었던 가능성—"그 사건의 어떤 영향력 있는 조작……이 아니라……그것의 우회"—카프카는 인생의 마지막 해에 그것을 실현한다.

새로운 길을 가리킨 것은 도라 디만트였을까, 아니면 죽음이었을까? 아마도 어느 하나가 없으면 다른 하나도 없었을 것이다. 젊은 카프카에게는 자신이 남편, 아버지가 된다는 생각이 K가 처음 마을에 들어서서 안개와 어둠 사이로 성을 쳐다볼 때 응시하던 "환각의 공허"만큼이나 광대하고 파악할 수 없는 것이었음을 우리는 알고 있다. 그러나 이제, 영원한 도라, 영속적인 아내, 가정, 자식들이라는 전망은 한때 그랬을 것과는 달리 무섭고 당혹스러운 전망이 아닌 듯하다. 이제 "영속적"이라는 것은 분명히 몇 달의 문제이기 때문이다. 그렇다, 죽어가는 카프카는 결혼하기로 결심하고, 도라의 정통파 아버지에게 딸을 달라고 편지를 쓴다. 그러나 카프카에게서 모든 모순과 불확실성을 해소해준 임박한 죽음이야말로 젊은 여성의 아버지가 그의 앞길에 설치해놓은 장애물이다. 앓고 있는 자신을 건강한 젊은 여성 도라 디만트와 묶어달라는 죽어가는 남자 프란츠 카프카의 요청은 ─ 거부된다!

한 아버지가 카프카의 길을 막아서지 않으면, 또 한 아버지가 나타나고 ─ 그리고 또 한 아버지가 그의 뒤에 서 있다. 도라의 아버지는 "[카프카의] 편지를 들고 자신이 가장 존경하던 남자 '게레르 레베'와 상의하러 갔다." 막스 브로트는 카프카 전기에서 말한다. "그는 랍비의 권위를 다른 무엇보다 존중했다. 랍비는 편지를 읽고 옆으로 밀어놓더니, 도라의 아버지에게 딱 한 마디를 했다. '안 돼.'" 안 돼. 클람*이라도 이보다 통명스러웠을 수는 ─ 또는 청원자에게 거리를 두었을 수는 ─ 없었을 것이다. 안 돼. 이 말은 「선고」에 나오는 게오르크 벤데만의 아버지가 아들에게 전하는 저주 같은 위협만큼이나 분명하고 피할 수 없는 가혹한 최종 성격으로 약혼자 카프카에게 좌절을 안겼다. "네 신부와 팔짱을 끼고 내 길을 막아서려고만 해봐라. 너도 모르는 새에 내가 그 여자를 네 옆에서 쓸어버릴 거다!" 안 돼. 네가 가지지 못하게 하겠노라, 아버지들은 말하고, 카프카는 자신이 가지지 못한다는 것을 인정한다. 복종과 포기의 습관. 동시에 자신에게 내재한 병약함에 대한 혐오, 또 힘이나 욕망이나 건강에 대한 숭배. "'자, 이걸

* 카프카의 『성』에 나오는 인물.

지금 치워라!' 감독은 말했고, 그들은 단식 광대, 짚 등을 다 묻었다. 그들은 우리에 어린 퓨마를 넣었다. 아무리 무감각한 사람이라도 이 야생동물이 아주 오랫동안 음산하기만 했던 우리를 뛰어다니는 것을 보고 기분이 좋아지지 않을 수 없었다. 퓨마는 잘 지냈다. 그가 좋아하던 먹이는 시중드는 사람들이 즉시 가져다주었다. 그는 자유를 그리워하지도 않는 것처럼 보였다. 자신이 필요로 하는 모든 것을 터져나갈 만큼 갖춘 그의 고상한 몸은 움직일 때마다 자유를 느끼는 것 같았다. 자유가 그의 턱 어딘가에 웅크리고 있는 것 같았다. 삶의 기쁨이 그의 목구멍으로부터 뜨거운 감정을 싣고 흘러나와 구경하는 사람들은 그 충격을 감당하기가 쉽지 않았다. 그럼에도 그들은 마음을 다잡고 우리 주위에 모여들었으며 조금도 떠나고 싶어하지 않았다." 따라서 안 돼는 안 돼이고 안 돼이고 안 돼이다—그 자신도 이미 그 정도는 알고 있었다. 열아홉 살의 건강한 젊은 여성을 나이가 두 배인 병든 남자, 피를 뱉고(게오르크 벤데만의 아버지는 외친다, "너에게 익사형을 선고한다!") 침대에서 열과 오한으로 몸을 떠는 남자에게 결혼을 통해 줄 수 없고, 주어서도 안 된다. 카프카는 도대체 무슨 카프카답지 않은 꿈을 꾸고 있었던 것일까?

도라와 보낸 그 아홉 달에는 여전히 "카프카적인" 요소들이 있다. 온기가 충분하지 않은 숙소에서 보낸 혹심한 겨울, 그의 빈약한 연금을 푼돈으로 만들고, 굶주리고 가난한 사람들—도라의 말에 따르면 그들의 고통이 카프카를 "잿빛"으로 바꾸어놓는다—을 베를린 거리로 내모는 인플레이션, 그의 결핵에 걸린 허파, 변하고 벌을 받는 육신. 도라가 헌신적이고 다정하게 병든 작가를 돌보는 것은 「변신」에서 그레고르 잠자의 누이가 역겨운 벌레가 된 오빠에게 그러는 것과 같다. 그레고르의 누이가 바이올린을 아주 아름답게 연주하자 그레고르는 "눈앞에서 자신이 갈망하던 미지의 자양분으로 가는 길이 열리는 느낌이었다". 그는 병든 상태에서 자신의 재능 있는 누이를 음악학교에 보낼 꿈을 꾼다. 도라의 음악은 히브리어이고, 그녀는 카프카에게 그 언어로 책을 읽어준다. 브로트에 따르면, 그 솜씨가 아주 좋아서 "프란츠는 그녀의 연극 재능을 알아본다. 그의 조언과 그의 지도하에 그녀는 나중에 그 예술을 공부한다⋯⋯"

다만 카프카는 도라 디만트에게, 또는 자기 자신에게 해충이 아니다. 카프카는 나이 마흔에 프라하와 아버지의 집에서 멀리 떨어져 마침내 자기혐오, 자기 의심, 또 이십대와 삼십대 내내 그를 거의 미치게 만들었던, 죄책감을 불러일으키는 의존과 자기 부정의 충동에서 구원을 얻은 듯하다. 『소송』과 「유형지에서」와 「변신」의 위대한 징벌적 판타지를 채우고 있는, 가망 없는 절망이 만연한 느낌을 갑자기 떨쳐버린 듯하다. 오래전, 프라하에서, 그는 막스 브로트에게 자기가 죽으면 미출간 장편 세 편을 포함하여 자신의 문서를 다 없애라는 지침을 내렸다. 이제 베를린에서 브로트가 카프카의 작품에 관심이 있는 독일 출판사를 소개하자 카프카는 단편 네 편을 책으로 묶어 발표하는 데 동의하는데, 브로트의 말에 따르면, "그를 설득하는 긴 논쟁은 별로 필요하지 않았다". 그는 도라의 도움으로 히브리어 공부를 부지런히 이어나간다. 병과 혹심한 겨울 추위에도 불구하고 탈무드 강좌에 참석하러 베를린 '유대인 연구 아카데미'에까지 간다— 한때 일기에 다음과 같이 쓰던 소외된 우울증 환자로부터 완전히 탈피한 카프카다. "내가 유대인들과 무슨 공통점이 있나? 나는 나 자신과도 아무런 공통점 없이 그저 숨을 쉴 수 있다는 사실에 만족한 채 모퉁이에 아주 조용히 서 있어야 하는데." 그리고 그런 변화를 보여주는 추가의 증표로, 여자와 편안하고 행복하다. 자신을 사모하는 이 젊은 동반자와 함께, 그는 장난스럽고, 교육적이고, 또 그의 병(그리고 그의 행복)을 고려할 때 짐작할 수 있는 일이지만, 육체적으로 순결하다. 남편은 아니라 해도(관습적인 바우어 양에게 되고자 노력했던 그런 남편), 연인은 아니라 해도(생기가 넘치는 밀레나에게 그렇게 되려고 애를 썼으나 소용이 없었던), 그가 바라는 구도에서 보자면 그런 것들 못지않게 기적적인 것이 된 듯하다. 아버지, 어머니 노릇을 하는 이 누이 같은 딸에게 일종의 아버지가 된 듯하다. 프란츠 카프카는 어느 날 아침 불편한 꿈에서 깨어났을 때 자신이 침대에서 아버지, 작가, 유대인으로 변신한 것을 알았다.*

"나는 내 굴을 만드는 일을 완료했다." 그가 그해 겨울 베를린에서 쓴 길고 절묘하게 지루한 이야기는 그렇게 시작한다. "그것은 성공적으로 보인다…… 나의 계산에 따르면 성탑이 있어야 하는 자리다. 땅이 말랑말랑하고 모래가 많아 말 그대로 망치질을

---

* 카프카의 중편 「변신」(1915)의 첫 줄 참조. "그레고르 잠자는 어느 날 아침 불편한 꿈에서 깨어났을 때 자신이 침대에서 거대한 벌레로 변신한 것을 알았다."—원주

하고 두드려, 둥근 천장이 있는 아름다운 방을 위한 벽 역할을 할 수 있도록 단단한 상태로 만들었다. 하지만 그런 작업을 하기 위해 내가 가진 유일한 도구는 내 이마뿐이다. 그래서 나는 온 낮과 밤 동안, 수도 없이 내 이마를 바닥에 대고 굴려야 했으며, 마침내 피가 났을 때 반가웠다. 벽이 단단해지기 시작했다는 증거였기 때문이다. 나는 그런 식으로, 모두가 인정할 수밖에 없겠지만, 나의 성탑에 비싼 대가를 치렀다."

「굴」은 위험을 감지하는 예리한 감각이 있는 동물의 이야기로, 그의 온 생은 방어의 원리를 중심으로 조직되어 있고, 그의 가장 깊은 갈망은 안전과 고요다. 굴을 파는 동물은 지하에 이와 발톱—그리고 이마—으로 이루어진 교묘하게 복잡하고 정교한 방과 복도 체계를 구축하는데, 이것은 마음의 평화를 얻기 위해 설계된 것이다. 그러나 이 굴은 외부에서 위협이 다가온다는 느낌을 줄이는 데는 성공하지만, 굴을 유지하고 보호하다보면 똑같은 불안이 생긴다. "이 불안은 일반적인 것과는 달라, 더 오만하고 배부른 것이며, 종종 오랫동안 억눌려 있지만 그 파괴력에서는 아마도 바깥 세계 생활이 일으키는 불안만큼이나 강력할 것이다." 이 이야기(끝은 사라졌다)는 굴을 파는 동물이 멀리 지하에서 들리는 소리에 병적으로 사로잡히는 것에서 중단된다. 이 소리 때문에 그는 "커다란 짐승의 존재를 가정"하게 되는데, 이 짐승 자신도 성탑 방향으로 굴을 파고 있다.

덫에 갇히는 또하나의 섬뜩한 이야기, 워낙 절대적이라서 인물과 곤경 사이의 구분을 찾아낼 수가 없는 강박적인 이야기다. 그럼에도 카프카가 생의 마지막 "행복한" 몇 달 동안 상상한 이 소설에는 개인적 화해와 냉소적인 자기 수용의 정신, 자기 특유의 광기에 대한 관용이 나타나는데, 이것은 「변신」에서는 어디에서도 찾아볼 수 없는 것이다. 이전의 동물 이야기 ―「선고」와 『소송』의 경우처럼 ― 의 예리한 마조히즘적 아이러니가 여기에서는 자아와 그 가장 깊은 고착들에 대한 비판에 길을 내주고 있는데, 이 비판은 거의 조롱에 다가가면서도, 이제는 극단적인 수모와 패배의 이미지로 귀결되는 쪽으로 나아가려 하지는 않는다. 여기에는 광적으로 방어되는 에고 ― 약한 곳을 없애고자 하는 에고의 노력은 보호를 위한 정교한 요새를 생산하고, 이것은 또 그 나름으로 영원한 걱정거리가 된다 ― 에 대한 은유만 있는 것이 아니다. 예술이 어떻게 또 왜 만들어지는가 하는 문제에 대한 낭만적이지 않은 냉정한 우화, 그 모든 재간·불안·고립·불만·무모함·은밀함·편집증·자기중독에 사로잡힌 예술가의 초상, 한계에 이른 마법적 사상가, 카프카의 프로스페로*의 초상도 있다. 이것은, 이 구멍에 빠져버린 삶의 이야기는 무한히 암시적이다. 마지막으로, 승인받지 못한 가정을 이루고 있던 난방도 제대로 되지 않는 두 방에서 카프카가 「굴」 작업을 하고 있는 몇 달 동안 도라 디만트가 가까이 있었다는 사실을 기억해야 한다. 물론 카프카 같은 몽상가라면 굳이 젊은 여자의 몸에 들어가지 않고도 그 부드러운 존재가 옆에 있다는 것만으로 얼마든지 감추어진 구멍에 대한 환

---

* 셰익스피어의 『템페스트』에 나오는 마법에 능통한 인물.

상에 불을 지필 수 있었을 것이다. 그 구멍은 "채워진 욕망" "성취된 야망" "깊은 잠"을 약속해주지만, 일단 뚫고 들어가 자신의 소유가 되면 보복과 상실에 대한 무시무시하고 가슴 찢어지는 공포를 불러일으킨다. "그 외에 나는 그 짐승의 계획에 담긴 수수께끼를 풀려고 노력한다. 그 짐승은 배회하는 것일까, 아니면 자기 자신의 굴을 파고 있는 것일까? 만일 배회하고 있다면 아마 그것과 서로 이해하는 것이 가능할지도 모른다. 만일 정말로 굴로 파고 들고 있다면 나는 내가 가진 것 일부를 줄 것이고 그러면 그것은 다시 자기 길을 갈 것이다. 그것은 다시 자기 길을 갈 것이다, 멋진 이야기다! 흙더미 속에 누워 있다보니 자연스럽게 온갖 종류의 것들에 대한 꿈, 심지어 그 짐승과 서로 이해하는 꿈까지 꾸게 된다. 그런 일은 일어날 수 없다는 것, 우리가 서로를 보는 순간, 아니, 그냥 서로의 존재를 짐작하기만 해도, 우리는 맹목적으로 발톱과 이빨을 드러내리란 것을 잘 알면서도……"

그는 1924년, 마흔한 살 생일을 한 달 앞두고 폐와 후두의 결핵으로 죽었다. 위로할 수 없는 슬픔에 사로잡힌 도라는 그후 며칠 동안 작은 소리로 말했다, "내 사랑, 내 사랑, 나의 좋은 사람……"

2

1942년. 나는 아홉 살, 히브리 학교의 선생님 카프카 박사는 쉰

아홉 살이다. 매일 오후 그가 가르치는 "네시부터 다섯시" 수업에 참석해야 하는 우리 어린 사내아이들은 그를—한편으로는 그의 외국인 특유의 쓸쓸하고 우울한 면 때문에, 하지만 무엇보다도 야구장에 나가 목이 터져라 소리를 질러대야 할 판에 옛날 글자 쓰기를 배워야 한다는 데 대한 울분을 그에게 쏟아내는 의미로—키슈카 박사라고 불렀다. 솔직히 말하자면, 내가 지은 별명이다. 오후 다섯시면 내장의 즙으로 얼얼하게 양념이 쳐진 그의 시큼한 입냄새 때문에 "뱃속"을 뜻하는 이 이디시어 단어는 특히 강렬한 느낌을 준다, 내 생각에는. 잔인하다, 맞다, 하지만 사실 그 이름이 전설이 될 것이라고 상상이라도 했다면 나는 내 혀를 잘라버렸을 것이다. 응석받이 아이인 나는 아직은 나의 말에 설득력이 있다고, 또는 정말이지 아직은, 내가 세상에서 문학적인 힘을 발휘할 것이라고 생각하지 않았다. 내 장난은 상처를 주지 않는다, 어떻게 그럴 수 있겠는가, 나는 이렇게 귀여운데. 내 말을 못 믿겠다면, 내 가족이나 학교 선생님들에게 물어보라. 이미 아홉 살에, 나는 한 발은 대학에, 다른 발은 캐츠킬산맥에 들여놓고 있다. 나는 교실 밖으로 나오면 보슈트 벨트*의 조그만 익살꾼이기 때문에 방과후 히브리 학교가 끝나고 집으로 걸어가는 어두운 길에서 키슈카 흉내로, 그의 정확하고 까다로운 전문가적 태도, 그의 독일어 악센트, 그의 기침, 그의 우울로 친구들인 슐로스만과 라트너를 즐겁게 해준다. "키슈카 박사님!" 슐로스만은 소리치

---

* 뉴욕주 캐츠킬산맥에 있는 유대인의 고급 주택지와 피서지 지대.

며 자신의 몸을 신문가판대에 무지막지하게 내던져, 가판대를 소유한 캔디 가게 주인을 매일 밤 조금씩 더 미치게 만든다. "프란츠 박사님 — 프란츠 박사님 — 프란츠 박사님 — 키슈카!" 라트너가 소리를 지르는데, 우리집 위층에서 초콜릿 우유와 말로마* 만 먹고 사는 이 통통하고 작은 친구는 웃음을 그치지 못하다가, 버릇대로 (그의 어머니는 바로 이런 이유 때문에 "그 아이를 잘 지켜봐달라"고 나에게 부탁했다) 무력하게 바지를 적시고 만다. 슐로스만은 라트너의 수모를 틈타 몸이 축축해진 아이의 공책에서 종이를 꺼내 허공에 흔들어댄다 — 그것은 카프카 박사가 점수를 매겨 돌려준 숙제다. 우리는 직선과 곡선과 점을 이용해 우리 자신의 알파벳을 만들어야 했다. "알파벳이란 그게 다야." 그는 설명했다. "히브리어란 그게 다야. 영어란 그게 다야. 직선과 곡선과 점." C를 받은 라트너의 알파벳은 한 줄로 매달린 해골 스물여섯 개처럼 보인다. 나는 소용돌이 같은 알파벳으로 A를 받았는데, 이것은 대체로 (과제 맨 위에 적은 말로 볼 때 카프카 박사도 추측을 한 것으로 보이지만) 숫자 8에서 영감을 얻은 것이다. 슐로스만은 숙제를 하는 것조차 잊어 F를 받았고 — 하지만 걱정은 무슨 걱정. 그는 있는 그대로에 만족한다 — 아주 기뻐한다. 그냥 허공에 종이를 흔들며 "키슈카! 키슈카!" 하고 소리를 지르는 것만으로 미쳐버릴 것처럼 행복하다. 우리 모두 그렇게 운이 좋아야 하는데.

---

* 초콜릿을 입힌 과자.

집에서, 거위 목처럼 흰 "탁상" 램프(저녁식사 후 내 공부방으로 바뀌는 부엌의 전원에 연결했다)의 불빛 속에 혼자 있을 때는 닳아빠진 스리피스 군청색 양복을 걸친 작대기 같은 우리 난민 선생의 모습이 그렇게 웃기지 않는다―특히 초급 히브리어 반 전체가, 나는 그 가운데 가장 공부를 열심히 하는 학생인데, 키슈카라는 이름을 마음에 새긴 후로는. 나의 죄책감은 그것을 속죄하기 위한 영웅 환상을 일깨우는데, 나는 종종 "유럽 유대인"을 두고 그런 환상을 품는다. 내가 그를 구해야 한다. 내가 아니면 누가? 악마 같은 슐로스만이? 아기 같은 라트너가? 지금이 아니면 언제? 몇 주 지나지 않아 카프카 박사가 여전히 전차가 다니고 뉴어크에서 가장 가난한 니그로가 사는, 에이번 애비뉴의 꾀죄죄한 남쪽 동네에서 나이든 유대인 부인의 집에 방을 하나 세내 살고 있다는 사실을 알았기 때문이다. 방 하나. 그리고 그런 동네! 우리 가족의 아파트도 궁궐이라고 할 수는 없지만 적어도 우리 것이다, 방 다섯 개에 월세로 삼십팔 달러 오십 센트를 내기만 하면. 또 우리 이웃들도 부자는 아니지만 가난하거나 굴종적이거나 망가진 것처럼 보이려 하지는 않는다. 내 눈에서 수치와 슬픔의 눈물이 흐르고, 나는 거실로 달려가 부모에게 내가 들은 이야기를 한다(그렇다고 내가 그것을 수업 일 분 전 회당 뒷담에 기대어 서둘러 "에이시즈 업"* 게임을 하다가―더 나쁜 것은 죽은 자들의 이름이 장식된 스테인드글라스 창문 바로 밑에서 했다는 것이

---

* 길거리에서 고무공으로 하는 놀이.―원주

다―들었다는 이야기까지 하지는 않지만). "우리 히브리어 선생님이 방 하나짜리에 살아요."

저녁식사에 초대하렴, 어머니가 말한다. 여기로요? 물론 여기지―금요일 밤에. 틀림없이 그분도 집에서 한 음식은 견딜 수 있을 거야, 말벗들과 약간의 기분좋은 시간도 그렇고. 한편 아버지는 로다 이모에게 전화를 한다. 로다 이모는 우리 거리 모퉁이에 있는 아파트 건물에서 할머니와 함께 살면서 할머니와 할머니의 화분을 돌본다. 아버지는 거의 이십 년 동안 어머니의 "아기" 여동생을 저지 북부의 유대인 독신남과 홀아비들한테 소개해왔다. 지금까지는 운이 없었다. 산업화된 엘리자베스에서 상품과 농산품을 판매하는 거대한 상점인 비그 베어의 포목부 "실내 장식가"인 로다 이모는 폴시즈*(이 정보는 형한테서 얻은 것이다)를 넣고 주름 장식이 달린 얇은 블라우스를 입고 다니며, 가족 전승에 따르면 분을 바르고 뻣뻣한 머리카락을 머리 위 장식적인 전시물 안으로 쓸어올리기 위해 매일 욕실에서 몇 시간을 보낸다. 그러나 이 모든 외양과 드라마에도 불구하고 로다 이모는, 아버지 말에 따르면, "여전히 삶의 진실**을 두려워한다". 그러나 그는 기죽지 않고, 자주 또 무료로 치료를 시행한다. "그냥 주무르게 놔둬, 로다―기분좋다고!" 나는 그의 살이요 피이며, 우리 부엌에서 이루어지는 그런 추잡스러운 이야기를 받아들일 수 있

---

* 가슴을 커 보이게 하려고 브라 안에 넣는 것.
** 성에 관한 진실을 가리킨다.

다―하지만 카프카 박사는 어떻게 생각할까? 오, 하지만 이제는 어떻게 해보기에는 너무 늦었다. 낙담을 모르는 아버지는 좋은 의도를 가진 중매 기제를 작동시켰고, 가사에 자신만만한 어머니의 소문난 환대라는 부드러운 엔진은 이미 가르랑거리며 움직이고 있다. 그 모든 것을 멈추려는 시도로 그 기계 안에 내 몸을 던진다면―글쎄, 차라리 우리의 수화기를 전화기에서 내려놓는 것으로 뉴저지 벨 전화회사를 무너뜨리려고 하는 게 낫지. 이제 오직 카프카 박사만이 나를 구해줄 수 있다. 그러나 나의 웅얼거리는 초대에 그가 예의바르게 고개까지 숙이며 대답을 하는 바람에 나는 얼굴이 새빨개진다―영화관 밖에서 그런 행동을 하는 사람을 누가 본 적이 있는가? 그는 내 가족의 저녁 손님이 되면 영광스러울 것이라고 대답한다. 나는 얼른 덧붙인다. "우리 이모도 오실 거예요." 마치 내가 방금 뭔가 약간 익살맞은 이야기라도 한 것처럼. 카프카 박사가 미소를 짓는 것을 보니 이상하다. 한숨을 쉬더니 그가 말한다. "만나 뵈면 기쁘겠는걸." 만나봬? 이모와 결혼을 해야 한단 말이다. 어떻게 그에게 미리 알려줄 수 있을까? 또 어떻게 로다 이모(나와 나의 성적에 감탄해 마지않는 사람이다)한테 그의 입냄새, 셋방살이하는 사람의 파리함, 그녀의 최신식과 너무나 어울리지 않는 그의 '구세계'식 행동을 미리 알려줄 수 있을까? 카프카 박사가 수첩에 우리 주소를 긁적이고 그 밑에 독일어로 뭐라고 적는 것을 보면서 내 얼굴은 마치 내부에서 불을 댕길 것 같은―그래서 회당, 토라, 모든 것을 삼킬 불꽃을 일으킬 것 같은―느낌이 든다. "안녕히 계세요, 카프카 박사님!""안녕, 고맙구나, 고마워." 나는 몸을 돌려 뛰기 시작한다, 그 자리를 뜬다. 하지만 마음먹은 만큼 빠르지는 않다. 밖의 거리로 나오자 슐로스만—그 악마!—이 회당 계단(그곳에서는 또 바르 미츠바* 아이들이 주도하는 카드놀이도 진행중이다)에서 내려온 곳의 가로등 밑에서 서로 주먹질을 하는 급우들에게 발표하는 소리가 들린다. "로스가 키슈카를 자기 집에 초대했어! 먹으러 오라고!"

아버지가 카프카에게 작업을 한다! 아버지가 가족의 행복에 대한 영업용 광고를 한다! 멋진 두 아들과 훌륭한 아내가 있다는 것이 남자에게 어떤 의미인가! 카프카 박사는 그것이 어떤 것인지 상상할 수 있는가? 그 전율을? 그 만족감을? 그 자부심을? 아버지는 우리의 손님에게 워싱턴주를 포함한 일곱 개 주에 걸쳐 이백 명이 넘는 "가족 연합"으로 이루어져 있는 어머니 쪽의 친족 인맥에 관해 말한다! 그래요, 머나먼 서부에도 친척이 있습니다. 여기 그들의 사진이 있지요, 카프카 박사. 이것은 우리가 완전히 우리 힘으로만 출판해 한 부에 오 달러씩 받는 아름다운 책으로, 아기를 포함한 가족의 모든 구성원의 사진, 그리고 여든다섯 살 된 씨족의 족장 리히트블라우 "아저씨"가 전하는 가족사가 담겨 있습니다. 이것은 우리 가족 신문으로, 일 년에 두 번 발간되어 전국의 모든 친척에게 배포됩니다. 여기 이 액자에는 작년에 나의 친할머니의 일흔다섯 살 생신을 기념하여 뉴어크 YMCA 볼

---

* 유대교에서 열세 살이 된 소년의 성인식.

룸에서 열린 가족 연합 연회 때 이용한 메뉴가 담겨 있지요. 나의 어머니는 가족 연합의 재무 담당 비서로 육 년 연속 일했습니다, 카프카 박사는 그런 사실도 알게 된다. 아버지는 회장으로 이 년 임기 동안 일했는데, 그의 세 형제 각각이 모두 마찬가지다. 이제 우리 가족에는 군복을 입은 남자애들이 열네 명이다. 필립은 두 달에 한 번씩 육군에 있는 사촌 다섯 명에게 V 우편*용 편지지에 편지를 쓴다. "종교적으로요." 어머니가 내 머리를 쓰다듬으며 끼어든다. 아버지가 말한다. "나는 가족이 모든 것의 주춧돌이라고 굳게 믿고 있지요."

아버지가 떠벌리는 소리에 귀를 기울이고 자신에게 건네진 다양한 문건을 아주 세심하게 다루면서 수집한 우표의 바탕 무늬를 살피는 나 자신을 떠올리게 하는 모습으로 황홀하게 몰두하여 그것을 살펴보던 카프카 박사가 처음으로 가족이라는 주제에 관해 자신의 견해를 표명한다. 그는 작은 목소리로 말한다. "나도 동의합니다." 그러면서 가족 연합 책자의 페이지를 다시 살핀다. "혼자는," 아버지가 결론적으로 말한다, "혼자는, 카프카 박사님, 돌멩이 하나죠." 카프카 박사는 책을 어머니의 반짝거리는 커피 탁자에 살며시 내려놓으며, 고개를 끄덕여 확실히 그렇다는 것을 인정한다. 어머니의 손가락은 이제 내 귀 뒤의 고불고불한 머리카락을 꼬고 있다. 그렇다고 내가 그때 그것을 알았다는 것도 아니고 어머니가 알았다는 것도 아니지만, 쓰다듬어주는 손길을 받

---

* 군에 소속된 사람들이 사용하던 편지 형태로 마이크로필름에 담아 보내면 확대하여 전달했다. — 원주

는 것이 나의 인생이다. 나를, 아버지를, 형을 쓰다듬어주는 것이 그녀의 인생이다.

형은 보이스카우트 모임에 가지만, 그전에 아버지는 형을 네커치프 차림으로 카프카 박사 앞에 세우고 각 기장을 따기 위해 습득한 기술을 박사에게 이야기하게 한다. 나는 우표 앨범을 거실로 가지고 와 카프카 박사에게 잔지바르의 삼각형 우표 세트를 보여주라는 권유를 받는다. "잔지바르!" 아버지가 열광적으로 외친다. 마치 열 살도 안 된 내가 이미 그곳에 갔다 오기라도 한 듯하다. 아버지는 카프카 박사와 나를 데리고 "일광욕실"로 들어간다. 그곳에서는 나의 열대어들이 산소를 공급하고 물도 덥혀주는 위생적인 낙원에서 헤엄을 치고 있는데, 그 낙원은 내가 매주 받는 용돈과 하누카 돈으로 그들을 위해 마련한 것이다. 나는 카프카 박사에게 에인절피시의 기질, 캣피시의 기능, 블랙 몰리의 가족생활에 관하여 아는 바를 이야기해주라는 부추김을 받는다. 나는 상당히 많이 알고 있다. "다 저 녀석이 자기 혼자서 하는 겁니다." 아버지가 카프카에게 말한다. "나한테 저 물고기 한 종류에 관해 강연을 하더라고요. 이게 제칠천국*입니다, 카프카 박사." "상상이 됩니다." 카프카가 대꾸한다.

거실로 돌아오자 로다 이모가 갑자기 "스코틀랜드 격자무늬"에 관하여 다소 난해한 독백을 시작하는데, 오직 나의 어머니 한 사람의 교화를 위해 그러는 것처럼 보인다. 어쨌든 그 이야기를

---

* 유대인 하느님과 천사가 있다고 생각하는 천국. 지고의 행복을 가리키는 말.

하는 동안 그녀는 어머니만 뚫어져라 보고 있다. 아직 그녀가 카프카를 정면으로 보는 모습은 내 눈에 띄지 않았다. 심지어 저녁 식사 때 박사가 비그 베어에 피고용인이 몇 명이냐고 물었을 때도 그쪽으로 고개를 돌리지 못했다. "내가 어떻게 알겠어요?" 그녀는 그렇게 대답했고, 곧바로 다시 어머니와, 부인을 위한 나일론을 찾아다주기만 하면 "카운터 밑으로" 자신에게 신경써주곤 하는 정육점 주인 이야기를 이어나갔다. 그녀가 수줍음 때문에 카프카 박사를 보지 않으려 한다는 생각은 한 번도 들지 않는다 — 내 판단으로는, 예뻐 보이려고 빼입은 사람이 수줍을 수는 없는 일이다. 나는 그녀가 분개했다고 생각할 수밖에 없다. 박사의 입냄새 때문이야. 악센트 때문이야. 나이 때문이야.

내가 틀렸다 — 그것은 로다 이모가 그의 "우월 콤플렉스"라고 부르는 것 때문임이 드러난다. "거기 앉아서, 그런 식으로 우리를 깔보면서." 이모는 이제 스스로 우월감을 감추지 않고 말한다. "깔봐?" 아버지가 믿을 수 없다는 표정으로 그 말을 되풀이한다. "깔보고 비웃고, 그럼요!" 로다 이모가 말한다. 어머니는 어깨를 으쓱한다. "나는 비웃는다는 생각은 안 했는데." "오, 됐어. 자기 혼자 저기서 아주 좋은 시간을 보내고 있더라니까 — 우리를 먹이로. 나는 그런 유럽형 인간을 알아. 속으로는 자기들이 죄다 장원의 영주라고 생각하지." 로다가 말한다. "그거 알아, 로다?" 아버지가 머리를 한쪽으로 기울이고 손가락으로 가리키며 말한다. "처제는 사랑에 빠진 것 같아." "그 사람하고요? 돌았어요?" "그 사람은 로다한테는 너무 조용해." 어머니가 말한다. "내 생각에는 어쩌면 그 사람은 약간 벽꽃* 같은지도 모르겠어. 로다는 아주 활기찬 사람이라 주위에 활기찬 사람들이 필요한데." "벽꽃? 프란츠가? 그 사람은 벽꽃이 아니야! 신사일 뿐이야. 그리고 외로워." 아버지가 힘을 주어 말하며, 카프카에게 등을 돌리고 이런 식으로 자신의 의사를 거스르는 어머니를 노려본다. 나의 로다 이모는 마흔이 가까워온다 ― 아버지가 하려고 하는 일이 신상품 배송이라고는 할 수 없다. "그 사람은 신사고, 교육받았어. 한 가지만 말해두지, 그 사람은 멋진 집과 아내를 가지기 위해서라면 송곳니**라도 내줄 사람이야." "흠," 로다 이모가 말한다, "그럼 그런 사람을 찾으라고 하죠, 그렇게 교육을 잘 받았다면 말이에요. 자기하고 비슷한 사람, 그 크고 슬픈 난민의 눈으로 깔볼 필요가 없는 사람!" "그래, 사랑에 빠진 거야," 아버지는 선언하며 의기양양하게 로다의 무릎을 쿡 친다. "그 사람하고요?" 그녀는 소리치며 벌떡 일어난다. 그녀를 감싼 호박단이 모닥불처럼 딱딱 소리를 낸다. "카프카하고?" 그녀가 코웃음을 친다. "나는 그런 늙은 남자하고는 말도 섞을 생각 없어요!"

카프카 박사가 연락을 하여 로다 이모를 영화관에 데려간다. 나는 깜짝 놀란다. 그가 전화를 한다는 것도 그렇고 이모가 간다는 것도 그렇다. 인생에는 자포자기가, 내가 지금까지 나의 어항에서 마주친 것보다 많이 있나보다. 카프카 박사는 로다 이모

---

* wallflower. 원래는 무도회 같은 데서 상대가 없는 젊은 여자를 가리키는 말.
** 아주 귀중한 것을 가리킨다.

를 YMCA에서 공연하는 연극에 데려간다. 카프카 박사는 할머니, 로다 이모와 함께 일요일 정찬을 먹고, 오후가 끝날 때 할머니가 떠안겨주는 버섯이 든 메이슨 병*과 보리 수프를, 고개를 숙이는 그 예의바른 인사를 하며 받아들고 8번 버스에 올라 집으로 돌아간다. 아마도 그는 할머니의 화분 정글에 매력을 느꼈던 모양이다―그리고 그 결과로 할머니는 그에게 매력을 느꼈고. 그들은 함께 이디시어로 정원일 이야기를 했다. 수요일 아침, 가게가 문을 연 지 불과 한 시간밖에 안 되었을 때 카프카 박사가 비그 베어의 포목부에 나타난다. 그는 로다 이모에게 그냥 그녀가 일하는 곳을 보고 싶을 뿐이라고 말한다. 그날 밤 그는 일기에 쓴다. "손님에게 그녀는 솔직하고 명랑하며, '취향'에 관해 매우 권위 있는 태도를 보여주어서 그녀가 통통한 젊은 신부에게 왜 녹색과 파란색이 그 신부에게 '먹히지' 않는지 설명하는 것을 듣자나 자신도 자연이 잘못이고 R**이 옳다고 믿고 싶은 마음이 생긴다."

어느 날 밤 열시에 카프카 박사와 로다 이모가 예고 없이 들러 부엌에서 작은 즉흥 파티가 열린다―로다 이모의 무대 경력 속행을 기념하기 위해 커피와 어머니의 마블 케이크, 심지어 골무에 들어갈 만한 양의 위스키도 모두에게 돌아간다. 나는 이모의 극장 쪽 야망에 관해서는 전해듣기만 했을 뿐이다. 형은 내가 어

---

* 식품 저장용의 입구가 넓은 유리병.
** 로다(Rhoda)의 앞글자.

렸을 때 이모가 일요일이면 인형 놀이로 우리 둘을 즐겁게 해주러 오곤 했다고 말한다 ─ 당시 이모는 뉴저지를 돌아다니며 학교와 심지어 교회에서도 마리오네트 쇼를 하는 W. P. A.*에 고용되어 있었다. 로다 이모가 목소리를 다 냈으며, 여성 조수의 도움을 받아 줄에 달린 인형을 조작했다. 동시에 그녀는 파업 집단을 찾아가 〈좌파를 기다리며 *Waiting for Lefty*〉**를 공연하는 것을 일차적 목적으로 조직된 연극패 뉴어크 컬렉티브 시어터의 단원이기도 했다. 뉴어크의 모든 사람이 (내가 알기로는) 로다 필치크가 브로드웨이에 갈 거라는 큰 희망을 품고 있었다 ─ 할머니를 제외한 모든 사람. 나에게는 이 시기의 역사가 학교에서 배우는 호수 거주자들의 시대***만큼이나 믿기가 어렵다. 사람들은 한때 그랬다고 하고, 그래서 나도 그렇게 믿지만, 그럼에도 그런 이야기에 현실의 지위를 부여하기는 어렵다, 내 주위에서 내 눈에 보이는 삶을 고려할 때.

그러나 매우 열렬한 현실주의자인 나의 아버지는 부엌에서 슈납스 잔을 손에 들고 로다 이모의 성공에 건배하고 있다. 그녀는 앞으로 여섯 주 뒤 아마추어 그룹이 뉴어크 유대인 YMCA에서 공연하는 러시아 걸작 〈세 자매〉의 주역 가운데 하나를 맡았다. 모든 게, 로다 이모는 우리에게 알린다, 모든 게 프란츠와 그

---

* Works Progress Administration. 공공사업 촉진국. 뉴딜 시기에 설립된 연방기관으로 특히 예술가와 공연자에게 일거리를 제공했다. ─ 원주
** 좌익 미국 극작가이자 시나리오 작가 클리퍼드 오데츠의 희곡(1935). ─ 원주
*** 선사시대를 뜻한다.

의 격려 덕분이다. 대화 한 번—"한 번!" 그녀는 명랑하게 외친다—으로 카프카 박사는 할머니가 배우는 진지한 인간이 아니라는 평생의 믿음에서 벗어나게 한 것 같다. 그는 또 그 나름으로 얼마나 대단한 배우인가, 로다 이모는 말한다. 그가 체호프의 그 유명한 희곡을 읽어줌으로써 그녀가 어떻게 사물의 의미에 눈을 뜨게 해주었는지—그래, 첫 줄부터 마지막 막까지, 모든 역을 읽어주었고, 실제로 그녀가 눈물을 흘리게 했다. 이 대목에서 로다 이모가 말한다, "들어봐요, 들어봐—이게 그 희곡의 첫 줄이라니까—이게 모든 것의 열쇠야. 들어봐요—나는 방금 아빠가 돌아가시던 밤이 어땠는지 생각이 났어, 나는 의문을 품었지, 우리는 어떻게 될지, 우리는 뭘 해야 할지—그리고, 그리고, 들어봐—"

"듣고 있어." 아버지가 웃음을 터뜨린다. 나도 듣고 있다, 내 침대에서.

휴지休止. 그녀가 부엌 리놀륨 바닥 한가운데로 걸어간 것이 틀림없다. 그녀가 약간 놀란 목소리로 말한다. "'아버지가 돌아가신 게 딱 일 년 전 오늘이었죠.'"

"쉬이잇." 어머니가 주의를 준다. "그러다 어린애들 악몽 꾸겠다."

리허설을 하는 몇 주 동안 이모가 "사람이 바뀌었다"고 생각한 것은 나만이 아니다. 어머니는 이모가 어렸을 때 바로 그랬다고 말한다. "뺨이 빨갰어, 늘 저렇게 뜨거워서, 뺨이 빨갰어—모든 게 흥분되는 일이었지, 목욕하는 것조차." "진정할 거야, 걱정 마," 아버지가 말한다. "그러면 그 사람이 그 문제를 꺼낼 거야."

"제발 그래주기를." 어머니가 말한다. "왜 이래." 아버지가 말한다. "그 사람은 자기 빵 어느 쪽에 버터를 발라놓았는지 잘 알고 있다고 ― 그 사람은 이 집에 발을 들여놓고, 가족의 핵심이 무엇인지 보고, 내 말을 믿고, 이제 입맛을 다시고 있어. 그 사람이 저 클럽 체어*에 앉아 있는 얼굴을 보라고. 여기는 프란츠 카프카의 꿈이 실현된 곳이야." "로다 말이 베를린에서, 히틀러 전에, 그 사람한테 어린 여자친구가 있었다고 하더라고, 오래오래 이어지다가, 그 여자가 떠났대. 다른 사람한테. 기다리는 게 지겨워서." "걱정하지 마." 아버지가 말한다. "때가 되면 내가 그 사람을 슬쩍 떠밀 거야. 그 사람이라고 영원히 사는 것도 아닌데 말이야. 그 사람이 그걸 모른다고 생각하지 마."

그러다 어느 주말, 야간 리허설 ― 카프카 박사는 그곳을 자주 찾아가 로다 이모를 집에 동행해줄 시간이 올 때까지 모자와 코트 차림으로 강당 뒤편에서 지켜보았다 ― 의 "긴장"을 풀 겸 두 사람은 애틀랜틱시티로 여행을 간다. 카프카 박사는 이쪽 해안에 온 이후로 유명한 판잣길과 높은 곳에서 다이빙하는 말을 늘 보고 싶어했다. 그러나 애틀랜틱시티에 간 두 사람에게서 내가 아는 것이 허락되지 않는 어떤 일이 벌어진다. 그 주제에 관한 모든 논의는 내가 있을 때는 이디시어로 이루어진다. 카프카 박사는 로다 이모에게 사흘 동안 편지 네 통을 보낸다. 그녀는 저녁을 먹으러 우리집에 와 자정까지 부엌에 울며 앉아 있다. 그녀는 우리

---

* 키가 낮고 묵직한 안락의자.

전화로 YMCA에 전화를 걸어 그들에게 (울면서) 어머니가 아직 아파서 다시 리허설에 갈 수 없다고 말한다 — 심지어 연극에서 빠질 수도 있다. 아니, 갈 수 없다, 그럴 수 없다, 어머니가 너무 아프다, 그녀 자신도 너무 당황했다! 잘 있어라! 그리고는 부엌 식탁으로 돌아와 다시 운다. 그녀는 분홍 분도 빨간 립스틱도 다시 바르지 않고, 아래로 풀어내린 뻣뻣한 갈색 머리카락은 새 빗자루처럼 숱이 많고 뾰족뾰족하다.

형과 나는 우리 방에서 형이 약간 열어놓은 문틈으로 귀를 기울인다.

"언니네는 그런 적 있어?" 로다 이모가 울며 말한다. "그런 적이 있어?"

"가엾어라." 어머니가 말한다.

"누가?" 나는 형한테 소곤거린다. "로다 이모 얘기야, 아니면 —"

"쉬이잇!" 그가 말한다. "입 다물어!"

부엌에서 아버지가 툴툴거린다. "흠. 흠." 아버지가 일어나서 돌아다니다가 다시 앉는 소리가 들린다 — 그리고 다시 툴툴거리는 소리. 너무 열심히 귀를 기울이고 있기 때문에 편지들이 접혔다가 펼쳐지고, 봉투로 다시 들어갔다가 무슨 뜻인지 한번 더 궁리해보려고 도로 꺼내는 소리까지 들린다.

"어때요?" 로다 이모가 다그친다. "어때요?"

"뭐가 어때?" 아버지가 대꾸한다.

"어때요, 지금은 무슨 말을 하고 싶어요?"

"그 사람은 미쳤어meshugeh." 아버지가 인정한다. "뭔가 문제가 있어, 맞아."

"하지만," 로다 이모가 흐느낀다, "내가 그 얘기를 하면 아무도 믿지 않을 거야!"

"로디, 로디." 내가 몸을 꿰매야 했던 그 두 번, 또 어쩌다가 침대 옆의 바닥에서 울며 잠을 깼을 때 들었던 그 목소리로 어머니가 읊조린다. "로디, 히스테리를 부리면 안 돼, 귀여운 것. 끝났어, 귀여운 고양이, 이제 다 끝났어."

나는 형의 트윈베드로 손을 뻗어 담요를 잡아당긴다. 평생 이렇게 혼란에 빠졌던 적이 없는 것 같다. 죽음과 마주했을 때도 이렇지는 않았다. 상황의 속도! 좋았던 모든 게 한 순간에 망쳐지다니! 뭣 때문에? "뭐야?" 내가 작은 소리로 말한다. "왜 그래?"

보이스카우트인 형이 짓궂은 눈으로 웃음을 지으며, 나의 당혹스러움을 해결해주기 위해 아무런 답도 아닌 동시에 충분한 답을 강렬하고 작은 소리로 내뱉는다. "섹스!"

십일 년 뒤, 대학 삼학년 때, 집에서 보내온 봉투에 담겨 있는 카프카 박사의 부고를 본다. 에식스 카운티의 유대인 가정에 매주 우송되는, 유대인 사건들을 다루는 타블로이드판 신문 주이시 뉴스에서 오린 것이다. 여름이고 학기는 끝났지만, 나는 계속 학교에 머물고 있다. 시내의 내 방에서 혼자 단편을 써보려는 중이다. 나는 젊은 영문과 교수와 그의 부인에게 얹혀살고 있다. 아기를 봐주는 대가다. 나는 나에게 공감하는 부부, 동시에 집세를 빌려주고 있는 부부에게 왜 내가 집에 갈 수 없는지 말한다. 아버지와의 싸움이 내가 그들의 저녁 식탁에서 말할 수 있는 전부다. "아버지 좀 나한테 가까이 오지 못하게 해주세요!" 나는 어머니에게 소리를 지른다. "하지만, 귀여운 것," 어머니가 나에게 묻는다, "무슨 일이니? 이게 다 무슨 일이니?"—내가 형을 괴롭히곤 했던 바로 그 질문, 그 질문, 똑같은 당혹스러움과 순진함에서 나온 질문이 이제 나에게 던져지고 있다. "아버지는 너를 사랑해." 어머니가 설명한다.

하지만 내게는 그게, 모든 것들 가운데 바로 그게 나의 길을 막고 있는 것으로 보인다. 다른 아이들은 부모의 비판에 짓밟힌다—반면 나는 아버지의 나에 대한 높은 평가 때문에 억압당하고 있다고 생각한다! 아버지가 나를 그렇게 사랑한다는 이유로 내가 그를 미워하게 된다는 게 도대체 사실일 수 있을까(그리고 내가 도대체 그것을 받아들일 수 있을까)? 나를 그렇게 칭찬한다는 이유로? 그가 하는 모든 말이 나를 미치게 만든다. 하지만 그것은 말이 안 된다—배은망덕! 어리석음! 외고집! 사랑받는다는 것은 분명히 하나의 축복, 아니 하나뿐인 축복이다, 그 귀한 유산을 찬양하라. 밤늦게 문학잡지나 극회의 내 가장 가까운 친구들 이야기를 들어봐라—그들은 『만인의 길』*에 맞먹는 가족 갈등과 불행으로 이루어진 끔찍한 경험담을 이야기하고, 그들은 방학을 마치고 돌아오며 마치 전쟁터에서 학교로 돌아오는 것처럼 포격 쇼크에 시달린다. "무슨 일이야?" 어머니는 나에게 말해달라

---

* 잉글랜드 작가 새뮤얼 버틀러(1835~1902)의 반자전적 소설(1903).—원주

고 간청한다. 하지만 어떻게 그런단 말인가, 나 자신이 이런 일이 우리에게 일어나고 있다는 것, 또는 내가 이런 일이 벌어지게 만들고 있는 사람이라는 것을 완전히 믿지 못하는데. 함께 나의 길에서 모든 장애물을 치워준 그들이 지금은 나의 마지막 장애물로 보인다는 것을! 이백 년 같은 이십 년 동안 우리가 함께 그 모든 것을 구축해왔는데, 내가 그것을 무너뜨려야 하다니 — 내가 "독립"이라고 부르는 이 압제적 요구를 명목으로! 어머니는 통신선을 개방 상태로 유지하면서 학교로 나에게 편지를 보낸다. "우리는 너를 그리워해" — 그리고 짧은 부고를 동봉한다. 잘라낸 신문 아래쪽에 (내 선생님들에게 편지를 쓰고 내 성적표에 서명을 하던 그 필적으로, 한때 세상에서 나의 길을 편하게 해주었던 바로 그 필체로) "가엾은 카프카, 로다 이모의 구혼자 기억나니?"라고 적어놓았다.

부고는 이런 내용이다. "1939년부터 1948년까지 슐리 스트리트 회당의 탈무드 토라에서 히브리어 교사로 일했던 프란츠 카프카 박사가 6월 3일 뉴저지 브라운 밀스의 데버러 심폐 센터에서 사망했다. 카프카 박사는 1950년부터 그곳의 환자였다. 향년 70세. 카프카 박사는 체코슬로바키아 프라하에서 태어났으며, 나치를 피해 이주한 난민이었다. 유족은 없다."

그는 또 책도 남기지 않았다. 『소송』도, 『성』도, 일기도. 고인의 서류는 아무도 소유권을 주장하지 않아 사라진다 — "미친" 편지 네 통을 제외하고는 모두. 이 편지들은 내가 알기로는 오늘날까지 나의 독신 이모가 브로드웨이 프로그램, 비그 베어 영업 표창장, 대서양 횡단 기선 스티커들과 함께 모아놓은 기념품들 사이에 들어가 있을 것이다.

따라서 카프카 박사의 모든 자취는 사라진다. 운명은 운명이니 달리 어떻게 될 수가 있겠는가? '토지 측량사'는 '성'에 도착할까? K는 법원의 관할권을 빠져나갈까? 게오르크 벤데만은 아버지의 선고를 피할까? "'자, 이걸 이제 치워!' 감독이 말하자 그들은 단식 광대, 짚, 모든 것을 묻었다." 아니, 우리의 카프카가 그 카프카가 되는 것은 운명의 카드에 없는 일이다─뭐, 그렇게 되는 것은 한 인간이 혐오스러운 벌레로 변하는 것보다도 이상한 일일 것이다. 아무도 그것을 믿지 않을 것이다, 누구보다도 카프카가.

미국에서 소설 쓰기

　몇 해 전 겨울, 시카고에 살 때, 그 도시는 십대 소녀 두 명의 죽음*으로 충격을 받아 혼란에 빠졌다. 내가 아는 한 그곳 사람들은 지금도 혼란에 빠져 있다. 충격에 관해 말하자면, 시카고는 시카고다. 이번주의 사지 절단은 희미해지고 다음주의 사지 절단이 나타난다. 내가 말한 해의 피해자들은 자매였다. 그들은 어느 12월 밤에, 들리는 말에 따르면 여섯번째인가 일곱번째인가, 엘비스 프레슬리 영화를 보러 나갔고 집에 돌아오지 않았다. 열흘

---

* 열다섯 살의 바버라 그라임스와 그녀의 여동생인 열세 살의 퍼트리샤가 1956년 12월 28일 밤 시카고의 브라이튼파크 동네에서 사라졌다. 그들의 시신은 1957년 1월 22일 일리노이주 윌로스프링스에서 발견되었다. 아무도 살인 혐의로 기소되지 않았으며 사건은 미결 상태다. 자매의 어머니 로레타 그라임스는 1989년에 사망했다. ─원주

이 지나고, 십오 일, 이십 일이 지났으며, 황량한 도시 전체, 모든 거리와 뒷골목에서 사라진 그라임스 집안 소녀들 패티와 배브스를 찾는 일이 벌어졌다. 한 여자 친구가 그들을 영화관에서 보았고, 소년들 한 무리가 나중에 그들이 검은 뷰익에 타는 것을 보았고, 다른 그룹은 검은 뷰익이 아니라 녹색 세비라고 말했고, 그런 식의 말이 왔다갔다하다가, 눈이 녹은 어느 날 옷이 벗겨진 두 소녀의 주검이 시카고 서부 삼림보호구역의 도로변 배수로에서 발견되었다. 검시관은 사인을 모르겠다고 말했고, 그 뒤는 신문들이 이어받았다. 한 신문은 맨 뒷면에 흰색 양말, 리바이스, 바부슈카* 차림의 소녀들 그림을 실었다. 일 피트 크기로, 일요일마다 나오는 〈딕시 듀건〉**처럼 4도 인쇄된 패티와 배브스. 두 소녀의 어머니는 울다가 현지 신문사와 관련된 여인의 품에 뛰어들었고, 이 여인은 아마도 그라임스 집의 앞쪽 현관에 타자기를 갖다 놓고 하루에 하나씩 칼럼을 써내는 것 같았다. 그녀는 우리에게 이들이 착한 소녀들이었고, 열심히 공부하는 소녀들이었고, 보통 소녀들이었고, 교회에 다니는 소녀들이었다 등등의 이야기를 전해주었다. 저녁 늦게 사람들은 그라임스 자매의 급우와 친구들이 등장하는 텔레비전 인터뷰를 볼 수 있었다. 십대 소녀들은 주위를 두리번거리며 죽어라 낄낄거렸다. 소년들은 가죽 재킷을

---

* 러시아에서 여성들이 머리에 쓰는 스카프.
** 작가 J. P. 매커보이(1897~1958)와 삽화가 존 H. 스트리벨(1891~1962)이 만든, 장기간 연재된 신문 만화. 매커보이의 대중적인 소설 『쇼 걸Show Girl』(1928)에서 파생된 만화다. —원주

입고 뻣뻣한 자세였다. "그럼요, 배브스를 알았죠, 그럼요, 괜찮은 애였어요, 그럼요, 인기가 좋았죠……" 그런 식으로 이어지다가, 마침내 자백이 나온다. 서른다섯 살 정도의 우범지대 부랑자이자 접시닦이이자 좀도둑, 베니 베드웰이라는 이름의 쓸모없는 인간이 두 소녀를 모두 죽였다고 인정한다. 그와 친구가 그 소녀들과 함께 벼룩이 나오는 여러 호텔을 몇 주 동안 전전하며 살다가 벌인 일이라는 것이다. 우는 어머니는 뉴스를 듣고 신문사 여인에게 그 남자가 거짓말쟁이라고 말한다—그녀의 딸들은 영화관에 간 날 밤에 살해되었다, 그녀는 이제 그렇게 주장한다. 검시관은 계속해서 소녀들이 성교를 한 흔적이 없다고 주장한다(언론 쪽에서 나오는 소문에 맞서). 한편 시카고의 모든 사람은 하루에 신문 네 개를 사 보고 베니 베드웰은 경찰에 자신의 모험을 시간 단위의 기록으로 제공한 뒤 감옥에 처박힌다. 신문기자들은 소녀들이 다녔던 학교의 교사인 두 수녀를 찾아다닌다. 그들을 둘러싸고 질문을 하고, 마침내 수녀 한 사람이 모든 것을 설명한다. "그 아이들은 특별한 아이들이 아니었어요. 아무런 취미도 없었죠." 이 무렵 본성이 선한 어떤 영혼이 베니의 어머니 베드웰 부인을 찾아내고, 이 늙은 여자와 죽임을 당한 십대들의 어머니가 만나는 자리가 마련된다. 그들은 함께 사진이 찍힌다. 과체중에다 과로에 지친 미국 부인 둘은 어리둥절한 표정이지만 사진을 찍는 사람들을 위해 허리를 세우고 꼿꼿이 앉아 있다. 베드웰 부인이 자신의 아들 베니를 두고 사과한다. 그녀는 말한다. "내 아들 가운데 누가 그런 짓을 하리라고는 생각도 못했어요." 두 주,

어쩌면 석 주 뒤, 그녀의 아들은 변호사 몇 명과 단추 하나짜리 새 양복을 과시하며 보석으로 나온다. 그는 분홍색 캐딜락에 실려 시외 모텔로 가고, 거기에서 기자회견을 연다. 그래, 그는 경찰의 가혹행위의 피해자다. 아니, 그는 살인자가 아니다. 성도착자일 수는 있지만, 그 점도 달라지고 있다. 그는 구세군에서 목수(목수!) 일을 할 것이다, 그의 변호사는 말한다. 곧 베니는 일주일에 이천 달러를 줄 테니 시카고의 한 나이트클럽에서 노래를 불러달라는(그는 기타를 친다) 요청을 받는다, 아니, 만 달러던가? 나는 잊어버린다. 내가 기억하는 것은 갑자기 구경꾼, 또는 신문 독자의 머리에 '질문'이 떠오른다는 것이다. 이 모든 것이 홍보인가? 물론 아니다ー두 소녀가 죽었다. 그럼에도 시카고에서는 노래 한 곡이 인기를 끌기 시작한다. 〈베니 베드웰 블루스〉. 다른 신문은 주간 경연대회를 시작한다. "그라임스 소녀들이 어떻게 살해당했다고 생각하는가?" 가장 훌륭한 답(심사위원들의 판단에)에 상을 준다. 이제 돈이 흐르기 시작한다. 기부, 그것도 수백 건이 도시와 주 전역에서 그라임스 부인에게 쏟아져들어가기 시작한다. 무엇을 위해서? 누구로부터? 대부분의 기부는 익명이다. 그냥 달러, 수천에 또 수천의 달러ー선타임스가 우리에게 계속 총액을 알려준다. 만, 만이천, 만오천. 그라임스 부인은 집을 다시 손질하고 장식하기 시작한다. 낯선 사내가 나선다. 슐츠인가 슈워츠인가 하는 이름인데ー사실 기억이 나지 않지만, 어쨌든 그는 설비 사업을 하는데, 그라임스 부인에게 완전히 새로운 부엌을 선사한다. 그라임스 부인은 감사와 기쁨으로 제정신이 아닌 상태에서 살아남은 딸을 돌아보며 말한다. "저 부엌 안에 있는 나를 상상해봐!" 마침내 가엾은 여자는 밖으로 나가 잉꼬 두 마리를 산다(어쩌면 다른 슐츠 씨가 선물할지도 모른다). 그녀는 한 잉꼬는 배브스라고 부르고 다른 잉꼬는 패티라고 부른다. 이쯤에 이르러, 망치로 못을 똑바로 박는 방법이나 간신히 배웠을 게 틀림없는 베니 베드웰은 플로리다에서 열두 살 난 여자아이를 강간한 혐의 때문에 그곳으로 송환된다. 그 직후 나는 시카고를 떠났고, 내가 아는 한, 그라임스 부인에게 이제 딸 둘은 없지만, 신제품 식기세척기와 작은 새 두 마리는 있다.

이 이야기의 교훈은 무엇일까? 간단하게 이것이다. 20세기 중반의 미국 작가는 미국 현실의 많은 부분을 이해하고, 묘사하고, 그런 다음 믿을 만하게 만들려고 노력하느라 여력이 없다는 것이다. 그 현실은 망연자실하게 만들고, 역겹게 하고, 분노하게 하며, 마지막으로 빈약한 상상력에는 일종의 당혹스러움으로 다가오기까지 한다. 현실은 계속 우리의 재능을 능가하며, 문화는 어느 소설가나 부러워할 만한 인물을 거의 매일 던져준다. 예를 들어 누가 찰스 반 도런*을 만들어낼 수 있었겠는가? 로이 콘과 데이비드 샤인**은? 셔먼 애덤스와 버나드 골드파인***은? 드와이트

---

* 저명한 문인 집안의 아들인 반 도런(1926년생)은 컬럼비아대학 영문학과 강사이며 텔레비전 퀴즈쇼 〈트웬티-원〉에서 보여준 연기(1956~1957)로 전국적 스타가 되었다. 〈트웬티-원〉과 다른 퀴즈쇼들의 공정성과 정직성에 대한 의심 때문에 이 프로그램은 맨해튼 대배심, 나중에는 미합중국 하원 주간(州間) 통상위원회의 조사를 받았다. 1959년 의회 청문회에서 반 도런은 〈트웬티-원〉의 결과가 조작되었다고 증언했다. ― 원주

데이비드 아이젠하워는?

몇 달 전, 거의 모든 국민이 미합중국 대통령 후보 가운데 하나가 이렇게 말하는 것을 들었다. "지금 케네디 상원의원이 옳다고 느낀다면, 나는 여러분이 케네디 상원의원에게 투표해야 한다고 진지하게 믿습니다. 하지만 내가 옳다고 느낀다면, 나는 겸손하게 나에게 표를 달라고 말씀드립니다. 지금 나는, 이것은 물론 개인적인 의견이지만, 내가 옳다고 느낍니다……" 등등. 약 삼천사백만 유권자에게는 이렇게 보이지 않았겠지만, 나에게는 닉슨 씨를 조롱하는 게 여전히 좀 쉬워 보인다. 하지만, 내가 여기에 굳이 그의 말을 가져온 것은 그런 이유 때문이 아니다. 사람들은 처음에는 그에게 재미를 느꼈을지 몰라도, 결국에는 깜짝 놀라게 되었다. 혹시 풍자적인 문학적 창조물이었다면 그는 "믿을 수 있는" 것처럼 보였을지도 모르지만, 텔레비전 화면에서, 나의 마음은 진짜 공적인 인물, 정치적 사실로서 그를 받아들이기를 주저한다는 것을 알게 되었다. 텔레비전 토론이 내 안에서 다른 무엇을

** 조지프 매카시 상원의원은 상원 조사 소위원회 위원장을 맡았는데(1953~1954) 뉴욕 변호사 로이 콘(1927~1986)은 이때 이 소위원회의 수석 자문관이었다. 콘은 그 무렵 사병으로 징집된 친구 데이비드 샤인(1927~1996)에게 특권을 부여해달라고 군에 요청했는데 군은 이를 거부했고, 그뒤 1954년에 매카시는 이른바 공산주의자의 군 침투에 대한 조사를 선언했다. 이후 군-매카시 청문회는 콘과 매카시가 군을 상대로 한 행동을 문제삼았으며, 매카시가 텔레비전으로 중계된 청문회에서 변덕스러운 태도를 보인 뒤 그의 전국적 영향력은 쇠퇴하기 시작했다. 콘은 1954년 8월 위원회 자문직을 사임하고 개인적으로 변호사 일을 시작했다. ─ 원주
*** 셔먼 애덤스(1899~1986)는 1958년 직물 제조업자 버나드 골드파인(1890~1967)으로부터 고가의 선물을 받아 연방통상위원회 규정을 위반한 것이 알려지자 백악관 비서실장직을 사임했다. ─ 원주

만들어냈건, 나는 그 토론이 문학적으로 진기한 것으로서 직업적인 질투심도 일으켰다는 점을 지적하고 싶다. 분장과 반박 시간을 둘러싼 모든 책략, 닉슨 씨가 대답할 때 케네디 씨를 보아야 하느냐 아니면 외면해야 하느냐 하는 문제를 둘러싼 그 모든 논란—이 모든 것이 너무나도 요점을 벗어나고, 너무 환상적이고, 너무 괴상하고 놀라워, 나도 모르게 그게 내가 만들어낸 것이면 얼마나 좋을까 하는 마음을 갖기 시작했다. 물론 꼭 소설을 쓰는 작가가 아니라 해도 그것이 누군가 만들어낸 것이기를, 그리고 그것이 현실로서 우리와 함께 있는 것이 아니기를 바랐을 것이다.

그다음에는 일간신문이 우리를 경이와 경외(이게 가능할까? 진짜 이런 일이 일어날까?)로, 동시에 혐오와 절망으로 가득 채운다. 곤경, 추문, 광기, 아둔, 독선, 거짓, 소음…… 최근 벤저민 드모트는 『커멘터리』에서 "이 시대에 깊이 자리잡은 의심은 다시 말해서 사건과 개인이 현실이 아니라는 것, 시대의 흐름, 나의 인생과 당신의 인생의 흐름을 바꿀 힘은 사실 어디에도 주어지지 않았다는 것"이라고 썼다. 드모트는 말한다, 일종의 "비현실로의 보편적 하강"이 있는 것 같다. 며칠 전 밤—이런 하강의 온건한 예를 하나 들자면—아내가 라디오를 켰는데 아나운서가 아이들이 쓴 오 분짜리 텔레비전극 가운데 최고작 세 편에 이런저런 상과 상금을 준다고 말하는 소리가 들렸다. 그런 순간에는 부엌을 돌아다니는 것도 낯설기만 하다. 물론 며칠 지나지 않아 그보다 훨씬 악성인 일이 일어나 드모트가 말한 것을 다시 떠올리지 않을 수 없다. 에드먼드 윌슨이 『라이프』를 읽고 나면 자신이 거기에 묘사된 나라에 속하지 않았다는 느낌, 자신이 이 나라에 사는 게 아니라는 느낌이 든다고 말할 때,* 나는 그 말이 무슨 뜻인지 이해한다.

그러나 소설을 쓰는 작가가 사실상 자신의 나라 ―『라이프』에 재현되어 있는 나라, 또는 현관 밖으로 나갈 때 자신이 경험하는 나라―에 살고 있지 않다고 느끼는 것은 심각한 직업적 장애로 보일 것이 틀림없다. 그의 주제가 무엇이 되겠는가? 그의 풍경은? 역사 소설이나 현대의 풍자물 비율이 높아질 수도 있다고 생각할 것이다―어쩌면 그냥 아무것도 나오지 않을 수도 있다고. 아무런 책도 나오지 않는다고. 하지만 거의 매주 베스트셀러 목록에서 머매러넥**이나 뉴욕시티나 워싱턴을 배경으로 삼고, 인물들이 식기세척기와 텔레비전과 광고 회사와 상원 조사의 세계를 돌아다니는 소설을 또 보게 된다. 마치 작가들이 우리 세계에 관한 책을 내놓고 있는 것처럼 보인다. 『캐시 매콜Cash McCall』과 『회색 플란넬 양복을 입은 남자The Man in the Gray Flannel Suit』와 『마저리 모닝스타Marjorie Morningstar』와 『적 진영The Enemy Camp』과 『조언하고 동의하라Advise and Consent』 등등.*** 하지만 주목해야 할 것은

---

* 미국 문학평론가 에드먼드 윌슨(1895~1972)의 「예순 살의 저자The Author at Sixty」라는 제목의 에세이에서. ―원주
** 뉴욕주 동남부의 도시.
*** 『캐시 매콜』은 캐머런 홀리(1905~1969)가, 『회색 플란넬 양복을 입은 남자』는 슬론 윌슨(1920~2003)이, 『마저리 모닝스타』는 허먼 우크(1915년생)가, 『적 진영』은 제롬 와이드먼(1913~1998)이, 『조언하고 동의하라』는 앨런 드루리(1918~1998)가 썼다. ―원주

이 책들이 별로 좋지 않다는 것이다. 작가들이 주위의 풍경을 보고도 겁에 질리지 않기 때문에 내 마음에 들지 않는다는 것이 아니다 — 오히려 반대다. 그들은 일반적으로 그들 주위의 세계에 대한 걱정으로 가득하다. 하지만 최종적으로 그들은 인물 — 즉 나라의 사생활 — 을 심오하게 상상하지 않는 것만큼이나 미국의 공적 생활의 부패와 천박과 배반을 심오하게 생각하지 않는다. 모든 쟁점은 일반적으로 해결 가능하며, 이것은 그들이 경외감에 사로잡히거나 공포에 사로잡혔다기보다는 어떤 시사적 논쟁에 자극을 받고 있다는 것을 보여준다. "논쟁적"이라는 말은 이 문학의 비평적 언어에서, 예를 들면 텔레비전 프로듀서의 언어에서만큼이나 흔히 등장한다.

베스트셀러의 나라에서는 주인공이 타협에 이르고 스카즈데일, 또는 어디에든 정착을 하면서 자신을 알게 되는 장면을 자주 만나는 것이 새로운 일이라고 할 수 없다. 브로드웨이에서는 세번째 막에서 누군가가 "이봐, 왜 그냥 서로 사랑하지 않는 거야?" 하고 말하고, 그러면 주인공은 손으로 이마를 짚으며 "이런, 왜 나는 그런 생각을 못했을까!" 하고 소리치고, 그러면 불도저 같은 사랑의 움직임 앞에서 다른 모든 것은 무너진다 — 핍진성, 진실, 관심. 마치 매슈 아널드가 자신을 이해하는 여자와 함께 창가에서 있다는 이유로 이 시인에게, 또 우리에게 행복한 결말이 찾아오는 「도버 해변*Dover Beach*」*과도 같다. 만일 우리 시대의 문학적 탐

---

* 잉글랜드의 시인이자 비평가 매슈 아널드(1822~1888)의 시(1851). — 원주

사가 오로지 우크, 와이드먼, 슬론 윌슨, 캐머런 홀리, 그리고 사랑이-모든-것을-이긴다amor-vincit-omnia고 외치는 브로드웨이 아이들의 전유물이 된다면 정말 불행한 일일 것이다 — 마치 섹스를 포르노그래피 제작자들에게 맡기는 것과 같은데, 여기에서도 실제로 벌어지고 있는 일에는 처음 눈에 들어오는 것보다 많은 의미가 있다.

하지만 시대는 아직 작은 정신과 재능에 완전히 넘어가지 않았다. 노먼 메일러가 있다. 그는 우리 시대에 엄청난 혐오감을 느껴 소설에서 그것을 다루는 것을 거의 핵심에서 벗어난 일처럼 보게 된 작가의 흥미로운 예다. 그는 문화적 드라마의 배우가 되었는데, 그 일의 난점은 작가가 될 시간이 줄어든다는 것이다. 예를 들어 민방위 당국과 그들의 수소폭탄 훈련에 이의를 제기하려면 타자기 앞에 있어야 할 오전을 포기하고 나가서 시청 바깥에 서 있어야 한다. 그러고 나서 운이 좋아 감옥에 갇히게 되면 집에서 보내는 저녁과 다음날 아침의 일도 포기해야 한다. 마이크 월러스에게 저항하거나 그의 원칙 없는 공격에 문제를 제기하려면, 또는 단순히 그를 이용하거나 그를 바로잡으려면 우선 그의 프로그램*의 초대 손님이 되어야 한다 — 하룻밤 촬영이 필요하다. 그런 다음에는 당연히 그런 데 나가버린 자신을 혐오하며 다음 두 주를 보내고(내 기억에 근거하여 이야기하는 것이다), 그다음에는

---

* 1950년대 말 그리고 1960년대 초, 지금은 CBS의 노련한 특파원인 마이크 월러스는 대단히 거친 인터뷰 쇼를 진행했다. 나는 『굿바이, 콜럼버스』가 전미도서상을 받은 뒤 거기에 출연하여 그에게 반대 심문을 받은 적이 있다. ─원주

왜 내가 그런 행동을 했고 그것이 어땠는지 글로 쓰려고 하면서 두 주를 더 보낼 것이다. "지금은 얼간이의 시대다", 윌리엄 스타이런의 새 소설에 나오는 한 인물은 말한다. "조심하지 않으면 사람들은 우리를 아래로 끌고 내려갈 것이다……" 아래로 끌고 내려가는 것은 여러 가지 형태를 띨 수 있다. 우리는 예를 들어 메일러로부터 『나 자신에 대한 광고*Advertisements for Myself*』 같은 책을 얻게 되는데, 이것은 대부분 왜 내가 그렇게 했고 그것이 어땠는가―그리고 누구에게 앙심을 품고 있는가―에 대한 기록이다. 그의 소설의 대체물인 그의 삶이다. 이것은 화를 돋우고, 자기 방종적이고, 떠들썩하고, 대단치 않은 책이며, 우리가 견디어야 하는 대부분의 광고와 대체로 비슷하다고 할 수 있다―하지만 전체적으로 볼 때 절망을 드러내는 것에는 묘하게 감동적인 데가 있다. 이 절망은 너무 커서 그것을 감당하는, 또는 그것에 휘둘리는 사람이 당분간은 미국의 경험을 상상력으로 공격하는 것을 포기하고, 대신 일종의 공적 복수의 옹호자가 되고 말았다. 그러나 오늘 자신이 옹호하는 것이 내일은 자신을 피해자로 만들 수도 있다. 무엇보다도 일단 『나 자신에 대한 광고』를 썼으니, 그것을 다시 쓸 수 있을지 모르겠다. 메일러는 아마도 지금 계속 버티거나 입을 다물어야 하는 부럽지 않은 위치에 있을 것이다―어쩌면 그것이 그가 원했던 위치인지도 모르겠다. 나 자신의 느낌은 소설 작가가 자신에게 보내는 그 복잡하고 위장된 편지, 즉 이야기를 쓰기보다 신문에 보내는 편지를 쓰는 일을 하게 될 때 그에게 이 시대는 쉽지 않다는 것이다.

마지막 부분은 훈계조의 발언, 또는 생색을 내려는 발언을 하려고 한 것이 아니고, 심지어 너그러운 발언을 하려고 한 것도 아니다. 메일러의 문체나 동기를 어떻게 생각하든, 그가 비평가, 기자, 사회학자, 저널리스트, 심지어 뉴욕 시장이 되고 싶게 만든 충동에는 공감한다. 이 시대에 특히 힘든 것이 진지한 소설가나 이야기꾼으로서 이 시대에 관해 쓰는 것이기 때문이다. 미국 작가가 지위도 없고, 존중도 받지 못하고, 독자도 없다는 사실은 자주 강조되어왔고, 또 작가들 스스로 많이 강조했다. 여기서 내가 말하는 것은 작업 자체에 더 중심적인 손실, 주제의 손실이다. 다른 식으로 표현하자면, 소설 작가들이 우리 시대의 거대한 사회적, 정치적 현상 가운데 일부로부터 스스로 관심을 거두어들인다는 것이다.

　　물론 이런 현상과 정면으로 부딪치려고 시도한 작가들도 있었다. 나는 지난 몇 년간 이런저런 등장인물이 원자폭탄에 관해 이야기를 꺼내는 책이나 이야기를 좀 읽은 듯한데, 그런 대화는 보통 설득력이 떨어진다는 느낌을 받게 했고, 극단적인 경우에는, 방사성 낙진을 약간 동정하는 마음이 생기기까지 했다. 마치 대학생 소설에서 인물들이 자기가 어떤 세대인지 길게 이야기하는 것 같다. 하지만 그래서? 작가는 있는 그대로의 미국의 현실 가운데 그 부분을 가지고 무엇을 할 수 있을까? 다른 유일한 가능성은 그레고리 코르소*가 되어 모든 것을 조롱하는 것인가? 비트족의

---

* 비트 세대 미국 시인(1930~2001). ─ 원주

태도(이런 표현이 의미가 있다면)가 전적으로 호소력이 없는 것
은 아니다. 모든 것은 장난이다. 미국, 웃기네. 하지만 그렇게 해
서는 비트의 세계와 그 불구대천의 원수 베스트셀러의 세계 사이
에 거리가 별로 떨어지지 않는다―미국, 웃기네, 는 사실 물구나
무를 선 미국, 만세에 불과한 것 아닐까?

　지금 나는 진지한 작가가 우리의 문화적 곤경에 대응하는 방식
과 상상력으로 그것을 다루지 못하는 무능 또는 다루지 않으려는
태도를 과장하고 있는 것일 수도 있다. 결국 한 나라 작가들의 심
리에 관한 주장을 증명할 수 있는 것은 그러니까 그들의 책 자체
말고는 없을 것으로 보인다. 이 경우, 안타깝게도, 증거 대부분은
이미 쓴 책이 아니라 완성되지 않고 버려둔 책, 시도해볼 가치가
있다고 생각되지도 않은 책이다. 하지만 우리의 최고 작가들의
소설에, 사회적 세계가 한때는 주제로서 적합하거나 다룰 수 있
었을지 모르나 이제는 그렇지 않다는 생각을 뒷받침하는 어떤 문
학적 표시, 어떤 강박이나 혁신이 아예 없었다고 말하는 것은 아
니다.

　적어도 평판으로는 우리 시대를 대변하는 작가에 관하여 몇 마
디 하는 것에서 시작해보겠다. J. D. 샐린저의 작품에 대한 대학
생들의 반응은 그가 다른 누구보다 앞에 나서서 시대에 등을 돌
리지 않고 오히려 오늘날 자아와 문화 사이에 벌어지고 있는 의
미 있는 싸움을 건드렸음을 보여준다. 『호밀밭의 파수꾼』과 최근
『뉴요커』에 실린 글래스 가족 관련 단편들은 분명히 바로 지금
여기에서 벌어지고 있다. 하지만 자아는 어떨까, 주인공은 어떨

까? 이 문제는 여기에서 특히 흥미롭다. 샐린저의 경우 작가로서 그의 모습이 독자의 시선에 똑바로 놓이는 일이 최근 들어 그와 같은 시대 작가들 대부분보다 빈번해졌기 때문이다. 그래서 마침내, 예컨대 시모어 글래스와 형제 사이인 서술자의 태도와 직업으로서 글을 쓰는 사람의 태도 사이에 관련이 생기게 된다.

샐린저의 주인공들은 어떤가? 자, 홀든 콜필드는 결국 값비싼 요양소에 들어가게 된다, 는 것을 우리는 알게 된다. 그리고 시모어 글래스는 마지막에 자살하지만, 그전에는 그의 형제의 눈동자 같은 존재다―사실 왜 아니겠는가? 그는 이 세계 안에서 사는 법을 배웠다―하지만 어떻게? 그 안에서 살지 않음으로써. 어린 소녀의 발바닥에 입을 맞추고 연인의 머리에 돌멩이를 던짐으로써. 그는 성자다, 분명히. 하지만 광기는 바람직하지 않고 성자의 자리는 우리 대부분에게 불가능한 것이라서, 이 세계 안에서 어떻게 사느냐 하는 문제에는 결코 답을 주지 않는다. 답이 살 수 없다는 것이 아닌 한. 우리가 샐린저에게서 얻는 것으로 여겨지는 유일한 조언은 정신병원으로 가는 길에 매력적이 되라는 것이다. 물론 샐린저는 작가나 독자에게 어떤 종류든 조언을 할 의무가 있지 않다―그럼에도 나는 공교롭게도 이 직업적인 작가 버디 글래스에게, 그리고 그가 제정신의 품 안에서 삶을 헤쳐나가는 방식에 점점 더 호기심을 느끼게 된다.

샐린저에게는 신비주의가 구원으로 가는 길일 수 있다는 암시가 있다. 적어도 그의 인물들 가운데 일부는 강렬하고 감정적인 종교적 믿음에 잘 반응한다. 사실 나 자신의 선禪 독서는 하잘것 없지만, 내가 샐린저로부터 그것을 이해하는 바로는, 이 세계에 깊이 들어갈수록 우리는 거기에서 더 멀어질 수 있다. 감자를 오래 들여다보면 그것은 일반적 의미의 감자에서 벗어난다. 그러나 우리가 매일매일 상대해야 하는 것은 안타깝게도 일반적인 감자다. 세상의 대상들을 사랑스럽게 다룸에도 불구하고, 샐린저의 글래스 가족 이야기들에는, 『호밀밭의 파수꾼』도 그렇지만, 직접적인 세계에서 살아가는 삶에 대한 경멸이 있는 것처럼 보인다 — 이 장소와 시간이, 그 안에 자리를 잡기는 하지만 결국 미치고 파괴되고 마는 소수의 그 귀중한 사람들을 받아들일 자격이 없다고 간주되는 것이다.

우리의 세계에 대한 경멸 — 다른 종류이기는 하지만 — 은 가장 재능 있는 작가로 꼽을 수 있는 또 한 사람, 버나드 맬러머드의 작업에서도 나타난다. 맬러머드가 야구에 관한 책 『타고난 사람 *The Natural*』을 쓸 때조차, 그것은 양키 구장에서 벌어지는 그대로의 야구가 아니라 황당하고 이상한 게임이다. 여기에서는 공의 껍질이 벗겨지도록 때리라는 지시를 받은 선수가 바로 홈플레이트에 다가가 그 일을 그냥 해낸다. 타자가 방망이를 휘두르자 공의 안쪽 핵이 뱅글뱅글 돌면서 센터필드 쪽으로 날아가고, 그곳에서 혼란에 빠진 중견수는 풀려나오는 실에 몸이 엉켜들기 시작한다. 그러자 유격수가 달려나와 이로 실을 끊어 중견수를 떼어낸다. 『타고난 사람』이 맬러머드의 가장 성공적인 책은 아니지만 어쨌든 이 책을 통해 우리는 그의 세계를 소개받을 수 있는데, 이 세계는 결코 우리 자신의 세계의 복제물이 아니다. 물론 야구 선수라고 부르는 것이 진짜로 있고, 유대인이라고 부르는 것이 진짜로 있지만, 유사성은 대체로 거기에서 끝난다. 『마법의 통 *The Magic Barrel*』의 유대인과 『점원』의 유대인은 뉴욕시티나 시카고의 유대인이 아니다. 그들은 맬러머드의 발명품, 어떤 가능성과 장래성을 대변하는 시시한 은유이며, 맬러머드가 했다고 하는 "모든 사람이 유대인이다"라는 진술을 읽을 때 나는 그가 만든 인물의 은유적 성격을 믿고 싶은 마음이 더욱 강해진다. 사실 우리는 그렇지 않다는 것을 안다. 심지어 유대인인 사람들도 자신이 유대인이라고 확신하지 못한다. 하지만 맬러머드는 소설 작가로서 지금까지 현대의 미국 유대인, 우리가 우리 시대의 특징이라고 생각하는 유대인의 불안과 딜레마에 구체적 관심을 보이지 않았다. 오히려 그의 인물들은 시간을 초월한 불황을 겪으며 장소가 사라진 로어이스트사이드에서 살아간다. 그들의 사회는 부유하지 않고, 그들의 곤경은 문화적이지 않다. 나는 지금 그가 삶을 또는 삶의 어려움에 대한 검토를 경멸했다고 말하는 것이 아니다―맬러머드에 대해서는 누구도 그렇게 말할 수 없다. 인간이 되는 것, 그리고 인간적이 되는 것이 과연 무엇이냐 하는 문제가 그의 가장 깊은 관심사다. 내가 지적하고자 하는 것은 이 시대의 현장이 무정함과 비탄, 고난과 재생을 다루는 그의 이야기에 적절한 또는 충분한 배경이라고 그가 생각하지 않는다는―또는 아직은 생각한 적이 없다는―것이다.

자, 물론 맬러머드와 샐린저가 모든 미국 작가를 대변한다고 생각할 수는 없지만, 그럼에도 주위의 세상에 대하여 그들이 소설로 보여주는 반응 — 그들이 강조하거나 무시하기로 선택한 것 — 은 단지 그들이 최고 가운데 둘이기 때문에 나의 관심사이다. 물론 세상에는 이와 같은 길을 걷지 않는 다른 작가들, 동시에 유능한 작가들도 많다. 그러나 이런 다른 작가들에게서도 시대에 대한 하나의 반응을 우리가 목격하고 있는 것은 아닌지, 그것이 아마도 샐린저와 맬러머드의 사회적 거리만큼 분명하게 극화되어 있지는 않겠지만 그럼에도 그들 작업의 몸체 안에 분명히 존재하는 것은 아닌지 궁금하다.

산문 문체 문제를 이야기해보자. 왜 모두 갑자기 그렇게 팔딱거리는 것일까? 솔 벨로, 허버트 골드, 아서 그래닛, 토머스 버거, 그레이스 페일리*를 읽어온 사람들이라면 내가 무슨 말을 하는지 알 것이다. 하비 스웨이도스는 최근 『허드슨 리뷰』에서 "시대의 절박성에 완벽하게 어울리는 신경질적이고 근육질인 산문"이 발달하는 것이 보이는데, "이것은 경악스러운 동시에 우스꽝스럽다"고 말했다. "이들은 메트로폴리탄 작가들인데, 대부분 유대인이다. 그들은 원하는 효과를 얻기 위하여 표현하는 내용만큼이나 정돈되는 방식 혹은 인쇄된 페이지에서 보이는 방식에도 종종 의지하는, 일종의 산문시 전문가들이다. 이것은 위험한 글쓰기이

---

* 미국 소설가들인 『낙관주의자 The Optimist』(1959)와 『그러므로 담대하라 Therefore Be Bold』(1960)의 저자 허버트 골드(1924년생), 『복숭아의 시간 The Time of the Peaches』(1959)의 저자 아서 그래닛(1917년생), 『베를린에서 미치다 Crazy in Berlin』(1958)와 『작은 거인 Little Big Man』(1964)의 저자 토머스 버거(1924~2014), 단편집들인 『인간의 작은 소동 The Little Disturbances of Man』(1959)과 『마지막 순간의 변화 Enormous Changes at the Last Minute』(1974)의 저자 그레이스 페일리(1922~2007). — 원주

다……" 스웨이도스는 그런 마지막 말을 덧붙이는데, 어쩌면 바로 이런 위험성에서 우리는 이와 같은 문체에 대한 어떤 설명을 발견할 수 있을 것이다. 묘사적인 짧은 문단 두 개를 비교해보고 싶은데, 하나는 벨로의 『오기 마치의 모험』에서, 또하나는 골드의 새 소설 『그러므로 담대하라』에서 뽑은 것으로, 여기에서 드러나는 차이가 교육적이기를 바란다.

수많은 독자가 이미 지적했듯이 『오기 마치의 모험』의 언어는 문학적 복잡성과 대화적 편안함을 결합하고, 학계의 관용어를 거리(모든 거리는 아니고—어떤 거리)의 관용어와 결합하고 있다. 그 문체는 특별하고, 사적이고, 기운이 넘치고, 때로는 거추장스럽지만 전체적으로 벨로에게 멋지게 어울린다. 예를 들어 이것은 라우슈 할머니의 묘사다.

모든 간지奸智, 악의, 명령이 쏟아져나오는 거무스름하고 작은 두 잇몸 사이에 [담배] 물부리를 물 때 그녀는 가장 훌륭한 전략의 영감을 얻었다. 그녀는 낡은 종이봉투처럼 주름이 졌으며, 비타협적이고 예수회 신부 같은 독재자, 팔팔한 늙은 볼셰비키 매파였고, 리본을 묶은 작은 잿빛 발은 사이먼이 공작 수업 시간에 만든 구두 손질 상자 겸 등받이 없는 의자 위에서 꼼짝도 하지 않았고, 거무스름한 털이 복슬거리는 늙은 위니[개]의 악취가 그녀 옆에 놓인 쿠션 위의 납작한 바구니를 채웠다. 재치와 불만이 반드시 함께 갈 필요가 없는 것이라면, 나에게 그것을 가르친 것은 이 늙은 여자가 아니었다.

허버트 골드의 언어 또한 독특하게 특별하고, 사적이고, 기운이 넘친다. 『그러므로 담대하라』에 나오는 다음 문단 또한 작가가 자신이 묘사하는 인물과 어떤 그럴 법하지 않은 물체 사이에서 신체적 유사성을 인식하는 것에서 시작하며, 거기에서부터, 벨로의 라우슈 할머니 문단에서처럼, 몸을 통해 영혼에 관한 발견을 하는 것으로 마무리하려고 한다. 묘사되는 인물의 이름은 척 헤이스팅스다.

몇 가지 면에서 그는 미라를 닮았다 ― 오그라든 노란 피부, 쇠약한 몸에 비해 너무 큰 손과 머리, 나일강을 넘어선 생각의 바닥 없는 눈구멍. 하지만 빠르게 움직이는 목젖과 자꾸 어딘가를 가리키는 손가락 때문에 그는 콥트교도의 림보를 향해 스틱스*를 개헤엄쳐가는 사람이라기보다는 배꼽 같은 눈의 어린 소녀들에게 겁을 주는 고등학교 지식인처럼 보였다.

우선 문법부터. "……나일강을 넘어선 생각의 바닥 없는 눈구멍." 생각이 나일강을 넘어서는 것인가, 아니면 눈구멍이? 애초에 나일강을 넘어선다는 말은 무슨 뜻인가? 이런 문법적 어려움은 벨로의 묘사가 시작되는 아이러니 섞인 도치와는 관계가 없다. "모든 간지, 악의, 명령이 쏟아져나오는 거무스름하고 작은

---

* 그리스신화에서 저승에 있는 강.

두 잇몸 사이에 물부리를 물 때……" 벨로는 이어 라우슈 할머니를 "독재자" "비타협적" "예수회 신부 같다" "팔팔한 늙은 볼셰비키 매파"라고 묘사한다 — 물론 상상력이 풍부하지만, 강인하고 정확하다. 그러나 골드의 척 헤이스팅스에 관하여 우리는 "빠르게 움직이는 목젖과 자꾸 어딘가를 가리키는 손가락 때문에 그는 콥트교도의 림보를 향해 스틱스를 개헤엄쳐가는 사람이라기보다는" 등등을 알게 된다…… 서사를 섬기는 언어인가, 아니면 에고를 섬기는 문학적 퇴행인가? 그랜빌 힉스는 『그러므로 담대하라』에 대한 최근의 평론에서 골드의 문체를 찬양하며 바로 이 문단을 인용했다. "이것은 음정이 높다." 힉스 씨도 인정을 한다. "그러나 요점은 골드가 이것을 계속 밀어붙이고 또 밀어붙인다는 것이다." 나는 여기에서 성적인 말장난은 의도한 것이 아니라고 받아들인다. 그럼에도 그것은 자기 현시와 열정이 같은 것이 아님을 일깨워주는 예로서 도움을 줄 수 있을지도 모르겠다. 여기에서 우리가 보게 되는 것은 정력이나 활력이 아니라, 현실이 성격보다 뒷자리를 차지했다는 점이다 — 그것도 상상된 인물의 성격이 아니라, 상상을 하고 있는 작가의 성격이다. 벨로의 묘사는 작가가 인물을 확고하게 장악하는 데서 나오는 것으로 보인다. 그래서 라우슈 할머니는 존재한다. 척 헤이스팅스의 묘사 뒤에서는 다른 어떤 것이 이야기되고 있는 듯하다. 즉 허버트 골드가 이야기되고 있다.

자, 나는 여기서 자아가 없어야 한다고 주장하는 게 아니다. 오히려, 스웨이도스가 말하는 이 신경이 곤두선 근육질의 산문이

어쩌면 작가와 문화 사이의 우호적이지 않은 관계와 어떤 연관이 있을지도 모른다고 주장하고 있다. 이 산문은 시대와 어울린다, 스웨이도스는 그렇게 주장하는데, 나는 이것은 어울리지 않는 게 아닌지, 그 이유는 부분적으로 산문이 시대를 거부하기 때문이 아닌지 궁금하다. 작가는 우리 눈앞에 완전히 분리된 특별한 성격을 들이밀고 있다 — 그것이 그의 문장 배열 자체에 자리잡고 있다. 물론 성격의 신비가 다름 아닌 작가의 궁극적 관심사일 수도 있다. 또 물론 근육질의 산문이 성격을 드러내고 환경을 환기할 때 — 『오기 마치의 모험』에서처럼 — 그것은 놀랍게 효과적일 수도 있다. 그러나 최악의 경우, 그것은 문학적 자위의 한 형태로서 소설의 가능성을 심각하게 훼손하고, 어쩌면 작가가 공동체 — 자신의 외부에 있는 것 — 라는 주제를 상실한 한 증후로 생각될 수도 있다.

물론, 팔딱거리는 문체는 여전히 다른 방식들로도 이해될 수 있다. 스웨이도스가 지목하는 현역들 대부분이 유대인이라는 것은 놀랄 일이 아니다. 로드 체스터필드*와 이렇다 할 관련성을 느끼지 않는 작가들은 자신이 그 저명한 구식 스타일리스트처럼 써야 할 의무는 사실 없다는 것을 깨닫기 시작할 때, 밖에 나가 팔딱거릴 가능성이 높다. 또 이 작가들이, 우리의 정치가들이라면 이렇게 표현할지도 모르겠는데, 전국의 학교, 가정, 교회, 회당에서 들은 구어의 문제도 있다. 나는 팔딱거리는 스타일이 독자

---

* 영국 정치가이자 문인(1694~1773). — 원주

를, 또는 자신의 자아를 현혹하려는 시도가 아니라, 미국의 문학적 산문에 도시와 이민자가 사용하는 말의 리듬, 뉘앙스, 강세를 통합하려는 시도일 때, 그 결과는 가끔 새롭고 풍부한 감정적 섬세함을 드러내는 언어가 되며, 그레이스 페일리의 단편집 『인간의 작은 소동』에서처럼 일종의 에두르는 매력과 아이러니를 완전히 독자적으로 갖추게 된다는 말까지 할 수 있을 것 같다.

그러나 현역이 골드이건 벨로이건 페일리이건, 팔딱거림에 관해서는 한 가지 더 해야 할 이야기가 있다. 그것은 기쁨의 표현이다. 우선 질문. 세상이 내가 느끼는 대로 하루가 다르게 점점 비뚤어지고 비현실적으로 변해간다면, 그런데 나는 이 비현실과 맞서 힘이 점점 빠지는 느낌이라면, 그 불가피한 결과가 모든 생명은 아니라 해도, 삶에서 귀중하고 품위 있는 많은 부분의 파괴라면 ─ 그렇다면 왜 도대체 작가가 기뻐하고 있는가? 우리의 소설의 모든 주인공이 왜 홀든 콜필드처럼 정신병원으로 들어가거나, 시모어 글래스처럼 자살하지 않는가? 왜 그들 가운데 그렇게 많은 인물이 ─ 워크와 와이드먼의 책만이 아니라, 벨로, 골드, 스타이런 등등의 책에서도 ─ 결국엔 삶을 긍정하게 되는가? 틀림없이 요즘에는 공기에 긍정이 자욱하고, 또 『라이프』가 올해 연례 사설에서 틀림없이 긍정적인 소설을 요구하기도 하겠지만, 아닌 게 아니라 진지한 작가들이 쓰는 더욱더 많은 책들이 축하의 분위기로 끝이 나는 것처럼 보이기 때문에 하는 말이다. 단지 어조만 팔딱거리는 것이 아니라 정신도 팔딱거린다. 골드의 다른 소설 『낙관주의자』에서 주인공은 톡톡히 혼이 난 후 책의 마지막

줄에서 외친다. "더. 더. 더! 더! 더!" 커티스 하넥의 소설 『늙은 사람이 한 일』은 주인공이 "환희와 희망"에 가득차 큰 소리로 "나는 신을 믿는다"고 말하는 것으로 끝난다. 솔 벨로의 『비의 왕 헨더슨*Henderson the Rain King*』은 주인공의 심장, 피, 건강 전체가 다시 좋아지는 것을 기념하는 데 바쳐진 책이다. 하지만 내 생각에, 헨더슨의 회춘이 철저하게 또 완전히 상상된, 실제로는 존재하지 않는 세계에서 일어난다는 사실은 꽤 중요하다. 유진 헨더슨이 찾아가는 곳은 신문에 나오는 혼란에 빠진 아프리카도 아니고 국제 연합 토론장도 아니다. 여기에는 민족주의나 폭동이나 아파르트헤이트가 없다. 하지만 왜 있어야 하나? 세계가 있고, 또 자아가 있다. 그리고 이 자아는, 작가가 관심과 재능을 모두 쏟아부을 때, 대단히 주목할 만한 것으로 드러난다. 무엇보다도 그것은 존재한다, 진짜다. 나는 존재한다, 자아는 그렇게 외치고, 이어 오랫동안 멋지게 바라본 뒤 덧붙인다, 그리고 나는 아름답다.

벨로의 책의 결말에서 주인공 유진 헨더슨, 덩치가 커다랗고 칠칠치 못한 백만장자는 미국으로 돌아온다. 전염병과 싸우고 사자를 길들이고 비를 불러오기도 했던 아프리카 여행에서 귀국한다. 그는 진짜 사자를 데리고 온다. 비행기에서 그는 조그만 페르시아 소년과 사귀지만, 그는 소년의 언어를 이해할 수 없다. 그럼에도 비행기가 뉴펀들랜드에 착륙하자 헨더슨은 아이를 품에 안고 비행장으로 나간다. 그런 다음.

몇 바퀴 또 몇 바퀴 나는 연료 트럭 뒤를 따라, 꼼짝도 하지 않

는 비행기의 반짝거리는 몸통 둘레를 달렸다. 안에서 거무스름한 얼굴들이 보고 있었다. 크고 아름다운 프로펠러들은 정지해 있었다, 네 개 모두. 나는 이제 내가 움직일 차례라고 느꼈던 것 같고, 그래서 달리고 있었다— 북극의 잿빛 정적 안에 깔린 순수하고 하얀 안감 위에서 펄쩍, 펄쩍, 쿵쾅 뛰어다니자 살갗이 따끔거렸다.

그래서 우리는 헨더슨을 아주 행복한 사람으로 두고 떠난다. 어디에? 북극에. 이 그림은 일 년 전 내가 이 책을 읽은 이후로 나에게 남아 있다. 상상의 아프리카에서 에너지와 기쁨을 발견하고, 얼음에 둘러싸인 광대한 무인지경에서 그 기쁨을 기념하는 남자의 모습.

앞서 나는 스타이런의 새 소설 『이 집에 불을 놓아라*Set This House on Fire*』를 인용했다. 자, 스타이런의 새 책도 벨로의 책과 마찬가지로 조국을 떠나 한동안 외국에 살러 가는 한 미국인의 회춘을 이야기한다. 그러나 헨더슨의 세계가 우리 자신의 세계로부터 터무니없이 멀리 떨어져 있는 반면, 스타이런의 주인공 킨솔빙은 우리가 금방 알아볼 수 있는 장소에 거주한다. 이 책은 지금으로부터 이십 년 뒤에는 완벽하게 이해하려면 아마도 많은 주석이 필요할 디테일로 빽빽하다. 주인공은 가족과 함께 살려고 아말피 해안의 작은 마을을 찾아온 미국 화가다. 카스 킨솔빙은 미국, 그리고 자신을 싫어한다. 책 대부분에 걸쳐 그는 메이슨 플래그에게 조롱을 당하고, 유혹을 당하고, 모욕을 당하는데, 그의 동포인 메이슨은 부유하고, 소년 같고, 순진하고, 방탕하고, 상스럽고, 잔인하고, 멍청하다. 킨솔빙은 플래그에 대한 애착 때문에 책의 대부분을 사느냐 죽느냐 사이에서 선택을 하느라 보내고, 어느 시점에 이르러, 특유의 어조로 자신이 고국을 떠난 것에 관해 이렇게 말한다.

> ……나는 그 남자를 피해 유럽으로 왔는데, [아 그는] 모든 차 광고에 나올 만한 남자[다], 알다시피, 저기서 손을 흔드는 젊은 남자 — 그는 아주 아름답고 교육도 잘 받고 모든 것을 갖추었다. 게다가 그는 성공했으며, 펜주립대 출신에다 금발이었고, 광고판처럼 커다란 미소를 달고 다녔다. 그리고 안 끼는 데가 없다. 그러니까 전자 계통에. 정치에. 그들이 커뮤니케이션이라고 부르는 것에. 광고. 영업. 우주. 또 뭐가 있는지 하느님만 알 것이다. 그러나 그는 알바니아 농부만큼 무지하다.

그러나 킨솔빙은 미국의 공적 생활이 한 인간의 사생활에 저지를 수 있는 그 모든 것에 대한 혐오에도 불구하고, 헨더슨처럼, 결국에는 사는 쪽을 택하고 미국으로 돌아온다. 그러나 그가 들어가게 되는 미국은 내가 보기에는 그의 유년의 미국, 또 (은유적인 방식이라 해도) 모두의 유년의 미국이다. 그는 캐롤라이나의 한 개울에서 낚시를 하며 자기 이야기를 한다. 결말의 긍정은 골드의 "더! 더!"처럼 진취적이지도 않고, 하벅의 "나는 신을 믿는다"처럼 숭고하지도 않고, 헨더슨이 뉴펀들랜드 비행장에서 뛰는 것처럼 즐겁지도 않다. "내가 어떤 믿음, 어떤 바위를 발견했다고 말할 수 있으면 좋겠다……" 킨솔빙은 말한다. "하지만 솔직히, 보다시피, 이런 말을 할 수 있을 뿐이다. 존재와 무에 관해서, 내가 진실로 아는 유일한 것은 그 둘 사이의 선택은 그냥 존재를 선택하는 것이나 다름없다는 사실이다……" 존재. 사는 것. 어디 사느냐 또는 누구와 사느냐가 아니라 — 산다는 사실.

이 모든 것이 결국은 무슨 말인가? 물론 솔 벨로의 책 또는 허버트 골드의 산문 문체가 문화적·정치적으로 괴로운 우리 상황의 불가피한 결과라고 주장하는 것은 소설을 만드는 일을 지나치게 극단적으로 단순화하는 일일 것이다. 그럼에도 공동체의 상황이 실제로 괴롭다는 사실은 작가의 이웃을 짓누르는 만큼, 아니 어쩌면 더 무겁게 작가도 짓누르고 있다 — 작가에게 공동체란 제대로 말해서 주제인 동시에 독자이기 때문이다. 따라서 이런 상황이 혐오, 분노, 우울의 느낌만이 아니라 무능감마저 가져온다면, 작가는 낙심하여 마침내 다른 일로 방향을 틀어, 완전히 가상의 세계를 구축하는 일, 자아를 기념하는 일로 갈 수도 있으며, 이것이 여러 방식으로 그의 주제가 될 뿐 아니라, 기법의 반경을 확정하는 힘이 될 수도 있다. 내가 지적하려고 한 것은 침해 불가능하고, 강력하고, 자신만만한 자아에 대한 비전, 비현실적으로 보이는 환경에서 유일하게 현실처럼 보인다고 상상하는 자아에 대한 비전이 우리 작가 가운데 일부에게 기쁨, 위로, 근육을 주었다는 것이다. 물론 진지한 개인적 투쟁을 다치지 않고 통과했다는 것, 그냥 살아남았다는 것만도 가볍게 볼 일이 아니며, 바로 이런 이유 때문에 스타이런의 주인공은 끝까지 쭉 우리의 공감을 불러일으킬 수 있다. 그럼에도 그 생존자가 금욕주의를 택할 수밖에 없을 때, 자아가 사회로부터 배제된 상태로만 또는 환상적인 사회에서 발현되고 존경받는 상태로만 기념될 수 있을 때, 우리가 즐거워할 이유는 많지 않다. 마지막으로, 회춘한 헨더슨이 세계의 순수한 하얀 안감에서 그 빛나는 비행기를 둘러싸고 춤을 추는 것이 나에게는 왠지 설득력이 없다. 그래서 내가 이 글을 끝맺으면서 보여주고 싶은 것은 이 장면이 아니라, 랄프 엘리슨이 『보이지 않는 인간』의 마지막에 제시한 주인공의 이미지다. 여기에서도 주인공에게는 자기 자신이라는 단순하고 선연한 사실만 남게 된다. 그는 인간으로서 외로울 수 있을 만큼 외롭다. 그렇다고 그가 나가서 세상 속으로 들어가지 않았던 것은 아니다. 그는 나가서 세상 속으로 들어가고, 나가서 그 속으로 들어가고, 나가서 그 속으로 들어갔다 ― 그러나 마지막에는 지하로 가서, 거기에서 살며 기다리는 쪽을 택한다. 그리고 그가 보기에 이것을 기념할 이유는 없다.

새로운 유대인 고정관념들*

갑자기 유대인이 문화적 영웅이 된 — 또는 당분간은 그렇다고 생각해도 되는 — 나라에 살고 있다는 생각이 든다. 아주 최근에 라디오에서 디스크자키가 새 영화 〈영광의 탈출〉의 주제가를 소개하는 것을 들었다. 이 노래는 팻 분이 부른다고 했다. 디스크자키는 이것이 "이 노래의 유일하게 공인된 버전"이라고 분명히 밝혔다. 누가 공인하는가? 누구를 위해? 왜? 디제이는 더 말을 하지 않았다. 경건한 정적 속에서 딱딱거리는 소리만 나다가, 이윽고 회오리바람보다 작은 어떤 것으로부터 분 씨의 노래가 나오기 시작했다 —

---

* 원래 브나이 브리스 반명예훼손 연맹과 로욜라의 공동 후원으로 로욜라대학(시카고)에서 열린 "인간의 요구와 이미지"에 대한 심포지움에서 한 연설이다. — 원주

이 땅은 나의 땅,

신이 이 땅을 나에게 주었다!

〈영광의 탈출〉이라는 노래가 있었고, 그전에 〈영광의 탈출〉이
라는 영화가 있었고, 그전에 『영광의 탈출』이라는 소설이 있었다
는 것이 기억나면서 내가 문화의 사다리를 올라가고 있는지 내려
가고 있는지, 아니면 그냥 옆으로 가고 있는지 도무지 알 수가 없
다. 어떻게 가르더라도, 애국자, 전사, 전투의 흉터가 있는 호전적
인 유대인의 이미지가 미국 대중의 큰 부분에게 대체로 만족스럽
다는 데에는 의심의 여지가 없는 듯하다.

뉴욕 포스트와 인터뷰를 하면서 소설의 저자 리언 유리스는 다
른 유대인 작가들이 제시하는 유대인 이미지보다 자신의 유대인
투사 이미지가 훨씬 더 진실에 가깝다고 주장한다. 나는 내가, 유
리스 씨가 지칭하는 다른 작가들 가운데 한 명이라고 받아들인
다 ─ 앞서 출간된 나의 단편집에서 발견한 "반유대주의와 자기
혐오"에 대한 해명을 요구하는 어떤 여자가 뉴욕 포스트 인터뷰
스크랩을 나에게 우편으로 보내주었다. 유리스가 인터뷰 진행자
인 조지프 워슈바에게 한 말은 다음과 같다.

자신의 아버지를 저주하고, 어머니를 미워하고, 자기가 왜 태
어났는지 두 손을 비벼대고 비틀며 궁금해하는 데 시간을 보내
는 유대계 미국인 작가가 완전히 하나의 파를 이루고 있다. 이

것은 예술이나 문학이 아니다. 이것은 정신의학이다. 이 작가들은 직업적인 변명꾼들이다. 매년 베스트셀러 목록에서 그들의 작품 하나를 보게 된다. 그들의 작품은 유독하며 그것을 읽으면 뱃속에 있는 게 올라온다.

내가 『영광의 탈출』을 쓴 것은 변명 — 또는 변명할 필요가 있다는 태도 — 이 그냥 역겨웠기 때문이다. 이 나라의 유대인 공동체는 그 수에 비해 엄청난 공헌을 해왔다 — 예술, 의학, 특히 문학에.

나는 이스라엘 이야기를 하려고 나섰다. 나는 분명히 편견을 갖고 있다. 나는 확고하게 친유대계다.

저자는 독자들이 겪는 모든 것을 겪는다. 유럽과 이스라엘에서 『영광의 탈출』을 조사할 때, 그것은 나에게도 계시였다. 그 계시란 이런 것이었다. 우리 유대인이 지금까지 제시되어오던 모습과 다르다는 것. 사실, 우리는 투사들이었다.

"사실, 우리는 투사들이었다." 이 진술은 아주 노골적이고, 멍청하고, 사실과 달라 논란을 벌일 가치조차 없다. 사람들은 몇 가지 이야기 — 그 이야기들의 핵심은 "착하게 놀아, 재키,* 싸우지마"이다 — 를 통해 우리에게 전해지는 오래된 유대인 이미지에 맞서려고 유리스가 단독으로 자신의 새로운 이미지를 들고 나섰다는 느낌을 받는다. 그러나 하나의 단순화를 다른 단순화로 바

---

* 유대인 이름.

꿰치기하는 것에 큰 가치는 없다. 유리스가 소설을 "조사"하는 방식으로 계시를 얻지 못할 때 해볼 만한 일은 엘리 위젤의 『새벽 *Dawn*』이라는 새 책을 읽어보는 것이다. 위젤은 헝가리계 유대인으로 지금은 뉴욕에 살고 있으며, 그의 첫 책 『밤*Night*』은 그가 열다섯 살 소년으로서 아유슈비츠와 부헨발트에서 경험한 일을 기록한 자전적 이야기였는데 그 강제수용소들이, 그의 말로는, "나의 신앙을 영원히 소진했고…… 나의 신과 나의 영혼을 살해하고 나의 꿈을 먼지로 바꾸어놓았다". 두번째 책 『새벽』은 이스라엘 국가가 수립되기 전 팔레스타인에서 벌어진 유대인 테러리스트 활동을 배경으로 삼고 있다. 주인공은 유대인 테러리스트들에게 인질로 잡힌 영국인 소령을 처형하는 임무를 맡는다. 소설은 처형 전 주인공이 보내는 무시무시한 시간들을 다룬다. 나는 유리스에게 위젤의 유대인은 투사의 역할을 맡게 되었을 때 별로 자랑스러워하지 않고, 또 호전성이나 유혈과 연결된 일부 전통에서 자신을 정당화해줄 근거를 찾지 못한다고 말해주고 싶다. 하지만 사실 유리스에게 이런 종류의 이야기를 할 필요는 없다는 것이 드러난다. 『타임』에서 우리가 보게 되는 기사를 믿을 수 있다면, 그는 이미 자신이 뉴욕 포스트에서 털어놓은 것 이상을 알고 있기 때문이다.

『타임』의 보도에 따르면 맨해튼에서,

예히엘 아라노비츠 선장(37)은…… 한때 봉쇄를 뚫고 잠입하는 이스라엘 난민선 '엑소더스'*의 선장이었는데, 그의 1947년

용단에서 영감을 얻어 쓰여지고 이제 베스트셀러(현재까지 사백만 부 판매)가 된 소설에 관하여 고향에서 유보적인 태도를 드러냈다. 그는 말했다, "간단히 말해서, 이스라엘인은 이 책에 아주 실망했다. 이 책에서 묘사된 유형들은 이스라엘에 존재한 적이 없다. 이 소설은 역사도 문학도 아니다." …… 캘리포니아 주 엔시노에서 『영광의 탈출』의 저자 리언 유리스는 반박했다. "내가 '어느 선장이라고?'라고 되물었다고 인용해도 좋으며, 그게 내가 할말의 전부다. 나는 경량급을 괴롭히지 않을 것이다. 그냥 내 책의 판매 수치를 보라."

물론, 『타임』이 말했다고 인용한 것에만 근거해서 어떤 사람을 고발하는 것은 안전하지 않다. 또다른 고전적인 고정관념 — 대가를 주면 뭐든 팔기 마련인 유대인 사기꾼 — 으로 독자의 흥을 돋우는 것이 『타임』의 즐거움일 수도 있다. 유대인을 묘사할 때 이런 이미지가 어떤 이방인들에게는 도움이 되던 때가 있었다. 이제 유대인을 묘사하는 또하나의 방식이 생겼다 — 유리스 씨가 판 이미지, 수백만이 그의 책에서 읽었고 다른 수백만이 화면에서 깜빡이는 것을 보게 될 이미지가 있는 것이다.

유대인과 유대인다움을 받아들일 만하게, 호소력 있게, 매력적이게 만드는 리언 유리스가 있고, 낙관주의적이고 알기 쉬운 철학자인 저 유명한 해리 골든이 있다. 해리 골든이 제시하는 유대

---

* 원래는 출애굽(이집트를 나온다)을 의미. 영화와 책에서는 보통 '영광의 탈출'로 번역되어 왔다.

인 이미지는 『커멘터리』에 실린 시어도어 솔로타로프의 최근 에세이 「해리 골든과 미국 청중*Harry Golden and the American Audience*」에서 적절하게 분석되었다. 솔로타로프 씨는 골든이 세 책 『딱 2센트로*For 2 Cents Plain*』 『오직 미국에서만*Only in America*』 『즐겨라, 즐겨라!*Enjoy, Enjoy!*』에서 "유대인의 노스탤지어와 이방인의 호기심 양쪽을 만족시켰다"고 지적한다. "그는 지난 십 년간 우리 사회의 아주 현실적인 문제와 상황을 우울하면서도 명료하게 제시한다—의도는 선하지만 자신에 관해 생각할 때는 나약하고, 너절하고, 모호한 것이 특징인 사회다…… 당혹한 중간계급의 진부한 말들이 약간의 매니셰위츠 고추냉이 소스*를 뿌려 [독자]에게 시대를 초월한 지혜로 다시 찾아온다."

솔로타로프는 고추냉이 소스를 생각하는데, 사실 골든이 말하는 문제에서는 나 자신이 감상적인 사람이다. 그런데 골든이 솔로타로프의 논평에 답하면서 흥미롭게도 한 손으로는 감상을 내놓고 용케도 다른 손으로는 그것을 치워버리려 하는 것을 관찰할 수 있다. 골든은 자신의 신문 캐롤라이나 이스라엘라이트에서 자신이 뉴욕 게토의 삶을 미화한다고 솔로타로프가 비난한 것은 완전히 틀렸다고 쓴다. 골든은 특유의 절제와 논리로 설명한다. "우리 유대인은…… 사회를 가졌을 뿐 아니라, 아주 솔직히, 유대인의 도시를 가졌으며, 이런 공동체 감각이 옛 이스트사이드의 기억들에 찬란한 매력을 부여하는 것이고, 중간계급으로 올라간 수

---

* 유대인이 애용하는 눈물이 날 만큼 매운 소스.

많은 미국 유대인이 내가 뉴욕 로어이스트사이드에 관해 쓰는 모든 것에 입맛을 다시는 것도 이런 이유에서다. 정서만으로는 놀랄 만큼 널리 퍼진 이런 관심을 절대 유지할 수 없다." 정답은 감상이다. 만일 감상이 널리 퍼진 관심을 만들어낼 수 없다면, 무엇이 만들어낼 수 있단 말인가?

골든과 유리스에 대한 유대인의 대중적 관심은 이해하기 어렵지 않다. 첫째로, 인정의 즐거움, "쿠겔"과 "라트케"*라는 말이 활자로 인쇄된 것을 볼 때 오는 흥분이다. 그다음에는 자기 자신에 대한 낭만화가 있다. 한편에는 '남자다운 히브리 영웅'이 있고, 다른 편에는 '이민자의 성공'이 있는 것이다. 해리 골든은 스스로 인정하듯이 허레이쇼 앨저**와 같은 사람으로, 우리에게 로어이스트사이드의 유대인 구역 출신으로 출세하여 명성과 재산을 얻은 판사, 영화배우, 과학자, 코미디언의 이름을 제공한다. 하지만 이방인의 관심은 어떻게 보아야 할까? 『영광의 탈출』은 사백만 명이 구매했다. 『오직 미국에서만』은 이백만 명이 구매했다. 이들이 모두 유대인일 리는 없다. 왜 이방인이 유대 인물, 역사, 관습, 도덕에 이렇게 관심을 가질까? 어떻게 팻 분이 "유일하게 공인된 버전"을 부르게 되는 것일까? 왜 모이셰 오이셔나 에디 피셔***가 아닐까?

---

* 둘 모두 유대 요리의 이름.

** 가난한 가정에서 중간계급으로 사회적 상승을 하는 인물이 나오는 청소년물을 쓴 미국 작가.

*** 모이셰 오이셔(1906~1958)는 러시아 태생의 유대인 회당 독창자이자 이디시어 연극의 배우. 에디 피셔(1928~2010)는 대중적인 유대계 미국인 가수. ─ 원주

솔로타로프가 골든의 매력에 대한 설명으로 제시하는 한 가지
는 골든이 독자에게 "생생함, 에너지, 갈망, 규율, 그리고 마지막
으로 삶의 온기"가 특징인 세계를 보여준다는 것이다. "즉, 현대
중간계급 가족과 교외 거주자에게서 쇠퇴하고 있다고 하는 바로
그 특질들이다." 또 요즘에는 유대인의 주정주의라는 관념에 대
한 매혹이 분명히 있는 듯하다. 니그로에게 다가가 "리듬"에 관한
대화를 시작하지 않을 만큼 분별력 있는 사람들이 나와 유대인의
"온기"에 관한 대화를 나누려 한다. 그들은 그것이 내 비위를 맞
추는 것이라고 생각한다 ― 그리고 그것이 진실이라고 생각한다.

그들은 그것이 복잡하다고 생각하지 않는 듯하다. 온기가 실제
로 나타날 때 그것은 그냥 스스로 빛을 발하는 것이 아니고, 중심
에는 대개 불이 있다는 데는 생각이 미치지 않는 듯하다.

아이오와주립대학의 글쓰기 워크숍에서 내가 가르치는 반에
는 유대인 대학원생이 몇 명 있고, 지난 학기에 내 가운데 세 명
이 유대인의 유년에 관한 이야기를 썼다. 그 셋 모두 드라마의 감
정적 음정이 아주 높이 올라가 있었다. 묘하게도, 아니 어쩌면 그
렇게 묘한 일이 아닐지 모르지만, 각 이야기에서 주인공은 열 살
에서 열다섯 살 사이의 유대인 소년이며, 학교에서 성적이 뛰어
나고 늘 머리를 빗고 다니며 예의가 바르다. 모두 일인칭으로 전
개되는 이 이야기들은 주인공과 이방인 이웃이나 급우 사이에 자
라나는 우정을 다룬다. 이방인은 주인공보다 약간 낮은 계급 출
신인데 ― 한 이야기에서는 이탈리아계 미국인, 다른 이야기에
서는 톰 소여 같은 미국인 ― 중간계급 출신인 유대인 아이를 육

체의 세계로 이끈다. 이방인 소년은 이미 어떤 성 경험을 갖고 있다. 그렇다고 그가 유대인 단짝보다 나이가 훨씬 많은 것은 아니다―부모가 거의 관심을 기울이지 않기 때문에 모험을 찾아 나설 기회가 생겼을 뿐. 그들의 부모는 이혼했거나, 술을 마시거나, 교육을 받지 못해 늘 "염병할"이라는 말을 입에 달고 있거나, 자식을 돌볼 만큼 옆에 있을 시간이 없는 것 같다. 그렇게 되자 자식은 여자를 쫓아다닐 시간이 많아진다. 반면 유대인 소년은 감시를 받고 있다―잠자는 시간에, 공부하는 시간에, 특히 먹는 시간에. 그를 감시하는 사람은 어머니다. 아버지는 거의 보이지 않는다. 아버지와 아들 사이에는 고개를 끄덕여 알은체하는 정도의 관계밖에 없는 듯하다. 노친네는 일을 하거나 자거나 탁자 건너편에서 열심히 먹어대고 있다. 그럼에도 이 가족에는 온기가 넘치며―특히 이방인 친구의 가족과 비교할 때―그 대부분이 어머니한테서 나온다. 하지만 이 온기는 어린 주인공에게 해리 골든과 그의 독자에게 다가가는 방식으로 다가가지 않는다. 온기를 제공하는 불은 동시에 태우고 질식시킬 수도 있다. 주인공이 이방인 소년에게서 부러워하는 것은 부모의 무관심이며, 그것은 대체로 그런 무관심이 제공하는 성적 모험을 위한 기회 때문인 것처럼 보일 수도 있다. 여기서 종교는 신성한 것과 피안의 신비로 들어가는 열쇠가 아니라, 감각적인 것과 에로틱한 것의 신비, 길 아래 사는 소녀에게 손을 대는 사건의 놀라운 경이로 들어가는 열쇠로 이해된다. 따라서 이 젊은 유대인 이야기꾼들이 원하는 온기는 이방인이라면 아주 쉽게 얻는 것처럼 (유대인에게는)

새로운 유대인 고정관념들 85

보이는 온기다. 해리 골든의 이방인이 유대인에게 부러워하는 것이 유대인이라면 아주 당연하게 얻는 — 골든은 그렇다고 말한다 — 온기인 것과 마찬가지다.

서둘러 지적하거니와 이 단편들에서 이방인 친구가 젊은 서술자를 데리고 찾아가는 여자들은 절대 유대인이 아니다. 유대인 여자들은 어머니와 누이다. 성적 갈망은 '타자'를 향한 것이다. 이방인 여자shiksa에 대한 꿈 — 종종 "젖가슴이 멜론 같다"고 표현되는 이방인의 유대인 여자에 대한 꿈의 대응물(토머스 울프를 보라).* 그런데 나는 이 창작반 학생들이 유대인 소년의 꿈에 관심을 가지는 것을 골든에게서 발견하게 되는 꿈을 꾸는 듯한 상태와 비교하여 이 학생들의 재능을 깎아내리려는 것이 아니다. 이 이야기들의 주인공이 변함없이 배우는 것 — 이방인 동지가 다른 동네나 감옥으로 사라지면서 — 은 그들 자신의 곤경이 드러내는 부담스러운 모순이기 때문이다.

골든과 유리스는 누구에게도 어떤 것으로도 부담을 주지 않는다. 오히려 그들 매력의 많은 부분은 진짜든 상상한 것이든 모든 죄책감을 소멸시키는 것이다. 유대인은 사실 불쌍하고 순수한 피해자가 아니라는 것이 드러난다 — 그들이 박해를 받고 있다고 여겨지는 시간 내내 그들은 서로 따뜻하게 지내며 좋은 시간을 보내고 멋진 가족생활을 하므로. 그들이 발전시키는 것은 — 솔

---

* 예를 들어 울프의 『시간과 강에 대하여 *Of Time and the River*』(1935) 13장을 보면 "여성적 냄새를 풍기는 몸이 굵고 뜨겁고 묵직하고 힘센 젊은 유대인 여자"의 "멜론처럼 묵직한 젖가슴"을 묘사한다. — 원주

로타로프가 인용하고 있는 한 평론가가 해리 골든에 관해 말하듯이—"세상에 대한 사랑스러운 유대인적 시각"이었다.

아, 그 사랑스러운 유대인적 시각—그런 시각의 존재는 틀림없이 양심을 다독여줄 수 있을 것이다. 피해자가 피해자가 아니라면, 가해자도 가해자가 아닐 테니까. 골든은 여러 가지 위안을 제공하지만 그 가운데에는 반유대주의 행동을 하지 않았다 해도 그것과 관계없이 유대인을 불신하고 의심하는 듯한 느낌, 가지면 안 된다고 하는 그 느낌에 사로잡히는 이방인을 위한 일종의 탈출구도 있다. 골든은 우리가 행복하고, 낙관적이고, 사랑스러운 사람들이며, 또 우리가 최고의 나라에 살고 있다고 그들도 안심시킨다(유대인을 안심시키듯이)—편협이 미국의 영혼을 잠식하지 않는다는 것이 그가 평생 증명한 것 아니던가? 자, 여기 한 유대인이 있다—게다가 자기 할말을 하는 사람이다, 잊지 마라—다름 아닌 남부의 한 도시의 존경받는 시민이다. 훌륭하다! 스웨덴, 또는 이탈리아, 또는 필리핀에 있는 것이 아니다. 오직—골든은 그들에게 말한다—미국에만 있다!

선한 의도를 가진 불안한 이방인이라면, 실제로 아무런 책임이 없는 범죄에 죄책감을 계속 느낄 필요가 없다는 점에서 이것이 유쾌한 치료일 수도 있다. 심지어 유대인을 좋아하지 않는다는 이유로 자신을 좋아하지 않기 때문에 유대인을 좋아하지 않는 일부 미지근한 반유대주의자의 부담을 덜어줄 수도 있다. 하지만 나는 이것이 유대인과 그들 역사의 엄연한 사실들을 진정으로 존중하는 것인지는 잘 모르겠다. 또는 심지어 이방인이 품는 의심의 타당성을 존중하는 것인지도. 왜 이방인이 의심을 품지 말아야 하는가? 사실 어떤 사람이 헌신적으로 유대인이고자 한다면, 그는 인간의 생존에 관한 가장 심각한 문제들 — 과거를 이해하고, 미래를 상상하고, 신과 인간의 관계를 발견하는 것 — 에 관하여 자신이 옳고 기독교인은 틀리다고 믿는다. 그는 신앙이 있는 유대인이기 때문에 이 세기의 도덕적 질서의 붕괴와 영적 가치의 잠식이 기독교가 선을 지탱하는 충분한 힘이 되지 못하기 때문이라는 관점에서 볼 수밖에 없다. 그러나 누가 그런 것을 그의 이웃에게 말하려고 하겠는가? 오히려 우리가 미국 생활에서 매일 목격하는 것은 "반사회적인 것의 사회화…… 반문화적인 것의 문화화…… 전복적인 것의 합법화다."* 이것은 라이오널 트릴링의 표현이다. 그는 자신의 학생들 다수가 현대 문학의 극단적인 요소들에 보이는 반응을 묘사하기 위해 그런 표현을 사용했다. 그러나 그의 말은 내가 보기에 훨씬 폭넓은 문화적 관련성이 있다. 우리 주위에서 계속 진행되는 차이 억누르기, 즉 다르고, 다른 길로 가고, 반항하는 사람들에게서 힘을 빼앗는 — 빼앗으려고 기획된 — 답답한 "관용"과 관련이 있는 것이다. 어떤 사람을 진지하게 위협으로 여기는 대신 인기를 얻게 하여 효과적으로 침묵시킨다. 그들은 곧 교외에서 비트족 파티를 열 것이다 — 그런다 해

---

* 미국 문학평론가 라이오널 트릴링(1905~1975)의 에세이 「현대 문학을 가르치는 문제 On the Teaching of Modern Literature」에서. 『문화를 넘어서 Beyond Culture』(1965)에 수록되어 있으며 '현대 문학에서 현대적 요소에 관하여'라는 제목으로 『파티전 리뷰』(1961년 1~2월)에 처음 발표되었다. — 원주

도 나는 모든 사람이 형제라는 확신을 갖지 못한다. 오히려 그들은 낯선 사람들이다. 매일 신문을 읽으면서 나는 그것을 절실하게 느낀다. 그들은 낯선 사람들이다, 그들은 적이다. 원래 세상의 이치가 그러하기 때문에 "서로 사랑하라"(모든 증거로 보아 그것은 달을 따오라고 요구하는 것과 마찬가지다)가 아니라 폭력을 쓰지 말고 서로 배반하지 말라는 것이 우리의 의무가 된다. 사실 이것만으로도 충분히 어려운 일로 보인다.

물론 유대인은 폭력을 썼다. 리언 유리스가 미국에게 그렇게 자랑스럽게 이야기해주고 싶어하는 것은 그들의 폭력 이야기다. 그것이 미국 유대인에게 주는 보상적인 매력은 이해하기 어렵지 않지만, 이방인은 어떨까? 왜 대중가요를 두고 "유일하게 공인받은 버전"이니 하는 그런 경건한 태도가 필요할까? 왜 그 노래가 심지어 대중적일까? 영화는? 책은? 『영광의 탈출』 공식은 미국의 아주 많은 사람에게 대단히 설득력이 있고 유쾌해서 나는 그것이 이 나라의 양심(그것이 존재하기는 한다면)에서 덜어주고 있는 부담이 다름 아닌 홀로코스트 자체, 그 모든 노골적이고 몰상식하고 악마적인 참사에서 유대인 육백만 명을 살해한 일이 아닌가 의문이 들곤 한다. 예를 들어, 언젠가 아주 빠른 시기에 우리가 저 또다른 곤혹스러운 참사, 즉 히로시마 시민 살해를 처리해버릴 수 있는 대중적인 노래나 영화가 나타날 것만 같다. 히로시마의 경우 우리는 어쩌면 원자탄을 이용한 말살의 잿더미에서 솟아오른 아름다운 현대 도시, 그곳의 삶이 이미 말살된 히로시마의 삶보다 훨씬 더 번창하고 건강하고 진취적이라고 이야기하는 노

래를 듣게 될지도 모른다. 그것은 그렇다 치고 — 어서 가서 해치
우기를 좋아하는 이 나라에서 그것이 이제 곧일 수도 있다는 것
을 부정할 사람이 누구일까? — 지금 여기에는 게토에 사는 유대
인이라 해도 정말로 행복하고 낙관적이고 따뜻했다(억울해하고
비관적이고 두려워하고 외국인 혐오에 사로잡힌 것이 아니라)고
장담하는 골든이 있고, 유대인의 나약함과 희생에 관해서는 결국
걱정할 필요가 없다, 유대인은 알아서 할 수 있다, 하고 말하는 유
리스가 있다. 유대인은 실제로 알아서 했다. 어느 주에 『라이프』
는 아돌프 아이히만*의 사진을 표지에 싣는다. 몇 주 뒤에는 유
대인 자유의 투사 살 미네오**의 사진을 싣는다. 아무리 많은 인
간적 반응, 슬픔, 동정, 복수로도 씻을 수 없는 범죄에 이제, 부분
적으로는, 복수가 이루어진 듯하다. 그리고 마침내 저울이 균형
을 잡기 시작하는 것처럼 보일 때, 안도의 한숨이 있을 수밖에 없
다. 유대인은 이제 무대 옆 안 보이는 곳에서 우리 시대의 끝없는
폭력을 내다보고 있지도 않고, 이제 가장 애용되는 피해자도 아
니다. 이제 참여자다. 그럼 좋다. 탑승을 환영한다. 하지만 총과
수류탄을 가진 사람, 신이 준 권리(이 경우에는 노래가 알려주듯

---

* 나치 독일(1939~1945)에서 국가안보본부의 유대인 부서를 책임진 친위대 장교
(1906~1962)로 유럽 유대인을 강제수용소로 보내는 일에서 중요한 역할을 했다.
1960년 5월 11일 이스라엘 공작원들에게 아르헨티나에서 붙잡혀 이스라엘로 이송
되었으며 1961년 인류에 대한 범죄로 재판을 받고 1962년 5월 31일 교수형을 당했
다. — 원주
** 미국 배우 살 미네오(1939~1976)는 리언 유리스의 『영광의 탈출』 영화판(1960)
에서 이르 군단의 구성원인 도브 란다우를 연기했다. — 원주

이 신이 준 땅이지만)를 위해 살인하는 사람은 또다른 사람이 그 나름의 회계와 재고와 신앙에 따라 신이 자신에게 준 것을 위해 살인을 할 때 그를 심판하는 자리에 그렇게 쉽게 앉을 수 없다.

유대인이 투사라는 유리스 씨의 발견은 그를 자부심으로 채운다. 그것은 몇 명이든 그의 유대인 독자 또한 자부심으로 채우고, 그의 이방인 독자는 아마도 자부심보다는 안도감으로 채울 것이다. 그러나 유대인 테러리스트에 관한 엘리 위젤의 소설 『새벽』의 주인공에게는 그렇게 위로가 되지도 않고 마음을 들뜨게 해주지도 않는 감정들이 찾아온다. 그는 수치와 혼란, 그리고 자신이 비극적 악몽에 가망 없이 영원히 갇혀 있다는 느낌에 압도당한다. 자신이 살인을 할 권리가 정당하다고 아무리 스스로 되뇌어도, 그나 그의 민족의 과거에 속한 어떤 것도 다른 사람에게 총알을 발사하는 것을 실제보다 소름끼치지 않는 일로 만들어주지는 못한다. 그는 부헨발트와 아우슈비츠에서 그렇게 많은 것을 보고 겪었기 때문에, 영국인 장교를 향해 방아쇠를 당겨 우리의 폭력의 세기에 또 한 사람의 처형자가 되면서 자신이 생각하던 자신은 이제 최종적으로 죽었다는 느낌을 받는다. 그는 욥처럼 자신이 왜 태어났는지 의문을 품는 그런 유대인 가운데 하나다.

유대인에 관해 쓰기

1

내가 처음 쓴 이야기들 가운데 일부가 1959년에 『굿바이, 콜럼 버스』라는 책으로 묶인 이후 나의 작업은 어떤 설교단들과 정기 간행물들로부터 위험하고 부정직하고 무책임하다는 공격을 받아왔다. 이 이야기들이 유대인 삶의 성취를 무시한다고, 또는 에마누엘 래크맨 랍비가 최근 '미국 랍비 평의회' 총회에서 말한 대로, "'정통 유대교'의 기본 가치를 왜곡한 이미지"를 만든다고, 또 심지어, 그가 계속 말한 바에 따르면, "현대 세계가 기울이는 노력의 모든 길목에서 '정통 유대인'이 하고 있는 압도적 기여"를 비유대인 세계가 높이 평가할 기회를 박탈한다고 비난하는 사설과 기사를 나는 유대인 공동체 신문들에서 읽었다. 내가 독자들로부터 받은 편지에는 내가 반유대주의적이고 "자기혐오적"이라는, 적어도 품위가 없다는 유대인의 비난이 많았다. 그 편지들은 나치의 육백만 살해에서 절정에 이른, 역사 전체에 걸친 유대인의 수난 때문에 유대인 삶에 대한 어떤 비판들은 모욕적이거나 하찮게 느껴지게 되었다고 주장하거나 암시한다. 반유대주의자들은 유대인에 대한 나의 그런 비판 — 또는 비판으로 보이는 것 — 을 자신들이 지르는 불을 정당화할 근거로, 그 불의 "연료"로 받아들이는데, 이는 무엇보다도 바로 유대인 자신이 유대인 인물들의 모범적이지 않은, 또는 심지어 정상이지도 않고 받아들이기도 힘든 습관이나 행동을 인정하는 것처럼 보이기 때문이라는 비난도 있다. 내가 유대인 청중 앞에서 연설을 하면 끝나고 나서 나에게 다가와 이렇게 묻는 사람들이 반드시 있었다. "왜 우리를 그냥 놔두지 않는가? 왜 이방인에 관해 쓰지 않는가?" — "왜 그렇게 비판적으로 굴어야 하는가?" — "왜 우리를 그렇게 못마땅해하는가?" — 이 마지막 질문에는 종종 분노만큼이나 믿기지 않는다는 느낌도 담겨 있고, 종종 나보다 나이가 훨씬 많은 사람들이 사랑하지만 오해를 받는 부모가 잘못을 저지르는 아이를 타이르는 듯한 느낌도 묻어난다.

내 이빨이 파고드는 것을 느꼈다고 주장하는 사람들 가운데 일부에게 사실 그들은 물린 적도 없다고 설명하는 것은 불가능하지는 않아도 어려운 일이기는 하다. 늘 그런 것은 아니지만, 많은 경우, 그런 독자들이 내가 유대인이 영위하는 삶을 못마땅하게 여긴다고 받아들이는 것은 그들이 나에게 속한 것으로 여기는 도덕적 관점보다는 그들 자신의 도덕적 관점과 더 관련되어 있다. 가끔 나 자신은 에너지나 용기나 자발성을 보는 곳에서 그들은 악을 보기 때문이다. 그들은 내가 부끄러움을 느낄 이유가 없다고 보는 것에서 부끄러움을 느끼고, 방어할 이유가 없는 곳에서 방어적이다.

내가 보기에 그들은 종종 옳고 그름에 관하여 답답하고 지지할 수 없는 관념을 갖고 있을 뿐 아니라, 소설을 그들처럼 보게 되면 ─ 유대인을 "마땅하게 여기는 것"과 "못마땅해하는 것", 유대인 삶에 대한 "긍정적"인 태도와 "부정적인" 태도라는 맥락에서 보게 되면 ─ 어떤 이야기가 진짜로 무엇에 관한 것인지 보지 못할 가능성이 크다.

예를 들어보자. 내가 쓴 「엡스타인」이라는 이야기는 길 건너에 사는 여인과 간통을 하는 예순 살 남자에 대한 이야기이다. 마지막에 주인공 엡스타인은 걸린다 ─ 가족에게 걸리고, 자신이 마지막으로 맞서 싸우러 나섰던 모든 것에 걸려서 쓰러진다. 내가 왜 유대인 남자에 관해 이런 이야기를 할 필요가 있다고 생각했는지 납득하지 못하는 유대인 독자들이 있다고 알고 있다. 다른 사람들도 간통을 하지 않는가? 아내를 속이는 모습을 보여주는 사람이 왜 꼭 유대인이어야 하는가?

하지만 간통에는 속이는 것 이상이 있다. 우선 간통하는 사람 자신이 있다. 어떤 사람들은 그를 속이는 사람일 뿐 다른 아무것도 아니라고 경험할 수도 있지만, 당사자는 보통 자신을 그 이상의 어떤 것으로 경험한다. 그리고 일반적으로 말해서, 대부분의 독자와 작가를 문학으로 끌어오는 것은 이 "그 이상의 어떤 것"―단순한 도덕적 범주화를 넘어서는 모든 것 ― 이다. 간통하는 남자에 관한 이야기를 쓸 때, 우리가 그런 행위를 못마땅해하고 그런 남자에게 실망하니 우리 모두 얼마나 올바른가, 하는 점을 분명히 보여주는 것은 나의 목적이 아니다. 소설은 모두가 가진 것처럼 보이는 원칙과 믿음을 긍정하려고 쓰는 것이 아니며, 우리의 감정이 적절하다는 것을 보증해주려고 하지도 않는다. 사실 소설의 세계는 사회가 감정을 가두는 제약으로부터 우리를 자유롭게 해준다. 예술의 위대한 점 하나는 작가와 독자가 일상의 행위에서 늘 선택할 수는 없는 방식으로, 또는 선택할 수 있다 해도 살아가는 일에서는 가능하거나, 관리할 수 있거나, 합법적이거나, 권할 만하거나, 심지어 필요하지 않은 방식으로 경험에 반응하게 해준다는 것이다. 우리는 심지어 소설 작품에서 접하고 나서야 그런 감정과 반응 범위를 갖고 있다는 것을 알게 될 수도 있다. 그렇다고 해서 독자나 작가가 이제는 인간 행동에 대해 어떤 심판도 하지 않는다는 뜻은 아니다. 오히려, 우리는 우리 존재의 다른 수준에서 심판한다. 우리는 새로운 감정의 도움을 받을 뿐 아니라, 심판에 따라 행동할 필요 없이 심판하기 때문이다. 잠시 올곧은 시민이기를 중단하고, 우리는 의식의 다른 층으로 낙하한다. 도덕의식의 이런 확장, 도덕적 환상의 이런 탐사는 인간과 사회에 어떠한 가치가 있다.

여기에서 아주 많은 독자가 소설의 목적과 장치라고 당연시하는 것에 관하여 길게 이야기하고 싶지는 않다. 하지만 자신의 관심사 때문에 이 주제에 관해 많은 생각을 해보지 않을 수도 있는 사람들에게 작가가 염두에 두고 있을 수 있는 가정 몇 가지를 분명히 밝혀두고 싶기는 하다 — 내가 간통을 하는 사람에게 느낄 수도 있는 모든 못마땅함을 분명히 드러내기 위해 이야기를 쓰는 것은 아니라고 말하게 만든 가정들. 나는 간통을 하는 사람의 조건을 드러내기 위하여 그런 사람의 이야기를 쓴다. 만일 간통을 하는 사람이 유대인이면, 나는 간통을 하는 유대인의 조건을 드러낸다. 왜 그런 이야기를 하는가? 나는 어떤 사람이 자신의 "최고의 자기"라고 생각하는 것, 또는 다른 사람들이 그렇다고 상상하는 것, 또는 그렇기를 바라는 것에 어긋나게 행동하는 방식 — 그리고 이유와 시기 — 에 관심이 있는 듯하기 때문이다. 이 주제는 "나만의 것"이라고 하기 힘들다. 이것은 내가 관심을 가지기 이전부터 오랫동안 독자와 작가의 관심을 끌어왔기 때문이다.

나의 독자 가운데 한 사람, 디트로이트에 사는 어떤 이는 몇 가지 질문을 했는데, 아주 짧은 그 질문들에는 나를 무장해제시키려는 의도가 담겨 있는 것처럼 보인다. 허락 없이 그의 편지에서 인용을 해보겠다.

첫번째 질문. "중년 남자가 자기 일을 게을리하면서 중년 여자와 온종일 시간을 보내는 것이 생각할 수 있는 일인가?" 답은 그렇다이다.

다음에 그는 묻는다. "이것이 유대인의 특질인가?" 나는 이것이 간통을 가리키는 것이지, 일을 게을리하는 것을 익살스럽게 가리키는 것은 아니라고 받아들인다. 그 답은 이렇다. "누가 그렇다고 했는가?" 안나 카레니나는 브론스키와 간통을 하는데, 그 결과는 엡스타인이 초래하는 것보다 참담하다. 그런데 누가, "이것이 러시아인의 특질인가?" 하고 물어볼 생각을 하는가? 그것은 인간의 가능성이다. 신이 신 나름의 이유로 간통하지 말라는 유명한 명령을 유대인에게 내렸다고 알려져 있기는 하지만, 간통은 지금까지 모든 신앙에 속하는 사람들이 쾌락 — 또는 자유나 복수, 또는 권력, 또는 사랑, 또는 모욕 — 을 추구한 방식들 가운데 하나였다.

이 신사가 나에게 한 일련의 질문 가운데 다음 것. "왜 더러운 게shmutz 그렇게 많은가?" 그는, 세상에 왜 먼지가 있는가, 하고 묻고 있는 것일까? 왜 실망이? 왜 곤경, 추함, 악, 죽음이? 이것들이 그가 염두에 두고 있던 질문들이라고 생각할 수 있다면 좋을 것이다. 하지만 그가 정말로 묻고 있는 것은 그저 이런 질문일 뿐이다. "왜 그 이야기에는 더러운 게 그렇게 많은가?" 노인이 자기 내부에서 욕정의 불길이 여전히 타오르고 있음을 발견한다고? 더러워! 역겨워! 누가 그따위 이야기를 듣고 싶어하겠어! 이 디트로이트의 신사는 엡스타인의 곤경 가운데 바로 이런 더러운 측면만 눈에 들어오기 때문에 내가 편협하다고 결론을 내린다.

다른 사람들도 마찬가지다. 편협함이란 사실 뉴욕 타임스 기사에서 뉴욕의 랍비 데이비드 셀리그선이 최근 나를 비롯한 유대인 작가들의 죄목으로 거론했다고 보도한 부분인데, 그는 자신의 회중에게, 이 작가들이 "희화화된 인물들의 우울한 퍼레이드를 독점적으로 만들어내는" 데 헌신해왔다고 말했다. 셀리그선 랍비는 또 『굿바이, 콜럼버스』를 못마땅하게 여겼는데, 그것은 내가 그 책에서 "유대인 간통자······와 다른 정신분열증적 인격을 가진 비뚤어진 인물 무리"를 묘사했기 때문이다. 물론 간통은 정신분열증의 증상이 아니지만, 그 랍비가 이것을 그런 식으로 본다는 것은 우리가 정신건강에 관하여 서로 생각이 다르다는 사실을 보여준다. 사실, 삶은 루 엡스타인 같은 우울한 중년의 사업가를 만들어낼 수도 있는데, 셸리그선 박사의 눈에 그는 희화화된 인물의 퍼레이드에 참여한 또 한 사람처럼 보일 뿐이다. 나 자신은 엡스타인의 간통이 그의 문제들에 대한 가망 없는 해결책이며, 한심하고 심지어 실패할 수밖에 없는 반응, 또 희극적이기도 한 반응이라고 생각한다. 그것이 그 사람의 자신에 대한 생각과 자신이 원하는 것에 일치하지 않기 때문이다. 그러나 이런 가망 없음 가운데 어떤 것도 나를 그의 제정신, 또는 인간성에 대한 절망으로 이끌지는 않는다. 엡스타인이라는 인물이 사실 상당한 애정과 공감으로 잉태되었다는 점을 고백한다면 내가 비뚤어진 정신분열증을 인정하는 것이나 다름없을 것 같다. 하지만 내가 보기에 이 랍비는 바로 눈앞에서 어떤 사람이 따뜻한 포옹을 받고 있을 때도 그것을 알아보지 못할 것이다.

뉴욕 타임스 기사는 이어진다. "랍비는 '태생은 유대인인데, 유대인 역사의 엄청나고 장구한 이야기에서 거의 아무것도 보지 못하는' 재능 있는 작가들에 '관해 궁금하지' 않을 수 없다고 말했다." 하지만 내 상상으로는 내가 랍비에 관해 "궁금하지" 않은 것만큼이나 랍비도 나에 관해 궁금하지 않을 것 같다. 궁금하다는 것은 지혜의 목소리에 귀를 기울이는 것이며, 빛이 있을 경우 늘 기꺼이 빛의 안내를 받으려는 것이다. 하지만 이 경우에는 그렇다고 보지 않는다. 설교단에서 보여주는 공정한 태도는 쟁점을 감추고 있을 뿐이다—뉴욕 타임스에 인용된 랍비의 결론에서 실제로 감추어지고 있다. "'그들[문제의 유대인 작가들]이 자유롭게 써야 한다는 것, 우리는 그것을 매우 뜨겁게 지지할 것이다. 그러나 그들이 그들 자신의 민족과 전통을 아는 것, 우리는 그것 또한 간절히 바랄 것이다.'"

그러나 쟁점은 자신의 "민족"을 아는 것이 아니다. 그것은 누가 역사적 자료에 더 정통한가, 또는 유대인 전통에 더 익숙한가, 우리 가운데 누가 관습과 의식을 더 준수하느냐 하는 문제가 아니다. 루 엡스타인의 이야기는 내가 전통에 관해 얼마나 많이 아느냐가 아니라 루 엡스타인에 관해 얼마나 아느냐에 따라 성공할 수도 있고 실패할 수도 있다. 유대 민족의 역사가 시간과 공간에서 자리를 잡아 내가 엡스타인이라고 부르는 노인이 된 곳, 그곳이 내가 잘 알아야만 하는 곳이다. 하지만 셀리그선 랍비는 루 엡스타인을 유대 역사에서 배제하고 싶어한다는 느낌이다. 반면에 나는 그의 곤경에 너무도 마음이 움직여 그것을 내칠 수가 없다고 생각한다, 설사 그가 상스러운 인간이고 랍비가 생각하는 나보다 역사에 더 무지하다 해도.

엡스타인은 사실 학식 있는 랍비로 그려진 것이 아니라, 작은 종이봉투 회사 주인으로 그려졌다. 그의 부인 또한 학식이 높지 않고, 그의 정부도 마찬가지다. 결과적으로 독자는 이 이야기를 읽으며 나나 인물들에게서 『조상의 말씀Sayings of the Fathers』*에 대한 지식을 발견하기를 기대하지 않는다. 하지만 엡스타인 같은 이력이 있는 유대인 남자가 결혼, 가족생활, 이혼, 간통을 대하는 태도라고 할 만한 것에 관해서는 내가 진실에 다가가 있기를 기대하는 것이 당연하다. 이 이야기의 제목이 '엡스타인'인 것은 유대인이 아니라 엡스타인이 제재이기 때문이다.

하지만 물론 이 랍비의 관심은 인물의 제시에 있지 않다. 그가 내 소설에서 찾는 것은, 그의 말로 하면, "우리가 알고 있는 유대인에 대한 균형잡힌 제시"다. 나는 심지어 "균형"이라고 부르는 것이 이 랍비가 유대인 삶의 근본적 특징으로 광고하는 것이라는 생각도 든다. 유대 역사는 마침내 우리 내부에 모든 것을 하나씩 갖추는 단계에 이르렀다는 것이다. 셀리그선 랍비는 설교에서 마이런 카우프만의 소설 『하느님에게 내 안부를Remember Me to God』에 관해서 이것은 "유대인에 대한 사회학적 연구로 인정할 수 있다고 이야기하기 힘들다"고 말한다. 하지만 카우프만 씨는 사회학적 연구, 즉—이것이 랍비가 유대인에 관한 소설을 읽을 때 정말로 갈망하는 것에 더 가까워 보이는데—멋진 실증적 표본을 추출할 의도가 없었다. 『마담 보바리』도 사회학적 연구로 인정하기 힘들 것이다. 그 중심에는 꿈을 꾸는 듯한 프랑스의 지방 출신 여자로 한 사람이 있을 뿐이지, 프랑스의 다른 모든 종류의 지방 출신 여자로 한 사람씩 있는 것은 아니다. 그렇다고 해서 에마 보바리에 대한 탐사로서 그 탁월함이 줄어들지는 않는다. 문학작품

---

* 탈무드의 소책자. ─ 원주

은 사람들 가운데 출현 빈도에 의해 작가에게 강한 인상을 준 인물을 일차적으로 자신의 제재로 택하지 않는다. 우리가 아는 사람들 가운데 하느님이 요구했다고 믿고 외아들에게 칼을 꽂기 직전까지 갔던 유대인이 몇 명이나 될까? 아브라함과 이삭의 이야기는 그것이 일상적으로 일어나는 일이라서 의미 있는 것이 아니다. 어떤 문학작품의 시금석은 그 재현 범위가 얼마나 넓으냐가 아니라—그런 넓이가 어떤 종류의 내러티브의 특징일 수도 있지만—작가가 자신이 재현하기로 선택한 것을 드러내는 진실성이다.

"균형잡힌 제시"를 소설과 혼동하면 어처구니 없는 일이 생긴다. "표도르 도스토옙스키 귀하—우리 학교 학생들은 귀하가 우리에게 부당했다고 느낍니다. 귀하는 라스콜니코프가 우리가 아는 학생들의 균형잡힌 제시라고 봅니까? 러시아 학생들의? 가난한 학생들의? 아무도 살해한 적이 없고 매일 밤 숙제를 하는 우리들은 어쩌란 말입니까?" "마크 트웨인 귀하—우리 대농장의 노예들은 한 명도 달아나지 않았습니다. 그런데 우리 주인이 검둥이 짐 이야기를 읽으면 무슨 생각을 하겠습니까?" "블라디미르 나보코프 귀하—우리 반의 여학생들은……" 기타 등등. 소설이 실제로 하는 일과 이 랍비가 소설이 하기를 바라는 일은 완전히 대립하고 있다. 소설의 목표는 통계학자의 목표—또는 홍보 회사의 목표가 아니다. 소설가는 자문한다. "사람들이 무슨 생각을 하고 있을까?" 홍보 사원은 묻는다. "사람들이 무슨 생각을 하게 될까?" 나는 이 랍비가 "유대인에 대한 균형잡힌 제시"를 요구할 때 실제로 그를 괴롭히는 것은 이것이라고 믿는다. "사람들이 무슨 생각을 하게 될까?"

정확하게 말하자면 — "비유대인goyim이 무슨 생각을 하게 될까?"

2

이것은 나의 다른 이야기 「신앙의 수호자」가 1959년 4월 『뉴요커』에 실렸을 때 제기된 — 그것도 다급하게 제기된 — 문제이기도 하다. 이 이야기의 화자는 전쟁이 끝난 독일에서 전투 임무를 마치고 미주리로 막 재배치된 육군 하사 네이선 마크스다. 그는 도착하자마자 훈련 중대의 선임하사가 되고 바로 젊은 신병과 가까워지는데, 신병은 하사에 대한 애착을 이용하여 친절과 호의를 얻어내려 한다. 이 애착은, 그가 보는 바로는, 그들 둘 다 유대인이라는 것에 기초하고 있다. 이야기가 진전되면서 신병 셸던 그로스바트가 요구하는 것은 마크스 생각으로는 단순한 배려가 아니라 그가 누릴 권리가 없는 특권이라는 것이 드러난다. 이 이야기는 이기적인 목적을 위해 자신의 종교, 그리고 다른 사람의 불확실한 양심을 이용하는 어떤 사람에 관한 것이다. 그러나 무엇보다도 이 다른 사람, 화자, 마크스에 관한 것인데, 그는 자신이 어떤 종교의 구성원이라는 복잡한 상황 때문에, 아마도 잘못된 것이겠지만, 충성 대상에 대한 부담스러운 갈등에 말려들게 된다.

나는 마크스의 문제를 단지 "유대인"의 것으로만 보지 않으며, 그것은 그 이야기를 쓰던 동안에도 마찬가지였다. 사람의 본성에서 자애와 용서의 한계를 대면하는 것 — 자비로운 것과 의로운 것 사이에 금을 긋는 것 — 자신과 타인에게서 악으로 보이는 것과 진짜 악을 구별하려고 하는 것 — 이런 것들은 어떤 수준에서 인지되고 다루느냐에 관계없이 대부분의 사람과 관련된 문제다. 그러나, 도덕적 복잡성이 유대인의 것만은 아니지만, 나는 이 이야기의 등장인물들이 유대인과 다른 어떤 존재라고 한순간도 생각해본 적이 없다. 다른 사람이라면 같은 주제, 또 어쩌면 비슷한 사건을 구현하는 이야기를 쓰면서 니그로나 아일랜드인을 중심에 두었을 수도 있다. 나에게는 다른 선택이 없었다. 그렇다고 이것이 그로스바트를 유대인으로 만들고 마크스는 이방인으로 만들거나 그 역으로 만드는 문제도 아니었다. 진실을 반쯤만 말하는 것은 거짓말을 하는 것이나 마찬가지였을 것이다. "유대인 둘이 거리를 걸어가고 있었는데"로 시작하는 우스개 대부분은 유대인들 가운데 하나 또는 둘 다가 잉글랜드인으로 변장하면 펀치라인의 힘이 조금 약해진다. 마찬가지로 「신앙의 수호자」가 내 상상을 채우기 시작하면서 그 유대인적 사실성에서 심각한 변경이 이루어졌다면 이 이야기에서 내가 느끼던 긴장이 풀어져 내가 하고 싶었던 이야기를 더는 이어나가지 못했을 것이다.

나의 비판자 가운데 일부는 틀림없이 그렇게 되기를 바랐을 것이다. 계속 유대인에 관한 이런 이야기를 쓸 경우 반유대주의 고정관념을 확인해주는 것 외에 달리 하는 일이 뭐가 있겠는가, 하는 이유로. 하지만 내 입장에서 이 이야기는 독자들에게 다른 뭔가, 똑같이 고통스러운 뭔가를 확인해준다. 내가 보기에 그로스바트는 단지 반유대주의적인 고정관념으로 치부해버릴 수 있는 존재가 아니다. 그는 사실로서 존재하는 "유대인"이다. 만일 의도가 나쁘거나 판단력이 약한 사람들이 유대인 삶의 어떤 사실을 '유대인'에 대한 고정관념으로 바꾼다 해도, 그런 사실이 이제 우리 삶에 중요하지 않다거나 소설 작가에게 금기가 되는 것은 아니다. 문학적 조사는 오히려 사실을 회복하는 방법이 될 수도 있다. 즉 일부 오해를 하거나 악한 사람이 사실에 부여하는 터무니없는 의미 대신, 세상에서 이 사실이 마땅히 갖고 있어야 할 무게와 가치를 부여한다는 것이다.

내가 마크스의 적수로 상상한 인물 셸던 그로스바트는 사실이라는 씨앗에서 자라났다. 그가 유대인 또는 유대 민족을 대표하게 하려 했던 것은 아니며, 이 이야기는 작가가 그를 그런 식으로 이해되도록 의도했다는 것을 보여주지도 않는다. 그로스바트는 실수를 잘 하는 한 사람의 인간으로 묘사된다. 독선적이고 교활하고, 이따금 약간 매력적이기도 하다. 그는 자신의 생존에 성실성의 결여가 필수적이고 그래서 실제로 성실하게 그런 결여를 드러낸다고 확신하는 젊은 남자로 묘사된다. 그는 자신이 느끼는 책임감의 발동을 중단시킬 수 있는 개인적 윤리를 만들어냈는데, 이것은 한편으로는 다른 사람들의 집단적 죄책감이 너무 거대해져 세상에서 신뢰의 조건이 심각하게 바뀌어버렸기 때문이기도 하다. 그는 유대인의 고정관념으로 재현되기보다는 고정관념처럼 행동하는 유대인, 적에게 그들이 자신을 바라보는 모습을 그대로 되돌려주고, 벌에 죄로 답하는 유대인으로 재현된다. 여러 나라가 유대인에게 가한 모욕과 박해의 역사를 고려할 때, 그로스바트 같은 유대인이 존재한다는 사실, 나아가 이 이야기의 끝에서 두려움과 실망으로 운다고 내가 상상했던 소박하고 겁에 질린 영혼보다 어쩌면 더 품위 있고 의지력도 강한 사람들, 또는 어쩌면 그냥 더 주눅이 들었을 뿐인 많은 사람에게도 그로스바트적인 태도의 유혹이 존재한다는 것을 부정하는 것은 너무 고상한 척하는 것이다. 그로스바트는 유대인의 대표가 아니라, 유대인의 경험에 속하는 하나의 사실이며 그 도덕적 가능성의 범위 내에 엄연히 존재한다.

그의 상대인 마크스도 마찬가지다. 그는 사실 이야기의 중심인물이며, 그 의식이고 목소리다. 그로스바트와 비교하면 그는 자신을 유대인이라고 부르기를 주저하는 사람이다. 그는 지적으로 모자란 것도 양심이 없는 것도 아니지만 유대인이라는 것이 무슨 의미인지 — 자신에게 무슨 의미인지 — 잘 알지 못한다. 그는 집착이라고 할 만큼 의무감이 강하며, 다른 유대인이 긴박한 요구로 자신에게 뭔가를 들이밀자 잠시 무엇을 해야 할지 알지 못한다. 그는 옳다는 느낌과 배신의 느낌을 왔다갔다하며, 마지막에 가서 그로스바트가 자신에게 품으려 했던 신뢰를 진짜로 배신하게 되었을 때에야 그동안 자신이 쭉 바라던 일을 한다. 그것은 그 스스로 명예롭다고 믿는 행동이다.

마크스는 나에게, 또 내가 들은 바로는 독자들 가운데 누구에게도, 그럴듯하지 않다거나, 믿기지 않는다거나, "만들어졌다"는 느낌을 주지 않는다. 등장인물이나 그들 상황의 핍진성이 의문의 대상이 된 적은 없었다. 사실, 이 이야기에 설득력이 있다고 믿었기 때문에 많은 사람이 나, 그리고 『뉴요커』, 그리고 반명예훼손연맹*에 이 작품 게재에 항의하는 편지를 보냈을 것이다.

이것은 그 이야기가 발표되고 나서 내가 받은 편지 가운데 한 통이다.

로스 씨에게,

선생은 「신앙의 수호자」라는 한 편의 이야기로 사람들이 유대인은 모두 사기꾼, 거짓말쟁이, 눈감아주는 사람이라고 믿게 한다는 점에서 모든 조직된 반유대주의 조직이 끼친 만큼의 해를 끼쳤습니다. 선생의 이야기 한 편이 사람들 — 일반 대중 — 이 지금까지 살았던 모든 훌륭한 유대인, 병역을 충실히 이행한 모든 유대인 청년들, 온 세상에서 열심히 정직하게 사는 모든 유대인을 잊게 만듭니다……

다음은 『뉴요커』가 받은 편지다.

담당자 귀하,

---

* 미국에 기반을 둔 국제적인 유대인 비정부기구.

……우리는 가능한 모든 각도에서 이 이야기를 검토했으며, 그 결과 이것이 유대 민족에게 복구 불가능한 피해를 줄 것이라는 결론을 피할 수가 없습니다. 우리는 이 이야기가 일반 유대인 병사의 왜곡된 그림을 제시했다고 느끼며, 왜 평판이 훌륭한 귀사의 잡지가 반유대주의에 연료를 공급하는 그런 작품을 게재했는지 도무지 이해가 되지 않습니다.

"이것이 '예술'이기 때문이다" 같은 상투적인 말은 받아들이지 않겠습니다. 답을 해주시면 감사하겠습니다.

다음은 반명예훼손 연맹의 실무자들이 받은 편지인데, 그들은 대중의 반응 때문에 나에게 전화를 걸어, 그들과 이야기를 나눌 생각이 있느냐고 물었다. 이상하게 힘주어 권유하는 것이 내 생각으로는 다음과 같은 메시지를 전달할 수밖에 없는 상황에서 그들이 느끼는 불편을 보여주는 듯했다.

_____ 귀하,

이자를 침묵시키기 위해 무슨 일을 하고 있습니까? 중세의 유대인이라면 이자를 어떻게 하는 것이 좋은지 알았을 것입니다……

내가 인용한 첫 두 편지는 유대인 일반인이 쓴 것이고, 마지막 편지는 뉴욕시의 랍비이자 교육자가 쓴 것인데, 그는 유대인 문제를 다루는 세계에서는 저명한 인물이다.

이 랍비는 나중에 나와 편지로 직접 이야기를 나눴다. 이미 반명예훼손 연맹에 편지를 보내 중세적 정의가 시행되지 않은 것에 대한 아쉬움을 표현했다는 말을 그가 하지는 않았지만, 첫번째 편지의 끝에, 다른 쪽에서는 자신이 입을 다물었음을 잊지 않고 알려주었다. 아마도 내가 그것을 자비의 행동으로 받아들여야 한다고 생각했던 것 같다. "『뉴요커』 편집진에게 편지를 쓰지는 않았소." 그는 나에게 말했다. "밀고한 죄를 더 심각하게 만들고 싶지는 않소……"

밀고. 나한테, 또는 그들 자신에게 공개적으로 말하고 싶어하지는 않는다 해도, 그 편지들 가운데 아주 많은 수가 내건 혐의가 있었다. 내가 유대인을 밀고했다는 것이다. 나만 아니었으면 이 방인에게 비밀로 하는 것이 분명히 가능했을 것을 내가 말해주었다는 것이다. 인간 본성의 위험이 우리 소수집단 구성원을 괴롭히고 있다는 사실을. 내가 이방인에게 네이션 마크스 같은 유대인도 있을 수 있다는 사실도 밀고했다는 점에는 아무도 관심이 없는 것 같았다. 앞서 마크스가 나에게 편지한 사람들에게 그럴듯해 보이지 않는다는 인상을 주지 않았다고 말했는데, 알고 보니 그가 그들에게 아무런 인상을 주지 않았기 때문이었던 것이다. 그는 거기 없는 것이나 다름없었다. 내가 읽은 편지들 가운데 단 한 통만이 마크스를 언급했는데, 그 편지는 내가 그 하사를, 편지를 쓴 사람이 묘사한 바로는 "백인 유대인"으로, 일종의 유대인 엉클 톰으로 그린 것 또한 똑같이 비난받을 만하다고 지적했을 뿐이다.

그러나 마르크스가 그냥 그런 존재에 불과하고, 즉 백인 유대인에 불과하고, 또 그로스바트는 흑인 유대인이라 해도, 내가 어떤 식으로든 그들의 관계 — 그 이야기에서 또하나의 중심이 되는 관심사인데, 편지를 보낸 사람들은 이 점에 관해서는 거의 아무런 말을 하지 않았다 — 를 검토했다는 것이 내가 유대인의 국적 박탈, 추방, 박해, 살해를 옹호했다는 결론의 근거가 될 수 있을까? 음, 아니다. 그 랍비가 속으로는 어떻게 믿든, 그는 내가 반유대주의자라고 생각한다는 암시를 주지는 않았다. 그러나 내가 바보처럼 행동했다는 암시, 묵직한 암시는 있었다. 그는 이렇게 썼다. "선생은 우리 시대에 결국 육백만 명의 살해로 이어진 유대인 관념에 기초하여 자신의 반유대주의를 유지하고 있는 모든 사람에게 감사를 받게 되었소."

문장의 앞에 있는 어마어마한 말에도 불구하고, 그가 거는 혐의는 실제로는 맨 뒤에 있다. 나는 "감사를 받게 되었다……" 그런데 누구에게? 내가 그것을 덜 극적으로, 그러나 더 정확하게 표현해보겠다. 그 이야기를 오독하는 — 편협, 무지, 악의, 또는 심지어 순진함 때문에 — 경향이 있는 사람들에게 감사를. 내가 정말로 그들의 감사를 받게 되었다면, 그것은 그들이 내가 무슨 말을 하고 있는지 보지 못하고, 찾으려 하지도 않았기 때문이다. 따라서 반유대주의자들이 갖고 있는 유대인 관념, 그리고 그들이 나의 이야기를 오해하여 확인하게 되는 관념은, 랍비가 계속해서 말하거니와, "결국 육백만 명의 살해로 이어진" 관념과 같다.

"결국?" 이것은 유대인의 역사와 히틀러 치하 독일의 역사를 터무니없이 단순화하는 것 아닌가? 사람들은 서로 심각한 적의를 품고, 서로 헐뜯고, 서로 일부러 오해하지만, 그 결과로 독일인들이 유대인을 살해한 것처럼 또, 다른 유럽인이 유대인 살해를 허용하거나 심지어 학살을 거든 것처럼 늘 서로를 살해하지는 않는다. 문명화된 삶에서는 편견과 박해 사이에 보통 개인의 신념과 공포, 또 공동체의 법·이상·가치가 구축한 장벽이 있다. 독일에서 이런 장벽이 "결국" 사라지게 된 것은 반유대주의적인 그릇된 관념으로만 설명될 수 없다. 물론 여기에서는 한편으로는 유대 민족에 대한 불관용적 태도, 다른 한편으로는 그것이 나치 이데올로기와 꿈에서 한 유용한 역할도 이해해야만 한다.

나치-유대인 관계를 단순화함으로써, 편견이 멸절의 일차적 이유로 보이게 만듦으로써, 이 랍비는 『뉴요커』에 「신앙의 수호자」를 발표한 결과가 정말로 아주 심각한 것처럼 보이게 만들 수 있다. 그러면서도 자신의 입장이 가져올 결과에는 전혀 불안해하지 않는 듯하다. 그가 주장하는 것은 어떤 주제는 약한 정신이나 악의적 본능을 가진 사람들에게 오해를 받을 수 있으므로 쓰면 안 된다, 또는 대중의 관심을 받으면 안 된다는 것일 뿐이기 때문이다. 그러나 이렇게 해서 그는 이런 주제에 대한 공개적 소통이 이루어지는 수준을 결정할 권한을 악의가 있고 정신이 약한 사람들에게 주는 데 동의하는 셈이 된다. 이것은 반유대주의와 싸우는 것이 아니라 거기에 굴복하는 것이다. 의식하거나 솔직해지는 것이 너무 위험하다는 이유로, 소통의 제약만이 아니라 의식의 제약에도 굴복하는 것이다.

편지에서 이 랍비는 "꽉 찬 극장"에서 "불이야!" 하고 외치는 그 유명한 미치광이에게로 내 주의를 돌린다. 그는 그 유추를 완성하는 일은 나에게 맡겨둔다. 「신앙의 수호자」를 『뉴요커』에 발표함으로써 (1) 나는 외치고 있다. (2) 나는 "불이야!" 하고 외치고 있다. (3) 불은 나지 않았다. (4) 이 모든 일은 "꽉 찬 극장"의 등가물에서 벌어지고 있다. 꽉 찬 극장. 이건 위험하다. 따라서 나는 나의 소명에, 그리고 내 생각으로는 문화의 전반적 안녕에도 핵심이 되는 자유를 희생하는 데 동의해야 한다. 왜냐하면 — 왜일까? "꽉 찬 극장"은 오늘날 미국 유대인의 상황과 아무런 관련이 없는데. 이것은 과대망상이다. 그것은 문화적 조건을 묘사하는 은유가 아니라 이 랍비처럼 두려움에 사로잡힌 것으로 보이는 사람들을 괴롭히는 악몽 같은 비전을 드러내는 것이다. 그가 마지막에 나한테, "선생의 이야기가 — 히브리어로 — 이스라엘 잡지나 신문에 실렸다면 — 오로지 문학적 관점에서만 판단되었을 것이오" 하고 말한 것도 놀랄 일이 아니다. 즉, 그것을 이스라엘로 보내라는 것이다. 하지만 여기에서, 지금, 말하지는 말라는 것이다.

왜? "그들"이 다시 유대인 박해를 시작하지 않아야 하니까. 편견과 박해 사이의 장벽이 1930년대 독일에서 붕괴했다고 해서, 현재 미국에도 그런 장벽이 존재하지 않는다고 주장하기는 힘들다. 혹시라도 그 장벽이 무너지는 것처럼 보이기 시작한다면, 우리는 그것을 강화하는 데 필요한 일을 해야만 한다. 하지만 그 방법은 허세를 부리는 것이 아니다. 유대인 삶의 복잡성을 인정하기를 거부하는 것이 아니다. 유대인이 이웃보다 정직한 관심을 받을 가치가 덜한 삶을 사는 척하는 것이 아니다. 유대인이 보이지 않게 하는 것이 아니다.

유대인은 반유대주의자들이 말하는 그런 사람이 아니다. 이것은 한때 한 인간이 자신의 정체성을 구축해나가는 기초가 되는 진술이었다. 지금은 그것이 잘 먹히지 않는다. 어떤 예상으로 나를 규정하는 사람이 점점 줄어들 때 그 사람들이 내가 행동할 것이라고 예상하는 방식과 반대로 행동하기는 어렵기 때문이다. 이 나라에서 유대인 평판에 대한 명예훼손에 반대하는 싸움의 성공은 그 자체로 이 시간과 장소에 걸맞은 유대인 자의식에 대한 요구를 더 강화해왔는데, 이 시간과 장소에서 명예훼손이나 박해는 과거의 다른 곳과 다르다. 자신을 계속 유대인이라고 부르는 쪽을 선택하고, 또 그렇게 할 만한 이유를 찾은 사람들에게는 이곳이 다시 1933년이 되는 것을 막고자 할 때, 이곳이 이미 1933년인 것처럼—또는 늘 1933년인 것처럼—행동하는 것보다 직접적이고, 합리적이고, 위엄 있는 경로들이 존재하기 때문이다. 하지만 그 모든 유대인의 죽음은 나에게 편지를 보낸 사람, 랍비이자 교사인 그에게 신중하라, 교활하라, 이것은 말하고 저것은 말하지 말라는 것 이상은 가르쳐주지 않은 듯하다. 원한다면 피해자처럼 살 필요가 없는 나라에서 계속 피해자가 되는 법 외에는 가르쳐주지 않았다. 얼마나 애처로운가. 그리고 죽은 자들에게 얼마나 큰 모욕인가. 상상해보라—1960년대 뉴욕에 앉아서 자신의 소심함을 정당화하기 위해 "육백만"을 경건하게 불러내다니.

소심함─그리고 편집증. 이 랍비에게는 그 작품을 지적으로 읽는 이방인이 있다는 생각이 들지 않는다. 랍비의 상상 속에서 『뉴요커』를 들여다보는 이방인은 오로지 유대인을 혐오하고 잘 읽는 방법을 알지 못하는 사람들일 뿐이다. 다른 이방인이 있다면 그들은 유대인에 관해 읽지 않고도 잘 살아갈 수 있는 사람들이다. 어떤 사람의 작품을 히브리어로 번역하여 이스라엘에서 발표하라고 제안하는 것은 결과적으로 이렇게 말하는 것이나 다름없기 때문이다. "우리 삶에는 이방인에게 말해줄 필요가 있는 것이 없다, 우리가 얼마나 잘해나가고 있느냐를 보여주는 것이 아니라면. 그 외에는 그들이 알 바가 아니다. 우리는 우리 자신 외에는 누구에게도 중요하지 않으며, 그래야 마땅하다(또는 그것이 낫다)." 하지만 도덕적 위기가 입을 다물어야 할 문제라고 암시하는 것은 물론 예언자의 노선을 따르는 것은 아니다. 또 유대인의 삶이 나머지 인류에게 의미가 없다는 것도 랍비적인 관점이 아니다.

그 나름의 목표가 있을 것임을 고려한다 해도 이 랍비는 선견지명이 있거나 상상력이 풍부하지는 않다. 그가 보지 못하는 것은 고정관념이 흔히 악의만큼이나 무지에서도 일어난다는 점이다. 편협한 사람들이나 고정관념이 두려워 유대인을 의도적으로 이방인의 상상에서 벗어난 곳에 두는 것은 사실 고정관념을 만들어달라고 권유하는 것이다. 예를 들어 랄프 엘리슨의 『보이지 않는 인간』 같은 책은 반反니그로는 아니지만 니그로 고정관념은 있는 많은 백인이 니그로의 삶에 대한 단순화된 관념을 버리는 데 도움을 준 것으로 보인다. 그러나 엘리슨이 니그로들이 견뎌야만 하는 비참만이 아니라 니그로 등장인물들의 어떤 야만스러운 면도 묘사했다고 해서 앨라배마의 백인 노동자 한 사람이나 미합중국 상원의원 한 사람이 인종차별 폐지론자로 전향했다고는 생각하지는 않는다. 또 제임스 볼드윈의 소설들도 월리스 주지사*가 니그로는 그가 늘 그렇다고 알고 있는 대로 가망 없다라는 결론 이상으로 나아가게 해줄 수 없었다. 소설가로서 볼드윈은, 또 엘리슨은 (엘리슨 씨가 자신에 관해 한 말을 인용하자면) "시민권 입법의 기계에 들어간 톱니바퀴"가 아니다. 내 책들이 유대인의 대의를 위해 아무런 일도 하지 않는다고 느끼는 유대인이 있는 것과 마찬가지로, 엘리슨 씨의 작업이 니그로의 대의를 위해 거의 한 일이 없으며 외려 해를 주었다고 느끼는 니그로들이 있다는 이야기를 듣고 있다. 하지만 많은 맹인이 여전히 맹인이라고 해서 엘리슨의 책이 아무런 빛을 던져주지 않는다는 뜻은 아니다. 기꺼이 배우고자 하는 사람들, 배울 필요가 있었던 사람들은, 『보이지 않는 사람』 덕분에, 편협한 사람이 자신의 설익은 불가침의 관념을 확인해주는 증거라고 지목할 만한 삶을 포함하여 니그로의 삶에 관해 그전보다 덜 어리석어지게 되었다.

---

* 흑백분리주의를 지지한 정치가 조지 월리스(1919~1998). 후에 앨라배마 주지사를 지냈으며(1963~1967, 1971~1979, 1983~1987), 무소속 대통령 후보였고(1968), 민주당 대통령 후보 경선에 나왔다(1964, 1972, 1976). ─ 원주

3

하지만 이 랍비가 걱정하는 것처럼 보이는 것, 그리고 나에게, 그 자신에게, 그리고 아마도 그의 회중에게 걱정의 주요 원인으로 제시하는 것은 그런 편협한 사람의 위험성이다. 솔직히, 나는 그것이 적당한 단추만 누르면 튀어나오는 낡은 이야기라고 생각한다. 그는 정말로 누군가가 나의 이야기에 기초하여 유대인 학살을 시작하거나, 유대인이 의대에 가지 못하게 하거나, 심지어 어떤 유대인 초등학생을 유대놈이라고 부를 것이라고 믿고 있을까? 이 랍비는 자신의 악몽과 공포에 매몰되어 있다. 하지만 그것이 전부가 아니다. 그는 또 뭔가를 숨기고 있다. 이방인에게 끼치는 영향을 이유로 「신앙의 수호자」를 이렇게 못마땅하게 여기는 이유의 큰 부분은 내가 보기에는 그가 정말로 반대하는 것, 직접적인 아픔이 되는 것을 가리기 위한 것인데, 그것은 어떤 유대인에게 그 작품이 직접적으로 끼치는 영향이다. "선생은 많은 사람이 수치스러워하는 것을 드러내 그 사람들에게 상처를 주었소." 그것이 이 랍비가 쓰지는 않았지만 썼어야 할 내용이다. 그랬다면 나도 상처를 받은 그 감정보다 더 중요한 것 — 심지어 그 유대인들에게도 — 이 있다고 주장했겠지만, 어쨌든 그는 진실, 내가 실제로 책임을 져야 하고, 실제로 나의 양심이 감당했어야 할 문제를 들고 나와 대면하기는 했을 것이다.

기록을 위해 말해두자면, 「신앙의 수호자」에 관하여 받은 편지들 가운데 내가 본 것은 모두 유대인이 보낸 것이었다. 이 랍비의 믿음에 따르면 내가 감사를 받아 마땅한 사람들 가운데 누구도 "고맙다"고 말하는 편지를 보내지 않았고, 반유대주의 조직 어느 곳에서도 연설을 해달라고 나를 초대한 적이 없다. 연설 초청을 받기는 했지만, 초청을 한 곳은 유대인 부인 그룹들, 유대인 공동체 센터들, 또 크고 작은 온갖 종류의 유대인 조직들이었다.

나는 이것도 이 랍비에게는 신경이 쓰이는 일이라고 생각한다. 어떤 유대인은 내 작품에 상처를 받지만, 어떤 유대인은 흥미를 느낀다. 예시바대학 정치학 교수인 에마누엘 라크먼 랍비는 앞서 내가 말했던 랍비 대회에서 동료들에게 어떤 유대인 작가들은 "유대주의의 대변인이자 지도자를 자임한다"고 전했다. 자신의 발언을 뒷받침하기 위해 그는 지난 6월 이스라엘에서 열린 심포지엄을 언급했는데, 거기에는 나도 참석했다. 내가 아는 한, 라크먼 랍비는 참석하지 않았다. 만일 그가 그 자리에 있었다면 내가 미국 유대인을 대신하여 말하고 싶지도 않고, 그럴 의사도 없고, 능력도 없다는 점을 분명히 밝히는 것을 들었을 것이다. 물론 내가 그들에게 말을 했다는 것은 부정하지 않고, 아무도 그 사실에 의문을 갖지는 않으며, 사실 나는 다른 사람들에게도 말을 하고 싶다. 라크먼 랍비 자신이 참여하고 있다고 상상하는 경쟁은 누가 유대인을 지도하는 일을 감히 떠맡을 것인가와는 관계가 없다. 그것은 사실 유대인에게 말을 할 때 누가 그들을 더 진지하게 받아들일 — 이상하게 들릴지 몰라도 — 것이냐, 또 누가 그들을 꽉 찬 극장에 있는 어중이떠중이, 무력하고 위협받는 사람, 다른 누구 못지않게 '균형잡혔다'고 다독여주어야만 하는 사람 이상의 존재로 볼 것이냐 하는 문제다. 사실 핵심은 누가 성인 남성과 여성들에게 성인 남성과 여성들을 대하듯 말을 하고, 누가 아이를 대하듯 말을 할 것이냐이다. 만일 소설가들이 하는 이야기가 랍비 가운데 일부의 설교보다 자극적이고 적절하다고 생각하기 시작한 유대인들이 있다면, 그것은 그들에게 자축과 자기 연민의 웅변으로는 가닿을 수 없는 감정과 의식의 영역이 있기 때문이다.

『포트노이의 불평』에 관하여[*]

『포트노이의 불평』의 탄생에 관하여 말해주겠습니까? 이 책에 대한 구상이 얼마나 오래 마음속에 있었나요?

책에 들어간 아이디어 몇 가지는 내가 글을 쓰기 시작한 이래 쭉 마음속에 있었는데, 특히 문체와 서사에 관한 구상이 그렇습니다. 이 책은 내가 글을 쓰는 동안 "의식의 블록"이라고 생각하게 된 것, 즉 다양한 모양과 크기의 재료 덩어리들이 서로 쌓여올라가며, 연대기라기보다는 연상에 의해 묶여 나아갑니다. 나는 『놓아버리기 *Letting Go*』에서 이와 약간 비슷한 일을 시도했고, 그

---

[*] 인터뷰 진행자는 조지 플림턴(1969). — 원주

이후로 다시 이런 방식으로 서사에 다가가고 ─ 또는 이런 방식으로 서사를 부수고 ─ 싶었습니다.

그다음에 언어와 어조의 문제가 있습니다. 『굿바이, 콜럼버스』에서부터 나는 구어의 자연스러움과 편안함을 지닌 동시에 더 전통적인 문어적 수사와 연결되면서 아이러니, 정확성, 중의성의 무게를 지닌, 페이지에 굳건하게 기초를 둔 산문에 끌렸습니다. 내가 이런 식으로 쓰고 싶어하는 유일한 사람도 아니고, 이것이 이 행성에서 특별히 새로운 갈망도 아니죠. 하지만 그것이 내가 이 책에서 추구하고 있던 종류의 문학적 구상, 또는 이상입니다.

"이 책에 대한 구상"이 얼마나 오래 마음속에 있었느냐고 물었을 때 나는 사실 인물과 그가 처한 곤경 쪽을 생각하고 있었습니다.

압니다. 한편으로는 그래서 그런 식으로 대답한 겁니다.

하지만 설마 무엇보다도 성적 고백인, 곧 폭발할 것 같은 이 소설이 순수하게 문학적 동기에서 잉태되었다는 걸 우리더러 믿으라는 말은 아니겠죠?

아니죠, 그런 건 아닙니다. 하지만 잉태라는 것은 알다시피, 출산과 비교하면 정말이지 아무것도 아니죠. 내가 하고 싶은 말은 나의 "구상"─성, 죄책감, 유년에 관한, 또 유대인 남자와 그들의 이방인 여자에 관한─이 전체적인 소설의 전략에 흡수되기 전에는, 다른 누구의 것과 다를 바 없는 구상이라는 겁니다. 모두가 소설에 대한 "구상"이 있죠. 지하철은 손잡이에 매달린 사람들로 꽉 차 있고, 그들의 머리는 쓰기 시작할 수도 없는 소설에 대한 구상으로 가득합니다. 나도 종종 그런 사람들 가운데 하나입니다.

그러나 내밀한 성적 문제에 관한 이 책의 개방성, 거기에 외설적인 말의 노골적인 사용을 고려할 때 오늘날과는 다른 환경에서도 이런 책을 시작할 수 있었을 것이라고 생각하나요?

오래전인 1958년 『파리 리뷰』에 「엡스타인」이라는 이야기를 발표했는데, 어떤 사람들은 내밀하고 성적인 것을 드러냈다는 이유로 이 이야기가 불쾌하다고 생각했습니다. 또 내가 쓴 대화는 마땅히 그러해야 할 만큼 고상하지 못하다고 했죠. 하지만 내 생각에 예술계의 많은 사람은 지금까지 상당한 시간 동안 "오늘날과 같은 환경"에서 살아왔습니다. 대중매체는 그걸 이제 막 따라잡았고, 그와 더불어 일반 대중도 따라잡았죠. 우리는 조이스, 헨리 밀러, 로런스 이후 쓸모 있고 귀중한 어휘로서 외설적인 말, 하나의 주제로서 성을 이용할 수 있게 되었으며, 시대에 특별히 제약을 느낀, 또는 이 시대가 '자유분방한 육십년대'로서 광고되어 왔기 때문에 갑자기 해방감을 느낀 삼십대의 진지한 미국 작가는 없다고 생각합니다. 글을 써온 내 삶에서 외설적인 말의 사용은 대체로 문학적 취향과 감각에 지배되었지 독자의 관습에 지배되지는 않았습니다.

  독자는 어떨까요? 선생님은 독자를 위해 쓰지 않습니까? 읽히려고 쓰는 것 아닌가요?

  독자라는 말이 교육·정치·종교와 관련하여 묘사될 수 있는, 또는 심지어 문학적 교양을 기준으로 묘사될 수 있는 특정 독자를 의미한다면 그 답은 아니오입니다. 나는 사실 작업을 할 때 소통을 하고 싶은 어떤 집단의 사람들을 염두에 두지 않습니다. 내가 원하는 것은 작품이 그 자체의 의도에 따라 가능한 한 완전하게 자신을 전달하는 겁니다. 읽힐 수 있기 위해서인 것은 맞지만, 있는 그대로 읽혀야죠. 만일 독자를 염두에 둔다고 한다면, 어떤 특수이익집단, 즉 그들의 믿음이나 요구에 응하거나 이의를 제기하게 되는 집단이 아니라, 작가의 진지성에 대한 대가로 작가에게 감수성을 완전히 바치는 이상적 독자입니다.
  나의 새책『포트노이의 불평』은 지저분한 말과 지저분한 장면으로 가득차 있습니다. 지난 소설『그녀가 선했을 때*When She Was Good*』에는 그런 것이 전혀 없죠. 왜 그럴까요? 내가 갑자기 '자유분방'한 자가 되어서? 하지만 나는 이미 1950년대에 「엡스타인」으로 '자유분방'했습니다. 그러면『놓아버리기』의 지저분한 말은 어떨까요? 아니,『그녀가 선했을 때』에 외설적인 말이나 성적인 장면이 없는 이유는 그렇게 하면 참담하게 핵심에서 벗어나는 꼴이 되어버렸을 것이기 때문입니다.

『그녀가 선했을 때』는 무엇보다도 아주 기꺼이 자신을 관습적이고 올곧은 사람으로 경험하는 중서부의 작은 타운 사람들에 관한 이야기입니다. 그래서 내가 서사의 수단으로 선택한 것은 그들의 관습적이고 올곧은 언어 스타일입니다 ― 아니, 그들 언어의 과장되고 더 유연한 변형이기는 하지만, 그들의 습관적인 어법에서 자유롭게 끌어온 것이죠. 그러나 내가 결국 이 수수한 문체에 정착하게 된 것은 예를 들어 링 라드너의 「이발*Haircut*」과 같은 방식으로 그들을 풍자하려는 것이 아니라, 그들의 말하는 방식, 보는 방식, 판단하는 방식에 의해 소통을 하려는 것이었습니다. 외설적인 말에 관해 이야기하자면, 소설에서 군인 출신의 젊은이 로이 바사트가 생각할 때조차 ― 그가 머릿속에서 안전하게 벽 안에 갇힌 상태일 때조차 ― 금기를 어기고 갈 수 있는 최대한이 "이 ㅆ―, 저 ㅆ―" 정도에 불과함을 보여주려고 조심했습니다. 로이가 혼자 생각을 할 때도 그 쌍욕을 있는 그대로 다 표현하지 못한다는 것이 작지만 내가 짚어보고자 했던 점입니다.

체호프는 예술의 목적에 관하여 논하면서 "문제의 해결과 문제의 정확한 제시"를 구분하고, "예술가에게는 오직 후자만이 의무"라고 덧붙입니다.* '말 자체' 대신 "이 ㅆ―, 저 ㅆ―"을 사용한 것은 문제를 정확하게 제시하려는 시도의 일부였습니다.

그렇다면,『포트노이의 불평』에서 "문제의 정확한 제시"가 내밀한

---

*A. S. 수보린에게 쓴 편지(1888년 12월 23일)에서. ― 원주

성적 문제의 솔직한 드러냄과 더불어 외설적인 말의 광범한 사용을 요구한다는 건가요?

그렇죠. 외설적인 말은 『포트노이의 불평』에서 사용되고 있는 종류의 언어일 뿐 아니라, 그 쟁점 자체라고도 할 수 있습니다. 그 책은 "그게 사람들이 말하는 방식"이기 때문에 지저분한 말로 가득한 것이 아닙니다. 그것은 소설에서 외설적인 말을 사용하는 가장 설득력이 떨어지는 이유 가운데 하나일뿐더러, 실제로 포트노이가 이 책에서 말하는 방식으로 말을 하는 사람은 거의 없기도 합니다 ─ 포트노이는 압도적인 강박 속에서 말하고 있는 거죠. 그는 구원을 바라기 때문에 외설적인 겁니다. 개인적 구원을 찾기에는 이상한, 어쩌면 제정신이 아닌 방법일 수 있으나, 그럼에도 이런 감정, 그리고 그것이 그의 양심과 더불어 촉발하는 전투의 탐사가 소설의 중심에 있습니다. 포트노이의 고통은 옳든 그르든 자신에게는 남자다움을 잃게 하는 것으로서 경험되고 있는 금기에 더는 얽매이지 않겠다는 태도에서 나옵니다. 포트노이에게 재미있는 것은, 그에게 금기를 깨는 것은 결국 그것을 존중하는 것만큼이나 남자다움을 잃게 하는 결과를 낳는다는 점입니다.

따라서, 나는 여기에서 단지 핍진성만 추구한 것이 아닙니다. 나는 외설을 주제의 수준까지 들어올리고 싶었습니다. 소설의 마지막에 이스라엘 여군 병사가 혐오감을 담아서 그에게 "말해줘, 제발, 도대체 왜 내내 그 말을 쓰는 건데?" 하고 묻는 것을 기억할지 모르겠네요. 나는 일부러 그녀가 그에게 이 질문을 하게 — 이 소설의 말미에서 질문을 하게 — 했습니다. 왜 그가 그래야 하는 가가 이 책의 핵심이기 때문이죠.

이 책에 불쾌감을 느낄 유대인이 있을 것이라고 생각하나요?

심지어 이 책에 불쾌감을 느낄 이방인도 있을 것이라고 생각합 니다.

『굿바이, 콜럼버스』가 나온 뒤 일부 랍비가 했던 비난을 염두에 두고 물은 것입니다. 그들은 "반유대주의"와 "자기혐오"라는 말을 사용했습 니다, 그랬죠?

1963년 12월 『커멘터리』에 발표한 「유대인에 관해 쓰기」라는 에세이에서 그런 비난에 길게 답했습니다. 일부 비평가는 나의 작품이 반유대주의에 "연료"를 제공했다고 말하기도 하더군요. 이런 비난은 분명히 다시 나올 것이라고 생각합니다 — 사실 나 는, 나의 비판자들이 어떻게 상상할지 몰라도, 유대인으로 태어 난 나의 행운에 늘 매우 만족하고 살아왔습니다. 그것은 복잡하 고, 흥미롭고, 도덕적으로 부담이 되는 독특한 경험인데, 나는 그 것이 마음에 들어요. 나는 유대인이라는 역사적 곤경에 빠져 있 는 나 자신을 보며 그 모든 함의를 생각합니다. 누가 이보다 많은 것을 요구할 수 있겠습니까? 하지만 방금 언급한 그런 비난에 관해서는—그래요, 아마도 다시 그런 비난이 나올 겁니다. 이스라엘의 "호전성"에 대한 UN의 비난, 흑인 공동체에서 타오르는 반유대주의적 분노 때문에 많은 미국 유대인이 오랫동안 지금보다 소외감을 느낀 적이 없을 것이 분명합니다. 따라서 나는 지금이 이런 거리낌없는 책을, 특히 애초에 나를 메시아로 찬양하지 않았던 쪽에서 반기거나 심지어 용인할 것이라고 기대할 만한 때는 아니라고 봅니다. 설교단에서 소설의 맥락은 버리고 낱낱의 행들만 뽑아 인용하고 싶은 유혹은 다가오는 토요일 아침*에도 엄청날 겁니다. 나도 그렇지만, 랍비들에게도 활활 타오르게 만들고 싶은 분노가 있죠. 그리고 이 책에는 아주 분개한 설교를 구축할 수 있는 문장들이 있습니다.

이 책이 레니 브루스의 나이트클럽 쇼에 영향을 받았다고 어떤 사람들이 주장하는 것을 들었습니다. 브루스, 또는 셸리 버먼이나 모트 살 같은 다른 스탠드업 코미디언, 심지어 '세컨드 시티'** 코미디언이 『포트노이의 불평』에서 사용하는 희극적인 방법에 영향을 주었다고 생각할 수 있을까요?

그렇지 않습니다. 나는 프란츠 카프카라는 싯다운 코미디언과 「변신」이라고 부르는 그의 아주 웃기는 공연에 더 큰 영향을 받

* 유대인의 안식일은 토요일이다.
** 시카고를 근거로 1959년에 창립된 희극 극단. — 원주

았습니다. 레니 브루스와 나는 딱 한 번 그의 변호사 사무실에서 만나 이야기를 나누었는데, 그때 나는 그가 요제프 K 역에 딱 맞게 무르익었다는 생각이 들었습니다. 그는 여위고 투지가 넘쳤으며, 여전히 단호했지만 동시에 시들어가는 쪽이었고, 웃기는 데는 관심이 없었죠—그가 말하고 생각할 수 있는 것은 오로지 자신의 "사건"뿐이었습니다.* 나는 테이프와 레코드를 듣기는 했지만 브루스가 공연하는 것은 본 적이 없고, 그가 죽은 뒤 그의 공연을 담은 영화를 보고 그가 애용하는 우스개 모음집을 읽었습니다. 나는 그에게서 '세컨드 시티' 극단이 최고 수준을 보여줄 때 내가 즐기곤 하던 것, 즉 정확한 사회적 관찰과 엉뚱하고 꿈 같은 환상의 결합이 이루어지고 있다는 것을 알아보았습니다.

　방금 말한 카프카의 영향은 어떻습니까?

　글쎄요, 물론 내가 그의 어떤 작품을 모델로 삼아 내 책을 썼다거나, 카프카 같은 소설을 쓰려고 했다는 뜻은 아닙니다. 내가 나중에 『포트노이의 불평』이 될 작품에 대한 구상을 만지작거리기 시작했을 때, 나는 펜실베이니아대학의 내 강좌에서 카프카를 많이 가르치고 있었습니다. 당시 내가 과제로 읽으라고 한 책들을 지금 돌아보니 그 강좌를 〈죄와 박해 연구〉라고 불러도 좋겠다는 것을 깨닫게 되네요—「변신」『성』「유형지에서」『죄와 벌』『지

---

* 코미디언 레니 브루스(1925~1966)는 외설 혐의로 여러 번 체포되었다. — 원주

하로부터의 수기』『베니스에서의 죽음』『안나 카레니나』…… 나의 이전 두 소설『놓아버리기』와『그녀가 선했을 때』는 이런 대박이 난 책들 가운데 가장 우울한 것만큼이나 우울했으며, 나는 이 어두운 책들에 여전히 매력을 느꼈지만 내 재능의 다른 면과 접촉할 방법을 찾고 있었습니다. 특히『그녀가 선했을 때』를 쓰면서 그 맹렬한 맛이 없는 산문, 괴로움에 시달리는 여주인공, 진부한 것에 대한 계속된 관심과 더불어 몇 년을 보낸 뒤라 구속받지 않고 웃기는 것을 쓰고 싶은 마음이 간절했습니다. 웃음을 터뜨려본 지가 오래였거든요. 내가 그루초 마크스를 K로, 치코와 하포를 두 "조수"로 등장시켜 영화화한『성』을 묘사했을 때 내 학생들은 그저 웃자고 하는 이야기라고 생각했을지도 모릅니다. 하지만 나는 진심이었습니다. 나는 카프카가 이야기를 쓰는 것에 관한 이야기를 쓸 생각을 했죠. 어디에선가 그가 글을 쓰면서 혼자 낄낄대곤 했다는 이야기를 읽었습니다. 당연하죠! 다 정말이지 웃기는 일이죠, 이렇게 벌과 죄에 집착한다는 것이. 무시무시하지만 웃기는 겁니다.

자― 이런 제멋대로인 구상들로부터『포트노이의 불평』에 이르는 길은 내가 여기서 묘사할 수 있는 것보다 구불구불하고 다사다난합니다. 물론 이 책에는 개인적인 요소도 있지만, 희극적인 개념으로서의 죄라는 것을 포착하고 나서야 비로소 그전 책과 옛 관심으로부터 벗어나 자유롭게 날아갈 듯한 느낌이 들기 시작했습니다.

그런데 그 책은 어떻게 하다 쓰게 되었는가?
하고 내게 묻는 사람들에게 답하여

『포트노이의 불평』은 1962~1967년의 기간에 상당한 노력을 기울였으나 ― 당시에는 허비했다고 생각했다 ― 버려진 기획 네 가지의 파편으로부터 모양을 갖추어 나타났다. 지금에야 그 각각이 앞으로 나올 것의 벽돌이었다는 사실, 결국『포트노이의 불평』의 한 요소가 되기는 하지만 전체 이야기가 되기에는 부족한 것을 각각이 배타적으로 강조하는 바람에 차례차례 버려졌다는 사실이 눈에 보인다.

『놓아버리기』를 발표하고 몇 달 뒤 시작된 첫번째 기획은 「유대인다운 소년 *The Jewboy*」이라는 제목의 약 이백 페이지짜리 몽상적이고 익살맞은 원고로, 뉴어크에서 성장하는 과정을 민담의 한 종류로 다룬 것이었다. 이 초고는 그 자체로는 아주 흥미 있는 재료를 괴팍하고 기발한 분위기로 다루는 경향이 있었으며, 어떤 유형의 꿈과 민담에서처럼, 거기에서 암시되는 모든 것을 소설에서 정면으로 맞닥뜨리는 방법을 찾을 수 없었다. 하지만 내 마음에 드는 것들이 있었고, 이 책을 포기하기로 했을 때도 나는 그것을 잃고 싶지 않은 마음이 간절했다. 어린 시절에 받은 인상들이 주던 느낌에 대한 내 감각과 일치하는 방식으로 인물들이 생생하고 완전하게 제시되었기 때문이다. 또 우스개에 가까운 희극과 보드빌 말투의 분위기를 풍기는 대사가 있었다. 내가 특히 좋아하던 몇 장면도 있었는데, 예를 들어 디킨스적인 고아-주인공(늙은 모헬*이 구두 상자에서 발견하고, 머리카락이 곤두서게도, 그 자리에서 할례를 해준 아이다)이 열두 살에 자신을 사랑하는 계부로부터 달아나 서리얼 매코이라는 이름을 가졌다고 믿는 스케이트 복장의 어린 금발 시크사**를 쫓아 스케이트를 신고 뉴어크 호수를 가로지르는 대단원이 그런 예다. "안 돼!" 그의 택시 운전사 아버지는 소리를 지르며 쫓아온다(내가 아는 아버지들은 하나같이 화가 나는 이런저런 순간에 운전대 뒤에서 소리를 질렀기 때문이다. "나는 이 가족에게 고작 그것에 불과해 ― 택시기사!"). "오, 조심해라, 아들아" ― 그 아버지는 소리친다 ― "너는 지금 살얼음판에서 스케이트를 타고 있어!"*** 그러자 바람직하고 이국적인 것을 뜨겁게 쫓던 모험심 강한 아들은 뒤를 돌아보

* 할례를 해주는 사람.
** 비유대인 여자.
*** 위험한 일을 한다는 관용적 표현으로 사용하기도 한다.

며 소리친다. "오, 이런 멍청이 아빠, 그건 그냥 표현이 그럴 뿐이에요." 그러는 동안에도 얼음은 신음을 토하며 그의 팔십 파운드가 조금 넘는 무게 밑에서 꺼지고 있다.

두번째 버려진 기획은 〈착한 유대인 소년*The Nice Jewish Boy*〉이라는 희곡이었다. 이것 또한 유대인 가족, 그 아들, 그와 시크사의 은밀한 관계에 관한 것이었다 — 그 나름의 방식으로 위안은 덜어내고 공격성은 강화한 〈에이비의 아일랜드 장미*Abie's Irish Rose*〉*라고 할 수 있었다. 이 희곡의 초고는 1964년 아메리칸 플레이스 시어터가 워크숍 연습에서 읽어본 적이 있는데, 당시 오프브로드웨이 배우인 더스틴 호프만이 주역을 맡았다. 문제는 내가 별생각 없이 채택한 극적 관습이 이 인물의 비밀생활에 다다르는 데 필요한 여지를 나에게 주지 않았다는 것이다. 이 형식에 대한 나의 낯섦과 소심함, 또 협업적인 노력 자체 때문에 나의 사물에 대한 감각이 완전히 관습화되어버렸고, 그래서 대본 읽기 후에 나는 공연으로 나아가는 대신, 그 정도에서 손실을 늘리지 않고 끝내기로 결정했다. 이 또한 아쉬운 일이었다. 희곡의 희극적 겉면은 정확하고 재미있어 보였다. 하지만 무엇이 되었든 「유대인다운 소년」에 독특한 특질을 부여했던 창의적 충일함이 이 기획에는 빠져 있었다.

그 결과. 앨릭잰더 포트노이의 난관의 원천이 되고 불평의 동기가 될 갈등이 그 작업 초기에는 여전히 초점이 잡히지 않아 내

---

* 장기 공연된 극작가 앤 니콜스(1891~1966)의 브로드웨이 희곡(1922). — 원주

가 할 수 있는 일이라고는 그의 문제를 기술적으로 다시 표현하는 것, 이야기의 몽상적이고 환상적인 면을 먼저 말하고, 그다음에 더 관습적인 맥락에서 상대적으로 표준화된 수단으로 이야기를 하는 것뿐이었다. 그러다가 정신분석가에게 고백을 하는 괴로운 분석 대상자라는 인물에서 "유대인다운 소년"(공격성이나 욕구나 주변성과 관련하여 그 말이 의미하는 모든 것을 담아)과 "착한 유대인 소년"(과 억압이나 품위나 사회적 수용과 관련하여 그 수식어가 내포하는 것) 양쪽을 대신하여 말할 수 있는 목소리를 발견하고 나서야 나는 인물의 딜레마를 증후로 나타내는 것이 아니라 표현해내는 소설을 완성할 수 있었다.

나중에 『포트노이의 불평』으로 나타나게 될 것에 다가가다 좌절하는 와중에 나는 간헐적으로 똑같이 막연한 소설 초고들을 쓰고 있었는데, 그 제목은 주제와 강조점이 변함에 따라 "머나먼 시간" "미국 한가운데서" "성 루시" 등으로 다양하게 나타났고, 결국 1967년에 『그녀가 선했을 때』로 발표되었다. 이렇게 부분적으로 실현되고 있는 기획들 사이에서 왔다갔다하는 지속적 운동은 내 작업이 진화하는 방식과 나의 일상적인 좌절을 다루는 방식에서 상당히 전형적이며, "영감"을 제어하는 동시에 거기에 빠져드는 수단 역할을 한다. 요는 다양한 원천으로부터 에너지를 끌어들이는 소설을 살아 있는 상태로 유지하는 것, 그래서 조건들이 결합하여 잠자는 짐승 가운데 이 녀석 저 녀석을 깨우게 될 때 그 짐승이 먹이로 삼을 주검을 주위에 마련해두는 것이다.

1966년 중반쯤 『그녀가 선했을 때』 원고가 완성되자 거의 즉시 꽤 긴 독백을 쓰기 시작했는데, 그 옆에 놓으면 『포트노이의 불평』의 고약한 무분별함도 루이자 메이 올컷*의 작품처럼 보일 것이다. 나는 내가 어디로 가는지 전혀 알지 못했고, 내 행동은 글쓰기, 또는 용감한 개척과 사심 없는 자기 방기라는 기분좋은 함의를 넣어 많이 사용되는 포괄적 표현인 "실험"보다도 장난(진창 속에서)이라는 말이 더 정확하게 표현해준다.

이 독백은 학교, 교회, 사회단체를 돌아다니며 자연의 불가사의 슬라이드를 보여주는 어떤 강사가 하는 것이다. 어둠 속에서 포인터를 사용하고 중계방송(익살맞은 일화를 포함하여)이 따르는 이 슬라이드 쇼는 유명인의 음부를 총천연색으로 속속들이 보여주는 것이다. 물론 남배우와 여배우도 들어가지만, 일차적으로는—목적이 교육적이기 때문에—저명한 저자, 정치가, 과학자가 나온다. 이 독백은 비열하고, 괴상하고, 분변학적이고, 몰취미하고, 대체로 자기혐오에서 나온 것이며, 미완성으로 남아 있었다…… 다만 그 육십 또는 칠십 페이지 어딘가에 사춘기 자위를 주제로 한 몇천 단어가 묻혀 있었다. 강사의 개인적인 막간극이었는데, 다시 읽어보니 건질 가치가 있었다. 내가 읽은 기억이 있는 그 주제에 관한 글 가운데 유일하게 한결같다는 이유만으로도.

그렇다고 그 당시에 내가 의도적으로 자위에 관해 쓰기 시작하면 대단히 내밀한 뭔가를 내놓을 수도 있었을 거라는 뜻은 아니다. 오히려 내가 그 주제에 다가가기 위해서라도 그 모든 무모한

---

*『작은 아씨들』을 쓴 소설가.

야단법석이 필요했을 것처럼 보인다고 말할 수 있다. 존슨 대통령의 고환, 장 주네의 항문, 미키 맨틀의 음경, 마거릿 미드의 젖가슴, 엘리자베스 테일러의 음모에 관하여 내가 쓰고 있는 것은 절대 발표 불가능하다는 것—결코 빛을 보지 않는 게 나을 지저분하고 막 나가는 못된 장난이라는 것—을 알았기 때문에, 큰 소리로 말하기는 너무 어렵지만 그럼에도 너무나 가까이에 있는 혼자 하는 행동에 관하여 방어 자세를 버리고 상당히 길게 늘어놓을 수 있었던 것이다. 나에게 그 행동에 관해 쓴다는 것은 적어도 출발점에서는 그 행동 자체만큼 은밀한 것이어야 했다.

관음증에 대한 이런 제목이 없는 연습—화면에 비친 타인의 성적 부위를 확대하고 검토한다는 취지였다—과 대체로 병행하여 나는 뉴저지에서 자란 나 자신의 성장기에 기초한 자전적인 소설을 쓰기 시작했다. 첫 수백 페이지의 거친 초고 상태에서는 그저 일반적인 제목으로 '예술가의 초상'이라고 불렀다. 나는 사실에 바짝 붙어가고, 실제 있었던 일과 만들어낸 일 사이의 간극을 좁힘으로써 나의 배경을 이루는 특정한 에토스의 핵심에 다가가는 이야기를 내놓을 수 있을 것이라고 생각했다. 그러나 실제로 있었던 일과 엄격하게 입증 가능한 일에 집착할수록 서사는 울림이 점점 작아졌다. 다시 한번 (지금은 눈에 보이지만) 나는 과장된 우화나 환상과 사실적인 기록이라는 양극 사이에서 동요하고 있었고, 그래서 내가 살려주기만 하면 여전히 내 주제로서 살아나오려고 하는 것을 나 스스로 막아서고 있었다. 나는 이때 나도 모르는 사이에 이미 이전에 버린 두 기획의 서로 대척점에 있는 제목들로 그것을 묘사하고 있었다. 나의 품위 있는 중간계급 출신의 가인과 아벨인 '유대인다운 소년'과 '착한 유대인 소년' 사이의 논쟁.

「예술가의 초상」을 써나가던 중 어느 지점에서 나는 영역을 넓히고 단조로움을 덜기 위해 우리 가족 위층에 사는 친척 몇 명을 만들어냈고, 나 자신의 친척을 모델로 삼은 이 사람들이 앞으로 책의 중심을 차지할 예정이었다. 위층에 사는 이 "우리" 친척을 나는 포트노이 가족이라고 불렀다. 처음에 포트노이 가족은 내가 어린 시절 놀러 가서 간식을 먹고 가끔 자고 오기도 했던 두세 가족에게 느슨하게 기초를 두고 있었다. 실제로 어린 시절부터 사귄 친구 한 명은 내 책이 나왔을 때 지역 신문의 인터뷰에서 우리 가족은 자기가 보기에는 포트노이 가족과 닮지 않은 것이 분명하다고 말했다. "필립이 자기 가족을 그런 식으로 보았던 것 같지 않다." 그는 그렇게 덧붙였다. 하지만 어떤 중요한 측면들에서 필립이 실제로 그런 식으로 보았던, 그리고 내 생각으로는, 어린 시절부터 사귄 이 친구도 가끔 그런 식으로 보았을 한 가족이 있었다는 사실을 그는 자식으로서 신중한 태도를 유지해야 한다는 이유 때문에 기자에게 밝히지 않았다.

포트노이 가족이 소설을 장악하는 것을 내가 허용하기 시작하면서, 실제로 내가 보기에 포트노이 가족과 가장 비슷해 보이는 가족은 그로부터 약 오 년 전 『아메리칸 주다이즘』에 발표한 에세이에서 내가 지나가듯 묘사한 가족이었다. 이 에세이는 1961년 시카고에서 열린 브나이 브리스 반명예훼손 연맹 심포지엄에서 했던 연설로부터 출발한 것인데, 그 연설에서 나는 그 무렵 해리 골든과 리언 유리스의 책들에서 대중화되었던 유대인 이미지의 비현실성과 어리석음으로 보이는 것을 공격했다. 그때는 그 가족을 포트노이 가족이라고 부르지도 않았고, 그 가족이 아직은 나 자신의 상상의 산물인 것도 아니었다. 오히려, 나는 독서에서 다양한 방식으로 위장되고 체현된 그들과 마주쳐왔다. 여기 (약간 축약한 형태로) 내가 1961년 A. D. L. 심포지엄에서 이야기한 내용이 있다.

……아이오와주립대학의 글쓰기 워크숍에서 내가 가르치는 반에는 유대인 대학원생이 몇 명 있고, 지난 학기에 그 가운데 세 명이 유대인의 유년에 관한 이야기를 썼다…… 묘하게도, 아니 어쩌면 그렇게 묘한 일이 아닐지 모르지만, 각 이야기에서 주인공은 열 살에서 열다섯 살 사이의 유대인 소년이며, 학교에서 성적이 뛰어나고 늘 머리를 빗고 다니며 예의가 바르다…… [이] 유대인 소년은…… 감시를 받고 있다—잠자는 시간에, 공부하는 시간에, 특히 먹는 시간에. 그를 감시하는 사람은 어머니다. 아버지는 거의 보이지 않는다. 아버지와 아들 사이에는 고개를 끄덕여 알은체하는 정도의 관계밖에 없는 듯하다. 노친네는 일을 하거나 자거나 탁자 건너편에서 열심히 먹어대고 있다. 그럼에도 이 가족에는 온기가 넘치며—특히 이방인……가족 [이야기 속의]과 비교할 때—그 대부분이 어머니한테서 나온다…… [하지만] 온기를 제공하는 불은 동시에 태우고 질식시

킬 수도 있다. 주인공이 이방인 소년에게서 부러워하는 것은 부모의 무관심이며, 그것은 대체로 그런 무관심이 제공하는 성적 모험을 위한 기회 때문인 것처럼 보일 수도 있다…… 서둘러 지적하거니와 이 단편들에서 이방인 친구가 젊은 서술자를 데리고 찾아가는 여자들은 절대 유대인이 아니다. 유대인 여자들은 어머니와 누이다. 성적 갈망은 '타자'를 향한 것이다……

따라서 여기에는 민담 — 나의 학생들로부터 나에게 전해진 — 이 있었고, 이것이 이 포트노이 가족이 어떻게 될 것이냐에 대한 나의 감각을 확대하기 시작했다. 이제 심지어 이것은 그들이 "위층"에 사는 "친척들"이라고 상상했던 「예술가의 초상」의 초고에서도 멋지게 말이 되었다. 여기에는 우리 동네의 가구들을 다스리는 오류투성이이고, 매우 크고, 의인화된 신들이 있었기 때문이다. 높은 곳에 사는 그 전설적인 유대인 가족이었다. 프렌치프라이, 회당 출석, 시크사를 둘러싼 그들의 말다툼은 올림포스적 규모와 광채를 지녔으며, 그들의 무시무시한 부엌의 번개폭풍 덕분에 아래에서 그만큼 생생하게 살지 못하는 우리 필멸의 유대인이 의지하는 꿈, 공포, 갈망이 환하게 빛났다.

이번에는 「유대인다운 소년」에서 그랬던 것처럼 이 민담을 민담으로 다루는 — 환상적이고, 기이하고, 마법적인 것을 강조하는 — 대신 반대 방향으로 나아갔다. 「예술가의 초상」을 출범시킨 자전적 충동의 영향하에 신화적인 것을 그 지역에서 알아볼 수 있는 것들 속에 터를 잡게 하기 시작했다. 이 포트노이 가족은 올림포스산에서(시나이산을 경유하여) 나온 것일 수 있지만, 어떤 시점에 내가 사실주의적 진정성을 보증할 수 있는 방식으로 뉴어크에서 살게 된다.

(이런 날랜 손재주로 나는 너무 크게 성공을 거둔 것 같았다. 책이 나온 뒤에 받은 편지 수백 통 가운데 뉴저지주 이스트오렌지에 사는 어떤 여자가 보낸 것이 있었는데, 그녀는 내 누나와 편지를 보낸 사람의 딸이 포트노이 가족의 아이들이 다니던 학교인 뉴어크의 위퀘이크 고등학교에 함께 다녔고 둘이 아는 사이였다고 주장했다. 그녀는 내 누나가 얼마나 착하고, 어여쁘고, 예의바른 소녀였는지 기억했으며, 내가 누나의 내밀한 생활에 관해 쓸 만큼, 특히 몸무게가 느는 안타까운 경향에 관해 농담을 할 만큼 배려가 없다는 사실에 충격을 받았다. 나는 앨릭잰더 포트노이와는 달리 누나가 있어본 적이 없기 때문에, 편지를 보낸 사람이 잘못 언급한 사람은 몸무게가 느는 경향이 있는 다른 사람의 누나겠거니 생각했다.)

그러나, 시간이 좀 지나고 「예술가의 초상」에서 나 자신에게 강요한 관습에 너무 속박을 받는 느낌이 들기 시작하여 그 원고도 버렸다 — 이렇게 해서 마침내 포트노이 가족은 다른 가족의 드라마에서 맡았던 조연 배우 역할에서 해방되었다. 포트노이 가족이 진짜로 광고지의 최상단에 주연으로 등장한 것은 시간이 좀 더 흘러, 「예술가의 초상」에서 가장 내 마음에 들었던 지스러기로부터 「유대인 환자 분석을 시작하다」를 쓰기 시작했을 때였다. 이것은 포트노이의 아들 앨릭잰더가 서술하는 짧은 이야기로, 그가 정신분석가에게 소개 삼아 하는 말이 될 예정이었다. 그런데 이 앨릭잰더 포트노이는 누구였을까? 다름 아니라 '아이오와 작가 워크숍' 시절 유대인 대학원생들이 쓴 이야기에서 되풀이해 나타나곤 하던 그 유대인 소년이었다. '타자'에 대한 성적 꿈을 꾸는 감시당하는 유대인 아들. 『포트노이의 불평』을 진짜 쓰는 일은 포트노이의 입을 발견하는 데서 시작했다—그와 더불어 말 없는 닥터 스필포겔의 듣는 귀를. 정신분석학적 독백—이 서사 기술의 격식을 차리지 않는 수사적 가능성은 종이로 하지 않았다 뿐이지 내가 몇 년 동안 이용해온 것이었다—은 내가 「유대인다운 소년」의 주마등과 「예술가의 초상」이나 「착한 유대인 소년」의 사실주의적 기록을 설득력 있게 끌어모을 수 있는 수단을 제공해 주었다. 또 그와 더불어 성적 부위라는 신성모독적 주제에 대한 제목 없는 슬라이드 쇼의 외설적 몰입을 정당화할 수단도. 영사막(과 입을 떡 벌리고 바라보기), 프로이트의 소파(와 드러내기) 대신, 환희에 찬 사디스트적 관음증 대신—뻔뻔스럽고, 수치심에 차고, 행복에 도취하고, 양심에 시달리는 고백. 이제 나는 시작할 수 있을 것 같았다.

유대인을 상상하기[*]

1. 포트노이의 명성 ─ 그리고 나의 명성

안타깝게도, 이것은 내가 염두에 두고 있던 바로 그것은 아니었다. 특히 나는 시와 소설을 쓰는 것이 우리가 "도덕적 진지성"이라고 부르는 것에서 다른 모든 것을 능가한다고 가정하는 약간 사제적인 문학 교육으로 책에 다가가게 된 1950년대 학생들 가운데 하나였기 때문이다. 공교롭게도, "도덕적"이라는 단어를 우리가 사용하는 것 ─ 신문과 강의실 토론에서와 마찬가지로 우리의 일상적인 일에 관한 사적 대화에서도 쉽게 ─ 은 종종 순진함의 거대한 영역을 위장하고 거기에 존엄성을 부여하는 경향이 있었으며, (그 모든 장소 가운데도) 영문과에서 자신이 피했다고

[*] 1974년에 씀. ─ 원주

상상하던 것과 똑같은 체면을 더 명망이 높은 문화적 수준에서 복원하는 역할만 할 뿐인 경우가 많았다.

　문학적 활동을 윤리적 행위의 한 형태로, 좋은 삶을 향해 가는 필수적인 길로 강조하는 것은 물론 그 시대에는 어울렸다. 전후 대중적이고 전자적으로 증폭된 속물적인 문화의 습격은 실제로 나 같은 일부 문학청년들에게는 악마 군단의 작업으로 보였으며, 반대로 '순수 예술'이 신성한 것의 유일한 피난처, 삼백 년 전 매사추세츠만에 수립된 경건한 식민지의 1950년식 복원으로 보였다. 또 문학이 고결한 사람들의 영역이라는 생각은 나의 성격에 맞는 것처럼 보이곤 했는데, 내 성격은 그 핵심에서 딱히 청교도적이라고 할 수는 없지만, 몇 가지 주요한 조건반사에서 그런 식인 것처럼 보였다. 그래서 이십대 초에 작가로서 출발할 때 '명성'에 관해 생각했을 때, 나는 지극히 당연하게 그것이 나에게 와준다면 만의 아셴바흐에게 그랬던 것처럼 '명예'로서 올 것이라고 가정했다. 『베니스에서의 죽음』, 10쪽. "그러나 그는 명예에 이르렀으며 명예란, 그는 말하곤 했다, 상당한 재능이 있는 모든 이가 채찍과 박차로 다그쳐나가는 자연스러운 목표다. 그렇다, 그의 경력 전체가 이 명예를 향한 의식적이고 우쭐대는 상승이며, 그것이 그를 방해했을 수도 있는 모든 걱정이나 자기 폄하를 앞질렀다고 말할 수도 있을 것이다."

　아셴바흐의 경우 이 명예는 "그의 사망 소식을 듣고 충격을 받고 경의를 표하는 세계"가 기억하게 되는 그의 욕정에 찬 환상(신화적 착각으로 가득차 있지만 밑바닥은 자위와 같은 것이다)

이 아니라 『영락한 자들』 같은 강력한 서사를 얻는 것이었는데, "그것은 그에게 감사하는 한 세대 전체에게 인간이 지식의 바닥까지 내려가본 뒤에도 여전히 도덕적 결단을 내릴 수 있다는 것을 가르쳐주었다⋯⋯" 자, 그것이 내가 나 자신을 두고 생각했던 명성 같은 것이다. 하지만 결과적으로, 적어도 한 세대의 일부에게서 강한 반응을 끌어낸 나의 서사는 도덕적 결단보다는 도덕적 이완과 혼란에 관해서, 또 고전적 장식에서는 사춘기를 (그리고 뉴어크를) 치장하는 데 일반적으로 사용되지 않는 그 자위의 환상에 관해서 "가르쳐주었다".

1969년 2월 『포트노이의 불평』을 발표하면서 나는 공중의 상상 속에서 구스타프 폰 아셴바흐 같은 명예로운 자리를 차지하는 대신 아셴바흐가 도덕적 결단을 내렸던 마지막까지 억누르며 수치스러운 비밀로 간직했던 모든 것으로 유명해졌다는 사실을 알게 되었다. 재클린 수전은 어느 날 밤 조니 카슨과 자신의 동료들 이야기를 하다가, 나를 만나고 싶기는 하지만 악수는 하고 싶지 않다고 말하여 천만 미국인을 즐겁게 해주었다. 나와 악수를 하고 싶지 않다 ─ 그 모든 사람 가운데 하필이면 그녀가? 칼럼니스트 레너드 라이언스*는 이따금 나와 바브라 스트라이샌드의 불같은 로맨스에 관하여 열 단어짜리 토막글을 썼다. "바브라 스트라이샌드는 필립 로스와의 데이트에 대해 아무런 불평이 없다." 점 점 점. 참으로 맞는 말이다, 공교롭게도, 이 유대인 여자 유명

---

* 뉴욕 포스트 칼럼니스트 레너드 라이언스(1906~1976)는 '라이언스 덴'을 연재했다(1934~1974). ─ 원주

인사와 새로 만들어진 유대인 남자 유명인사는 과거에도 최근에도 한 번도 만난 적이 없었으니까.

이런 미디어의 신화 만들기가 상당량 쌓이게 되었는데, 이것은 가끔은 유순하지만 꽤나 실없기도 하고, 가끔은 적어도 나에게는 심란하기도 했다. 사실 나는 직접적인 사선射線으로부터 피하기 위해 출간일 직후 나의 뉴욕 아파트를 떠나기로 했고, 그래서 "필립 로스"가 나 자신은 감히 밟거나, 누벼본 적도 없는 곳에 대담하게 공적으로 얼굴을 내밀기 시작하는 동안 사라토가 스프링스에 있는 작가, 작곡가, 예술가를 위한 야도Yaddo 피정지에 가서 넉 달을 살았다.

대체로, 내 도플갱어의 활동 — 전술한 것은 아주 작은 예에 지나지 않는다 — 에 관한 소식은 우편을 통해 나에게 전해졌다. 친구들이 보낸 편지에 담긴 일화, 칼럼니스트들이 쓴 글의 스크랩, 중상과 명예훼손 관련 문의에 대한 변호사의 연락(즐거워하며 상냥하게 덧붙이는 훈계). 야도에 머문 지 두 달째인 어느 날 저녁 나는 뉴욕의 한 출판사 편집자(겸 친구)로부터 전화를 받았다. 그는 방해해서 미안하다고 사과하면서, 그날 오후 일을 하던 중 내가 신경쇠약에 걸려 정신병원에 입원했다는 소식을 들었다고 말했다. 그는 그저 그렇지 않다는 것을 확인하려고 전화한 것뿐이었다. 불과 몇 주 사이에 나의 신경쇠약과 입원 소식이 서부로 퍼져, 대륙 분수령을 넘어 캘리포니아까지 가 있었고, 거기에서는 사람들이 대대적으로 일을 벌였다. 성전에서 열린 어떤 독서 프로그램에서는 『포트노이의 불평』을 토론할 준비를 하면서 필립 로스가 겪은 불행을 단상에서 발표했다. 그렇게 저자를 계시의 빛 속에 넣어두고 그들은 그 책에 대한 객관적인 토론을 계속했던 것 같다.

5월에 마침내 나는 뉴욕으로 돌아올 생각을 하고 있었고, 그 무렵의 어느 날 나는 몇 달 동안 계속해서 나의 외상 거래에 나타나는 오류를 정정하려고 블루밍데일에 전화를 했다. 외상부서에서 전화를 받은 여자는 헉 하고 숨을 멈추더니 말했다. "필립 로스? 그 필립 로스요?" 머뭇거리며, "네." "하지만 선생님은 정신병원에 있어야 하잖아요!" "아, 그런가요?" 나는 가볍게 대꾸하며 그런가 보다 하고 넘어가려 했다. 하지만 만일 구스타프 폰 아셴바흐가 자신의 외상 계좌에 오류가 있다고 말하려고 전화를 했다면 블루밍데일의 외상부서가 그렇게 말하지는 않았을 것임을 잘 알고 있었다. 아셴바흐는 타치오를 사랑하는 남자였지만 그래도 외상부서에서는 이렇게 전화를 받았을 것이다. "네, 폰 아셴바흐 선생님. 불편하게 해서 매우 죄송합니다, 폰 아셴바흐 선생님 ─ 용서해주십시오, 마에스트로, 부디."

앞서도 말했듯이, 바로 이런 것이 나 자신이 명예를 향해 우쭐거리는 상승을 시작했을 때 염두에 둔 것이었다.

***

왜『포트노이의 불평』은 단숨에 그런 히트작이 되고 그런 스캔들이 되었을까? 우선 고백으로 위장한 소설은 많은 독자에게 소설로 위장한 고백으로 받아들여지고 심판받았다. 작품을 만들어낸 것으로 상상되는 개인적 상황에 의해 작품의 의미가 축소되는 그런 종류의 독서는 새로운 것이 아니다. 그러나 소설에 대한 바로 그런 관심은 1960년대 말에 자발성과 솔직함에 대한 열광으로 강화되었는데, 이것은 심지어 가장 칙칙한 삶에도 영향을 미쳤고 "있는 대로 이야기해줘" "다 털어놔" 같은 구절로 대중적 수사학에서 표현되었다. 물론 베트남전쟁 마지막 몇 년 동안 생생한 진실에 대한 이런 갈망이 생겨난 데에는 타당하고 건실한 이유들이 있지만, 그럼에도 개인의식에 내린 그 뿌리는 가끔 얕았고, 유행하는 상투적 표현을 따르는 것 이상의 의미는 없었다.

'책 수다'(고어 비달이 멋지게 이름을 지었다)의 세계에서 나온 한 가지 예. 『포트노이의 불평』에 찬사를 보낸 사람으로 1969년에 두 번 기록에 남은 뉴욕 타임스의 주요 서평자 크리스토퍼 레만하우프트는 자비롭게도 '한 해의 끝'에 대한 '생각'이라고 이름 붙인 글에서 자신이 이런 대담하고 도전적인 일인칭 서술과 고백적 접근을 지지하는 데 수단과 방법을 가리지 않는 종류의 서평자라고 선언했다. "나는 소설가가 게임을 중단하고 승화를 그만두고 자신의 영혼을 드러내기를 바란다." 레만하우프트는 그렇게 말했다. 대담하고, 도전적이었지만, 이 뉴욕 타임스의 서평가는 이어지는 시기에 이번에는 반대 방향으로, 위장, 인위, 환상, 몽타주, 복잡한 아이러니 쪽으로 움직이는 통념이라는 진자에 매달리면서 불가피하게 모순을 일으킬 수밖에 없었다. 1974년에 이르자 레만하우프트는 그레이스 페일리의 『마지막 순간에 일어난 엄청난 변화들』에 실린 사적으로 보이는 (사실은 고도로 양식화된) 단편들을 오 년 전에 그런 책을 찬양할 때 제시한 것과 똑같은 이유로 비난할 수 있었다 — 그레이스 페일리 (또는 마크 트웨인 또는 헨리 밀러) 같은 작가들에게 친밀성과 자발성이라는 환각을 창조하는 것은 말런 브랜도 같은 배우의 경우와 마찬가지로, 머리카락을 풀어내리고 자기 자신이 되는 문제일 뿐아니라 '자기 자신이 되는 것'이 어떻게 들리고 어떻게 보이느냐하는 것과 관련하여 완전히 새로운 관념을 발명하는 문제임을 전혀 이해하지 못한 것이다.

"우리는 페일리 여사가 점점 더 자서전에 다가가는 것을 볼 수 있다." 레만하우프트는 『마지막 순간에 일어난 엄청난 변화들』에 관해 그렇게 말한다. "그녀는 자신이 '페이스'라고 부르는 허구적 자아에 점점 의지하며, 상상의 원천을 점점 더 드러낸다. 간단히 말해, 이제 그녀는 삶을 예술로 변용할 힘이나 의지가 더는 없는 것으로 보인다…… 그렇다면 무엇이 잘못되었을까? 무엇이 그녀의 저자에게서 경험을 소설로 바꿀 의지를 약화했을까 — 만일 그것이 정말로 문제라면?" 문제? 잘못돼? 글쎄, 아무 생각이 없는 상태가 계속 이어지고 있다. 그럼에도 레만하우프트의 '생각'을 따라가다보면, 주어진 문화적 순간에 어떤 기성의 문학적 교조가 이해되지 못한 채 작동하여, 그와 같은 이해력 없는 독자들에게 소설이 '중요'해지는 방식을 몇 년에 걸쳐 살펴볼 수 있다.

나 자신의 '고백'의 경우 승화를 그만두고 자신의 영혼을 드러낸 것으로 여겨지는 이 소설가가 그전에 첫 두 소설에서는 다소

시무룩하고, 진지하고, 심지어 엄숙하게 얼굴을 찌푸리고 있었다는 사실을 기억한다 해도 그것 때문에 관음증적 즐거움이 줄어들지는 않았다. 이 고백으로 여겨지는 것이 꽤 길게 초점을 맞추고 있는 주제가 모두가 알고는 있지만 동시에 같은 수의 사람들이 공개적으로 자신은 관계가 없다고 부인하는 것 — 자위 이야기다 — 이라는 사실도 해가 되지 않았다. 이 수치스럽고 고립적인 중독이 생생하고 자세하게, 또 흥겨운 듯이 묘사되고 있다는 점은 전에 내 글에 거의 관심이 없던 독자를 이 책으로 끌어들이는 데 큰 역할을 했을 것이 틀림없다. 『포트노이의 불평』 이전에 내 소설은 한 권도 양장본으로 이만오천 부 이상 팔린 적이 없으며, 내 첫 단편집 양장본은 겨우 만이천 권 팔렸다(또 앨리 맥그로를 주연으로 한 영화로 나왔을 때도 전국적인 관심을 얻지 못했는데, 이 영화는 『포트노이의 불평』 이후에 개봉되었다).* 그러나 『포트노이의 불평』에는 사십이만 명 — 다시 말해서 나의 이전 세 책의 구매자를 다 합친 수의 일곱 배 — 이 세금 별도로 육 달러 구십오 센트를 들고 서점에 갔는데, 그 가운데 반은 책이 판매되고 나서 첫 십 주 안에 구입한 사람들이었다.

따라서 자위는 앨릭잰더 포트노이가 상상했던 것 이상으로 지저분한 작은 비밀인 듯하다. 사실, 이런 매우 달아오른 몰입 상태 때문에 절대 책을 사지 않는 아주 많은 사람이 체면 차리는 계급 출신의 '썹에 미친' 자위자에게 웃음을 터뜨려보라고 부추기는

---

* 『굿바이, 콜럼버스』의 영화판은 래리 피어스(1930년생)가 감독하고 알리 맥그로(1939년생)가 출연했으며 1969년에 개봉되었다. — 원주

책을 사게 되었고, 바로 그런 몰입 상태가 저자 자신이 부절제 때문에 정신병원에 실려갈 수 밖에 없었다고 폭로하는, 동해안에서 서해안까지 퍼진 소문에서도 드러났는데, 이런 정신병원은 민속학자들 말에 따르면 자기 남용*이 시작된 이래 갱생하지 않는 자위자들이 들어갔던 곳이기도 하다.

물론, 자위를 익살스럽게 다룬 것이 이 특정한 베스트셀러를 구입하고 또 심지어 읽기까지 하는 그 열렬한 욕망을 모두 설명해주지는 못한다. 그것이 출간된 순간 — 아마도 지속적인 사회적 방향 상실이라는 면에서 제2차세계대전의 초기를 제외하면 그 이후 어느 순간과도 같지 않았을 것이다 — 이 내 생각으로는 그들의 욕망이나 나 자신 이후의 악명과 깊은 관계가 있었던 듯하다. 권위에 대한 신성모독적 도전과 공적 질서에 대한 믿음 상실이 특징이었던 1960년대 말에 닥친 1968년의 참사와 격동이 없었다면, 1969년에 내 책과 같은 책은 그런 관심을 받지 못했을 것이다. 그보다 삼사 년 전만 해도, 가족 권위를 희극적으로 불경스럽게 다루고 성을 체면 차리는 시민 생활의 익살스러운 측면으로 묘사하는 사실주의적 소설은 아마 그 책을 산 중간계급이 받아들이기가 — 또 이해하기가 — 훨씬 어려웠을 것이며, 그것을 알리는 미디어도 훨씬 주변적으로 (또 적대적으로) 다루었을 것이다. 그러나 1960년대의 마지막 해에 이르자, 우리의 존슨 박사**

---

* 자위를 가리키는 말.
** 성 연구서를 낸 버지니아 존슨을 가리킨다.

는 적과 친구 양쪽의 지원을 얻어 비합리적인 것과 극단적인 것에 관하여 아주 뛰어나게 국민 교육을 해주었고, 그 덕분에 심지어 『포트노이의 불평』 같은 것조차, 일상적인 성적 강박과 가족 로맨스의 로맨틱하지 않은 면을 천박하게 드러냄에도 불구하고, 이제 관용의 범위 안에 들어와 있었다. 자신이 그런 것에 관용적 태도를 보일 수 있다고 생각하는 것도 이 책이 그 독자 다수에게 가지는 호소력의 한 원천이 되었을지 모른다.

그러나 ─ 만일 다른 주된 요소가 없다면 『포트노이의 불평』의 꼴사나운 것들은 그렇게까지 매혹적이지 (그리고 많은 사람에게는 그렇게까지 불쾌하지) 않았을 터인데, 이 요소는 그것이 없었을 경우와 비교할 때 이 뜻밖의 주인공이 1960년대에 의해 정신적 갑옷이 망가져버린 미국인에게 그 순간에 더 흥미 있는 사례가 되는 데 기여했다. 그것은 금지된 성적 행동이나 가족 질서와 일반적 체면에 어긋나는 상스러운 공격을 고백하는 남자가 유대인이라는 점이었다. 그 소설을 소설로 읽든 아니면 얄팍하게 위장한 자서전으로 읽든 그것은 분명한 사실이었다.

그런 행동과 공격에 그것이 포트노이에게 가지고 있던 특별한 의미를 부여한 것, 위험과 수치로 그것이 그에게 그렇게 풍부한 의미를 가지게 만든 것, 포트노이 자신이 평가해보더라도 그것이 그렇게 희극적이고 부적절해 보이게 만든 것은, 포트노이 자신을 유대인 이방인 가릴 것 없이 많은 독자에게 흥미롭게 만들어준 이유라고 지금 내가 믿고 있는 것과 아주 비슷하다. 간단히 말해서, 공개적으로 미쳐 날뛰는 것은 선량한 유대인이 저지를 것이라고는 전혀 예상할 수 없는 일 — 그 자신, 가족, 같은 유대인은 예상할 수 없는 일 — 이라는 점이다. 또 더 큰 기독교인 공동체도 예상할 수 없는 일인데, 이 공동체는 애초에 그에 대한 관용이 빈약할 수 있으며, 그는 자신의 심리적 위험을 무릅쓰고, 또 아마도 자신과 같은 유대인의 행복이 망가질 위험을 무릅쓰고 그 공동체의 체면 규칙을 조롱한다. 어쨌든 역사와 뿌리 깊은 공포는 유대인은 그렇게 날뛰지 않는다고 주장한다. 그래서 그가 입으로 말을 발사하거나 정액을 발사하여, 또 물론 정액을 발사하는 것에 관한 말을 발사하여, 자신을 구경거리로 만들 것이라고는 예상하지 못한다는 것이다.

"유대인은 서구 사회의 전형적인 아웃사이더로서, 물론 사회적 적응의 달인이었다." 데이비드 싱어는 『주다이즘』 1974년 겨울호에 발표한 '유대인 폭력배'라는 주제의 에세이에서 그렇게 말한다. 따라서 일반적으로 보아 "미국 유대인 기성체제 — 방어기관, 학자, 역사학회"가 "미국 유대인"과 더불어 "자기 역사의 [이런] 중요한 측면을 알고 있다는 사실을 [일반적으로] 체계적으로 부정해온 것은 놀랄 일이 아니다." 그 주요 인물은, 싱어에 따르면, "미국 범죄 연대기의 인명사전"을 구성하다시피 하며, 이것은 "다른 어떤 민족 집단의 기여와 비교해도 뒤지지 않는다".

물론 아널드 로스슈타인 같은 사람, 레프케 부할터 같은 사람, 벅시 시걸 같은 사람, 마이어 랜스키 같은 사람(싱어의 명단에 나오는 초악당들만 꼽아도)과 포트노이는 다르다. 하지만 자신이 유대인 범죄자라는 그의 느낌은 그가 희극적 자기 비난에 사로잡혔을 때 반복되는 모티프다. 조병에 걸린 듯한 아리아를 마무리하면서 B급 영화에서 나온 듯한 경찰관들이 '미친 개'라는 이름의 B급 공갈범인 자신에게로 포위망을 좁혀온다고 상상하는 책의 마지막 몇 페이지를 보라. 포트노이의 행동을 비난하는 데는, 또 몸에 몰두하는 것이 아널드 로스슈타인이 ─ 유대인 소년이 조작할 수 있는 모든 멍청한 것 가운데도 하필이면 ─ 월드시리즈 전체를 조작하는 것*만큼이나 미국 유대인의 안전과 이익에 해가 되는 것처럼 보이는 데는 자신의 '방어 기관' 외에 다른 유대인 '방어 기관'이 필요하지 않다.

심지어 유대인 ─ 사회의 가장 뛰어난 타협 지지자로 일컬어지며, 그의 가장 귀중한 소유물, 심지어 적들도 부러워하는 소유물은 키신저 같은 지능이다 ─ 마저 이제는 상스러운 반사회적 욕구와 공격적 환상의 타협할 여지가 없는 요구에 맞서 더는 성공적인 싸움을 할 수가 없다는 것…… 이것이야말로 중간계급 독자 다수의 관심을 끌었을 법하다. 1960년대의 더욱 불안한 경험으로 인해 그들 자신이 사회적 적응을 터득해가는 과정이 심각하게 방해를 받았기 때문이다. 물론 하고많은 사람들 가운데 유대인, 게다가 시민권 변호사로서 공적 생활이 사회적 정의와 법적 통제를 시행하는 일과 밀접하게 관련이 있는 사람이 자신의 방어

---

* 1919년 월드시리즈에서는 스타 외야수 슈리스 조 잭슨(1889~1951)을 포함한 시카고 화이트삭스 선수 여덟 명이 신시내티 레즈에 일부러 져주는 승부 조작 사건이 발생했는데, 폭력배 아널드 로스슈타인(1882~1928)은 여기에 관여했다고 알려져 있다. 로스슈타인은 이 시리즈에서 레즈에 돈을 걸어 약 삼십오만 달러를 땄다.─ 원주

를 강화하고 더 나아지는 일(그 말의 모든 의미에서)을 계속하는 대신, 이탤릭체와 대문자로 자신의 은밀한 욕망이 사실은 스스로 무너지고 나빠지는 것 ─ 적어도 더 나빠지는 것임을 인정한다는 이야기를 듣는 것은 많은 사람에게 어떤 계시로 다가왔을 것이 틀림없다. 특히 그 점은 유대인이 유대인에 관해 쓴 미국 소설에서 최근에는 별로 듣거나 읽어보지 못한 것이었다.

2. 유대인 작가들이 상상하는 주인공들

홀로코스트 이후 수십 년 동안 유대인이 미국 소설에서 독선이나 억제와 얼마나 동일시되어왔는지, 사회적으로 받아들일 만한 것의 경계에 있거나 심지어 범죄적 일탈을 구성할 수도 있는 리비도에 기초한 공격적 행동보다는 정당하고 정확한 대응과 얼마나 강하게 동일시되어왔는지 보려면 우선 이제 미국계-유대인 작가들의 위대한 노인이고, 내 생각에 이 나라에서 가장 큰 성취를 이룬 현역 소설가인 솔 벨로의 소설에서 시작하는 것이 좋을 듯하다. 벨로를 읽으면서 무엇을 발견하는가? 그의 주인공들은 양심의 드라마에 나오는 배우일 때는 생생하고 강력한 방식으로 유대인이지만, 이와 대조적으로, 욕구와 리비도에 기초한 모험이 소설의 핵심일 때는, 유대인이라 해도, 그들의 유대인적 태도는 희미한 흔적만 남긴다.

벨로의 첫 유대인다운 (유대인답지 않은 경우와 구별하여) 유대인은 두번째 책 『피해자The Victim』의 에이사 레벤탈이었다. 벨로 자신은 이제 이 탁월한 소설을 "예의바른" 책이라고 판단하는데, 내 생각에 그의 이 말은 다른 무엇보다도 이 책에 자신의 특정한 낙인보다는 관습의 낙인이 찍혀 있다는 뜻인 듯하다. 이 소설에서 유대인다운 것은 양심에 대고 하는 요구에 약하고, 그것도 병적으로 약하고, 가끔 망상증에 위험하게 다가가는 일종의 무뚝뚝한 인간적 동정심과 반응성 때문에 다른 사람의 고통과 불행에 대한 책임을 짊어지는 것이다. 에이사 레벤탈에게 유대인이라는 것은 크게 보면 짐이고 작게 보면 짜증나는 일이다— 그리고 책을 쓰고 난 뒤 벨로에게도 그런 유대인에 관해 쓰는 것에 양면이 다 있는 것처럼 보였을 듯하다. 마치 피해자가 된 유대인 양심의 울타리가 공교롭게도 그의 창의성을 구속하고, 윤리적인 삶보다는 충일한 삶이나 욕구와 관련된 즐겁고 흥미진진한 많은 것을 상상의 고려 대상에서 배제하는 느낌이었을 것이다.

이것을 지지하는 벨로 자신의 "예의바른"이라는 말이 있고, 다음 책『오기 마치의 모험』이 있는데, 여기에서는 물론 자신이 유대인이라는 주인공의 자각은 활기차고 유혹적인 주인공의 기질에서 가장 중요하지 않은 부분이다. 사실 모험적인 오기 마치에게서 유대인을 빼버려도 책 전체에 별로 피해를 주지 않을 것이다. 반면 이 소년에게서 시카고를 빼버리는 것에 대해서는 같은 말을 할 수가 없다(반면 레반트인처럼 보이는 레벤탈에게서 유대인을 빼버리는 것에 대해서는 같은 말을 할 수가 없다).『피해자』를 쓰는 것이 생존과 성공이라는 민감한 문제(유대인의 자기방어라는 문제와 더불어 레벤탈을 몹시 괴롭히던 문제)에 관하여 저자 자신의 양심을 안정시키는 데 얼마나 큰 역할을 했을지, 또 저자 자신의 마음을 사로잡는 매력에서 떠들썩하게 즐길 수 있는—이것이 오기의 마력이기도 한데—길을 여는 데 얼마나 큰 역할을 했을지는 그저 추측해볼 수 있을 뿐이다. 그러나 벨로가 레벤탈의 유대인다운 면에서 대체로 병적인 면, 우울, 불안정성, 예민, 도덕적 반응성의 뿌리를 찾는 반면, 오기의 건강, 명랑함, 힘, 정력, 욕구, 나아가서 온 세상은 아니라 해도 쿡 카운티*의 거의 모두에게 가지는 엄청난 호소력이 그가 시카고에 뿌리를 내리고 있다는 점과 연결된다는 사실은 더없이 명백하다. 시카고는 속속들이 미국적인 곳이며, 어떤 소년이 유대인이라고 해서 '미덕 부문'에서 다른 어떤 이민자 어머니의 자식보다 특별해지지 않는 장소다. 어떤 핵심적인 면에서 이 책의 '유대인다움'을 달성하는 것은 감수성과 언어적 에너지라고 주장할 수도 있는데, 이 점에 관해서는 오기 자신이 가장 짧은 고해를 할 수도 있다. 그는 책의 끝에서 의기양양하게 소리친다. "나를 봐라, 어디나 간다!" 기본적으로 충일하고 탐욕스러운 절충주의자, 그가 스스로 묘사하는 대로, 계속 밖으로 향하는 "가까이 있는 곳들을 찾는 콜럼버스"의 감수성과 에너지다.

강박적으로 유대인다운 유대인 레벤탈로부터 상대적으로 유대인답지 않은 유대인 오기에 이르는, '선택받은 백성'에 대한 폐쇄공포적 속박으로부터 들뜨고 기쁨에 찬 선택에 이르는 이 운

---

* 시카고의 소재지.

동은 벨로의 다음 큰 소설 『비의 왕 헨더슨』에서 절정에 이르는데, 여기에서, 돼지 같고 탐욕스러운 주인공, 레벤탈과는 완전히 다른 의미에서 마음 중심인 주인공은 감각과 영靈에 대한 이상하고 게걸스러운 허기에 사로잡힌 사람이기 때문에 벨로는 그를 유대인 가운데 가장 희석된 사람으로 만들 방법조차 찾지 못한다. 겨우 실 한 가닥으로 유대인다움에 매달려 있는 것 — 이것은 『오늘을 잡아라』의 토미(원래 이름은 아들러) 윌헬름에게는 아주 멋지게 들어맞는데, 그는 무엇보다도 아빠를 원한다. 하지만 이 거인 같은 광대 헨더슨이 구하고 있는 것을 원하는, 그것도 자신이 원하는 방식으로 원하는 주인공에게 이것은 전혀 들어맞지 않는다.

헨더슨이 구하고 있는 것? 좋은 일을 하는 것, 정의로워지는 것? 아니, 그것은 레벤탈의 야망에 가까울 것이며, "마음"보다는 복수심 강한 신들의 허락을 얻기 위하여 그가 한 거래와 관계가 있는 것으로 보이는 야망이다. 그렇다면 무엇일까? 양자가 되고, 납치되고, 사랑받는 것? 아니, 그것은 머리가 잘 돌아가고, 잘생기고, 자기중심적인 오기의 노선에 가깝다(가만히 생각해보면 토미 윌헬름이 마음에 두었지만 내부에 시카고가 없었기 때문에 성사시키지 못했던 모든 것이며, 따라서 그의 이야기는 진압당한 에고의 이야기다). 그렇다면 헨더슨은 무엇을 추구하는가? "나는 원한다!" 감탄부호. "나는 원한다!" 그게 전부다 — 날것 그대로이고, 족쇄에서 풀려나고, 타협하지 않고, 채워지지 않고, 사회화되지 않은 욕망.

"나는 원한다." 벨로의 소설에서는 오직 고이*만 이런 식으로 말을 하고 그래도 문제가 없다. 사실 헨더슨도 그렇게 한다. 책의 끝에서 강렬한 감각과 오르가슴적 해방을 찾아 나선 이 탐구로 그가 실제로 재탄생했다고 이야기되기 때문이다. 벨로의 책들 전체에서 이보다 행복한 사람이 있는가? 이 선택받지 못한 사람은 벌도 줄 수 없고 피해자로 만들 수도 없다. 반대로, 『비의 왕 헨더슨』을 완전한 규모의 희극으로 만드는 것은 이 어릿광대가 자신이 구하는 것을 얻는다는 점이다. 가지고 있다 해도 늘 충분치 않았던 것을 이제는 어찌해야 할지 모를 만큼 많이 갖고 있다. 그는 비, 분출, 간헐천의 왕이다.

만일 고이가 정신의 잠을 터뜨리는 데 충분한 것 이상을 얻는 다고 한다면, 벨로의 다음 두 주인공, 실제로 아주 유대인다운 주인공은 받아 마땅한 것보다 훨씬 못 얻는다. 욕망이나 욕구는 관계가 없다. 여기에서 부정당하는 것은 윤리적 희망과 기대다. 다른 사람들은 달리 행동해야 마땅한데 그러지 않고 그 때문에 유대인 주인공은 고통을 겪는다. 벨로는 모지스 허조그와 아르투르 잠러와 함께, 충분히 만족한 헨더슨으로부터 다시 피해자의 세계로 돌아간다 ― 불가피하게 이것은 유대인에게로 돌아가는 것처럼 보일 것이다. 예리하게 계발된 감수성과 더불어 개인적 존엄이나 타고난 덕성에 대한 훌륭한 감각을 갖춘 사람, 한 책에서는 제정신, 다른 책에서는 동정심이 고집스러운 자들이나 제정신이

---

*goy. 비유대인을 뜻함.

아닌 자들이나 범죄자들의 육욕적인 탐욕에 의해 계속 시험을 받는 사람에게로.

헨더슨의 돼지 같은 "나는 원한다!"는 사실 허조그가 "나는 이해 못한다"고 신음하게 하고, 섬뜩한 것이란 섬뜩한 것은 거의 모두 보고도 살아남은 잠러가 마침내 1968년에 뉴욕시티에서 "나는 겁에 질렸다"고 인정하게 만드는 사람들이 외치는 구호와 비슷하다. 검은 아프리카에서 고귀한 야후*로서 살아가는 돼지농장주 고이 ― 어두워지는 어퍼 웨스트사이드에서 슬퍼하며 불구가 된 후이넘**으로서 살아가는 윤리적으로 우아한 유대인. 시카고의 모험가 오기는 피를 흘리고 벌을 받는 허조그, 자신이 씹어 뱉었던 것에 의해 물어뜯기는 불가항력의 자기중심적 인물로 돌아오며 ― 버크셔즈의 모지스 조련사 매들린은 높이 나는 새의 문제에서 멕시코의 독수리 조련사 시어보다 운이 좋았다 ― 성마른 기질과 음울한 양심의 소유자 레벤탈은 도덕적 행정장관 잠러로 환생하는데, 그의 뉴욕은 이제 단지 어떤 밤에 "방콕처럼 뜨거운" 곳일 뿐 아니라, 브로드웨이 버스와 컬럼비아대학 강의실조차, 야만적인 방콕 같은 곳이 되었다. "야외의 공중전화는 대부분 부서지고, 고장이 났다. 동시에 소변기였다. 뉴욕은 나폴리나 살로니카보다 나빠지고 있었다. 이곳은 아시아나 아프리카의 도시 같았다……"

---

*『걸리버 여행기』에 나오는 사람의 모양을 한 짐승.
**『걸리버 여행기』에 나오는 인간의 이성을 갖춘 말.

잠러 씨의 수난 옆에 놓으면 레벤탈의 수난은 얼마나 멀고, 얼마나 작아―정말이지 얼마나 "예의바른" 것으로―보이는지. 레벤탈의 여름 고독을 망치고, 그의 결혼 침대를 더럽히고 당혹스럽게도 그의 유대인 머리카락을 쓰다듬는 간사한 빈털터리 고이 올비는 얼마나 가벼운, 정말이지 가벼운 골칫거리인지―흑인 소매치기처럼 으스대는 불길한 녀석에 비하면 얼마나 온건한지. 이 소매치기의 할례받지 않은 물건과 "커다란 타원형 고환"은 맨해튼의 슈퍼에고 사나이가 살펴볼 수 있도록 베일을 벗고 그 모든 무지갯빛 웅장함을 드러낸다. 그러나, 초기 책의 공격과 나중에 나온 책의 공격 사이에 정도(그리고 맥락과 의미)의 차이는 있지만, 공격을 당하는 사람, 욕구와 분노가 폭발할 때 그것을 받는 쪽에 있는 사람은 여전히 유대인이다. 그런 폭발은 잠러가 자신을 가장 두렵게 하는 것을 부르는 "격한 상태의 영혼", 또는 덜 우아한 또 더 분노가 담긴 표현인 "성적인 깜둥이 상태"이며, 이 것은 "윤리적 유대인 상태"라고 묘사될 수도 있는 것과 대립된다.

자, 솔 벨로를 읽어나가는 다른 방법들도 분명히 있다. 여기에서 내 의도는 그의 소설들을 그저 이런 앙상한 뼈무더기로 축소하여 그의 성취를 낮추려는 것이 아니라 그의 작업에서 유대인과 양심, 이방인과 욕구 사이에 이루어지는 특유의 관련을 추적하는 것이다. 또 그렇게 함으로써 동정적인 유대인 주인공을 복수심 가득한 공격과 대비되는 피해자 되기, 행복하거나 만족스러운 승리보다는 위엄찬 생존, 과다한 욕망―선해지거나 선한 일을 하고자 하는 과다한 욕망은 제외하고―과 대비되는 제정신이나 체념과 연결하는 일이 독자들에게 얼마나 습관화되어 있는지 (혹은, 문제가 되는 작가들의 권위를 고려할 때 독자들이 얼마나 설득당하고 있는지, 라고 이야기할 수도 있겠다) 지적하려는 것이다.

데이비드 싱어가 "미국 유대인 기성체제"라고 부르는 것에서 솔 벨로가 자부심의 원천이 될 때, 나는 그것이 그의 넘쳐흐를 듯한 소설들 자체보다는 내가 여기에 제시한 이 앙상한 뼈들과 관계가 있다고 말하고 싶다. 그의 소설들은 윤리적 선전이나 위로의 매체가 되기에는 너무 밀도 있게 전달되거나 사변적이다. 실제로 벨로의 아이러니 섞인 휴머니즘은 그의 이상하고 수상쩍은 인물들에 대한, 보통의 시카고 남자들에 대한, 운의 밑바닥으로 내려앉은 프랑스 황태자 유형 인물들의 자기 조롱과 자기애에 대한 공감과 결합되어 있으며, 이 때문에 그는 유대인 문화에 속하는 독자보다는 다른 유대인 작가들에게 훨씬 더 중요한 인물이 된다―가령 엘리 위젤이나 아이작 바셰비스 싱어와는 다르다. 이 둘은 유대인 과거와 관계를 맺으면서 공동체 전체에 약간 경외스러운 영적 의미를 갖게 되는데, 이것이 반드시 동료 작가들에게 긴급한 문학적 관심사가 되는 것은 아니다. 하지만 벨로는 말하자면 데이먼 러니언과 토마스 만 사이―또는 필립 라브의 범주를 느슨하게 사용하자면, 레드스킨과 페일페이스* 사이―의 틈을 메움으로써, 내 생각으로는, 그의 뒤에 나온 미국

---

* 편집자이자 비평가 필립 라브(1908~1973)의 에세이 「페일페이스와 레드스킨」을 보라.―원주

태생의 유대인 작가들이 그가 없었다면, 이 가까이 있는 곳들을 찾는 콜럼버스가 보여준 독창적인 예가 없었다면 오랫동안 간과하거나 멍하게 바라만 보고 있었을지도 모를 직접적인 경험 세계들에 대한 온갖 종류의 탐사에 영감을 주었다.

***

솔 벨로의 긴 작품들*은 일반적으로 유대인다운 유대인을 윤리적 유대인 상태의 분투와 연결하고, 비유대인적 유대인과 이

---

* 내가 '긴 작품들' 이야기를 하는 것은 1967년 『플레이보이』에 처음 발표된 「구체제 *The Old System*」 같은 단편에 나오는 단단하고 추한 삶의 사실들이 반명예훼손 연맹에 전화벨이 울리게 하는 것으로 알려져 있기 때문이다. 단도직입적으로 말하자면 (금을 그어 구분할 때는 이런 것들은 그렇게 말하게 되는 경향이 있다) 이것은 부유한 유대인과 그들의 돈 이야기다. 첫째로, 그들이 어떻게 탁자 밑으로 뇌물(이익이 많이 남는 컨트리클럽의 넓은 토지에 대한 대가로 우아한 늙은 앵글로색슨계 백인 신교도에게 전달하는—그것도 벨로가 정통파에 속하는 종교적인 사람으로 묘사하는 유대인이 전달하는 십만)이 오가는 세계에서 돈을 크게 불리는가. 그다음에 이것은 유대인이 '전능한 달러'로 서로 어떻게 속이고 야바위를 치는가에 관한 이야기이다. 죽어가는 유대인 여자, 그것도 입이 더러운 여자는 병원 침대에서 죽기 전에 자신을 보는 특권의 대가로 사업가 남동생에게 현금 이만을 요구한다. 유대인 가족의 이런 형제간 증오와 경제적 교활함을 보여주는 장면은 사실 이 이야기의 놀라운 절정이다. 이 이야기가 『허조그』를 쓴 유명한 저자가 아니라 무명의 어떤 슈와츠나 레비의 작품이었다면, 방어 기관이 어떻게 받아들였을지 궁금하다. 게다가 『플레이보이』에 실리기까지 했는데. 사실 1960년대의 정치적 급진주의와 1973년 10월전쟁이 유대인에게 준 외상적 충격의 여파 속에서 『허공에 매달린 사나이 *Dangling Man*』 같은 첫 소설이 갑자기 발표되었다면 유대계 언론과 문화 정기 간행물들이 어떤 태도로 나왔을지 궁금하다. 철저하게 뿌리가 뽑히고 우울한 이 작품 주인공에게는 자신의 유대인 형제의 부르주아 가족만큼 싫어하는 것이 없다. 또 갑자기 『피해자』 같은 책이 지금 나타났다면. 이 작품에서 주인공의 유대인적인 면은 가끔 정신병의 한 종류를 닮곤 한다.—원주

방인은 욕구나 호전성 방출과 연결하는 경향이 있다(『허조그』에서 부버 후원자이자 남의 아내를 훔치는 자 게르스바흐도 사실 큰 예외가 아닌 것이, 그는 자신의 이디시어 권리도 발음할 줄 모르는 사이비 유대인다운 유대인이기 때문이다. 또 매들린, 그 막달레나는 물론 십자가를 달고 포덤에서 일했다). 반면 버나드 맬러머드의 작품에서 이런 경향은 아주 선명하게, 아주 도식적으로 자리잡아 그의 소설이 도덕적 알레고리라는 인상을 줄 정도다. 일반적으로 말해서 맬러머드에게 유대인은 순진하고 수동적이고 고결하며, 이것 때문에 자신이 스스로 유대인이라고 규정하거나 다른 사람들에 의해 유대인이라고 규정될 정도에 이른다. 반면 이방인은 이방인답게 부패하고 폭력적이고 정욕적인데, 특히 유대인이 있는 방이나 가게나 감방에 들어갈 때 그렇다.

자, 표면적으로 보자면, 작가는 그런 복음주의적 단순화로는 별로 멀리 갈 수 없을 것처럼 보인다. 하지만 맬러머드에게는 전혀 그렇지 않다(『색칠한 새 *The Painted Bird*』에서 저지 코진스키가 전혀 그렇지 않은 것처럼). 본질적으로 민담적이고 교훈적인 상상으로부터 선한 유대인과 악한 고이에 속하는 인물들이 매우 본능적으로 나타나, 맬러머드가 이런 단순화를 엄격하게 고수할수록 그의 소설은 설득력이 강해지고, 그가 그런 단순화를 포기하는 만큼, 또 비록 교활한 방식이기는 하지만, 자신에 대한 그 장악력을 풀어버리는 만큼, 설득력과 서사 동력은 줄어들기 때문이다.

그의 최고의 책 ― 실제로 고전적인 맬러머드식 도덕적 배치를 담고 있다 ― 은 여전히 『점원』이며, 이 책은 매몰된 궁핍한 식료품상 모리스 보버가 수동적 수난과 마음의 선이라는 본보기로 도둑질을 하는 젊은 이탈리아인 떠돌이 프랭크 알피네를 또 한 사람의 매몰되고 궁핍하고 수난을 겪는 유대인 식료품상으로 만들 것이고, 이것이 지원의 행위를 이루어 알피네를 구원의 길로 가게 할 것이라고 주장한다 — 어쨌든 이 책의 엄격한 도덕성은 그렇게 주장한다.

무엇으로부터 구원? 선한 유대인 아버지에 대한 폭력과 기만이라는 범죄, 이 고이가 벌거벗은 몸을 훔쳐보고 강간했던 그 아버지의 동정녀 딸에 대한 욕정이라는 범죄로부터. 하지만 오 이 구원은 얼마나 징벌적인지! 나쁜 고이가 선한 유대인의 손에 떨어졌을 때 그에게 벌어지는 일은 진노한 유대인 저자가 그에게 가하는 분노에 찬 구약적 보복 행위로 받아들이고 싶은 생각이 들 정도다 — 맬러머드가 이 개종의 이야기에 파토스를 담고 그것을 부드럽게 종교적으로 채색하지 않았다면, 또 저자가 내내 뚜렷하게 강조하는 점. 즉 이것이 나쁜 고이의 손에 떨어진 것이 선한 유대인의 이야기라는 점이 없었다면 맬러머드보다 희망이 크지 않은 유대인 작가라면 — 예를 들어 코진스키가 그러한데, 그의 소설들은 구원 능력을 별로 신뢰하지 않고 집요하게 지속되는 야수성과 악의에 집중한다 — 알피네가 유대인 식료품상이자 유대인 아버지(그 역할이 이 책에서 수반하는 모든 것을 떠맡는 아버지)로 변하는 것을 개인적 구원의 표시가 아니라 보버의 복수가 실현된 것으로 이해했을지도 모른다. "이제 내가 그랬던 것처럼 고통을 겪어봐라, 이 고이 새끼야."

또 한 종류의 유대인 작가 노먼 메일러가 『점원』 같은 이야기의 함의를 어떻게 기록했을지 궁금하면 맬러머드의 소설이 나온 바로 그해인 1957년 『디센트』에 처음 발표된 유명한 에세이 「하얀 니그로The White Negro」를 보면 된다. 메일러는 이 모든 것을 맬러머드와는 독립적으로 상상했지만, 그럼에도 『점원』이 시작하는 것과 놀랄 만큼 비슷한 시나리오를 내놓는다. 메일러의 이야기에는 무방비 상태의 상점 주인의 머리를 때리고 돈을 가져가는 깡패도 두 명 나온다. 그러나 과연 메일러답게―그리고 이것이 맬러머드나 벨로의 관심사와 그의 관심사를 완전히 구별해준다―그 악한 행동이 피해를 당한 사람보다는 피해를 준 사람의 신체적 행복과 정신적 건강에 영향을 주는 것으로 평가한다.

메일러는 "자기 안의 사이코패스를 부추기는 [것]"에 관해서도 부가적으로 이야기한다. "힘센 열여덟 살짜리 깡패 둘이, 가령, 과자점 점원의 뇌를 때려 부수는 데에는 용기가 필요하지 않다고 주장할 수도 있다. 실제로 그 행동―심지어 사이코패스의 논리로 보더라도―이 매우 치유적으로 드러날 가능성은 적다. 피해자가 직접적으로 동등한 존재가 아니기 때문이다. 그럼에도, 어떤 종류의 용기는 필요하다. 단지 허약한 쉰 살의 남자만이 아니라 제도도 죽이는 것이고, 사적 소유를 침해하고 경찰과 새로운 관계에 진입하고 삶에 위험한 요소를 도입하는 것이기 때문이다. 따라서 깡패는 미지의 것에 도전하는 것이며, 그 행동이 아무리 야만적이라 해도 전적으로 겁쟁이 짓은 아니다."

살인이 야심 있는 사이코패스에게 가지는 긍정적 가치에 대한 이 몇 줄을 보면 솔 벨로와 버나드 맬러머드가 유대인 작가라고 일컬어지는 것을 듣고 일반적으로 만족하는 유대인 문화의 독자가 왜 노먼 메일러가 상당한 영향력과 지위에도 불구하고 강단이나 텔레비전 토크쇼에 대체로 단순히 작가라고만 나서는 것에 완벽하게 만족하는지 분명해질 것이다. 『사슴 공원*The Deer Park*』과 『미국의 꿈*An American Dream*』의 저자라고 해도 분명히 만족할 텐데, 이 둘은 메일러의 책들 가운데 주인공을 코언*이라고 부르지 않는 쪽을 택한 두 권의 예에 불과하다. 만일 저자가 욕정이 가득한 항해자를 오쇼너시 말고 다른 이름으로 또는 미국의 고모라에서 아내를 죽인 자를 로잭 말고 다른 이름으로 불렀다면 유대인(또는 이방인)이 이 두 책을 어떻게 생각했을지 궁금해해보아야 의미없다. 유대인임이 분명한 주인공이 그렇게 즐거워하며 그렇게 자기 의심 없이 또는 윤리적 방향 상실 없이 그런 가관인 위반행위를 저지를 수 있다는 것은 버나드 맬러머드에게 그렇듯 노먼 메일러에게도 상상할 수 없는 일이기 때문이다. 아마 같은 이유에서일 것이다. 내부의 유대인적인 면이 그런 거창한 욕정과 반사회적 경향에 "안 돼, 안 돼, 자신을 억제해" 하고 말하고 있다는 것.

나는 맬러머드가 『점원』에서 보여주는 폭력적인 깡패–무방비 상태 점원 시나리오의 결말에 메일러가 큰 인내심을 가질 것이라고 상상할 수 없다. 「하얀 니그로」의 다른 몇 줄은 실제로 모리스

---

* 유대인에게 흔한 성.

보버의 앞치마를 두르고 하루 열여덟 시간 동안 그의 금전등록기 뒤에 서서 죽어가는 식료품 상점이라는 무덤에서 모리스의 유대인 딸의 대학 교육 책임을 떠맡는 프랭크 알피네에게 벌어지고 있는 일에 대한 메일러의 묘사라고 해도 좋을 듯하다. "……새로운 종류의 승리들은 새로운 종류의 인식을 할 수 있는 힘을 늘려준다. 그리고 패배, 그릇된 종류의 패배는 몸을 공격하고 에너지를 가두어 마침내 패배자는 다른 사람들의 습관, 다른 사람들의 패배, 권태, 조용한 절망, 소리 죽인 차갑고 자멸적인 분노라는 감옥 공기 속에 갇히고 만다……"

맬러머드는 다름 아닌 몸에 대한—알피네가 보버의 딸을 유린할 때 사용했던 바로 그 범행 기관器官에 대한—공격으로 『점원』을 마무리한다. 맬러머드가 이것을 시적 정의라기보다는 잔인하고 특이한 처벌에 가까운 것이라고 보았느냐 아니냐는 다른 문제다. 소설 자체가 보여주는 길잡이들을 고려할 때, 독자는 책의 마지막 문단이 프랭크의 구원을 마무리하는 행동이라고, 그의 이방인 문제에 대한 마지막 해법의 묘사라고 받아들일 법하다.

4월의 어느 날 프랭크는 병원으로 가서 할례를 받았다. 다리 사이의 통증 때문에 그는 이틀 동안 몸을 질질 끌고 다녔다. 통증은 그에게 분노와 영감을 주었다. 유월절 뒤 그는 유대인이 되었다.

이렇게 죄를 지은 음경에 대한 속죄는 완성되었다. 자기 남용의 위험을 경고하는 민담이 이보다 생생하거나 예리할 수는 없으며, 내가 벨로의 소설들에서 추적하려 했던 그 관련들이 여기에서만큼 분명하게 나타날 수는 없다. 극기는 유대인다운 것이며 극기는 '모든 것'이다. 『점원』을 지배하는 압제적 야훼와 대조적으로 『잠러 씨의 행성Mr. Sammler's Planet』의 벨로는 자식에게 푹 빠져 피임에 대한 상식을 갖추고 중독성 강한 마약은 피하라는 요구만 하는 부모 같다. 『점원』은 정당하게 복수라고 부를 수도 있는 것으로 윤리적인 유대인 상태를 표현한다. 금욕과 파토스 밑에는 맬러머드 그 나름의 분노가 감추어져 있다.

맬러머드의 『해결사The Fixer』 69쪽 —"해결사는 선뜻 자신이 유대인이라고 고백했다. 그것 말고는 아무런 죄가 없었다." 80쪽 —"나는 죄 없는 사람이야…… 내 인생에서 뭘 가져본 적이 없어." 98쪽 —"나는 어떤 심각한 범죄도 저지르지 않았다고 맹세해…… 그건 내 본성이 아니야." 무엇이 그의 본성이 아닐까? 제의적 살인과 성적 공격 — 복수하는 공격성과 짐승 같은 욕정. 따라서 『해결사』의 무력하고 죄 없는 러시아계 유대인 잡역부 야코프 보크가 체포되고 수감되는 것, 그것도 지하 감옥 식료품점보다 훨씬 심각한 곳에 수감되는 것은 『점원』의 죄 없고 무력한 유대인 가족을 괴롭히는 고이 깡패들인 프랭크 알피네와 워드 미노그가 저지르는 범죄들 때문이다. 사실 나는 소설에서 신체적 잔혹성과 육체적 굴욕을 그렇게 자세하고 그렇게 길게 기록하는, 또 마찬가지로 무방비 상태의 한 사람을 데려다놓고 그 인물이 변태적이고 야만적인 포획자의 손에 당하는 무자비한 침해로 책 한 권을 거의 다 구성하는 진지한 작가는 맬러머드, 사드 후작, 『O의 이야기Story of O』를 쓴 익명 작가 외에는 알지 못한다. 『해결사』, 5장 서두 ㅡ

　　며칠이 흘렀고 러시아 관리들은 그의 생리 주기가 시작되기를 초조하게 기다리고 있었다. 그루베쇼프와 육군 대장은 자주 달력을 보았다. 만일 빨리 시작되지 않으면 그런 목적으로 만든 기계를 동원하여 그의 음경으로부터 피를 뽑아내겠다고 위협했다. 그 기계는 쇠로 만든 펌프로, 피를 얼마나 뽑아내고 있는지 보여주는 빨간 계기판이 달려 있었다. 이 기계가 위험한 것은 그것이 늘 제대로 작동하지 않아 가끔 몸에서 피를 마지막 방울까지 빨아냈기 때문이었다. 그것은 유대인에게만 쓰였다. 오직 그들의 음경만 거기에 맞았다.

　『해결사』의 사회적이고 역사적인 세심한 고증 ㅡ 민속자료에 대한 맬러머드의 본능적 느낌 덕분에 전체적으로 조사된 소설로부터 상상된 소설로 변형될 수 있었다 ㅡ 은 중심에 자리잡은 무자비한 폭력적 포르노그래피 작품을 둘러싸고 있는데, 이 포르노그래피에서 서두에 피를 보고 거의 소녀처럼 메스꺼움을 느끼는 순수하고 죄 없는 유대인은 사디스트 고이 "남자들"에게 유린당하며, 박식한 유령은 마치 모든 유대인에게 알려줄 필요가 있기라도 한 것처럼 그들이 "도덕성이 없는 사람들"이라고 알려준다.
　물론, 열두 살 난 소년을 죽이고 그의 피를 마셨다고 허위로 고

발당해 거의 삼백 페이지에 걸쳐 그 죄로 부당하게 잔혹 행위를 당한 무방비 상태의 유대인은 책이 끝나기 몇 문단 전에 갑자기 은쟁반에 올려진 복수를 제안받는다 — 그리고 그것을 받아든다. 원하는 게 살인이면 그들은 살인을 얻을 것이다. 그는 리볼버로 차르를 쏜다! "야코프는 방아쇠를 당겼다. 니컬러스가" — 강조는 내가 하는 것이다 — "성호를 긋다 말고 의자를 엎으며 바닥으로 쓰러지는 바람에 그는 깜짝 놀랐으며, 니컬러스의 가슴으로 얼룩이 번졌다." 야코프에게는 가책이나 죄책감이 없다, 차르 니컬러스의 부하에게 그런 일을 겪은 뒤라 그렇다. "우리가 당하는 것보다는 그가 당하는 게 낫다." 그는 생각하며, 이 몇 마디로 이루어진 진부한 관용어로 범죄 중의 범죄, 국왕 살해, 기독교 왕 살해를 일축해버린다.

다만 이 모든 일은 야코프의 상상 속에서 일어날 뿐이다. 이것은 그가 재판을 받으러 가는 길에 꾸는 복수에 가득찬 영웅적인 백일몽이며, 그는 이 재판에서 틀림없이 죽을 운명인 것으로 보인다. 맬러머드의 세계에서는 이렇게 될 수밖에 없다. 진짜 방아쇠를 당겨 진짜 피를 흘리는 일은 모리스 보버(또는 모지스 허조그)의 본성에 없듯이 야코프의 본성에도 없기 때문이다. 권총을 가진 허조그가 기억나는가? "깨끗한 양심으로 살인할 기회는 누구나 얻는 것이 아니다." 허조그는 혼잣말을 한다. "그들은 정당화될 수 있는 살인으로 가는 길을 열어주었다." 그러나 아내를 훔치는 기만적인 원수 게르스바흐가 그의 소중한 딸 주니를 목욕시키는 것을 욕실 창으로 들여다보면서 허조그는 방아쇠를 당기지 못한다. 벨로는『허조그』에서 이렇게 쓴다(이것은『해결사』마지막 대목의 맬러머드라고 해도 좋을 것이다). "이 권총을 쏘는 것은 생각에 불과했다." 따라서 피해자가 된 이 유대인 남자들에게는 복수가 온다 해도 다른 형태로 와야 한다. 저자 자신에게는 복수가 그의 본성에 없다는 점이 그를 영웅으로 만드는 큰 요소다.

맬러머드는『피델만의 그림들Pictures of Fidelman』에서 상황을 뒤집어, 과감하게, 자신의 어디에나 깔려 있는 신화로부터 휴가를 얻는다. 그는 이탈리아 폭력배, 도둑, 뚜쟁이, 창녀, 보헤미안의 세계에서 수치심 없이 사는, 심지어 어색하기는 하나 일종의 남성적 힘까지 갖춘 유대인 남자를 상상한다. 결국 정부情婦의 남편으로 유리 부는 일을 하는 베네치아인에게서 뒤집힌 사랑을 발견하는 남자다. 그러나 그 대부분은 야코프 보크가 상상 속에서 쏜 총알이 진짜 러시아 차르에게 아무런 충격을 주지 못했듯이 별 충격을 주지 못한다. 내 생각에는, 그것이 비슷한 종류의 보상적 백일몽으로 구상되었다는 것이 큰 이유일 것이다.『피델만의 그림들』에서 개종으로 치러야 하는 대가의 진정한 의미는 긴 갈등―상황에 대한 맬러머드 자신의 심오한 감각 때문에『점원』과『해결사』에서는 이것이 요구되었다―을 통과하기보다는 수사적 화려함 속에서 해소되어버린다. 모든 긴 작품들 가운데 이것만이 내적인 서사적 긴장(이것에 의해 자신의 가정들을 검증할 수도 있었을 텐데)을 일으키지 않고, 계속 이어져나가는 연속적 진행도 존재하지 않는데, 보통 그런 연속적 진행은 이런 유형의 이야기꾼에게 아주 자연스럽게 찾아와 폭주하는 환상에 필수적인 저항력으로 그의 내부에서 작용하곤 한다. 그러나 고집, 범죄성, 일탈, 욕정으로 이루어진 이 장난스러운 백일몽은 완전히 전개된 서사의 도전을 도저히 감당할 수 없었을 것이다.

물론 읽어나가다보면 매혹적인 페이지를 많이 만나지만—〈예술가의 그림들〉이라는 제목의 섹션에는 피델만과 말하는 전구 사이의 대화가 있는데 여기에서 민속 희극배우 맬러머드는 최고의 모습을 보여준다—첫 섹션 〈최후의 모히칸〉 이후로 책의 많은 부분은 제어되지 않고 초점 없는 방종의 분위기를 띠면서, 크게 중요한 건 없다고 할 만큼 대체로 육욕적이고 무질서한 삶을 자유분방하게 오간다. 〈최후의 모히칸〉을 그 뒤에 오는 다른 모든 것과 구별해주는 것은 거기에 나오는 피델만, 자신에 관해 아주 꼼꼼하고 매우 주의깊고 거북해 보이는 피델만이 나중에 등장하여 매음굴의 변소를 청소하고 매춘부들과 동거하고 포주를 일대일로 상대하는 피델만과 전혀 닮지 않았다는 것이다. 저자는 〈최후의 모히칸〉에서 그가 서스킨드와 함께 얻은 경험이 피델만을 해방시켜 다음에 다가올 일에 준비를 시켜놓았다고 확신했을지 모르지만, 그렇다 해도 그것은 여기에서 많은 것이 그렇듯이 마법적 사고라는 범주 안으로 들어온다. 속박을 푸는 과정, 힘겹게 승리하는 해방을 향한 투쟁이 알맞게 극화될 만한 곳에서 장章이 끊어지며, 서사가 다시 이어지면 자유는 이미 기정사실이 되어 있다.

〈최후의 모히칸〉의 피델만에 관해서는 이렇게 적혀 있다. "새벽 시간에 어떤 거리에서 그에게 매춘부들이 몇 번 접근했는데,

몇 명은 가슴이 아릴 듯이 예뻤다. 한 명은 늘씬하고 불행해 보이는 아가씨였는데 눈 밑에 주머니가 달려 있었다. 피델만은 그녀를 강렬하게 원했지만 자신의 건강이 걱정되었다." 이 피델만은 닳고 망가지고 가장 슬픈 느낌이 나는 불행해 보이는 아가씨들을 원한다. 이 피델만은 자신의 건강을 걱정한다. 그가 걱정하는 것은 그것이 전부가 아니다. 하긴 이 피델만은 이름만 유대인인 것이 아니다. "가면이 벗겨져 감추어진 유대인이 드러나는 것", 이것은 『해결사』의 초기 단계들에서 야코프 보크가 겁을 내는 것인데, 〈최후의 모히칸〉에서 피델만에게 일어나는 일을 묘사하는 말이 될 수도 있으며, 이때 그는 자신의 모방 가능한 보버, 즉 교활하게 구슬리는 난민 서스킨드의 지원을 받는다. 〈최후의 모히칸〉은 시련을 겪는 양심과 응고되지 않은 인간적 공감의 이야기이며, 뒤에 이어지는 소설과는 매우 다른 동기들로부터 생겨난다—그리고 여기에는 유대인의 역사와 삶에 대한 겸손하고 희극적이고 엄숙한 언급이 풍부하다. 하지만 유대인에 관해서는 대체로 그것으로 끝이다. 〈정물화〉라는 제목의 2장에서는 섹스 등장, 그리고 가면을 벗은 유대인 서스킨드와 피델만 퇴장. 따라서 이제부터 피델만에게서 드러날 것 — 가능하다면 일종의 반反-『점원』이 될 수도 있는 이 책에서 — 은 감추어진 이방인이며, 다른 곳에서 이런 남자의 욕구는 욕정에 시달리는 "할례받지 않은 개" 알피네와 연결된다.

만일 혹시라도 맬러머드의 상상력 안에서 체념과 유대인, 욕구와 고이 사이의 동일시가 얼마나 격렬하고 조건반사적인가 하는 부분에 조금이라도 의심이 생긴다면, 〈최후의 모히칸〉의 마지막을 장식하는 자기 포기의 애처로운 분위기를 느껴보고 —

"서스킨드, 돌아와." 그는 반쯤 흐느끼며 소리쳤다. "그 양복은 네 거야. 다 용서했어."

그가 갑자기 멈추어 섰지만 난민은 계속 달렸다. 마지막으로 보았을 때 그는 여전히 달리고 있었다.

— 이것을 〈정물화〉의 희극적이고 의기양양한 마지막과 비교해보기만 하면 된다. 두번째 장은 피델만의 첫번째 성공적인 삽입으로 마무리되는데, 그는 몇 번의 좌절 끝에 자기도 모르게 사제 복장으로 자신을 위장함으로써 강한 정신의 이탈리아 여성 화가의 몸에 올라가 성취를 이룬다. 이 장면에는 맬러머드가 원래 의도했을 만한 것보다 많은 것과 적은 것이 동시에 있다.

그녀는 그의 무릎을 잡았다. "도와주세요, 신부님, 제발."

피델만은 잠깐 괴로워하다가 떨리는 목소리로 말했다. "용서한다, 나의 아이야."

"속죄." 그녀는 울부짖었다. "먼저 속죄를."

그는 생각해보다 대답했다. "주기도문과 성모송을 각각 백 번 외워라."

"더요." 안나마리아는 울었다. "더, 더. 훨씬 많이."

그녀가 그의 무릎을 꽉 움켜쥐는 바람에 무릎이 떨렸다. 그녀는 머리를 그의 검은 단추가 달린 허벅지에 파묻었다. 그는 놀랍게도 발기가 되기 시작하는 것을 느꼈다.

하지만 정말이지 그것은, 사제의 옷을 입고 있는 동안 찾아온 이 발기는 그렇게 놀라운 일로 다가오지 말았어야 한다. 만일 피델만이 가령 서스킨드로 가장하고, 그것이 어쩌면 심지어 헬렌 보버 같은 유대인 아가씨에게도 최음제처럼 작용할 수 있다는 것을 알았다면 그것은 놀랄 일이었을 것이다. 그랬다면 뭔가 중요한 게 있는 일이 되었을 것이고, 그랬다면 뭔가가 도전을 받았을 것이다. 하지만 쓰여진 대로, 피델만은 유대인의 스컬캡이 아니라 사제의 비레타를 쓰고 교접을 하며, 이 장면은 소설을 어떤 곳으로도 움직이지 않는다. 특히 이 장의 마지막 행이 내가 보기에는 여기에서 펼쳐지는 우스개의 함의를 완전히 후퇴시키는 것으로 보이기 때문이다. 이 장은 이렇게 끝난다. "천천히 펌프질을 하여 그는 그녀를 그녀의 십자가에 못박았다." 하지만 여기서 못 박히는 사람은 오히려 이 유대인 아닐까? 그의 십자가는 아니지만, 그의 금제禁制라는 유서 깊은 구조에?

이 장의 마지막 행과 비슷한 행들의 문제는 어떤 쟁점이 이렇다 할 서사적 삶을 사는 것을 허락받기도 전에 산뜻한 수사적 장식으로 해결된다는 것이다. 가장 힘차고 솔직해 보이는 바로 그 순간에 작가는 사실은 뒤로 빼며 무엇이 되었든 심리적으로 풍부하거나 도덕적으로 벅찬 것을 영리하지만 기본적으로 회피하는 비유적 표현으로 눌러버린다는 것이다. 예를 들어 여기에는 앞서 묘사했던 피델만의 수축이 있다. 너무 빠른 사정으로 그는 막 끝나버렸고 여자 화가는 무척 당황했다. 그가 자신을 완전한 힘을 갖춘 바람직한 존재로 만들곤 하는 성직자 복장의 위력을 자기도 모르게 발견한 것은 나중의 일이지만, 에로틱한 활기를 되찾는 비유가 평소와 마찬가지로 기독교적이라는 데 우리는 주목하게 된다. 또 주목할 만한 것은 『피델만의 그림들』의 경우에는 일반적으로 말해서, 성행위가 있는 곳에 어김없이 엉뚱한 비유도 등장한다는 점이다. "그는 부활을 강력하게 바랐지만 그의 시든 꽃은 흙을 물었다." 그리고 여기에서 주인공은 자신이 동성애자라는 사실을 발견한다. "피델만은 평생 누구에게도 어떤 유보 없이 '너를 사랑한다'고 말해본 적이 없었다. 그런데 베포에게 그렇게 했다. 그렇게 되는 것이라면 그렇게 되라지." 하지만 그렇게 되는 것이 절대 아니다. 이것은 그렇게 된다는 꿈일 뿐이며, 그 모든 것은 슈퍼에고와 더불어 유대인 방어 기관들로, 모든 구원의 말들 가운데 가장 평안과 위로를 주는 "사랑"으로, 깨끗하게 코셔*가 된 상태다.

"사랑을 생각해." 베포는 뒤에서 벌거벗은 피델만에게 달려들면서 말한다. "너는 평생 거기에서 도망쳤어." 그리고, 마법적으로, 그렇게 표현할 수도 있을 것이다, 그냥 그것을 생각하는 것만으로, 피델만은 즉시 사랑을 하며, 그래서 항문 성교라는 동성애 행위 — 오늘날의 사회는 일반적으로 여전히 정말 역겨운 일탈

---

* 원래는 유대교 율법에 따라 만든 음식을 뜻한다.

행동이라고 생각하는 행위 — 와 그것이 이상적 행동으로 변하는 것 사이에 독자가 어이쿠 하고 말할 여유조차 없다. 또는 처음에 경이로운 〈최후의 모히칸〉 장에서 난민 서스킨드와 말도 하지 않으려고 하던 융통성 없는 사람이 금기의 세계로 진입할 때 따라올 수도 있는 당혹스러운 생각들이 피델만의 머릿속에 떠오를 여유조차 없다.

금기가 왜 그렇게 빠르게 이상화되어야 하는 것인지 궁금하다. 왜 피델만은 사제 복장을 해야만 겨우 여자와 잠자리를 하고, 왜 처음 남색을 당하면서 사랑을 생각할 뿐 아니라 사랑에 빠져야만 하는 것일까? 왜 욕정, 저열하고 볼품없는 욕망을 생각하지 않는 것일까? 그래서 그것에 자신을 내주지 않는 것일까? 사실 사람들은 평생 그것으로부터도, 똑같이 빠르게 똑같이 멀리 달아나는 것으로 알려져왔다. 그리고 마지막으로 보았을 때도 여전히 달아나고 있었다. 책은 마무리한다. "미국에서 그는 유리 공예가로 일했고 남자와 여자를 사랑했다."

『점원』의 마지막 행들을 기억해보자. 프랭크 알피네는 자신의 욕구들을 아주 편하게 받아들일 것이다. 하지만 『점원』에서 욕정을 품은 이 고이의 유대인 여자에 대한 진정한 사랑이 담긴 욕망은 정열적이고 공격적인 강간이라는 무시무시한 형태를 띠고 가장 가혹한 종류의 속죄(또는 복수)를 요구하는 반면, 『피델만의 그림들』에서 유대인의 가장 고집스러운 성적 행동은 알피네의 엄청난 개인적 분투와 전혀 닮지 않았으며, 즉시 사랑으로 바뀌어버린다. 이렇게 했음에도 유대인과 성적 욕구에 관해 위로를 해주는 데 아직 불충분한지, 책은 마지막에 가면 양성애적인 피델만을 유대인적인 것들로부터 철저하게 단절시킨다. 『점원』이 그 결말에 이르러 거세된 것은 아니지만 성적으로 속박된 알피네에게 유대인의 영원한 표시를 남기는 것만큼이나 철저하다. 맬러머드의 유대인 주인공들 가운데 상대적으로 이렇게 놀랄 만큼 비-유대인적인 사람(1장을 빼고 생각하면), 그렇게 유대인이란 것을 강조하지 않으면서 또 이방인 세계와 마주쳐도 그렇게 그 점을 스스로 상기하지 않는 사람이 피델만 말고 또 있을까? 마지막에 이보다 행복한 사람이 있을까?

간단히 말해서, 피델만은 맬러머드의 헨더슨이고, 이탈리아는 그의 아프리카이며, "사랑"은 맬러머드가 이제는 분명해진 이유로 이 책에서 마침내 자신이 원하는 것을 자신이 원하는 방식으로 얻는 것에 부여하는 이름이다. 그 과정에서 행동과 자기 인식 사이의 분리를 드러내는데, 이것이야말로 『피델만의 그림들』의 어찔하게 꿈꾸는 상태를 설명하는 것이며, 이 작품을 강인한 정신으로 이루어진 완전히 설득력 있는 소설들, 저자의 상상과 그의 분노의 대상 사이에 서 있는 흐릿한 양가적 태도 같은 것은 없는 소설들인 『점원』이나 『해결사』와 아주 선명하게 구별해주는 것이다.

***

이제 『포트노이의 불평』과 이 유대인 작가가 상상한 주인공으로 돌아가보자. 물론 앨릭잰더 포트노이의 문제는 아서 피델만과는 달리 제멋대로 육욕적인 모험을 떠나는 것이야말로 그에게는 유대인의 자의식을 자극하는 것이라는 점이다—즉, 그 자신과 같은 유대인 남자가 자신이 원하는 모든 것을 원한다는 그 사실이야말로 그를 완전히 제멋대로인 것처럼 보이게 만든다. 그의 경우에는 자신의 발기를 보는 것에 의해 감추어진 유대인이 드러난다. 그는 다른 것을 위해서 어떤 것을 억누르지 못하며, 평화로운 공존 속에서 행복하게 사는 것을 상상하지도 못한다. 우리 나머지와 마찬가지로 그 또한 솔 벨로, 버나드 맬러머드, 노먼 메일러를 읽었다. 그의 상태는 프랭크 알피네의 경우와 비교할 수도 있을 것이다. 그러니까 알피네가 고통스러운 할례 뒤에—고결한 체념과 관련하여 할례가 그에게 의미하는 모든 것에도 불구하고—갑자기 자신의 평판이 좋지 않은 옛 자아, 금지된 욕망을 추구하는 메일러식 건달, 외로운 얽매임으로부터 벗어나 새로 할례받고 경계가 정해진 유대인 자아로서 육박전에 가담하는 경우를 상상해보라. 포트노이의 경우 리비도적인 얼간이가 "나는 원한다!" 하고 소리를 지르며 나타나도 "나는 무섭다"고 말하는 못마땅해하는 도덕주의자는 사라지지 않을 것이다. 또 그의 경우에는 본성 내부에 있는 모리스 보버의 무엇에라도, 또는 그 자신의 열심히 일하고 의도가 선한 보버적인 아버지의 무엇에라도 상스럽고 반사회적인 알피네가 눌리는 일은 영원히 없을 것이다. 이 가상의 유대인은 또 두 다리 사이에 고통을 단 채 자신을 질질 끌고 돌아다니는데, 다만 이것이 그에게 광적인 욕정의 행위를 불러일으킬 뿐이다.

욕정을 품는 유대인. 성적인 모독자 유대인. 그러고 보면 최근 유대인 소설에서는 이상한 유형인데, 대개 모독을 하는 것은 고이이기 때문이다. 또 그것이 "반유대주의적 전승에서 가장 상스럽고 가장 유서 깊은 고정관념" 가운데 하나라고 강력하게 주장되어왔기 때문이다. 나는 지금 마리 시르킨—잘 알려진 미국 시온주의 지도자이며, 금세기 첫 사분기에 사회주의적 시온주의의 탁월한 조직가이자 논객 가운데 한 사람의 딸—이 쓰고 『커멘터리』 1973년 3월호에 발표한 편지를 인용하고 있다. 이 편지는 『커멘터리』에 몇 달 전에 실린 별도의 두 가지 공격의 개선된 형태로, 둘 가운데 하나는 나의 작품(구체적으로 말하자면 『굿바이, 콜럼버스』와 『포트노이의 불평』)에 대한 어빙 하우의 공격이었고, 또하나는 스스로 나의 문화적 지위와 평판이라고 상정한 것에 대한 이 잡지의 편집인 노먼 포드호레츠의 공격이었다. (『커멘터리』의 부편집인 피터 쇼는 『포트노이의 불평』이 처음 등장했을 때 쓴 서평에서 "유대적인 것들에 대한 광적인 증오"라고 이미 공격을 했고, 그것도 물론 『커멘터리』에 실렸다.)

시르킨이 『포트노이의 불평』에서 자신에게 역겨운 것을 확인하기 위하여 이용하는 역사적 참조들을 보면서 어떤 사람들은 내가 이제 하우가 다른 작품에서처럼 이 작품에서도 내 소설에 "깊은 손상"을 주고 있다고 주장하는 환원적 "천박성"조차 넘어서서 가장 사악한 병적 상태에 들어갔다고 생각할 것이다. 이 글에는 포트노이의 이방인 세계와 그 여자들에 대한 음탕한, 심지어 복수심에 찬 음탕한 기획 — 특히 부유하고 예쁜 앵글로색슨계 백인 신교도 아가씨, 질식하지 않고 펠라티오를 하는 기술을 습득하게 해주기 위해서라도 자신에게 그것을 하게 만들려는 시크사에게서 그가 구하고, 또 어느 정도 얻기도 하는 만족 — 에 대한 시르킨의 규정이 있다. 포트노이가 사드 후작 또는 심지어 세르기우스 오쇼너시*라기보다는 서머 캠프에서 소심한 열 살짜리를 상대하는 인내심 강한 수영 강사처럼 자신의 "부드럽고 젊은 백작부인"에게 계속 호흡 기술을 가르친다는 것은 시르킨의 관심사가 아니며, 또 그녀는 구강성교가, 심지어 거기에 참여하는 사람들 자신에게도, 반드시 인간 타락에서 마지막 단어를 이루지 않을 수도 있다는 점은 전혀 암시하지 않는다. 시르킨은 이렇게 쓴다. "나치가 인종모독이라고 부른 것의 고전적 묘사" "……괴벨스-슈트라이허 각본**에서 바로 나온……" "바로 히틀러까지 거슬러 올라가는, 유대인이 이방인 세계를 모독하고 파괴한다는 반유대주의적 고발."

히틀러, 괴벨스, 슈트라이허. 아마 한정된 지면 때문에 제약을 받지 않았다면 시르킨은 결국에는 나를 뉘른베르크 피고 명단에 들어가 있는 사람들 전체와 함께 피고석에 앉혔을지도 모른다.

---

* 노먼 메일러의 소설 『사슴 공원』의 등장인물.
** 요제프 괴벨스(1897~1945)는 나치의 선전장관이었다(1933~1945). 괴벨스는 1945년 5월 1일 베를린에서 자살했다. 율리우스 슈트라이허(1885~1946)는 나치당의 초기 당원으로 적의에 찬 반유대주의 신문 데어 스튀르머의 발행인이었다(1923~1945). 슈트라이허는 뉘른베르크에서 인도주의에 반한 범죄로 유죄 판결을 받고 1946년 10월 16일 교수형에 처해졌다. — 원주

반면, 유대인 남자와 이방인 여자 사이의 성적인 얽힘 자체에, 이 편지에서 그녀 자신의 수사와 관점을 그렇게 분명하게 결정하고 있는 반유대주의의 역사가 흔적을 남겼을 수도 있다는 생각은 그녀에게 떠오르지 않는다. 또 그녀는 모든 것 가운데 가장 분명한 점을 고려하려 하지 않는다. 이 포트노이는 에로틱한 관계에 들어가면서 자신의 유대인적인 면과 자신의, 말하자면, 점원의 이방인적인 면을 의식하지 않을 수 없으며, 이는 보버가 이에 못지않게 긴장된 조건에서 알피네와, 또는 레벤탈이 올비와 관계를 맺을 때와 마찬가지라는 점이다. 시르킨이 보기에, 유대인이 앨릭잰더 포트노이가 가지고 있는 종류의 성욕을 가지는 것은 나치를 제외한 누구도 상상할 수 없는 일이다.

자, 시르킨은 이런 식으로 병적인 나치 인종주의자가 아닌 사람들에게 어떤 사람이 유대인이 아니고 유대인일 수 없는지 주장하면서, 유대인이 사실은 어떤 사람인가, 또는 물론 어떤 사람이어야 하는가 하는 문제와 관련하여 자신에게 강하게 내세울 만한 생각이 있다는 사실에 의문의 여지를 남기지 않는다. 테오도어 헤르츨이 그랬던 것과 마찬가지이고, 바이츠만,* 야보틴스키,** 나만 시르킨이 그랬던 것과 마찬가지이고, 히틀러, 괴벨스, 슈트라이허가 그랬던 것과 마찬가지이고, 장폴 사르트르, 모셰

---

* 차임 바이츠만(1874~1952)은 화학자이자 정치가로 이스라엘 초대 대통령을 역임했다(1949~1952). — 원주
** 시온주의 지도자 블라디미르 야보틴스키(1880~1940). — 원주

다얀,* 메이어 카하네,** 레오니트 브레즈네프, '미국 히브리 회중 연맹'이 그랬던 것과 마찬가지다. 뿌리 뽑힌 유대인 이민자와 난민 수백만의 놀랍게 미국화되고, 유럽 유대인 수백만 명이 인간쓰레기로서 멸절당하고, 고대의 거룩한 땅에 기운차고 도전적인 현대 유대인 국가가 수립되고 생존하는 과정을 목격해온 시대에 유대인이 어떤 사람이고 어떤 사람이어야 하는지 상상하는 것은 소수 미국 유대인 소설가들의 주변적 활동에 그친 것이 결코 아니었다고 말할 수 있을 것이다. 소설적 기획 — 특히『피해자』『점원』『포트노이의 불평』같은 책들에서 — 은 그 자체가 자신들과 다른 사람들에 의해 상상되고 있는 유대인을 상상하는 것이라고 말할 수도 있다. 유대인의 존재가 낳은 그 모든 투사, 환상, 착각, 프로그램, 꿈, 해법을 고려할 때, 이 세 책의 문학적 장점이나 접근법에 어떤 차이가 있든, 모두가 대체로 속박의 악몽이며, 각기 그 나름으로 곤혹스럽고 폐소공포증적인 분투의 분위기에 영향을 받고 있음은 놀랄 일이 아니다.

내가 보는 바로는, 유대인 소설가의 책무는 자신의 영혼의 일터에서 자신의 인종의 창조되지 않은 양심을 빚어내는 것이 아니라, 이 세기에만도 백 번이나 창조되었다가 파괴된 양심에서 영

---

* 이스라엘군 지휘관이자 정치 지도자(1915~1981)로 이스라엘 방위군 참모총장(1953~1958), 국방장관(1967~1974), 외무장관(1977~1979)을 역임했다. 시나이 전쟁과 육일 전쟁의 영웅으로 여겨졌다. ─ 원주
** 미국 태생의 랍비(1932~1990)로 1968년 호전적인 '유대 방어 연맹'을 설립하고 1971년에 이스라엘로 이주하여 그곳에서 극우 가치당을 창건했다. 카하네는 1990년 뉴욕시에서 이집트계 미국인 테러리스트에게 암살당했다. ─ 원주

감을 찾는 것이었다. 마찬가지로, 역사나 상황이 "유대인"이라는 칭호를 부여한 외로운 존재는 이 수많은 원형으로부터 자신이 어떤 사람이고 어떤 사람이 아닌지, 무엇을 해야 하고 하지 말아야 하는지 상상해야만 했다. 가능하다면, 신념을 갖고 그 정체성에 동의하고 이왕이면 자신이 그런 존재라고 상상하라. 하지만 그것을 성취하는 일이 늘 그렇게 쉬운 것은 아니다. 우리 소설가들 가운데 가장 진지한 사람들이 보여주듯이 — 작가가 생각하는 것의 핵심을 드러내는 제재의 선택과 강조에서 — 심지어 족쇄에서 벗어난 것처럼 보이는 그들의 상상력으로도 유대인으로 솔직하게 제시된 인물로부터 도저히 끌어내지 못하는 열정적인 삶의 방식들이 있기 때문이다.

글쓰기와 기성 권력*

무엇보다 먼저 사춘기 이야기를 해주십시오 — 그것과 선생님이 『굿바이, 콜럼버스』에서 재현한 유형의 미국 사회의 관계, 선생님과 선생님 가족의 조화에 관해 이야기해주시고, 아버지 권력의 무게를 느꼈는지, 느꼈다면 어떻게 느꼈는지도 이야기해주십시오.

나의 사춘기는 폭발과 태풍 같은 성장이라는 고전적인 기간과는 거리가 멀고, 대체로 활기가 중단된 시기였습니다. 나는 충일하고 기운찬 유년의 승리들을 거둔 뒤 — 미국의 제2차세계대전 참전이라는 극적인 배경에서 살아왔지요 — 상당히 열기가 식은

---

* 이탈리아인 비평가 월터 모로가 진행한 인터뷰로, 권력을 주제로 한 작가들 인터뷰 모음집(1974)에 실렸다. — 원주

상태에서 1950년에 대학으로 떠나게 되었습니다. 대학에서, 나 자신의 특정한 유대인적 성장의 분위기 — 그 구속을 무시하거나 그것과 대립하려 할 때마다 오랜 기간 유지되어온 충성심들로 인해 괴로움을 느낄 수밖에 없었지요 — 못지않게 제약이 많은 품위 있는 기독교적 분위기 속에서, 고등학교 시절에는 거의 정지 상태에 있던 탐구와 사변의 취향을 다시 가동시킬 수 있었습니다. 고등학교에 입학한 열두 살 때부터 졸업한 열여섯 살 때까지 나는 대체로 착하고 책임감 있고 예의바른 소년이었으며, 내가 자란 질서 잡힌 중간계급 하층 동네를 지배하는 사회적 규제의 통제를 받았고(어느 정도는 기꺼이), 이민자 조부모의 종교적 정통성으로부터는 희석된 형태지만 그래도 걸러진 상태로 나한테까지 내려온 금기들의 속박을 여전히 약하게 느끼고 있었지요. 나는 아마도 "착한" 사춘기 청소년이었을 것인데, 한편으로는 뉴어크의 우리 유대인 구역에서는 달라질 방법도 별로 없다는 것을 이해했기 때문이기도 합니다. 차를 훔치거나 학교에서 낙제하고 싶다면 이야기가 달라졌을 텐데, 두 가지 모두 내 능력을 넘어선 것이었지요. 나는 침울한 불평분자나 소리를 지르는 반항아가 되기보다는 — 또는 내가 타락 이전 초등학교 시절에 그랬던 것처럼, 활짝 피어나기보다는 — 사실상 최소 경비 수용 시설에 불과한 곳에서 순순히 복역했고, 교도관에게 아무런 문제를 일으키지 않는 재소자에게 주어지는 자유와 특권을 누렸습니다.

사춘기에 가장 좋은 것은 강렬한 우정이었습니다 — 긴밀하게 짜인 가족으로부터 풀려난 소년들이 서로 제공하는 동지애 때문만이 아니라, 검열 없는 대화가 이루어질 기회 때문이기도 했지요. 바라 마지않는 성적 모험에 대한 시끌벅적한 토론과 온갖 종류의 무정부주의적 농담을 주된 특징으로 하는 이 마라톤 대화는 보통 주차한 차라는 테두리 내에서 이루어졌습니다— 딱 감방만한 크기와 모양의 단일한 강철 폐쇄 공간 안에 갇힌 채, 역시 감방과 비슷하게 일반적인 인간 사회로부터 분리된 우리 둘, 셋, 넷, 다섯.

그 시절 내가 알았던 가장 큰 자유와 쾌락은 그런 자동차 안에서 우리끼리 몇 시간 동안 쉬지 않고 하던 말로부터 왔던 것이 당연합니다. 그리고 그 말을 하는 방식으로부터. 나의 가장 가까운 사춘기 벗들— 나 자신과 마찬가지로 영리하고 공손한 유대인 소년들로, 그 네 명 모두 나중에 의사로 성공을 거두었습니다— 은 그 한담 시간을 나와 똑같은 방식으로 돌아보지 않을지도 모르지만, 나 자신은 우리가 살아갈 자양분을 많이 얻었던 흉내, 전달, 참견, 논쟁, 풍자, 전설화의 그 혼합물을 지금 내가 하는 일과 연결하고 있으며, 우리가 그때 차 안에서 서로 재미있게 해주려고 내놓았던 것들이 인간 발전의 한 단계에서 다음 단계로 넘어가는 부족의 민간 서사와 비슷한 것이었다고 생각합니다. 또, 그 수천 단어는 우리를 방해하고 있는 힘들에 복수하거나 그 힘들의 접근을 막으려는 수단이기도 했습니다. 우리는 낯선 사람의 차를 훔치는 대신 우리 아버지들에게서 빌린 차에 앉아 적어도 우리 동네에서는 가장 황당하다고 할 수 있는 것들을 이야기했습니다. 그 동네가 우리의 차가 주차된 곳이었으니까요.

사춘기 때는 전통적인 억압적 외관을 갖춘 "아버지 권력의 무게"와 거의 씨름하지 않았습니다. 나의 아버지는 사소한 잘못말고는 나와 싸울 것이 거의 없었으며, 뭔가가 무게로 나를 짓눌렀다고 한다면, 그것은 교조주의나 강한 고집 같은 것이 아니라 나에 대한 아버지의 무한한 자부심이었습니다. 아버지, 또는 나의 어머니가 실망하지 않게 하려고 내가 노력할 때, 그것은 절대 완력이나 징벌적 포고에 대한 두려움 때문이 아니라 상심에 대한 두려움 때문이었습니다. 사춘기가 지나 그들로부터 나 자신을 해방할 이유를 찾을 때도 그 결과로 내가 그들의 사랑을 잃을지도 모른다는 생각은 전혀 들지 않았지요.

내가 고등학교에 들어갈 무렵 아버지가 겪은 심각한 경제적 곤란도 사춘기에 나의 열기를 식히는 역할을 했을지 모릅니다. 빚을 지지 않은 상태로 돌아가고자 하는 싸움은 고됐으며, 그것이 사십대 중반의 아버지에게 요구한 결의와 힘 때문에 아버지가 갑자기 내 눈에 상당한 파토스와 영웅주의를 갖춘 인물, 에이허브 선장과 윌리 로먼*을 섞은 인물로 보이게 되었습니다. 완전히 의식한 것은 아니지만 아버지가 우리를 안고 나아가다 그 무게에 무너지지나 않을까 하는 의문이 있기도 했습니다 — 그러나 아버지는 자신이 돌벽 같은 인물은 아니라 해도 용기를 잃지 않는 사람이라는 것을 보여주었지요. 그러나 나의 사춘기 초기에는 그 결과가 아직 미심쩍었기 때문에 그 시절 "착하다"보다 훨씬 나

---

* 각각 『모비 딕』과 『세일즈맨의 죽음』의 주인공.

은 것도 아니고 훨씬 못한 것도 아닌 나의 행동방식은 가족의 질서와 안정에 내가 할 수 있는 기여를 하려는 것이었을 수도 있습니다. 아버지의 권력에 그것이 마땅히 가져야 할 무게를 허용하기 위해서라면 나는 교실 정복자로서 나의 경력을 훗날로 미루었을 것이고, 그 기간 동안 모든 반항적이고 이단적인 경향을 눌렀을 겁니다. 이것은 대체로 추측에 불과하지만, 이렇게 뒤늦은 시기에 이야기하면 당연히 그럴 수밖에 없겠지요―그래도 사춘기에 우리 가족이 이룰 만큼 이루게 해주고 해낼 만큼 해내게 해준 힘의 균형이 있었다고 한다면 내가 그것을 흔드는 짓을 거의 하지 않았다는 사실은 남아 있습니다.

권력과 종속의 도구로서의 성. 선생님은 『포트노이의 불평』에서 이 주제를 발전시켜 포르노그래피 모독을 달성함과 동시에 성적 관심사에 대한 강박에 사로잡힌 인물과 그런 관심사들이 미치는 엄청난 영향력을 인정했습니다. 이런 극적 우화가 진짜 경험에 기원을 두고 있는지, 아니면 정신이나 상상의 어떤 모험으로부터 나온 것인지 이야기해주십시오.

내가 "포르노그래피 모독을 달성"했나요? 전에는 한 번도 그런 식으로 생각해본 적이 없는데요. 일반적으로 포르노그래피 자체가 남자와 여자의 서로에 대한 심오한 애착을 신성화한다고 상상되는 행동의 모독으로 여겨지지 않나요. 나는 포르노그래피가 그보다는 생식기 자체에 대한 완전히 인간적인 몰입의 투사라고 생각하지만요 ─ 생식기의 기능들을 생각하는 것이 일으키는 그 원초적 느낌 외에 다른 모든 감정은 배제하는 몰입.

나는 포르노그래피를 "모독"했다기보다는, 오히려, 거기서 중심을 이루는 에로틱한 기구 또는 장난감으로서의 몸 ─ 구멍, 분비, 팽창, 마찰, 배출을 비롯한 그 모든 성 구조학의 난해한 복잡성을 갖춘 몸 ─ 에 대한 강박을 잘라내서 그것을 완전히 세속적인 가족 환경 안에 놓아두었다고 할 수 있지요. 이곳에서는 특히 권력과 종속의 쟁점들을 포르노그래피라는 좁은 렌즈보다는 넓은 일상적 맥락에서 볼 수 있습니다. 그래요, 아마도 바로 이런 의미에서라면 나는 포르노그래피가 배타성과 강박을 통해 모든 것을 포괄하는 일종의 신성한 종교로 실제로 상승하는 것을 모독하거나 더럽혔다고 비난받을 수도 있겠습니다. 포르노그래피는 이 종교의 엄숙한 제의를 실연하지요. 이것은 '박기주의'(또는 〈목구멍 깊숙이〉와 같은 영화*에서라면 '빨기주의')의 종교입니다. 어떤 종교에서도 그렇듯 이런 신앙 행위는 지극히 진지한 일이며, 미사 의식만큼이나 개인적인 표현과 특이성, 인간적 오류와 사고가 들어갈 여유를 주지 않습니다. 사실 『포트노이의 불평』의 희극은 대체로 미사를 드리려고 하는 사람이 필사적으로 제단으로 나아가 옷을 벗으려고 할 때 그를 괴롭히는 작은 사고들로부터 생깁니다.

선생님은 내가 "권력과 종속의 도구로서의 성"에 대한 직접적

---

* 린다 러브레이스라는 예명을 가진 린다 수전 보먼(1949~2002)이 출연한 포르노그래피 영화(1972). ─ 원주

지식이 있는지 알기를 원했지요. 어떻게 내가 모를 수 있겠어요? 나 또한 식욕, 생식기, 상상력, 충동, 금제, 약점, 의지, 양심을 갖고 있습니다. 더욱이 1960년대 말 성적 관습에 대한 엄청난 공격—'억압과 싸우는 대전大戰'—은 나 자신이 적의 손아귀에 들어가 있는 에로틱한 고향의 해변에 도착하여 발 디딜 곳을 만들기 위해 싸우기 시작하고 나서 거의 이십 년 뒤에 찾아왔습니다. 가끔 나는 우리 세대 남자들이 단호한 디데이 침공의 첫 물결이며, 그 이후 꽃의 아이들이 우리의 상처 입고 유혈이 낭자한 주검들을 타고 넘어 해안으로 들어와 우리가 낮은 포복으로 조금씩 내륙을 향해 움직이고 어둠 속에서 총을 갈기며 해방할 꿈을 꾸었던 리비도의 파리를 향해 승리를 거두며 전진했다고 생각하곤 합니다. 젊은이들은 묻습니다. "아빠, 아빠는 전쟁에서 뭘 했어요?" 그들이 그것을 알아내기 위해『포트노이의 불평』을 읽는 것도 그리 나쁜 일은 아니라고 나는 겸손하게 진술하는 바입니다.

선생님의 작품에서 현실과 상상의 관계. 우리가 언급했던 권력의 형식(가족, 종교, 정치)이 선생님의 문체나 표현 양식에 영향을 주었습니까? 아니면 선생님은 글쓰기 덕분에 점점 이런 권력의 형식들로부터 자유로워졌습니까?

제재가 "문체"의 한 측면으로 생각될 수도 있는 한, 첫번째 질문에 대한 답은 그렇다입니다. 강압적인 힘으로서 가족과 종교는 나의 소설에서 되풀이되는 제재였고, 특히『포트노이의 불평』을 포함하여 거기까지 이르는 작업에서 그러했습니다. 또 닉슨 행정부의 위협적인 욕구들은 『우리 패거리*Our Gang*』의 핵심과 긴밀하게 연결되었습니다. 물론 제재들 자체는 그것을 다루는 방식과 나의 "표현 양식"에 "영향"을 주지만, 다른 많은 것도 영향을 줍니다. 물론, 닉슨 풍자를 제외하면, 나는 의도적으로 파괴적인 것은 쓴 적이 없습니다. 기성 권력에 대한 논쟁적이거나 신성모독적인 공격은 목적보다는 주제 역할을 해왔지요.

예를 들어 「유대인의 개종」은 스물세 살 때 쓴 이야기로, 가족 감정의 억압적인 면과 내가 일반적인 미국계 유대인 생활에서 직접 경험한 종교적 배타성이라는 제약적 관념들에 대한 이제 막 싹트기 시작한 우려를 가장 순진한 발달단계에서 드러냅니다. 프리드먼이라는 이름의 착한 소년은 바인더라는 이름의 나쁜 랍비(와 다른 다양한 권력자들)를 무릎 꿇린 다음 회당으로부터 광대한 공간으로 날아갑니다. 이 이야기가 지금은 내게 원시적으로 보이지만—산문 백일몽이라고 부르는 것이 나을지도 모르겠네요—그럼에도 이것은 세월이 흐른 뒤 내가 앨릭잰더 포트노이를 만들어내게 된 집착과 같은 것에서 진화해 나왔습니다. 포트노이는 폐소공포증을 느끼는 어린 프리드먼의 나이든 화신으로, 「유대인의 개종」에서 어머니와 랍비를 꺾는다고 상상했던 주인공과는 달리 자신을 속박하고 억제하고 있는 것으로부터 마법적으로 풀려나지는 못합니다. 아이러니하게도, 이 초기 단편에 등장하는 소년은 그의 세계에서 진짜 강한 위치에 있는 인물들에게 복속당하지만 그래도 잠시나마 그들의 권력을 전복할 수 있는 반면, 포트노이는 이런 사람들—이제는 그의 삶에 진짜 발언권은 없지요—에게 억압을 당한다기보다는 그들에 대한 끈질긴 적의에 갇혀 있습니다. 그의 가장 강력한 억압자가 그 자신이라는 사실이 이 책에 익살극적 파토스가 들어설 여지를 줍니다—또 그것 때문에 이 책은 나의 이전 장편 『그녀가 선했을 때』와 연결되는데, 여기에서 초점은 오랜 기간 지속되어온 권위들에 대한 성장한 아이의 분노에 맞추어지고 있으며, 아이는 이 권위들이 권력을 남용했다고 믿습니다.

내가 이런 권력 형식들로부터 자유로워질 수 있느냐 하는 질문은 내가 가족과 종교를 다름 아닌 권력으로 경험한다고 가정하고 있습니다. 그러나 그보다 훨씬 복잡한 문제입니다. 나는 내 작업을 통해서나 인생에서나, 정말이지 나를 내 배경과 묶고 있는 모든 것을 한 번도 끊어버리려고 한 적이 없습니다. 나는 아마 지금도 과거 내가 정말로 어린 프리드먼처럼 무력했고 대체로 제정신으로 선택할 수 있는 다른 대안이 없던 시절과 마찬가지로 나의 기원에 헌신하고 있을 겁니다. 하지만 이것은 이런 유대와 연결을 상당히 정밀하게 조사하고 난 뒤에 찾아온 것입니다. 처음 나를 형성했던 힘들, 상상력의 탐사와 정신분석의 조사(거기에 포함되는 모든 냉혹한 것과 더불어)를 받는 것도 견뎌낸 힘들에게 내가 계속 느끼는 친밀감은 사실 이제는 계속 여기에 그대로 있을 것 같습니다. 물론 나는 그것들을 검증하려는 노력을 통하여 나의 애착을 크게 개조했고, 오랜 세월에 걸쳐 오히려 그런 검증 자체에 가장 강한 애착을 느끼게 되었지요.

『우리 패거리』는 닉슨 대통령에 대한 모독이며, 낙태에 대한 어떤 진술에서 주제를 가져옵니다. 선생님의 인생에서 어느 시기에 정치적 권력의 무게를 도덕적 강제로서 가장 강하게 느꼈고 선생님은 거기에 어떻게 반응했습니까? 선생님이 종종 사용하는 그로테스크의 요소가 그런 권력에 저항하고 싸울 수 있는 유일한 수단이라고 느끼나요?

나는 제2차세계대전 동안 뉴저지에서 성장할 때 정치적 권력을 도덕적 강제로 가장 강하게 느꼈다고 봅니다. 미국의 초등학생에게 "전쟁 사업"에 대한 믿음 외에 다른 것은 거의 요구되지 않았으며, 나는 온 마음으로 그것을 믿었지요. 전쟁 지구에 나가 있던, 나보다 나이가 많은 사촌들의 안부를 걱정했고, 그들의 사기를 유지해주기 위해 재미있는 소식이 가득한 긴 편지를 썼습니다. 매주 일요일 부모와 함께 라디오 옆에 앉아 게이브리얼 히터[*]를 들으며, 그가 그날 밤에 좋은 소식을 전해주기를 바라고 또 바랐습니다. 저녁 신문에서 전투지도와 전선 보고서를 계속 확인했고, 주말이면 동네의 종이와 깡통 모으기에 참여했습니다. 전쟁이 끝났을 때 나는 열두 살이었는데 다음 몇 년 동안 나의 첫 정치적 충성심이 형성되기 시작했습니다. 우리 씨족 전체 — 부모, 아주머니, 아저씨, 사촌 — 는 헌신적인 '뉴딜 민주당원'이었

---

* 뉴욕시 WOR에 기반을 둔 라디오 프로그램의 진행자(1890~1972). 제2차세계대전 동안 낙관적인 분위기의 이 쇼는 "오늘밤에 좋은 소식이 있습니다"라는 캐치프레이즈로 시작했다. — 원주

지요. 한편으로는 루스벨트와 동일시했기 때문에, 또 대체로 노동자와 낙오자에 공감하는 중간계급 하층 민중이었기 때문에, 그들 다수는 1948년 진보당 대통령 후보로 나선 헨리 월리스에게 표를 던졌습니다. 자랑스럽게 말하거니와, 리처드 닉슨은 우리집 부엌에서 악한으로 알려져 있었는데 그것은 미국인 다수가 그 가능성을 떠올리기 약 이십여 년 전의 일이었습니다. 나는 조 매카시의 전성기에 대학을 다녔습니다 — 그때는 아들라이 스티븐슨*을 지지하고 대학 문학잡지에 매카시즘에 관한 분노에 찬 긴 자유시를 쓰는 것으로 대응했습니다.

베트남 전쟁 시기는 내 인생에서 가장 "정치화된" 때였습니다. 이 전쟁 동안 나는 소설을 쓰며 지냈는데, 그 가운데 어느 것도 표면적으로는 정치와 관련이 있는 것처럼 보이지 않았을 겁니다. 그러나 내가 "정치화되었다"고 하는 것은 정치에 관해 쓰거나 심지어 직접적인 정치적 행동을 하는 것과는 다릅니다. 체코슬로바키아나 칠레 같은 나라에서 보통 시민이 경험하는 것과 비슷한 걸 말하는 거지요. 일상적으로 정부를 강제적 힘으로 인식하는 것, 일상적으로 자신의 생각 속에 계속 자리잡고 있는 그 존재를 단지 규제와 통제의 제도화된 시스템보다 훨씬 큰 것으로 인식하는 것입니다. 칠레 사람이나 체코 사람과는 분명히 대조되는 면으로, 우리는 개인적으로 우리의 안전에 대한 두려움을 느낄 필요가 없었고 우리 마음대로 할말을 할 수 있었지만, 그렇다고 해서

---

* 미국의 정치가.

통제를 벗어난 채 오로지 자신만을 돌보는 정부가 있는 나라에 살고 있다는 느낌이 줄지는 않았습니다. 조간 뉴욕 타임스와 석간 뉴욕 포스트*를 읽고, 일곱시 그리고 열한시 텔레비전 뉴스를 보는 것 — 나는 의식을 거행하듯이 이 모든 일을 했습니다 — 은 나에게 마치 도스토옙스키를 꾸준히 섭취하는 것과 같았습니다. 나 자신의 친족과 나라의 안녕을 걱정하기보다는, 이제 미국의 전쟁 사명을 보면서 제2차세계대전 때 추축국의 목표를 보는 듯한 느낌이 들었지요. 사람들은 심지어 "미국"이라는 말을 자신이 성장한 장소이자 애국적 애착을 가진 곳의 이름이 아니라, 자신의 나라를 정복한 외부 침략자, 자신의 힘과 능력을 다해 협력을 거부하는 침략자의 이름처럼 사용하기 시작했습니다. 갑자기 미국이 "그들"로 바뀌었습니다 — 이런 박탈감과 더불어 신랄한 감정과 수사가 찾아왔는데, 이것이 종종 반전운동의 특징이 되곤 했지요.

『우리 패거리』는 "그로테스크의 요소"를 사용한다고 생각하지 않습니다 — 선생님의 마지막 질문에 답을 하자면. 오히려 그 나름의 문체로 리처드 닉슨에게 고유한 그로테스크의 요소를 객관화하려고 합니다. 풍자가 그로테스크한 것이 아니라 닉슨이 그로테스크한 겁니다. 물론 그간 미국 정치에는 그만큼 부패하고 무법적인 사람들이 있었지만, 심지어 조 매카시도 이 사람보다는 인간적이었습니다. 닉슨(과 그 시대 미국)의 놀라운 면은 정

* 도로시 시프(1903~1989)가 소유주였던 기간 동안(1939~1976) 뉴욕 포스트는 자유주의적인 편집 방향을 가진 신문이었다. — 원주

신적 질환의 가장자리까지 가지는 않았다 해도 그렇게 빤히 보이게 사기를 치는 인간이 일반적으로 지도자에게 약간의 "인간적 느낌"을 요구하는 민중의 신뢰와 승인을 얻을 수 있었다는 점입니다. 평균적 유권자가 가장 존경하는 유형과는 그렇게 다른 사람—노먼 록웰의 그림에서라면 닉슨은 고루한 매장 감독이나 어린 학생들이 놀리기 좋아하는 얌전빼는 수학 선생이라는 배역을 맡았을 것이며, 절대 시골 판사, 병상 옆의 의사, 송어 낚시를 하는 아빠 역은 맡지 못했을 겁니다—이『새터데이 이브닝 포스트』*의 미국에서 하필이면 미국인 행세를 할 수 있었다는 것은 이상한 일입니다.

마지막으로—내 글의 핵심에 외적인 힘에 대한 "저항"이나 "싸움"이 있다고 보지는 않습니다.『우리 패거리』는 지난 십오 년간 내가 쓴 서로 공통점이 없는 소설 여덟 편 가운데 하나이며, 이 작품에서도 내가 가장 끌린 것은 변화를 가져오거나 "진술을 하는 것"보다는 표현력, 제시의 문제 쪽이었습니다. 오랜 세월에 걸쳐 내가 소설가로서 가지고 있을 수도 있는 모든 반항적 태도는 세상에서 장악력을 놓고 경쟁하는 힘들보다는 나 자신의 상상력이 이미 보여준 표현 습관 쪽을 훨씬 더 분명하게 향하고 있었습니다.

---

* 미국의 잡지. 노먼 록웰이 가장 유명한 삽화가였다.

책 여덟 권 뒤에[*]

    선생님의 첫번째 책『굿바이, 콜럼버스』는 1960년 미국에서 가장 위엄 있는 문학적 명예—전미도서상—를 얻었습니다. 당시 선생님은 스물일곱 살이었지요. 몇 년 뒤, 선생님의 네번째 책『포트노이의 불평』은 평단과 대중 양쪽에서 성공을 거두고 덩달아 악명도 안겨주었습니다. 그것이 개인적인 삶도 바꾸어놓았으리라 봅니다. 그 책을 통해 선생님은 또 대중적 "영향력"이 큰 작가로서 자신을 인식하게 되었을 겁니다. 선생님은 공적 평판으로 인해 삶, 그 아이러니와 깊이를 경험했다는 느낌이 조금이라도 강해졌다고 믿습니까? 명성 때문에 더 많은 것을 알게 되었나요? 아니면 다른 사람들의 괴상한 투사를 견디는 경험이

---

* 인터뷰 진행자는 조이스 캐럴 오츠(1974). — 원주

가끔 합리적으로 다룰 수 있는 수준을 넘어서기도 했나요?

　나의 공적 평판 — 나의 작품의 평판과는 구별되는 것으로
서 — 은 내가 가능한 한 상관하지 않으려고 노력하는 것입니다.
그것이 저 밖에 있다는 것은 알고 있지요. 그것은 『포트노이의 불
평』에서 생겨나고 거기에 그 책의 고백적 전략 때문에 일어난 환
상과 책의 경제적 성공이 섞여서 만들어진 혼합물입니다. 그것이
달리 기반을 둘 것은 별로 없습니다. 나는 인쇄물 외부에서는 공
적인 삶이란 것이 전혀 없다시피 하니까요. 나는 이것이 희생이
라고 생각하지 않습니다. 그런 것을 별로 원한 적이 없거든요. 또
나는 그런 것에 맞는 기질도 아닙니다. 방에서 혼자 글을 쓰는 것
이 내 삶의 거의 전부입니다. 어떤 사람들은 파티를 즐기듯이 나
는 혼자 있는 것을 즐깁니다. 그것이 나에게 개인적 자유라는 엄
청난 감각, 또 살아 있다는 예리한 감각을 줍니다 — 또 나의 상상
을 진전시키고 내 작업을 하는 데 필요한 고요와 숨쉴 공간도 제
공하지요. 나는 나를 모르는 사람들의 마음속에서 환상의 피조물
이 되는 것에 전혀 기쁨을 느끼지 않습니다 — 선생님이 말한 명
성이라는 것은 대체로 그런 것으로 이루어지지요.

　고독(과 새와 나무)에 관해 말하자면, 나는 지난 오 년간 대부
분 시골에서 살았고 지금도 매해 반 이상을 뉴욕에서 백 마일 떨
어진, 숲이 우거진 농촌 지역에서 보냅니다. 우리집에서 이십 마
일 반경 안에 친구가 약 여섯에서 여덟 명 흩어져 있고 그들과 한
달에 몇 번 만나 저녁을 먹습니다. 그게 아니면 낮 동안에는 글을

쓰고 오후가 끝날 무렵 산책을 하고 밤에 책을 읽습니다. 나의 공적 생활은 거의 전부 강의실에서 이루어집니다 ─ 매년 한 학기씩 가르치고 있지요. 나는 1956년 상근직을 얻어 가르치면서 생계를 유지하기 시작했고, 현재는 글 쓰는 수입만으로도 살 수 있지만 그래도 대체로 가르치는 일을 계속해왔습니다. 최근 들어 가끔 나의 공적 평판이 나를 따라 강의실에 들어오는 일도 있지만, 대개 수업을 몇 번 하고 나면 학생들은 내가 나 자신을 노출하지도 않고 노점을 차려 최근에 나온 내 책을 사라고 호객을 하지도 않는 것을 보게 되면서 혹시 나에 관해 갖고 있던 환상이 있었다 해도 그것은 서서히 뒤로 물러나기 시작하고 나는 '유명인' 대신 문학 선생이 되는 것이 허용됩니다.

선생님이 확고하게 자리를 잡은 이후로 ("성공했다"는 그 불쾌한 표현은 사용하기가 망설여지네요) 그렇지 못한 작가들이 선생님을 이용하려고, 선생님을 조종하여 자신의 작품에 대한 지지를 받으려고 하던가요? 특별히 부당하거나 부정확한 비평적 논의의 대상이 된 적이 있다고 느낍니까? 작가로서 출발했을 때보다 지금이 더 공동체에 들어와 있는 느낌인지도 궁금합니다.

아니요, 자리를 아직 잡지 못한 작가들이 작품에 대한 지지를 받으려고 나를 "조종"한다고 느낀 적은 없고, 실제로 그런 적도 없습니다. 1972년 『에스콰이어』가 특집을 기획하면서 "나이든 작가들"(그들 표현입니다) 네 명, 그러니까 아이작 바셰비스 싱어, 레슬리 피들러,* 마크 쇼어러,** 그리고 나한테 각자 자신이 높이 평가하는 서른다섯 살 이하의 작가 한 사람에 관해 짧은 에세이를 써달라고 한 적이 있습니다. 나는 앨런 렐처크***에 관해 쓰는 쪽을 택했지요. 렐처크도 야도에서 오랜 기간 손님으로 초대받은 적이 있는데 나는 거기서 그를 만났고, 나중에 그의 소설 『미국의 장난American Mischief』을 원고로 읽어보고 그것을 높이 평가했지요. 하지만 나는 그 책을 묘사하고 분석하는 일에만 머물렀는데, 여기에 전폭적인 찬사가 들어가 있지 않았음에도 '평판 경찰'이 약간 놀랐던 모양입니다. 한 저명한 신문 서평가는 자신의 칼럼에서 내가 왜 천오백 단어짜리 에세이를 썼는지 파악하려면 "뉴욕 문단의 권모술수가 얽힌 다툼과 불쾌한 분위기로 들어가보아야 할 것"이라고 하면서, 그 에세이를 근거로 내가 "광고 작가"라고 묘사했습니다. 내가 그냥 한 새로운 작가의 소설을 즐겁게 읽었을 수도 있다는 것, 싱어, 쇼어러, 피들러와 마찬가지로 『에스콰이어』의 권유를 계기로 그의 작품에 관한 이야기를 했을 수도 있다는 것은 그의 머리에 전혀 떠오르지 않았나봅니다. 그건 너무 비음모적이니까.

---

* 문학평론가(1908~1977)이며 『미국 소설에서 사랑과 죽음Love and Death in the American Novel』(1960)의 저자. ― 원주

** 문학평론가(1980~1977), 전기작가이자 캘리포니아 버클리대학의 영문과 교수였으며, 『싱클레어 루이스: 미국의 삶Sinclair Lewis: An American Life』(1961)의 저자. ― 원주

*** 미국의 소설가(1938년생)이며, 『미국의 장난』(1973) 『서른네 살의 미리엄 Miriam at Thirty-Four』(1974) 등의 책을 썼다. ― 원주

최근 들어서는 젊건 아니면 자리를 잡았건 활동중인 작가들보다는 주변부의 "문학" 저널리스트들("문학의 이 같은 인간들", 디킨스는 그렇게 불렀지요)*이 보여주는 이런 종류의 "조종"—어린아이 같은 순진함이 섞여 있고 또 '내부 정보'로 위장되기도 하는 악의적인 환각—과 조금 더 마주쳤습니다. 사실 나는 대학원 이후로 동료들 간의 문학적 유대감이 나의 삶에 그렇게 필수적인 부분이었던 때가 있었다고 생각하지 않습니다. 물론 내가 존경하거나 동류의식을 느끼는 작가들과 접촉하는 것이야말로 내가 고립에서 벗어나는 방식이고 그것이 무엇이 되었든 나에게 현재 내가 갖고 있는 공동체 감각을 제공해주지요. 내가 어디에서 가르치거나 살건 거의 언제나 내가 이야기를 나눌 수 있는 작가가 적어도 한 명은 나타났던 것 같아요. 내가 쭉 살아오면서—시카고, 로마, 런던, 아이오와시티에서, 야도에서, 뉴욕에서, 필라델피아에서—만난 이 소설가들이 대체로 내가 계속 편지를 주고받고, 완성한 원고를 교환하고, 생각하는 것을 던져보고, 귀를 기울이고, 가능하다면 일 년에 한두 번 찾아가는 사람들입니다. 아주 오래전부터 우정을 쌓아온 우리 가운데 일부가 이제는 다른 사람의 작품이 택한 방향에 공감하지 않을 수도 있지만, 그럼에도 우리가 서로의 선의에 대한 믿음은 잃지 않은 것 같기 때문에, 이런 대립에는 전문가들이 자신의 공중을 위해 쓰는 비평의 특징을 이루곤 하는 우월감이나 으스댐이나 경쟁적인 우쭐함 같

---

* 영국 배우 윌리엄 찰스 매크레디에게 쓴 1842년 4월 1일자 편지에서.—원주

은 것은 없는 편이지요. 소설가들은, 하나의 집단으로서, 내가 아는 가장 흥미로운 소설 독자들입니다.

버지니아 울프는 「서평*Reviewing*」이라는 우아하게 분노를 터뜨리는 예리한 작은 에세이*에서 책 저널리즘은 폐지되어야 하며 (그 가운데 구십오 퍼센트는 가치가 없기 때문에) 서평을 하는 진지한 비평가는 소설가에게 고용되어 그 일을 해야 한다고 주장한 적이 있습니다. 소설가들은 정직하고 지적인 독자가 자신의 작품을 어떻게 생각하는지 아는 데 큰 관심이 있으니까요. 비평가―"자문, 설명자, 해설자" 등으로 부르게 되는데―는 수고비를 받고 작가와 약간 격식을 갖추고 개인적으로 만나 "한 시간 동안 문제의 책에 관해 자문해준다". 울프는 그렇게 말합니다. "자문하는 사람은 정직하게 터놓고 이야기할 것이다. 판매에 영향을 주고 감정에 상처를 준다는 걱정이 사라졌기 때문이다. 개인적인 만남이라는 점이 어떤 인상을 주고 싶다거나 원한을 갚고 싶다는 과시적 유혹을 줄여줄 것이다…… 따라서 자문하는 사람은 책 자체에 집중하고, 저자에게 자신이 그 책을 좋아하거나 싫어하는 이유를 말해주는 데 집중할 수 있다. 저자도 똑같이 이득을 볼 것이다…… 그는 자기 입장을 진술할 수 있다. 자신의 어려움을 이야기할 수 있다. 그러면 지금까지 자주 그랬던 것과는 달리 비평가가 자신이 쓰지 않은 것에 관해 이야기하고 있다는 느낌을 가지게 되는 일은 없을 것이다…… 자신이 선택한 비평가와 한 시간

---

* 이 에세이는 1939년에 처음 발표되고 나중에 『선장의 임종 침상 *The Captain's Death Bed*』(1950)에 수록되었다. ―원주

동안 개인적으로 만나는 것이 현재 그에게 할당된, 관련 없는 일까지 섞여 있는 오백 단어짜리 비평보다 헤아릴 수 없이 가치가 클 것이다."

아주 좋은 생각입니다. 나라도 한 시간 동안 에드먼드 윌슨과 앉아서 그가 내 책 가운데 한 권에 관해 하고 싶은 모든 말을 듣는 것은 당연히 백 달러의 가치가 있다고 생각했을 겁니다―또 무엇이든 버지니아 울프가 『포트노이의 불평』에 관해 나에게 할 말이 있다면 그걸 듣는 것을 마다하지 않았을 겁니다, 그분이 과연 그 일을 기꺼이 맡아줄지는 모르는 일이지만 말입니다. 진짜 의사가 처방한 것이라면 아무도 약을 삼키는 것을 싫어하지 않습니다. 이런 체계의 한 가지 유익한 부작용은 아무도 자신이 힘들게 번 돈을 낭비하고 싶지 않기 때문에 돌팔이들이 업계에서 쫓겨나리라는 것이지요.

"특별히 부당한 비평적 논의"에 관해 말하자면―그래요, 피가 뽑히고, 분노가 치솟고, 감정이 상하고, 인내심을 시험당하고, 그러다 결국, 피가 뽑히고, 분노가 치솟고 등등의 상태를 허락한 것 때문에 무엇보다도 나 자신에게 격분하게 됐지요. "부당한 비평적 논의"가 너무 심각해서 무시할 수 없는 비난―예를 들어 내가 "반유대주의"라는 고발―과 연결되었을 때는 혼자 씩씩대기보다는 길게 공개적으로 그 비판에 답했습니다. 다른 경우에는 씩씩거리다 잊어버리지요. 그렇게 계속 잊어버리다, 마침내 진짜로―기적 중의 기적이지만―정말 잊게 됩니다.

마지막으로. 그런데 누가 "비평적 논의"의 대상이 되지요? 왜 소설에 관해 쓴 것 대부분에 그런 구절로 위엄을 부여합니까? 내가 보기에 사람들이 얻는 것은 에드먼드 윌슨이 "우연히 [그 작가의] 책과 어떤 식으로 접하게 된 다양한 수준의 지능을 가진 사람들이 내놓는 의견의 집합"*이라고 묘사하는 것일 뿐인데.

에드먼드 윌슨이 하는 말은 진실이지요, 이상적으로는. 하지만 많은 작가가 자신을 대상으로 하는 "비평적 논의"에 영향을 받습니다.『굿바이, 콜럼버스』가 특별히 높은 찬사의 대상으로 선정되었다는 사실은 선생님을 격려하는 역할을 했을 게 분명합니다, 어느 정도는 말이죠. 그리고 비평가들이 아주 많은 독자를 선생님 쪽으로 안내한 것은 분명합니다. 나는 1959년에 선생님 작품을 읽기 시작했고, 구어적인 것, 희극적인 것, 거의 비극적인 것, 강렬하게 도덕적인 것이…… 놀랍게도 읽기 편한 구조 안에 힘들이지 않고 (아마도 힘들이지 않는 것처럼 보이는 거겠죠) 종합되어 있는 데 강한 인상을 받았는데, 그 구조는 전통적인 이야기라는 느낌을 가진 동시에 다소 혁명적이기도 했습니다. 무엇보다도 「유대인의 개종」 「광신자 엘리」 그리고 중편 「굿바이, 콜럼버스」를 염두에 두고 하는 말입니다.

선생님의 글에서 두드러진 주제 가운데 하나는 주인공이 삶에서 어떤 상실을 인식하는 것, 그와 더불어 그 상실에 대한 아쉬움, 그리고 마지막으로 이 아쉬움의 아이러니 섞인 "수용"인 것으로 보입니다(마치

---

* 윌슨의『빛의 해안 *The Shores of Light*』(1952)에 수록된 「문학 일꾼의 폴로니어스: 저자와 편집자를 위한 짧은 안내 *The Literary Worker's Polonius: A Brief Guide for Authors and Editors*」(1935)에서. ─ 원주

주인공이 아무리 힘들여 노력한다 해도 결국 이 길로 와서 자신의 운명의 이 측면을 실현할 수밖에 없다는 듯이).「굿바이, 콜럼버스」의 젊은 여자와 『남자로서의 나의 삶My Life as a Man』에 나오는 그녀의 쌍둥이를 생각해보면 좋은데, 그 둘 다 결국에는 거부를 당하죠. 하지만 이런 상실에는 더 넓은 감정적, 심리적 함의도 있었을지 모릅니다―즉, 이 아름답고 너무 어린 여자는 개인을 초월하는 특질들을 대변하기도 했던 것이 틀림없습니다.

1. 옛 등장인물이 새로운 몸으로 돌아온 것을 정확하게 찾아내셨네요.「굿바이, 콜럼버스」의 여주인공은 그녀가 하나의 인물로서 존재했다는 점에서, 또는 주인공에게 결과의 대안을 "대변했다"는 점에서, 『남자로서의 나의 삶』에서 타르노폴의 디나 돈부시, "부유하고 예쁘고 보호받고 똑똑하고 성적 매력이 넘치고 사랑이 많고 젊고 활기차고 영리하고 자신감 있고 야심 많은" 세라 로런스라는 아가씨로 재구성되어 있는데, 젊은 문인은 자신의 로맨틱한 야심 속에서 그녀를 "여자"로 인식하지 않기 때문에 포기하게 되지요. 그에게 여자란 모린처럼 학대당하고 독립적이고 격하고 전투적이고 다루기 힘든 사람을 의미합니다.

나아가서 디나 돈부시(그녀는 부수적 인물이지만)도 타르노폴 자신의 자전적인 서사(「유용한 소설들Useful Fictions」)에 앞서는 두 단편에서 그에 의해 재구성되고 재평가됩니다. 먼저 「샐러드의 날들Salad Days」에서 그녀는 그가 그녀 가족의 탁구대 밑에서 괴롭히는 교외의 멋진 유대인 아가씨로 나오고, 그다음 「구애의 참사*Courting Disaster*」에서는 완전히 매력적이고 빈틈없고 학문적인 야심이 있는 대학 사학년생으로 나오는데, 그녀는 주커먼 교수가 자신과 관계를 단절 — 그가 좋아하는 유형의 "망가진" 여자를 사귀려고 — 한 뒤 그에게 그가 모든 현란한 "성숙"의 외피를 뒤집어쓰고 있지만 사실 속은 "그저 제정신이 아닌 어린아이"에 불과하다고 말합니다.

이 두 인물 모두 샤론 샤츠키라는 이름이며, 함께 허구적 증류가 글로 쓰여지지 않은 세계에 존재하는 자신들의 모델과 관계를 맺는 방식으로 디나 돈부시와 관계를 맺고 있습니다. 이 샤론들은 타르노폴 같은 남자가 디나 같은 여자를 그의 삶으로부터 해방할 그러한 여자가 그의 개인적 신화 속에서 하는 역할을 하게 할 때 그녀에게 일어날 수 있는 결과물입니다. 이 신화, 자아의 이런 전설(독자들이 베일에 가려진 전기로 종종 받아들이는 유용한 허구)은 실제가 이용할 수 있게 해주는 재료를 이용해 사람들이 구축했을지도 모르는 — 또는 앞으로 구축할 수도 있는 — 것의 바탕을 이루는 일종의 이상화된 건축 도면입니다. 이런 식으로, 타르노폴의 소설은 운명에 대한 그의 관념입니다.

또는, 내가 아는 한, 그 과정은 거꾸로 작용하여, 개인 운명의 비밀스러운 작용을 드러낼 의도였던 개인적 신화가 실제로 사람들 자신의 역사를 기록한 텍스트를 훨씬 더 읽기 어렵게 만들기도 합니다. 그 바람에 당혹감만 커지고 — 이로 인해 이야기를 다시 한번 하게 되는데, 이때 애초에 절대 팰림프세스트*가 아닐 수도 있었던 것의 지워진 부분들을 꼼꼼하게 다시 구축하게 됩니다.

가끔 내 눈에는 소설가와 미치광이만이 사실 그저 인생에 불과한 것을 사는 것을 가지고 바로 이런 일을 하는 것처럼 보입니다 ─ 투명한 것을 불투명하게 만들고, 불투명한 것을 투명하게 만들고, 모호한 것을 분명하게 만들고, 분명한 것을 모호하게 만드는 등. 델모어 슈워츠는 「창세기Genesis」에서 이렇게 말하지요. "왜 나는 히스테리에 사로잡혀 이 이야기를 해야 하나 / 강박에 사로잡혀 그런 비밀에 관해 말해야 하나? / ……터져나오는 그렇게 많은 말을 / 막을 수 없다면 나의 자유는 어디에 있는가……? / 내가 겪으며 살아온 모든 것, 내가 그 안에 들어가 살아온 모든 것의 / 이 쇼와 구경을 내가 얼마나 견디어야 하는가. 또 왜?"

2. "……어떤 상실을 인식하는 것, 그와 더불어 그 상실에 대한 아쉬움, 그리고 마지막으로 이 아쉬움의 아이러니 섞인 '수용'". 선생님은 내가 전에는 주제라고 생각하지 못했던 주제를 지적하고 있네요 ─ 여기에 몇 가지 단서를 달고 싶습니다. 물론 타르노폴은 자신의 잘못을 두고 가차없이 자신에게 발길질을 합니다만, 그에게 성격이 그런 잘못에 얼마나 강하게 작용하는지 드러내주는 것이 바로 그런 발길질(그리고 그에 따르는 비명)입니다. 그는 그의 잘못이고 그의 잘못이 그입니다. "나이고 다른 누가 아니기 때문에 나인 이 나!"『남자로서의 나의 삶』의 마지막 행은 자

---

* Palimpsest. 원래의 글 일부 또는 전체를 지우고 다시 쓴 고대 문서.

기, 그리고 그것이 반드시 편찬할 수밖에 없는 역사에 대하여 "아이러니 섞인 '수용'"이 암시하는 것보다 가혹한 태도를 강조하려는 의도입니다.

내 생각에 "……어떤 상실을 인식하는 것, 그와 더불어 그 상실에 대한 아쉬움…… 이 아쉬움의 아이러니 섞인 '수용'"이라는 주제가 느껴지는 것은 벨로의 고통이 가득한 최근 두 장편입니다. 사실 일찌감치 『오늘을 잡아라』의 결말도 그랬지요(내 생각에 설득력은 최근 것보다 못하지만). 이 작품의 마지막 사건이 토미 윌헬름의 비참한 상황을 부각하기 위하여 『유골 단지 매장Urn-Burial』*의 산문 스타일이 갑자기 밀려오는 바람에 약간 억지가 느껴진다고 나는 늘 생각했어요. 나는 감동적이고 아이러니 섞인 상실 거부가 담긴 『노란 집을 떠나며Leaving the Yellow House』의 결말이 더 마음에 듭니다. 『남자로서의 나의 삶』의 결말에 (또는 그 과정에라도) 어떤 것의 아이러니 섞인 수용이 있다고 한다면, 그것은 결정된 자기의 수용입니다. 그리고 그런 아이러니 섞인 수용에는 분노가 담긴 좌절감, 성격의 노예가 된 것에 대한 대단히 짜증나는 느낌도 강하게 섞여들어가 있지요. 따라서 감탄부호가 찍히는 겁니다.

나는 늘 『소송』의 마지막 근처에 나오는 구절에 마음이 끌렸습니다. K가 성당에서 갑자기 희망이 주입된 상태로 사제를 쳐다보지만―그 구절은 내가 여기에서 하려고 하는 말, 특히 "결정된"

---

* 잉글랜드 작가 토머스 브라운(1605~1682)의 논문(1658).―원주

이라는 단어와 관련이 있는데, 나는 이 단어에서 떠밀려왔다는 의미와 단호하고 목적이 뚜렷하다는 의미 양쪽을 다 끌어안으려 하고 있습니다 ― 그 자리에 완전히 꼼짝도 못하고 있는 장입니다. "그 사람이 설교단을 떠나기만 한다면 K가 그로부터 수용 가능한 결정적 자문을 얻는 것도 불가능하지 않았는데, 그 자문이란 예를 들어 영향력을 발휘하여 그 사건을 조작하는 쪽이 아니라 그것을 피해 가는 쪽, 그것으로부터 완전히 떠나는 쪽, 법원의 관할권에서 완전히 벗어나 살아가는 양식을 가리키는 것일 수도 있었다. 이런 가능성이 분명히 존재한다, K는 최근 이 점에 관해 많이 생각해왔다."

최근에 그러지 않은 사람이 누가 있겠습니까? 설교단에 있는 사람이 결국 자기 자신이라는 것이 드러날 때 '가혹한 아이러니' 가 등장합니다. 자신이 설교단을 떠날 수만 있다면, 사람은 수용 가능한 결정적 자문을 당연히 얻게 되겠지요. 하지만 법원을 자기 스스로 만들어낸 상황에서 어떻게 법원의 관할권에서 완전히 벗어나 살아가는 양식을 만들어낼 수 있겠습니까? 그런 갈등에 뒤따르는 상실감이 내가 『남자로서의 나의 삶』의 주제로 지적하고 싶은 것입니다.

소녀가 된 소년에 관해 쓴 사람이 선생님이었나요? 아니면 대체로 선생님을 모방한 누군가였나요……? 그게 선생님한테는 어떤 느낌을 줄까요, 악몽 같은 가능성으로서. (『젖가슴 *The Breast*』 이야기를 하는 게 아닙니다. 내가 보기에 그것은 선생님의 다른 글들과 마찬가지로 진짜

심리학적 외도라기보다는 하나의 문학작품이죠.) 선생님은 상상의 또는 무의식의 연장에 의한 여자로서의 삶—여자로서 글을 쓰는 삶을 파악할 수 있을까요—이 가능할까요? 이게 사변적이라는 건 알지만, 선택이 가능하다면, 선생님은 남자로서의 삶을 살기를 원했을까요, 아니면 여자로서의 삶을 살기를 원했을까요('기타'에 표시를 하셔도 됩니다).

답. 둘 다입니다. 『올랜도』*의 남주인공-여주인공과 마찬가지로. 그러니까, 동시라기보다는 연속적으로. 만일 하나의 삶을 기준으로 다른 삶을 재볼 수 없다면 지금과 별로 다를 것 같지 않아서요. 유대인으로 한평생 살고 나서 비유대인이 되는 것도 재미있을 것 같아요. 아서 밀러는 『초점Focus』에서 이것의 역을 "악몽 같은 가능성"으로 상상하는데, 그 작품에서 세상은 한 반유대주의자를 그가 증오하는 바로 그 유대인으로 받아들입니다. 하지만 나는 오인된 정체성이나 피부만의 변화를 이야기하는 것이 아니라, 선생님도 그렇게 생각하겠지만, 마법적으로 완전히 타자가 되는 것, 그러면서도 원래의 존재였던 것이 무엇이었는지 그 지식을 유지하고, 원래 정체성의 배지들을 그냥 달고 다니는 이야기를 하는 거지요. 1960년대 초에 나는 〈다시 묻히다Buried Again〉라는 제목의 단막극을 쓴 (다음에 처박아둔) 적이 있는데, 이것은 죽은 유대인 남자에 관한 이야기로, 고이로 환생할 기회가 주

---

* 버지니아 울프의 소설(1928). —원주

어지자 거부하고 바로 망각의 상태로 떠납니다. 나는 이 사람이 어떤 기분인지 완벽하게 이해하지만, 만일 저세상에서 이런 선택이 주어진다면 비슷하게 행동할 것 같지는 않아요. 이렇게 말하면 『커멘터리』에서 아우성을 칠 게 뻔하지만, 첫번째 생에 그랬던 것처럼 두번째 생에서도 주어진 걸 갖고 사는 법을 배워야 할 겁니다.

셔우드 앤더슨은 「여자로 변한 남자*The Man Who Turned Became Woman*」를 썼는데, 이것은 내가 읽어본 가장 아름답게 표현된 관능적인 이야기로 꼽을 만합니다. 여기에서 소년은 어느 시점에 술집 거울에서 자신을 소녀로 보지만, 그게 선생님이 말씀하시는 그런 소설은 아닌 것 같네요. 어쨌든 그런 성적인 변화에 관해 쓴 사람은 내가 아닙니다. 『남자로서의 나의 삶』을 그렇게 생각한다면 다른 이야기지만. 거기에서 주인공은 어느 날 아내의 속옷을 입지만, 그냥 섹스 휴식을 가지려는 것뿐이지요.

물론 나는 여자들에 관해서 썼고, 그 가운데 일부는 내가 강하게 동일시하여 작업을 하는 동안 나 자신이 그 안으로 들어간다고 상상했습니다. 『놓아버리기』에서 마사 리건하트와 리비 허츠, 『그녀가 선했을 때』에서 루시 넬슨과 그녀의 어머니, 『남자로서의 나의 삶』에서 모린 타르노폴과 수전 매콜(과 리디아 케터러와 샤론 샤츠키스). 내가 "여자로서의 삶……을 파악"하기 위하여 상상력을 얼마나 넓게 또는 좁게 확장할 수 있는지는 그 책들에 나타나 있습니다.

나는 『굿바이, 콜럼버스』의 브렌다에게는 별로 그렇게 하지 못했는데, 내 생각에 그것은 습작이고 인물 만들기가 모든 면에서 약합니다. 어쩌면 그녀가 아주 차분한 유형, 자신이 원하는 것을 얻는 방법과 자신을 돌보는 방법을 아는 여자아이로 설정되어서 그녀와는 별로 성공을 거두지 못한 것일 수도 있는데, 실제로 그 당시 그녀는 나의 상상력을 별로 자극하지 않았습니다. 게다가, 가족의 둥지를 떠난—브렌다 파팀킨이 하지 않기로 마음먹은 바로 그것인데—젊은 여자들을 만나볼수록 그들은 덜 차분하게 느껴졌습니다. 여성의 취약함에 관해 쓰기 시작하고, 이 취약함이 여자—자신의 핵심에서 그것을 자주 느끼는—의 삶을 결정할 뿐 아니라 그들이 사랑과 지원을 찾는 남자의 삶도 결정하는 것으로 보게 되면서, 이 여자들은 내 상상력이 붙들고 확장해나갈 수 있는 인물들이 되었습니다. 이런 취약성이 그들과 남자들(각자 자신의 성의 방식으로 취약한)의 관계를 형성하는 방식이야말로 사실 이 여성 인물들에 관하여 내가 말해온 모든 이야기의 핵심에 있는 것입니다.

『포트노이의 불평』『우리 패거리』『젖가슴』, 또 가장 최근에는 야구 광상극 『위대한 미국 소설』의 군데군데에서 선생님은 예술가의 순전한 장난기, 토마스 만의 표현을 빌리자면 아이러니가 사방에서 번뜩이는, 거의 에고가 없는 상태를 찬양하고 있는 것 같아요. 어떤 수피교도는 우주가 "무한한 장난이자 무한한 착각"이라는 취지의 말을 했습니다. 동시에 우리 대부분은 우주를 죽을 듯이 진지하게 경험합니다—그래서 우리 글에서 "도덕적"이 될 필요를 느끼죠, 사실 그 요구를 느끼지 않을 수가 없습니다. 선생님은 『놓아버리기』와 『그녀가 선했을 때』에서 또 『남자로서의 나의 삶』의 많은 부분에서, 심지어 중편 「허공에서 *On the Air*」 같은 놀랄 만큼 악마적인 작품에서조차 강력하게 '도덕적'이었는데, 이제 이렇게 희극에 매혹되는 것은 선생님의 인격의 이런 다른 측면에 대한 단순한 반작용에 불과하다고 생각하나요, 아니면 뭔가 지속적인 것이라고 생각하나요? '진지함'과 심지어 제임스적인 글쓰기에 대한 헌신과 관련하여 선생님이 오래전에 했던 작업으로 급격히 진자처럼 **돌아갈** 거라고 예상하나요(하지만 아니죠, 선생님은 그럴 수 없겠죠)?

'순전한 장난기'와 '죽을 듯한 진지함'은 나의 가장 가까운 친구들입니다. 하루를 끝내고 나는 그 친구들과 함께 산책을 하지요. 동시에 나는 '죽을 듯한 장난기' '장난스러운 장난기' '진지한 장난기' '진지한 진지함' '순전한 순전함'과도 사이가 좋습니다. 하지만 마지막 것에서는 아무것도 얻지 못합니다. 그건 그냥 내 심장을 쥐어짜서 내가 아무 말도 못하게 만들거든요.

선생님이 희극이라고 부르는 것들이 그렇게 에고가 없는 것인지는 모르겠습니다. 가령 『놓아버리기』 같은 책은 거기에서 진행되는 자기에 대한 조사를 위해서는 자기 제거를 위한 헌신적인 노력이 필요한데, 그런 책보다는 『위대한 미국 소설』의 과시적인 전시와 주장하려는 태도에 사실 자기가 더 많지 않을까요? 나는 희극이 이 무리 가운데 가장 에고투성이일 수도 있다고 생각합니다. 적어도 그건 자기 낮추기를 시도하는 일은 아니니까요. 『위대한 미국 소설』을 쓰는 일이 나에게 그렇게 즐거웠던 것은 바로 거기에 포함된 자기주장 때문입니다 — 또는, 그런 게 있는지 몰라도, 자기 꾸미기. 나는 한때 지나치고 경박하고 과시적이라고 생각하여 억눌렀을 수도 있는 모든 종류의 충동들을 수면으로 떠오르게 하여 그 목적지까지 가게 해주었습니다. 언뜻 보기에 "약간 지나친" 모든 것을 끝까지 가게 해준다면 무엇이 나타날지 보자는 생각이었지요. 참사가 뒤따를 수도 있다는 것을 알았지만(어떤 사람들에게서는 일어났다는 이야기를 듣기도 했습니다), 내가 누리고 있는 재미에 믿음을 가지려고 했습니다. 쾌락으로서의 글쓰기. 플로베르가 무덤에서 뛰쳐나올 만한 이야기지요.

다음에는 무엇을 예상해야 할지 모르겠습니다. 몇 달 전에 끝낸 『남자로서의 나의 삶』은 『포트노이의 불평』을 발표한 이후로 포기했다가 다시 돌아가곤 했던 책입니다. 그걸 포기할 때마다 "장난기 있는" 책 작업을 하러 가곤 했어요 — 한 책에서 겪는 난관으로 인한 절망 때문에 다른 책들에서 그렇게 장난을 치고 싶어했는지도 모르지요. 어쨌든, 뒤쪽의 화덕에서 『남자로서의 나의 삶』이 부글부글 끓고 있는 동안 『우리 패거리』『젖가슴』『위대한 미국 소설』을 썼습니다. 지금은 아무 요리도 안 하고 있습니다. 당장은 이게 괴롭지 않습니다. 마치 내 작업에서 어떤 자연스러운 정지에 이르렀고, 아직은 뭔가 시작되어야 한다는 압박감 같은 것도 전혀 없는 느낌이지요(역시, 당장은) — 그냥 이런저런 조각들, 단편적인 강박들이 시야에 고개를 내밀다, 지금은 가라앉아 아무것도 보이지 않습니다. 책에 관한 아이디어는 내 경우는 완전히 우연의 모습으로 다가옵니다. 물론 다 끝내고 나면 일반적으로 지금 꼴이 갖추어진 것이 이전 소설, 최근의 소화되지 않은 개인사, 내 직접적이고 일상적인 삶의 환경, 내가 읽고 가르쳐온 책들의 상호작용이 낳은 결과물이라는 게 보이지만요. 이런 경험의 요소들 사이에 이루어지는 변화무쌍한 관계에서 어떤 제재가 분명히 나타나고, 그때 곰곰이 생각하면서 그것을 붙들 방법을 찾아내지요. 이 행동이 겉으로 어떻게 보이는지 묘사하려고 "곰곰히 생각한다"는 말을 사용했습니다. 속은 사실 수피교도가 된 것 같은 느낌이지만요.

『누벨 옵세르바퇴르』 인터뷰*

선생님은 『포트노이의 불평』 전에도 이미 잘 알려진 작가였습니다. 하지만 『포트노이의 불평』으로 전세계에서 유명해졌고 미국에서는 스타가 되었습니다. 심지어 시골에서 은둔해 사는데도 선생님이 바브라 스트라이샌드와 맨해튼을 돌아다닌다는 기사를 언론에서 보기도 했습니다. 미국처럼 미디어가 지배하는 나라에서 유명인사가 된다는 것은 어떤 의미입니까?

적어도 한동안은 수입이 올라간다는 의미가 될 가능성이 큽니다. 그저 수입이 올라갔다는 이유로 유명인사가 되었을 수도 있

---

* 인터뷰 진행자는 프랑스의 저널리스트이자 작가인 알랭 핑켈크로(1981). ─ 원주

지요. 그냥 유명한 사람과 유명인사나 스타를 구별하는 것은 대개 돈, 섹스, 또는 내 경우처럼 양쪽과 관련이 있습니다. 내가 백만 달러를 벌었다고들 하고, 내가 다름 아닌 포트노이 자신이라고들 합니다. 유명인사가 된다는 것은 상표명이 된다는 겁니다. 아이보리 비누가 있고, 라이스 크리스피가 있고, 필립 로스가 있지요. 아이보리는 물에 동동 뜨는 비누입니다. 라이스 크리스피는 딱-바삭-팍 하는 소리를 내는 아침식사 시리얼입니다. 필립 로스는 간 조각으로 자위를 하는 유대인이지요. 그리고 그걸로 백만을 법니다. 그보다 별로 재미있거나 유용하거나 즐겁지 않아요, 처음 삼십 분이 지나면 그렇습니다. 작가가 유명인사가 되면 더 많은 독자와 만나게 된다고 생각하지만 그것은 대부분의 독자가 작품을 직접 인식하기 위해 극복해야 할 또하나의 장애에 불과합니다.

1960년대 말 섹스는 '바로 그것'으로 일컬어졌습니다. 삶의 핵심, 구원자 등등으로. 외설적 언어와 색정광적인 솔직함 때문에 『포트노이의 불평』은 많은 사람에게 그런 관점에 공감하는 것으로 보였습니다. 하지만 그 이후 작업에서 선생님은 이런 "선진적" 입장에서 물러난 것처럼 보였습니다. 선생님은 여러 에세이나 인터뷰에서 사드나 바타유 대신 제임스, 체호프, 고골, 바벨, 카프카 등 성적으로 억제된 저자들을 언급합니다. 섹스 숭배자들에게 실망을 안겨주거나 점잖은 사회에서 다시 신뢰를 얻으려는 겁니까?

나는 어떤 입장을 가진 적이 없기 때문에 어떤 입장에서 물러나지도 않았습니다. 내가 섹스라는 대의에 헌신하는 마음이 조금이라도 있었다면 『포트노이의 불평』 같은 익살극 느낌이 나는 책은 절대 쓰지 않았겠지요. 대의는 자기 풍자를 즐기지 않으니까요. 또 나는 외설이라는 대의를 따르는 군인도 아닙니다. 포트노이의 외설은 그의 곤경에 내재하는 것이지 나의 스타일에 내재하는 것이 아닙니다. 나는 소설 안에서건 밖에서건 지저분한 말을 옹호하지 않습니다 — 오직 그게 적절해 보일 때 그것을 사용할 권리만 지지하지요.

『포트노이의 불평』 삼 년 뒤 나는 여성의 젖가슴으로 변한 남자에 관한 중편을 발표했습니다. 나는 『포트노이의 불평』의 어느 장면보다도 더 선정적이고 덜 명랑한 장면들을 상상했지만 그것이 꼭 "섹스 숭배자"들을 만족시켜주는 것은 아니었습니다. 『젖가슴』은 심지어 섹스 구원주의에 대한 비판으로도 읽혔습니다.

선생님의 소설 가운데 몇 편은 일인칭으로 쓰였습니다. 그리고 주인공은 선생님과 공통점이 많습니다. 포트노이는 선생님과 마찬가지로 뉴어크에서 성장했습니다. 『욕망의 교수 _The Professor of Desire_』의 데이비드 케페시는 교수이고 선생님이 펜실베이니아대학에서 가르치고 있는 것과 같은 문학을 가르칩니다. 선생님이 최근에 낸 책 『유령 작가』는 젊은 작가가 자신의 예술의 정당성을 인정해줄 영적 아버지를 찾는 데서 시작합니다. 이 젊은 작가 네이선 주커먼은 막 작품집을 냈는데, 그것을 보며 우리는 『굿바이, 콜럼버스』를 떠올릴 수밖에 없습니다. 이 모든 것은 우리가 선생님의 책들을 고백으로, 거의 위장하지 않은 자서전으로 읽어야 한다는 뜻인가요?

　내 책들은 소설로 읽어야 하고 거기에 소설이 줄 수 있는 즐거움을 요구해야 합니다. 나는 고백할 것이 없고 고백할 사람도 없습니다. 나의 자서전에 관해 말하자면, 그게 얼마나 지루할지 말도 꺼내고 싶지 않군요. 나의 자서전은 거의 전체가 나 혼자 방에 앉아 타자기를 들여다보고 있는 이야기에 관한 장들로 이루어질 것입니다. 나의 자서전은 이렇다 할 사건이 없을 것이기 때문에 그것을 보면 베케트의 『이름 붙일 수 없는 자』가 차라리 디킨스처럼 읽힐 겁니다.

　그렇다고 내가 나의 일반적 경험에서 상상의 재료를 끌어오지 않았다고 말하는 것은 아닙니다. 하지만 내가 나 자신을 드러내거나, 나 자신을 전시하거나, 심지어 나 자신을 표현하는 것을 좋아해서 그런 것은 아니지요. 나 자신을 발명하기 위해서입니다. 나의 자아들. 나의 세계들. 나의 책들에 "자전적"이라거나 "고백적"이라는 딱지를 붙이는 것은 그 말의 추정적 본질을 오류로 만들 뿐 아니라, 이렇게 말해도 좋다면, 어떤 독자들에게 그것이 자전적임에 틀림없다고 생각하도록 유도하는 모든 교묘함을 무시하는 것입니다.

　이 고백적이란 말과 자전적이란 말은 독자와 작품 사이에 또하나의 장애물이 됩니다 — 이 경우에는 그렇지 않아도 산만한 독자들에게서 너무나 강한 유혹, 소설을 뒷공론으로 바꾸어서 그것을 하찮게 만들고 싶은 유혹을 강화함으로써 장애가 됩니다.

그렇다고 이것이 새롭다는 말은 아닙니다. 지난 몇 달 동안 버지니아 울프를 다시 읽으면서 그녀의 1915년 소설『출항』에서 이런 대화와 만났습니다. 이 말은 책을 쓰고 싶어하는 등장인물이 한 것인데요. "아무도 관심 없어요. 소설을 읽는 유일한 이유는 작가가 어떤 사람인지 보려는 거고, 만일 그 사람을 안다면, 그의 친구들 가운데 누구를 집어넣었는지 보려는 겁니다. 소설 자체, 그 개념 전체, 사람들이 그것을 본 방식, 느낀 방식, 다른 것들과 관계를 맺게 만든 방식에 관해 말하자면, 백만 명 가운데 한 명도 그런 것에는 관심이 없습니다."

"예술, 우리는 그 관념을 과장하고 있다"* 지드는 그렇게 말했습니다. 하나의 과장이 포트노이를 낳았고, 우리는 그의 운명을 압니다. 이 인물은 원형이 되었습니다. 또하나의 과장이『남자로서의 나의 삶』의 모린, 당당하게 미친 여자, 질투와 망상증이 가득한 복수의 여신을 만들어냈습니다. 하지만 프랑스에서는『포트노이의 불평』이 독자의 호기심을 바닥낸 듯합니다. 내가 매우 큰 찬사를 보내는『남자로서의 나의 삶』은 여기에서는 거의 알려지지 않았습니다. 그 책이 미국에서는 어떻게 받아들여졌습니까 ― 예를 들어, 여성해방 쪽에서는?

『남자로서의 나의 삶』이 나오고 나서 몇 년 뒤 영향력 있는 맨

---

* 프랑스 작가 앙드레 지드(1869~1951)의 1896년 일기 참조. "L'oeuvre d'art est une idée qu'on exagère(예술 작품은 어떤 관념의 과장이다)." ― 원주

해튼의 주간지 『빌리지 보이스』에 한 여성 활동가*가 쓴 기사가 일면에 게재되었는데, 거기에는 두 주먹을 불끈 쥔 이런 표제가 달렸습니다. 왜 이 남자들은 여자들을 혐오하는가? 그 밑에는 솔 벨로, 노먼 메일러, 헨리 밀러, 그리고 내 사진이 있었습니다. 『남자로서의 나의 삶』은 그 고발장에서 내 책 가운데 가장 심각한 증거로 제출한 것이었습니다.

왜냐? 1974년에 세상은 여자들이 선한데 유일하게 선하고, 박해를 받는데 유일하게 박해를 받고, 착취를 당하는데 유일하게 착취를 당한다는 사실을 막 발견했는데, 나는 선하지 않고, 다른 사람을 박해하고, 다른 사람을 착취하는 여자를 묘사한 거지요—그게 모든 것을 망친 겁니다. 양심이 없는 여자, 무한한 교활함과 거칠고 초점이 없는 혐오와 분노를 가진 앙심 품은 여자—그런 여자를 그리는 것은 여자를 옹호하는 새로운 윤리와 새로운 혁명에 반하는 것이었습니다. 반혁명적인 것이었지요. 대의의 반대편에 가 있는 것이었습니다. 금기였습니다.

물론, 『남자로서의 나의 삶』은 페미니즘 신앙에 대한 도전 이상이지요. 한 장면에서 모린은 피터 타르노폴을 속여 결혼하려고 토끼 검사**를 통과하기 위하여 임신한 흑인 여자의 소변 샘플을 돈 주고 삽니다. 다른 장면—마지막 잔혹한 싸움—에서 그에게 얻어맞을 때 모린은 바

---

* 비비언 고닉(1935년생). 그녀의 에세이는 1976년 12월 6일자 빌리지 보이스 신문에 발표되었다. —원주
** 여성의 소변을 토끼에게 주사하여 행하는 조기 임신 반응 시험.

지에 변을 보고, 그렇게 함으로써 그들 결혼의 가장 고통스러운 순간에 둘 다에게서 비극성을 박탈해버립니다. 물론 이 소설은 미국 문화 전반의 경건성에 대한, 그곳에 매우 만연한 훈계조의 진부한 감상에 대한 도전으로 의도된 것이지요. 이런 해석에 동의합니까?

그것이 도전으로 의도되고, 구상되고, 실현되었다는 것에? 아니요. 하지만 그것이 받아들여진 방식을 더 이야기해볼 수는 있겠네요. 그 책은 가혹한 평가를 받고 많이 팔리지 않고 대중용 보급판은 출간 직후 절판이 되었는데, 내 책 가운데 그렇게 사라진 첫번째 책이었습니다. 프랑스인인 선생님에게 위로가 될지는 몰라도, 그 책은 선생님의 나라에서만큼이나 나의 나라에서도 거의 알려지지 않았습니다.

선생님은 우리 사회가 예술작품과 그 독자 사이에 두고 있는 장애물에 관심이 깊은 듯합니다. 우리는 명성과 작가의 목적을 미디어가 왜곡하는 문제에 관해 이야기했지요. 우리는 뒷공론, 독서를 관음증으로 격하시키는 중급 문화의 왜곡에 관해 이야기했습니다. 우리는 경건성, 문학을 선전물로 활용하곤 하는 활동가의 왜곡에 관해 이야기했습니다. 하지만 또하나의 장애물이 있습니다, 안 그런가요? 선생님의 욕망의 교수인 데이비드 케페시가 모두 강연에서 비판하는 구조주의의 클리셰입니다. "여러분은 문학이 그 가장 귀중하고 흥미로운 순간들에 근본적으로 비지시적이라고 우리에게 말하는 내 동료들 가운데 일부에게 내가 동의하지 않는다는 것을 알게 될 것입니다(하지만 모두가 지지하지는 않겠지요). 나는 여러분 앞에 재킷과 타이 차림으로 설 수도 있고, 여러분을 신사 숙녀라고 부를 수도 있지만, 그럼에도 내가 있는 자리에서는 '구조' '형식' '상징'에 관해 말하는 것을 삼가줄 것을 여러분에게 요청합니다." 무엇이 문학적 전위의 원칙들을 그렇게 유해하게 만드는 겁니까?

　나는 구조, 형식, 상징 같은 말들이 전위의 소유물이라고 생각하지 않습니다. 미국에서 그 말들은 보통 가장 순진한 고등학교 문학 교사들의 장사 도구죠. 나는 가르칠 때 내 욕망의 교수 케페시 씨만큼 부드럽지 않습니다. 나는 학생들이 그 말들을 사용하는 것을 금지하고, 위반하면 쫓아내겠다고 합니다. 이렇게 하면 학생들의 영어에 매혹적인 개선이 이루어지고, 심지어 때로는 생각에도 개선이 이루어집니다.

　구조주의에 관해서 말하자면, 그것은 사실 내 인생에서는 아무런 역할도 하지 않았습니다. 하지만 독설적인 비난으로 선생님을 만족시켜주지는 않으렵니다.

　독설적인 비난을 기대했던 건 아닙니다. 그냥 읽기에 대한 선생님의 생각에 관심이 있었을 뿐이죠.

　나는 삶에 대한 나 자신의 숨막힐 듯 따분하고 좁은 관점에서 자유로워지고 꿈에 넘어가 나 자신의 것이 아닌, 완전히 전개된 서사적 관점에 상상력으로 공감하기 위해 소설을 읽습니다. 내가 쓰는 것과 똑같은 이유지요.

지금은 1960년대를 어떻게 평가할 것 같습니까? 느끼는 대로 쓰고 원하는 대로 살도록 허락해준 해방의 십 년이었나요, 아니면 오만의 시대, 문제가 생기는 걸 원치 않으면 경의를 표하라는 편협한 새 교조의 시대였나요?

미국 시민으로서 나는 베트남전쟁에 경악하고 굴욕감을 느꼈고, 도시 폭력에 두려움을 느꼈고, 암살에 역겨움을 느꼈고, 학생 봉기에 혼란을 느꼈고, 해방주의적 압력 집단들에게 공감했고, 어디에나 퍼져 있는 연극성에 즐거움을 느꼈고, 대의를 꾸미는 수사에 실망했고, 성적 전시에 흥분했고, 대결과 변화라는 전반적 분위기에서 기운을 얻었습니다. 그 십 년의 마지막 몇 년 동안 나는 『포트노이의 불평』을 쓰고 있었는데, 그 시끌벅적하고 공격적이고 짜증을 일으키는 책의 개념과 구성은 틀림없이 그 시대의 분위기에 영향을 받았지요. 그보다 십 년 전이었다면 그런 식으로 그 책을 쓰지도 않았을 것이고 쓸 수도 없었을 거라고 생각합니다. 단지 1950년대를 지배하던 사회적·도덕적·문화적 태도 때문만이 아니라, 여전히 문학 공부에 깊이 빠져 있던 젊은 편에 속하는 작가로서 당시 나는 이 작업에서 도덕적으로 더 진지한 노선에 충성을 맹세하고 있었거든요.

하지만 1960년대 중반에 이르면, 나는 이미 논란의 여지 없이 진지한 책 두 권 ―『놓아버리기』와 『그녀가 선했을 때』― 을 썼고 다른 것, 내 재능의 더 장난스러운 면을 자극하는 것으로 관심을 돌리고 싶어 죽을 지경이었습니다. 이제 내 소설에서 그런 면을 드러낼 수 있다는 자신감이 생겼지요. 한편으로는 삼십대에 접어들어 내가 성숙했다는 자격증을 얻는 일에 이십대 때만큼 열심히 노력할 필요가 없기 때문이기도 했고, 또 한편으로는 거의 모두에게 자기 변화와 자기 실험이라는 업적에 도전해보라고 영감을 주는 어떤 순간의 감염력 있는 휘발성 때문이기도 했습니다.

선생님은 여기 프랑스에서는 미국인-유대인 작가로 알려져 있습니다—심지어 이른바 뉴욕-유대인파의 구성원으로도 알려져 있지요(벨로와 맬러머드와 함께). 이런 딱지를 받아들입니까?

우리 셋 가운데 오직 맬러머드만이 뉴욕 출신이고 그곳에서, 브루클린의 가난한 동네에서 유년을 보냈습니다. 하지만 맬러머드는 성인이 되어서는 대부분 뉴욕에서 멀리 떨어진 곳에서 살았지요. 오리건과 버몬트의 대학에서 가르쳤습니다. 벨로는 몬트리올에서 나고 거의 평생을 시카고에서 살았는데 그곳은 뉴욕에서 서쪽으로 팔백 마일 떨어진 곳이고, 마르세유가 파리와 다른 만큼이나 뉴욕과는 다른 도시지요. 그가 처음 대중에게 인정을 받게 해준 책 『오기 마치의 모험』은 "나는 유대인이고 뉴욕 태생이다"로 시작하는 게 아니라 "나는 미국인이고 시카고 태생이다"로 시작합니다.

나는 뉴저지주 뉴어크에서 났는데, 내 유년 시절 그곳은 인구

약 사십삼만 명이 사는 항구 산업도시였고 거주자 대부분이 백인 노동계급이었으며 1930년대와 1940년대 동안에는 여전히 지방이라고 할 수 있었지요. 뉴욕과 뉴저지를 나누는 허드슨강은 잉글랜드와 프랑스를 나누는 해협이었다고 해도 좋을 것입니다 — 적어도 우리와 같은 사회적 지위에 있는 사람들에게는 인류학적 분리가 그만큼 컸지요. 나는 뉴어크의 중간계급 하층 유대인 동네에 살다가 열일곱 살 때 펜실베이니아 시골의 작은 대학으로 갔는데 19세기 중반에 침례교도가 세운 그 대학은 그때도 학생들에게 채플에 매주 참석할 것을 요구했습니다. 뉴욕의 정신 또는 나의 뉴어크 동네의 정신에서 그렇게 멀리 떨어져 있을 수가 없었지요. 나는 "미국"의 나머지가 어떤 곳인지 알아내고 싶은 마음이 간절했습니다. 미국에 인용부호를 한 것은 그곳이 프란츠 카프카의 마음속에서 그랬던 것과 비슷하게 내 마음에서도 아직 하나의 관념이었기 때문입니다. 나는 열여섯, 열일곱 살 때는 토머스 울프와 미국 생활에 대한 그의 광시적인 해석의 영향 아래 있었습니다. 대공황기에 생겨나고 제2차세계대전의 애국적 열기에 의해 "땅"의 "광대함"과 "민중"의 "풍부한 다양성"을 중심으로 한 대중적인 국민 신화가 되어버린 포퓰리즘적 수사의 영향에서 아직 벗어나지 못했지요. 나는 싱클레어 루이스와 셔우드 앤더슨과 마크 트웨인을 읽었고, 그들 가운데 누구도 뉴욕시에서 — 심지어 하버드에서도 — "미국"을 발견하게 될 것이라는 생각으로 나를 이끌지 않았습니다.

그래서 나는 거의 아무것도 모르는 상태에서 펜실베이니아 중부의 농사를 짓는 아름다운 계곡에 있는 아주 작은 타운에 자리한 평범한 대학을 선택했습니다. 그곳에서 나는 일주일에 한 번씩 내 동기인 기독교도 남녀 아이들과 함께 채플에 참석했습니다. 관습적인 배경 출신으로 속물적인 관심사에 지배를 당하는 젊은이들었지요. 그 시대의 전통적인 대학 생활에 전심전력으로 뛰어들어보겠다는 나의 시도는 여섯 달 정도 이어졌습니다. 그때도 채플만큼은 도저히 견딜 수가 없어서 설교 시간에 신도석에 앉아 보란듯이 쇼펜하우어를 읽는 습관을 들였지요.

나는 대학 졸업 이듬해에 시카고대학 대학원을 다녔는데 그곳이 대체로 내 스타일에 더 잘 맞았어요. 그러다가 워싱턴에 갔고 그곳에서 군복무 기간을 채웠지요. 1956년에는 시카고로 돌아가 대학에서 이 년 동안 가르쳤습니다. 또 첫 책 『굿바이, 콜럼버스』에 모이게 된 이야기들을 쓰기 시작했지요. 1958년 여름 그 책의 출판이 결정났을 때 나는 대학 일을 그만두고 젊은 강사가 아니라 젊은 작가의 삶을 추구하러 맨해튼으로 이사했습니다. 로어이스트사이드에서 여섯 달 정도 살았는데 몹시 불행했습니다. 나는 "문학" 현장이라는 것이 마음에 들지 않았고 출판계에도 관심이 없었고 1950년대 말 그곳에서 유행하던 성적인 전투 양식에도 숙달되지 못했고 물건을 팔거나 만드는 쪽 또는 금융 쪽에 고용되어 있지도 않았기 때문에 굳이 거기 머물 이유가 없었습니다. 그뒤에 이어지는 몇 년 동안 로마, 런던, 아이오와시티, 프린스턴에 살았지요. 1963년에 뉴욕으로 돌아간 것은 결혼생활에서 벗어나려는 것이었는데, 당시 나는 오십 마일 남쪽 프린스턴에서 살며 대학에서 가르치고 있었습니다. 나중에는 정신분석을 받으러 뉴욕에 갔지요. 분석이 끝났을 때 — 그리고 1960년대가 끝났을 때 — 나는 시골로 떠났고 그 이후로 그곳에서 살았습니다.

그럼 뉴욕은 틀린 거로군요. 하지만 유대인 배경은 선생님 작업에서 영감의 주요한 원천입니다. 『굿바이, 콜럼버스』로부터 『유령 작가』에 이르기까지 내가 받은 인상은 소설가로서 선생님이 유대인 세계에 끌리는 것은 예상과는 달리 그것이 제공하는 비극적 가능성 때문이 아니라 그 모든 희극적 가능성 때문인 듯합니다. 그 점은 어떻게 설명하겠습니까?

나의 전기적 사실들에 의하면.

벨로나 맬러머드와 마찬가지로 나는 유대인 부모에게서 태어나 유대인으로 자의식을 갖고 성장했습니다. 그렇다고 유대인 전통에 따라 엄격하게 키워졌다거나 관습을 준수하는 유대인으로 성장했다는 것은 아니고 다만 유대인이라는 상황 속에 태어났다는 것인데, 그 영향을 아는 데는 오랜 시간이 걸리지 않았습니다.

나는 유대인이 지배적인 동네에 살았고 학생과 교사의 90퍼센트 정도가 유대인이었습니다. 이런 민족적 또는 문화적 집단 속에서 사는 것은 내 세대 미국인 도시 아이에게 특별한 일은 아니었습니다. 내 유년 동안 번창하고 번영하던 도시 뉴어크는 이제 악몽 같은 쇠퇴를 겪으며 인구도 줄고 흑인이 지배하는 곳이 되었지요. 하지만 1950년대 말까지는 독일, 아일랜드, 이탈리아,

동유럽, 러시아에서 밀려오는 이민의 물결에 의해 19세기 말과 20세기 초에 집중적으로 정착이 이루어진 여느 미국 산업도시들과 마찬가지로 주민이 나뉘어 있었습니다. 이민자들은 대체로 무일푼인 상태로 미국에 와서 슬럼에서 출발했는데, 거기에서 빠져나오자마자 새로운 생활방식에 적응하며 힘든 변화를 겪는 동안 익숙한 것이 주는 위로와 안정을 얻을 수 있는 동네를 도시 내에 형성했습니다. 이 동네들이 도시 내에서 서로 경쟁하고 다투고 또 약간은 외국인 혐오적인 하위문화들을 이루었지요. 그 각각은 자기 나름의 미국화된 스타일을 갖게 되었고, 제1차세계대전이 시작되면서 이민이 실질적으로 끝났을 때 해체되기보다는 성장하는 부와 안정성을 기반으로 수십 년에 걸쳐 미국 생활의 영구적 특징으로 바뀌었습니다.

내가 하고자 하는 말은 나의 미국은 내가 유대인 아이로서 성장할 수도 있었을 프랑스나 잉글랜드와는 전혀 닮지 않았다는 것입니다. 우리 소수와 그들 전부의 문제가 아니었습니다. 내가 본 것은 모든 사람이 소수라는 것이었습니다. 나는 단일한 덩어리를 이루는 다수에 의해 위협을 받으며—또는 그것에 도전하거나 경외심을 품으면서—성장하기보다는 경쟁하는 소수들로 이루어진 다수의 일부라는 느낌으로 성장했고, 그 가운데 누구도 우리 자신보다 부러운 위치에 있다는 느낌을 받지 않았습니다. 대학에 진학할 준비가 되었을 무렵 내가 그런 선택을 한 것은 놀랄 일이 아니었습니다. 나는 우리와 함께 이 나라에 산다고 이야기되는 이 이른바 미국인 가운데 누구도 정말이지 직접 안다고는 할 수 없었으니까요.

동시에 나는 나면서부터 놀랄 만한 감정적·역사적 크기를 지닌 유대인에 대한 정의에 둘러싸여 있었기 때문에 나로서는 그런 정의가 아무리 나 자신의 경험과 거리가 있다 해도 그것에 둘러싸여 있을 수밖에 없었습니다. 이 정의란 고난을 겪는 유대인, 조롱, 혐오, 경멸, 멸시, 비웃음의 대상, 살인을 포함하여 모든 극악한 형태의 박해와 잔혹 행위의 대상인 유대인이라는 것이었습니다. 그 정의는 나 자신의 경험으로 뒷받침되지는 않았다 해도, 나의 조부모와 그들 선조의 경험, 또 같은 시대 유럽인의 경험으로 뒷받침되었습니다. 유럽에서 유대인 삶의 이런 비극적 차원과 뉴저지에서 유대인으로 살아가는 일상적 삶이라는 실제 사이의 괴리는 내가 나 자신을 두고 어리둥절해서 하던 것이었으며, 실제로 두 가지 유대인 조건 사이의 거대한 불일치 속에서 나의 첫 이야기들 또 후에 『포트노이의 불평』을 세울 영토를 발견하게 됩니다.

그리고 그 딱지에서 마지막 단어인 "파"에 관해서 한마디하도록 하지요.

물론, 벨로, 맬러머드, 나는 어떤 뉴욕파도 형성하지 않습니다. 우리가 유대인파를 형성한다고 한다면, 그것은 오로지 각자가 자신의 유대인 배경의 편협성을 초월하고 한때 일화적이고 지역적인 색깔을 다루는 사람들의 ─ 그리고 옹호자, 골동품 수집가, 홍보자, 선전자의 ─ 상상의 자산이었던 것을 완전히 다른 의도를 가진 소설로 바꾸어놓을 각각의 수단을 발견했다는 의미에서인데, 이 소설은 여전히 무대의 구체성에 근거를 두고 있지요. 하지만 이런 유사성조차 우리의 나이, 성장배경, 지역적 기원, 계급, 기질, 교육, 지적 관심, 문학적 선행사건, 예술적 목표와 야망의 차이에서 나올 수밖에 없는 모든 것을 생각하면 아무것도 아니라고 할 수 있습니다.

물론 『유령 작가』는 유대인에 관한 것만은 아니죠. 그 주제 가운데 하나는 선생님이 "유대인에 관해 쓰기"라고 부른 것입니다. 젊은 네이선은 막 경력을 시작하려는 찰나에 적, 즉 반유대주의자에게 유대인을 밀고했다는, 그들에게 부역했다는 비난을 받습니다. 유대인에 관해 쓰는 것이 그렇게 문제가 되는 이유가 뭡니까?

그것이 문제가 되는 이유는 유대인에 대한 허구적 제시가 피해를 준다고 여겨 강하게 이의를 제기하는 유대인이 반드시 속물적이거나 망상에 사로잡혀서 그러는 게 아니라는 점입니다. 그들이 신경이 곤두서는 것에는 이유나 정당성이 없지 않지요. 그들은 반유대주의자에게 위로가 되거나 반유대주의적 고정관념을 확인해준다고 믿는 책을 원치 않습니다. 이런저런 유형의 반유대주의적 박해까지는 아니라 해도, 우리 사회의 구석구석에서 여전히 번져나가는 유대인 혐오에 피해를 본 유대인의 감정에 상처를 주는 책을 원치 않습니다. 자신들이 보기에 유대인의 자존심을 건드리는 책, 비유대인 세계에서 유대인의 위신을 높이는 데, 굳이 말하자면, 기여하지 않는 쪽에 속하는 책을 원치 않습니다. 금세기에 그렇게 많은 유대인이 겪은 무시무시한 일의 여파 속에서 그들의 걱정을 이해하는 것은 어려운 일이 아닙니다. 해소하기 어려운 충성의 갈등 문제가 발생하는 것은 바로 그것을 쉽게 이해할 수 있기 때문이지요. 내가 개인적으로 아무리 반유대주의를 싫어한다 해도, 그것이 실제로 조금이라도 표현되는 게 눈에 보이기만 하면 아무리 격분한다 해도, 아무리 그 피해자를 위로하고 싶다 해도, 소설이라는 작업에서 내가 하는 일은 유대인 수난자를 구조하거나 그들을 박해한 자들을 공격하거나 마음을 정하지 못한 사람들에게 유대인의 입장을 설파하는 것은 아니기 때문입니다. 나의 유대인 비판자들, 미국에는 그런 사람이 많은데, 그들은 내가 유대인의 입장을 설파하지 않으려고 안간힘을 쓴다고 말하곤 합니다. 이 문제를 두고 그들과 이십 년 이상 뜨거운 불화를 겪었지만, 나로서는 그것은 그들이 보는 방식이지 내가 보는 방식은 아니라고 한번 더 말할 수밖에 없습니다. 그것은 무익한 갈등입니다 — 바로 그래서 유대인에 관해 쓰는 것이 그렇게 문제가 되는 것이지요.

이야기를 나누기 전에 『유령 작가』를 읽으면서 나는 선생님이 네이선 주커먼이고 로노프 — 주커먼이 무척이나 존경하는 빈틈없고 금욕적인 나이든 작가 — 가 맬러머드와 싱어를 상상 속에서 합쳐놓은 인물이라는 것을 당연하게 받아들였습니다. 하지만 지금 보니 선생님은 로노프와 크게 다르지 않게 뉴잉글랜드에서 반 은둔생활을 하네요. 대부분의 시간을 쓰고 읽는 데 보내는 것 같습니다 — 말을 바꾸면, 인생의 대부분을, 로노프의 자기 묘사적 표현을 빌리면, "문장을 호전시키는" 데 쓰고 있습니다. 선생님이 로노프인가요? 아니면, 덜 직설적으로 말하자면, 선생님은 작가가 예술을 위해 인생으로부터 은둔한 상태를 유지해야 하는 은자, 스스로 정한 수도자라는 이념을 공유합니까?

예술은 인생이기도 합니다, 아시다시피. 고독도 인생이고, 명상도 인생이고, 허세도 인생이고, 불평도 인생이고, 사색도 인생이고, 언어도 인생이지요. 문장을 더 낫게 고치는 일을 하는 것은 자동차를 만드는 것보다 못한 인생인가요? 『등대로』를 읽는 것은 소젖을 짜거나 수류탄을 던지는 것보다 못한 인생인가요? 문학적 소명에 따른 고립 ─ 단지 깨어 있는 시간의 대부분 방에 혼자 앉아 있는다는 것보다 훨씬 많은 의미를 포함하는 고립 ─ 은 밖에 나가 야단법석 속에서 감각을 축적하거나 다국적 기업을 다니는 것만큼이나 인생과 큰 관련이 있습니다.

내가 로노프냐고요? 내가 주커먼이냐고요? 내가 포트노이냐고요? 그럴 수도 있다, 라고 생각합니다. 아직은 그럴 수도 있지요. 현재로서는 내가 책 속의 인물만큼 선명하게 윤곽이 잡혀 있는 건 전혀 아닙니다만. 나는 여전히 무정형의 로스지요.

내가 보기에 선생님은 미국 문화에서 감상적인 훈계의 흐름 때문에 특별히 반역적이 되는 것 같습니다. 동시에 자신의 미국적 유산을 열심히 주장하지요. 나의 마지막 질문은 지나치게 단순화시키려는 의도는 아니지만 매우 간단합니다. 선생님에게 미국은 무슨 의미입니까?

미국은 내가 나의 소명을 실천에 옮길 수 있는 가능한 한 최대의 자유를 허락합니다. 미국은 나의 소설에서 어떤 지속적인 기쁨을 맛본다고 내가 상상할 수 있는 유일한 문학적 독자 집단입니다. 미국은 내가 세상에서 가장 잘 아는 곳입니다. 세상에서 내가 아는 유일한 곳이지요. 나의 의식과 나의 언어는 미국에 의해 형성되었습니다. 나는 배관공이 미국 배관공이거나 광부가 미국 광부이거나 심장 의사가 미국 심장 의사라고 말하는 식으로 미국 작가는 아닙니다. 오히려 나에게 미국은, 심장 의사에게 심장, 광부에게 석탄, 배관공에게 부엌 싱크와 같지요.

『런던 선데이 타임스』 인터뷰[*]

비평가들이 이 삼부작을 직접적인 고백이라고 읽을 때 짜증이 날 거라고 상상이 됩니다. 주커먼을 필립 로스라고 말이죠. 하지만 가끔은 그런 식으로 읽지 않기가 어려워요.

그런 식으로 읽기가 아주 쉽지요. 그것이 그걸 읽는 데 가능한 가장 쉬운 방법입니다. 그럼 꼭 저녁 신문 읽는 것처럼 되지요. 내가 짜증이 나는 건 그게 저녁 신문이 아니기 때문이에요. 쇼는 헨리 제임스에게 이런 말을 한 적이 있어요. "사람들은 선생님한테서 예술작품을 원하는 게 아닙니다. 그들은 도움을 원합니다." 사

---

[*] 인터뷰 진행자는 잉글랜드의 시인이자 비평가이자 전기작가인 이언 해밀턴(1984).─원주

람들은 또 자신의 믿음을 확인하고 싶어하는데, 거기에는 작가에 관한 믿음도 포함되지요.

하지만 물론 저널리즘적인 접근은 불가피하겠죠 — 독자가 선생님에 관해, 필립 로스에 관해 알고 있거나 읽은 모든 것을 잊지 않는 한.

내 책들이 아주 설득력이 있어서 그들이, 이 독자들이 내가 그들에게 새빨갛게 달아오른 삶을 아무런 변형 없이, 살아온 그대로 내준다고 완전히 확신하는 것이라 해도, 글쎄요, 그게 소설가가 져야 할 최악의 십자가는 아니라고 봅니다. 나를 아예 안 믿는 것보다는 낫지요. 요즘 유행은 자신이 믿지 않는 책을 칭찬하는 겁니다. "이건 정말 훌륭한 책이야 — 나는 이 책을 전혀 믿지 않아." 하지만 나는 믿음을 원하고 그것을 얻으려 노력합니다. 그런데 이 모든 독자가 나의 작업에서 내 전기를 본다면 그들은 소설에 무감각한 것이지요 — 분장에, 복화술에, 아이러니에, 또 한 권의 책이 세워진 토대가 되는 수많은 관찰에 무감각한 것이고, 소설이 우리 자신의 현실보다 더 현실을 닮은 현실 환각을 창조하는 그 모든 장치에 무감각한 것이지요. 강의 끝. 아니면 이 이야기를 더 해야 하나요?

이 이야기를 그런 식으로 즐기고 계시니 조금 더 해보는 건 어떨까요? 『해부학 교실*The Anatomy Lesson*』에는 저명하고 막강한 문학평론가 밀턴 아펠이라는 인물이 나옵니다. 평자들은 이 사람을 자신 있게 어빙 하우와 동일시하더군요. 이걸 확인하거나 부인해달라고 요청하지는 않겠습니다. 하지만 일단 이런 동일시가 이루어지면 독자는 가끔 주커먼과 아펠 사이의 허구적 충돌을 무시해가면서라도 전기적 관심(즉 로스 대 하우)을 좇지 않기가 힘들게 된다는 생각은 합니다.

나는 싸움에서 이기려고 책을 쓰지는 않을 겁니다. 차라리 소니 리스턴*과 15라운드를 뛰겠어요. 적어도 그건 한 시간이면 끝이 나서 다시 잠자리로 돌아갈 수 있으니까요, 영원히 잘지는 모르지만. 하지만 책은 이 년이 걸립니다, 운이 좋았을 때. 하루 여덟 시간, 일주일에 이레, 일 년에 삼백육십오 일. 이야기할 상대라고는 창밖의 나무 한 그루밖에 없는 상태에서 방에 혼자 앉아 있어야 합니다. 거기 앉아 헛소리가 담긴 원고에 원고를 잇달아 써내면서 방치된 아기처럼 어머니의 젖 딱 한 방울을 기다려야 하지요.

싸움에서 이기려고 이렇게 하는 사람이 있다면 나보다 훨씬 제정신이 아닌 게 분명합니다. 더 화도 났고요. 밀턴 아펠이 이 책에 들어간 건 내가 어빙 하우에게 활자로 폭격을 당한 적이 있기 때문이 아닙니다. 아펠이 이 책에 들어간 건 작가가 된다는 것의 반은 분개한 상태로 있는 것이기 때문이에요. 또 옳은 상태로 있는 것이기 때문이고. 우리가 얼마나 옳은지 알아주면 좋겠군요. 자신이 잘못 전해지거나, 잘못 읽히거나, 읽히지 않은 것에 분노하지

---

* 세계 헤비급 챔피언(1962~1964)이었던 미국의 권투선수(1932~1971). ─ 원주

않는 작가, 또 자신이 옳다고 확신하지 않는 작가가 있으면 보여주세요.

나의 삼부작은 미국 작가, 그것도 유대인 작가의 소명에 관한 것입니다. 내가 불화와 망상과 분노를 빼놓는다면, 그들이 틀리고 우리가 옳다는 사실을 빼놓는다면, 나는 심지어 노벨상 수상자의 머릿속에서도 벌어지고 있는 일에 관한 아름답지 않은 진실 전체를 말하지 않는 셈이 될 겁니다. 나는 우연히도 노벨상 수상자를 두어 명 알고 있는데, 장담하거니와, 그들의 비평가들이 우리에 들어가 오번가를 끌려가며 내장을 뒤집어쓴다 해도 그들 또한 이의를 제기하지 않을지 모릅니다.

아펠은 정말이지 논쟁으로부터 상당히 잘 빠져나오더라고요 — 사실, 주커먼보다 잘. 사실 그들의 막판 전화 대화에서 주커먼 때문에 좀 당황하게 되는데요.

당연히 상대방에게 최고의 대사를 주지요. 그러지 않는다면 바보짓이죠.

그 오래된 아량.

네, 내 장기죠. 하지만 그건 또 우연히 필연이기도 합니다. 자신을 공격하는 것은 흥미롭습니다, 이기는 것보다 훨씬 흥미롭지요. 독설을 쏟아내고 입에 거품을 문다 해도 상대를 과소평가하면 책이 약해지지요. 나에게 작업, 글을 쓰는 작업이란 일인칭 광기를 삼인칭 광기로 바꾸는 겁니다. 아펠에 관해 마지막으로 한 가지만. 아펠에 대한 주커먼의 분노는 아펠보다는 주커먼의 신체적 조건과 관계가 깊어요. 작가로서 자발적인 자기 몰두가 그를 가두어놓는 데 부족하기라도 한 것인 양 그에게는 만성적 통증에 의해 촉발된 어쩔 수 없는 자기 몰두가 있지요.

주커먼의 신체적 통증이 없다면 이 책에 아펠도 없을 겁니다. 주커먼에게 플로렌스 나이팅게일들로 이루어진 하렘도 없을 겁니다. 나이 마흔에 의사가 되겠다고 시카고로 달아나 모든 땀구멍에서 퍼코댄*이 스며나오는 일도 없었을 겁니다. 이 책은 신체적 통증과 그것이 인간 자격을 엉망으로 만드는 이야기입니다. 주커먼이 싸울 수 있는 좋은 몸 상태라면 왜 자신이 『포피Foreskin』라고 이름을 붙인 유대인 잡지에서 문학적인 적들과 다투기까지 하겠습니까? 구태여 그러지 않을 겁니다.

하지만 그 통증은 진단되지 않기 때문에, 불가사의한 통증이기 때문에 우리는 그것을 상징적 통증, 아펠 같은 사람들에 의해, 일류 이하 여자들에 의해, 주커먼의 일이 되어가는 상태 등에 의해 찾아오는 통증으로 보게 될 수도 있습니다.

상징적 통증이요? 아마 그럴지도 모르지요. 하지만 진짜 어깨

---

* 진통제의 상표명.

에 생긴 건데요. 아픈 건 진짜 목과 어깨입니다. 그게 그를 죽이고 있지요. 통증의 문제는 그게 상징적으로 느껴지지 않는다는 겁니다, 문학 교수들은 다를지도 모르지만요.

선생님의 진단은 무엇입니까?

나의 진단은 그냥 이런 일들이 일어난다는 겁니다. 글을 쓸 때 나는 나 자신에게 말했습니다. "만성적 통증에 대해 알고 있던 누군가가 이 책을 읽고 '이거야, 바로 그래' 하고 말할 수 있기를 바란다." 나는 가능한 한 사실적이고 비상징적이기를 바랐습니다. 통증의 원인을 알지 못한다고 해서 그게 상징적인 게 되는 것은 아닙니다. 괴로움을 더 심하게 할 뿐이죠. 그렇다고 가령 주커먼이 자기한테 암이 있다는 걸 안다고 해서 그게 그에게 위로가 된다는 말은 아닙니다만. 가끔은 아는 게 더 나쁘기도 하고 가끔은 알지 못하는 게 더 나쁘기도 하지요. 내 책은 알지 못하는 것을 다룹니다. 보세요, 이 책에는 진단들이 많아요. 다른 모두가 알고 있습니다. 모두 그를 속속들이 이해하지요, 마치 아펠처럼. 그의 여자들 모두가 그에게 뭐가 문제인지 알아요. 심지어 그의 대머리를 치료하는 모발학자도 왜 그가 머리카락이 빠지는지 압니다. "과도한 압박감" 때문이라는 거죠. 이 책에는 주커먼이 뭐가 문제인지 아는 사람들이 빽빽해요. 진단은 그를 위로하는 사람들에게 맡겨두겠습니다. 나는 거기에서는 빠지려고요.

물론 주커먼은 고급 수준의 은유로, 수술로 철사를 이용해 입을 닫아 버리는 것으로 책을 끝냅니다.

주커먼은 진통제와 술을 지나치게 먹고 마신 뒤 눈에 갇힌 유대인 묘지에서 묘석에 넘어져 턱이 부서졌지요. 그게 뭐가 그렇게 은유적입니까? 늘 일어나는 일이지.

하지만 그는 완전히 침묵하게 되었습니다. 아픈 어깨 때문에 글을 쓰지 못하고, 부서진 입 때문에 말을 하지 못하죠.

일찍이 1957년에 나는 『뉴요커』에 「신앙의 수호자」라는 단편을 발표했습니다. 스물네 살이었고 그 일로 무척 흥분했지요. 그런데 단편이 실리자 『뉴요커』의 많은 유대인 독자가 분노했습니다. 그 가운데는 저명한 뉴욕 랍비도 있었는데 그가 브나이 브리스*의 반명예훼손 연맹에 항의 편지를 보냈습니다. 이 단체는 수십 년 동안 미합중국 법원에서 반유대인 차별과 싸워온 훌륭한 조직이었습니다. 그 랍비의 편지 가운데 한 줄이 절대 잊히지 않습니다. "이자를 침묵시키기 위해 무슨 일을 하고 있습니까?" 뭐, 그들을 칭찬해주어야겠지만, 그들은 그런 시도를 한 번도 하지 않았습니다. 자유로운 나라, 미국인 거고, 유대인보다 그것을 높이 평가하는 사람은 아무도 없습니다. 하지만 나는 그 말을 기억

---

* 유대인 문화 교육 촉진 협회.

했습니다. 이자를 침묵시키기 위해 무슨 일을 하고 있는가? 이 책을 쓰는 동안 그 생각이 났습니다. 그래서 주커먼의 턱을 부순 겁니다. 그 랍비를 위해 한 일이지요.

그러니까 명예훼손 혐의는 일찍부터 시작된 거네요?

내가 글을 발표하기 시작할 때부터 시작됐지요. 그 덕분에 나는 미국인 동료 대부분과는 약간 구분되는 경력을 갖게 되었습니다. 아직 포대기에 싸여 있는 상태에서 위험한 사람으로 간주된 셈이니까요. 출발선부터 밀어닥친 그 격한 분위기는 그 나름의 이상한 방식으로 다른 경우였다면 얻지 못했을 방향성과 강조점을 나의 글쓰기에 부여했던 것 같습니다. 그런 공격을 무시하기는 어렵지요, 더군다나 스물넷에. 당시에 나는 두 가지 어리석은 일을 했습니다. 나 자신을 설명하기 시작한 것과 나 자신을 방어하기 시작한 것. 나는 지금도 그러고 있는 게 분명합니다.

선생님의 입장을 어떻게 밝혔습니까?

나는 회당과 성전과 유대인 공동체 센터로부터 연설 초청을 받았고, 나가서 말했습니다. 질문 시간에 사람들이 일어서서 나에게 소리를 질렀습니다. 결과적으로는 좋은 일이었지요. 나는 소리를 지르는 그들에게 끌려 영문과 밖으로 나오게 되었으니까요. 밖에는 진짜 사람들이 있었고 그들은 격앙되어 있었습니다. 자신

이 읽은 것에 관하여 글을 쓰는 사람들이 아니었습니다 — 그들
은 광분 상태였지요. 얼마나 놀랍던지.

그래서 『포트노이의 불평』을 쓸 무렵 선생님에게는 이미 말하자면
격앙된 유대인 독자군이 있었던 거로군요?

고마워하는 유대인 독자군도 있었습니다. 심지어 소수지만 이
방인도 나를 읽고 있었고요. 하지만 나를 폄하하는 유대인에 관
해 말하자면, 네, 그들은 멈추려 하지 않았습니다. 내가 무엇을 쓰
든 누그러지지 않았어요. 그래서 마침내 나는 생각했습니다. "자,
너희가 그걸 원하니 내가 그걸 너희에게 주겠다." 그래서 포트노
이가 나온 거지요, 작은 구멍으로 분출한 거예요.

선생님 자신의 가족은 어땠습니까? 어떤 반응을 보이던가요?

나를 공격하는 것에 대해서요? 그들은 어리둥절했지요. 상처
를 받았고요. 이웃으로부터 내가 부적절하다는 이야기를 많이 들
었습니다. 나에 관한 강연을 들으러 성전에 가기도 했지요, 초등
학교 때처럼 그들이 자신들의 아들에게 별을 달아주기를 기대하
면서요. 그런데 연단에서 하는 이야기를 들어보면 그 세월 동안
내 방에서 자고, 그들과 식탁에서 함께 먹던 아이가 자기혐오에
사로잡힌 반유대주의적 유대인인 거예요. 어머니는 아버지를 눌
러 자리에 앉혀야 했지요, 아버지가 너무 화가 났기 때문에. 아니,

그들은 괜찮았습니다. 소설에서 자신들이 아는 사람을 너무 많이 알아볼 수 있었기 때문에 내가 묘사한 사람들이 뉴저지를 돌아다닌 적이 없다고는 생각할 수가 없었던 거지요.

그렇다면 선생님의 아버지는 주커먼의 아버지와 같지 않네요. 주커먼의 아버지는 임종을 맞을 때 아들이 쓴 책 때문에 아들을 저주하는데?

나는 같다고 한 적이 없습니다. 선생님은 지금 내가 문학사상 어떤 것도 꾸며낸 적이 없는 유일한 소설가라고 확신하는 그 모든 영악한 서평자들의 이야기를 내 생각으로 착각하는 겁니다.

이 최근의 두 책에서 주커먼은 사별을 겪습니다. 두번째 책 『풀려난 주커먼Zuckerman Unbound』에서 그의 아버지는 아들을 "나쁜 새끼"라고 하며 죽습니다. 『해부학 교실』에서 주커먼의 어머니는 죽고 주커먼에게 종이 한 장이 남겨지는데 거기에 그의 어머니는 "홀로코스트"라고 써놓았습니다.

그녀는 뇌종양으로 죽어갑니다. 신경과 의사가 그저 그녀의 상태가 어떤지 확인하러 병실로 찾아와 종이에 이름을 적어보라고 합니다. 이게 1970년 마이애미비치에서 벌어지는 일입니다. 그녀는 이름 외의 다른 글이라고는 색인 카드에 적는 조리법, 뜨개질 지침, 감사 편지밖에 써본 적이 없는 사람입니다. 의사가 손에 펜을 주며 이름을 써달라고 하자 그녀는 "셀마"라고 쓰는 대신 "홀로코스트"라고 씁니다, 철자도 완벽하게요. 의사는 그것을 버릴 수가 없어 그녀가 죽은 뒤 주커먼에게 주죠. 주커먼도 그것을 버릴 수가 없어 지갑에 넣고 다니고요.

왜 버리지 못하는 거죠?

누가 버릴 수 있겠습니까? 주커먼이 알든 모르든 그 말을 버리지 못하고 늘 가지고 다니는 사람은 그만이 아닙니다. 이 말이 없으면 네이션 주커먼도 없지요, 주커먼의 곤경에 빠진 주커먼은 없습니다. 발 치료사 아버지도, 그가 임종 때 하는 욕도 없고, 사납게 응징에 나서는 치과 의사 형도 없지요. 물론 주커먼이 『유령 작가』에서 안네 프랑크였을 수도 있다고 즐겨 상상하는 젊은 여자 에이미 벨렛도 없습니다. 도덕적 법령과 고결한 의무를 가진 밀턴 아펠도 없습니다. 그리고 주커먼도 우리 안에 있지 않겠지요. 그 말을 ─ 그것과 더불어 역사적 사실도 ─ 가져가버리면 이 주커먼 책들도 다 없을 겁니다.

하지만 이 책들의 제재가 홀로코스트였다고 말씀하는 건 아니잖습니까?

물론 아니지요 ─ 스타이런의 소설 『소피의 선택』에서 중심에 놓인 제재인 것처럼 제재가 되는 것은 당연히 아니지요. 나 같은

작가에게는 스타이런 같은 기독교도 미국인의 경우와는 달리 홀
로코스트를 그렇게 노골적으로 제재로 채택하고, 거기에 그렇게
많은 도덕적이고 철학적인 사변을 쏟아내고, 그렇게 애써 참혹하
고 분통 터지는 일을 꾸며내야 할 유인, 또는 묘한 말이지만, 심
지어 필요성 같은 게 없습니다. 그것은 유대인의 삶에서는 덜 눈
에 띄게, 덜 극적으로 작용해요. 나도 소설에서 그것을 그런 식으
로 다루는 걸 더 좋아합니다. 대부분의 사유하는 유대인에게, 내
생각으로는, 그것은 그냥 거기 있는 거예요, 감추어진 채, 가라앉
은 채, 떠오르고, 사라지고, 잊히지 않고. 그걸 이용하지는 않지
요─그게 우리를 이용합니다. 그건 당연히 주커먼을 이용합니
다. 이 세 책에는 이것을 한 권으로 냈을 경우 느껴지게 되기를
바라는 어떤 주제의 구조가 있습니다. 그렇다고 모두가 나의 개
념적 웅장함에 깜짝 놀라 어쩔 줄 모르게 될 거라는 뜻은 아닙니
다. 그저 주커먼의 지갑 속 작은 종잇조각이 그렇게 작아 보이지
는 않을 수도 있다는 거지요.

『파리 리뷰』 인터뷰*

새 책은 어떻게 시작하나요?

책을 시작하는 것은 불쾌한 일입니다. 인물과 곤경이 전혀 확실치가 않은데, 곤경에 처한 인물에서 시작을 해야 하거든요. 제재를 모르는 것보다 나쁜 게 그것을 다루는 방법을 모르는 겁니다. 그게 결국에는 모든 것이니까요. 그런 상태에서 타자기로 서두를 쳐나가는데, 그건 끔찍하지요. 나는 이전 책에서 떨어져나오고 싶은데 이건 그것의 무의식적 패러디에 가까우니까요. 나한테는 책의 중심으로 파고들어갈 뭔가, 모든 것을 그곳으로 끌어

---

* 인터뷰 진행자는 전기 작가 허마이어니 리(1985). — 원주

당길 자석이 필요합니다—그게 내가 새로운 것을 쓰는 첫 몇 달 동안 찾는 겁니다. 백 페이지 이상을 써나가고 나서야 살아 있는 한 문단이 나오는 경우도 많지요. 좋아, 나는 혼자 말하지요, 그게 네 출발점이야, 거기에서 시작해. 그게 책의 첫 문단이 됩니다. 그 뒤에 첫 여섯 달 동안 해온 작업을 검토하고 안에 생명이 좀 들어가 있는 한 문단, 한 문장, 가끔은 한 구절에 불과한 것에 빨간 줄을 긋고, 그런 다음 그걸 모두 한 페이지에 쳐놓지요. 보통은 한 페이지를 넘지 않지만, 운이 좋으면, 그게 일 페이지의 출발점이 됩니다. 소설의 분위기를 결정할 생기를 찾는 과정이지요. 끔찍한 출발 뒤에는 몇 달에 걸친 자유분방한 놀이가 이어지고, 그런 놀이 뒤에는 위기들이 찾아와 재료에 등을 돌리고 책을 미워하게 됩니다.

시작하기 전에 책에서 얼마나 많은 부분이 마음속에 있습니까?

가장 중요한 것은 거기에 아예 없습니다. 문제에 대한 해법을 말하는 게 아니고 문제 자체를 말하는 겁니다. 시작할 때는 나에게 저항할 만한 것을 찾습니다. 골치 아픈 걸 찾는 거지요. 출발점에서는 가끔 글을 쓰는 게 어렵기 때문이 아니라 충분히 어렵지 않기 때문에 불확실성이 생기기도 합니다. 잘 써진다는 건 아무 일도 벌어지지 않고 있다는 증거일 수 있지요. 나에게 잘 써진다는 건 멈추라는 신호이고, 반면 어둠 속에서 한 문장 한 문장 나아간다는 건 계속 가라는 확신을 주는 신호지요.

출발점이 꼭 있어야 하나요? 끝에서부터 시작하면 안 되나요?

아마도 나야말로 끝에서부터 시작하는 사람일 겁니다. 나의 첫 페이지는 결국 일 년 뒤에 이백 페이지에 가 있기도 하지요, 물론 그 페이지가 계속 남아 있을 때 이야기지만.

사용하지 않고 놓아둔 백 페이지 정도는 어떻게 됩니까? 나중을 위해 보관해두나요?

일반적으로 다시는 보지 않는 쪽을 선호합니다.

하루 중 어느 특정한 시간에 일이 잘 되나요?

나는 거의 매일, 온종일, 아침과 오후에 일을 합니다. 그렇게 이삼 년 앉아 있으면 결국 책을 한 권 손에 쥐게 되지요.

다른 작가들도 그렇게 오랜 시간 일을 한다고 생각하나요?

작가들한테 일하는 습관에 관해 묻지는 않습니다. 사실 관심이 없어요. 조이스 캐럴 오츠는 어딘가에서 작가들이 서로에게 언제 일을 시작하느냐, 언제 끝내느냐, 점심 먹는 데는 얼마나 걸리느냐 묻는 것은 사실 "저 사람도 나만큼 미쳤나?"를 알아내려는 것이라고 말한 적이 있습니다. 나는 그 질문에 대한 답이 필요하지 않아요.

독서가 쓰는 글에 영향을 주나요?

작업을 하고 있을 때는 늘 읽지요, 대개 밤에. 그게 회로를 열어두는 한 방법입니다. 당면한 일로부터 좀 쉬면서 내 작업 방향에 관해 생각해보는 방법이지요. 전체적인 강박에 연료를 제공한다는 점에서 도움이 되지요.

진행중인 작업을 누군가에게 보여주나요?

나의 실수들이 익어서 때가 되어 터지는 게 더 유용합니다. 글을 쓰면서 필요한 이의제기는 모두 나 자신이 하고, 또 아직 반도 끝나지 않았다는 것을 잘 아는 상황에서 칭찬이란 나에게 의미가 없지요. 절대로 더는 갈 수가 없는 상황에 이르러 이제 끝났다고 믿고 싶은 마음이 들기 전에는 아무도 내가 하는 작업을 보지 않습니다.

쓸 때 로스 독자를 염두에 둡니까?

아니요. 가끔 반反 로스 독자는 염두에 둡니다. 이런 생각을 하죠. "이걸 얼마나 싫어할까!" 그것도 나에게 필요한 격려가 될 수 있습니다.

소설을 쓰는 마지막 단계가 선생님이 재료에 등을 돌리고 작품을 싫어하는 "위기"가 될 수 있다고 말씀하셨죠. 늘 이런 위기가 있는 건가요, 모든 책에?

늘 있습니다. 몇 달 동안 원고를 보면서 "이건 잘못됐어 — 그런데 뭐가 잘못됐지?" 하고 말합니다. 나 자신에게 묻지요. "만일 이 책이 꿈이라면 이건 무엇에 관한 꿈일까?" 하지만 이런 질문을 하면서 동시에 내가 쓴 것을 믿으려 하고, 이게 글이라는 것을 잊고 실제로는 그렇지 않아도 "이건 일어났던 일이야" 하고 말하려 합니다. 요는 자신이 꾸며낸 것을 꿈으로 이해될 수 있는 하나의 현실로 인식한다는 거지요. 요는 살과 피를 문학의 인물로 바꾸고 문학의 인물을 살과 피로 바꾸는 겁니다.

그 위기에 관해 더 이야기해주시겠습니까?

『유령 작가』에서 이 위기 — 많은 위기 가운데 하나 — 는 주커먼, 에이미 벨렛, 안네 프랑크와 관련이 있었습니다. 안네 프랑크로서의 에이미 벨렛이 주커먼 자신의 창조라는 것을 보기가 쉽지 않았지요. 여러 대안을 거쳐간 다음에야 나는 그녀가 그의 창조일 뿐 아니라 그녀 자신의 창조일 수도 있다고, 젊은 여자가 주커먼의 발명 안에서 자신을 발명한 것이라고 결정을 내렸습니다. 혼미나 혼란 없이 그의 환상을 풍부하게 하는 것, 모호한 동시에 명료해지는 것 — 자, 그것이 여름과 가을 내내 나의 글쓰기 문제였습니다. 『풀려난 주커먼』에서 그 위기는 책이 시작할 때 주커먼의 아버지가 이미 죽어 있지 않았어야 한다는 것을 보지 못한 결과였습니다. 결국 나는 그 죽음이 책의 마지막에 와야 한다는 것을 깨달았지요, 전하는 바에 따르면 아들의 신성모독적인 베스트셀러의 결과로서. 하지만 출발할 때는 그것을 뒤집어놓았고, 그 결과 몇 달 동안 물끄러미 보고 있었지만 아무것도 눈에 들어오지 않았지요. 책이 앨빈 페플러로부터 벗어나는 쪽으로 방향을 틀기를 바란다는 것은 알았지만 — 나는 한쪽 방향으로 증기 롤러를 밀고 나가다가 깜짝 놀라게 되는 걸 좋아합니다 — 가장 처음에 쓴 초고의 전제를 포기하지 못하다가 마침내 암살, 죽음의 위협, 장례, 장례식장에 대한 이 소설의 강박적 관심이 주커먼의 아버지의 죽음에서 벗어나기보다는 그쪽을 향해 간다는 것을 보게 되었습니다. 사건들을 늘어놓는 방식이 나를 속수무책으로 묶어놓을 수도 있고 흐름을 재배치하면 갑자기 서둘러 결승선으로 뛰쳐나갈 자유를 얻을 수도 있습니다. 『해부학 교실』에서 내가 발견한 것 — 너무도 오래 머리로 타자기를 두들긴 끝에 — 은 주커먼이 의사가 되려고 시카고행 비행기를 타는 순간 포르노그래피 작가를 흉내내기 시작해야 한다는 것이었습니다. 도덕적 스펙트럼의 양쪽 끝에 고집스러운 극단주의가 있어야 했고, 자기 변화를 위한 탈출-꿈들 각각은 반대편 것의 의미를 전복하고 의도를 조롱하는 것이어야 했습니다. 만일 그가 오로지 높은 도덕적 열의에 추동되어 오직 의사가 되고자 하는 마음으로 떠났다면, 또는 그냥 포르노그래피 작가를 흉내내고 돌아다니면서 그 무정부적이고 타인을 소외시키는 분노를 토해냈다면, 그는 내가 택한 사람이 되지 않았을 겁니다. 그에게는 두 가지 지배적 양식이 있습니다. 자기희생의 양식, 그리고 다 좇까 양식. 나쁜 유대인 소년을 원한다, 그러면 그걸 얻게 됩니다. 그는 한쪽을 택하면 다른 쪽은 쉬는데, 보다시피 그건 휴식이라고 하기 힘들지요. 주커먼에서 나의 흥미를 끄는 것은 모두가 분열되어 있지만 이 경우처럼 공개적으로 그런 사람은 거의 없다는 겁니다. 모든 사람이 금과 균열로 가득하지만, 보통 우리는 사람들이 분열된 자리를 감추려고 아주 열심히 노력하는 것을 보게 되지요. 대부분의 사람이 정신적 외상을 간절히 치료하고 싶어하고, 또 치료하려고 계속 노력합니다. 하지만 가끔 그것을 감추는 것이 치료하는 것으로 (또는 그런 외상이 없는 것으로) 받아들여지기도 하지요. 하지만 주커먼은 둘 다 성공적으로 해낼 수 없고 삼부작 끝에 가서는 자기 자신에게도 그것을 증명합니다. 그의 삶과 그의 작업을 결정한 것은 결코 깨끗하게 부러지지 않는 것 속에 있는 골절선들입니다. 나는 그 선들을 좇아가는 데 관심이 있었습니다.

네이선 주커먼이 될 때 필립 로스에게는 어떤 일이 일어나나요?

네이선 주커먼은 연기입니다. 그것은 모두 흉내의 기술이에요, 안 그래요? 그게 근본적인 소설가의 재능이죠. 주커먼은 포르노그래피 작가를 흉내내는 의사가 되고 싶어합니다. 나는 포르노그래피 작가를 흉내내는 의사가 되고 싶어하는 작가를 흉내내는 책을 쓰고 싶어하는 작가입니다 — 그런 다음에는, 그는 잘 알려진 문학 비평가인 척해서 연기를 복잡하게 만들고 가장자리에 철조망을 치지요. 가짜 전기, 허위 역사를 만들고 내 삶의 실제 드라마로부터 반半 상상의 존재를 지어내는 것이 바로 나의 삶입니다. 이 일에는 약간의 즐거움이 있어야 하는데, 그게 바로 그겁니다. 변장하고 돌아다니는 것. 인물을 연기하는 것. 자신이 아닌 것으로 행세하는 것. 척하는 것. 음흉하고 교활한 가면극. 복화술사를 생각해보세요. 그는 자신에게서 멀리 있는 어떤 사람으로부터 자기 목소리가 나오는 것처럼 보이게 말합니다. 하지만 그가 관중의 시야에 들어오지 않는다면 관중은 그의 기술에서 전혀 즐거움을 얻지 못할 겁니다. 그의 기술은 존재하는 동시에 부재하는 것으로 이루어집니다. 그는 같은 순간에 다른 사람인 척함으로써 자기 자신에 가장 가까워지지만, 막이 내려가면 둘 가운데 누구도 "아닙니다". 작가가 흉내 행위에 완전히 몰입하기 위하여 자신의 전기를 반드시 버릴 필요는 없습니다. 버리지 않을 때 더 흥미로워질 수도 있지요. 그것을 왜곡하고, 희화화하고, 패러디하고, 괴롭히고 전복하고, 그것을 활용하지요 — 이 모두가 전기에 말로 이루어진 삶을 자극하는 그 차원을 부여하기 위한 것입니다. 물론 수많은 사람이 늘 이 일을 하면서도 문학을 만든다는 정당화는 하지 않습니다. 진심으로 그렇게 하지요. 자신의 진짜 얼굴이라는 가면 뒤에서 사람들이 어떤 거짓을 유지할 수 있는지 알면 놀랍지요. 간통자의 기술을 생각해보세요. 엄청난 압박을 받으며 어마어마하게 불리한 조건에 맞서, 진짜 무대에 올라가면 자의식 때문에 얼어버릴 보통의 남편과 부인들이 가정이라는 극장에서는 배신당한 배우자라는 관객 앞에서 혼자 흠잡을 데 없는 연극적 기술로 순수하고 충실한 역할을 연기합니다. 아주 작은 세부사항에 이르기까지 천재적으로 생각해낸 훌륭하기 짝이 없는 연기이고, 흠 하나 없이 꼼꼼하고 자연스러운 연기인데, 이 모든 것을 생짜 아마추어가 해내는 겁니다. 사람들은 아름답게 "자기 자신"인 척하지요. 가장하는 것은 아주 은근한 형태를 취할 수 있습니다, 알다시피. 직업적으로 척하는 사람인 소설가가 아내를 속이는 교외의 둔감하고 상상력 없는 회계사보다 조금이라도 덜 능숙하거나 조금이라도 더 믿을 만할 이유가 어디 있겠습니까? 잭 베니*는 구두쇠인 척하곤 했습니다, 기억하세요? 자신을 거명하면서 인색하고 비열하다고 주장했지요. 이렇게 하는 것이 그의 희극적 상상력을 자극했습니다. 그가 UJA**에 수표를 써주고 친구들을 데리고 나가 저녁을 사주는 그저 또 한 명의 착한 사람이었다면 아마 그렇게 웃기지 않았을 겁니다. 셀린***은 좀 무관심하고, 심지어 무책임한 의사인 척했습니다. 실제로는 진료 일을 열심히 하고 환자들 문제에서는 양심적이었던 것으로 보이는데도요. 그럼 재미가 없거든요.

아니, 재미있습니다. 훌륭한 의사가 되는 건 재미있지요.

---

* 미국의 연예인(1894~1974). 보드빌과 영화의 스타였고 라디오(1932~1958)와 텔레비전(1950~1965)에서 주간 〈잭 베니 프로그램〉의 진행자였다. ─ 원주

** United Jewish Appeal. 유대인 호소 연합. ─ 원주

*** 루이페르디낭 셀린(1894~1961. 본명은 루이페르디낭 데투셰). 프랑스의 소설가이자 의사로,『밤 끝으로의 여행』(1932)의 저자. ─ 원주

윌리엄 칼로스 윌리엄스*에게는 그럴지도 모르지요, 하지만 셀린은 아닙니다. 헌신적인 남편, 지적인 아버지, 뉴저지주 러더퍼드에서 충실한 가정의가 되는 것은 선생님에게, 또는 이 문제에서라면 나에게도 그런 것처럼 셀린에게도 존경할 만한 일로 보였을지 모르지만, 셀린의 글은 보통 사람의 목소리와 자신의 무법자 측면(상당하지요)으로부터 힘을 끌어냈고, 그렇게 해서 잭 베니가 금기와 장난질을 하며 자신을 구두쇠로 창조한 것과 약간 비슷한 방식으로 위대한 소설들을 쓴 셀린을 창조했습니다. 작가란 자신이 가장 잘하는 연기를 하는 연기자라는 것을 이해하지 못한다면 대단히 순진한 것이 틀림없습니다―특히 그가 일인칭 단수의 가면을 쓰고 있을 때. 그것은 두번째 자아를 위한 가장 훌륭한 가면일 수 있습니다. 일부는 (다수는) 자기 자신보다 더 사랑스러운 척하고 일부는 덜 그런 척합니다. 그건 중요하지 않지요. 문학은 도덕적 미인 대회가 아닙니다. 그 힘은 성공적으로 흉내를 내는 권위와 대담성에서 옵니다. 그것이 불러일으키는 믿음이 중요한 거지요. 작가에 관해 물어야 하는 질문은 "왜 그는 그렇게 형편없이 행동하느냐?"가 아니라 "이 가면을 써서 그가 무엇을 얻느냐?"이어야 합니다. 나는 베케트가 흉내내는 재미없는 몰로이**를 존경하지 않듯이 주네가 자기 자신으로 제시하는 주네***를

---

* 미국의 시인이자 의사. 뉴저지주 러더퍼드는 그가 살던 곳.
** 베케트의 소설 『몰로이』(1951)에서. ― 원주

존경하지 않습니다. 내가 주네를 존경하는 것은 그가 그 주네가 누구인지 잊지 못하게 하는 책을 쓰기 때문이지요. 레베카 웨스트****는 아우구스티누스에 관해 쓰고 있을 때 그의 『고백록』은 주관적으로 너무 진실하기 때문에 객관적으로 진실할 수 없다고 말했지요. 나는 주네와 셀린의 일인칭 소설도 그렇다고 생각합니다. 콜레트*****의 경우도 그렇고요. 『족쇄』와 『방랑하는 여인』 같은 책들. 곰브로비치에게는 『포르노그래피아』라는 제목의 소설이 있는데, 그는 거기에서 자신을 하나의 인물로 소개하고 자신의 이름을 사용합니다 — 자신을 어떤 매우 수상쩍은 절차에 더 잘 연루시켜 삶에 도덕적 공포를 가져오게 하려는 것이지요. 또 다른 폴란드인 콘비츠키******는 마지막 두 소설 『폴란드 콤플렉스』와 『작은 묵시록』에서 "콘비츠키"를 중심인물로 소개하여 독자와 서사 사이의 간극을 없애려 합니다. 그는 자신을 흉내내서 이 소설이 진짜라는 — "허구"로 무시하지 말라는 — 환각을 강화

*** 프랑스의 시인, 에세이스트, 소설가 장 주네(1910~1986). 매춘부의 사생아로 태어났으며 작가가 되기 전에는 잡범이었다. 『장미의 기적』(1946)과 『도둑 일기』(1949) 같은 자전적 소설에서 동성애자와 사기꾼의 인생에 관해 솔직하게 썼다. — 원주
**** 영국 작가 레베카 웨스트(1892~1983)의 연구 논문 「성 아우구스티누스」(1933)에서. — 원주
***** 프랑스 소설가(1873~1954)로 『방랑하는 여인』(1910) 『족쇄 L'Entrave』(1913) 『셰리 Cheri』(1920)의 저자. — 원주
****** 『페르디두르케』(1937) 『트란스아틀란티크』(1953) 『포르노그라피아』(1960)를 쓴 폴란드 소설가 비톨트 곰브로비치, 『우리 시대의 해몽서 A Dreambook for Our Times』(1963) 『폴란드인 콤플렉스 The Polish Complex』(1977) 『작은 묵시록 A Minor Apocalypse』(1979)을 쓴 폴란드 소설가 타데우시 콘비츠키(1926~2015). — 원주

하지요. 이것은 모두 잭 베니까지 거슬러올라갑니다. 하지만 이것이 사심 없는 일일 수는 없다는 말을 덧붙일 필요가 있을까요? 나에게 글이란 물고기가 헤엄을 치고 새가 날듯이 그냥 계속하게 되는 자연스러운 일이 아닙니다. 어떤 종류의 자극, 특정한 긴박성하에서 이루어지는 일이에요. 그것은 정교한 흉내를 통하여 개인적 비상 상황을 공적인 연기/행동으로 바꾸는 것이지요. 자신의 존재로부터 자신의 도덕적 구조에 이질적인 특질들을 뽑아내는 매우 힘겨운 정신적 노력이 될 수도 있지요 — 독자에게만큼이나 작가에게도 힘든. 그러다 결국 복화술사나 흉내를 내는 연기자보다는 칼을 삼키는 곡예사가 된 듯한 느낌으로 끝나고 말 수도 있지요. 가끔은 말 그대로 자신을 넘어선 것에 이르기 위해 자기 자신을 아주 가혹하게 이용하기도 합니다. 사람들은 자신이 보여주고 싶어하는 것과 감추고 싶어하는 것에서 본능을 따라가지만 흉내내는 연기자는 그런 일반적인 인간적 본능에 빠져들 여유가 없지요.

소설가가 흉내를 내는 연기자라면 자서전은 어떨까요? 예를 들어 마지막 두 주커먼 소설에서 아주 중요한 부모의 죽음과 선생님 자신의 부모가 죽은 것의 관계는 뭘까요?

내 부모의 죽음과 나의 1962년 소설 『놓아버리기』에서 맹아적인 사건인 게이브 왈리크의 어머니의 죽음 사이의 관계를 물어보는 게 어떨까요? 아니면 1955년 『시카고 리뷰』에 실린 나의 첫 발표작 「눈이 온 날 *The Day It Snowed*」의 핵심에 자리잡은 아버지의 죽음과 장례에 관해 물어보는 게? 아니면 『욕망의 교수』에서 전환점을 이루는 캣스킬 호텔 주인의 부인인 케페시의 어머니의 죽음에 관해 물어보는 게? 부모의 죽음이 주는 끔찍한 충격은 나 자신의 부모가 다 문제없이 살아 있을 때부터 쓰기 시작한 것입니다. 소설가들은 자신에게 실제로 일어난 일만큼이나 일어나지 않은 일에 관심을 가지는 경우가 많지요. 순진한 사람에게는 벌거벗은 자서전으로 받아들여질 수도 있는 것이 사실은, 내가 주장해온 대로, 거짓 자서전이나 가설적 자서전이나 과대하게 확대된 자서전일 가능성이 큽니다. 우리는 경찰서에 가서 저지르지도 않은 범죄를 자백하는 사람들을 알지요. 예, 작가들도 가짜 자백에 매력을 느낍니다. 소설가들은 심지어 다른 사람들에게 일어나는 일에도 관심을 가지며, 어디에나 있는 거짓말쟁이나 사기꾼처럼 다른 사람에게 일어난 극적인 일, 끔찍한 일, 머리카락이 쭈뼛 서는 일, 멋진 일이 자기한테 일어난 척하는 경향이 있습니다. 주커먼의 어머니 죽음의 신체적인 특징들과 정신적 환경은 나 자신의 어머니가 죽은 것과는 거의 관계가 없습니다. 아주 친한 친구의 어머니가 죽은 것 ─ 그녀가 고생한 이야기를 내 친구가 해주었는데 이야기를 해주고 나서 시간이 많이 흐른 뒤에도 그것이 내 마음에 박혀 있었습니다 ─ 이 『해부학 교실』에서 어머니의 죽음과 관련된 가장 두드러진 디테일을 제공해주었지요. 마이애미비치에서 어머니의 죽음을 두고 주커먼을 위로하는 흑인 여자 청소부는 필라델피아에 사는 오랜 친구들의 가정부를 모델로 한 것이고요. 지금 못 본 지 십 년쯤 되었고, 내 가족 가운데 나 말고는 아무도 본 적이 없습니다. 나는 늘 그녀가 말하는 짜릿한 방식에 매혹되었는데, 적당한 순간이 왔을 때 그걸 사용한 겁니다. 하지만 그녀가 하는 말은 내가 꾸며낸 거지요. 올리비아, 플로리다의 여든세 살 먹은 흑인 여자 청소부, 그건 나입니다.

잘 아시다시피, 흥미를 끄는 전기적 쟁점 — 사실상 핵심적이기도 한 쟁점 — 은 작가가 자신에게 일어난 어떤 일을 쓰는 경향이 있다는 것이 아니라 그가 그것을 어떻게 쓰느냐이고, 이것은 제대로 이해하면 그가 그것을 왜 쓰는지 이해하는 데까지 나아가게 해줍니다. 더 흥미로운 문제는 일어나지 않은 일은 왜 또 어떻게 쓰느냐입니다 — 회상에 의해 영감을 얻거나 제어된 것에 가설적이거나 상상된 것을 어떻게 집어넣느냐, 또 회상된 것이 어떻게 전체적인 환상을 낳느냐. 그런데 나는 『풀려난 주커먼』의 클라이맥스를 이루는 아버지의 죽음이 어떤 자서전적 관련성이 있는지 물어볼 가장 좋은 사람은 뉴저지주 엘리자베스에 사는 나 자신의 아버지라고 봅니다. 전화번호를 드리도록 하지요.

그렇다면 선생님의 정신분석 경험과 정신분석을 문학적 책략으로 사용하는 것 사이의 관계는 무엇입니까?

내가 분석을 받지 않았다면 『포트노이의 불평』을 그런 식으로 쓰지 않았을 것이고, 『남자로서의 나의 삶』을 그런 식으로 쓰지 않았을 것이고, 『젖가슴』은 지금과 닮은 모습이 아닐 겁니다. 나도 나 자신과 닮은 모습이 아닐 겁니다. 정신분석 경험은 아마도 신경증 환자로서보다는 작가로서 나에게 더 유용했을 겁니다, 이런 구분이 가짜일 수도 있지만. 그것은 내가 곤란에 처한 사람들 수만 명과 공유한 경험이며, 사적 영역에서 작가를 자신의 세대, 자신의 계급, 자신의 순간과 그만큼 강력하게 결합하는 것이 있다면 어떤 것이라도 그에게 대단히 중요하지요, 나중에 그가 자신을 분리해서 그 경험을 객관적으로, 상상력을 동원하여 글쓰기 클리닉에서 검토할 수만 있다면. 자신의 의사의 의사가 될 수 있어야 하는 거지요, 환자인 상태에 관해 쓰려고만 한다 해도, 이것은 물론 부분적으로 『남자로서의 나의 삶』의 주제이기도 했지요. 왜 환자인 상태가 관심을 끌었느냐 하면—나 자신의 분석 사오 년 전에 쓴 『놓아버리기』 때로 멀리 거슬러올라가는 일이지만—이 시대를 사는 아주 많은 계몽된 이들이 자신을 환자로 보는 관점을 받아들이고, 정신적인 병, 치료, 회복이라는 관념을 받아들였기 때문입니다. 지금 예술과 인생의 관계에 관해 묻고 있는 거지요? 그것은 정신분석을 받는 데 걸리는 팔백여 시간과 『포트노이의 불평』을 큰 소리로 읽는 데 걸리는 여덟 시간 남짓 사이의 관계와 같습니다. 인생은 길고 예술은 더 짧지요.*

선생님의 결혼에 관해 말씀해주실 수 있나요?

---

* 고대의 격언 "Ars longa, vita brevis(예술은 길고 인생은 짧다)"를 뒤집은 것.—원주

너무 오래전에 일어난 일이기 때문에 이제는 내 기억을 신뢰할 수가 없습니다. 그 문제는 『남자로서의 나의 삶』에 의해 더 복잡해졌는데, 이 작품은 아주 많은 지점에서 나 자신의 불쾌한 상황에 자리잡고 있는 그 기원으로부터 아주 극적으로 벗어나 있기 때문에 약 이십오 년 뒤에 와서 1959년의 사실들과 1975년에 꾸며낸 것을 구별해내는 것이 나로서는 곤란합니다. 차라리 『벌거벗은 자와 죽은 자』의 저자*에게 필리핀에서 그에게 있었던 일을 물어보는 게 나을 겁니다. 내가 할 수 있는 말은 그것이 나의 보병 시절이었고, 『남자로서의 나의 삶』은 내가 수훈십자훈장을 받는 데 실패하고 나서 몇 년 뒤에 쓴 전쟁소설이라는 것뿐입니다.

돌아볼 때 고통스러운 감정이 있습니까?

돌아볼 때 이때가 매혹적인 시절로 보입니다 ─ 쉰 먹은 사람들이 이제는 편안함을 느낄 정도로 오랜 시간 전에 자신의 삶 가운데 십 년을 대가로 치른 젊은 시절의 모험을 바라볼 때 종종 그러듯이 말입니다. 그때는 지금보다 공격적이어서 어떤 사람들은 심지어 나한테 위압감을 느꼈다는 말도 했다고 하지만 사실 나는 늘 쉬운 표적이었습니다. 우리는 스물다섯에는 쉬운 표적이지요, 누군가 그 거대한 과녁의 중심을 발견하기만 한다면 말입니다.

---

* 노먼 메일러. ─ 원주

그 과녁의 중심이 어디였습니까?

오, 자칭 갓 피어나는 문학적 천재에게서 대체로 발견할 수 있는 곳이죠. 나의 이상주의. 나의 낭만주의. 삶을 극대화하려는 나의 열정. 나는 나에게 뭔가 어렵고 위험한 일이 벌어지기를 바랐습니다. 곤경을 바랐지요. 그리고 뭐, 그걸 얻었습니다. 나는 작고, 안전하고, 상대적으로 행복한 지방 출신이었고 ― 1930년대부터 1940년대까지 나의 뉴어크 동네는 그저 유대인이 사는 테러호트*에 불과했습니다 ― 내 세대 미국 유대인 아이들의 야망이나 충동과 더불어, 두려움과 공포증을 흡수하고 있었지요. 이십대 초반에 나는 그 모든 것을 두려워하지 않는다는 것을 나 자신에 증명하고 싶었습니다. 그걸 증명하고 싶어한 것은 잘못이 아니었지요, 비록 무도회가 끝난 뒤 삼사 년 동안 거의 글을 쓸 수가 없었지만요. 1962년부터 1967년까지는 작가가 된 이래 내가 책을 내지 않은 가장 긴 기간입니다. 위자료와 계속 내야 하는 법정 비용 때문에 내가 가르치고 써서 벌 수 있는 돈을 피가 빨리듯 탈탈 털렸고, 갓 서른이 되었을 때 나는 친구이자 편집자인 조 폭스에게 수천 달러 빚을 지고 있었습니다. 이 빚은 내 정신분석에 들어가는 비용에 보탰는데, 정신분석은 무엇보다도 내가 자식 없는 결혼에 이 년 복무한 데서 지게 된 위자료와 법정 비용을 대느라 밖에 나가 살인하는 것을 막는 데 필요했습니다. 그 시절 나

---

* 인디애나주의 도시.

를 괴롭히던 이미지는 갑자기 엉뚱한 선로로 방향을 튼 기차였습니다. 이십대 초반에 나는 말하자면, 올바른 길을 따라 빠른 속도로 가고 있었지요 — 시간표에 따라, 고속열차 역에만 서고, 최종 목적지를 분명히 그린 상태에서. 그러다 갑자기 엉뚱한 선로에 올라타 빠른 속도로 광야로 들어가버린 겁니다. 나는 자문하곤 했죠. "도대체 어떻게 이걸 올바른 선로로 다시 돌려놓을 거냐?" 뭐, 그건 불가능하지요. 오랜 세월에 걸쳐, 늦은 밤, 나 자신이 엉뚱한 역에 들어와 있다는 걸 발견할 때마다 놀라곤 했습니다.

하지만 똑같은 선로로 돌아가지 않은 것이 선생님한테는 아주 좋은 일이었겠죠, 아마도.

작가에게 그를 죽이지 않는 시련은 모두 멋진 것이라고 존 베리먼은 말했습니다.* 시련이 마침내 그를 죽였다는 사실도 그가 한 말을 틀린 것으로 만들지는 않지요.

페미니즘, 특히 선생님에 대한 페미니즘의 공격에 관해서는 어떻게 느낍니까?

그게 뭔가요?

---

*『파리 리뷰』1972년 겨울호 인터뷰에서. — 원주

그 공격의 핵심은 부분적으로는 여성 인물들이 공감을 얻지 못한 채로 다루어지고 있다는 것, 예를 들어『그녀가 선했을 때』에서 루시 넬슨이 적대적인 태도로 제시되고 있다는 것일 듯합니다.

그것을 "페미니즘"의 공격이라고 불러서 그걸 드높이지 마세요. 그건 그냥 멍청하게 읽은 겁니다. 루시 넬슨은 품위 있는 삶을 원하는 성난 사춘기 아이입니다. 그녀는 자신의 세계보다 낫게 남 앞에 보여지고 있고 자신이 낫다는 것을 의식하고 있습니다. 그녀는 많은 여자가 몹시 짜증을 내는 유형의 전형이 되는 남자들과 대면하고 대립하지요. 그녀는 수동적이고 방어력 없는 어머니의 보호자인데, 어머니의 약한 면 때문에 돌아버릴 지경입니다. 그녀는 공교롭게도 미국 중간계급의 삶의 여러 측면에 분노하는데 이런 삶은 루시가 활자로 등장하고 나서 불과 몇 년 뒤 새롭고 전투적인 페미니즘이 적으로 규정하게 되는 것이지요 — 그녀의 분노는 심지어 시대를 앞선 페미니즘적 분노의 사례로 생각해볼 수도 있습니다.『그녀가 선했을 때』는 무책임한 아버지 때문에 딸이 겪게 되는 끔찍한 실망으로부터 벗어나고자 하는 루시의 투쟁을 다룹니다. 현재의 아버지에 대한 증오와 현재의 아버지가 될 수 없는 아버지에 대한 갈망을 다루지요. 그런 강렬한 상실과 경멸과 수치의 감정이 술꾼, 겁쟁이, 범죄자의 딸에게 존재하지 않는다고 주장하는 것은 완전히 멍청한 짓이고, 특히나 이것이 페미니즘의 공격이라면 더 그렇습니다. 또 루시가 결혼하는 무력한 마마보이도 있고, 그의 무능과 직업적 순진함에 대한 그녀의 증오도 있지요. 세상에 부부의 증오 같은 건 없는 건가요? 토머스 하디와 귀스타브 플로베르는 말할 것도 없고, 그 모든 부유한 이혼 변호사들에게도 그건 새 소식으로 다가올 겁니다. 그런데, 루시의 아버지는 결국 감옥에 가게 되는 술꾼에 좀도둑이라서 "적대적"인 태도로 다루어지고 있는 건가요? 루시의 남편은 공교롭게도 덩치만 큰 아기라서 "적대적"인 태도로 다루어지고 있나요? 루시를 파괴하려는 아저씨는 짐승이라서 "적대적"인 태도로 다루어지고 있나요? 이것은 살면서 상처를 받아 남자들에게 분노할 이유가 충분하고도 남는 딸에 관한 소설입니다. 젊은 여자들이 상처받을 수 있고 젊은 여자들이 분노할 수 있다는 사실을 인정하는 것을 적대 행위라고 보아야만 그녀가 "적대적"인 태도로 제시되고 있다고 말할 수 있겠지요. 분노하고 상처받은 여자이면서 동시에 페미니스트인 여자도 약간은 있을 것이라고 장담합니다. 『그녀가 선했을 때』는 대의에 복무하지 않습니다 —— 그건 맞아요. 이 젊은 여자의 분노는 민중이 "잘한다!"는 뜨거운 응원으로 지지하며 행동에 나서게 하도록 제시되고 있지 않습니다. 분노의 성격이 검토되고 있지요. 상처의 깊이와 더불어. 또 분노의 결과 —— 다른 모든 사람과 마찬가지로 루시에게 미치는 결과 —— 도. 내가 이런 말을 하는 사람이 되어야 하는 게 싫지만, 이 초상에는 그 나름의 통렬함이 없지 않습니다. 여기서 통렬함이라는 것은 동정적인 서평가들이 "동정"이라고 부르는 것을 뜻하지 않습니다. 진짜 분노라는 고난을 보라는 의미입니다.

하지만 책들에 나오는 거의 모든 여자가 남성 인물들을 방해하거나, 돕거나, 위로하기 위해 존재한다고 말한다면 어떨까요. 식사 준비를 하고 위로하고 제정신이고 상대를 진정시키는 여자가 있고, 다른 종류의 여자, 위험한 미치광이, 방해자가 있습니다. 이들은 케페시나 주커먼이나 타르노폴을 돕거나 방해하는 수단으로서 나타납니다. 그러면 이것은 여자들에 대한 제한된 시각으로 볼 수도 있을 텐데요.

제대로 봅시다, 제정신인데 동시에 우연히도 식사 준비를 할 줄 아는 어떤 여자들. 위험한 미치광이 가운데 일부도 식사 준비를 할 줄 알지요. 그러니 식사 준비를 하는 죄는 뺍시다. 놀라운 식사로 배를 불려주는 여자들과 차례로 결연을 하는 남자에 관하여 『오블로모프』* 유의 훌륭한 책을 쓸 수도 있겠지만 나는 그런 책은 쓰지 않았습니다. "제정신인" "상대를 진정시키는" "위로하는" 여자라는 선생의 묘사가 누군가에게 적용된다면, 그것은 『욕망의 교수』에 나오는 클레어 오빙턴일 텐데, 케페시는 결혼이 깨지고 나서 몇 년 뒤 그녀와 애정 관계를 확립합니다. 글쎄요, 나는 클레어 오빙턴의 관점에서 이 관계에 관해 선생님이 소설을 쓰는 것에 반대하지 않을 겁니다—나도 그녀가 그 관계를 어떻게 보는지에 흥미가 있거든요—그런데 왜 내가 데이비드 케페시의 관점에서 소설을 쓰는 것에 관해서는 약간 비판적인 어조를 띠는 거지요?

---

* 러시아 작가 이반 곤차로프(1812~1891)의 소설(1859). —원주

데이비드 케페시의 관점에서 소설이 쓰여지는 것에는 아무런 문제가 없죠. 어떤 독자들이 곤란해할 수도 있는 지점은 클레어, 그리고 소설의 다른 여자들이 그를 돕거나 방해하기 위해 존재한다는 겁니다.

나는 그가 이 젊은 여자와 보내는 삶에 관하여 그의 느낌이 아닌 것을 독자에게 제공하는 척하지 않습니다. 내 책은 클레어 오빙턴이 차분하고 제정신이라는 사실에 좌우되는 것이 아니라, 내가 차분함과 제정신이 어떤지 묘사할 수 있느냐, 그런 장점을 비롯해 다른 장점을 많이 갖고 있는 짝을 둔다는 것이 어떤 것인지 ─ 왜 짝을 원하기는 하는 것이냐 ─ 묘사할 수 있느냐 없느냐에 좌우됩니다. 그녀는 또 케페시의 전 부인이 초대받지 않고 나타났을 때 질투에 취약한 모습을 보이기도 하고, 자신의 가족 배경과 관련하여 어떤 슬픔 같은 걸 안고 있지요. 그녀는 케페시를 돕는 "하나의 수단으로서" 거기 있는 것이 아닙니다. 그녀는 물론 그를 돕지요 ─ 그리고 그도 그녀를 돕습니다. 그들은 사랑하니까요. 그녀가 거기 있는 것은 케페시가 자신이 감당할 수 없었던 까다롭고 자극적인 여자와 불행한 결혼생활을 한 뒤 제정신이고 차분하고 위로하는 여자를 사랑하게 되었기 때문입니다. 사람들이 그러지 않나요? 선생님보다 교조적인 사람이라면 사랑하는 상태, 특히 열정적으로 사랑하는 상태는 남자와 여자 사이의 지속적 관계를 확립하는 기초가 아니라고 나한테 말할지도 모릅니다. 하지만 사람들은, 심지어 지적이고 경험이 많은 사람들도, 그렇게 하곤 하며 ─ 그렇게 해왔고 계속 그렇게 할 의도가 있는 것처럼 보이고 ─ 나는 사람들이 인류의 이익을 위해 해야 하고 또 하고 있는 척하는 것을 쓰는 데 관심이 있는 것이 아니라, 사람들이 실제로 하고 있는 것, 무오류의 이론가들이 요구하는 강령적 효율성이 결여된 상태에서 하고 있는 것을 쓰는 데 관심이 있습니다. 케페시의 상황의 아이러니는 함께 살 수 있는 차분하고 위로가 되는 여자, 여러 자질이 있는 여자를 발견했지만, 그뒤에 그녀에 대한 자신의 욕망이 비뚤어진 방식으로 새어나간다는 것을 알게 되고, 이렇게 열정이 본의 아니게 감소하는 것을 저지하지 못하면 자신의 삶에서 가장 좋은 것으로부터 소외될 것임을 깨닫는다는 겁니다. 그런 일도 일어나는 것 아닌가요? 내가 듣는 바로는 욕망이 새어나가는 이 염병할 일은 늘 일어나고 또 관련된 사람들을 괴롭힙니다. 보세요, 욕망의 상실은 내가 만들어낸 게 아니고, 열정의 유혹은 내가 만들어낸 게 아니고, 제정신을 가진 동반자는 내가 발명해낸 게 아니고, 미치광이는 내가 발명해낸 게 아닙니다. 나의 남자들이 여자에게 올바른 감정을 가지지 못한다면, 또는 여자에게 보편적인 범위에 속하는 감정을 가지지 못한다면, 또는 여자에게 1995년에 남자들이 가져도 좋은 감정을 가지지 못한다면 미안한 일이지만, 그래도 남자가 케페시 같은 사람, 또는 포트노이 같은 사람, 또는 젖가슴 같은 사람이 되는 것에 대한 나의 묘사에도 약간의 진실이 있다는 건 계속 고집해야겠습니다.

『포트노이의 불평』의 인물은 왜 다른 책에서 한 번도 재사용하지 않았나요, 케페시와 주커먼은 재사용했는데?

　포트노이도 다른 책에서 사용했습니다. 『우리 패거리』과 『위대한 미국 소설』이 포트노이의 다른 책입니다. 포트노이는 나에게 하나의 인물이 아니라 하나의 폭발이며, 『포트노이의 불평』 뒤에도 폭발은 끝나지 않았습니다. 『포트노이의 불평』 뒤에 내가 처음 쓴 것은 「방송중」이라는 제목의 중편인데, 이것은 테드 솔로타로프의 『아메리칸 리뷰』에 실렸습니다. 존 업다이크가 얼마 전에 여기 왔는데 어느 날 밤 모두 모여 저녁을 먹을 때 그러더군요. "그 이야기는 왜 재수록하지 않은 거야?" 나는 이렇게 대답했습니다. "너무 역겨워서." 존은 웃음을 터뜨리더군요. 그가 말했습니다. "그렇긴 하지, 정말로 역겨운 이야기야." 그래서 내가 말했습니다. "그걸 쓸 때 내가 무슨 생각을 했는지 모르겠어." 그 말이 어느 정도는 사실입니다―나는 알고 싶지 않았습니다. 핵심은 알지 않는 것이었습니다. 하지만 동시에 알고 있었습니다. 무기고를 들여다보고 다이너마이트를 하나 더 발견하고 생각했습니다. "퓨즈에 불을 붙이고 어떻게 되는지 보자." 나는 나 자신을 더 터뜨리려고 했습니다. 이 현상은 문학 개관 강의를 듣는 학생들에게는 작가의 문체 바꾸기라고 알려져 있지요. 나는 예전의 충성과 금제의 많은 것을 폭파하고 있었습니다, 문학적으로뿐만 아니라 개인적으로. 아마 이것 때문에 그렇게 많은 유대인이 『포트노이의 불평』에 격분한 것 같다는 생각이 듭니다. 그전이라고 해서 아이들이 자위한 이야기, 또는 유대인 가족의 싸움 이야기를 못 들어봤던 게 아니에요. 그보다는, 그들이 더는 나 같은 사람을 통제조차 하지 못한다면 뭔가가 잘못된 거라고 생각했다는 겁니다, 나는 품위 있는 소속과 자격을 갖춘 사람이고, '목적의 진지성'이 있는 사람이니까요. 나는 애비 호프먼*이나 레니 브루스가 아니고 『커멘터리』에 작품을 발표한 대학 선생이었거든요. 하지만 당시에는 다음에 내가 진지하게 할일은 염병할 그렇게 진지하게 굴지 말자는 것인 듯했습니다. 주커먼이 아펠에게 일깨우듯이, "진지함은 다른 모든 것과 마찬가지로 어리석은 것이 될 수 있다".

『포트노이의 불평』을 쓰면서 싸울 생각도 하고 있었던 것 아닌가요?

그 오래전부터 싸울 생각을 하지 않아도 싸움이 찾아오고 있었습니다. 『굿바이, 콜럼버스』를 낸 것 때문에 정말이지 나를 가만히 내버려두지 않았는데, 어떤 서클들에서는 그걸 나의 『나의 투쟁』으로 간주했어요. 앨릭잰더 포트노이와 달리 나는 집에서가 아니라 집을 떠나 첫 단편들을 발표하기 시작한 뒤에 프티부르주아 도덕성 교육을 받게 되었지요. 어린 시절 나의 집안 환경은 포트노이보다는 주커먼 쪽에 훨씬 가까웠어요. 그 나름의 속박이 있었지만, 내가 입을 다물기를 바라는 공식 유대인들에게서 마주쳤던 검열적인 속 좁은 태도나 수치심 범벅의 외국인 혐오와는 전

---

* 미국의 정치 활동가이자 익살꾼(1936~1989). — 원주

혀 닮지 않았지요. 포트노이 집안의 도덕적 분위기는 그 억압적 측면들을 보자면 나의 데뷔에 대한 공식 유대인 공동체 안의 목소리들의 집요한 반응에 많은 부분을 빚지고 있습니다. 나 정도면 행운인 것처럼 보이게 만드는 데 그들이 많은 공헌을 했지요.

『포트노이의 불평』에 대한 이의 제기에 관해 말씀해주셨습니다. 인정을 받은 부분은 어떻습니까 — 그 책의 엄청난 성공이 선생님에게 어떤 영향을 주었나요?

그것은 너무 컸습니다. 내가 감당할 엄두를 낼 수도 없을 만큼 크고 또 미친 듯한 규모였으며, 그래서 떠났지요. 발표하고 나서 몇 주 뒤 포트오소러티 터미널에서 버스를 타고 사라토가스프링스로 가 작가 공동체인 야도에 석 달 동안 처박혀 있었습니다. 바로 주커먼이 『카르놉스키Carnovsky』 뒤에 했어야 할 일이지요 — 하지만 그는 그대로 남아 있었고, 바보지요, 그에게 어떤 일이 벌어졌는지 보세요. 그에게는 앨빈 페플러보다 야도가 즐거웠을 겁니다. 하지만 그를 맨해튼에 두는 게 『풀려난 주커먼』을 더 재미있게 만들었고, 나 자신의 삶은 내가 거기 있지 않은 덕분에 더 편해졌습니다.

뉴욕을 싫어했나요?

나는 1962년부터 『포트노이의 불평』 뒤에 시골로 이사할 때까지 거기 살았고 그 시절을 무엇과도 바꾸지 않을 겁니다. 어떤 면에서는 뉴욕이 나에게 『포트노이의 불평』을 주었습니다. 아이오와시티와 프린스턴에서 살며 가르칠 때는 1960년대에 뉴욕에서 글로 그리고 친구들과 함께 희극적 연기에 탐닉했을 때만큼 자유롭지 않았지요. 뉴욕 친구들과 시끌벅적하게 보내는 저녁들이 있었고, 정신분석 상담에서 검열 없는 뻔뻔스러움이 있었고, 케네디 암살 뒤에 도시 자체의 극적이고 무대 같은 분위기가 있었습니다—이 모든 것이 나에게 새로운 목소리, 제4의 목소리, 『굿바이, 콜럼버스』나 『놓아버리기』나 『그녀가 선했을 때』의 목소리보다 페이지에 덜 얽매인 목소리를 시도해보는 데 영감을 주었습니다. 베트남전쟁 반대도 마찬가지였고요. 책 뒤에는 겉으로는 연결되지 않는 것처럼 보이는 것, 작가가 최초의 충동을 방출하는 데 도움을 주었지만 독자에게는 보이지 않는 것이 있습니다. 지금 나는 당시 분노와 반항의 분위기, 내가 주위에서 보았던 성난 도전이나 히스테리에 사로잡힌 반대의 예들을 염두에 두고 있습니다. 이게 나의 연기에 몇 가지 아이디어를 주었습니다.

선생님 자신이 1960년대에 벌어지고 있었던 일의 일부라고 느꼈나요?

내 주위에서 삶의 힘을 느꼈습니다. 나 자신이 정말이지 어린 시절 이후 처음으로 한 장소—이번은 뉴욕이지만—를 완전히 의식하고 있다고 믿었지요. 또다른 사람들과 마찬가지로, 나라의 다사다난한 공적 삶으로부터, 그리고 베트남에서 벌어지고 있는 일들로부터 도덕적·정치적·문화적 가능성에 대한 근사한 교육을 받고 있었습니다.

　하지만 선생님은 1960년에 『커멘터리』에 미국의 지식인 또는 생각하는 사람들이 외국에 사는 것처럼, 그러니까 공동체의 삶과 관계없이 살아가는 것처럼 느끼는 문제에 관하여 「미국에서 소설 쓰기」라는 제목의 유명한 에세이를 발표하셨죠.

　자, 그게 1960년과 1968년의 차이지요(『커멘터리』에 발표되었다는 것이 또다른 차이고요). 미국 안에서 소외되어 그 기쁨과 몰입에 낯선 자가 되는 것, 그것이 1950년대에 나 같은 많은 젊은 사람이 자신의 상황을 보던 방식입니다. 그것은 완벽하게 명예로운 입장이었다, 나는 그렇게 생각합니다. 그것은 우리의 문학적 갈망과 모더니즘적 의욕에 의해 형성된 것이었지요. 이민 후 제2세대의 고결한 정신이 전후 미디어에서 처음 크게 분출한 쓰레기와 갈등하게 된 겁니다. 약 이십 년 뒤, 우리라면 등을 돌리고 싶었을 속물적 무지가 카뮈의 페스트처럼 나라를 감염시킬 줄 몰랐지요.* 아이젠하워 시절에 레이건 대통령을 상상한 미래주의적 소설을 쓰는 풍자가가 있었다면 상스럽고, 경멸스럽고, 사춘기적이고, 반미국적인 사악한 글을 쓴다고 비난을 받았을 겁니

* 프랑스의 철학자이자 소설가 알베르 카뮈(1913~1960)의 소설 『페스트』(1947)가 묘사한 대로. ―원주

다. 사실 바로 오웰이 실패한 곳에서 예언적 초병으로서 성공을 거둔 것이었을 텐데도 말입니다. 영어권 세계를 찾아온 그로테스크한 것들이 억압적인 동방의 전체주의적 악몽의 연장이 아니라 미디어의 어리석음과 냉소적 상업주의로 이루어진 서방 익살극의 확산임을 본 것일 텐데도 말입니다 — 미국식 속물주의가 미친듯이 날뛰는 상황인 거지요. 그것은 '빅 브러더'가 화면으로부터 우리를 감시하는 상황이 아니라, 연속극에 나올 법한 온화한 할머니의 영혼, 공중도덕을 지키는 베벌리힐스 캐딜락 딜러의 가치관, 준 앨리슨*의 뮤지컬에 나오는 고등학교 졸업반 학생 수준의 역사적 배경과 지적 장비를 갖춘 무시무시하게 강력한 세계 지도자를 우리 자신이 지켜보는 상황입니다.

그뒤에, 1970년대에는 선생님한테 무슨 일이 있었나요? 이 나라에서 일어나고 있던 일들이 계속 선생님 같은 분에게도 큰 의미가 있었나요?

내가 무슨 책을 쓰고 있었는지 기억해야 나에게 무슨 일이 있었는지 기억할 수 있습니다 — 나한테 일어나고 있던 일이란 대체로 내가 쓰고 있던 책입니다만. 닉슨은 1973년에 왔다 갔고, 닉슨이 왔다 가는 동안 나는 『남자로서의 나의 삶』에 미친듯이 시달리고 있었죠. 어떤 면에서 나는 1964년 이래 쭉 그 책을 쓰다

---

* 〈두 아가씨와 수병〉(1944)이나 〈좋은 소식〉(1947) 같은 뮤지컬에서 건전한 역을 맡은 미국 배우(1917~2006). — 원주

말다 하고 있었습니다. 자신이 타르노폴의 아이를 가진 것처럼 꾸미려고 모린이 가난한 흑인 임산부한테서 소변 표본을 사는 지저분한 장면을 넣기 위한 배경을 계속 찾고 있었지요. 나는 그것을 처음에는 『그녀가 선했을 때』의 한 장면으로 생각했지만, 리버티 센터의 루시와 로이에게는 전혀 어울리지 않았습니다. 그러다가 『포트노이의 불평』에 들어갈 수 있을지도 모른다고 생각했는데, 그런 종류의 희극에는 너무 악의적이었습니다. 그때 나는 초고를 몇 상자나 쓰고 있었는데, 이것이 결국 『남자로서의 나의 삶』이 됩니다 ─ 결국, 나의 해결책은 내가 극복할 수 없었던 바로 그 문제에 있었다는 것을 드디어 깨달은 뒤에. 그 지저분한 사건 자체보다는 그 지저분한 사건에 적당한 배경을 찾지 못하는 나의 무능이 사실 소설의 핵심에 있었던 겁니다. 워터게이트는 내가 글을 쓰고 있지 않을 때 인생을 흥미롭게 해주었습니다만, 매일 아홉시부터 다섯시까지는 닉슨이나 베트남에 관해서 그렇게 많이 생각하지 않았습니다. 나는 그 책의 문제를 해결하려고 노력하고 있었지요. 그래도 절대 해결이 안 될 것처럼 보였기 때문에 나는 그만두고 『우리 패거리』를 썼습니다. 다시 시도했는데도 여전히 쓰지 못했을 때, 나는 그만두고 야구 책을 썼습니다. 야구 책을 마무리하다 중단하고 『젖가슴』을 썼습니다. 마치 내가 쓸 수 없었던 소설에 이르기 위해 폭탄을 터뜨리며 터널을 뚫고 가는 것 같았지요. 사실 어떤 사람의 책 한 권 한 권은 그다음 책으로 가는 길을 뚫기 위한 폭파입니다. 어차피 한 사람이 쓰는 책은 모두 해서 한 권이죠. 밤이면 꿈을 여섯 개 꿉니다. 하지만 그것이 정말 여섯 개의 꿈일까요? 하나의 꿈은 다음 꿈을 예시하거나 예고하거나, 아니면 어떤 식으로든 아직 끝내지 못한 꿈을 마무리합니다. 그러고 나서 다음 꿈이 오지요, 이전 꿈의 교정으로—대안적인 꿈, 해독 꿈입니다—이전 꿈을 기반으로 확장되거나, 이전 꿈을 비웃거나, 그것에 반발하거나, 아니면 그냥 그 꿈을 바로잡으려 합니다. 밤새도록 계속 그러고 있을 수도 있어요.

『포트노이의 불평』 다음에, 뉴욕을 떠난 다음에 선생님은 시골로 이사했습니다. 시골생활은 어땠나요? 그것이 『유령 작가』에서 소재로 사용된 건 분명한데요.

만일 E. I. 로노프의 삼십오 년에 걸친 전원의 호사나 나름의 작은 취향에 맞지 않았다면, 은둔한 작가에 관한 글을 쓰는 데 전혀 관심을 가지지 않았을지도 모릅니다. 나는 상상력을 차올리려면 발밑에 뭔가 단단한 게 필요합니다. 하지만 시골 삶은 로노프의 생활들에 대한 어떤 감각을 주는 것 외에는 제재 쪽에서 아직 아무것도 제공하지 않았습니다. 아마 앞으로도 절대 제공하지 않을 것이고 그래서 뭐 이따위냐 하고 떠날지도 모르지요. 다만 우연히도 거기 사는 것을 사랑합니다. 또 작업의 요구에 맞추어 모든 선택을 할 수도 없는 것이고요.

매년 일정 기간을 보내는 잉글랜드는 어떤가요? 그곳은 소설의 가능한 원천이 되나요?

지금으로부터 이십 년 뒤에 물어봐주세요. 아이작 싱어가 자신의 시스템에서 폴란드를 충분히 빼내고―미국을 충분히 들어오게 하고―조금씩, 작가로서, 그의 브로드웨이 북부 식당들을 보고 묘사하기 시작하는 데 그 정도 걸렸습니다. 어떤 나라의 환상의 삶을 알지 못하면 그 나라에 관한 소설을 쓰기는 어렵지요. 아니면 인간이든 다른 쪽이든 그냥 장식만 묘사하게 될 뿐이고요. 그 나라가 소리를 내어 꿈을 꾸는 것을 볼 때면 작은 것들이 똑똑 떨어져들어옵니다―극장에서, 선거에서, 포클랜드 위기* 동안에. 하지만 여기 사람들한테 뭐가 뭘 의미하는지는 정말 아무것도 알지 못합니다. 나는 사람들이 어떤지 이해하는 게 몹시 어려워요, 심지어 그들이 나에게 이야기해주어도. 그게 그들이 그런 사람이기 때문인지 아니면 나 때문인지도 모르겠습니다. 누가 무엇을 연기하는지 모르겠습니다, 내가 틀림없이 진짜를 보고 있는 것인지 아니면 그냥 꾸며낸 걸 보는 것인지, 또 내가 그 둘이 겹치는 곳을 쉽게 볼 수 있는 것도 아니고. 나의 인식은 내가 그들의 언어를 한다는 사실 때문에 흐려져요. 보세요, 나는 입에서 나오는 것을 안다고 믿습니다, 사실은 알지 못하는데도. 최악은, 내가 여기에서 어떤 것도 싫어하지 않는다는 거예요. 문화에 대한 불만이 없다는 게, 입장을 갖고 어떤 의견을 갖고 잘못된 모든 걸

---

* 1982년 4월 2일 남대서양에 있는 영국의 해외 영토 포클랜드제도를 아르헨티나 군이 장악하면서 무장 갈등이 시작되었으며, 1982년 6월 14일 영국이 이 제도를 다시 장악하는 것으로 끝났다.―원주

주워섬기는 자신의 목소리를 들을 필요가 없다는 게 얼마나 안심이 되는 일인지! 얼마나 행복하겠어요 — 하지만 글쓰기에서는 그게 전혀 자산이 되지 않습니다. 여기에서는 아무것도 나를 미치게 하지 않는데, 작가는 미칠 지경이 되어야만 하고 그게 보는 데 도움을 줍니다. 작가에게는 자신만의 독이 필요해요. 이 독의 해독제가 종종 책을 쓰는 거지요. 자, 만일 내가 여기에서 살아야만 한다면, 만에 하나 어떤 이유에서 미국으로 돌아가는 것이 금지된다면, 나의 위치와 나의 개인적 안녕이 갑자기 잉글랜드와 영원히 묶여버린다면, 글쎄요, 나를 미치게 하고 의미를 가지는 것이 무엇인지 초점이 잡히기 시작할지도 모르고, 그래요, 2005년쯤, 어쩌면 2010년쯤 조금씩 나는 뉴어크에 관해 쓰는 걸 멈추고 용기를 내 켄싱턴 파크 로드에 있는 와인 바의 한 테이블에서 단편을 구상하게 되겠지요. 망명한 늙은 외국인 작가에 관한 단편, 주이시 데일리 포워드가 아니라 헤럴드 트리뷴을 읽고 있는 작가.

최근의 이 세 작품, 주커먼 소설들에서는 유대인다운 것이나 유대인 비판과 다시 씨름을 했습니다. 왜 이 책들이 그렇게 과거를 되씹고 있다고 생각합니까? 왜 지금 그런 일이 일어나고 있는 거죠?

1970년대 초에 체코슬로바키아를 자주 찾아가기 시작했습니다. 매년 봄 프라하에 가서 정치적 억압에 대한 벼락치기 강좌를 들었어요. 내가 직접 알고 있는 억압은 약간 더 자비롭고 은밀한 형태뿐이었지요—성심리적 속박이나 사회적 제약 같은. 개인적 경험으로는 반유대주의적 억압보다는 유대인이 자기들끼리 가하는 억압, 반유대주의 역사의 결과 서로 가하는 억압을 더 많이 알고 있었습니다. 기억하겠지만, 포트노이는 자신이 바로 그런 일을 하는 유대인이라고 생각합니다. 어쨌든 나는 전체주의적 프라하와 자유분방한 뉴욕의 작가 생활의 차이에 고도로 적응하게 되었고, 처음 불확실한 단계를 지나가자 내가 가장 잘 아는 세계에서 삶이 예술에 미치는 계산되지 않은 영향력에 초점을 맞추기로 했습니다. 예술가의 삶에 관해서는 헨리 제임스와 토마스 만과 제임스 조이스의 훌륭하고 유명한 단편과 장편이 이미 많다는 것을 깨달았지만, 예술가의 소명이 미합중국에서 희극이 될 수 있다는 것에 관한 이야기는 내가 아는 한 없었습니다. 토머스 울프가 이 주제와 씨름했을 때 그는 다소 광상적인 느낌이 있었지요. 주커먼이 유대인다운 것 그리고 유대인 비판과 씨름하는 모습은 미국 작가로서 그의 희극적인 경력의 맥락, 즉 가족에게 추방당하고, 팬들로부터 소외당하고, 마침내 자신의 신경 말단과도 불화하는 맥락에서 제시됩니다. 내 책 같은 책들의 유대인적 특질은 사실 제재에 있는 게 아닙니다. 유대인다운 것에 관해 이야기하는 건 나에게는 전혀 관심이 없는 일이다시피 합니다. 예를 들어 『해부학 교실』 같은 것을 유대인다운 것으로 만드는 게 있다면, 그것은 일종의 감수성이지요. 신경과민, 잘 흥분하는 것, 논쟁하는 것, 극적으로 꾸미는 것, 분노, 강박, 예민함, 연기—무엇보다도 말하기. 말하기와 소리지르기. 유대인은 말릴 수가 없지요, 알다시피. 어떤 책을 유대인답게 만드는 건 그 책이 무엇에 관하여 이야기하고 있느냐가 아닙니다—그 책이 입을 다물려고 하지 않는다는 거지요. 그 책은 사람을 가만 내버려두려 하지 않습니다. 잦아들 줄을 모릅니다. 너무 바짝 다가옵니다. "들어봐, 들어봐—지금까지는 절반에 불과해!" 나는 주커먼의 턱을 부수어버릴 때 내가 뭘 하는지 알고 있었습니다. 유대인에게 부서진 턱이란 무시무시한 비극이거든요. 우리 가운데 아주 많은 사람이 권투가 아니라 가르치는 쪽으로 나아가는 것은 바로 그 비극을 피하려는 거지요.

주커먼의 젊은 시절 스승이었던 선하고 고결한 정신의 유대인 밀턴 아펠이 왜 『해부학 교실』에서 샌드백, 주커먼이 신성한 자리에서 끌어내리고자 하는 사람이 되는 겁니까?

만일 내가 나 자신이 아니라면, 만일 다른 사람이 로스가 되는 역을 맡아 자기 책들을 쓰고 있었다면, 나는 이 다른 삶에서는 그의 밀턴 아펠이었을 가능성이 아주 큽니다.

밀턴 아펠에 대한 주커먼의 분노는 선생님의 어떤 죄책감의 표현인가요?

죄책감이요? 천만에요. 사실, 이 책의 더 앞선 초고에서 주커먼과 그의 젊은 여자친구 다이애나는 아펠에 관한 논쟁에서 정확히 반대의 입장이었습니다. 그녀는 미숙한 사람으로서 거침없이 주커먼에게 말했습니다. "왜 그 사람이 당신을 휘두르게 놔둬요, 왜 가만히 앉아서 이런 똥 같은 걸 받아들이고 있어요?" 그러자 나이 많은 남자인 주커먼은 그녀에게 말했습니다. "말도 안 되는 소리 하지 마, 디어, 진정해, 그는 중요하지 않아." 진짜 자전적인 장면이 있었는데, 여기에는 전혀 생명이 없더군요. 이 주제에 대한 나 자신의 분노는 오래전에 가라앉았지만 나는 주요 인물이 분노를 빨아들이게 해야 했습니다. 그런데 삶을 충실히 따름으로써 나는 사실 이 쟁점을 피하고 있었던 거죠. 그래서 그들의 입장을 맞바꾸어 스무 살짜리 여대생이 주커먼에게 어른이 되라고 말하게 했고 주커먼이 성질을 부리게 했습니다. 이게 훨씬 더 재미있더군요. 주커먼을 나 자신만큼 탁월하게 합리적으로 만들어서는 어떤 성과도 얻지 못했을 겁니다.

그럼 선생님의 주인공은 늘 분노하거나 곤경에 처하거나 불평을 해야만 하는 건가요?

나의 주인공은 생생한 변화 또는 근본적인 이동 상태에 있어야 합니다. "나는 나 자신이 아니야―나는, 어느 쪽이냐 하면, 나 자신이 아닌 거야!" 장황한 설명의 시작은 그와 비슷하지요.

글을 쓰면서 삼인칭 서사에서 일인칭 서사로 움직여가는 것을 얼마나 의식하나요?

그것은 의식적이냐 무의식적이냐 하는 문제가 아니지요—그 움직임은 자연발생적인 겁니다.

그런데 일인칭으로 쓰는 것과 비교할 때 삼인칭으로 쓰는 것은 어떤 느낌입니까?

현미경으로 들여다보는 게 어떤 느낌일까요, 초점을 맞추려고 할 때. 벌거벗은 대상을 벌거벗은 눈에 얼마나 가까이 가져오고 싶은가에 모든 게 달려 있습니다. 그 역도 마찬가지고요. 무엇을, 어느 정도나 확대하고 싶으냐에 달려 있지요.

하지만 주커먼을 삼인칭으로 놓음으로써 어떤 면에서는 자신을 해방 하시는 건 아닌가요?

나는 나 자신을 해방하여 주커먼에 관해서 말하는데, 주커먼이 똑같은 방식으로 자신에 관해서 그 말을 하면 어울리지 않을 겁니다. 일인칭이라면 아이러니가 사라질 겁니다, 아니면 희극적인 면이. 나는 그에게서 나오면 거슬릴 수도 있는 엄숙한 분위기를 들여올 수도 있습니다. 단일한 서사 내에서 이 목소리로부터 저 목소리로 이동하는 것은 독자의 도덕적 관점이 결정되는 방식입 니다. 일반 대화에서 우리가 우리 자신에 관해 말하면서 "사람들 one"이라는 부정대명사를 사용할 때 우리 모두가 하고 싶은 게 바로 이런 것이지요. "사람들"을 사용하게 되면 자신의 말을 그것을 발화하는 자신과 더 느슨한 관계 속에 두게 됩니다. 보세요, 때로는 그가 스스로 말하게 해주는 것이 더 강력하고 때로는 그에 관해 말하는 것이 더 강력합니다. 때로는 간접적으로 서술하는 것이 더 강력하고 때로는 그렇지 않지요. 『유령 작가』는 일인칭으로 서술했는데, 아마 그것은 묘사되는 것이 대체로 주커먼이 자신의 외부에서 발견한 세계라서 그럴 겁니다, 젊은 탐험가의 책이죠. 그가 더 나이가 들고 더 상처를 입을수록, 그가 더 안을 보게 될수록, 나는 그를 더 밖으로 꺼내야만 하지요. 그가 『해부학 교실』에서 겪는 유아론의 위기는 약간 거리를 두었을 때 더 잘 보입니다.

글을 쓰면서 대사와 서사를 구별하기 위하여 자신을 연출하나요?

나는 나 자신을 "연출"하지 않습니다. 가장 생기 있는 가능성으로 보이는 것에 반응하지요. 입에서 나오는 것과 서술하는 것 사이에 이루어야 할 필수적인 균형 같은 것은 없습니다. 살아 있는 것과 함께 가는 거지요. 어떤 작가에게는 이천 페이지의 서사와 여섯 줄의 대화가 적당할 수 있고, 다른 작가에게는 이천 페이지의 대화와 여섯 줄의 서사가 해결책이 될 수 있지요.

대화였던 긴 덩어리를 가져다 서술로 바꾸거나 그 반대로 해본 적이 있나요?

물론이죠.『유령 작가』의 안네 프랑크 부분에서 그랬습니다. 그걸 제대로 만드느라 고생을 하고 있었지요. 시작할 때는 삼인칭이었는데, 어떻게 된 일인지 내가 재료를 숭배하고 있더라고요. 안네 프랑크가 생존해서 미국으로 오는 이야기를 하면서 절절한 비가悲歌 조를 사용하는 거예요. 내가 어디로 가는지 몰랐기 때문에 성자의 삶을 쓸 때 해야 하는 식으로 시작을 했습니다. 성인전에 어울리는 말투였지요. 안네 프랑크가 내 이야기의 맥락 안에서 새로운 의미를 얻는 대신, 모두가 그녀에게 가져야 하는 감정의 이미 준비된 재고를 이용하려 하고 있었습니다. 훌륭한 배우들조차 희곡 리허설 첫 몇 주에는 가끔 이렇게 하곤 하지요 ─ 뭔가 진정한 것이 자리잡기를 안절부절못하며 기다리는 동안 제시의 관습적 형식에 이끌리고, 클리셰에 집착하고. 돌이켜보면 나의 난관은 약간 괴상해 보입니다. 주커먼이 맞서 싸우는 바로 그것에 나는 사실 굴복하고 있었으니까요 ─ 공식적으로 승인된 매우 위안이 되는 전설. 장담하는데, 나중에『유령 작가』에서 내가 안네 프랑크의 기억을 악용했다고 불평하는 사람 가운데 누구도 내가 그 진부한 것을 세상에 내놓았다면 깜짝 놀라지 않았을 겁니다. 그건 그냥 훌륭했을 거예요. 심지어 표창도 받았을 겁니다. 하지만 나는 거기에 어떤 상도 줄 수 없었을 겁니다. 유대인 이야기를 하는 것의 어려움 ─ 그것을 어떻게 말해야 하는가? 어떤 말투로? 누구에게 말해야 하느냐? 무슨 목적으로? 말을 하기는 해야 하나? ─ 가 마침내『유령 작가』의 주제가 된 겁니다. 하지만 주제가 되기 전에 먼저 시련이 되어야 했던 것 같아요. 적어도 내 경우에는 책을 쓰는 초기의 불확실한 단계에 책의 몸 위에서 책의 도덕적 생명을 탄생시키는 갈등이 순진하게 있는 그대로 펼쳐지는 일이 종종 생기지요. 그게 바로 시련이고, 그것은 그 부분 전체를 일인칭으로—에이미 벨렛이 하는 안네 프랑크의 이야기로—다시 구성하면서 끝났습니다. 피해자 자신은 〈시간의 흐름 *The March of Time*〉*의 목소리로 자신의 곤경에 관해 이야기하려고 하지 않았습니다. 『일기*Diary*』에서도 그렇게 하지 않았는데 왜 살아서 그렇게 하겠습니까? 나는 이 부분이 일인칭 서술로 나타나기를 바라지 않았지만, 일인칭의 체에 거르면서 이 끔찍한 말투, 그녀의 말투가 아닌 내 말투를 제거할 가능성이 커진다는 것을 알았습니다. 실제로 제거했지요. 열정적인 억양, 부담스러운 감정, 엄숙하고 과도하게 극화되고 예스러운 어법—에이미 벨렛 덕분에 그것을 모두 씻어냈습니다. 나는 그다음에 약간 곧이곧대로 그 부분을 다시 삼인칭으로 돌려놓았고, 그러자 작업을 해나갈 수 있었습니다—광상시나 칭송문을 쓰는 대신 글을 쓸 수 있었다는 거지요.

작가로서 환경, 문화에 어떤 영향을 주었다고 생각합니까?

전혀 준 게 없습니다. 내가 대학 초기 계획대로 변호사가 되는 길로 갔다 해도 그게 어떤 면에서 문화에 중요할지 모르겠네요.

---

* 다큐멘터리 필름과 시사 사건들의 극적 재연을 결합한 일련의 짧은 영화들 (1935~1951).—원주

비꼬는 건가요, 아니면 즐거워하는 건가요?

둘 다 아닙니다. 그냥 인생에서 피할 수 없는 사실일 뿐이지요. 표현의 완전한 자유를 요구하는 거대한 상업 사회에서 문화는 뭐든지 집어삼키는 아가리입니다. 최근 루이스 라무어*가 "나라에 대한 기여"로 특별 '의회 금메달'을 받은 첫 미국인 소설가가 되었습니다. 대통령이 백악관에서 그에게 메달을 수여했지요. 세상에서 그런 작가가 정부의 최고상을 받을 만한 유일한 다른 나라는 소련입니다. 그러나 전체주의 국가에서 모든 문화는 체제가 좌우합니다. 다행히도 우리 미국인은 플라톤의 공화국이 아니라 레이건의 공화국에 살고 있으며, 그들이 주는 멍청한 메달을 빼면, 문화는 거의 전적으로 무시되고 있습니다. 그리고 그것이 훨씬 좋습니다. 꼭대기에 있는 사람들이 계속 루이스 라무어에게 명예를 안겨주고 다른 어떤 것에도 전혀 관심을 가지지 않으면 모든 게 잘될 겁니다. 처음 체코슬로바키아에 갔을 때 나는 모든 게 가능하지만 아무것도 중요하지 않은 사회에서 일하는 반면, 내가 프라하에서 만난 체코 작가들에게는 아무것도 가능하지 않지만 모든 게 중요하다는 생각이 들었습니다. 그렇다고 내가 장소를 바꾸고 싶었다는 이야기는 아닙니다. 그들이 받는 박해나 그것 때문에 그들의 사회적 중요성이 부각되는 방식이 부러웠던

---

* 미국의 작가(1908~1988)로 서부 소설을 많이 써 인기를 얻었다. — 원주

건 아닙니다. 심지어 언뜻 보기에 더 귀하고 진지해 보이는 그들의 주제도 부럽지 않았습니다. 동방에서 죽도록 진지한 많은 것이 서방에서는 하찮아지는 것 자체가 하나의 제재이고, 매혹적인 소설로 바꾸려면 독창적인 상상력이 상당히 요구되는 일이지요. 수사적인 암시나 전통적으로 진지성과 연결되는 주제적 심각성으로 자신의 진지성을 알리지 않는 진지한 책을 쓰는 것도 가치 있는 일이고요. 노골적으로 충격적이거나 엄청나게 무시무시하지 않은, 보편적 동정심을 끌어내지도 않고 커다란 역사적 무대에서 벌어지지도 않고 20세기 수난 가운데 가장 큰 규모로 벌어지지도 않는 영적 곤경을 정당하게 다루는 것 — 자, 그것이 모든 것이 가능하고 아무것도 중요하지 않은 곳에서 글을 쓰는 사람들에게 주어진 운명입니다. 최근 비평가 조지 스타이너가 잉글랜드 텔레비전에서 현대 서방 문학이 전혀 가치가 없고 질이 형편없다고 비난하면서, 인간 영혼의 위대한 기록, 걸작은 체코슬로바키아 작가들처럼 체제의 탄압을 받는 영혼들에서 나올 수밖에 없다고 주장하는 이야기를 들었습니다. 그런데 왜 내가 아는 모든 체코슬로바키아 작가들은 그 체제를 혐오하고 그것이 지상에서 사라지기를 열렬히 바라는지 궁금하더라고요. 그들은 스타이너와는 달리 이게 자신들이 위대해질 기회라는 것을 이해하지 못하는 것일까요? 가끔 엄청난 야수적 힘이 있는 한두 작가가 기적적으로 용케 살아남아 체제를 제재로 삼아 자신의 박해로부터 아주 높은 수준의 예술을 만들어내기는 합니다. 하지만 전체주의 국가 내부에 갇혀 있는 그들 대부분은 작가로서 체제에 목이 졸리고 있습니다. 그 체제는 걸작을 만들지 않습니다. 관상동맥 질환, 궤양, 천식을 만들고, 알코올중독을 만들고, 우울증 환자를 만들고, 원한과 절망과 정신병을 만들지요. 작가들은 지적으로 일그러지고 영적으로 사기가 꺾이고 신체적으로 병들고 문화적으로 권태에 빠집니다. 종종 완전한 침묵을 강요받지요. 그들의 최고 가운데 십분의 구는 바로 체제 때문에 절대로 최고의 노력을 기울이지 못하기 마련입니다. 체제가 육성하는 작가들은 당의 일꾼이지요. 그런 체제가 두세 세대 지배하면서 이십 년, 삼십 년, 사십 년 동안 작가 공동체를 무자비하게 밟아대면, 강박은 고착되고 언어는 진부해지고 독자는 기아로 서서히 죽어나가고 독창성, 다양성, 활기를 갖춘 민족 문학의 존재(이것은 하나의 강력한 목소리의 야수적 생존과는 사뭇 다르지요)가 거의 불가능해집니다. 너무 오랫동안 지하에 고립되는 불행을 겪은 문학은 어두운 경험이라는 자산에서 영감을 얻을 수도 있지만, 지방적이 되고 후진적이 되고 심지어 순진해지는 것이 불가피합니다. 반대로, 여기 우리의 작업은 작가로서 전체주의적 정부에 짓밟히지 않았기 때문에 진정성은 박탈당하지 않았습니다. 인간의 고난―그리고 "걸작"―에 관해 거창하게 또 감상적으로 미망에 빠지는 바람에 철의 장막 뒤에서 돌아오면서 자신이 그런 비참한 지적·문학적 환경과 싸울 필요가 없었다는 이유로 자신의 가치가 낮아졌다고 생각하는 서양 작가를 나는 조지 스타이너 외에 알지 못합니다. 만일 한쪽에는 루이스 라무어와 우리의 문학적 자유와 우리의 폭넓고 활기찬 민족 문학을, 그리고 다른 한쪽에는 솔제니친과 그 문학적 사막과 짓누르는 억압을 놓고 둘 중에 하나를 택하라고 한다면 나는 라무어를 택하겠습니다.

하지만 미국에서는 작가로서 권력이 없다는 느낌이 들지 않나요?

소설을 쓰는 것은 권력으로 가는 길이 아닙니다. 나는 나의 사회에서 소설이 다른 누구에게 심각한 변화를 일으킨다고 믿지 않습니다. 작가인 한 줌의 사람들은 예외인데 작가들 자신의 소설은 당연히 다른 소설가들의 소설의 깊은 영향을 받으니까요. 나는 일반 독자에게 그런 일이 일어난다고 보지 않고, 그렇게 될 것이라는 기대도 안 할 겁니다.

그러면 소설은 뭘 하나요?

일반 독자에게요? 소설은 독자들에게 읽을거리를 줍니다. 가장 좋은 경우 작가들은 독자들이 읽는 방식을 바꿉니다. 그게 내가 보기에는 유일하게 현실적인 기대입니다. 또 내게는 그것으로 아주 충분해 보이고요. 소설을 읽는 것은 깊고 독특한 즐거움, 섹스와 마찬가지로 어떤 도덕적이거나 정치적인 정당화가 필요하지 않은, 마음을 사로잡는 신비한 인간 활동입니다.

하지만 다른 영향은 없을까요?

선생님은 나에게 나의 소설이 문화에서 어떤 것을 바꾸었다고 생각하느냐고 물었고 그 답은 바꾼 게 없다입니다. 추문은 물론 있었지만, 사람들은 늘 추문을 듣고 또 아연실색하지요. 그게 그들에게는 삶의 방식입니다. 아무런 의미도 없지요. 내 소설이 문화에서 어떤 것을 바꾸기를 원하느냐고 묻는다면, 답은 여전히 없다입니다. 내가 원하는 것은 독자들이 내 책을 읽고 있는 동안은 내가 그들을 사로잡는 것입니다 — 할 수 있다면, 다른 작가들이 하지 않는 방식으로 사로잡는 겁니다. 그런 다음 그들이, 전과 마찬가지로, 다른 모든 사람이 그들을 바꾸고 설득하고 유혹하고 통제하려고 노력하고 있는 세상으로 돌아가게 하지요. 최고의 독자는 그 모든 소음으로부터 자유로워지려고, 자기 안에서 소설이 아닌 그 모든 것에 의해 규정되고 둘러싸이는 의식을 풀어놓으려고 소설에 옵니다. 이것은 책에 정신이 팔린 모든 아이가 즉시 이해하는 겁니다, 물론 그것은 독서의 중요성에 관하여 아이가 할 법한 수준의 생각은 전혀 아니지만.

마지막 질문입니다. 선생님은 자신을 어떻게 묘사하겠습니까? 선생님의 생생하게 변화하는 주인공들과 비교할 때 자신이 어떻다고 생각합니까?

나는 나 자신을 생생하게 변화시켜 자신을 자신의 생생하게 변화하는 주인공들로 바꾸려 하는 하는 사람과 흡사합니다. 온종일 글을 쓰며 시간을 보내는 사람과 아주 흡사합니다.

주커먼에 관한 인터뷰*

많은 비평가와 서평가들이 로스의 소설보다는 로스에 관해서 집요하게 쓰고 있습니다. 이렇게 오랜 세월이 지난 뒤에도 왜 이런 집요함이 유지된다고 봅니까?

만일 그렇다면 그것은 나의 소설이 단일한 중심인물의 자아를 드러내는 딜레마에 강렬하게 초점을 맞추어온 것과 관련이 있을지도 모르겠군요. 이 인물의 전기는 어떤 분명한 디테일에서 나의 경우와 겹치고, 그래서 나"라고" 가정되고 있지요.

『유령 작가』는 언론에서 "자전적"이라고 자동적으로 묘사되

---

* 애셔 Z. 밀바우어와 도널드 G. 왓슨이 그들의 책 『필립 로스 읽기*Reading Philip Roth*』(세인트마틴, 1988)에 수록하기 위해 진행한 인터뷰.

었는데, 그것은 서술자인 네이선 주커먼이 내 나이의 미국계-유대인 작가이고 뉴어크에서 태어났고 그의 가장 초기의 글이 일부 유대인 독자들로부터 항의를 유발하기 때문입니다. 하지만 사실 그 정도가 나의 역사와 그 책에서 주커먼의 역사가 비슷한 부분이지요. 젊은 주커먼이 대면해야 했던 아버지의 곤혹스러운 반대, 『유령 작가』의 도덕적 플롯을 추진하는 그 반대를 나는 면제받았습니다. 더 나이든 유명한 작가가 그의 작품에 지적이고 아버지 같은 관심을 기울이고, 주커먼이 스물세 살에 운좋게 그의 뉴잉글랜드 집의 식객으로 가 있기도 했던 것은 1950년대에 작가로 출발한 나의 경험과 전혀 닮지 않았습니다. 또 나는 안네 프랑크를 닮았기 때문에 끌리는 여자, 나 자신에게서 자기혐오와 반유대주의라는 다른 유대인의 비난을 씻어내기 위해 머릿속에서 안네 프랑크로 바꾸어놓고 그녀의 지위를 부여하는 여자를 만난 적이 없습니다.

어떤 독자들은 나의 삶을 주커먼의 삶으로부터 떼어내는 데 어려움을 겪을지 모르지만 『유령 작가』— 『사로잡힌 주커먼 *Zuckerman Bound*』과 『카운터라이프 *The Counterlife*』와 더불어 — 는 상상의 전기, 나의 경험 속의 주제들에 자극받은 발명품이지만 자서전의 목적은커녕 그 방법과도 한참 떨어진 글쓰기 과정의 결과물입니다. 만일 공인된 자서전 작가가 자신의 개인적인 주제들을 자신의 일상의 역사와 구분되고 또 그것으로부터 독립된 자세한 서사로 바꾸어놓고, 자신이 한 적 없는 말들로 대화를 하는 상상의 인물들을 집어넣고 그것이 전혀 일어난 적도 없는 사건들의 연속체에 의해 의미를 부여받는다면, 그가 뻔뻔스러운 거짓말을 자신의 진짜 삶으로 제시한다고 비난을 받아도 우리는 놀라지 않을 겁니다.

존 업다이크가 한 말을 인용해도 될까요? 나의 주커먼 책들에 관해 질문을 받았을 때 그는 이렇게 답했다고 합니다. "로스는 모델 소설roman-à-clef처럼 보이지만 실제로는 그렇지 않은 것을 만들어내고 있다."

하지만 선생님의 책이 존 업다이크 이외의 사람들에게 오독되고 있다 해도 그것은 대체로 대부분의 좋은 글의 운명 아닐까요? 선생님은 **오독될 것을 예상하지 않습니까?**

소설가들이 글을 쓰는 동안에는 예상하거나 고려하지 못했던 방식으로 독자들에게 봉사한다는 것은 『사로잡힌 주커먼』과 팔 년을 보낸 사람에게 새로운 소식으로 다가오지 않습니다. 그것이 갓 피어나는 작가 네이선이 청소년기에 저지른, 가족의 자존심을 훼손한 죄에 대해 사면을 구하기 위해 로노프의 거실로 들어가는 도입부부터 결말부에서 사십대에 이른 기성작가가 되어 전혀 해로울 것 없는 이디시어 단편들이지만 프라하 경찰이 전복적이라며 압수하기로 결정하자 굴복할 수밖에 없었던 날에 이르기까지, 이 팔백 페이지 책이 거의 모든 페이지마다 하고 있는 이야기입니다.

작가가 갈망하는 이상적인 읽기와 비슷한 유일한 읽기는 작가 자신의 읽기입니다. 다른 모든 읽기는 놀라운 것이지요 ─ 선생님의 말을 빌리자면 "오독"입니다. 그 말이 의미하는 바가 천박하고 멍청한 읽기가 아니라 독자의 배경, 이데올로기, 감수성 등에 의해 경로가 고정되는 읽기라는 뜻이라면.

그러나 생각해볼 만한 어떤 방식으로 오독되려면 작가는 일단 읽혀야 합니다. 하지만 그런 오독이, 능숙하고 교양 있고 폭넓게 읽은 오독자가 하는 것이라면 교훈이 될 수도 있습니다, 괴상한 방식일 때도 말입니다 ─ 미국 문학에 관해 로런스가 한 말을 보세요.* 또 상상력을 바탕으로 한 문학의 역사상 가장 영향력이 큰 오독자 프로이트를 보세요. 따라서 그런 오독자들은 영향력 있는 검열관들입니다, 이유야 다르지만. 그런데 소비에트 검열관들이 솔제니친의 소설에서 그의 정치적 목적을 반드시 오독하고 있을까요? 검열관은 오독자들 가운데 가장 편협하고 비틀린 것처럼 보일 수도 있지만, 가끔 어떤 책의 사회적으로 해로운 함의에 관해서 가장 관대하게 마음이 열린 독자보다 분별력이 있을 수도 있습니다.

심각한 오독은 텍스트의 난해성과는 거의 관계가 없습니다. 천재들은 자장가도 오독합니다 ─ 필요한 것은 그 천재가 튀길 자기 나름의 물고기**를 갖고 있는 것이지요.

---

* 주로 D. H. 로런스의 책 『미국 고전문학 연구』(1923)에서. ─ 원주
** 관심을 가질 중요한 것이라는 뜻.

그 점을 고려할 때 독자는 어떻습니까? 자신에게 독자가 있다고 생각합니까? 그렇다면, 그건 선생님에게 무슨 의미입니까?

나에게는 두 독자가 있습니다. 일반 독자와 유대인 독자입니다. 나는 일반 독자에게 내가 주는 영향에는 거의 아무런 느낌이 없고, 그 사람들이 누구인지도 사실 알지 못합니다. 일반 독자라고 해서 내가 어떤 거창한 것을 말하는 것은 아닙니다.『포트노이의 불평』의 인기에도 불구하고 진짜 관심을 갖고 내 책들 가운데 반을 읽었을 수도 있는 — 한두 권을 읽은 사람이 아니라 — 미국인의 수는 고작해야 오만을 넘지 않을 겁니다. 그들이 일을 할 때 내 생각을 하지 않듯이 나도 일을 할 때 그들 생각을 하지 않습니다. 그들은 체스판과 상대의 수에 집중하고 있는 체스 선수에게 그 게임을 구경하는 사람들이 멀리 있는 것만큼이나 멀리 있습니다. 그러나 나에게 한껏 집중해주는 오만 명의 사려분별이 있는 알 수 없는 독자들(또는 창의력이 풍부한 오독자들)은 큰 만족을 주기도 합니다. 침묵하는 책과 침묵하는 독자 사이의 수수께끼 같은 교류는 어린 시절부터 독특한 거래라는 느낌을 받았습니다. 나에 관한 한 그것이 소설가라는 소명에서 공적 측면의 핵심입니다. 그것만이 중요하지요.

일반 독자의 반대편에서 균형을 잡아주는 것이 유대인 독자였고, 그들은 나에게 양쪽 세계의 가장 좋은 것을 주었습니다. 나의 유대인 독자에게서 나는 그들의 기대, 경멸, 기쁨, 비판, 상처 입은 자기애, 건강한 호기심, 분노를 강렬하게 느낍니다 — 내 상상에서 작가가 의식하는 독자는 작은 나라의 수도에 살고 있는데, 이곳에서는 문화가 정치만큼 많은 것을 의미한다고 여겨지고, 문화가 곧 정치입니다. 이 작은 나라는 책의 목적을 평가하고 의미를 묵상하고 기발한 것들을 농담으로 날려버리는 일에 지속적으로 몰입하고, 계속 자신이 이런저런 방식으로 위험에 처해 있다고 느낍니다.

왜 유대인을 그렇게 화나게 합니까?

내가 아직도 그러나요? 지금은 "그렇게"라는 말이 과장인 게 분명합니다. 책을 열다섯 권 낸 뒤 나는 내가 묘사한 주커먼보다 훨씬 화를 덜 돋우는 사람이 되었을지도 모르는데요. 무엇보다도 나를 지지하지 않았던 유대인 세대의 영향력이 이제는 전과 같지 않고 나머지는 내 소설에서 유대인이 행동하는 방식을, 전에는 그런 적이 있었다 해도, 이제는 부끄러워하지 않지요.

그런 갈등과 관계가 깊었던 것이 사실 수치—그들의 수치—였거든요. 하지만 이제 성적인 생각을 하고 승인되었거나 심지어 승인되지 않은 에로틱한 행동에 참여할 유대인의 권리에 모두가 더 자신감을 갖게 되면서 그 문제는 끝났다고 생각합니다. 전반적으로 유대인 독자는 사회적으로 받아들일 만한 유대인 행동이 무엇이냐를 두고 이제는 다른 사람들의 생각(현실이든 상상이든)에 그렇게 민감하지 않고, 자신들에게 피해를 주는 인식이 소설 작품을 통해 공중의 정신에 지울 수 없이 각인되어 이것이 반유대주의적 반응을 촉발할 수도 있다고 강박적으로 걱정하는 것으로 보이지 않습니다. 미국 유대인이 이방인의 반감에 느끼는 위협이 1950년대에 내가 책을 내기 시작했을 때보다 훨씬 줄어들었고, 그들은 반유대주의와 그 원인에 대해 훨씬 세련된 태도를 갖게 되었으며, 정상성을 이루는 숨막히는 관념들에 덜 속박되어 있습니다.

이것은 그들이 한때 그랬던 것처럼 동화同化의 문제적 성격에 그렇게 매달리지 않고, 당연한 일이지만 지난 십오 년간 새로운 미국 사회에서 민족적 차이에 전보다 덜 괴로워하게 되었기 때문입니다. 이 사회란 그들 자신보다 훨씬 동화가 힘든 사람들이 이천만 명 이상 엄청나게 흘러들어와 만들어진 것인데, 그들 가운데 약 팔십오 퍼센트는 비유럽인이고, 그들의 눈에 띄는 존재감은 다원 발생을 이 나라의 삶에서 금방 눈에 띄고 변경 불가능한 사실로 재확립해놓았습니다. 마이애미의 정수가 쿠바의 부르주아지이고, MIT의 가장 훌륭한 학생들이 중국 학생들이고, 인종 또는 민족 문제에 대한 자격증 없이는 어떤 후보도 민주당 대통령 후보 선출 대회에 나설 수 없게 되자—그러니까 모두가 눈에 띄지만 상관치 않게 되자—유대인은 자신이 눈에 띄는 것을 덜 걱정하게 되고, 덜 눈에 띄게 되는 것 같습니다.

내가 도발한 수치에 더하여 내가 완강한 유대인 혐오자의 믿음을 확인해주고 이방인에게 일반적으로 잠재해 있는 반유대주의를 끌어냄으로써 위협적인 존재가 되었다는 말도 있었습니다. 몇 년 전 저명한 유대교 신비주의 학자 거숌 숄렘은 이스라엘 신문에『포트노이의 불평』에 대한 공격을 싣고, 내가 아니라 유대인이 그 책의 몰염치에 대한 대가를 치르게 될 것이라고 예언했습니다.* 나는 최근에야 이스라엘에서 숄렘의 글에 관해 알게 되었습니다 — 텔아비브의 한 대학교수가 숄렘의 주장을 요약해서 들려주며 나에게 어떻게 생각하느냐고 묻더군요. 나는 역사는 숄렘이 틀렸다는 것을 증명했다고 말했습니다.『포트노이의 불평』이 출간된 이후 십오 년 이상 지났지만 어떤 유대인도 책방에서 책값 몇 달러를 내는 것 외에 그 책에 대한 대가를 치르지 않았습니다. 교수의 답변? "아직은 아니지만 때가 되면 이방인이 그것을 이용할 것이다."

내가 아직도 화나게 만드는 유대인은 대부분 그 이스라엘 교수와 같습니다. 그들에게는 반유대주의를 교사할 위험이 다른 모든 고려를 압도합니다.

물론 내가 소설을 쓰는 방법을 모른다고 생각해서 내 책들을 좋아하지 않은 사람이 이방인뿐 아니라 유대인 가운데도 많이 있을 게 틀림없습니다. 그건 아무 문제가 없지요. 나는 지금 그보다는『포트노이의 불평』을 어떤 집단의 독자들에게 아주 혐오스러운 것으로 만들어야만 하는 심리적 또는 이데올로기적 지향을 지적하는 겁니다. 이스라엘 교수의 예가 다른 것을 암시하는 것처럼 보일지도 모르지만, 유대인의 이런 특정한 지향은 바로 이스라엘의 존재와 그것이 미국 유대인의 자신감에 주는 영향 때문에

---

* 소설이 발표된 직후 이스라엘 신문 하레츠에 실린 두 에세이에서. — 원주

사라지고 있는 것으로 보입니다.

나는 이스라엘의 군사적 힘이 미국의 유대인에게 불러일으킬 수도 있는 자부심을 가리키는 게 아닙니다. 미국의 유대인에게 이제는 방어적인 자기 검열에 너무 꽉 막힌 방식으로 속박될 필요가 없다는 신호를 보낸 것은 승리하는 이스라엘의 이미지나 이스라엘의 무오류라는 순진한 관념이 아닙니다. 오히려 그 반대지요. 이스라엘이 갈등하는 정치적 목적과 스스로 질문하는 양심을 가진, 열린 상태에서 조화를 이루지 못하고 분열하는 사회, 자신의 불완전성을 자신에게 감추려고 노력하지 않으며 원한다고 해도 그것을 세상에 감출 수 없는 유대인 사회라는 인식이 그렇게 만든 겁니다. 이스라엘 유대인이 노출되는 엄청난 언론의 관심—그들이 거기에 중독되지 않은 것은 아니지요—에는 많은 원인이 있고 그 모두가 자비로운 것은 아니지만, 이스라엘의 부끄러워하지 않는 자기 누설의 한 가지 효과는 미국의 유대인이 그들 자신이 공개적으로 동일시되는 것을 원치 않을 수도 있는 매우 다양한 행동을 유대인으로서만 존재 의미가 있다고 인식되는 사람들과 연결하게 되었다는 것입니다.

더 일반적인 주제로 옮겨가보겠습니다. 선생님은 소설이 세상을 알거나 세상을 바꾸는 방법이라고 생각합니까?

다른 방식으로 알 수 없는 세계를 아는 방식이라고 생각합니다. 소설의 도움 없이도 세상에 관해 많이 알 수 있지만, 어떤 것도 소설의 방식으로 아는 것을 가능하게 하지는 않지요. 어떤 것도 세상을 소설로 만들 수는 없으니까요. 우리가 플로베르나 베케트나 도스토옙스키로부터 알게 되는 것은 간통이나 외로움이나 살인에 관하여 우리가 전에 알고 있었을지도 모르는 것보다 결코 아주 더 많지는 않습니다 ─ 우리가 아는 것은 『마담 보바리』『몰로이』『죄와 벌』이지요. 소설은 그 유일무이한 양식의 정밀한 조사와 상상으로부터 파생하고, 그 지혜는 상상으로부터 분리될 수 없습니다. 가장 지적인 소설가의 지성도 그것을 구현하고 있는 소설로부터 분리되면 종종 가치가 떨어지고, 최소한 왜곡되기는 하지요. 그러면 의도하지 않아도 소설은 더 넓은 의식으로 번지기보다는 정신만을 다루게 되고, 그렇게 되면 그것이 "생각"으로서 얼마나 많은 위엄을 부여받을지는 몰라도, 달리는 알 수 없는 방식으로 세계를 아는 방식은 아니게 됩니다. 소설로부터 분리되면 소설가의 지혜는 그냥 그만큼의 말에 불과할 수도 있어요.

소설은 실제로 행동에 영향을 주고 의견을 형성하고 행동을 바꿉니다 ─ 책 한 권이 물론 사람의 인생을 바꿀 수도 있지요. 하지만 그것은 독자가 자신의 목적(소설가를 섬뜩하게 할 수도 있는 목적)을 위해 소설을 이용하려는 선택 때문이지 소설이 독자가 행동하는 것 없이는 불완전하기 때문은 아닙니다.

마치 소설이 아무것도 바꾸지 않는 쪽을 정말로 더 좋아하는 것처럼 들립니다.

모든 것은 모든 것을 바꿉니다 — 아무도 그 말에 시비를 걸지 않지요. 내가 하는 말은 소설이 어떤 변화에 영향을 주는 것처럼 보이든 그것은 대개 독자의 목적과 관련이 있지 작가의 목적과 관련이 있는 것은 아니라는 뜻입니다.

작가가 바꾸는 힘을 실제로 갖고 있고 또 매일 바꾸려고 노력하는 대상이 있는데, 그것은 글입니다. 작가의 책임은 자기 나름의 담론의 완결성에 있습니다.

소설적 담론의 완결성은 아니라 해도 그 중요성이 영화와 텔레비전이나 신문 표제 같은 경쟁자들, 세상을 아는 완전히 다른 방식을 제시하는 경쟁자들에 의해 위협을 받고 있다고 느낍니까? 대중매체가 선생님이 문학적 상상에 부여하는 정밀한 조사 기능을 거의 찬탈한 것 아닌가요?

정밀한 조사 기능이 있는 소설은 단지 위협받는 것이 아니라, 미국에서는 세상을 아는 진지한 방식으로서는 거의 쓸려나가버렸지요. 텔레비전이 뭔가를 아는 거의 유일한 원천인 수천만의 사람들 사이에서는 물론이고 이 나라의 작은 문화적 엘리트 집단 내에서도 거의 비슷합니다. 일류인 사람들이 십류인 영화에 관해 활기차게 떠드는 이야기가 어떤 책에 관해 상당히 길게 또는 강도 있게 하는 토론을 거의 밀어냈습니다. 영화들이 권유하는 이야기 방식대로 느긋하게 인상주의적인 방식으로 영화 이야기를 하는 것이 문학적 소양이 없는 사람의 문학적 삶뿐 아니라 문학적 교양이 있는 사람들의 문학적 삶이기도 합니다. 심지어 교육을 가장 잘 받은 사람들도 말로 된 서사를 자신이 어떻게 파악하는지 자신 있게 말하는 것보다는 그림으로 된 이야기로부터 세상을 아는 방식을 표현하는 것을 쉽게 여기는 듯합니다.

대중매체는 문학의 정밀한 조사 기능을 찬탈했지요—찬탈하고 하찮게 만들었습니다. 미국 대중매체라는 덩어리의 움직임은 모든 것을 하찮게 만드는 쪽으로 향합니다. 동유럽에서 억압이 중요하듯 미국인에게는 모든 것을 하찮게 만드는 상황이 중요한데, 이것이 PEN에서 정치적 억압과 같은 악명을 얻지 못한 것은 그것이 정치적 자유로부터 흘러나오기 때문입니다. 문명화된 미국에서 위협이 되는 것은 어딘가의 전형적이지 않은 어떤 학군에서 이런저런 책을 검열하는 것이 아니고, 정부가 이런저런 정보를 억압하거나 조작하려고 시도하는 것이 아닙니다. 위협은 정보의 과다, 회로에 정보가 급증하는 것입니다—아무것도 검열하지 않는 것이지요. 모든 것을 하찮게 만드는 것은 동유럽이나 소련에서 가지고 있지 않은 바로 그것의 결과입니다—뭐든 말하고 뭐든 팔 자유, 말하고 팔려는 것이 무엇이든.

지금은 심지어 런던이나 파리에서 자유로운 것보다 차라리 모스크바나 바르샤바에서 억압을 받는 쪽이 작품에는 정말 나을지도 모른다고 생각하고 싶어하는 작가들도 있습니다. 권위주의적 환경이 없으면 상상의 가능성이 줄어들고 문학적 진지성이 의심을 받게 된다는 식이지요. 그런 갈망에 시달릴지도 모르는 작가들에게는 안타까운 일이지만, 생각하는 미국인들의 지적 상황은 소비에트권의 생각이 깊은 사람들이 무서워하는 것을 거울처럼 선명하게 비추지도 않고, 그것과 유사하지도 않고, 그것과 닮지도 않았습니다. 그러나 미국을 무시무시하게 위협하며 그 나름의 박탈을 환기하는 것이 있는데, 그것은 표현의 자유가 전혀 압축되지 않은 사회에서 벌어지는 섬뜩한, 모든 것을 하찮게 만드는 상황입니다(가끔 "단순하게 만든다"고 느슨하게 표현하기도 합니다).

지금은 토론토에 살고 있는 체코 작가 요세프 슈크보레츠키*는 말한 적이 있습니다. "동유럽에서 나쁜 작가가 되려면 정말로 나빠야 한다." 그 말은 그런 나라에서는 사람들의 고난의 정치적 기원이 일상생활에서 분명하게 보이고 곤경이 늘 그들을 정면으로 뚫어져라 마주보고 있다는 겁니다. 개인의 불행은 불가피하게 정치와 역사로 채색되고, 어떤 개인적 드라마도 더 넓은 사회적 함의가 없지 않은 것으로 보이지요. 슈크보레츠키가 비꼬듯이 암시하는 것은 억압의 결과와 소설의 장르 사이에는 거의 화학적인 친화성이 있다는 겁니다. 내가 하는 말은 우리의 전례 없는 서구적 자유의 상대적으로 잘 파악되지 않는 결과에도 그와 마찬가지로 무게가 실린 상상의 정밀 조사를 받을 제재가 당연히 있다는 겁니다. 우리 사회가 비밀경찰의 괴롭힘을 받지 않는다 해서 상

---

* 체코 작가(1924~2012)로 1960년대 말 체코슬로바키아를 탈출하여 캐나다에 정착했다. 『겁쟁이들 *The Cowards*』(1958) 『인간 영혼의 엔지니어 *The Engineer of Human Souls*』(1977) 등의 소설을 썼다. — 원주

상의 가능성이 부족한 것은 아닙니다. 세계 가운데 우리 지역에서 흥미로워지는 것이 슈크보레츠키의 점령된 나라에서만큼 쉽지 않다는 것은 서방에서, 서방의 좋은 작가가 되려면 정말로 좋아야 한다는 뜻일 뿐일 수도 있습니다.

제임스의 리얼리즘이 되었건 조이스의 모더니즘이 되었건 기성의 진지함의 관습에 의지하거나 기대지 않고 자기 소설의 진지성을 확립하는 것이 선생님 세대의 작가들에게 문제 아니었습니까?

그것은 모든 세대의 문제지요. 야심 있는 젊은 작가들은 종종 권위에 의해 입증된 사람들을 모방하고 싶은 유혹을 느낍니다. 기성작가의 신진 작가에 대한 영향은 대개 자격을 찾는 일과 관련이 있지요. 그러나 자신의 목소리와 제재를 찾는 것은 작가의 첫 독자들이 "이건 정말이지 아주 진지한데"와는 다른 "하지만 이 사람이 진지할 리가 없어" 하고 생각하도록 유도할 수도 있는 소설을 만드는 일을 수반합니다. 모더니즘의 교훈은 "조이스적"인 테크닉이나 "카프카적"인 비전으로 요약되지 않습니다. 그것은 조이스, 카프카, 베케트, 셀린의 소설, 알지 못하는 독자에게는 아마도 진지함보다는 매우 기이하고 야릇한 강박에 사로잡힌 듯한 특징을 보여줄 소설에서 예시된 진지함에 대한 혁명적 감각에서 기원합니다. 이제 이 이상한 작가들의 방법은 그 자체가 진지함의 관습이 되었지만, 그렇다 해도 그들의 메시지는 결코 희석되지 않는데, 그 메시지란 "새롭게 만들라"가 아니라 "가장 그럴

듯하지 않은 방법으로 진지하게 만들라"입니다.

선생님에게 "가장 그럴듯하지 않은 방법"은 선생님 방식의 희극이었습니까?

희극은 나에게 종종 가장 그럴듯한 방법이었지요. 희극에 대한 본능을 진지하게 받아들일 시간, 그것이 나의 성실함과 싸워서 마침내 발언권을 얻게 할 자신감을 키울 시간이 필요하기는 했지만. 그렇다고 내가 나의 비희극적 측면을 신뢰하지 않는다거나 나에게 그런 면이 없다는 말은 아닙니다. 그저 비희극적인 면은 대체로 다른 모든 사람의 그런 면과 닮았다는 거지요. 지금까지 내가 아는 것을 가장 잘 상상할 수 있는 방법은 대체로 희극의 표현 단계의 변화를 통하는 것이었습니다.

하지만 『해부학 교실』에서 주커먼은 자신이 충분히 "진지하지" 못할까봐 두려워하고, 그 모든 신체적인 병에도 불구하고 충분히 "고통받지" 못할까봐 두려워하지 않습니까? 그게 의대에 입학하고 싶어하는 이유이고, 『프라하 주신제The Prague Orgy』에서 동유럽 여행을 가는 이유 아닌가요?

그의 희극적 곤경은 자신의 희극적 곤경을 탈출하려는 반복적 시도의 결과입니다. 희극은 주커먼을 묶고 있는 것이지요―『사로잡힌 주커먼』에서 웃음이 터지는 것은 자신의 아버지와 형과 밀턴 아펠 같은 모든 진지한 사람들에게 진지한 사람으로 진지하게 받아들여지고 싶은 채울 수 없는 욕망 때문입니다. 『프라하 주신제』에 나오는 지문이 이 삼부작의 제목이 될 수도 있었습니다. 〈진지한 인간 주커먼 등장〉. 자신이 세계에서 가장 신성한 직업 가운데 하나라고 여긴 것의 세속적 영역을 받아들이는 것은 그에게 무시무시한 시련입니다. 초진지성을 향한 그의 탐구가 희극의 핵심이지요.

『사로잡힌 주커먼』은 진지함의 수호성인인 E. I. 로노프를 찾아가는 순례로 시작합니다. 그것은, 선생님이 지적하듯이, 수난의 성지인 카프카의 점령당한 프라하에서 끝납니다. 안네 프랑크와 결혼했다고 상상하는 것은 그가 세상에서 해야 할 존엄한 역할에 관한 젊은 시절의 환상에 처음 도전해오는 것으로부터 탈출하기 위해 최초로 꾸며내는 일입니다. 레오폴드 와프터 판사, 앨빈 페플러, 체코 비밀경찰, 설명이 되지 않는 극심한 목의 통증—이 모든 것이 자신의 소명에 내재한다고 한때 믿었던 그 진지성을 불경한 삶이 잠식하는 예들입니다. 하지만 그 소명의 존엄을 가장 성공적으로 전복하는 것은 그 불경한 면을 묘사하는 그 자신의 상당한 재능입니다. 그의 존엄을 되풀이해 곤경에 빠뜨리는 것은 작가 주커먼입니다.

이 삼부작의 대단원은 삼 권의 중간쯤에 시작되는데, 주커먼은 의사—그를 가장 못마땅해하는 유대인들에게는 직업적 진지성의 구현체죠—가 되려고 시카고로 가는 길에 직업적 포르노그래피 작가로 변장하고, 진지하게 받아들여지기 위해 그가 아직도 가지고 있을 수도 있다고 믿는 모든 요구를 버리고, 세속적인 것을 담는 그릇으로 바뀝니다. E. I. 로노프의 지성소에서 안네 프랑크와 약혼한 척하는 것으로부터 자신이 『엄청나게 빠르게』를 출판한 사람이라고 선언하는 것까지는 먼 거리입니다.

나의 고결한 주인공들이 겪는 이런 종류의 시련은 『놓아버리기』의 게이브 왈라크나 『젖가슴』과 『욕망의 교수』의 데이비드 케페시를 생각해보면 오래되고, 강박적인 주제처럼 보인다는 것을 깨닫게 됩니다. 신성하지 않은 삶의 시련은 또 포트노이가 불평하는 것이기도 했죠.

선생님은 그것을 불평합니까 — 그래서 그것이 오래되고, 강박적인 주제가 되는 건가요?

강박적인 주제는 다른 모든 것과 마찬가지로 놀람으로부터 진화합니다. 한 작가는 주제보다는 그것과 맞서는 상황에서 근원적인 순진한 상태naïveté 때문에 괴롭지요. 소설가는 자신의 강박적 주제를 진짜 모르기 때문에 고통을 겪습니다. 반복해서 그것을 포위 공격하는 것은 강박적 주제가 그가 가장 이해하지 못하는 것이기 때문입니다.

선생님은 책을 발표하기 전에 그것에 관해 설명하는 것처럼 보이는 일을 꺼리는 것으로 알고 있습니다. 하지만 "설명"하지는 않고, 『카운터라이프』의 특이한 형식에 대해 일반적인 이야기를 해주실 수 있을까요?

그 책은 선생님이 전에 작업한 어떤 것과도 분명히 닮지 않았는데요.

보통 책의 마지막에서 깨지고 마는 저자와 독자 사이의 계약이 있습니다. 이 책에서는 그 계약이 매 장 끝에서 깨집니다. 죽어서 묻혔다가 갑자기 살아나는 인물, 살아 있다고 가정되지만 사실은 죽은 인물. 이것은 독자들이 읽는 데 익숙하거나 내가 쓰는 데 익숙한 일반적인 아리스토텔레스적 서사가 아닙니다. 그렇다고 이 책에 시작, 중간, 끝이 없다는 건 아닙니다. 시작, 중간, 끝이 너무 많다는 거죠. 이것은 절대 바닥에 다다를 수 없는 책입니다—모든 질문에 답이 나오고 마무리되기보다는 갑자기 모든 걸 답이 없는 상태로 남겨둡니다. 처음 읽은 것이 늘 도전을 받고 책은 점점 자신의 소설적 가정들을 무너뜨리기 때문에, 독자는 계속 자신의 반응을 잡아먹게 되죠.

많은 점에서 이것은 사람들이 소설에서 원치 않는 모든 것입니다. 일차적으로 그들이 원하는 것은 믿게 해주는 이야기입니다. 그렇지 않으면 굳이 읽고 싶지 않지요. 그들은 표준적인 저자-독자 계약에 따라 자신이 듣고 있는 이야기를 믿는 데 동의합니다—그런데 『카운터라이프』에서는 모순된 이야기를 듣게 되죠. 독자는 말합니다. "나는 벌어지는 일에 관심이 있어. 다만 지금, 갑자기, 세 가지 일이 동시에 벌어지고 있어. 어느 게 진짜고 어느 게 가짜야? 나더러 어느 걸 믿으라고 하는 거야? 왜 이런 식으로 나를 귀찮게 해?"

어느 게 진짜고 어느 게 가짜인가? 모든 게 똑같이 진짜고 똑같이 가짜입니다.

나더러 어느 걸 믿으라고 하는 거냐? 모두/아무것도.

왜 이런 식으로 나를 귀찮게 하느냐? 누군가 자신의 이야기를 바꾸는 것에는 특별할 게 없기 때문입니다. 사람들은 계속 자기 이야기를 바꿉니다 — 매일 그런 일과 마주치죠. 거기에는 모더니즘적인 것도, 포스트모더니즘적인 것도 없고, 전위적인 것도 전혀 없습니다. 우리는 늘 우리 삶의 허구적 판본들, 서로 모순되지만 얽혀 있는 이야기들을 쓰고 있고, 그 이야기들은 아무리 은근히 또는 터무니없이 날조된 것이라 해도, 현실을 지탱하게 해주며 또 우리가 가지고 있는 것들 가운데 진실에 가장 가까운 것입니다.

왜 내가 여러분을 이렇게 귀찮게 하느냐? 삶이 반드시 하나의 경로, 하나의 단순한 연속성, 하나의 예측 가능한 패턴을 가지고 있는 게 아니기 때문입니다. 이 귀찮은 접근방법은 바로 그것을 극적으로 보여주려고 의도한 것입니다. 서사는 모두 엉망이 되지만 통일성이 있습니다. 그것은 제목에 표현되어 있습니다 — 반대의 삶, 반대의 삶들, 반대로 살기라는 관념. 삶은, 소설가와 마찬가지로, 변화를 일으키려는 강력한 충동을 갖고 있습니다.

2부

업계 이야기
— 한 작가와 그의 동료들과 그들의 일

나의 친구 C. H. 후벨에게
1916~2000

프리모 레비와의 대화
—토리노에서

1986년 9월의 금요일 토리노에 도착하여 그해 봄 런던에서 어느 날 오후에 시작한 대화를 재개했을 때 나는 그가 연구 화학자로 고용되어 일하다가 나중에는 관리자까지 올라가 퇴직한 페인트 공장을 안내해달라고 부탁했다. 그 회사는 모두 쉰 명을 고용하고 있는데 주로 실험실에서 일하는 화학자들과 공장 현장에서 일하는 숙련노동자들이었다. 생산 설비, 한 줄로 늘어선 저장 탱크, 실험실 건물, 사람 높이 컨테이너에 담겨 선적을 기다리는 완제품, 폐기물을 정화하는 재처리 설비—그 모든 것이 토리노에서 칠 마일 떨어진 사오 에이커의 땅에 들어가 있다. 수지를 말리고 광택제를 섞고 오염물질을 뿜어내는 기계들은 결코 괴로울 정도로 큰 소리를 내지 않으며, 마당의 얼얼한 냄새—그 냄새는,

레비는 나에게 말했다, 퇴직 후에도 이 년 동안 그의 옷에 달라붙어 있었다고—는 전혀 역겹지 않고, 오염물 제거 과정에서 나온 검고 걸쭉한 찌꺼기가 가득찬 삼십 야드 크기 쓰레기장은 별로 볼썽사납지 않다. 따라서 그곳은 세계에서 가장 추악한 산업 환경이라고 할 수 없지만 그럼에도 레비의 자전적 서사들의 특질을 이루는, 정신이 그득한 문장들로부터 한참 멀기는 하다.

그러나 산문의 정신으로부터 아무리 멀다 해도 그의 가슴과는 분명히 가깝다. 나는 소음, 악취, 그리고 파이프와 통, 탱크와 다이얼로 이루어진 모자이크로부터 내가 받아들일 수 있는 것을 받아들이면서 『멍키스패너』에 나오는 능숙한 정비공 파우소네가 레비―그는 파우소네를 "나의 또다른 자아"라고 부른다―에게 하던 말을 기억했다. "이 말은 해야겠는데, 작업 현장에 있는 걸 나는 즐겨."

레비는 자신이 관리자로 일하던 시절에 지은 단순한 설계의 이층짜리 건물인 실험실을 향해 넓은 마당을 통과해 걸어가면서 나에게 말했다. "나는 공장과 십이 년 동안 떨어져 있었습니다. 이건 나에게 모험이 될 거예요." 그는 한때 자신과 함께 일했던 거의 모든 사람이 지금은 퇴직했거나 죽었을 거라고 했는데, 실제로 아직도 거기에 있는 극소수의 사람을 우연히 만날 때면 유령과 마주치는 느낌인 듯했다. "유령이 또 나타났네." 한때 그가 쓰던 중앙 사무실에서 누군가 나타나 그가 돌아온 것을 환영한 뒤 그가 나에게 소곤거렸다. 원재료를 정밀 조사하는 실험실 구역에서 생산부 쪽으로 발을 옮기면서 나는 레비에게 복도에 희미하게 퍼져 있는 화학물질 냄새의 정체를 알 수 있느냐고 물었다. 나는 병원 복도 같은 냄새가 난다고 생각했다. 그는 고개를 살짝 들어 올리고 콧구멍을 공기에 댔다. 그는 웃음을 지으며 말했다. "나는 개처럼 이걸 이해하고 분석할 수 있습니다."

그는 숲의 가장 기민한 지성 덕분에 생기를 얻은 삼림지대의 어떤 작고 활달한 생물처럼 내적 활력을 얻은 것처럼 보였다. 레비는 작고 가냘프다. 으스대지 않는 거동 때문에 언뜻 약해 보이지만 그렇지는 않으며, 오히려 열 살 때 그랬을 것처럼 민첩해 보인다. 얼굴에서와 마찬가지로 몸에서도, 남자들 대부분의 경우와는 달리, 예전 소년 시절의 얼굴과 몸을 보게 된다. 초롱초롱한 상태는 거의 손에 만져질 듯하며 명민함이 내부에서 점화용 불씨처럼 떨리고 있다.

작가들이 나머지 인류와 마찬가지로 두 범주로 나뉜다는 것을 알게 되어도 언뜻 생각하는 것만큼 놀라운 일은 아니다. 귀를 기울이는 사람과 그렇지 않은 사람이다. 레비는 귀를 기울인다, 그것도 그의 얼굴 전체로. 끝에 하얀 턱수염이 달린 정확하게 빚어진 얼굴은 예순일곱임에도 젊음이 넘치는 목양신牧羊神처럼 보이고 또 교수처럼 보이기도 한다. 억누를 수 없는 호기심이 가득한 얼굴이자 존경받는 박사dottore의 얼굴이다. 『멍키스패너』에서 파우소네가 일찌감치 프리모 레비에게 "자네는 대단한 사람이야, 나에게 이런 이야기를 하게 하다니. 자네가 아니라면 나는 누구에게도 이런 이야기를 하지 않았을 걸세" 하고 말했을 때 그의 말을 믿을 수 있다. 사람들이 늘 그에게 이야기를 하고 모든 것이 종이에 적히기 전에 머릿속에 이미 충실하게 기록되어 있는 것도 놀랄 일이 아니다. 그는 귀를 기울일 때 돌담 위에서 미지의 것을 살피는 얼룩다람쥐처럼 집중한 상태에서 고요를 유지한다.

레비가 태어나기 몇 년 전에 지은 크고 튼튼해 보이는 아파트 주택—사실 그가 실제로 태어난 주택인데 전에 이곳은 그의 부모의 집이었다—에서 레비는 부인 루치아와 함께 살고 있다. 아우슈비츠에서 보낸 한 해와 자유를 얻은 직후 모험을 하던 몇 달을 제외하면 그는 평생 이 아파트에서 살았다. 부르주아적 견고함이 시간에 약간 자리를 내주기 시작한 이 건물은 아파트 건물들이 늘어선 넓은 길에 자리잡고 있는데 내 눈에는 북부 이탈리아의 맨해튼 웨스트엔드 애비뉴 같은 느낌이었다. 자동차와 버스가 꾸준히 흐름을 이루어 달리고 전차가 철로로 빠르게 지나가지만 동시에 도로 양편의 좁은 섬들을 따라 커다란 밤나무들이 줄을 짓고 있으며 교차로에서는 도시 가장자리의 녹색 산들이 보인다. 도시의 상업 중심부에 있는 유명한 아케이드는 레비가 "강박적인 토리노 기하학"이라고 부른 것을 직선으로 힘차게 관통하며 뻗어 있는데 걸으면 십오 분이 걸린다.

레비 부부는 커다란 아파트를 전후에 둘이 만나 결혼한 이후 쭉 그랬던 것처럼 프리모 레비의 어머니와 함께 쓰고 있다. 그녀는 아흔한 살이다. 레비의 아흔다섯 살 된 장모도 멀지 않은 곳에 살고 있다. 옆 아파트에는 그의 스물여덟 살 난 물리학자 아들이 살고 있다. 거리 몇 개를 더 올라가면 서른여덟 살 된 식물학자 딸이 살고 있다. 그렇게 긴 세월을 자발적으로 자신의 가장 가까운 가족, 태어난 곳, 자신의 지역, 선조의 세계, 특히 현지의 일하는 환경 — 피아트의 본거지인 토리노의 경우 이것은 대체로 산업적이다 — 과 긴밀하게 얽혀서 그렇게 직접적이고 단절 없는 연결을 유지하고 있는 다른 현대 작가를 나는 알지 못한다. 20세기의 지적으로 재능 있는 모든 예술가 가운데 — 레비의 독특한 점은 그가 화학자-작가라기보다는 예술가-화학자라는 점이다 — 레비는 자신을 둘러싼 삶의 전체성에 단연 가장 철저하게 적응되어 있다고 말할 수 있다. 아마 프리모 레비의 경우 아우슈비츠에 대한 그의 걸작은 물론이고 이렇게 공동체 안에서 상호 관련성을 이루며 살아가는 삶 자체도, 그가 한결같이 이어온 모든 관계를 끊고 그와 그의 동류를 역사에서 떼어내려고 할 수 있는 모든 일을 한 자들에 대한 그의 심오하게 영적인 반응의 결과물일 것이다.

레비는 『주기율표』에서 화학의 가장 만족스러운 과정 가운데 하나를 묘사하는 문단을 시작하면서 가장 단순한 문장으로 이렇게 쓴다. "증류는 아름답다." 앞으로 이어지는 것 또한 증류다. 즉 우리가 긴 주말 동안 대부분 레비의 아파트 현관 옆에 있는 조용한 서재의 문 뒤에서 영어로 나눈 광범하고 활기찬 대화를 핵심적인 사항들로 줄여놓은 것이다. 그의 서재는 크고 가구는 소박하다. 낡은 꽃무늬 소파와 편안한 안락의자가 있다. 책상에는 덮개를 씌운 워드프로세서가 있다. 책상 뒤에는 레비의 다양한 색깔의 공책들이 꽂혀 있다. 방의 모든 벽 책꽂이에는 이탈리아어, 독일어, 영어 책이 있다. 가장 환기력이 강한 물체는 가장 작은 편에 속하는 것인데 다름 아닌 아우슈비츠의 반쯤 무너진 철조망 담장을 그린 스케치로 벽에 튀지 않게 걸려 있다. 벽에서 더 두드러지는 것은 레비 자신이 절연한 구리선—즉 그 자신의 실험실에서 이런 목적으로 개발한 광택제를 입힌 선이다—을 솜씨 좋게 꼬아서 형체를 만든 장난스러운 구조물들이다. 커다란 구리선 나비, 구리선 올빼미, 아주 작은 구리선 벌레가 있고 또 책상 뒤의 벽 높은 곳에는 가장 큰 구조물 두 개가 있다. 하나는 뜨개질바늘로 무장한 구리선 새-전사이고 또하나는 무슨 형체를 표현하려 했던 것인지 내가 파악하지 못하자 레비가 설명해준 바에 따르면 "코로 장난을 치는 남자"다. "유대인." 내가 말했다. "맞아요, 맞아." 그는 웃음을 터뜨리며 말했다. "물론 유대인이지."

로스 화학자로서 선생님이 경험한 "강하고 쓴 맛"에 관한 책 『주기율표』에서 선생님은 1942년 밀라노의 어떤 화학공장에서 만난 매력적인 젊은 동료 줄리아에 관해 말합니다. 줄리아는 이십대 초반의 선생님이 여자한테 수줍고 여자친구도 없다는 사실을 근거로 선생님이 "일에 미친 사람"이라고 말하지요. 하지만 내 생각에, 줄리아는 틀렸습니다. 선생님이 일에 미친 것은 사실 더 깊은 데서 나오지요. 『멍키스패너』만이 아니라 선생님의 첫 책, 아우슈비츠 감금에 관한 책에서도 일은 선생님의 주된 주제로 보이거든요.

"일이 자유를 준다Arbeit Macht Frei"는 나치가 아우슈비츠 정문 위에 새겨놓은 말입니다. 하지만 아우슈비츠에서 일은 일의 무시무시한 패러디일 뿐, 쓸모도 없고 의미도 없는 것이었지요. 괴로운 죽음에 이르는 벌로서의 노동이었습니다. 선생님의 문학적 노동 전체는 일의 인도적인 의미를 회복하고, 아우슈비츠 고용자들이 일Arbeit이라는 말을 망가뜨릴 때 사용한 조롱 섞인 냉소로부터 그것을 되찾는 데 바쳐졌다고 볼 수도 있습니다. 파우소네는 선생님한테 말합니다. "내가 맡는 모든 일은 첫사랑 같다." 그는 일을 즐기는 만큼이나 일에 관해 말하는 것도 즐깁니다. 파우소네는 노동을 통하여 진정으로 자유로워진 '일꾼 인간'입니다.

레비 내가 일에 미친 이유를 당시 여자들에게 수줍어하던 것에서 찾은 줄리아가 틀렸다고 생각하지는 않습니다. 그런 수줍음, 또는 억제는 진짜였고 고통스러웠고 무거웠지요─나에게는 일에 대한 헌신보다 훨씬 중요했습니다. 『주기율표』에서 내가 묘사한 밀라노 공장 일은 내가 신뢰하지 않는 가짜 일이었습니다. 1943년 9월 8일 이탈리아 휴전협정이라는 재앙*은 이미 소문이 돌고 있었고, 과학적으로 의미 없는 활동으로 파고들어 그것을 무시하는 것은 어리석은 행동이었을 겁니다.

나는 한 번도 나의 그런 수줍음을 진지하게 분석하려 해본 적이 없지만 무솔리니의 인종차별법**이 중요한 역할을 한 게 틀림

---

* 동맹국에 대한 이탈리아의 항복은 1943년 9월 8일에 공식 발표되었으며, 그에 이어 독일이 이탈리아 대부분을 점령했다.─원주
** 이탈리아에는 1935년 나치 뉘렌베르크 법을 모델로 한 반유대주의 법이 시행되었다(1938~1939).─원주

없습니다. 다른 유대인 친구들도 그런 괴로움을 겪었고, 일부 "아리아인" 학교 친구들은 우리를 조롱하면서 할례가 거세에 불과하다고 말했는데 우리는 적어도 무의식적 수준에서는 그것을 믿는 경향이 있었지요. 우리의 청교도적인 가족도 거들고 해서 말입니다. 당시에 나에게 일은 진정한 열정보다는 성적인 면에 대한 보상이었다고 생각해요.

하지만 수용소 이후에는 내 일, 아니 나의 두 가지 종류의 일(화학과 글쓰기)이 삶에서 핵심적인 역할을 했고 또 지금도 하고 있다는 것을 잘 알고 있습니다. 나는 정상적 인간은 생물학적으로 어떤 목표를 향해 가는 활동을 하도록 만들어졌고, 게으름 또는 목표 없는 일(아우슈비츠의 일Arbeit처럼)은 고통과 위축을 가져온다고 믿고 있어요. 내 경우, 또 나의 다른 자아인 파우소네의 경우 일은 "문제 해결"과 동일합니다.

아우슈비츠에서 나는 묘한 현상을 자주 목격했습니다. "제대로 한 일lavoro ben fatto"에 대한 욕구가 워낙 강해 사람들은 심지어 노예나 할 것 같은 잡일마저 "제대로" 하더라고요. 여섯 달 동안 은밀하게 먹을 걸 갖다주어 내 목숨을 구해준 이탈리아인 벽돌공은 독일인, 독일 음식, 독일어와 더불어 그들의 전쟁을 싫어했지만 벽을 세우라고 하면 곧고 견고하게 세웠습니다. 그냥 복종하려고 한 게 아니라 직업적 위엄에서 나온 행동이었어요.

로스 『아우슈비츠 생존』은 「열흘간의 이야기」라는 장으로 끝나는데 거기에서 선생님은 일기 형식으로 1945년 1월 18일부터

1월 27일까지 나치가 "건강한" 수감자 약 이만 명과 함께 서쪽으로 달아난 뒤 선생님이 수용소의 임시 병원에서 얼마 남지 않은 병들고 죽어가는 환자들 사이에서 어떻게 견디었는지 말하고 있습니다. 거기에서 하는 이야기가 나에게는 지옥의 로빈슨 크루소 이야기처럼 들리는데, 선생님은, 프리모 레비는 크루소로서 무자비할 만큼 악한 섬의 혼란스러운 찌꺼기로부터 사는 데 필요한 것을 비틀어 떼어내지요. 거기에서 내게 인상적인 것은, 책 전체에 걸쳐 그렇지만, 생각이 선생님의 생존에 기여하는 수준입니다. 실용적이고 인도적인 과학적 정신이 하는 생각. 내가 보기에 선생님의 생존은 맹목적인 생물학적 힘이나 믿을 수 없는 운에 의해 결정된 것이 아닌 듯합니다. 그것은 선생님의 직업적 특성에 뿌리를 두고 있습니다. 정확해야 하는 사람, 자신이 귀중하게 여기는 모든 것이 악하게 뒤집히는 상황과 마주해서도 질서의 원칙을 세우려는 실험 통제자. 선생님이 지옥의 기계에서 번호가 적힌 부품이었다는 점을 인정한다 해도 늘 스스로 이해를 해야만 하는 체계적 정신을 갖춘 번호 적힌 부품이었지요. 아우슈비츠에서 선생님은 자신에게 말합니다, "나는 생각이 너무 많아" 저항을 하지 못한다, "나는 너무 문명화되어 있다". 하지만 내가 보기에 생각이 너무 많은 문명화된 인간은 생존자와 불가분입니다. 과학자와 생존자는 하나입니다.

레비 바로 그렇지요―정곡을 찔렀습니다. 그 기억에 남을 열흘 동안 나는 정말이지 로빈슨 크루소 같은 느낌이었지만 한 가지 중요한 차이가 있었습니다. 크루소는 자신의 개별적 생존을 위한 일에 착수했지만 나와 내 두 프랑스인 동료는 의식적으로 또 행복하게 마침내 정당하고 인간적인 목표를 향해, 우리의 병든 동지들의 목숨을 구하기 위해 기꺼이 일을 하고 있었지요.

생존에 관해 말하자면, 그건 내가 나 자신에게 여러 번 제기하고 또 많은 사람이 나에게 제기한 문제입니다. 나는 일반적인 규칙은 없었다고 주장합니다, 건강이 좋은 상태에서 수용소에 들어가고 독일어를 알아야 한다는 것을 제외하면 말입니다. 이것을 빼면 운이 지배했지요. 나는 빈틈없는 사람들의 생존도 봤고 어리석은 사람들의 생존도 봤고, 용감한 사람들의 생존도 봤고 겁쟁이의 생존도 봤고, "생각하는 사람"의 생존도 봤고 미치광이의 생존도 봤습니다. 내 경우에는 운이 적어도 두 번 결정적인 역할을 했죠. 내가 이탈리아인 벽돌공을 만난 것, 그리고 딱 한 번, 하지만 적당한 순간에 아팠던 것.

그럼에도 선생님이 말하는 것, 나에게는 생각하고 관찰하는 것이 생존의 요인이었다는 것, 그것은 사실입니다. 물론 내 의견으로는 순전히 운이 지배했을 뿐이지만요. 나는 아우슈비츠에 있었던 해를 특히 활발하게 보냈다고 기억합니다. 이게 나의 직업적 배경 때문이었는지, 아니면 생각지도 못했던 힘 때문이었는지, 아니면 견실한 본능 때문이었는지는 모르겠습니다. 나는 세상과 내 주위 사람들에 대한 기록을 한 번도 멈춘 적이 없습니다. 아주 열심이어서 지금까지도 믿을 수 없을 정도로 세밀한 그들의 이미지를 갖고 있습니다. 나는 이해하고자 하는 강렬한 소망이 있었고, 항상 호기심에 가득차 있었는데, 사실 이 호기심을 나중에 어떤 사람은 다름 아닌 냉소적인 것으로 여기기도 했죠. 어쩌다보니 가공할, 그러나 새로운, 그러니까 가공할 만큼 새로운 환경에 이식된 박물학자의 호기심이라고.

"나는 생각이 너무 많다…… 나는 너무 문명화되어 있다"는 나의 표현이 다른 정신의 틀과 모순된다는 선생님의 말에 동의합니다. 하지만 나에게 모순의 권리를 허락해주세요. 수용소에서 우리의 정신 상태는 불안정해서 매시간 희망과 절망 사이를 오갔습니다. 사람들은 내 책에서 일관성에 주목하는 것 같은데 그것은 만들어진 것, 사후에 이루어진 합리화입니다.

로스 『아우슈비츠 생존』은 처음에 영어로 '이것이 인간이라면 *If This is a Man*'*으로 출간되었는데, 이것은 선생님의 이탈리아어 제목 'Se questo è un uomo'를 충실하게 옮긴 것입니다(선생님 책을 낸 첫 미국 출판사들이 그 제목을 보존할 양식을 갖추었어야 한다고 봅니다). 독일인의 "거대한 생물학적·사회적 실험"에 대한 선생님의 끔찍한 기억을 묘사하고 분석한 것은 인간이 변형되거나 분쇄될 수 있는 방식, 또 화학적 반응에서 해체되는 물질처럼 특유의 속성을 잃는 방식에 대한, 다름 아닌 양적인 관심의 지배를 받고 있습니다. '이것이 인간이다 *This is a Man*'는 가장 불길한 종류의 실험을 겪어야 하는 표본 유기체로 강압적으로 징발된 도

* 국내 제목은 『이것이 인간인가』(돌베개, 2007).

덕적 생화학 이론가의 회고록처럼 읽힙니다. 미친 과학자의 실험실에 붙들린 사람 자신이 합리적 과학자의 본보기인 셈이지요.

정확한 제목은 '이것이 인간이다This is a Man'라고 할 수 있는 『멍키스패너』에서 선생님은 블루칼라 셰에라자드인 파우소네에게 "세상의 눈에는 화학자이고 내 핏줄에서는 작가의 피를…… 느끼기" 때문에 결과적으로 "나의 몸에는 두 영혼"이 있는데 "그건 너무 많다"고 말합니다. 하지만 나라면 하나의 영혼이 있는데 그것이 샘이 날 정도로 크고 솔기도 없다고 말할 것 같습니다. 생존자와 과학자가 나뉠 수 없을 뿐 아니라 작가와 과학자도 나뉠 수 없다고 말할 것 같습니다.

레비 그건 질문이라기보다는 진단인데 고맙게 받아들이죠. 나는 최대한 합리적으로 수용소 생활을 했고 내가 관련되었던 사건들을 남들에게, 또 나 자신에게 설명하려고 애쓰면서 『이것이 인간인가』를 썼지만 분명한 문학적 의도는 전혀 없었습니다. 나의 모델(또는 원한다면 나의 스타일이라고 해도 되겠죠)은 공장에서 흔히 사용하는 "주간 보고서"였습니다. 정확하고 간결하게 산업적 위계 내에 있는 누구나 이해할 수 있는 언어로 써야 하는 것이죠. 물론 과학적 은어는 쓰지 않고요. 그런데 나는 과학자가 아니고 과학자였던 적도 없습니다. 과학자가 되기를 바라기는 했지만 전쟁과 수용소가 막았죠. 나는 직업생활 내내 기술자에 머물수밖에 없었습니다.

오직 "하나의 영혼"만 있고 "솔기가 없다"는 말에 동의하고 다시 한번 감사드립니다. "두 영혼은…… 너무 많다"는 내 말은 반은 농담이지만 반은 진지한 것을 암시하고 있습니다. 나는 공장에서 거의 삼십 년을 일했는데 화학자인 상태와 작가인 상태 사이에 양립 불가능성은 전혀 없다고 인정할 수밖에 없습니다—사실 서로 보강을 해주죠. 하지만 공장 생활, 특히 공장 관리에는 화학과는 거리가 먼 다른 여러 가지가 포함됩니다. 노동자를 고용하고 해고하고, 상사나 고객이나 공급자와 언쟁을 하고, 사고를 처리하고, 밤에 또는 파티에 가서도 전화를 받고, 관료를 상대하고. 그 밖에도 영혼을 파괴하는 일이 더 많이 있죠. 이 일 전체는 글쓰기와 인정사정없이 양립하지 않습니다. 글쓰기는 상당한 양의 마음의 평화가 필요하니까요. 그래서 은퇴할 나이가 되어 사직을 하면서 나의 일 번 영혼을 포기하게 되자 큰 안도감을 느꼈습니다.

로스 『이것이 인간인가』의 속편(『되살림 *The Reawakening*』, 이 또한 안타깝게도 초기에 선생님 책을 내던 미국 출판사가 제목을 바꾸었지요)은 이탈리아어로는 『휴전 *La tregua*』이라는 제목입니다. 이것은 선생님이 아우슈비츠에서 이탈리아로 돌아오는 이야기입니다. 이 고통스러운 여행에는, 특히 소련에서 본국 송환을 기다리던 긴 구상 시기에는 전설적인 차원이 있습니다. 『휴전』은 이해할 만한 일이지만 애도와 위로가 불가능한 절망의 분위기가 특징인데 여기에서 놀라운 것은 그 충일함입니다. 선생님과 삶의 화해는 선생님에게는 가끔 원시의 '혼돈'처럼 보였을 세상에서 이루어집니다. 그곳에서 선생님은 모든 사람과 관계를 맺고 또 그들로부터 가르침을 받을 뿐 아니라 큰 즐거움을 얻기 때문에 굶주림과 추위와 공포에도 불구하고, 심지어 여러 기억에도 불구하고 선생님은 정말이지 스스로 "무한한 이용 가능성으로 열려 있는 괄호, 운명의 섭리에 따른, 그러나 되풀이될 수 없는 선물"이라고 부르는 그 몇 달 동안보다도 나은 시간을 보낸 적이 있을까 하는 생각이 들 정도입니다.

선생님은 무엇보다도 뿌리내리는 것이 필요한 ― 직업에, 조상에, 종교에, 언어에 ― 사람처럼 보이지만, 동시에 인간으로서 감당할 수 없을 만큼 혼자이면서 뿌리 뽑힌 상태가 되었을 때는 또 그런 조건을 하나의 선물로 생각하더군요.

레비 내 친구 중에 훌륭한 의사가 있는데 오래전에 그러더군요. "전과 후에 대한 네 기억은 흑과 백이다. 하지만 아우슈비츠와 귀국 여행에 대한 기억은 '테크니컬러'다." 그의 말이 옳았습니다. 가족이나 집이나 공장은 그 자체로 좋은 것이지만 거기에는 내가 여전히 그리워하는 뭔가가 없습니다. 운명은 내가 전쟁에 휩쓸린 유럽의 끔찍한 난장판에서 모험을 찾도록 결정해놓았습니다.

선생님은 이쪽 일을 하시니 이런 일들이 어떻게 일어나는지 잘 아실 겁니다. 『휴전』은 『이것이 인간인가』 십사 년 뒤에 쓴 겁니다. 더 "자의식적인" 책이고, 더 꼼꼼하고 더 문학적인 책이고, 언어가 훨씬 심하게 꾸며져 있지요. 그 책은 진실을 말하지만 걸러진 진실입니다. 그 앞에 입말로 이루어진 헤아릴 수 없이 많은 판본이 있었던 거죠. 그러니까, 내가 각각의 모험을 여러 번, 아주 다양한 문화적 수준에 있는 사람들(주로 친구들, 그리고 남녀 고등학생들)에게 전달했고 그러는 중에 그들의 가장 우호적인 반응을 일으키기 위해 다시 다듬었다는 겁니다. 『이것이 인간인가』가 어느 정도 성공을 거두기 시작하자 나는 내 글쓰기의 미래를 보기 시작했고 이 모험들을 종이에 옮겨놓기 시작했습니다. 글쓰기에서 재미를 느끼는 것과 미래의 독자들을 즐겁게 해주는 것을 목표로 삼았습니다. 그래서 낯설고 이국적이고 즐거운 에피소드들을 강조했고 ─ 주로 가까이서 본 러시아인을 강조했죠 ─ 선생님이 말한 "애도와 위로가 불가능한 절망"의 분위기는 처음과 마지막 페이지로 밀어냈죠.

그 책을 1961년경에 썼다는 점을 다시 말씀드려야 할 것 같습니다. 이때는 흐루쇼프, 케네디, 요한 교황의 시기, 첫 해동과 큰 희망의 시기였습니다. 이탈리아에서는 소련에 관해 객관적으로 말해도 처음으로 우익에게서 친공산주의자라는 말을 듣지 않았고 막강한 이탈리아 공산당으로부터 분열적 반동이라는 말을 듣지 않았죠.

"뿌리내리는 것"에 관해 말하자면 내가 뿌리가 깊고 운좋게 그것을 잃지 않은 것은 사실입니다. 우리 가족은 거의 완전하게 나치 학살을 면했습니다. 내가 글을 쓰는 여기 이 책상은 가족의 전설에 따르면 내가 처음 빛을 보았던 바로 그 자리를 차지하고 있습니다. 내가 "인간으로서 감당할 수 없을 만큼…… 뿌리 뽑힌"

상태가 되었을 때는 물론 고통스러웠지만 이것은 나중에 모험의 매력, 인간적 만남, 아우슈비츠의 역병으로부터 "회복"되는 달콤함으로 보상을 받고도 남았습니다. 역사적 현실에서 나의 러시아 "휴전"은 오직 세월이 많이 흐른 뒤 내가 그것을 다시 생각하고 글로 써서 정화했을 때에야 "선물"로 바뀌었습니다.

로스 선생님은 『주기율표』를 시작하면서 1500년에 스페인에서 프로방스를 거쳐 피에몬테에 도착한 유대인 조상 이야기를 합니다. 선생님은 가족이 피에몬테와 토리노에 내린 뿌리가 "거대하지는 않지만 깊고 넓고 환상적으로 얽혀 있다"고 묘사합니다. 그러면서 이 유대인이 일차적으로 이방인에게 감추는 비밀 언어로 만들어 사용한 은어의 어휘를 간략히 소개하는데, 이것은 히브리어 어근에서 파생되지만 피에몬테 방언으로 끝나는 단어들로 이루어진 말이지요. 외부인에게 선생님이 조상의 이런 유대인 세계에 뿌리를 내리고 있는 것은 선생님이 이 지역에 얽혀 있을 뿐 아니라 본질적인 방식으로 뿌리를 내리고 있다는 것과 동일해 보입니다. 그러나 1938년 이탈리아 유대인의 자유를 제한하는 인종차별법들이 도입되면서 선생님은 유대인인 것을 "불순"이라고 생각하게 되었지요. 물론 『주기율표』에서 말하듯이 "불순하다는 것을 자랑스러워하기 시작"했지만요.

선생님의 뿌리내린 상태와 불순 사이의 이런 긴장 때문에 나는 아르날도 모미글리아노 교수가 이탈리아 유대인에 관해 쓴 것을 생각하게 됩니다. "유대인은 자신들이 생각한 것만큼 이탈리아 삶의 일부가 되지 못했다."* 선생님 자신은 이탈리아 삶의 얼마나 큰 부분이라고 생각합니까? 여전히 불순한 것, "소금이나 겨자 한 알"로 남아 있습니까, 아니면 그런 식으로 별개라는 느낌은 사라졌습니까?

레비 나는 "뿌리내린 상태"와 "겨자 한 알"인 상태 (또는 그렇게 느끼는 상태) 사이에서 아무런 모순을 보지 못합니다. 자신이 촉매, 자신의 문화적 환경을 자극하는 박차, 삶에 취향이나 의미를 부여하는 어떤 것이나 어떤 사람이라고 느끼는 데는 인종차별 법이나 반유대주의나 일반적인 인종차별이 필요 없습니다. 하지만 소수자(반드시 인종적일 필요는 없습니다만)에 속하는 것에 이점은 있죠. 말을 바꾸면 순수하지 않은 것이 쓸모가 있다는 사실이 드러날 수 있습니다. 그 질문으로 돌아가본다면, 필립 로스, 선생님은 자신이 선생님의 나라에 "뿌리내린" 동시에 "겨자 한 알"이라고 느끼지 않나요? 나는 선생님 책들에서 강한 겨자 냄새를 맡습니다.

나는 이것이 선생님이 인용한 아르날도 모미글리아노의 말이 뜻하는 바라고 생각합니다. 이탈리아 유대인은(하지만 다른 많은 나라의 유대인에 관해서도 같은 말을 할 수 있겠죠) 자신의 정체성을 포기하지 않고, 사실상 자신의 문화적 전통에 대한 믿음

* 이탈리아 역사학자 아르날도 모미글리아노(1908~1987)가 1985년 10월 24일자 『뉴욕 리뷰 오브 북스』에 영어로 처음 발표한 에세이 「이탈리아의 유대인 *The Jews of Italy*」에서. ― 원주

을 지킴으로써 자기 나라의 문화적이고 정치적인 삶에 중요한 기여를 했습니다. 유대인에게 일어나는 일이고 또 반드시 유대인에게만 일어나는 일은 아니지만 두 가지 전통을 소유하는 것은 부유해지는 것입니다 ─ 작가에게, 또 반드시 작가에게만 그런 것은 아니지만.

선생님의 노골적인 질문에 답하면서 약간 불편함을 느낍니다. 그래요, 물론이죠, 나는 이탈리아 삶의 일부입니다. 내 책 몇 권은 고등학교에서 읽고 토론합니다. 나는 감사의 편지 ─ 똑똑하기도 하고 멍청하기도 하고 분별없기도 하지요 ─ 를 많이 받고, 그보다는 적지만 이의를 제기하거나 싸움을 거는 편지도 받습니다. 또 작가 지망생들로부터 쓸모없는 원고를 받기도 합니다. 나의 "별개라는 느낌"은 성격이 바뀌었습니다. 나는 이제 소외되었다고, 게토에 갇혀 있다고, 무법자라고 느끼지 않습니다. 이탈리아에는 실제로 반유대주의가 없으니까요. 사실 유대주의는 관심을 갖고 또 대부분 공감하면서 보는 대상입니다. 물론 이스라엘에 대한 느낌은 복잡하지만요.

나는 나 자신의 방식으로 불순한 존재, 이례적인 존재로 남았지만 이제는 전과 다른 이유에서 그렇습니다. 특별히 유대인이기 때문이 아니라 아우슈비츠 생존자이자 외부자-작가로서, 문학이나 대학 기성 체제가 아니라 산업적 세계 출신의 작가이기 때문에 그렇습니다.

로스 『지금이 아니면 언제?』는 내가 영어로 읽은 선생님의 다른 어떤 것과도 비슷하지 않습니다. 실제 역사적 사건들로부터 목적을 갖고 끌어왔다고는 하지만 이 책은 독일 동부전선의 배후에서 독일군을 괴롭히는 러시아와 폴란드 출신의 소규모 유대인 파르티잔에 관한 노골적인 악한 모험담입니다. 선생님의 다른 책들은 제재로 보자면 아마도 "상상"이 덜 들어갔겠지만 그럼에도 나에게는 테크닉 면에서 상상력이 더 풍부한 것으로 다가옵니다. 『지금이 아니면 언제?』 배후에 있는 모티브는 전기적 작업을 만들어낸 충동보다 더 좁은 경향성을 가진 ― 그래서 결과적으로 작가에게는 자유를 적게 주는 ― 것으로 보입니다.

이런 말에 선생님이 동의하는지 궁금합니다. 반격을 하는 유대인의 용맹에 관하여 쓰면서 선생님은 스스로 해야만 하는 일을 한다고, 도덕적·정치적 요구에 책임을 져야 한다고 느꼈다는 거죠. 다른 곳에서는 선생님 자신이 유대인이기 때문에 닥친 운명을 제재로 삼았을 때도 반드시 그런 요구가 개입한 건 아니었는데 말입니다.

레비 『지금이 아니면 언제?』는 예측하지 못했던 경로를 따라간 책입니다. 그 책을 쓰도록 나를 몰아간 동기는 여러 가지입니다. 다음이 그 동기인데 중요성의 순서대로 말하겠습니다.

나는 나 자신과 일종의 내기를 했습니다. 그렇게 많은 숨김없는 또는 위장된 전기를 썼지만 과연 너는 소설을 구축할 수 있는, 인물을 형성하고 본 적이 없는 풍경을 묘사할 수 있는 완전히 성숙한 작가일까? 어디 한번 시도해봐라!

나는 이탈리아에는 드문 풍경을 배경으로 삼은 "서부극"을 쓰면서 즐길 생각이었습니다. 독자에게 상당히 낙관적인 이야기, 희망이 있는, 심지어 이따금 명랑한 이야기를 해주어 그들을 즐겁게 해줄 생각이었습니다. 배경은 대학살이라 해도 말입니다.

나는 아직도 이탈리아에서 지배적인 진부한 생각을 공격하고 싶었습니다. 즉 유대인은 온화한 인간이다, 학자(종교적이건 세속적이건)다, 호전적이지 않다, 수모를 감수한다, 아무런 반격 없이 수백 년 동안 박해를 참아왔다는 생각. 절망적인 상황에서 저항할 용기와 기술을 발견한 그 유대인에게 경의를 표하는 것이 의무라고 여겨졌습니다.

나는 이디시 세계를 묘사하는 첫 (아마도 유일한) 이탈리아 작가가 되고자 하는 야망을 소중하게 간직했습니다. 내 나라에서 나의 인기를 "활용"하여 아시케나지* 문명, 역사, 언어, 정신, 사고방식을 중심에 놓은 책을 독자에게 강요할 생각이었는데, 그 모든 것이 이탈리아에는 거의 알려져 있지 않았죠. 요제프 로스,** 벨로, 싱어, 맬러머드, 포토크,*** 그리고 물론 선생님을 읽는 일부 세련된 독자들은 예외지만요.

개인적으로 나는 이 책에 만족합니다. 그걸 계획하고 쓰면서 아주 재미있었다는 게 주된 이유입니다. 평생 처음이자 유일하게

---

* 유럽 중부와 동부의 유대인.
** 오스트리아-헝가리 제국 태생의 유대인 소설가이자 저널리스트(1894~1939)로 『욥Job』(1930) 『라데츠키 행진곡The Radetzky March』(1932)을 썼다. — 원주
*** 하임 포토크는 미국의 소설가(1929~2002)로 『선택받은 자The Chosen』(1967) 『내 이름은 애셔 레브My Name Is Asher Lev』(1972) 등을 썼다. — 원주

작가로서 나는 나의 인물들이 내 주위에, 내 등뒤에 살아 있고, 그들이 스스로 자신들의 업적과 대화를 제시하고 있다는 인상을 받았습니다(거의 환각을 보았습니다). 내가 그 책을 쓰며 보낸 한 해는 행복한 한 해였고, 그래서 결과가 어떻게 되었든 나에게 이것은 자유를 주는 책이었습니다.

로스 페인트 공장 이야기를 해보지요. 우리 때는 많은 작가가 가르치는 일을 했고, 일부는 저널리스트로 일했습니다. 또 쉰이 넘은 작가 대부분은 동이건 서건 적어도 한동안은 누군가의 병사로 고용된 적이 있었습니다. 의사 겸업을 하면서 책을 쓴 작가나 성직자 겸업을 한 작가들 명단도 아주 인상적이지요. T. S. 엘리엇은 출판사를 운영했고, 모두가 알다시피 월리스 스티븐스와 프란츠 카프카는 큰 보험회사에서 일했습니다. 내가 아는 한 중요한 작가 가운데는 오직 두 사람만 페인트 공장 관리자로 일했습니다. 한 명은 이탈리아 토리노의 선생님이고, 또 한 명은 오하이오주 일리리아의 셔우드 앤더슨입니다. 앤더슨은 작가가 되기 위해 페인트 공장(과 가족)을 떠나야 했습니다. 반면 선생님은 페인트 공장에 머물며 일을 계속함으로써 현재의 작가가 된 것으로 보입니다. 선생님은 자신이 페인트 공장, 그리고 그런 종류의 관련이 내포하는 그 모든 것이 없는 우리보다 실제로 운이 더 좋다고—글을 쓸 훨씬 나은 자격을 갖추었다고—생각하는지 궁금합니다.

레비 이미 말했듯이 나는 우연히 페인트 산업에 들어갔지만 페인트, 광택제, 라커를 다루는 일반적인 업무와는 별 관계가 없었습니다. 우리 회사는 설립 직후부터 전선용 에나멜, 구리 전기 전도체를 위한 절연 코팅이 전문이었죠. 한창때 나는 이 분야에서 세계의 전문가 서른 내지 마흔 명에 꼽혔습니다. 여기 벽에 걸려 있는 동물들은 버린 에나멜 전선으로 만든 것이죠.

솔직히 나는 선생님이 말씀하시기 전에는 셔우드 앤더슨에 관해 아무것도 몰랐습니다. 그리고 맞습니다, 그 사람처럼 전업 작가가 되려고 가족과 공장을 떠난다는 생각은 내 머릿속에 떠오르지도 않았을 겁니다. 나는 어둠 속으로 뛰어드는 것을 두려워했을 것이고, 그랬으면 퇴직금에 대한 권리도 다 잃어버렸겠지요.

하지만 선생님이 말한 작가-페인트 제조업자 명단에 세번째 이름을 보태야 할 것 같습니다. 그 사람은 이탈로 스베보인데 트리에스테의 개종한 유대인으로 『제노의 고백』*의 저자이며 1861년부터 1928년까지 살았죠. 스베보는 오랜 기간 트리에스테의 페인트 회사인 소시에타 벤치아니의 영업 관리자였는데 그 회사는 그의 장인 소유였고 몇 년 전에 문을 닫았습니다. 트리에스테는 1918년까지 오스트리아에 속했는데, 이 회사는 전함의 용골에 갑각류가 달라붙지 못하게 하는 뛰어난 오염 방지 페인트를 오스트리아 해군에 납품하는 걸로 유명했습니다. 1918년 이

---

* 본명이 에토레 슈미츠(1861~1928)인 이탈리아 작가 이탈로 스베보가 쓴 소설 (*La coscienza di Zeno*, 1923)로 처음 영어로 출간될 때 『제노의 고백』이라는 제목으로 나왔다. ─ 원주

후 트리에스테는 이탈리아가 되었고 페인트는 이탈리아와 영국 해군에게 공급되었습니다. 스베보는 영국 해군부를 상대하기 위해 당시 트리에스테에서 교사 일을 하던 제임스 조이스에게서 영어를 배웠습니다. 그들은 친구가 되었고 조이스는 스베보가 작품을 출간할 출판사를 찾는 것을 도와주었습니다. 오염 방지 페인트의 상표명은 모라비아였습니다. 그것이 소설가의 필명*과 똑같은 것은 우연이 아닙니다. 트리에스테의 사업가와 로마의 작가는 둘 다 외가 쪽으로 두 사람의 친척이 되는 어떤 사람의 성에서 그 이름을 가져왔으니까요. 별 관련도 없는 뒷담화를 한 걸 용서해주기 바랍니다.

아니, 나는 이미 암시한 대로, 아무런 후회도 없습니다. 나는 공장을 관리하며 내 시간을 낭비했다고 믿지 않습니다. 내 공장에서 병역militanza —그곳에서 나의 강제적이고 명예로운 복무—을 이행한 덕분에 나는 현실적인 것들의 세계와 계속 접촉할 수 있었습니다.

(1986)

---

* 알베르토 핀케를레(1907~1990)는 알베르토 모라비아라는 필명으로 글을 썼다.—원주

아하론 아펠펠트와의 대화
─ 예루살렘에서

아하론 아펠펠트는 예루살렘에서 서쪽으로 몇 마일 떨어진, 매력적인 돌집들이 미로처럼 밀집한 곳에 사는데 그 옆에는 이민자들이 일시적으로 머물며 교육받고 새로운 사회에서 살아갈 삶을 준비하는 "통합 센터"가 있다. 1946년 열네 살에 텔아비브 해변에 상륙하기까지 힘겨운 여정을 거친 탓인지 아펠펠트는 모든 뿌리 뽑힌 영혼들에 강렬한 매혹을 느끼게 된 듯하며, 그와 통합 센터 거주자들이 장을 보는 동네 식품점에서, 다시는 돌아가지 않을 나라의 기후에 맞는 옷을 여전히 입고 있는 에티오피아, 러시아, 루마니아 출신 유대인들과 즉석 대화를 시작하곤 한다.

이층짜리 아파트의 거실은 수수하다. 안락의자 몇 개, 책꽂이에 꽂힌 세 가지 언어의 책, 벽에는 아펠펠트의 아들 마이어가 사춘기 때 그린 인상적인 그림들. 마이어는 이제 스물한 살이 되었으며 군복무를 마치고 런던에서 미술을 공부하고 있다. 열여덟인 잇차크는 얼마 전 고등학교를 마치고 이제 의무적인 삼 년 병역의 첫해를 시작했다. 열두 살 바티야는 아직 집에 있는데 아르헨티나계 유대인 어머니, 그러니까 아펠펠트의 젊고 선량한 부인 후디트의 거무스름한 머리와 파란 눈을 물려받은 영리한 소녀다. 아펠펠트는 어떤 아이라도 안에 들어가 성장하고 싶어할 만한 차분하고 조화로운 가정을 창조한 것처럼 보인다. 내가 아하론과 사귄 사 년 동안 메바세레트 치온에 있는 그의 집을 찾아갈 때마다 나는 아하론 자신은 이런 이상적 가정과 완전히 정반대인 암울한 상황―나치 노동수용소에서 탈출하여 우크라이나의 원시적 야생 속에 홀로 버텼다―에서 유년을 보냈음을 기억하곤 했다.

내가 본 아하론 아펠펠트의 사진, 1938년 아하론이 여섯 살 때 부코비나의 체르노프치에서 찍은 골동품처럼 보이는 사진―생존한 친척들이 팔레스타인으로 가져온 사진―에는 아름다운 세일러복을 입고 장난감 목마에 긴장한 채 앉아 있는 섬약하고 세련된 부르주아 아이가 있다. 이 아이가 불과 스물네 달 뒤 부모 없는 어린 소년으로서 오랫동안 생존이 위태로운 긴급한 상황에서 숲에서 추적당하며 살아갈 것이라고는 상상하기 힘들다. 예리한 지능은 이 사진에도 분명히 있지만 그 무시무시한 모험을 견디어내는 데 필요한 건강한 교활함이며 야생의 본능이며 생물적 끈질김은 어디에 있을까?

작가가 된 그에게서도 그렇지만 그 아이에게서도 그런 것은 감추어져 있다. 쉰다섯 살의 아하론은 작은 몸집에 안경을 쓴 탄탄한 남자로 완벽하게 둥근 얼굴에 완벽한 대머리이며 자비로운 마법사처럼 장난스럽고 사려 깊은 분위기를 풍긴다. 생일잔치에 나와 모자에서 비둘기를 꺼내 아이들을 즐겁게 하는 마술사라고 해도 다 믿을 것이다 ― 상냥하고 온화하며 친절한 외모를 보면 그의 추동력이 될 수밖에 없을 것으로 보이는 책임감보다는 오히려 그런 일을 하는 모습이 더 쉽게 연상된다. 그 책임감이란 쉽게 규정하기 힘든 불길한 느낌의 일련의 이야기를 통해 유럽에서 대륙의 거의 모든 유대인이 사라져버린 ― 그가 농민을 꾀로 따돌리며 숲에서 먹을 것을 찾는 동안 ― 상황에 반응하는 것인데, 그렇게 사라진 유대인에는 자신의 부모도 포함되어 있다.

그러나 그의 문학적 제재는 홀로코스트가 아니고, 심지어 유대인 박해도 아니다. 또 내 마음에서는 그가 쓰는 것이 유대인 소설도 아니고, 그런 점에서는 이스라엘 소설도 아니다. 또 그는 대체로 이민자로 구성된 유대인 국가의 유대인 시민이기 때문에 그의 소설은 망명자 소설이 아니다. 그의 소설 가운데 다수가 유럽이 무대이고 카프카의 메아리가 느껴지지만 히브리어로 쓴 이 책들은 유럽 소설이 아니다. 사실 아펠펠트가 아닌 모든 것이 합쳐진 것이 현재의 그이며, 그것은 곧 자기 자리를 잃어버린 작가, 추방당한 작가, 빼앗기고 뿌리가 뽑힌 작가다. 아펠펠트는 자리가 없는 소설을 쓰는 자리가 없는 작가이며, 이런 자리 없음과 방향 상실을 유일무이한 그만의 주제로 만들었다. 그의 감수성 ― 거의 생겨날 때부터 작은 부르주아 소년이 불길한 미지의 땅을 혼자 방랑한 사건의 상흔이 있다―때문에 자연스럽게 구체성을 아끼는 스타일, 시간에서 벗어나 진행되고 서사 충동이 좌절을 겪는 스타일이 태어난 것으로 보이는데, 이것은 자리를 잃은 정신의 오싹한 산문적 실현이다. 제재만큼이나 독특한 것이 기억상실과 기억 사이의 어딘가에 던져진 상처받은 의식에서 나오는 목소리, 우화와 역사의 중간에 자신이 서술하는 소설의 자리를 잡는 목소리다.

아하론과 나는 1984년에 만난 이후로 대개 런던, 뉴욕, 예루살렘의 거리를 걸으면서 오랫동안 이야기를 나누어왔다. 이 세월 동안 나는 그를 신탁과 같은 권위를 가진 일화 전달자이자 민간 전승의 마법사, 재치 있게 할말만 하는 농담꾼이자 유대인 정신 상태―유대인의 혐오, 망상, 기억, 열광―의 강박적 해부자로 알고 있었다. 그러나 작가들 사이의 우정이 종종 그렇듯 이 걸어다니며 나눈 대화 동안 우리는 한 번도 진정으로 서로의 작업을 건드리지는 않았다―그러니까 지난달까지는 그랬다는 뜻이다. 지난달 나는 그가 발표한 책 열다섯 권 가운데 현재 영어로 번역된 책 여섯 권을 두고 이야기를 하러 예루살렘으로 갔다.

함께한 첫 오후 이후로 우리는 방해만 될 뿐인 녹음기의 부담에서 벗어나, 가끔 내가 메모를 하기는 했지만, 대개는 우리에게 익숙한 방식대로 대화를 했다―도시의 거리를 따라 배회하거나 쉬려고 멈춘 찻집에 앉아서. 마침내 할말이 거의 남지 않았다고 여겨졌을 때 우리는 함께 앉아 논의의 핵심을 종이에 정리해보려 했다―나는 영어로 아하론은 히브리어로. 내 질문에 대한 아하론의 대답은 제프리 그린이 번역했다.

로스 나는 선생님 소설에서 이전 세대 중부 유럽 출신 두 작가의 메아리가 느껴집니다. 한 명은 브루노 슐츠로, 폴란드어로 썼고 쉰 살에 드로호비치에서 나치에게 총살당했는데, 슐츠는 이 유대인이 많은 갈리시아 도시에서 고등학교 교사로 일하면서 가족과 함께 살았지요. 또 한 명은 카프카로, 독일어로 썼고 역시 마흔한 해의 생애 대부분을 막스 브로트에 따르면 "집안의 주문에 걸린 채" 살았지요.[*] 선생님은 프라하에서는 동쪽으로 오백 마일 떨어져 있고 드로호비치에서는 남동쪽으로 백이십오 마일 떨어진 체르노프치에서 태어났습니다. 선생님 가족 — 부유하고 그쪽 세계에 깊이 동화되어 있고 독일어를 사용했지요 — 은 카프카의 가족과 어떤 문화적·사회적 유사성이 있고, 또 선생님은 슐츠와 마찬가지로 가족과 함께 개인적으로 나치의 공포를 겪었지요. 그러나 내가 관심이 있는 관련성은 전기적인 것이 아니라 문학적인 것이고, 그 증거는 선생님의 작업 전체에 걸쳐 나타나지만『불가사의의 시대*The Age of Wonders*』에 특히 분명하게 드러납니다. 예를 들어, 어머니와 그녀가 정말 아끼는 열두 살짜리 자식이 목가적인 여름 휴가를 마치고 집으로 돌아오는 기차 여행을 느긋하게 즐기는 모습을 묘사하는 첫 장면을 보면서 나는 슐츠 이야기들에 나오는 비슷한 장면들을 떠올리게 됩니다. 거기서 몇 페이지만 넘어가면 어둡고 낡은 제재소 옆에 기차가 갑자기 멈추고 보안부대가 "태생이 기독교인이 아닌 모든 오스트리아 승객"은 제재소

---

[*] 막스 브로트의『프란츠 카프카의 생애*Franz Kafka: A Life*』(1937)에서. — 원주

사무실에 모이라고 요청하는 놀라운 카프카적 사건이 생깁니다. 그것을 보면 서두에서 주인공의 법적 지위에 대한 모호하고 위협적인 공격이 나타나는 『소송』이 ― 또 『성』도 ― 떠오릅니다. 어떻습니까, 카프카와 슐츠가 선생님의 상상과 얼마나 관련이 있다고 생각합니까?

아펠펠트 나는 카프카를 여기 이스라엘에서 1950년대에 발견했고, 작가로서 그는 처음 만났을 때부터 나와 가까웠습니다. 그는 나의 모어인 독일어로 나에게 말을 했죠 ― 독일인의 독일어가 아니라 합스부르크 제국의, 빈의, 프라하의, 체르노프치의 독일어로요. 그런데 그 특별한 말투는 유대인이 열심히 노력해서 만든 겁니다.

놀랍게도 그는 나에게 나의 모어만이 아니라 내가 친밀하게 알고 있는 또다른 언어, 부조리의 언어로 내게 말을 했습니다. 나는 그가 무엇에 관해 말하고 있는지 알았습니다. 나에게 그것은 비밀 언어가 아니었고 그래서 어떤 설명도 필요 없었습니다. 나는 수용소와 숲 출신, 부조리를 구현한 세계 출신이었고 그 세계의 어떤 것도 내게 이질적이지 않았습니다. 놀라운 것은 이런 것이었습니다 ― 거기에 있어본 적도 없는 사람이 어떻게 그 세계에 관해 이렇게 많이, 이렇게 세밀하고 정확하게 알 수 있을까?

다른 놀라운 발견이 뒤따랐습니다. 그의 객관적 스타일, 해석보다 사건을 좋아하는 면, 명료함과 정확성, 유머와 아이러니가 섞인 넓고 포괄적인 관점은 경이로웠습니다. 그것만으로는 부족하다는 듯이 또다른 발견이 있었는데, 그의 작품 속 자리가 없고 집이 없는 상태라는 가면 뒤에는 반은 동화된 가족 출신의 나 같은 유대인 남자가 서 있었습니다. 그의 유대인 가치는 내용을 잃어버렸고 그의 내적 공간은 황량하고 뭔가에 사로잡혀 있었습니다.

경이로운 것은 그런 황량함이 그에게 자기 부정이나 자기혐오가 아니라 모든 유대인적 현상, 특히 동유럽의 유대인, 이디시 언어, 이디시 연극, 하시디즘, 시온주의, 심지어 영국위임통치령 팔레스타인 이주라는 이상에 관하여 일종의 긴장된 호기심을 낳았다는 점이었습니다. 이것이 일기 속의 카프카인데, 이 일기는 그의 작품 못지않게 사람을 사로잡습니다. 나는 그가 손으로 쓴 히브리어에서 그의 유대인 관련성의 손에 잡히는 구현을 봅니다. 그가 히브리어를 공부하고 그것을 알았기 때문이죠. 그의 필체는 분명하고 놀랄 만큼 아름다우며 독일어 필체에서만큼이나 노력과 집중을 보여주지만, 거기에 덧붙여 히브리어 글씨에는 고립된 글자에 대한 사랑의 분위기도 있습니다.

카프카는 나에게 부조리한 세계의 설계도만이 아니라 그 예술의 매력도 드러내주었는데 나는 동화된 유대인으로서 그것이 필요했습니다. 1950년대는 나에게 탐색의 세월이었고 카프카의 작품들은 나 스스로 빛내려 하던 좁은 길을 비추어주었습니다. 카프카는 내면의 세계로부터 나타나 현실을 쥐어보려고 했고, 나는 세밀하고 경험적인 현실, 수용소와 숲에서 왔죠. 나의 현실 세계는 상상의 힘 저 너머였으며 예술가로서 나의 과제는 나의 상상을 계발하는 것이 아니라 억제하는 것이었는데 그때도 그것은 내게 불가능해 보였습니다. 모든 게 너무 믿어지지 않아서 나 자신이 허구적인 것 같았으니까요.

처음에는 나 자신으로부터 또 나의 기억으로부터 달아나려고, 나 자신의 것이 아닌 삶을 살고 나 자신의 것이 아닌 삶에 관해 쓰려고 했습니다. 하지만 어떤 감추어진 느낌이 나에게 나는 나 자신으로부터 도망치는 것이 허락되지 않는다고, 홀로코스트에서 내 유년의 경험을 부정하면 나는 영적으로 기형이 될 거라고 말해주더군요. 서른이 되고 나서야 예술가로서 그 경험을 다룰 자유를 느끼게 되었습니다.

안타깝게도 브루노 슐츠의 작업에는 너무 늦게, 나의 문학적 접근법이 대체로 많이 형성된 뒤에 다가갔습니다. 그의 글에 큰 친화성을 느꼈고 지금도 느낍니다만 카프카에게 느끼는 것과 같은 친화성은 아닙니다.

로스 현재 영어로 번역된 선생님의 책 여섯 권 가운데 『불가사의의 시대』는 확인 가능한 역사적 배경이 가장 선명하게 그려져 있습니다. 작가인 서술자의 아버지는 카프카를 매우 좋아하고, 나아가 마르틴 부버*에 관한 지적 토론에 참여한다고 나옵니다. 또 그는 슈테판 츠바이크**의 친구라고도 나옵니다. 하지만 이

---

* 유대인 철학자이자 신학자(1878~1965)로 『나와 너』의 저자(1923). — 원주
** 슈테판 츠바이크(1881~1942)는 빈 태생의 유대인 작가로 소설 『초조한 마음』(1939)과 회고록 『어제의 세계』(1942) 등 많은 책을 썼다. — 원주

런 구체성, 물론 이것은 바깥 세계에 대한 이런 소수의 참조 이상으로 나아가지 않지만, 어쨌든 이것은 내가 읽은 선생님 책에서는 흔한 것이 아닙니다. 카프카의 피해자들에게 압도적인 시련이 닥치듯 선생님의 유대인에게도 일반적으로 곤경이 생기죠. 불가해하게, 갑자기, 겉으로 보기에는 역사나 정치가 없는 사회에서. "그들이 우리에게 뭘 원하는 거야?" 『바덴하임 1939』에서 한 유대인은 하고많은 곳 가운데 하필이면 바덴하임 위생국에 유대인으로 등록을 하러 가서 묻습니다. "이해하기 힘들지." 다른 유대인이 대답합니다.

공적 영역에서 아펠펠트의 피해자에게 경고 역할을 할 수도 있는 소식이 들리지 않고 피해자의 임박한 운명이 유럽에 닥친 재앙의 일부로 제시되지도 않습니다. 역사적 초점은 독자 스스로 마련해야 하는데, 독자는 피해자들과는 달리 전체적인 악의 크기를 이해하고 있지요. 선생님이 역사가로서 입을 다물고 있고 이것이 상황을 아는 독자의 역사적 시각과 결합하면서 선생님 작품은 독특한 충격을 주고, 그런 소박한 수단을 통해 서술되는 이야기가 힘을 뿜어내게 됩니다. 또 사건을 탈역사화하고 배경을 흐리면서 선생님은 아마 자신이 격변의 가장자리에 있다는 사실을 의식하지 못하는 사람들이 느끼던 방향감각 상실에 가까이 다가갈 수 있겠지요.

선생님의 소설에서 어른의 시각은 그 제한성 때문에 아이의 시각과 닮았다는 생각이 들었는데, 아이에게는 전개되는 사건의 자리를 확정할 역사적 달력이 없고 그 의미를 꿰뚫어볼 지적인 수단도 없기 때문입니다. 혹시 홀로코스트 가장자리에서 아이로 살던 선생님 자신의 의식이 선생님 소설에서 임박한 공포를 인식하는 소박한 방식에 반영된 것은 아닌지 궁금합니다.

아펠펠트 맞습니다. 『바덴하임 1939』에서 나는 역사적 설명을 완전히 무시했습니다. 독자가 역사적 사실을 알고 있고 빠진 부분을 채워넣을 거라고 가정했습니다. 또 제2차세계대전의 묘사에 아이의 시각 같은 것이 있다고 가정한 말씀도 맞습니다. 다만 『바덴하임 1939』의 비역사적 특징이 내 안에 보존된 아이의 시각에서 나온 것인지는 잘 모르겠습니다. 나 자신을 예술가로 의식하게 된 이후로 역사적 설명은 나에게 낯설었습니다. 또 제2차세계대전에서 유대인 경험은 "역사적"이지 않았습니다. 우리는 낡은 신화적 힘들, 그 의미를 알 수 없었고 오늘날까지도 알지 못하는 일종의 어둡고 잠재의식적인 힘들과 만났습니다. 이 세상은 합리적으로 보이지만 (기차나 출발 시간이나 역이나 엔지니어가 있으니) 사실 이것은 상상, 거짓말, 책략의 여행이었으며 오직 깊고 비합리적인 충동들만이 만들어낼 수 있는 것이었습니다. 나는 그 살인자들의 동기를 이해하지 못했고 아직도 이해하지 못합니다.

나는 피해자였고 피해자를 이해하려고 노력합니다. 지금까지 내가 삼십 년 동안 다루려고 해온 것은 삶의 넓고 복잡한 영역입니다. 나는 피해자를 이상화한 적이 없습니다. 『바덴하임 1939』에도 이상화는 전혀 없다고 생각합니다. 그런데 바덴하임은 상당히 현실적인 장소이고 그런 온천은 유럽 전역에 흩어져 있으며 그 의례적인 면들은 충격적일 정도로 소부르주아적이고 어리석습니다. 어린 나이임에도 나는 그게 아주 우스꽝스럽다는 것을 알았습니다.

오늘날까지도 유대인은 능숙하고 교활하고 세련된 생물이며 그들 안에 세상의 지혜가 저장되어 있다는 데 일반적으로 합의가 이루어져 있습니다. 그러니 유대인을 속이는 것이 얼마나 쉬운 일인지 보는 것은 매혹적이지 않나요? 가장 단순하고 거의 유치한 속임수에 그들은 게토에 모였고 몇 달을 굶었고 부추기는 대로 거짓 희망을 품었고 마지막에는 시키는 대로 기차를 타고 죽음으로 갔습니다. 『바덴하임 1939』를 쓰는 동안 그런 천진함이 내 눈앞에 있었습니다. 나는 그런 천진함에서 인간성의 증류 같은 것을 보았습니다. 눈과 귀가 먼 상태, 자신에 대한 강박적 몰두는 그런 천진함에서 빠질 수 없는 부분입니다. 살인자들은 실용적이었고 자신이 원하는 것을 정확하게 알았습니다. 천진한 사람은 늘 지지리 못난 인간, 우스꽝스럽게 불운을 맞이하는 피해자, 위험 신호를 절대 제때 듣지 못하는 사람, 혼란에 빠지고 얽혀들고 마침내 덫에 걸리는 사람이죠. 그런 약점에 나는 매력을 느꼈습니다. 나는 그들과 사랑에 빠졌습니다. 유대인이 교묘한 책략으로 세상을 움직인다는 신화는 약간 과장된 것임이 드러난 셈이죠.

로스 선생님의 번역된 책들 가운데 『칠리 *Tzili*』가 가장 가혹한 현실과 가장 극단적인 고통을 묘사하고 있습니다. 가난한 유대인 가족 출신의 수수한 아이인 칠리는 가족이 나치의 침공을 피해 달아나자 혼자 남습니다. 소설은 생존 과정에서 이 여자아이가 겪는 무시무시한 모험과 자신의 고용주인 야만적인 농민들 사이에서 겪는 극심한 외로움을 차례차례 이야기합니다. 나는 이 책을 보면서 저지 코진스키의 『색칠한 새』*의 대응물이라는 느낌이 들었습니다. 그것보다는 덜 괴상하지만 『칠리』는 코진스키의 세계보다 훨씬 암울하고 황량한 세계에서 두려움에 젖은 아이, 베케트의 『몰로이』에 나오는 어떤 풍경 못지않게 인간 삶에 우호적이지 않은 풍경** 속에서 고립된 채 움직이는 아이를 그립니다.

소년 시절 선생님은 여덟 살에 수용소에서 탈출한 뒤에 칠리처럼 혼자 방랑했습니다. 선생님이 미지의 장소에서 적대적인 농민들 사이에 몸을 숨기던 자신의 삶을 소설로 변형시키게 되었을 때 이런 시련의 생존자로 소녀를 상상하기로 결정한 이유가 궁금했습니다. 이 재료를 허구화하지 않고 자신의 경험을 기억나는 대로 제시하는 것, 예를 들어 프리모 레비가 자신의 아우슈비츠 감금을 묘사한 것처럼 직접적으로 생존자 이야기를 쓰는 것은 생각해보지 않았나요?

아펠펠트 나는 일이 일어난 대로 써본 적이 없습니다. 내 모든

---

* 폴란드 태생 유대인 작가 저지 코진스키(1933~1991)의 소설로 제2차세계대전 동안 한 소녀의 무시무시한 동유럽 여행에 관해 이야기한다. ― 원주
** 『몰로이』(1951)에서 몰로이와 형사 모런은 위로를 주지 않는 황량한 풍경을 배회한다. 둘 다 살인을 저지른다. ― 원주

작품은 사실 나의 가장 개인적인 경험의 장章들입니다만 그럼에도 "내 인생 이야기"는 아닙니다. 내 인생에서 일어난 일은 이미 일어났고 이미 형성되었고 시간이 주물러서 형태를 잡아놓았습니다. 일이 일어난 대로 쓴다는 것은 자신을 기억의 노예로 만드는 것인데 기억은 창조적 과정에서 부차적 요소에 불과합니다. 내 생각에 창조한다는 것은 정리하고 분류하고 그 작품에 맞는 단어와 속도를 고르는 겁니다. 재료는 사실 자신의 삶에서 나온 것이지만 궁극적으로 창조는 독립적인 생물입니다.

수용소에서 탈출한 뒤 숲에서 보낸 "내 인생 이야기"를 몇 번 쓰려고 해보았습니다. 하지만 아무리 노력해도 소용이 없더군요. 현실에 또 진짜로 일어났던 일에 충실해지고 싶었지만 거기에서 나타나는 연대기는 허약한 비계라는 것이 드러났습니다. 그 결과는 좀 빈약한, 설득력 없는 가상의 이야기였습니다. 가장 진실한 것들이 쉽게 거짓으로 바뀌더군요.

알다시피 현실은 늘 인간의 상상보다 강합니다. 그뿐 아니라 현실은 자신이 믿을 수 없어지고 설명할 수 없어지고 균형이 무너지는 것을 허락할 수 있습니다. 안타깝게도, 창조된 작품은 그 모든 것을 자신에게 허락하지 않습니다.

홀로코스트의 현실은 어떤 상상도 뛰어넘었습니다. 내가 사실에 계속 충실하다면 아무도 내 말을 믿지 않을 겁니다. 하지만 내가 한 소녀를 선택하면서, 그때의 나보다 나이가 조금 더 많은 소녀를 선택하면서, 나는 기억의 강력한 손아귀로부터 "내 인생 이야기"를 빼내 창조의 실험실로 보내게 되었습니다. 거기에서 기억은 유일한 주인이 아니죠. 거기에서는 인과적 설명, 사물을 한데 묶을 실이 필요합니다. 예외적인 것은 전체 구조의 한 부분이 되고 그 이해에 기여할 때만 허용되죠. 나는 "내 인생 이야기"에서 믿을 수 없는 부분들은 제거하고 더 믿기 쉬운 형태를 제시해야 했습니다.

『칠리』를 썼을 때 나는 마흔 살 정도였습니다. 당시 나는 예술 속 순진함의 가능성에 관심이 있었습니다. 순진한 현대 예술이 있을 수 있을까? 지금도 아이와 노인에게서 발견되는, 또 어느 정도는 우리 자신에게서도 발견되는 순진함이 없다면 예술작품에는 결함이 생길 것 같았습니다. 나는 그 결함을 교정하려 했습니다. 내가 얼마나 성공했는지는 하느님만 아시겠죠.

로스 『바덴하임 1939』는 우화 같다, 꿈 같다, 악몽 같다 등등의 말을 들었습니다. 이런 묘사 가운데 어느 것도 나에게 이 책을 덜 곤혹스럽게 만들어주지 않습니다. 독자는 유대인을 위한 쾌적한 오스트리아 휴양지를 유대인의 폴란드 "재배치"를 위한 섬뜩한 집합지로 변형한 것이 히틀러의 홀로코스트에 선행하는 사건들과 어떤 식으로든 유사한 것으로 이해하도록 요구받습니다ㅡ매우 직접적으로, 내 생각으로는요. 동시에 바덴하임과 그 유대인 거주자들에 대한 선생님의 시각은 충동적일 정도로 익살맞고 인과 문제에 관심이 없습니다. 인생에서 흔히 그렇듯이 위협적 상황이 예고나 논리 없이 벌어진다는 것이 아니라, 이런 사건들에 관해 선생님이, 내 생각으로는, 불가사의한 지점에 이를 만큼 말수가 적다는 겁니다. 이 고평을 받은 소설, 아마도 미국에서 선생님 책 가운데 가장 유명할 이 책에 대하여 내가 독자로서 겪는 어려움을 해결해주시겠습니까? 『바덴하임 1939』의 허구의 세계와 역사적 현실 사이의 관계는 뭘까요?

아펠펠트 『바덴하임 1939』 밑에는 상당히 명료한 유년의 기억이 깔려 있습니다. 여름마다 우리는 다른 모든 소부르주아 가족들처럼 휴양지로 떠나곤 했죠. 매년 여름 사람들이 복도에서 뒷담화를 하지 않고, 구석에서 서로 고백을 하지 않고, 간섭하지 않고 또 물론 이디시어로 말하지 않는 곳을 찾아가 쉬려 했죠. 하지만 매년 여름 우리는 마치 괴롭힘을 당하듯 다시 유대인들에 둘러싸였고 그것이 부모에게 쓴맛과 더불어 적잖은 분노를 남겼습니다.

홀로코스트 이후 긴 세월이 지난 뒤 홀로코스트 이전의 내 유년을 다시 추적하면서 나는 이 휴양지들이 내 기억에서 특별한 자리를 차지하고 있다는 것을 알았습니다. 많은 얼굴과 몸의 꿈틀거림이 되살아났습니다. 비극적인 것 못지않게 괴상한 것도 기억에 새겨져 있다는 것이 드러났습니다. 숲속의 산책과 정성 들여 준비한 식사 때문에 사람들은 바덴하임에 모였죠 — 그래서 서로 이야기를 하고 서로 고백을 하고. 사람들은 편한 마음으로 옷을 화려하게 입었을 뿐 아니라 말도 자유롭게, 때로는 고풍스럽게 했습니다. 남편들은 가끔 어여쁜 부인을 잃어버렸고, 저녁이면 때때로 총소리가 울려퍼졌습니다. 실망한 사랑의 날카로운 표시였죠. 물론 나는 이 귀중한 삶의 조각들이 예술적으로 홀로서도록 배치할 수 있었습니다. 하지만 어쩌겠습니까? 그 잊힌 휴양지들을 재구축하려고 할 때마다 열차와 수용소가 떠올랐습니다. 나의 가장 감추어진 유년의 기억에는 기차에서 나오는 숯검정이 점점이 박혀 있었죠.

운명은 이 사람들 안에 이미 치명적인 병처럼 감추어져 있었습니다. 동화된 유대인은 인도주의적 가치들로 구조물을 지어놓고 거기에서 세계를 내다봤죠. 그들은 자신이 이제는 유대인이 아니며 "유대인"에게 적용되는 것이 자신에게는 적용되지 않는다고 확신했습니다. 그런 이상한 자신감 때문에 그들은 눈이 완전히 멀거나 반쯤 먼 생물이 되었습니다. 나는 늘 동화된 유대인을 사랑했습니다. 거기에 유대인의 성격, 또 어쩌면 유대인의 운명이 가장 강한 힘으로 집중되어 있었기 때문입니다.

『바덴하임 1939』에서 나는 유년에 본 것을 홀로코스트에서 본 것과 결합하려고 했습니다. 그 양쪽 영역에 계속 충실해야 한다는 것이 나의 감정이었습니다. 즉 피해자를 예쁘게 만드는 것이 아니라 온전하게, 꾸미지 않고 묘사해야 하고, 그러나 동시에 그들 자신은 모르지만 그들 안에 감추어진 운명을 지적해야 한다는 것이었습니다.

그것은 아주 좁은 다리이고 난간도 없어서 아래로 떨어지기 십상이죠.

로스 선생님은 1946년에 팔레스타인에 오고 나서야 히브리어를 접하셨지요. 이것이 선생님의 히브리어 산문에 어떤 영향을 주었다고 생각합니까? 히브리에 오게 된 것과 히브리어를 쓰게 된 것 사이에 어떤 특별한 관련을 의식하나요?

아펠펠트 내 모어는 독일어였습니다. 조부모는 이디시어를 했고요. 내가 어린 시절 살던 부코비나 거주자 대부분은 루테니 아인이었고 따라서 그들은 루테니아어를 했죠. 정부는 루마니 아 쪽이었고 모두가 그 언어도 사용할 것을 요구했습니다. 제2차 세계대전이 터졌을 때 나는 여덟 살이었는데 트란스미스트리아 의 한 수용소로 이송되었습니다. 수용소에서 달아난 뒤에는 우 크라이나인 사이에서 살았고 그래서 우크라이나어를 배웠습니 다. 1944년에 러시아군에 의해 해방되었는데 그들을 위해 사환 으로 일을 했고, 그때 러시아어 지식을 얻게 되었죠. 1944년부터 1946년까지 이 년 동안은 유럽 전역을 떠돌면서 다른 언어들을 익혔습니다. 마침내 1946년에 팔레스타인에 이르렀을 때 내 머 리에는 말들이 가득했지만 사실 나에게는 언어가 없었습니다.

히브리어는 많은 노력을 해서 배웠습니다. 어려운 언어입니다. 엄격하고 금욕적이지요. 그 고대의 기초는 미슈나에 나오는 격언 입니다. "침묵은 지혜의 담장이다." 히브리 언어는 나에게 생각하 는 법, 말을 아끼는 법, 형용사를 너무 많이 사용하지 않는 법, 너 무 끼어들지 않는 법, 해석하지 않는 법을 가르쳐주었습니다. 나 는 그게 "가르쳐주었다"고 말합니다. 실제로 그런 것들이 그 언어 가 요구하는 거죠. 히브리어가 아니라면 내가 과연 유대교로 가 는 길을 찾았을까 의심스럽습니다. 히브리어는 나에게 성서의 시대로부터 아그논*에 이르기까지 유대인 신화의 핵심, 그 생각과 믿음의 방식을 제시해주었습니다. 이것이 오천 년 유대인 창조성의 굵은 가닥이고 그 안에 성쇠가 다 있죠. 성서의 시적 언어, 탈무드의 법적 언어, 카발라의 신비한 언어. 이런 풍부함이 때로는 감당하기 어렵습니다. 가끔 너무 많은 연상, 한 단어에 감추어진 수많은 세계에 숨이 막히는 느낌이죠. 하지만 괜찮습니다, 그건 경이로운 자원이에요. 궁극적으로, 찾던 것보다 훨씬 많은 것을 그 안에서 발견합니다.

홀로코스트 생존자로 이 나라에 온 다른 아이들 대부분과 마찬가지로 나는 기억에서, 나의 유대인 상태에서 달아나 나 자신의 다른 이미지를 구축하고 싶었어요. 우리가 달라지기 위해, 키가 크고 금발이고 강해지기 위해, 고이가 되기 위해 그 모든 외적 소도구를 갖고 안 해본 게 뭐겠습니까. 히브리 언어도 우리에게는 이방 언어처럼 들렸고, 그래서 아마 우리가 그렇게 쉽게 그 언어를 사랑하게 됐나봅니다.

그러다 놀라운 일이 벌어졌습니다. 우리가 자기 망각으로 녹아들고 땅과 영웅주의에 대한 이스라엘식 찬양과 합쳐지는 수단으로 본 바로 그 언어, 그 언어가 내 의지에 반해 나를 꾀어 유대주의의 가장 은밀한 창고로 데려온 겁니다. 그 이후 나는 거기에서 조금도 움직이지 않았습니다.

---

* S. Y. 아그논(1888~1970)은 갈리시아 태생의 이스라엘 작가로 1966년 노벨문학상을 받았다. 『신부의 덮개 *The Bridal Canopy*』(1931) 『이날까지 *To This Day*』(1952) 등의 작품이 있다. —원주

로스 이 사회에 살면서 선생님은 뉴스와 정치적 논쟁의 폭격을 받고 있습니다. 하지만 소설가로서 선생님은 대체로 이스라엘의 일상의 격변은 옆으로 밀어두고 현저하게 다른 유대인의 곤경을 묵상했습니다. 이런 격변이 선생님 같은 소설가에게 어떤 의미입니까? 이렇게 자기를 드러내고 자기를 주장하고 자기에게 도전하고 자기를 전설로 만드는 사회의 시민이라는 게 선생님의 글쓰는 삶에 어떻게 영향을 줍니까? 뉴스를 생산하는 현실이 선생님의 상상력을 유혹한 적이 없나요?

아펠펠트 선생님의 질문은 나에게 아주 중요한 문제를 건드리고 있습니다. 사실 이스라엘은 아침부터 밤까지 드라마가 가득하고 만취할 만큼 그 드라마에 압도되는 사람들이 있죠. 정신없이 돌아가는 이런 활동은 외적 압박의 결과만은 아닙니다. 유대인의 불안정이 자기 몫을 하죠. 여기서는 모든 게 웅성거리고 밀도가 높습니다. 말이 많고 논쟁이 불붙죠. 동유럽의 유대인촌은 사라진 게 아닙니다.

한때 이곳에는 강력한 반反디아스포라 경향이 있었습니다. 유대인적인 것이면 무엇에서든 움츠러들었죠. 오늘날은 상황이 약간 바뀌었습니다만 이 나라는 불안정하고 자기 내부에서 뒤엉켜 떴다 가라앉았다 하면서 살고 있습니다. 오늘은 구원을 얻고 내일은 어둠이 찾아옵니다. 작가들도 이런 뒤엉킴에 쑥 빠져들어 있죠. 예를 들어 점령지는 정치적 쟁점일 뿐 아니라 문학적 문제이기도 합니다.

　나는 1946년에 이곳에 왔는데, 아직 어렸지만 삶과 고난을 잔뜩 짊어지고 있었습니다. 낮에는 키부츠 농장에서 일하고 밤에는 히브리어를 공부했죠. 오랫동안 길을 잃고 어떤 방향성도 가지지 못한 채 이 열에 들뜬 나라를 떠돌았습니다. 나는 나 자신을, 또 내 부모의 얼굴을 찾고 있었는데 그들은 홀로코스트로 사라졌죠. 1940년대 동안에는 사람들이 여기에서 유대인으로 다시 태어나고 있고, 따라서 결국 대단히 경이로운 존재가 될 거라는 느낌이 있었습니다. 모든 유토피아적 전망이 그런 종류의 분위기를 만들어냅니다. 이게 홀로코스트 뒤라는 걸 잊지 맙시다. 강해진다는 것은 단지 이데올로기의 문제가 아니었습니다. "두 번 다시 도살장으로 끌려가는 양이 되지 않겠다"는 말이 모퉁이마다 확성기에서 천둥처럼 쏟아져나왔습니다. 나는 정말이지 그 커다란 움직임에 끼어들어 새로운 나라의 탄생이라는 모험에 참여하고 싶었습니다. 순진하게도 그런 행동이 나의 기억을 침묵시키고 나도 원주민처럼 번창하며 유대인의 악몽에서 자유로워질 거라고 믿었지만 어쩌겠습니까? 나 자신에게, 또 내 유년의 기억에 충실하고자 하는 요구, 불가피한 요구라고 말할 수도 있겠네요, 그것 때문에 나는 거리를 두고 사색하는 사람이 되어버렸죠. 나의 사색이 내가 태어났고 부모의 집이 있는 지역으로 나를 다시 데려갔습니다. 그게 나의 정신의 역사이고 나는 거기에서부터 실을 찾고 있습니다.

　예술적으로 말해서 거기에 다시 정착함으로써 나는 정박지와 시각을 얻었습니다. 나는 현재의 사건들에 대응하기 위해 당장 달려나가 그것을 곧바로 해석할 의무가 없습니다. 매일의 사건은 실제로 모든 문을 두드리지만 그들은 내가 그런 흥분한 손님을 집안에 들이지 않는다는 것을 알죠.

로스 『고양이 꼬리의 나라로*To the Land of the Cattails*』에서는 한 유대인 여자와 장성한 아들, 이방인 아버지의 후손인 아들이 여자가 태어난 외딴 루테니아 시골로 돌아가는 여행을 하고 있습니다. 때는 1938년 여름입니다. 집에 가까워질수록 이방인 폭력의 위협은 커집니다. 어머니가 아들에게 말합니다. "저들은 많고 우리는 적다." 그런 다음 선생님은 씁니다. "고이라는 말이 그녀 안에서 솟아올랐다. 그녀는 먼 기억이 들려온 듯 웃음을 지었다. 그녀의 아버지는 가끔, 비록 드물기는 했지만, 가망 없는 둔감함을 가리킬 때 그 말을 쓰곤 했다."

선생님 책들에서 유대인과 세계를 공유하고 있는 것처럼 보이는 이방인은 대개 가망 없는 둔감함과 위협적이고 원시적인 사회적 행동의 전형입니다 — 술꾼, 부인을 때리는 사람으로서의 고이, "자신을 통제하지 못하는" 상스럽고 잔인한 반 야만인으로서의 고이. 선생님 책들의 배경이 되는 그 여러 지방의 비유대인 세계에 관해서는 — 또 유대인 또한 자신의 세계에서 똑같이 둔감하고 원시적일 수 있다는 점에 관해서도 — 분명히 할말이 더 있겠지만, 비유대인 유럽인이라 해도 이 이미지가 유대인의 상상력에서 발휘하는 힘의 뿌리가 진짜 경험에 있다는 사실은 인정할 수밖에 없을 겁니다. 다른 경우 고이는 "건강이 흘러넘치는……흙의 영혼"으로 그려집니다. 부러운 건강. 『고양이 꼬리의 나라로』에서 어머니가 반은 이방인인 아들에 관해 말하듯이, "그는 나처럼 신경이 예민하지 않다. 그 아이의 핏줄에는 다른, 조용한 피가 흐르고 있다".

일반인의 신화에서 고이가 차지하는 자리, 미국에서 어떤 수준에서는 레니 브루스와 재키 메이슨 같은 코미디언이 활용하고 또 완전히 다른 수준에서 유대인 소설가들이 활용하는 자리를 조사해보지 않고는 유대인의 상상력에 관해서 아무것도 알 수 없다고 말할 수도 있을 것 같습니다. 미국 소설의 가장 한결같은 이방인 초상은 버나드 맬러머드의 『점원』에 나오지요. 그 고이는 프랭크 알파인으로, 유대인 보버에게서 망해가는 식료품점을 강탈하고 나중에는 보버의 공부 열심히 하는 딸을 강간하려 하고, 결국은 보버 특유의 고난을 겪는 유대주의로 개종하면서 상징적으로 고이의 야만성을 포기하는 빈털터리 도둑입니다. 솔 벨로의 두번째 소설 『피해자』의 주인공인 뉴욕의 유대인은 알코올중독자인 이방인 부적응자 올비에게 시달리는데, 올비는 알파인 못지않은 부랑자에 떠돌이지요. 레벤탈의 힘겹게 얻은 침착성에 대한 그의 공격이 지적으로 더 세련되어 있기는 하지만요. 그러나 벨로의 작업 전체에서 가장 당당한 이방인은 헨더슨입니다. 자신을 탐사하는 이 비의 왕은 정신적 건강을 회복하기 위해 무뎌진 본능들을 아프리카로 가져갑니다. 아펠펠트만큼이나 벨로에게도 진정한 "흙의 영혼"은 유대인이 아니고, 또 원시적 에너지를 되찾는 탐색은 유대인의 탐구로 제시되지도 않습니다. 아펠펠트만큼이나 벨로에게도 그렇고, 또 놀랍게도 아펠펠트만큼이나 메일러에게도 그렇습니다 — 우리 모두 메일러에게 어떤 남자가 가학적인 성적 공격자일 때 그의 이름은 세르기우스 오쇼너시라는 것을 알고 있고, 그가 부인을 죽인 남자일 때 그의 이름은 스티븐 로잭이라는 것을 알고 있고,* 그가 위협적인 살인자일 때 그는 레프케 부할터나 구라 셔피로가 아니라 게리 길모어라는 것을 알고 있습니다.**

아펠펠트 유대인 상상에서 비유대인의 자리는 수세대에 걸친 유대인의 공포에서 자라나온 복잡한 것입니다. 우리 가운데 누가 감히 설명의 짐을 지려 하겠습니까? 나는 몇 마디만 해보려 합니다, 내 개인적 경험에서 나온 걸로요.

공포라는 말을 했지만 공포는 균일하지 않고, 그게 모든 유대인에 해당하는 것도 아닙니다. 사실 현대 유대인의 마음에는 비유대인에 대한 어떤 부러움이 감추어져 있었습니다. 유대인의 상상에서 비유대인은 오랜 믿음이나 사회적 의무에서 해방된 존재

---

* 세르기우스 오쇼너시는 노먼 메일러의 『사슴 공원』(1955)과 단편소설 「그녀의 시간의 시간」(1959)의 주인공. 스티븐 로잭은 메일러의 『미국의 꿈』(1965)의 서술자이자 주인공. — 원주

** 루이스 레프케 부할터(1897~1944)와 제이컵 구라 셔피로(1899~1947)는 살인주식회사라는 청부 살인자 조직을 만들었다. 게리 길모어(1940~1977)는 메일러의 『처형자의 노래』(1979)가 다룬 인물로, 무장 강도중 두 명을 살해한 죄로 유타주에서 처형당했다. — 원주

로서 자신의 땅에서 자연스러운 삶을 살아가는 것으로 보이기 십상입니다. 물론 홀로코스트는 유대인의 상상 경로를 약간은 바꾸어놓았죠. 부러움 대신 의심이 들어섰습니다. 열린 곳에서 걸어다니던 감정들이 지하로 내려갔습니다.

유대인 영혼에 비유대인의 어떤 고정관념이 있을까? 그 관념은 존재하고, 또 빈번히 고이라는 말로 구체화되지만, 이것은 개발되지 않은 고정관념입니다. 유대인은 도덕적이고 종교적인 속박 때문에 아무런 제약 없이 그런 감정을 완전히 표현할 수가 없습니다. 유대인은 자신이 느꼈을 수도 있는 깊은 적대감을 말로 표현할 자신감이 있었던 적이 없습니다. 그들은 좋은 쪽이든 나쁜 쪽이든 너무 합리적이었습니다. 그들이 스스로 느끼는 것을 허락한 적대감은 역설적으로 자신을 향한 것이었죠.

나를 사로잡고 또 계속 동요하게 만드는 것은 자신을 향한 이런 반유대주의, 현대에 다양한 모습으로 나타나게 된 오랜 유대인의 병입니다. 나는 독일어를 소중하게 여기는 동화된 유대인 가정에서 성장했습니다. 독일어는 단지 언어가 아니라 문화였고, 독일 문화를 향한 태도는 거의 종교적이었습니다. 우리 주위에는 이디시어를 하는 유대인이 아주 많이 살았지만 우리집에서는 이디시어가 완전히 금지되어 있었습니다. 나는 유대적인 것은 흠이 있다고 느끼며 성장했습니다. 아주 어렸을 때부터 나의 눈길은 비유대인의 아름다움을 향하고 있었습니다. 그들은 금발에 키가 크고 자연스럽게 행동했습니다. 교양이 있었고, 교양 있게 행동하지 않을 때도 적어도 자연스럽게 행동하기는 했습니다.

우리 가정부가 그 이론의 좋은 예입니다. 그녀는 예쁘고 풍만했고, 나는 그녀에게 애착을 느꼈습니다. 그녀는 내 눈, 아이의 눈으로 볼 때 자연 그 자체였으며 그녀가 어머니의 장신구를 훔쳐 달아났을 때도 나는 그것을 용서할 수 있는 잘못에 불과하다고 생각했습니다.

나는 아주 어렸을 때부터 비유대인에게 끌렸습니다. 그들은 그 낯섦, 키, 초연함으로 나를 매혹시켰습니다. 하지만 유대인도 나에게는 낯설었죠. 부모가 자신들이 유대인 탓으로 돌리는 모든 악을 얼마나 내면화하고 있고 또 그들을 통해 나 자신도 그렇게 하고 있는지 이해하는 데는 오랜 세월이 걸렸습니다. 역겨움의 단단한 핵은 우리 각자의 내부에 심겨 있었습니다.

우리가 우리집에서 쫓겨나 게토로 가게 되었을 때 나에게 변화가 일어났습니다. 그때 나는 우리의 비유대인 이웃의 모든 문과 창문이 갑자기 닫히는 것을 알았습니다. 우리는 우리끼리만 텅 빈 거리를 걸었죠. 우리와 연결되어 있던 수많은 이웃 가운데 누구도 우리가 여행가방을 질질 끌고 걸어갈 때 창문에 나와 있지 않았습니다. 나는 "변화"라고 말하지만 그게 진실 전부는 아닙니다. 당시 나는 여덟 살이었고 온 세상이 나에게는 악몽 같았습니다. 나중에도, 부모와 헤어지게 되었을 때도 나는 이유를 몰랐습니다. 전쟁 내내 나는 우크라이나 마을들을 떠돌며 나의 감추어진 비밀을 드러내지 않았습니다. 내가 유대인이라는 것. 나로서는 다행스럽게도 나는 금발이었고 그래서 의심을 받지 않았습니다.

내 안의 유대인적인 것에 가까이 다가가는 데는 세월이 오래 걸렸습니다. 나는 내 안의 많은 편견을 없애야 했고 많은 유대인을 만나 그들 안에서 나 자신을 발견해야 했습니다. 자신을 향한 반유대주의는 유대인의 독창적인 창조물입니다. 그렇게 자기비판이 넘쳐나는 다른 민족은 알지 못합니다. 홀로코스트 이후에도 유대인은 자신의 눈으로 볼 때 탓할 것이 없지 않았습니다. 오히려 저명한 유대인들이 피해자를 두고 자신을 보호하지 않고, 맞서 싸우지 않았다고 가혹한 논평을 했죠. 유대인이 비판적이고 비난하는 말을 내면화하여 자신을 책망하는 능력은 인간 본성의 경이 가운데 하나입니다.

죄책감은 세계를 개혁하고자 하는 유대인, 다양한 종류의 사회주의자와 무정부주의자 사이에 자리를 잡고 피난처를 구했지만 주로 유대인 예술가들 사이에 자리를 잡았었습니다. 낮이나 밤이나 그 감정의 불길은 공포, 예민한 태도, 자기비판, 때로는 자멸을 만들어냅니다. 간단히 말해서 그것은 별로 명예로운 느낌이 아닙니다. 좋은 말은 딱 한 가지만 해줄 수 있을 것 같군요. 그건 그것 때문에 괴로워하는 사람 말고는 아무도 해치지 않는다는 것.

로스 『불멸의 바르트푸스*The Immortal Bartfuss*』에서 바르트푸스는 죽어가는 정부의 전남편에게 "무례하게" 묻습니다. "우리 홀로코스트 생존자들은 뭘 했나요? 우리의 훌륭한 경험이 우리를 바꾸기나 했나요?" 이것은 이 소설이 거의 모든 페이지에서 어떤 식으로든 달려드는 문제입니다. 우리는 바르트푸스의 외로운 갈망과 후회에서, 자신의 외딴 상태를 극복하려는 좌절된 노력에서, 인간 접촉에 대한 욕망에서, 이스라엘 해안을 떠도는 말없는 방황과 더러운 카페에서 이루어지는 수수께끼 같은 만남에서, 커다란 참사 뒤에 삶은 극도의 고통이 될 수도 있다고 느낍니다. 전쟁 직후 이탈리아에서 밀수와 암시장 거래를 하게 되었던 유대인 생존자들에 관해 선생님은 이렇게 씁니다. "구원받은 삶을 어찌해야 할지 아무도 몰랐다."

이렇게 『불멸의 바르트푸스』에 몰입하다 생겨난 나의 마지막 질문은 아마도 터무니없이 포괄적일 듯합니다. 전쟁 후 유럽을 방랑하는 집 없는 젊은이로서 관찰한 것을 바탕으로, 또 이스라엘에서 사십 년 동안 배운 것을 바탕으로, 선생님은 삶을 구원받은 사람들의 경험에서 특별한 패턴을 분별해낼 수 있습니까? 홀로코스트 생존자들은 무엇을 했고 어떤 면에서 불가피하게 변했습니까?

아펠펠트 그래요, 그게 최근에 나온 내 책에서 고통스러운 지점이죠. 간접적으로 나는 거기에서 선생님의 질문에 답하려고 했습니다. 이제 좀더 확장해보겠습니다. 홀로코스트는 사람을 침묵하게 하는 엄청난 경험 유형에 속하죠. 어떤 발화, 어떤 진술, 어떤 "답"도 아주 작고 의미 없고, 이따금 우스꽝스럽기도 합니다. 가장 훌륭한 답조차 작아 보입니다.

괜찮다면 두 가지 예를 들겠습니다. 첫째는 시온주의입니다.

의심의 여지 없이 이스라엘의 삶은 생존자에게 피난처만이 아니라 세계 전체가 악하지만은 않다는 느낌도 줍니다. 나무는 베였지만 뿌리는 시들지 않았다—그 모든 것에도 불구하고 우리는 계속 살아간다. 그러나 그런 만족은 생존자가 구원받은 이 삶으로 뭔가 해야 한다는 느낌을 없애주지 않습니다. 생존자는 다른 누구도 하지 못한 경험을 했고, 다른 사람들은 그에게서 어떤 메시지, 인간세계를 이해할 수 있는 어떤 열쇠—한 인간의 예를 기대합니다. 하지만 그들은 물론 자신에게 부과된 큰 과제를 수행하는 일을 시작도 하지 못합니다. 따라서 그들은 도망치고 숨는 은밀한 삶을 살아갑니다. 문제는 이제 숨을 곳이 없다는 거죠. 매년 자라나서, 카프카의 경우처럼, 비난이 되고 마는 죄책감이 있습니다. 상처는 너무 깊고 반창고는 도움이 되지 않습니다. 유대인 국가 같은 반창고조차 도움이 안 됩니다.

두번째 예는 종교적 자세입니다. 역설적으로 적잖은 생존자가 살해당한 부모에게 보여주는 제스처로 신앙을 택했습니다. 나는 그런 역설적 자세에 담긴 내적 갈등을 알고 또 존중합니다. 하지만 그런 자세는 절망에서 나오는 겁니다. 나는 절망의 진실성을 절대 부정하지 않습니다. 하지만 그것은 숨막히는 자세입니다. 일종의 유대적 수도원 생활이자 간접적인 자기 징계죠.

내 책은 생존자에게 시온주의적인 위로도 종교적인 위로도 주지 않습니다. 생존자 바르트푸스는 홀로코스트 전체를 삼키고 그것을 자신의 팔다리에 넣고 걸어다닙니다. 아침이든 점심이든 밤이든 시인 파울 첼란의 "검은 우유"*를 마십니다. 그는 다른 누구보

다 나은 게 없지만 아직 인간적 얼굴을 잃지는 않았습니다. 그게
대단한 것은 아니지만 그래도 아무것도 아닌 것은 아닙니다.

(1988)

---

* 1948년 루마니아 태생의 유대인 시인 파울 첼란(1920~1970. 본명 파울 안트셸)
의 시 「죽음의 푸가」에 되풀이해 나타나는 구절. ― 원주

이반 클리마와의 대화
— 프라하에서

  1931년 프라하에서 태어난 이반 클리마는 얀 코트가 "유럽 교육"이라고 부르는 것*을 경험했고 어른이 되어 소설가·평론가·극작가로 활동할 때 그의 작품은 체코슬로바키아에서 공산주의 당국에 의해 판매 금지를 당했다(가족도 그와 함께 박해와 벌을 받았다). 어린 시절에는 유대인 부모와 함께 나치에 의해 테레친 강제수용소로 끌려갔다. 1986년 러시아가 체코슬로바키아로 진

---

* 폴란드 작가 타데우시 보롭스키(1922~1951)에 대한 언급에서. 보롭스키는 아우슈비츠에 감금되었고 나중에 자살했다. 1975년 11~12월 『아메리칸 포에트리 리뷰』에 실린 보롭스키의 이야기에 대한 코트의 후기를 보라. 코트(1914~2001)는 폴란드의 극작가이며 『현대인 셰익스피어*Shakespeare Our Contemporary*』로 가장 잘 알려져 있다. 에세이들은 1962년에 처음 프랑스어판 책으로 묶여 나왔고 영어판은 1964년에 나왔다. ─ 원주

입했을 때 그는 런던에 있다가 자신의 희곡 공연을 보고 문학을 가르치기 위해 미시건대학으로 가는 길이었다. 1970년 봄 앤아버에서 가르치는 의무가 끝났을 때 그는 아내와 두 자녀를 데리고 체코슬로바키아로 돌아가 "존경할 만한 소수"—최근 찰스대학에 복귀한 한 교수가 어느 날 점심식사 때 클리마와 그의 서클을 나에게 소개한 표현—가운데 하나가 되었으며 체제에 대한 그의 집요한 반대 때문에 그들의 일상은 매우 힘겨워졌다.

열다섯 편이 넘는 그의 장편과 단편집 가운데 1970년 이후에 쓴 것들은 오직 해외에서만—주로 유럽에서—공개적으로 출간되었다. 미국에서는 오직 두 권만—둘 다 그의 최고작으로 꼽을 수는 없다—나왔기 때문에 그의 작품세계에 관해서는 거의 알려진 게 없다. 1970년대에 몇 달 프라하 거리에서 청소부로 일했던 경험에서 일부 영감을 얻은 이반 클리마의 소설 『사랑과 쓰레기*Love and Garbage*』는 우연히도 내가 그를 만나러 그곳으로 간 1990년 2월의 바로 그날 체코슬로바키아에서 출간되었다. 그는 나를 공항으로 마중 나오기 전 아침에 프라하의 한 서점에서 자신의 책을 구입한 독자들에게 서명을 해주었는데 독자들의 줄이 서점에서 거리까지 뻗어 있었다(프라하에서 일주일을 보내는 동안 내가 본 가장 긴 줄은 아이스크림 줄과 책 줄이었다). 이십년 만에 처음 체코에서 나온 그의 『사랑과 쓰레기』는 첫 쇄를 십만 부 찍었다. 그날 오후에 그의 두번째 책인 단편집 『나의 즐거운 아침들*My Merry Mornings*』도 나왔고 이 또한 십만 부를 찍었다는 것을 알게 되었다. 검열이 철폐되고 나서 석 달 만에 그의 무대용 희곡이 연극으로 제작되고 텔레비전용 희곡이 방송되었다. 책은 올해 다섯 권 더 나올 예정이다.

『사랑과 쓰레기』는 유명하지만 "판매 금지에 꼼짝을 못하는" 한 체코 작가가 거리 청소부로 일하는 이야기인데, 그는 오랫동안 집이라는 폐소공포증적 피난처로부터 — 자기 희생에 대한 연구서를 쓰고 있고 사람들을 행복하게 해주고 싶어하며 그를 신뢰하는 부인으로부터, 성장하고 있는 소중하고 사랑스러운 두 자녀로부터 — 벗어나 변덕스럽고 으스스하고 부담스러운 조각가에게서 자유를 약간 찾고 있다. 그녀 또한 유부녀이자 어머니인데 결국 그를 저주하고 그가 떠나지 못하는 아내를 비방한다. 이 여자에게 그는 에로틱하게 중독되어 있다.

그해 겨울에는 눈이 많이 왔다. 그녀는 어린 딸을 피아노 레슨에 데려갔다. 나는 그들 뒤를 따라 걸었고 아이는 나를 알지 못했다. 나는 발 앞을 보지 않았기 때문에 새로 쌓인 눈에 발이 빠지곤 했다. 나는 그녀가 걷는 것만 지켜보고 있었다.

이것은 모든 가혹한 불의에 등을 돌리고 "행복이라는 사적 영역" 안으로 탈출하기를 갈망하며 죄책감에 시달리는 책임감 있는 남자의 이야기다. "나의 쉼없는 탈출들"이라고 그는 자신의 종잡을 수 없는 행적을 책망하듯 묘사한다.

동시에 이 책은 카프카의 정신(작가는 밖에서 거리를 청소하는 동안 머릿속으로 카프카에 관한 에세이를 쓴다)에 관한, 사람조차 쓰레기로 바꿀 수 있는 세상에서 검댕이며 연기며 오물이며 쓰레기의 의미에 관한, 아버지와 아들(어둡고 부드러운 라이트모티프는 작가 아버지가 죽음에 이르는 병이다)에 관한, 그리고 무엇보다도 체코어가 "얼간이 말"로 쇠퇴하는 것에 관한 반추의 모음이다. 얼간이 말이란 몇 년 전 미국에서 사람과 침팬지 사이의 소통을 위해 개발된 언어의 이름이다. 이것은 이백스물다섯 단어로 이루어져 있으며, 클리마의 주인공은 공산주의자들 치하에서 자신의 언어에 일어난 일을 보면서 머지않아 모든 인류가 얼간이 말을 하게 될 것이라고 예측한다. 국가가 작품 발표를 허락하지 않는 상황에서 이 작가는 말한다. "아침을 먹으며 주요 작가가 신문에 발표한 얼간이 말로 쓴 시를 읽곤 했다." 이어 진부하고 짧은 사행연구 네 개가 인용된다. "제목을 포함한 이 예순아홉 단어짜리 시를 위해," 작가는 말한다, "저자는 단지 얼간이 말의 표현 서른일곱 개만 필요했고 생각은 전혀 필요하지 않았다…… 이 시를 주의깊게 읽을 만한 능력이 있는 사람이라면 누구나 얼간이 말 시인에게는 이백스물다섯 단어의 어휘도 불필요하게 많다는 것을 깨달을 것이다."

『사랑과 쓰레기』는 훌륭한 책인데 다만 중심이 되는 이야기의 긴장이 풀리면서 군데군데 진부한 철학으로 괴롭게 빠져들곤 하는 것과 번역가가 클리마의 거리 청소 디테일에서 사회 부적응자의 은어에 어울리는 신랄하면서도 받아들일 만한, 보통 사람의 관용어를 상상하지 못한 것(영어판은 런던의 샤토 앤드 윈더스가 냈다)이 흠일 뿐이다. 이것은 전혀 과시적이지 않은 — 부조리주의적인 제목을 제외하면 — 창의적인 책이다. 클리마는 여남은 개의 모티프로 저글링을 하면서 괴상한 잔재주 없이 매우 대담하게 이 모티프에서 저 모티프로 이행해나가는데, 마치 체호프가 단편「구스베리」*를 서술해나가듯 허식이 없다. 그는 마술적 리얼리즘의 그 모든 마술에 대한 멋진 해독제를 제공한다. 그가 정교한 콜라주 — 끔찍한 강제수용소 기억, 생태적 사유, 사이가 멀어진 연인 사이의 가상의 입씨름, 세상 물정에 밝은 카프카적 분석, 이 모든 것이 환희를 주면서도 진이 빠지는 간통이라는 시련과 병치되고 거기에 달라붙어 있다 — 를 창조하는 사춘기의 순진함에 가까운 단순성은 읽는 사람을 무장해제시키는 직접성과 연결되며, 분명하게 자전적인 주인공은 그런 형식으로 자신의 감정적 혼란을 고백한다.

이 책에 퍼져 있는 지성은 부드러움으로 모든 것을 채색하고 아이러니에 의해 제동이 걸리거나 보호받지 않는다. 이런 점에서 클리마는 밀란 쿤데라**의 대립물이다 — 이 말은 관심의 일치가 없다면 하나마나 한 소리로 들릴 수도 있을 것이다. 이 둘은 기질상의 차이가 상당하고 출신도 어른으로서 그들이 택한 길만큼이나 분명하게 갈라져 있지만, 에로틱한 면에서 약한 존재에 느끼는 친화성, 정치적 절망에 대항한 투쟁, 쓰레기든 키치든 사회적 배설물을 곱씹어보는 태도, 확장된 주석과 양식 혼합으로 나아가

---

* 러시아 작가 안톤 체호프(1860~1904)의 단편(1898). — 원주
** 이 책에 있는 밀란 쿤데라의 인터뷰를 보라. — 원주

는 공통된 경향—버림받은 자들의 운명에 대한 집착은 말할 것
도 없고—은 묘하고 긴장된 친족관계를 형성하는데, 두 작가 자
신은 있을 법하지 않은 일로 여길지 모르겠지만 실제로는 그런
관계가 존재한다. 나는 『사랑과 쓰레기』를 읽으면서 『참을 수 없
는 존재의 가벼움』을 뒤집어놓은 듯한 느낌을 받았다. 두 제목 사
이의 수사적 대조는 비슷한 주제—이 경우 클리마의 주인공이
"모든 주제 가운데 가장 중요한 것…… 자유를 박탈당한 삶의 결
과로 생기는 고난"이라고 부르는 것—에 비슷하게 관여한 상상
력의 관점이 어떻게 이렇게 불화하고, 심지어 적대적일 수 있는
지 보여준다.

1970년대 초 매년 봄 프라하로 여행을 다니기 시작했을 때 이
반 클리마는 나의 주요한 현실 교사였다. 그는 나를 차에 태우고
작가들이 담배를 파는 거리 모퉁이의 키오스크, 바닥에 대걸레질
을 하는 공공건물, 벽돌을 쌓는 건설 현장을 돌아다녔고, 도시 밖
으로 나가 작업복에 장화 차림으로 한쪽 호주머니에는 렌치를 꽂
고 다른 쪽 호주머니에는 책을 넣고 묵묵히 돌아다니는 지자체
급수 시설에도 가보았다. 나는 이 작가들과 길게 이야기를 하게
되었는데, 이반의 집에서 저녁을 먹는 자리인 경우가 많았다.

1976년 이후 나는 체코슬로바키아에 들어가는 비자를 받을 수
가 없어 우리는 엄중한 감시하에 있는 사람들을 위해 원고나 책
을 들이고 내오는 일을 조심스럽게 처리하는 서독이나 네덜란드
의 운반원을 통해 편지를 주고받았다. 러시아 침공 후 십 년이 지
난 1978년 여름, 내가 만난 반대파 인사들 가운데 늘 가장 기운이

넘쳐 보이던 이반마저, 약간 불균질한 영어로 쓴 편지에서 "가끔 우리의 남은 인생 내내 이런 비참한 상태로 남아 있는 게 과연 합리적인 일인지 잘 모르겠다"고 인정할 만큼 지쳐 있었다. 그는 계속해서 말했다.

이곳에서 우리 인생은 별로 기운 날 일이 없습니다─비정상이 너무 오래 지속되며 우리를 억누르고 있습니다. 우리는 언제나 박해를 받고 있습니다. 우리가 이 나라에서 한 단어라도 발표하는 게 허락되지 않는다는 것으로는 충분하지 않나봅니다─우리는 심문을 요구받고 있고, 내 친구들 다수가 짧은 시간 동안 체포되었습니다. 나는 수감되지는 않았지만 운전면허증을 빼앗겼고 (물론 아무 이유 없이) 전화가 끊겼습니다. 그러나 최악은 우리 동료 가운데 하나가……

그런 식으로 이반답게, 자신보다 훨씬 지독한 곤경에 빠졌다고 여기는 작가의 처지를 훨씬 길게 묘사했다.

지난번에 만난 뒤로 십사 년 만이었지만 나는 이반 클리마 특유의 활기와 둔감함이 매혹적으로 섞인 면모는 놀랍도록 그대로이고 힘도 줄지 않았다는 인상을 받았다. 그의 비틀스 머리 스타일은 1970년대 이후 약간 짧아졌지만, 커다란 이목구비와 입안을 가득하게 채우는 커다란 육식동물의 이를 보면 여전히 내가 지적으로 고도로 진화한 링고 스타*와 함께 있다는 생각이 가끔 들곤 한다(특히 그가 즐거운 시간을 보내고 있을 때는). 이반은 체코슬로바키아에서는 이제 "혁명"이라고 부르는 활동의 중심에 있었지만 전혀 피로의 기색을 보이지 않았다. 영문학 전공의 젊은 학생들 — 대학에서 그들의 셰익스피어 수업에 나도 들어가보았다 — 조차 피로 때문에 진이 다 빠져 『맥베스』의 첫 장면들처럼 난해하게 여겨지는 대목을 조용히 공부하는 일로 돌아온 것에 차라리 안도감을 느낀다고 말할 때였다.

이반의 기질 가운데 그런 고집스러운 힘을 느끼게 해주는 일이 한 가지 있었다. 어느 날 저녁 그의 집에서 저녁을 먹는 동안 그는 내가 있는 자리에서 그의 작가 친구에게 1970년대 말에 당국에 몰수당한 방 두 개짜리 아주 작은 아파트를 돌려받는 방법에 관해 조언해주었다. 그 친구는 그간 비밀경찰에 쫓겨 궁핍한 피난생활을 할 수밖에 없었다. 이반은 그에게 말했다. "자네 부인을 데려가. 자네 네 자식을 데려가. 야로슬라프 코란의 사무실로 가라고." 야로슬라프 코란은 프라하의 새 시장이었고 전에는 영시를 번역하던 사람이었다. 그주가 지나면서 나는 바츨라프 하벨이 임명한 사람들을 만나거나 그들에 관한 이야기를 들었고 새 행정부에 들어가는 첫번째 조건이 존 베리먼**의 시를 체코어로 번역한 경력인 듯하다는 느낌이 들기 시작했다. PEN 외에 다른 어느 조직 수뇌부에 그렇게 많은 번역가, 소설가, 시인이 있었을까?

이반이 말을 이어갔다. "코란의 사무실에서 바닥에 드러누워,

---

* 비틀스의 멤버 가운데 한 명.
** 20세기 미국 시인.

모두 다. 꼼짝도 하지 마. 그 사람들한테 말해. '나는 작가다, 그 사람들이 내 아파트를 가져갔다, 그걸 돌려받고 싶다.' 구걸하지 마, 불평하지 마, 그냥 드러누워서 꼼짝도 하지 마. 그럼 스물네 시간이면 아파트를 갖게 될 거야." 아파트가 없는 작가 — 아주 영적이고 온화한 사람으로, 그가 프라하에서 담배를 파는 것을 본 게 마지막이었는데 그 이후로 이반이 나이를 먹지 않은 것만큼 반대로 나이를 먹었다 — 는 쓸쓸한 미소만 지으며 부드럽게 이반이 제정신이 아니라고 대꾸했다. 이반은 나를 돌아보며 사무적으로 말했다. "어떤 사람들은 그런 일을 할 배짱이 없어."

이반의 부인 헬레나 클리모바는 심리치료사로 러시아 점령 시절 여러 집 거실에서 반체제 인사들이 운영한 지하 대학에 다니며 훈련을 받았다. 그녀의 환자들이 혁명과 혁명이 가져온 새로운 사회에 어떤 반응을 보이느냐고 묻자 그녀는 정확하고 사근사근하고 진지한 말투로 대답했다. "정신병 환자들은 나아지고 있고 신경증 환자들은 나빠지고 있어요." "그건 어떻게 설명해야 할까요?" 내가 묻자 그녀가 대답했다. "이 모든 새로운 자유가 오면서 신경증 환자들은 무시무시한 불확실성에 사로잡혀 있어요. 이제 무슨 일이 벌어질까? 아무도 모르죠. 물론 예전의 경직성은 심지어 그들에게도 혐오스러운 것이었지만 동시에 안심이 되고 의지할 만한 것이었어요. 하나의 구조가 있었죠. 무엇을 예상할 수 있을지 없을지 알 수 있었어요. 누구를 신뢰해야 할지 누구를 미워해야 할지 알 수 있었어요. 신경증 환자들에게 변화는 매우 불안한 거예요. 그들은 갑자기 선택의 세계에 들어온 거예요." "그럼 정신병 환자는요? 그들이 나아지는 게 정말 가능한 일인가요?" "네, 그렇다고 생각해요. 정신병 환자는 지배적인 분위기를 빨아들여요. 지금은 환희죠. 모두가 행복하고 그래서 정신병 환자들은 더 행복해요. 그들은 행복감에 도취해 있죠. 이 모든 게 아주 이상해요. 모두가 적응 충격으로 고통을 겪고 있어요."

나는 헬레나에게 그녀 자신은 무엇에 적응하는 것이 가장 어렵냐고 물었다. 그녀는 망설임 없이, 전에는 자신에게 절대 잘해주지 않았는데 지금은 잘해주는 모든 사람이라고 대답했다—얼마 전까지만 해도 그녀와 이반은 골치 아픈 일을 피하고 싶은 이웃과 지인에게 경계의 대상이었다. 한때 그렇게 빈틈없이 조심하던—또는 노골적으로 비판을 하던—사람들이 이제 클리마 부부에게 우호적으로 나오게 된 그 빠른 변화를 두고 헬레나가 분노를 드러내는 것이 나에게는 놀라운 일이었다. 가장 힘든 시절에도 그녀는 늘 경이로운 관용과 평정으로 나에게 강한 인상을 주었기 때문이다. 정신병 환자는 나아지고 신경증 환자는 나빠지고 있었고, 널리 퍼진 환희의 분위기에도 불구하고 용감하게 품위를 지켜온 사람들, 그 감탄할 만한 소수 가운데 일부가 유독한 감정들 때문에 대놓고 약간 속을 끓이고 있었다. 수십 년 저항의 기간에는 불굴의 용기와 제정신을 유지하기 위해 그런 감정은 신중하게 관리할 수밖에 없었다.

이반이 우리 대화를 시작하러 나를 만나러 오기 전, 내가 프라하에서 처음 하루를 완전히 보냈을 때 나는 크고 넓게 트인 대로인 바클라프스케 나메스티 근처 쇼핑가로 아침 산책을 나갔다.

혁명이 성공을 거둘 때까지 구호를 외치던 군중이 1989년 11월에 처음 모인 곳이었다. 산책을 시작하고 불과 몇 분 지나지 않아 어떤 상점 앞에서 느슨하게 모여 있는 약 일흔 또는 여든 명의 사람들을 만났다. 그들은 스피커에서 나오는 목소리에 웃음을 터뜨리고 있었다. 포스터와 건물에 새겨진 글을 보고 나도 모르게 '시민 포럼' 즉 하벨이 이끌던 반체제운동의 본부로 왔다는 것을 알았다.

상점 주인, 산책하는 사람, 사무직 노동자로 이루어진 이 군중은 건물을 빙 둘러싸고, 내가 파악한 바로는, 안의 강당에서 공연하고 있는 것이 분명한 어느 코미디언의 말에 함께 귀를 기울이고 있었다. 나는 체코 말을 이해하지 못하지만 코미디언이라고, 그것도 매우 웃기는 사람이라고 짐작했다. 그의 독백의 스타카토 리듬, 시작, 멈춤, 어조 변화가 군중이 발작처럼 웃음을 터뜨리도록 자극하려고 의식적으로 기획된 것처럼 보였기 때문이다. 이 웃음이 점점 무르익어 풍성한 포효가 되고, 마침내 사람들의 즐거움이 절정에 이르면서 갈채가 터져나왔다. 채플린 영화의 관객에게서 나오는 반응 같았다. 나는 통로를 통하여 '시민 포럼' 건물 반대편에서 비슷한 규모의 군중이 또 웃음을 터뜨리는 것을 볼 수 있었다. 그들에게로 건너가고 나서야 내가 무엇을 보고 있는지 알 수 있었다. '시민 포럼'의 앞쪽 창문 위에 놓인 텔레비전 두 대에 바로 그 코미디언이 나오고 있었다. 가까이서 보니 회의 탁자에 혼자 앉아 있는 사람은 전 체코 공산당 총서기 밀로스 야케시였다. 1989년 12월 초 자리에서 쫓겨난 야케시가 그전

10월에 산업도시 플젠에서 열린 당 기관원 비밀회의에서 연설하고 있었다.

그게 플젠 회의의 야케시라는 사실을 알았던 것은 전날 저녁식사를 하면서 이반과 그의 아들 미할이 이 비디오테이프에 관한 이야기를 자세히 해주었기 때문이었다. 이 테이프는 체코 텔레비전 실무자가 몰래 만든 것이었다. 이제 그 테이프가 프라하 '시민 포럼' 본부 바깥에서 계속 돌아갔고, 그 앞에서 온종일 행인이 발을 멈추고 마음껏 웃음을 터뜨렸다. 그들이 웃음을 터뜨리는 것은 야케시의 교조적이고 유머 감각 없는 당파적 수사와 원시적이고 어색한 체코어 ― 개탄할 만큼 엉킨 문장, 터무니없는 말라프로피즘,* 완곡어법과 회피와 거짓말, 완전한 얼간이 말 ― 때문이었다. 불과 몇 달 전만 해도 그런 연설 때문에 아주 많은 사람이 수치와 혐오감을 느꼈다. 미할은 새해 전야에 라디오 프리 유럽에서 "올해의 가장 웃기는 공연"으로 야케시의 플젠 비디오테이프를 틀어주었다고 말했다.

사람들이 싱글거리며 다시 거리로 나서는 것을 보면서 나는 이것이야말로 웃음의 가장 큰 목적, 그것이 존재하는 성스러운 이유임이 틀림없다고 생각했다 ― 조롱 속에 악을 묻어버리는 것. 그렇게 많은 보통 남자와 여자(그리고 군중 속에 있던 십대, 심지어 아이들까지)가 자신의 언어에 대한 범죄를 다른 어떤 범죄 못지않게 모욕적이고 끔찍하다고 인식할 수 있다는 것은 매우 희망

---

* 말하려던 단어와 음은 비슷하지만 뜻은 다른 단어를 내뱉는 실수.

적인 징표로 여겨졌다. 나중에 이반은 나에게 혁명중 언젠가 거대한 군중이 모여 있을 때 혁명에 공감하는 헝가리 민주화운동의 젊은 사절이 연설을 했는데, 그가 마지막에 자신의 불완전한 체코어를 사과하며 말을 맺었다는 이야기를 해주었다. 그러자 즉시 오십만 명이 입을 모아 마주 소리쳤다. "야케시보다 낫다."

텔레비전 아래 창에는 어디에서나 볼 수 있는, 바츨라프 하벨의 얼굴이 담긴 포스터 두 장이 붙어 있었는데 그의 체코어는 야케시의 체코어와 모든 면에서 반대다.

이반 클리마와 나는 첫 이틀을 함께 이야기를 나누며 보낸 뒤 글로 정리하면서 우리 토론의 핵심을 다음과 같은 대화로 압축했다.

로스 이 긴 세월 동안 자신의 나라에서 지하 출판으로 작품을 발표하는 것은 어떤 느낌이었나요? 은밀하게 소량으로 출간된 진지한 문학작품은 일반적으로 말해서 계몽되고 지적으로 세련되었지만 상대적으로 규모가 작은 독자와 만날 수밖에 없습니다. 지하 출판은 아마도 작가와 독자 사이에 아주 신날 수도 있는 연대를 구축할 것 같습니다. 하지만 지하 출판은 검열이라는 악에 대한 제한적이고 인위적인 대응이기 때문에, 그것이 모든 사람을 만족시키지 못한다는 사실에는 변함이 없습니다. 이곳에서 지하 출판으로 생겨난 문학의 문화에 관해 말씀해주시기 바랍니다.

클리마 지하 출판이 특수한 유형의 독자를 구축한다는 선생님의 발언은 맞는 듯합니다. 체코의 지하 출판은 그 나름의 독특한 상황에서 유래했습니다. 외국 군대의 지원을 받는 '권력'— 점령자가 세워 점령자의 의지에 의해서만 존재할 수 있다는 것을 아는 '권력'— 은 비판을 두려워했지요. 또 어떤 종류든 정신적 삶은 결국 자유를 향하게 된다는 것도 깨달았고요. 그래서 망설임 없이 모든 체코 문화를 실질적으로 금하고 작가가 글을 쓰고 화가가 전시하고 과학자 ― 특히 사회과학자 ― 가 독립적인 연구를 수행하는 것이 불가능하게 만들었습니다. 대학을 파괴하고 대체로 유순한 서기 같은 사람을 교수로 임명했지요. 부지중에 이런 재앙에 처한 이 나라는 적어도 한동안은 이것을 수동적으로 받아들이고 아주 최근까지 존경했던 사람들, 희망을 품고 바라보았던 사람들이 하나둘 사라지는 것을 무력하게 지켜보기만 했습니다.

지하 출판은 천천히 출발했습니다. 1970년대 초 출간을 금지당한 내 친구와 동료 작가들은 우리집에서 한 달에 한 번씩 모였습니다. 여기에는 체코 문학의 주요 창작자들인 바츨라프 하벨, 지리 그루사, 루드비크 바출리크, 파벨 코호우트, 알렉산더 클리멘트, 얀 트레폴카, 밀란 우데를 비롯하여 수십 명이 포함됩니다. 이런 모임에서 우리는 자신의 신작을 번갈아 낭독했지요. 보후밀 흐라발이나 야로슬라프 세이페르트 같은 사람들은 직접 오지는 않고 우리더러 대신 읽어달라고 작품을 보냈습니다. 그러던 중 경찰이 이 모임에 관심을 가지게 되었습니다. 그들의 지시에 따라 텔레비전에서는 우리 아파트에서 위험한 음모를 꾸미는 비밀회의가 진행되고 있다고 어둡게 암시하는 짧은 필름을 제작하기도 했습니다. 나는 모임을 없애라는 말을 들었지만 우리는 원고를 타자로 쳐서 책값을 받고 팔기로 모두 합의했습니다. 이 "사업"은 체코의 가장 훌륭한 작가로 꼽히는 루드비크 바출리크가 떠맡았습니다. 그렇게 시작한 거죠, 타자수 한 명과 흔한 타자기 한 대로.

작품들은 열 부에서 스무 부씩 인쇄했습니다. 한 부 가격은 보통 책 가격의 세 배쯤 되었죠. 곧 우리가 하는 일이 알려졌습니다. 사람들이 이 책을 찾기 시작했죠. 새로운 "작업장"이 생겨나고 여기에서 인가받지 않고 책을 찍어내곤 했습니다. 동시에 장정 수준도 올라갔습니다. 약간 술수를 써서 국립 제책소에서 책을 장정할 수 있게 되었습니다. 종종 우리와 마찬가지로 활동이 금지된 주요한 화가들의 드로잉이 실리기도 했고요. 이 책들 가운데 다수는 애서가의 자랑스러운 수집품이 될 겁니다. 아니, 이미 되고 있어요. 시간이 흐르면서 부수가 늘었고 종수와 독자도 늘었습니다. "운좋게" 지하 출판물을 소유한 사람이 생기면 어김없이 그 책을 빌리고 싶어하는 사람들이 모여들었습니다. 곧 작가들 뒤에 다른 사람들, 그러니까 철학자나 역사학자나 사회학자나 비타협적 가톨릭, 나아가서 재즈, 팝, 포크 음악 팬들, 그리고 허가를 받았는데도 공식 출판은 거부하는 젊은 작가들도 뒤따랐습니다. 번역서도 이런 식으로 수십 종 나왔습니다. 정치적인 책, 종교적인 책, 또 서정시나 명상적 산문도 많았죠. 이런 번역판이 나오면서 주목할 만한 편집상의 업적도 이루어졌습니다 ─ 예를 들어 우리 시대 가장 위대한 철학자 얀 파토츠카의 전집에 주해가 붙어 나온다든가 하는 식으로요.

처음에 경찰은 지하 출판을 막으려고 가택수색을 할 때 책을 압수하곤 했지요. 두어 번 원고를 치는 타자수들을 체포했고 일부는 심지어 "자유" 법정에서 징역형 선고를 받기도 했지만 지하 출판은 당국의 관점에서 보자면 동화에 나오는 머리가 여럿인 용을 닮았습니다. 아니면 역병이나. 도저히 없앨 수가 없었죠.

정확한 통계는 아직 없지만 지하 출판으로 나온 정기간행물만 대략 이백 종이고 책은 수천 종인 걸로 알고 있습니다. 수천 종이라면 물론 늘 높은 품질을 기대할 수는 없지만 지하 출판에서 한 가지는 체코의 나머지 문화와 완전히 구분되었습니다. 시장과 검열관 양쪽으로부터 독립적이었다는 거죠. 이 독립적인 체코 문화는 젊은 세대에게 강한 매력으로 다가갔고, 여기에 금지된 것이 풍기는 분위기도 한몫을 했지요. 이것이 실제로 얼마나 널리 퍼졌는가 하는 문제는 아마 과학적 조사를 통해 곧 답이 나올 겁니다. 우리는 어떤 책들은 독자가 수만 명이었다고 추정했어요. 그리고 망명한 체코 출판사가 이 책들 가운데 다수를 출간해 대단히 교묘한 방법으로 체코슬로바키아로 들여보냈다는 사실도 잊으면 안 됩니다.

또 외국 방송국인 '라디오 프리 유럽'과 '미국의 소리'가 이른바 "검열받지 않은 문학"이 퍼지는 데 큰 역할을 했다는 점도 간과하지 말아야 합니다. '라디오 프리 유럽'은 연재 형식으로 가장 중요한 지하 출판 서적을 방송했고 그 청취자는 수십만 명을 헤아렸습니다(내가 이 방송에서 낭독되는 것을 들은 마지막 몇 권의 책 가운데 하나가 하벨의 주목할 만한 작품 『장거리 심문*Long-*

Distance Interrogation』인데 이것은 그의 인생만이 아니라 정치사상 이야기이기도 하죠). 나는 이 "지하 문화"가 1989년 가을의 혁명적 사건에 큰 영향을 주었다고 확신합니다.

로스 서방에는 철의 장막 뒤의 "검열의 뮤즈"*에 관한 느슨하고 로맨틱한 이야기가 늘 일정량 있는 것처럼 보였습니다. 감히 말하자면 서방에는 가끔 선생님 쪽 사람들이 글을 쓰면서 느끼는 무시무시한 압박감과 이런 짐이 길러내는 명료한 사명감을 부러워하는 작가들도 있었습니다. 그 사회에서 거의 유일한 진실의 감시자가 된다는 거지요. 모두가 이중의 삶 — 거짓과 진실의 삶 — 을 살아야 하는 검열 문화에서 문학은 생명의 구명구, 사람들이 매달리는 얼마 남지 않은 진실이 됩니다. 그러나 나는 우리 같은 문화, 어떤 검열도 없지만 대중매체가 인간의 일을 어리석게 변조한 것이 감당 못할 정도로 넘쳐나는 문화에서도 비록 사회가 거의 망각하고 있기는 하지만 진지한 문학은 이곳과 다름없는 구명구라고 생각합니다.

1970년대 초 내가 처음 이곳을 찾고 나서 미국으로 돌아갔을 때 나는 체코 작가의 상황과 미국 작가의 상황을 비교하면서 이렇게 말했습니다. "그곳에서는 어떤 일도 가능하지 않지만 모든 일이 중요하다. 여기에서는 모든 일이 가능하지만 어떤 일도 중요하지 않다." 하지만 선생님이 쓰는 모든 것이 그렇게 중요해질

* 파리 출생의 미국 문학평론가이자 소설가인 조지 스타이너(1929년생)의 1984년 강연 제목. — 원주

때 선생님은 어떤 대가를 치렀나요? 결과적으로 문학을 그렇게 높이 평가하게 만든 억압이 선생님이 아는 작가들에게 요구한 대가가 무엇이라고 봅니까?

클리마　체코 작가의 상황과 자유로운 나라 작가의 상황에 대한 선생님의 비교는 내가 자주 인용해왔습니다. 그 말 후반부의 역설을 내가 판단할 수는 없지만 전반부는 우리 상황의 역설을 멋지게 포착하고 있어요. 작가는 금지와 박해로 중요성을 띠는 이 글들 때문에 큰 대가를 치러야 했죠. 출판 금지는 단지 모든 사회적 활동에 대한 금지만이 아니라 대부분의 경우에는 작가가 할 자격을 갖춘 모든 일에 대한 금지이기도 했습니다. 출판 금지를 당한 내 동료는 거의 모두 노동자로서 생계를 유지해야 했습니다. 쿤데라의 소설(『참을 수 없는 존재의 가벼움』)에서 우리가 알고 있는 유리창 닦는 사람은 사실 의사에게 전형적인 것이 아닙니다. 그런 식으로 생계를 유지하는 작가나 평론가나 번역가가 많았어요. 또 어떤 사람은 지하철 공사 현장에서 크레인을 운전하기도 하고 지질학 조사 현장에서 땅을 파기도 했죠. 자, 그런 일이 작가에게 흥미로운 경험을 제공할 수 있었던 것처럼 보일 수도 있습니다. 그건 사실이죠, 그 일이 한정된 시간만 지속되고, 사람을 무디게 하고 지치게 하는 그 고역에서 벗어날 전망만 있다면. 하지만 십오 년 또는 심지어 이십 년을 그런 식으로 일하고, 그런 식으로 배제되는 것은 사람의 인격 전체에 영향을 줍니다. 그 잔혹성과 불의는 그것을 당하는 사람 가운데 일부를 완전히 부수어버립니다. 또 일부는 완전히 진이 빠져서 어떤 창조적인 작업도 할 수가 없게 되어버리죠. 만일 그들이 어떻게든 용케 버티어냈다면 그것은 그 작업에 모든 것을 희생했기 때문입니다. 휴식, 또 종종 개인생활을 누릴 모든 기회를 전혀 챙기지 않은 거죠.

로스 여기 와서 알게 된 건데, 내가 이야기를 나눈 작가와 저널리스트들 사이에 밀란 쿤데라에 대한 어떤 강박 같은 것이 있더군요. "국제주의"라고 부를 수도 있는 것을 둘러싼 논쟁이 있는 듯해요. 어떤 사람들은 쿤데라가 망명중에 쓴 두 책『웃음과 망각의 책』과『참을 수 없는 존재의 가벼움』이 프랑스인을 "위하여", 미국인을 "위하여" 쓴 것이라고, 이것이 일종의 문화적 비행, 심지어 배신이라고 주장했습니다. 하지만 내가 보기에 그는 일단 해외에 살게 되자 아주 현실적으로, 고향에 살고 있는 작가인 척하지 않는 것이 최선이라고 판단하고 그래서 스스로 하나의 문학적 전략, 예전이 아니라 새로운 복잡성에 알맞은 전략을 고안한 작가에 가까운 듯합니다. 작품 수준은 논외로 하고,『농담』『우스운 사랑들』처럼 체코슬로바키아에서 쓴 책들과 프랑스에서 쓴 책들 사이의 뚜렷한 접근방법 차이가 내 눈에는 진실성의 소멸을 보여주는 것 같지 않아요. 경험의 위조는 더더구나 아니고요. 이것은 피할 수 없는 도전에 대한 강하고 혁신적인 대응입니다. 쿤데라의 망명중 글쓰기에 그렇게 강박되어 있는 그 체코 지식인들에게 쿤데라가 어떤 문제를 제기하는 것인지 설명해주겠습니까?

클리마 그들과 쿤데라의 관계는 사실 복잡한데, 먼저 쿤데라의 글에 관해 어떤 의견을 가진 체코인은 소수에 불과하다는 점을 강조하고 싶습니다. 한 가지 간단한 이유 때문입니다. 그의 책은 체코슬로바키아에서 이십 년 이상 출간된 적이 없다는 거죠. 쿤데라가 체코인보다는 외국인을 위해 쓰고 있다는 비난은 그에 대한 많은 비난 가운데 하나일 뿐이고 더 의미 있는 책망, 즉 그가 자신이 태어난 나라와 연결된 유대를 상실했다는 책망의 일부일 뿐입니다. 작품 수준의 문제는 정말이지 옆으로 밀어둘 수 있죠. 대체로 그에 대한 알레르기는 그의 글의 수준이 아니라 다른 것 때문에 생겨나는 것이니까요.

쿤데라의 옹호자 — 여기에 많이 있습니다 — 는 체코 지식인 사이에 나타나는 그에 대한 반감이 유명한 체코 동포에 대한 그리 드물지 않은 태도, 즉 질투 때문이라고 설명합니다. 하지만 나는 이 문제를 그렇게 간단하게 보지 않아요. 작가들 사이에도 아주 인기가 있고 심지어 이곳 지식인에게 사랑을 받기도 하는 유명한 동포의 예는 많이 있습니다(국내에서는 하벨, 국외에서는 슈크보레츠키).

방금 알레르기라는 말을 사용했습니다. 다양한 자극물이 알레르기를 일으키고 그 가운데 핵심이 되는 것을 찾아내기는 꽤 어렵습니다. 내 생각에 이 알레르기는 부분적으로는 사람들이 쿤데라가 자신의 체코 경험을 단순화된 화려한 방식으로 제시한다고 생각하기 때문에 생기는 듯합니다. 게다가 그가 제시하는 경험은, 사람들이 흔히 하는 말로는, 그 자신이 1968년까지 공산주의 체제의 응석받이이자 좋은 보상을 받던 아이였다는 사실과 모순이 되죠.

전체주의 체제는 쿤데라도 인정하듯이 민중에게 끔찍하게 힘겹지만 삶의 힘겨운 면은 그가 제시하는 삶에서 보게 되는 것보다 훨씬 복잡한 형태를 띠고 있습니다. 쿤데라의 비평가들이 흔히 말하듯이, 그의 그림은 우리나라에서 며칠을 보낸 아주 유능한 외국 저널리스트가 볼 법한 그런 종류입니다. 그런 그림이 서구 독자에게 받아들여지는 것은 그것이 그들의 예상과 일치하기 때문이죠. 그 그림은 선악에 관한 동화를 강화하고 착한 아이는 이 동화를 계속 되풀이해 듣고 싶어합니다. 하지만 이 체코 독자들에게 우리 현실은 동화가 아닙니다. 그들은 쿤데라 정도 위치에 있는 작가에게서는 훨씬 포괄적이고 복잡한 그림, 우리 삶에 대한 더 깊은 통찰을 기대합니다. 쿤데라는 물론 체코의 현실에 대한 그림을 제공하는 것 말고도 자신의 글에 다른 갈망이 있겠지만, 그의 작품의 그런 속성들은 내가 말하는 체코 독자에게는 별 타당성이 없을 수도 있습니다.

알레르기의 또다른 이유는 아마 일부 체코 독자의 점잖은 척하는 태도와도 관련이 있을 겁니다. 이들은 개인생활에서는 청교도처럼 행동하지 않을지 몰라도 저자의 도덕성에 관해서는 좀더 엄격하거든요.

마지막으로, 그렇다고 덜 중요하지는 않은 것으로 문학 외적인 이유를 들 수 있는데 이것이 그에 대한 비난의 핵심일지도 모릅니다. 쿤데라가 세계적으로 인기의 절정에 올라섰을 때 체코 문화는 전체주의 체제와 살벌한 투쟁을 벌이고 있었습니다. 국내만이 아니라 망명중인 지식인도 이 투쟁에 동참했죠. 이들은 온갖 곤경을 겪었습니다. 개인적 자유, 직업상의 지위, 시간, 안락한 삶을 희생했습니다. 예를 들어 요세프 슈크보레츠키 부부는 해외에서 개인생활을 포기하고 탄압받는 체코 문학을 위하여 일을 했습니다. 반면 쿤데라는 많은 사람의 눈에 이런 노력으로부터 떨어져 있었죠. 물론 그것은 쿤데라의 권리이고 ― 왜 모든 작가가 꼭 투사가 되어야 합니까? ― 그는 글 자체만으로 체코의 대의를 위해 충분하고도 남는 일을 했다고 주장할 수도 있습니다. 어쨌든 나는 왜 쿤데라 자신의 나라가 세계 다른 곳보다 쿤데라를 받아들이는 것을 훨씬 주저하는가 하는 문제를 아주 솔직하게 설명해보려고 했습니다.

그를 옹호하는 관점에서, 여기에는 지난 오십 년 동안의 고통과 관련하여 일종의 외국인 혐오가 있다고 말해두고 싶네요. 체코인은 이제 자신의 고난에 대한 독점욕이 좀 생겼는데, 이것은 아마도 이해할 만한 일이고 충분히 자연스러운 기형적 결과겠지만, 어쨌든 내 생각으로는 이것이 쿤데라에 대한 부당한 폄하를 낳은 듯합니다. 그러나 그는 의심의 여지없이 금세기 체코의 위대한 작가 가운데 한 명입니다.

로스 공식적인, 또는 공인된 작가들은 내게 약간 미스터리입니다. 그들이 모두 형편없는 작가들이었을까? 흥미로운 기회주의적 작가는 없었을까? 내가 체제를 신봉하는 작가라는 표현보다 기회주의적 작가라는 표현을 쓴 것은 제2차세계대전 뒤 첫 십년 정도는 작가들 사이에 신봉자도 당연히 있었겠지만 지난 십년간은 공식 작가들이 기회주의적이었을 뿐 그 이상이 아니라고 가정하고 있기 때문입니다. 그 점에 관해 내가 틀렸으면 고쳐주세요. 그리고 말해주세요, 좋은 작가로 남아 있으면서 공식 통치자들과 그들의 통치를 받아들이는 것이 가능했을까요? 아니면 그것을 받아들임으로써 작품이 약해지고 훼손된 것일까요?

클리마 1950년대에 정권을 지지한 저자들과 1968년 점령*이후 지지한 저자들 사이에 기본적인 차이가 있다는 것은 분명한 사실입니다. 전쟁 전에는 이른바 좌익 문학이 상대적으로 중요한 역할을 했죠. 소비에트군이 공화국의 큰 부분을 해방했다는 사실이 이런 좌익 경향을 강화해주었습니다. 그 모든 조약과 약속에도 불구하고 뮌헨과 서구 열강이 체코슬로바키아를 버린 뮌헨회담**의 기억도 마찬가지고요. 특히 젊은 세대가, 공산주의자가

---

* 1968년 8월 21일 모스크바의 명령으로 바르샤바 조약기구 군대가 체코슬로바키아를 침공하여 알렉산드르 둡체크(1921~1992)가 이끈 '프라하의 봄'을 짓밟았다. 둡체크는 1968년 체코슬로바키아 공산당 제일서기로 임명되자마자 "인간의 얼굴을 가진 사회주의"라는 비전에 따라 개혁을 시작했다. ─ 원주
** 1938년 9월 30일 나치 독일, 이탈리아, 프랑스, 대영제국의 지도자들이 뮌헨에서 조인한 합의에 따라 체코슬로바키아에서 독일어를 주로 사용하는 주데텐 지역이 독일에 양도되었다. 영국 총리 네빌 체임벌린(1869~1940)은 잉글랜드에 돌아가자마자 이 합의로 "우리 시대의 평화"가 보장될 것이라고 선언했다. 독일은 1939년 3월 15일 체코슬로바키아 나머지 지역을 점령했다. ─ 원주

건설할 새롭고 더 정의로운 사회라는 환상에 굴복했습니다. 하지만 곧 체제를 꿰뚫어보고 1968년 '프라하의 봄' 운동을 촉발하고 스탈린주의 독재의 신비를 부수는 데 크게 기여한 게 바로 이 세대였습니다.

1968년 이후에는, 아마도 소수의 열광적인 광신자는 예외이겠지만, 이제 누구도 그런 전후의 환상을 공유할 이유가 없었습니다. 소비에트군은 국민의 눈앞에서 해방군에서 점령군으로 바뀌었고 이런 점령을 지지하는 정권은 부역자 무리로 바뀌었죠. 만일 작가가 이런 변화를 눈치채지 못했다면 그런 맹목은 그가 창조적 정신을 자처하는 데 분명한 결격사유가 될 겁니다. 권리를 박탈해 마땅합니다. 그걸 눈치챘으면서도 아무것도 모르는 척했다면 그를 기회주의자라고 부르는 게 당연합니다 ― 아마도 그건 우리가 사용할 수 있는 가장 친절한 말일 겁니다.

물론 문제는 이 정권이 몇 달이나 몇 년이 아니라 이십 년 동안 지속되었다는 사실입니다. 이 말은 곧, 예외는 있지만 ― 그리고 정권은 이 예외를 가혹하게 박해했죠 ― 항의하는 사람들 거의 한 세대가 1970년대 말부터는 쫓기다 이민을 갔다는 뜻입니다. 다른 모든 사람은 어떤 식으로든 체제를 받아들이고 심지어 지지하기도 했습니다. 텔레비전과 라디오는 어떻게든 기능해야 했고 출판사는 종이에 활자를 찍어야 했습니다. 아주 품위 있는 사람들도 생각했죠. "내가 이 일을 계속하지 않으면 더 나쁜 사람이 할 거다. 내가 글을 쓰지 않으면 ― 그리고 내가 독자에게 적어도 약간의 진실이나마 몰래 집어넣으려고 노력하지 않으면 ― 남는 사람은 헌신적으로 또 무비판적으로 체제에 봉사하려 하는 사람들뿐일 거다."

나는 지난 이십 년 동안 뭔가 출판한 사람이 모두 반드시 형편없는 작가라고 말하는 것은 피하고 싶습니다. 정권이 점차 일부 중요한 체코 작가들을 자기 것으로 만들려고 노력하여 그들의 작품 가운데 일부를 출간하기 시작한 것도 사실입니다. 이런 식으로 그래도 보후밀 흐라발과 시인 미로슬라프 홀루프(둘 다 공개적으로 자기비판을 했습니다만)의 몇 작품을 냈고 또 '77헌장'*에 서명한 노벨상 수상자 야로슬라프 세이페르트의 시도 냈죠. 그러나 검열관이 놓은 모든 덫을 피해 출간을 하려는 노력은 출간된 사람들 다수의 작품에 너무 무거운 짐이 되었다고 단언할 수 있습니다. 나는 지하 출판 형태로 나와 해외에서 간행된 흐라발—내 생각으로 현존하는 유럽 최고의 산문 작가 가운데 한 사람입니다—의 작품과 체코슬로바키아에서 공식 간행된 작품을 조심스럽게 비교해보기도 했습니다. 그가 검열 때문에 어쩔 수 없이 바꾼 것이 분명한 부분은 작품의 관점에서 볼 때 정말이지

---

* 1976년 12월 체코슬로바키아 반체제 인사들이 '77헌장'을 작성했다. 이것은 체코슬로바키아 정부에게 이 정부가 1975년 헬싱키 협정과 다른 국제 대회에서 존중하기로 합의한 기본적 인권을 보호할 것을 촉구하는 선언이었다. 바츨라프 하벨(1936~2011), 파벨 란돕스키(1936~2014), 루드비크 바출리크(1926~2015)는 이백 명 이상이 서명한 이 선언을 1977년 1월 6일 프라하의 연방의회 건물에 전달하려 했지만 국가 비밀경찰에 체포되어 심문을 당했다. '77헌장'은 체코슬로바키아에서는 공표가 금지되었으나 지하 출판으로 유포되었고 서방에서 공식 발표되었다. '77헌장' 운동 구성원들은 1989년 '벨벳 혁명'으로 공산주의 체제가 무너질 때까지 계속 당국에 시달리고 때로 수감되기도 했다. — 원주

기괴합니다. 그러나 이보다 심각했던 것은 많은 작가가 미리 검열을 고려하여 자신의 작품을 기형으로 만들고 그 결과로 물론 자기 자신도 기형으로 만들었다는 점입니다.

1980년대에 들어서야 특히 젊은 작가들, 연극계 사람들, 저항 가요의 저자들 사이에서 "성난 젊은이들"이 나타나기 시작했습니다. 그들은 자신들이 하고 싶은 말을 다 했고 자신의 작품이 나오지 않을 위험, 심지어 생계를 잃을 위험도 무릅썼습니다. 그들이 오늘날 우리가 단순한 문학이 아니라 자유 문학을 가지게 되는 데 이바지했죠.

로스 소비에트가 체코슬로바키아를 점령한 뒤 현대 체코 작가 가운데 꽤 많은 수의 작품이 미국에서 출간되었습니다. 망명 생활을 하는 작가들 가운데는 쿤데라, 파벨 코호우트, 슈크보레츠키, 지리 그루사, 아르노스트 루스티그 등이 있고 체코슬로바키아에 있는 작가들 가운데는 선생님, 바출리크, 흐라발, 홀루프, 하벨이 있습니다. 작은 유럽 나라인데도 놀랄 만큼 많은 수입니다 ― 나 자신은 1968년 이래 미국에서 출간된 노르웨이나 네덜란드 작가는 열 명도 떠올릴 수 없거든요. 확실히 카프카를 생산한 장소는 특별한 의미가 있지만 우리 둘 다 이것이 서방에서 선생님 나라의 문학이 관심을 받는 이유를 설명해준다고 믿지는 않으리라 봅니다. 선생님은 많은 외국 작가와 이야기를 나누어왔습니다. 그들은 선생님의 문학에 믿을 수 없을 만큼 경의를 표합니다. 선생님은 특별한 이야기를 들어왔고 선생님의 삶과 작품은 그들 생각의 많은 부분을 흡수해왔습니다. 이제 그런 상황은 달라졌고 앞으로는 선생님도 우리보다는 다시 자국의 작가들과 이야기를 더 많이 할 거라는 생각이 듭니까?

클리마 물론, 우리가 말했듯이, 나라의 가혹한 운명은 많은 매혹적인 주제를 제시했습니다. 작가는 환경 때문에 어쩔 수 없이, 다른 상황이었다면 자신에게 영영 이질적이었을 수도 있는, 작품으로 썼을 때 독자에게는 거의 이국적으로 보일 수도 있는 경험을 하는 경우도 많았습니다. 또 글―또는 전체적으로 보아 예술작품―이 아직도 한 개인으로서 가게를 차릴 수 있는 마지막 장소이기도 했습니다. 많은 창조적인 사람들이 사실 이런 이유 때문에 작가가 되었습니다. 이 모든 것이 이제는 어느 정도 지난 일이 될 겁니다. 물론 체코 사회에는 엘리트 숭배에 대한 혐오가 있고 체코 작가들은 늘 보통 사람들의 일상 문제에 관심이 있다는 생각은 합니다만. 이것은 현대 작가만이 아니라 과거의 위대한 작가들에게도 적용됩니다. 카프카는 사무직 노동자를 그만둔 적이 없고 차페크는 저널리스트를 그만둔 적이 없습니다. 하세크*와 흐라발은 담배 연기 자욱한 선술집에서 친구들과 맥주를 마시며 많은 시간을 보냈습니다. 홀루프는 과학자로서 자기 일을 떠난 적이 없고 바출리크는 가장 평범한 시민의 삶을 영위하는 상

---

* 저널리스트, 극작가, 소설가인 카렐 차페크(1890~1938)는 희곡 『R. U. R.』(1920)를 썼다. 야로슬라프 하세크(1883~1923)는 미완의 희극적 소설 『착한 병사 슈베이크 *The Good Soldier Švejk*』(1920~1923)를 썼다. ― 원주

황에서 자신을 밖으로 끌어낼 수도 있는 모든 것을 완강하게 피했죠. 물론 사회생활에 변화가 오면 주제도 변할 겁니다. 하지만 이것이 반드시 우리 문학이 외부자에게 주는 흥미가 사라질 거라는 뜻이 될는지는 모르겠습니다. 우리 문학이 유럽을 향해 문을 열어젖히고 심지어 세계에도 조금은 문을 연 것은 주제 때문만이 아니라 작품의 질 때문이기도 하다고 믿거든요.

로스 그러면 체코슬로바키아 내부에서는요? 지금은 사람들이 책에 몹시 굶주려 있다고 알고 있지만 혁명의 열기기 가라앉은 뒤 투쟁에서 단결했던 느낌이 흐릿해지면 과거 선생님이 사람들을 위해 공식 신문, 공식 연설, 정부 공인 서적의 언어와는 다른 언어의 생명을 유지하려고 싸우던 때에 비해 여기 독자들에게 선생님의 의미가 훨씬 약해지지 않을까요?

클리마 우리 문학이 문학 외적 호소력을 일부 잃을 것이라는 데 동의합니다. 하지만 이런 부차적인 호소력 때문에 작가와 독자 모두 사실은 저널리스트, 사회학자, 정치 분석가가 답해야 할 질문들에 정신이 팔리고 있다고 생각하는 사람도 많습니다. 내가 전체주의 체제가 제공하는 흥미로운 플롯이라고 부르는 것으로 돌아가봅시다. 의기양양한 어리석음, 권력의 오만, 무고한 자에 대한 폭력, 경찰의 가혹행위, 삶에 스며들어 있을 뿐 아니라 강제노동수용소와 감옥을 만들어내기도 하는 무자비함, 인간이 겪는 수모, 거짓과 허세에 기초한 삶 — 이런 이야기들은 관심에서 벗어날 겁니다. 그러기를 바랍니다. 물론 작가들은 아마 한참 후에 다시 돌아와 그런 주제들을 생각해보겠지만요. 애초에 사십 년의 전체주의 체제는 물질적이고 영적인 공허를 남겼고 이런 공허를 채우는 일에는 어려움이나 긴장이나 실망이나 비극이 따릅니다.

체코슬로바키아에는 책에 대한 느낌에 깊은 전통이 있고 그게 중세까지 거슬러올라간다는 점, 심지어 어디에나 텔레비전이 있어도 좋은 책들로 이루어진 서가가 없는 집은 찾기가 어렵다는 점 또한 사실입니다. 예언을 하는 것은 좋아하지 않지만 적어도 한동안은, 전체주의 체제가 몰락했다고 해서 문학이 파티에서 지루함을 달래기 위해서나 가끔 꺼내는 화제로 전락하는 일은 없을 거라고 믿습니다.

로스 폴란드 작가 타데우시 보롭스키는 홀로코스트에 관해 쓰는 유일한 방법은 죄인, 즉 공모자이자 연루자로서 쓰는 것이라고 말했습니다. 실제로 자신의 일인칭소설 회고록 『신사 숙녀 여러분, 가스실로』에서 그렇게 했지요. 거기에서 보롭스키는 어쩌면 자신이 아우슈비츠 수감자로서 느꼈던 것보다 훨씬 더 오싹한 수준의 도덕적 무감각 상태인 척했는지도 모릅니다. 순진하기 짝이 없는 피해자라면 할 수 없는 방식으로 아우슈비츠의 공포를 드러내고자 하는 목적으로요. 내가 읽어본, 소비에트 공산주의 지배하의 가장 독창적인 동유럽 작가 몇 명도 비슷한 자리를 잡고 있었습니다―K로 시작하는 이름만 예로 들어본다면 타데우시 콘비츠키, 다닐로 키슈,* 쿤데라 등이 그런 작가들인데, 이들은 카프카의 바퀴벌레 밑에서 밖으로 기어나와 우리에게 오염되지 않은 천사는 없다고, 악은 외부만이 아니라 내부에도 있다고 말해줍니다. 그러나 이런 종류의 자기 매질하기는 아이러니와 뉘앙스에도 불구하고 누군가를 탓하기라는 요소로부터 자유로울 수 없습니다. 체제가 너와 나를 오염시키는 방식을 검토하는 순간에도 악의 원천을 체제 안에 두는 도덕적 습관에서 자유롭지 못한 거지요. 선생님은 의롭고 경건하고 교훈적이 되고 또 의무적으로 프로파간다에 반대하는 과정에 내포된 모든 위험에도 불구하고 진실의 편에 서는 데 익숙합니다. 선생님은 잘 규정되고 쉽게 알아볼 수 있고 객관적인 종류의 악 없이 사는 데는 익숙하지 않습니다. 내 입장에서는 그런 체제가 없어지면, 그런 것 없이 그냥 너와 나만 남으면 선생님의 글에 — 또 거기에 뿌리내린 도덕적 습관에 무슨 일이 일어날지 궁금합니다.

클리마 그 질문을 받으니 내가 지금까지 한 모든 말을 다시 생각해보게 됩니다. 실제로 나는 갈등을 자주 묘사하는데 그 안에서 나는 정권으로 구현되는 공격적인 세계에 맞서 나 자신을 방어하고 있다는 것을 알게 되었습니다. 하지만 정권과 나 사이의 갈등에 관해 쓰면서 반드시 세상이 나보다 나쁘다고 상정하지 않는 경우도 많습니다. 내가 한편에 서고 세상이 다른 편에 서는 이

---

* 세르비아 소설가 다닐로 키슈(1935~1989)는 『보리스 다비도비치의 무덤』(1976)을 썼다. — 원주

분법은 작가만이 아니라 우리 모두가 사물을 인식할 때 흔히 유혹을 느끼는 방식이라고 말할 수 있을 겁니다.

세상이 나쁜 체제로 보이느냐 아니면 나쁜 개인, 나쁜 법, 나쁜 운으로 보이느냐 하는 것은 사실 핵심이 아닙니다. 자유 사회에서 창조된 작품 가운데도 주인공이 나쁜, 적대적인, 오해를 일삼는 사회에 의해 여기저기 내던져지는 작품을 수십 개 거론할 수 있고, 그렇게 해서 작가들이 자신 — 또는 자신의 주인공 — 과 주변 세계 사이의 갈등을 선악의 이분법으로 보고 싶은 유혹에 굴복하는 것이 우리가 사는 곳에서만 있는 일이 아니라고 서로 다독거릴 수도 있겠죠.

세상을 이원론적으로 보는 습관이 있는 사람들은 여기에서 틀림없이 정권 말고 어떤 다른 형태의 외부의 악을 찾아낼 수 있을 거라고 상상할 수도 있습니다. 반면 어떤 사람들은 변화된 상황에서 도움을 얻어 체제의 잔혹성이나 어리석음에 그냥 반응하는 사이클에서 벗어나 세상 속의 인간에 관해 새롭게 사유해볼 수도 있겠죠. 그럼 이제 내 글에는 무슨 일이 벌어질 것이냐? 지난 석 달 동안 나는 다른 아주 많은 의무 때문에 허우적거리느라 언젠가는 평화롭고 고요하게 이야기를 쓸 거라는 생각이 환상처럼 보일 정도였습니다. 하지만 질문을 회피하지는 않겠습니다 — 나의 글을 두고 볼 때, 이제 불행한 사회체제에 관해서는 더 걱정할 필요가 없다는 사실을 나는 안심이 되는 일로 여깁니다.

로스 카프카. 지난 11월 추방당한 전과자 하벨이 여기 프라하에서 새로운 체코슬로바키아를 낳은 시위에서 연설하는 동안 나는 뉴욕시의 한 대학에서 카프카 강의를 하고 있었습니다. 학생들은 『성』을 읽었지요. 성의 관료제를 통제하는 막강하고 다가갈 수 없는 클람 씨에게서 토지측량사로서 인정을 받으려는 K의 지루하고 보람 없는 분투를 읽은 거지요. 뉴욕 타임스에 하벨이 회의 탁자 너머로 구체제의 총리와 악수하는 사진이 실렸을 때 나는 그것을 학생들에게 보여주었습니다. "자," 나는 말했습니다, "K가 마침내 클람을 만나는구나." 하벨이 대통령 출마를 결정하자 학생들은 기뻐했습니다 ─ K가 성 안에서 다름 아닌 클람의 상사의 뒤를 잇는 일이 생길 수도 있었으니까요.

카프카의 작품에서 그의 선견지명의 아이러니가 가장 주목할 만한 속성은 아닐지도 모르지만 그 생각을 해보면 늘 놀라게 됩니다. 그는 절대 현실적 세계와 대립하는 꿈이나 악몽 세계를 창조하는 몽상가가 아닙니다. 그의 소설은 상상할 수 없는 환각과 가망 없는 역설이 바로 사람들의 현실을 구성한다고 계속 주장합니다. 그는 「변신」 『소송』 『성』 같은 작품에서 터무니없고 우스꽝스럽고 믿을 수 없어 보이는 일, 어떤 사람의 존엄과 관심에 미달할 만한 일이 바로 그 사람에게 일어나고 있다는 사실, 즉 어떤 사람의 존엄에 미달하는 일이 결국 그 사람의 운명이 된다는 사실을 받아들이게 되는 사람의 교육과정을 연대기적으로 기록합니다.

"그것은 꿈이 아니었다." 카프카는 그레고르 잠자가 잠에서 깨어 자신이 이제는 가족을 부양하는 착한 아들이 아니라 역겨운 벌레라는 것을 알게 되고 불과 몇 분 후 그렇게 씁니다. 카프카에 따르면 꿈은 확률, 비율, 안정과 질서, 인과의 세계에 속합니다―그에게는 존엄과 정의로 이루어진 믿을 만한 세계가 터무니없이 환상적이었던 거지요. 우리에게 매일 "나는 모욕을 당하려고 여기 온 게 아니었어!" 하고 말하는 그 몽상가들의 분개를 카프카가 얼마나 재미있어했을까요. 카프카의 세계―사실 카프카의 세계에서만은 아닙니다만―에서는 바로 그것이 우리가 여기 있는 이유라는 것을 깨달을 때만 삶은 비로소 말이 되기 시작합니다.

선생님이 여기에 있으면서 모욕을 당하고 괴롭힘을 당하고 모독을 당하던 시절에 선생님의 상상력에서 카프카가 어떤 역할을 했을지 알고 싶습니다. 카프카는 공산주의 당국에 의해 자신의 도시와 체코슬로바키아 전역의 서점과 도서관과 대학에서 사라졌습니다. 왜? 그들은 무엇을 겁냈을까요? 무엇에 분개했을까요? 그의 작품을 아주 잘 알고 심지어 그의 기원들에 강한 친화감을 느꼈을 수도 있는 여러분에게는 카프카가 어떤 의미였습니까?

클리마 선생님과 마찬가지로 나도 카프카의 작품을 공부했습니다―그리 오래지 않은 과거에 그에 관한 긴 에세이를 쓰고 그와 펠리체 바우어 사이의 연애에 관한 희곡을 쓰기도 했죠.* 나

---

* 에세이 「검들이 다가오고 있다: 프란츠 카프카의 영감의 원천 *The Swords Are Approaching: Franz Kafka's Sources of Inspiration*」(1985)과 희곡 「카프카와 펠리체 Kafka and Felice」(1983). ― 원주

는 그의 작품에서 꿈 세계와 현실 세계 사이의 갈등에 관한 나의
의견을 약간 다르게 정리해보고 싶습니다. 선생님은 이렇게 말씀
하셨습니다. "카프카에 따르면 꿈은 확률, 비율, 안정과 질서, 인
과의 세계에 속합니다―그에게는 존엄과 정의로 이루어진 믿을
만한 세계가 터무니없이 환상적이었던 거지요." 나는 거기에서
환상적이라는 말을 다다를 수 없는으로 바꾸고 싶습니다. 선생님
이 꿈 세계라고 부르는 것이 카프카에게는 오히려 현실 세계, 질
서가 지배하고, 적어도 그가 보는 바로는 사람들이 서로 좋아하
게 되고 사랑을 나눌 수 있고 가족을 가지고 모든 의무를 이행하
며 질서를 갖출 수 있는 세계였습니다―하지만 이런 세계는 그
에게, 그의 거의 역겨운 진실성을 담아 말하자면 다다를 수 없는
것이었습니다. 그의 주인공들은 자신의 꿈을 실현하지 못해서가
아니라 현실 세계로 제대로 진입할 만큼, 의무를 제대로 이행할
만큼 강하지 못해서 고통을 겪습니다.

　카프카가 공산주의 치하에서 왜 금지되었는가 하는 문제는 나
의 소설 『사랑과 쓰레기』의 주인공이 말한 한 문장으로 답하겠습
니다. "카프카라는 인간에게 가장 중요한 것은 그의 정직성이다."
기만 위에 세워지고, 사람들에게 이런저런 척할 것을 요구하고,
동의를 구하는 사람에게 내적 신념에 상관없이 외적으로만 합의
할 것을 요구하는 체제, 자기가 하는 행동의 의미에 관해 질문을
하는 모든 사람을 두려워하는 체제는 진실성이 그렇게 매혹적인,
심지어 무시무시한 완전함에 이르러 사람들에게 영향력을 갖게
된 사람을 허락할 수 없습니다.

카프카가 나에게 무슨 의미냐고 묻는다면 우리가 어쩐지 계속 맴돌고 있다는 느낌을 주는 질문으로 돌아가게 됩니다. 전체적으로 카프카는 비정치적 작가였죠. 나는 그의 1914년 8월 21일자 일기를 인용하기를 좋아합니다: 아주 짧습니다. "독일이 러시아에 전쟁을 선포했다. — 오후에 수영." 여기 역사적인, 역사를 흔드는 수준이 있는데 개인적 수준은 그냥 평평합니다. 나는 카프카가 자신의 개인적 위기를 고백하고 그렇게 해서 개인적 삶에서 자신으로서는 해결할 수 없는 것을 해결하고 싶은 가장 깊은 요구에서 글을 썼다고 확신합니다 — 처음에는 아버지와의 관계, 그리고 여자와의 관계에서 어떤 한계 이상으로는 나아가지 못하는 상황이었죠. 예를 들어 나는 카프카에 관한 에세이에서 단편 「유형지에서」에 나오는 살인 기계가 결혼이나 약혼 상태를 보여주는 멋지고 열정적이고 절망적인 이미지라는 것을 보여주었습니다. 그는 이 단편을 쓰고 나서 몇 년 뒤 밀레나 예젠스카*에게 함께 사는 문제를 생각할 때 어떤 느낌이 드는지 털어놓았습니다.

알다시피 (우리의 약혼에 관해) 뭔가 쓰려고 하면 원을 그리며 나를 둘러싸고 있는 검들이 천천히 내 몸으로 다가와. 이건 가장 완전한 고문이야. 그 검 끝이 나를 스치기만 해도 나는 이

---

* 체코 작가 밀레나 예젠스카(1896~1944)는 카프카의 단편 「화부」를 독일어에서 체코어로 번역해도 되겠느냐고 물은 뒤 그와 서신 교환을 시작했다. 그녀가 남편을 떠나 카프카에게로 가는 것을 거부하면서 그들의 관계는 끝났다. 이 책에 실린 「"나는 전에는 늘 당신들이 나의 금식에 감탄하기를 바랐다", 또는 카프카를 바라보며」를 보라. — 원주

미 너무 무서워서 첫 비명을 지르고 너, 나 자신, 모든 것을 배반해.

카프카의 은유는 아주 강력해서 원래의 의도를 훨씬 뛰어넘습니다. 나는 「유형지에서」만이 아니라 『소송』도 그가 죽고 십오 년 뒤에 터진 제2차세계대전 동안 유대 민족에게 닥칠 무시무시한 운명에 대한 독창적인 예언으로 설명되어왔다는 걸 알고 있습니다. 하지만 그것은 천재의 예언이 아니었죠. 이 작품들은 그저 가장 개인적인 경험을 깊게 또 진실하게 반영하는 방법을 아는 창조자는 초개인적 또는 사회적 영역도 건드린다는 것을 증명할 뿐입니다. 다시 문학에서 정치적 내용에 관한 질문에 답하고 있네요. 문학은 정치적 현실을 찾아 헤매거나 심지어 왔다가는 정권에 관해 걱정할 필요가 없습니다. 문학은 체제를 초월하면서도 여전히 체제가 사람들에게서 환기하는 문제들에 답할 수 있습니다. 이것이 내가 카프카로부터 나 자신을 위해 뽑아낸 가장 중요한 교훈입니다.

로스 이반, 선생님은 유대인으로 태어났고 유대인이었기 때문에 유년 시절 한동안 강제수용소에 있었습니다. 이런 배경이 어떤 말할 가치가 있을 만한 방식으로 선생님의 작품을 다른 작가의 작품과 구별해준다고 ― 아니면 공산주의자들 밑에서 작가로서 선생님이 겪은 곤경의 성격을 바꾸었다고 ― 느낍니까? 전쟁 전 십 년 동안 문화적으로 넓은 자리를 차지하고 있던 유대인이 없는—유대인 독자나 유대인 작가가 없는, 유대인 저널리스트나 극작가나 출판업자나 평론가가 없는—중부 유럽은 생각할 수 없었습니다. 이제 유럽의 이 지역에서 다시 전전戰前 시절로 거슬러올라가는 지적 분위기에서 문학적 삶이 영위될 참이기 때문에 혹시—아마도 심지어 처음으로—유대인의 부재가 사회에 어떤 충격을 주는 방식으로 인식되지는 않을까 궁금합니다. 체코 문학에 전전 유대인 문화의 잔재가 남아 있습니까? 아니면 한때 프라하에서 강력했던 유대인의 사고방식과 감수성은 체코 문학을 떠났나요?

클리마 어린 시절 강제수용소를 거친 사람—언제라도 들어와서 자신이나 주위의 모든 사람을 때리거나 죽일 수 있는 외적인 힘에 완전히 좌지우지되었던 사람—이라면 아마도 누구나 그런 교육을 면제받은 사람들과는 적어도 조금 다르게 삶을 헤쳐나갈 겁니다. 삶이 끈처럼 툭 끊어질 수 있다는 것—그게 내가 어린 시절 매일 배우는 교훈이었습니다. 그리고 이것이 내 글에 미친 영향? 정의의 문제, 유죄판결을 받고 추방당한 사람들이나 외롭고 무력한 사람들의 감정에 대한 강박. 여기에서 나온 주제들은 내 조국의 운명 덕분에 시의성을 전혀 잃지 않았습니다. 그리고 내 삶에 미친 영향? 친구들 사이에서 나는 늘 낙관주의자로 알려져왔습니다. 반복해서 사형선고를 받고도 살아남은 사람은 누구나 평생 편집증으로 고생하거나, 아니면 어떤 일에서든 살아남을 수 있고 모든 일이 결국은 잘될 거라는, 이성으로 정당화할 수 없는 자신감 때문에 고생할 수도 있습니다.

유대 문화가 우리의 현재 문화에 미친 영향에 관해 말하자면—뒤돌아보면 우리 자신의 유년을 이상화하는 것과 대체로 같은 방식으로 문화적 현실을 이상화하기 쉽습니다. 내가 태어난 프라하를 뒤돌아보면, 가령 금세기 초를 뒤돌아보면 문화와 관습들의 경이로운 혼합에, 이 도시의 수많은 위대한 인물에 놀라게 됩니다. 카프카, 릴케, 하세크, 베르펠,* 아인슈타인,** 드보르자크, 막스 브로트…… 하지만 물론 프라하의 과거, 여기서 프라하란 그냥 중부 유럽의 상징으로 말하는 것일 뿐인데, 이 프라하는 위대한 재능을 가진 눈부시게 많은 수의 인물로만, 문화의 분출로만 이루어진 것이 아니라 동시에 증오, 격렬하고 편협하고 종종 피를 뿌린 충돌로도 이루어져 있었습니다.

다른 어느 곳보다도 프라하에서 목격된 유대인 문화의 웅장한 분출 이야기를 하려면 우리는 동시에 이곳에서 시도 때도 없이 어떤 종류든 반유대주의적 폭발이 일어나곤 했다는 사실 또한 인정해야 합니다. 대부분의 사람에게 유대인은 이질적 요소를 대표하며, 그래서 그들은 최소한 그 요소를 고립시키려고 했습니다. 유대인 문화가 체코 문화를 풍요롭게 만들었다는 데에는 의심의 여지가 없죠. 보헤미아에서 똑같이 중요한 자리를 차지하고 있던

---

* 프라하 태생의 소설가, 시인, 극작가인 프란츠 베르펠(1890~1945)은 독일어로 작품을 썼으며 소설 『베르나데트의 노래 *The Song of Bernadette*』(1941)가 유명하다. —원주

** 알베르트 아인슈타인은 1911년부터 1912년까지 프라하에 살았다. —원주

독일 문화 — 보헤미아에서 유대인 문학은 대개 독일어로 쓰였습니다 — 와 마찬가지로 유대인 문화가 발달하는 체코 문화에게 서유럽으로 가는 다리가 되어주었죠. 그전 이백 년 동안 체코 문화는 진화가 억눌려 있었거든요.

그런 과거로부터 무엇이 살아남았는가? 겉으로 보기에는 아무것도 없습니다. 하지만 나는 이게 전부가 아니라고 확신합니다. 관용을 갖고 허무주의적 과거를 극복하자는 현재의 갈망, 오염되지 않은 원천으로 돌아가자는 갈망, 이것은 죽은 자들, 아니 사실은 살해당한 자들이 우리에게, 살아 있는 자들에게 보내는 거의 잊고 있던 경고의 외침에 대한 응답이 아닐까요?

로스 하벨. 하벨 같은 짓궂은 아이러니와 견실한 지성을 갖춘 복잡한 남자, 문인, 철학 연구자, 강력한 영적 성향이 있는 이상주의자, 정확하고 직접적인 모어를 구사하고, 논리와 뉘앙스로 추론하고, 호탕하게 웃음을 터뜨리고, 연극성에 매혹되고, 조국의 역사와 문화를 내밀하게 알고 이해하는 장난스러운 사상가 — 그런 사람이라면 미국에서는 대통령에 당선될 가능성이 제시 잭슨이나 제럴딘 페라로보다 훨씬 적을 겁니다.

바로 오늘 아침 '성'에 갔더니 하벨이 미국과 러시아 출장에 관해 기자회견을 하고 있더군요. 대통령이 즉석에서 아주 효과적이고 유창하고 인간적 관찰이 풍부한 문장, 미국 백악관에서는 링컨이 총에 맞은 이후 그렇게 다양한 방식으로 — 또 사전 준비 없이 — 만들어낸 적이 아마도 없었을 문장을 빚어내는 것을 보며 기쁘고 또 약간 놀란 마음으로 귀를 기울였습니다.

한 독일 기자가 하벨에게 누구와 어울리는 게 가장 좋았느냐고, 달라이 라마인지, 조지 부시인지, 미하일 고르바초프인지 — 세 명 모두 하벨이 최근에 만났지요 — 묻자 하벨은 이렇게 말을 시작했습니다. "글쎄요, 공감의 위계를 설정하는 것은 지혜롭지 않을 것 같습니다만……" 고르바초프를 묘사해달라는 요청을 받자 그는 고르바초프의 가장 매력적인 자질 한 가지가 "당혹감을 느낄 때 그것을 고백하기를 망설이지 않는 것"이라고 말하더군요. 하벨이 3월 15일 — 1939년 이날 히틀러가 프라하에 진입했습니다 — 에 서독 대통령의 방문이 예정되어 있다고 발표하자 한 기자가 하벨이 "기념일을 좋아한다"는 점을 언급했고, 그러자 하벨은 즉시 그의 말을 정정해주었습니다. "아니." 하벨이 그 기자에게 말했습니다. "나는 '기념일을 좋아한다'고 말하지 않았습니다. 나는 정치에서 상징, 은유, 극적 구조의 감각에 관해 말했습니다."

어떻게 이런 일이 여기에서 일어났을까? 그리고 그게 왜 여기에서 하벨에게 일어났을까? 아마도 그가 누구보다 먼저 인정하겠지만 그는 여러분 가운데 유일하게 고집스럽고 거침없이 말하는 사람도 아니고 자신의 사상 때문에 수감되었던 유일한 사람도 아니었습니다. 왜 이 나라의 새로운 국가관의 체현자로 그가 등장했는지 선생님이 말해주면 좋겠습니다. 그가 흡사 돈키호테처럼 — 현실 생활을 이해하지 못하는 어리석고 고상한 지식인의 완전한 전형으로서 — 전임자인 후사크 대통령*에게 길고 또 쓸모없어 보이는 이의를 제기하는 편지를 쓰고 있을 때도 이 나라의 많은 사람에게 그런 영웅이었는지 궁금합니다. 당시에는 많은 사람이 그를 성가신 존재나 미치광이로 생각하지 않았나요? 공산주의 체제에 대해 한 번도 진짜로 이의를 제기해본 적이 없는 수많은 사람에게 하벨을 숭배하는 것은 선생님이 허무주의적 과거라고 부르는 것과 자신이 공모했다는 사실을 거의 하룻밤 사이에 마음에서 지워버릴 수 있는 편리한 수단이 아닐까요?

클리마 "하벨"이라는 그 주목할 만한 현상을 설명해보기 전에 하벨이라는 이름을 가진 인물에 관한 내 의견을 이야기해보겠습니다(대통령에 대한 비판을 실질적으로 금하고 있는, 지금도 존재하는 법을 위반하는 것이 아니기를 바랍니다). 선생님이 하벨의 특징을 정리한 부분에는 동의합니다. 다만, 지난 이십오 년간 그를 수도 없이 만난 사람으로서 보완하고 싶은 게 있습니다. 하벨은 세계에 중요한 극작가로서, 그다음에 흥미로운 에세이스트로서, 그리고 마지막으로 반체제 인사, 즉 자신의 원칙이 아주 확고하여 신념 때문에 체코 감옥 — 더 정확하게 말하자면 공산주의 감옥 — 을 포함하여 어떤 일을 겪는 것도 주저하지 않은 정권의 반대자로 알려져 있습니다. 하지만 하벨의 솜씨나 직업의 이 목록에서 한 가지가 빠져 있는데, 내 생각으로는 그것이 근본적인 것입니다.

---

* 구스타프 후사크(1913~1911)는 체코슬로바키아 공산당 총서기(1969~1987). 체코슬로바키아 대통령을 역임했다(1975~1989). — 원주

극작가로서 하벨은 세계 비평가들에 따르면 부조리극의 흐름에 자리잡고 있습니다. 하지만 하벨의 연극을 우리 극장에서 공연하는 것이 아직 가능했던 시절에 체코 관객은 그 연극을 일차적으로 정치극으로 이해했습니다. 나는 반농담으로 하벨이 극작가가 된 것은 단지 당시에는 극장이 정치적 의견을 표현할 수 있는 유일한 단상이었기 때문일 뿐이라고 말하곤 했죠. 내가 처음 알게 되었을 때부터 하벨은 나에게 첫째로 정치인이었고 둘째로 천재적인 에세이스트였고, 마지막으로 극작가였습니다. 나는 그의 성취의 가치에 순서를 매기는 것이 아니라 관심, 개인적 경향, 의욕의 순위를 말하는 겁니다.

민주 체제의 예전 대표자들이 이주하거나 갇히거나 정치 현장에서 완전히 사라진 체코 정치 사막에서 하벨은 오랫동안 사실상 토마시 마사리크*가 대표하던 철저하게 민주적인 체코 정치 노선의 유일하게 활동적인 대표자였습니다. 오늘날 마사리크는 하나의 우상으로서 또 제일공화국 건설의 원리를 쓴 사람으로서 민족의 의식 안에 살고 있습니다. 그가 탁월한 정치가라는 사실, 타협과 놀라운 정치적 수완, 윤리적 동기로 모험을 하는 행동의 달인이라는 사실을 아는 사람은 거의 없습니다(그런 행동 가운데 하나가 부유한 가문 출신이지만 가난하고 방랑하는 젊은 유대인이었던 레오폴트 호스너의 열정적 옹호였는데, 호스너는 당시 젊은 재봉사를 희생의 제물로 살해한 혐의로 기소되어 유죄판결

---

* 체코의 정치가, 군사 지도자, 작가(1850~1937)이며 체코슬로바키아 공화국의 초대 대통령(1918~1935년)이다. — 원주

을 받았습니다. 마사리크의 이런 행동에 체코의 민족주의적 대중
은 격분했고 한동안 이 노련한 정치인은 정치적 자살을 한 것처
럼 보였습니다 — 그때 그는 그 시대 사람들에게 "성가신 존재나
미치광이"럼 보였을 게 틀림없습니다). 하벨은 물론 옛 오스트리
아-헝가리보다 훨씬 더 가공할 조건에서 정치적 행동을 하기는
했지만 마사리크의 "자살적"인 윤리적 행동 노선을 뛰어나게 이
어받았습니다. 1975년에 그가 후사크에게 쓴 편지는 사실 윤리
적인 동기에 따른 것이었지만 노골적으로 정치적인 — 심지어 자
살적인 — 행동이었고 이 점에서는 그가 여러 번 되풀이해 선동
하고 또 그때마다 박해를 받았던 서명운동도 마찬가지였습니다.

하벨은 마사리크와 마찬가지로 타협과 동맹의 달인이었지만
절대 기본 목표, 즉 전체주의 체제를 없애고 그 자리에 다원적 민
주주의라는 새로운 체제를 세우자는 목표를 놓치지 않았습니다.
그런 목표를 위해 그는 1977년에 망설이지 않고 개혁 공산주의
자든 — 그들은 모두 오래전에 당에서 추방당했습니다 — 지하 예
술 구성원이든 기독교 신자든 모든 반전체주의 세력을 한데 모았
습니다. '77헌장'의 가장 큰 의미는 바로 이런 통일적 행동에 있
었는데, 바츨라프 하벨 자신이 바로 이런 개념을 만든 사람이고
그가 그렇게 완전히 이질적인 정치 세력들을 연결할 수 있었던
인물이라는 것을 나는 조금도 의심하지 않습니다.

하벨이 대통령에 입후보하여 당선된 것은 무엇보다도 이 나라
의 갑작스럽고 진실로 혁명적인 사태의 흐름을 표현하는 것이었
습니다. 지난 11월 말의 어느 날 '시민 포럼'*의 한 위원회 모임에

서 돌아오다가 한 친구와 대통령 후보를 지명해야 할 시간이 다가왔다고 말했습니다. 그때 우리는 고려할 후보는 알렉산드르 둡체크 한 사람뿐이라는 데 합의했습니다. 그가 국민으로부터 상대적으로 폭넓은 지지를 받고 있었기 때문입니다. 하지만 며칠 지나자 혁명의 흐름이, 과거의 전력이라 해도 어떤 식으로든 공산당과 연결이 있는 후보는 누구든 젊은 세대가 받아들일 수 없는 지점에 이르렀다는 것이 분명해졌습니다. 그 순간 유일하게 적합한 후보가 나타났습니다 — 바츨라프 하벨이었죠. 그는 둡체크에게 국가에서 두번째로 높은 자리를 주어야 한다**는 조건을 내걸고 후보 출마를 받아들였는데 이 또한 하벨의 정치적 본능을 보여주는 예였습니다.

나는 그에 대한 체코 국민의 태도가 바뀐 것 — 어떤 층에게 하벨은 사실 대체로 미지의 인물이거나 부유한 자본가의 아들, 심지어 전과자로 알려져 있었죠 — 은 나라를 장악한 혁명적 에토스 때문이라고 봅니다. 어떤 분위기에서는, 군중 한가운데서, 그 군중이 아무리 예의바르고 자제력이 있다 해도, 한 개인이 갑자기 지배적인 분위기나 정신상태와 동일시되면서 군중이 열광하는 대상이 되어버립니다. 이 나라의 다수가 이전 체제와 행동을 함께했다는 것은 사실이지만 그 다수가 동시에 그것을 증오한 것

---

* 1989년 바츨라프 하벨이 다른 사람들과 함께 세운 체코슬로바키아 정치 운동과 정당으로 '77헌장'이 모태가 되었다. — 원주
** 알렉산드르 둡체크는 체코슬로바키아 연방의회의 의장을 지냈다(1989~1992). — 원주

또한 사실입니다. 그 체제 때문에 자신이 그런 끔찍한 일에 공모할 수밖에 없었다는 바로 그 이유로 말입니다. 그런데 이제 그렇게 번번이 자신을 모욕하고 기만하고 속인 체제와 자신을 동일시하는 일은 거의 사라졌습니다. 며칠 지나지 않아 하벨은 혁명적 변화의 상징, 우리 사회를 이끌어 위기에서 벗어나게 해줄―그 방법을 정확하게 아는 사람은 아무도 없었지만―또 우리 사회를 악에서 선으로 이끌어줄 사람이 되었습니다. 그를 지지하는 동기가 기본적으로 형이상학적이냐, 이런 지지가 유지될 것이냐, 이런 지지가 결국 이성과 실용적 관심에 더 기초를 두게 될 것이냐 하는 문제에는 시간이 답해줄 것입니다.

로스 앞서 우리는 미래에 관해 이야기했습니다. 나 자신의 예언으로 마무리를 해도 될까요? 내가 하는 말이 오만하게 으스대는 것처럼 들릴지도 모르겠습니다―자유의 부자가 자유의 빈자에게 부자가 되는 것의 위험에 관해 경고하는 것으로요. 선생님은 지금까지 아주 오랜 세월 어떤 것, 공기처럼 필요한 어떤 것을 얻기 위해 싸웠는데, 내가 말하려고 하는 것은 선생님이 얻으려고 싸워온 공기도 독에 약간 오염되어 있다는 것입니다. 장담하는데 나는 세속적인 것을 우습게 아는 신성한 예술가도 아니고 자신의 사치품을 갖고 징징거리는 가엾은 부자 아이도 아닙니다. 나는 불평하는 게 아닙니다. 그저 아카데미에 보고서를 작성하고 있을 뿐입니다.

1940년대 이후 소비에트 지배하에 있던 사회에는 아직 제2차

세계대전 이전의 광택제가 발려 있습니다. 위성국가들은 시간 왜곡에 걸려 있어 예를 들어 매클루언* 혁명은 이 사람들의 삶에 거의 영향을 주지 않았습니다. 프라하는 여전히 프라하이지 지구촌의 한 부분이 아닙니다. 체코슬로바키아는 여전히 체코슬로바키아인데, 이곳 사람들이 재결합하게 되는 유럽은 급속하게 균질화되는 유럽, 그 안에서 서로 크게 구별되는 나라들도 근본적인 변화의 직전에 있는 유럽입니다. 선생님 나라는 식민지 시대 이후의 대이주는 전혀 모른 채로 인류 타락 전의 인종적 순수를 간직한 사회에 살고 있습니다 — 선생님의 사회는 내 눈에는 놀랄 만큼 백색입니다. 그러나 돈이 있고 시장경제에서 널리 퍼지는 돈의 문화가 있습니다.

돈에 관해서는 어쩔 겁니까, 여기 작가들은? 지원금을 받는 작가 동맹, 지원금을 받는 출판산업이라는 보호의 울타리에서 벗어나 시장에서 경쟁하고 이윤이 남는 책을 내는 것은 어쩔 겁니까? 선생님네 새로운 정부가 말하고 있는 이 시장경제는 어떻게 되는 겁니까 — 지금부터 오 년, 십 년 뒤 그것이 길러내는 상업화된 문화를 어떻게 할 겁니까?

체코슬로바키아가 자유롭고 민주적인 소비사회가 되면서 이곳 작가들은 어느 순간 수많은 새로운 적들에게 괴롭힘을 당할 텐데, 이상한 일이지만 지금까지는 억압적이고 황폐한 전체주의가 그걸 막아주고 있었죠. 문학, 문해력, 그리고 언어의 최대 적

---

* 캐나다의 사회학자이자이자 커뮤니케이션 이론가로 미디어의 중요성을 강조했다.

은 널리 퍼져 있고 아주 막강한데 이것이 특히 불안을 가져올 겁니다. 장담하거니와 어떤 도전적인 군중도 그 압제를 쓰러뜨리려고 웬체슬라스 광장에서 시위를 하지 않을 것이고, 성난 대중이 어떤 극작가이자 지성인을 떠받들며 나라의 영혼을 그 어리석음, 이 적으로 인해 거의 모든 인간 담론이 피해가지 못하는 그 어리석음으로부터 구원해달라고 하지 않을 겁니다. 나는 지금 모든 것을 하찮게 만드는 그것, 상업적 텔레비전에 관해 말하고 있습니다 — 멍청한 국가 검열관이 통제하기 때문에 아무도 보고 싶어하지 않는 몇 안 되는 채널이 아니라 즐거움을 주기 때문에 거의 모든 사람이 늘 보고 있는 지루한 클리셰투성이의 텔레비전 열 채널, 스무 채널 이야기를 하고 있는 겁니다. 선생님과 선생님의 작가 동료들은 마침내 공산주의적 전체주의의 지적 감옥을 깨고 나왔습니다. 이제 '전체 오락의 세계'에 오신 것을 환영합니다. 선생님 나라는 무엇을 놓치고 있었는지 모릅니다. 아니면 알고 있습니까?

클리마 사실 미국에서 한동안 살았고, 이십 년 동안 오직 서방에서만 책을 낸 사람으로서 나는 자유 사회, 특히 시장 메커니즘이 문화에 가져오는 "위험"을 알고 있습니다. 물론 나는 대부분의 사람이 코르타사르*나 흐라발보다 거의 모든 종류의 키치를 좋아한다는 걸 알고 있습니다. 우리나라에서 심지어 시집도 만 부가 팔리는 이 시기는 아마 지나갈 것이라는 사실도 알고 있습니다. 문학 쓰레기와 텔레비전 쓰레기의 파도가 우리 시장을 덮치겠지요—우리는 그것을 막을 수 없습니다. 새로 얻은 자유 속에서 문화가 중요한 어떤 것을 얻을 뿐 아니라 어떤 것을 잃기도 한다는 것을 깨달은 사람은 나 혼자만이 아닙니다. 1월 초 가장 훌륭한 체코 영화감독이라고 할 수 있는 분이 텔레비전에서 인터뷰를 하면서 문화의 상업화를 경고했습니다. 검열이 우리 자신과 외국 문화의 가장 훌륭한 결과물만이 아니라 대중문화의 최악의 결과물로부터 우리를 보호해주었다고 그가 말하자 많은 사람이 화를 냈지만 나는 그분의 말을 이해했어요. 최근 텔레비전의 지위에 대한 성명이 나왔는데 그 내용은 이래요.

텔레비전은 널리 퍼진 영향력 때문에 도덕적 소생에 가장 크게 또 직접적으로 기여할 수 있다. 이것은 물론…… 새로운 구조의 수립을 전제하는데, 단지 조직적인 의미에서만이 아니라 제도 전체와 그 실무자 한 사람 한 사람, 특히 지도적인 위치에 있는 사람의 도덕적이고 창조적인 책임이라는 의미에서도 그렇다. 우리가 사는 시대는 우리의 텔레비전에 세계 다른 곳에는 존재하지 않는 어떤 것을 시도해볼 유일무이한 기회를 제공한다.

이 각서는 물론 검열이 아니라 초당적 예술위원회, 최고의 영적·도덕적 기준을 가진 독립적인 권위자 집단의 도입을 요구합

---

* 아르헨티나 작가 홀리오 코르타사르(1914~1984)는 장편 『사방치기Hopscotch』(1963), 단편집 『확대Blow-Up and Other Stories』(1968)를 비롯하여 많은 책을 썼다.—원주

니다. 나는 체코 PEN 클럽 회장으로서 이 성명서에 서명했지만, 개인적으로 나 자신은 자유 사회의 텔레비전을 이런 식으로 구조화하고 싶은 욕망은 약간 유토피아적이라고 생각했습니다. 성명서의 언어가 혁명의 행복감에서 나올 수 있는 비현실적이고 도덕적인 언어라는 생각이 들었죠.

특히 지식인들 사이에서 이 나라가 양 체제의 좋은 점들—국가 통제 체제로부터 약간, 새 시장 체제로부터 약간 그런 식으로—을 연결하는 방식에 관하여 유토피아적인 관념들이 나타나기 시작했다는 이야기는 이미 했죠. 그런데 이런 관념들은 아마 문화 영역에서 가장 강할 거예요. 우리나라에 상업 텔레비전이 생길 것인가, 아니면 지원금을 받고 중앙에서 지시하는 방송으로만 계속 갈 것인가? 만일 후자가 계속 유지된다면 그게 대중 취향의 요구에 저항할 수 있을 것인가? 오직 시간이 말해주겠죠.

체코슬로바키아 문학은 늘 대중성만이 아니라 존중도 누려왔다는 이야기는 이미 했습니다. 이것은 인구가 천이백만도 안 되는 나라에서 체코 작가이건 번역된 것이건 좋은 작가들이 쓴 책이 수십만 부 나온다는 사실로 증명됩니다. 더욱이 생태적 사고가 엄청나게 늘어나는 시기에 우리나라에서는 체제가 바뀌고 있습니다(체코슬로바키아의 환경은 유럽에서 최악으로 꼽힙니다). 우리가 환경은 정화하려고 노력하면서 우리 문화는 오염시키려 한다는 건 분명히 말이 안 되죠. 따라서 수준을 유지하고 심지어 국민을 교육하기 위해 대중매체에 영향을 준다는 것이 사실 그렇게 유토피아적 관념은 아닙니다. 그 관념 가운데 적어도 일부가 실현될 수 있다면 틀림없이 성명서의 저자들이 말하듯이 그것은 대중매체의 역사에서 독보적인 사건이 될 겁니다. 하긴, 영적인 성격을 가진 충동들이 유럽 중앙의 이 작은 나라에서 가끔 터져나온 게 사실이긴 하죠.

(1990)

아이작 바셰비스 싱어와의 대화
─뉴욕에서 브루노 슐츠에 대해

브루노 슐츠를 처음 읽고 〈다른 유럽에서 온 작가들〉이라는 펭귄 시리즈에 그를 포함하기로 결정하고 나서 몇 달 뒤 그의 자전적 소설 『악어들의 거리*The Street of Crocodiles*』가 십사 년 전 영어로 나왔을 때 아이작 바셰비스 싱어가 서평에서 찬사를 보낸 것을 알게 되었다. 슐츠와 싱어는 십이 년 간격을 두고 폴란드에서 유대인 부모 밑에서 태어났기 때문에 ─ 슐츠는 1892년 갈리시아의 지방 도시 드로호비치에서, 싱어는 1904년에 바르샤바 근처 라지민에서 ─ 나는 사교적인 자리에서 한두 번 만난 적이 있는 싱어에게 전화를 걸어 슐츠에 관해, 그리고 그들 둘 다 예술가로서 성년에 이르던 시기에 폴란드에서 살았던 유대인 작가의 삶에 관해 이야기해보면 어떻겠느냐고 물었다. 우리는 1976년 11월 말

맨해튼에 있는 싱어의 아파트에서 만났다.

로스 슐츠는 언제 처음 읽으셨나요, 여기에서인가요, 아니면 폴란드에서인가요?

싱어 미국에서 처음 읽었습니다. 이 말은 해두어야겠는데, 다른 많은 작가와 마찬가지로 나는 소설에 늘 어떤 의심을 품고 접근합니다. 작가 다수는 사실 좋은 작가가 아니기 때문에 나는 책을 받았을 때 이게 그다지 좋은 책은 아닐 거라고 가정합니다. 그러다 슐츠를 읽기 시작한 순간 놀랐습니다. 속으로 말했죠, 이거 일급 작가구나.

로스 그전에 슐츠의 이름을 알았나요?

싱어 아니요, 슐츠의 이름도 몰랐죠. 나는 1935년에 폴란드를 떠났습니다. 슐츠는 당시에는 사실 알려져 있지 않았습니다—설사 알려졌다 해도 나는 알지 못했습니다. 들어본 적이 없었어요. 내 첫인상은 이 사람은 카프카처럼 쓴다는 거였습니다. 사람들이 카프카처럼 쓴다고 말하는 작가가 둘 있습니다. 하나는 아그논이죠. 아그논은 카프카를 읽은 적이 없다고 말하곤 했지만 사람들은 그 말에 약간 의심을 품고 있습니다. 사실 그는 카프카를 읽었습니다, 그 점에는 의문의 여지가 없어요. 하지만 그 스스로 카프카에게 영향을 받았다고 말하지는 않을 것 같습니다.

두세 사람이 같은 종류의 문제로, 같은 정신으로 쓰는 것은 가능한 일이죠. 모든 사람이 완전하게 유일무이한 작가일 수 있는 것은 아니니까. 신이 카프카를 한 명 창조할 수 있다면 세 명이라고 창조하지 못하겠습니까, 그럴 마음만 있다면 말입니다. 하지만 슐츠를 읽을수록 — 어쩌면 이 말은 하지 말아야 할지도 모르는데 — 하지만 그를 읽었을 때 나는 그가 카프카보다 낫다고 말했습니다. 그의 이야기 몇 개에 더 큰 힘이 있습니다. 또 부조리에서 아주 강해요, 어리석은 방식이 아니라 영리한 방식이지만요. 슐츠와 카프카 사이에는 괴테가 '친화성Wahlverwandtschaft'이라고 부른 것, 즉 스스로 선택한 영혼들 사이의 친밀성이 있다고 말할 수 있을 것 같습니다. 슐츠는 완전히 그런 경우였을 수 있고, 아그논도 어느 정도는 그런 경우일 수 있죠.

로스 내가 보기에 슐츠는 다른 작가의 작품을 포함해서 어떤 것으로부터도 자신의 상상력을 떼어놓지 못하는 것 같아요, 특히 카프카 같은 사람의 작품에서는요. 슐츠는 배경과 기질에서 실제로 카프카와 중요한 친화성이 있었던 것 같습니다. 『악어들의 거리』에서 자신의 고향 드로호비치를 실제보다 더 무시무시하고 놀라운 곳으로 다시 상상하고 있듯이 — 그가 말하는 대로 부분적으로는 "권태의 고문으로부터 해방"되기 위해 — 어떤 면에서는 자신의 목적을 위해 카프카의 이런저런 것들을 다시 상상하고 있습니다. 카프카가 슐츠의 머리에 어떤 재미있는 아이디어들을 집어넣었을 수도 있지만 그것들이 다른 목적에 이용된다는 것은 슐츠의 책에서 바퀴벌레로 변하는 인물이 아들이 아니라 아버지라는 것에서 아마 가장 잘 드러날 겁니다. 카프카가 그걸 상상하는 걸 상상해보세요. 불가능합니다. 어떤 예술적 애호는 비슷할 수 있지만 이런 애호는 각기 완전히 다른 욕망과 연결되어 있죠. 아시다시피 슐츠는 1936년에 『소송』을 폴란드어로 번역했습니다. 카프카가 이디시어로 번역된 적이 있는지 궁금하군요.

싱어 내가 아는 바로는 없습니다. 젊은 시절 나는 세계의 많은 작가를 이디시어로 읽었습니다. 만일 카프카가 이디시어로 번역되었다면* 그건 1930년대였을 거고 그럼 내가 알았을 겁니다. 안됐지만 이디시어 번역은 없습니다. 아니면 있는데 내가 모르는 거겠죠. 그것도 가능합니다.

로스 슐츠가 왜 이디시어가 아니라 폴란드어로 썼는지 혹시 알고 계시나요?

싱어 이미 반은 동화된 가정에서 성장했을 가능성이 가장 큽니다. 아마도 그의 부모가 폴란드어를 했겠죠. 폴란드의 많은 유대인은 ─ 폴란드가 독립한 뒤에, 그리고 그전에도 ─ 아이들을 키울 때 폴란드어를 하게 했어요. 러시아령 폴란드에서도 그랬지

---

* 카프카의 작품 가운데 이디시어로 번역된 것은 거의 없다. 카프카의 『소송』을 이디시어 시인 멜레크 라비치(1893~1976. 본명은 제하리예 호네 베르그너)가 번역한 『Der Prozes』는 1966년 뉴욕에서 출간되었다. ─ 원주

만 특히 갈리시아, 폴란드 가운데 오스트리아에 속한데다가 폴란드인이 일종의 자율성을 갖고 있고 문화적으로 탄압받지 않던 곳에서 그랬습니다. 스스로 폴란드어를 하던 사람들이 이런 식으로 자식을 기르는 것은 자연스러운 일이었습니다. 그게 좋았는지 나빴는지는 나도 모르겠습니다. 하지만 슐츠는 폴란드어가 말하자면 모어이기 때문에 선택의 여지가 없었죠. 진짜 작가는 배운 언어가 아니라 어린 시절부터 알고 있는 언어로 쓰기 마련이죠. 슐츠의 강점은 물론 언어에 있습니다. 나는 그를 처음에 영어로 읽었는데, 번역이 훌륭했지만 나중에 폴란드어로 읽었을 때 이런 강점을 아주 분명하게 알게 되었습니다.

로스 슐츠는 1892년 폴란드에서 유대인 부모에게서 태어났습니다. 선생님은 1904년에 태어나셨죠. 그 세대 폴란드 유대인이 폴란드어로 글을 쓰는 게 드문 일이었나요, 아니면 선생님처럼 이디시어로 쓰는 게 드문 일이었나요?

싱어 유대인에게는 폴란드어로 쓰는 중요한 작가가 많았는데 그들 모두가 대체로 이 시기, 1890년대에 태어났습니다. 안토니 슬로님스키, 율리안 투빔, 요제프 비틀린 ─ 이 모든 작가가 여기에 속합니다. 그들은 훌륭한 작가이고 재능 있는 작가들이지만 특별하지는 않습니다. 하지만 그들 가운데 일부는 폴란드 언어에 아주 강했죠. 투빔은 폴란드어의 달인이었습니다. 슬로님스키는 하임 젤리그 슬로님스키의 손자였는데, 그는 바르샤바에서 히브리어 신문 하트세피라를 창간한 사람입니다. 슬로님스키는 어렸을 때 부모를 따라 가톨릭으로 개종한 반면 투빔과 비틀린은 명목상의 유대인일 뿐이지만 유대인으로 남았습니다. 그들은 이디시어 작가들과는 거의 관계가 없었습니다. 나의 형 이스라엘 요슈아 싱어는 대체로 같은 시기에 태어났고 폴란드에서는 알려진 이디시어 작가였는데 이 작가들 누구와도 관련이 없었습니다. 나는 폴란드에서는 아직 새내기였고 물론 그들과 아무런 관계가 없었죠. 우리 이디시어 작가들은 그들을 뿌리와 문화를 떠나 폴란드 문화의 일부가 된 사람들로 보았는데, 우리는 폴란드 문화가 우리보다 어리고 아마도 덜 중요하다고 생각했던 듯합니다. 그들은 우리 이디시어 작가들이 무지한 사람, 가난한 사람, 교육을 받지 못한 사람을 위해 쓰는 반면 자신들은 대학에 다닌 사람을 위해 쓴다고 생각했어요. 따라서 우리 둘 다 서로 경멸할 만한 이유가 있었던 셈이죠. 물론 진실은 그들에게 선택의 여지가 없었고 우리에게도 선택의 여지가 없었다는 겁니다. 그들은 이디시어를 몰랐고 우리는 폴란드어를 몰랐으니까요. 나는 폴란드에서 태어났지만 폴란드어는 나에게 이디시어만큼 가깝지 않았습니다. 그리고 내 폴란드어에는 악센트가 있었죠. 사실 나의 모든 언어에는 악센트가 있습니다.

로스 이디시어는 아니겠죠.

싱어 똑같아요. 리투아니아계 유대인은 내 이디시어에 악센트가 있다고 말합니다.

로스 1930년대 바르샤바에 관해 묻고 싶습니다. 슐츠는 젊은 시절 리보프에서 건축을 공부하고 그다음에는, 내가 아는 바로는, 갈리시아의 도시 드로호비치로 돌아가 여생을 고등학교에서 드로잉을 가르쳤습니다. 그는 젊은 시절에는 긴 시간 드로호비치를 떠난 적이 없었는데 삼십대 중반 또는 삼십대 후반에 이르러 바르샤바에 갑니다. 그가 당시 바르샤바에서 어떤 문화적 분위기를 만났을까요?

싱어 슐츠에 관해서는 두 가지를 기억해야 합니다. 무엇보다도 그는 끔찍하게 겸손한 사람입니다. 모든 것으로부터 멀리 떨어진 이 타운에 머물러 있었다는 사실 자체가 그가 매우 겸손하다는 것, 또 약간은 두려워하고 있었다는 걸 보여줍니다. 큰 도시로 나가 이미 유명해진 사람들을 만나는 걸 두려워하는 촌놈 같은 기분이었을 겁니다. 아마도 그들이 자신을 놀리거나 자신을 무시하는 걸 두려워했을 게 분명합니다. 나는 이 사람이 신경이 극도로 예민했다고 봐요. 작가가 겪을 수 있는 모든 억제가 있었어요. 사진을 보면 평생 인생과 화해를 한 적이 없는 사람의 얼굴이 보입니다. 보세요, 로스 씨, 그 사람은 결혼하지 않았습니다. 여자친구는 있었던가요?

로스 드로잉이 뭔가를 말해준다면, 여자와 맺는 관계가 이상했다고 추론할 수 있을 듯합니다. 내가 본 드로잉에서 반복해 나타나는 주제는 여성의 지배와 남성의 복종입니다. 이 그림들 가운데 몇 점에는 괴상한, 거의 저속한 수준의 에로틱한 암시가 있어요─슐츠 자신과 달라 보이지 않는 작고 애원하는 남자들과 멀리 반라의 사춘기 소녀들 또는 작은 조각상들, 색을 칠한 점원들. 그것을 보면 또다른 폴란드 작가 비톨트 곰브로비치의 "쓰레기" 수준의 에로틱한 세계와 조금 비슷하다는 느낌이 듭니다. 역시 결혼한 적이 없는 카프카와 마찬가지로 슐츠는 여자들과 오랫동안 밀도 높은 서신 교환을 했고 우편물을 통해 에로틱한 삶의 상당 부분을 살았죠. 펭귄판에 머리말을 쓴 그의 전기작가 예지 피코프스키는 『악어들의 거리』가 가까운 여자친구에게 보내는 일련의 편지에서 시작되었다고 말합니다. 대단한 편지였을 게 분명합니다. 피코프스키에 따르면 이 편지들을 문학작품으로 보라고 슐츠─실제로 억제가 아주 강한 사람이었죠─에게 강력하게 권한 사람이 이 여자였답니다. 하지만 슐츠와 바르샤바 이야기로 다시 돌아가─그가 삼십대 중반에 갔을 때 그곳의 문화적인 삶은 어땠습니까? 작가와 지식인 사이의 지배적인 분위기나 이데올로기는 뭐였죠?

싱어 오늘날과 거의 똑같은 운동이 있었다고 말할 수 있죠─약간 좌익인 운동. 이것은 폴란드어로 쓰고 있던 유대인 작가들에게 해당됩니다. 그들은 모두 좌익이었습니다. 적어도 늙은 폴란드 작가들은 그들을 좌익으로 여기고 있었죠. 그들은 이 유대인 작가들을 사실 침입자로 봤어요.

로스 그들이 폴란드어로 쓰고 있었기 때문에요?

싱어 그들이 폴란드어로 쓰고 있었기 때문에. 그들은 이렇게 말했을 수도 있어요. "도대체 왜 저 사람들은 자기네 은어, 자기네 이디시어로 쓰지 않는 거야 — 우리 폴란드 사람들한테서 뭘 원하는 거야?" 그래도 1930년대에 이 유대인 작가들은 이런 적들에도 불구하고 아주 중요해졌습니다. 우선 그들은 꽤 훌륭한 작가들이었거든요, 위대한 작가들은 아니었지만. 둘째로 좌익이었기 때문에, 당시에는 그게 대세였으니까. 셋째로 그들은 힘이 넘쳤어요. 잡지 『비아도모치 리테라키』에도 자주 발표하고, 여러 극단에서도 글을 쓰고 말이지요. 가끔 이 유대인 작가들은 유대인에게 반유대주의적으로 보이는 걸 썼죠. 물론 나는 그게 반유대주의적이라는 데 동의하지 않았어요. 어떤 비평가들은 나에게도 같은 소리를 했죠. 나는 이디시어로 썼지만 그 사람들은 말했어요. "왜 유대인 도둑과 유대인 매춘부 이야기를 쓰는가?" 그래서 나는 말했죠. "그럼 스페인 도둑과 스페인 매춘부 이야기를 쓰란 말이냐? 나는 내가 아는 도둑과 매춘부 이야기를 쓴다."

로스 선생님은 1963년에 슐츠를 칭찬하는 글을 썼는데 그를 비판하는 부분도 분명히 있었지요. 선생님은 말했습니다. "만일 슐츠가 자신의 민족과 자신을 더 동일시했더라면 모방이나 패러디나 희화화에 그렇게 많은 에너지를 쓰지 않았을지도 모른다.”
그 점에 관해 할말이 더 없는지 궁금하네요.

싱어 그걸 쓸 때도 그렇게 느꼈고 지금도 그렇게 느끼고 있다
고 생각합니다. 슐츠와 카프카 두 사람의 글에는 큰 조롱이 있어
요. 카프카의 경우에 그 조롱은 더 감추어져 있지만요. 나는 슐츠
에게 진짜 진지한 소설을 쓸 충분한 힘이 있었는데 그걸 쓰지 않
고 일종의 패러디를 쓰는 경우가 많았다고 생각합니다. 그리고
기본적으로 사실 그는 편안하지 않았기 때문에, 폴란드인 사이에
서도 편안하지 않고 유대인 사이에서도 편안하지 않았기 때문에
이런 스타일을 개발한 거라고 생각해요. 이것은 약간은 카프카의
특징이기도 하죠. 카프카 또한 자신에게 아무런 뿌리가 없다고
느꼈으니까요. 그는 독일어로 썼지만 체코슬로바키아에 사는 유
대인이었고, 체코슬로바키아에서 언어는 사실 체코어였어요. 카
프카가 슐츠보다 동화되었을지도 모른다는 건 맞습니다―카프
카는 드로호비치 같은 유대인 타운에 살지 않았죠. 드로호비치는
하시디즘으로 가득했어요. 또 카프카의 아버지는 아마 슐츠의 아
버지보다 동화주의자였을 거예요. 하지만 상황은 기본적으로 똑
같아요. 그리고 스타일리스트로서 두 작가는 대체로 같은 종류
예요.

로스 슐츠의 “뿌리 없음”은 다른 식으로 생각하는 것도 가능
합니다. 그게 그가 진지한 소설을 쓰는 걸 막은 것이 아니라 그의

특수한 재능과 상상이 번창할 수 있는 조건이었다고요.

싱어 네, 물론이죠, 그건 사실입니다. 진짜 재능이 자기 땅에서 직접 양육될 수 없다면 다른 것에 의해 양육될 겁니다. 하지만 내 관점에서 보자면, 나라면 그를 이디시어 작가로서 보고 싶었을 거예요. 그랬다면 그는 그렇게 부정적이 되어 조롱할 시간이 없었을 겁니다.

로스 슐츠를 그렇게 큰 권태와 폐소공포증으로 몰아간 것이 그런 부정과 조롱이 아닐까 궁금합니다. 아마 그가 "환상의 반격"이라고 부르는 작업을 시작하게 된 것은 그가 거대한 예술적 재능과 풍요로운 상상력을 가지고 있음에도 자신의 상인 집안이 둥지를 틀고 있는 지방 타운에서 끝까지 고등학교 선생으로 살아갔다는 점 때문일 겁니다. 그는 또 그의 아버지의 아들이기도 한데, 그의 아버지는 슐츠가 묘사하는 바로는, 적어도 나이가 들어서는 아주 재미있지만 무시무시한 광인, 슐츠 말로는 "수상쩍고 문제 많은 형식들에" 매혹된 위엄 있는 "이교도 우두머리"였습니다. 이 마지막 말은 슐츠 자신에 대한 좋은 묘사가 될지도 모르는데, 슐츠는 내가 보기에는 자신의 달아오른 상상력이 자신을 광기, 또는 이단에 가까운 것으로 데려갈 수 있다는 점을 완전히 의식하고 있었던 것으로 보입니다. 나는 슐츠의 경우, 카프카도 마찬가지이지만, 가장 큰 어려움은 이 사람들이나 저 사람들과 편안해지지 못했던 것이 아니라고 봅니다. 그것 때문에 훨씬 더 괴로워지기는 했겠지만요. 이 책을 근거로 삼는다면 슐츠는 유대인은 둘째치고 현실과도 간신히 관계를 맺을 수 있었던 것 같아요. 그것을 보면 공동체에 소속되는 문제에 대한 카프카의 말*이 떠오릅니다. "내가 유대인과 무슨 공통점이 있는가? 나는 나 자신과도 공통점이 거의 없어서 내가 숨을 쉴 수 있다는 것에 만족하며 구석에 조용히 서 있어야 하는데." 드로호비치가 그렇게 답답하다고 느꼈다면 슐츠가 거기 머물 필요는 없었습니다. 사람들은 짐을 싸서 떠날 수 있지요. 바르샤바에 마침내 갔으면 거기에 머물 수도 있었지요. 하지만 이 사람의 요구에 어울리지 않았던, 그 폐소공포증을 유발하는 환경이 아마 그가 가진 종류의 예술에 생명을 주었을 겁니다. 발효란 말을 그는 아주 좋아합니다. 슐츠의 상상력이 발효되는 것은 오직 드로호비치에서만 가능했을지도 모릅니다.

싱어 나도 슐츠가 바르샤바에서 드로호비치로 돌아가야겠다고 느꼈을 거라고 생각해요. 바르샤바에서는 다들 "슐츠가 누구야?" 했으니까요. 작가들은 사실 지방에서 온 젊은 사람을 보고 즉시 "네가 우리 형제다, 네가 우리 스승이다" 하고 말할 준비가 되어 있지 않습니다―그렇게 하지 않는 쪽이죠. 보나마나 "또 귀찮은 녀석이 원고를 들고 나타났구나" 했을 겁니다. 게다가 그는 유대인이었습니다. 그리고 폴란드의 이 유대인 작가들, 문단의

---

* 1914년 1월 8일 일기에서.―원주

진짜 통치자들이었던 그들은 자신이 유대인이라는 사실을 조심스러워했습니다.

로스 어느 쪽으로 조심스러워했나요?

싱어 그들의 적, 그들을 좋아하지 않는 사람들이 그들을 유대인이라고 불렀습니다. 이건 언제나 변함없이 비난이었죠. "당신 뭐하는 거요, 투빔 씨? 히브리 이름을 가졌으면서 폴란드어로 글을 쓰고? 이스라엘 요슈아 싱어나 다른 사람들하고 함께 게토로 돌아가는 게 어때요?" 그런 식이었습니다. 따라서 폴란드어로 글을 쓰는 유대인이 또 나타나면 정말이지 그들은 그걸 편하게 여기지 않았어요. 문제아가 또 하나 나타나는 셈이었으니까요.

로스 그래도 바르샤바의 부르주아 세계에 동화되는 것보다는 예술계나 지성계에 동화되는 게 쉬웠을 것 같은데요.

싱어 내 생각에는 그게 더 어려웠다고 할 수 있을 것 같습니다. 이유를 말하죠. 유대인 변호사는 레빈이나 카츠라는 성이 싫으면 자신을 레빈스키나 카신스키라고 부를 수 있었고 그러면 사람들이 상관하지 않았습니다. 하지만 유대인 작가에 관해서는 사람들이 늘 조심했어요. "당신은 우리와 상관없잖아." 그렇게 말하곤 했죠. 지금 이 나라에서도 영어로 글을 쓰고 영어가 편한 유대인 작가들에게 어떤 작은 유사성이 존재한다고 생각해요. 여기에서는 어떤 작가도 솔 벨로나 선생에게 "왜 이디시어로 쓰지 않는 거야, 왜 이스트브로드웨이로 돌아가지 않는 거야?" 하고 말하지 않겠죠. 하지만 그런 부분이 아직 약간은 존재합니다. 여기에도 선생 같은 사람들이 사실은 미국 작가가 아니라고 말할 만한 일부 보수적인 작가들이나 비평가들이 있다고 생각합니다. 그러나 여기에서는 유대인 작가들이 사실 유대인이라는 것을 부끄러워하지 않고 늘 사과를 하지도 않죠. 거기 폴란드에서는 사과하는 분위기가 있었습니다. 그곳에서 그들은 자기들이 얼마나 폴란드적인지 보여주려고 했어요. 물론 폴란드 사람들보다 폴란드어를 잘 알려고 노력했고 또 성공했죠. 그래도 폴란드 사람들은 자기는 우리와 아무 관계가 없다고 말했어요…… 더 분명하게 말해볼까요. 지금 여기에 이디시어로 쓰려는 고이가 있는데 이 고이가 실패한다면 우리는 그 사람을 그냥 내버려둘 겁니다. 하지만 그가 큰 성공을 거두면 우리는 말하겠죠. "당신 이디시어로 뭐 하는 거야? 고이로 돌아가는 게 어때? 우리는 당신 필요 없어."

로스 선생님 세대에는 폴란드어로 글을 쓰는 폴란드 유대인이 그렇게 이상한 존재였나요?

싱어 거의 그랬죠. 게다가 그런 사람들이 많으면, 가령 이디시어로 쓰려고 하는 고이가 여섯이 있으면, 그러면 일곱번째도 올 거고……

로스 네, 분명해졌네요. 더 분명하게 해주셨습니다.

싱어 한번은 이디시어 작가 S와 지하철에 앉아 있었습니다. 그는 턱수염을 길렀죠. 그 시절, 그러니까 사십 년 전에는 턱수염을 기른 사람이 거의 없었어요. 그리고 그 사람은 여자를 좋아했기 때문에 건너편을 보았고 거기에는 젊은 여자가 앉아 있었습니다. 그 사람은 그 여자한테 관심이 많은 듯했어요. 나는 옆에 앉아 있다가 그걸 봤습니다―그 사람은 나를 보지 못했고. 그때 갑자기 그 사람 바로 옆에 역시 턱수염을 기른 다른 남자가 오더니 그 여자를 보기 시작하는 거예요. S는 턱수염을 기른 다른 남자를 보고 일어나서 자리를 뜨더군요. 갑자기 자신의 우스꽝스러운 상황을 깨달은 거예요. 이 여자는 다른 남자가 나타나자마자 생각했을 게 틀림없습니다. 지금 여기서 무슨 일이 벌어지는 거야, 턱수염이 벌써 둘이라니?

로스 선생님은 턱수염이 없었고요.

싱어 없었지, 없었어요. 내가 다 갖춰야 하나? 대머리에 턱수염까지?

로스 선생님은 1930년대 중반, 나치 침공 몇 년 전에 폴란드를 떠났죠. 슐츠는 드로호비치에 그대로 있다가 그곳에서 1942년에 나치에게 살해당했습니다. 선생님과 이야기를 하러 여기로 오면서 동유럽 출신으로 유대인 세계에서 가장 많이 양육되고 거기에 가장 묶여 있는 유대인 작가가 어떻게 그 세계를 떠나 미국에 왔을까 하는 생각을 했습니다. 선생님 세대의 다른 주요 유대인 작가들— 훨씬 더 동화되었고, 더 큰 문화에서 그 시대의 흐름에 훨씬 더 끌려들어가 있던 유대인들, 폴란드의 슐츠, 러시아의 이사크 바벨,* 가장 참혹한 이야기 몇 편을 쓴 체코슬로바키아의 이리 바일** 같은 작가들은 이런저런 무시무시한 방식으로 나치즘이나 스탈린주의에 의해 파괴되었는데 말입니다. 누가 또는 무엇이 선생님을 부추겨 무시무시한 일이 벌어지기 전에 떠나게 되었는지 물어봐도 될까요? 사실 자신의 고향과 언어로부터 추방당하는 것은 거의 모든 작가가 두려워하고 또 스스로 하기를 매우 망설이는 일일 텐데요. 왜 그렇게 하신 건가요?

싱어 당연히 떠나야 했죠. 무엇보다도 나는 매우 비관적이었습니다. 나는 1935년에 히틀러가 이미 권좌에 올라 폴란드를 침공하겠다고 위협하는 것을 보았습니다. 괴링 같은 나치가 사냥

---

* 바벨(1894~1940)은 1920년대에 『기병대』(1926, 『붉은 기병대*Red Cavalry*』로 번역, 1929)와 『오데사 라사카지*Odessa rasskazy*』(1931)로 소련에서 유명해졌다. 그는 1919년 5월 15일 내무인민위원부에 체포되어 비밀 트로츠키파 조직에 소속되어 오스트리아와 프랑스를 위해 간첩 활동을 했다는 거짓 혐의로 고소되었다. 바벨은 심문 일흔두 시간 뒤에 이 혐의를 인정했으나 나중에 철회했다. 1940년 1월 26일 비밀 재판에서 사형선고를 받았고 이튿날 총살당했다. ― 원주
** 체코계 유대인 작가(1900~1959)로 소설 『별과 함께한 인생*Life with a Star*』(1949)의 작가이며 제2차세계대전 동안 독일군이 점령한 프라하에서 오랜 기간 숨어 살았다. ― 원주

을 하고 휴가를 즐기러 폴란드에 왔습니다. 둘째로 나는 이디시어 신문사에서 일을 하고 있었는데 이디시어 신문사는 늘 망했어요—생겨난 이후 계속 그랬습니다. 내 생활방식은 매우 검소해졌습니다—간신히 버틸 수 있었죠. 그리고 주요한 것은 형이 여기 있었다는 겁니다. 나보다 이 년 전쯤 여기에 왔습니다. 따라서 나는 미국으로 달아날 이유가 아주 많았죠.

로스 폴란드를 떠나면서 선생님의 소재와 연결이 끊어지는 것이 두렵지는 않았나요?

싱어 물론 두려웠죠. 그 두려움은 이 나라에 도착하자 훨씬 강해졌습니다. 여기 오니 모두가 영어를 하는 게 보였습니다. 그러니까, 하다사* 모임이 있었는데 거기 가면 이디시어를 들을 줄 알았어요. 하지만 들어가보니 여자들이 이백 명쯤 앉아 있는데 딱 한 단어가 들리더군요. "맛있다, 맛있다, 맛있다." 무슨 말인지는 몰랐지만 이디시어는 아니었어요. 거기서 뭘 주고 먹으라고 했는지는 모르지만 여자 이백 명이 앉아서 "맛있다" 하고 말하고 있었다는 겁니다. 어쨌든 이게 내가 배운 첫 영어 단어였습니다. 그때는 폴란드가 멀어 보였죠. 가까운 어떤 사람이 죽으면 죽고 나서 처음 몇 주 만에 그는 먼 사람이 됩니다. 가까운 사람이 멀어질 수 있을 만큼 멀어지는 거죠. 세월이 흐르고 나서야 더 가까

* 시온주의 여성 조직.—원주

워지고, 그다음에는 이 사람과 거의 함께 살다시피 할 수 있습니다. 나에게는 그런 일이 일어났습니다. 폴란드, 폴란드에서의 유대인 생활은 그때보다 지금 나에게 더 가깝습니다.

(1976)

밀란 쿤데라와의 대화
― 런던과 코네티컷에서

　이 인터뷰는 내가 밀렌 쿤데라의 『웃음과 망각의 책』 번역 원고를 읽은 뒤 그와 나눈 두 번의 대화를 압축한 것이다 ― 첫 대화는 그가 처음으로 런던을 방문했을 때였고, 두번째는 그가 처음 미국을 방문했을 때였다. 그의 출발지는 프랑스였다. 1975년 이래 쿤데라 부부는 프랑스 렌에서 망명자로 살면서 그곳 대학에서 가르치다 지금은 파리에 있다. 대화를 나눌 때 쿤데라는 가끔 프랑스어를 사용했지만 대부분 체코어를 썼고 부인인 베라가 우리 사이에서 통역 역할을 해주었다. 최종 체코어 텍스트는 피터 쿠시가 영어로 번역했다.

　로스 세상의 멸망이 곧 다가올 거라고 생각하나요?

쿤데라 그건 곧이라는 말을 어떤 뜻으로 쓰느냐에 따라 다르 겠죠.

로스 내일 또는 모레.

쿤데라 세상이 멸망을 향해 쏜살같이 나아가고 있다는 느낌은 아주 오래된 것입니다.

로스 그렇다면 우리는 전혀 걱정할 게 없겠군요.

쿤데라 반대입니다. 오랜 세월 인간의 마음에 어떤 공포가 존 재해왔다면 거기에는 틀림없이 뭔가 있는 게 분명합니다.

로스 어쨌든 이런 걱정이 선생님의 최신간에 담긴 모든 이야 기의 배경을 이루고 있는 것처럼 보입니다. 명백히 유머러스한 성격의 이야기들을 포함해서요.

쿤데라 만일 어떤 사람이 어린 시절 나에게 "언젠가 너희 나라 가 세상에서 사라지는 것을 보게 될 거야" 하고 말했다면 나는 그 걸 터무니없다고, 도저히 상상도 할 수 없는 일이라고 생각했을 겁니다. 사람은 자기가 죽을 수밖에 없다는 건 알지만 자기 나라 는 일종의 영생을 소유하고 있다고 당연시하죠. 하지만 1968년 러시아 침공 뒤 체코인은 모두 자기 나라가 유럽에서 조용히 지워질 수도 있다는 생각과 마주하게 되었습니다. 지난 오십 년 동안 우크라이나인 사백만 명이 세상이 조금도 관심을 가지지 않는 중에 세상에서 조용히 사라져버린 것처럼 말입니다. 또는 리투아니아인처럼. 17세기에 리투아니아가 유럽에서 강국이었다는 거 아세요? 그런데 오늘날 러시아는 리투아니아인을 마치 반쯤 사라진 부족처럼 은폐해두고 있습니다. 그들의 삶에 관한 이야기가 바깥세상에 퍼지는 것을 막기 위해 방문객을 차단하고 있죠. 나는 내 나라의 미래가 어떻게 될지 모르겠습니다. 러시아가 이 나라를 해체해서 차츰 자기 문명으로 흡수해들이려고 무슨 짓이든 할 거라는 건 분명합니다. 그들이 과연 성공할 것인지는 아무도 모르죠. 그러나 가능성은 있습니다. 그런 가능성이 있다는 갑작스러운 깨달음만으로도 삶에 대한 전체적인 감각이 변할 수 있습니다. 요즘 나는 유럽조차 약하다고, 죽을 수 있다고 보고 있습니다.

로스 하지만 동유럽과 서유럽의 운명은 근본적으로 다른 문제 아닐까요?

쿤데라 문화사의 개념으로서 동유럽은 러시아이고, 아주 구체적인 역사는 비잔틴 세계에 뿌리를 두고 있어요. 보헤미아, 폴란드, 헝가리는 오스트리아와 마찬가지로 동유럽의 한 부분이었던 적이 없습니다. 맨 처음부터 그들은 고딕, 르네상스, 종교개혁 등 서방 문명의 위대한 모험에 참여했습니다 ─ 사실 바로 이 지역이 그런 운동의 요람이었죠. 바로 이곳에서, 중부 유럽에서, 근대 문화는 정신분석, 구조주의, 십이음음악, 바르톡의 음악, 카프카와 무질*의 새로운 소설 미학 등 가장 큰 추동력을 발견했습니다. 전후 러시아 문명이 중부 유럽(어쨌든 그 주요한 부분)을 합병함으로써 서방 문화는 중력의 핵심적 중심을 잃어버렸습니다. 그것이 우리 세기의 서양사에서 가장 의미심장한 사건이고, 우리는 중부 유럽의 종말이 유럽 전체 종말의 출발점이 될 가능성을 무시할 수 없습니다.

로스 프라하의 봄 동안 선생님의 소설 『농담』과 단편집 『우스운 사랑들』은 십오만 부를 찍었습니다. 러시아 침공 뒤 선생님은 영화 아카데미 교수직에서 쫓겨나고 선생님 책은 공공도서관 서가에서 전부 치워졌습니다. 칠 년 뒤 선생님 부부는 차 뒷좌석에 책 몇 권과 옷가지 몇 벌을 던져넣고 프랑스로 달려갔고, 그곳에서 선생님은 가장 널리 읽히는 외국 작가 가운데 한 명이 되었습니다. 망명자라는 건 어떤 느낌입니까?

쿤데라 작가로서 여러 나라에서 살아보는 경험은 엄청난 혜택입니다. 여러 면에서 보아야만 세상을 이해할 수 있죠. 프랑스에서 나온 내 신작(『웃음과 망각의 책』)은 특별한 지리적 공간에서 전개됩니다. 프라하에서 벌어지는 사건들은 서유럽의 눈으로 보

---

* 로베르트 무질(1880~1942)은 오스트리아 작가로 미완의 긴 소설 『특성 없는 남자』로 유명하다. 첫 세 권은 1930년, 1933년, 1943년에 각각 출간되었다. ― 원주

는 반면 프랑스에서 일어나는 일은 프라하의 눈으로 봅니다. 두 세계의 만남이죠. 한쪽에는 내가 태어난 나라가 있습니다. 불과 반세기 동안 이 나라는 민주주의, 파시즘, 혁명, 스탈린주의의 공포만이 아니라 스탈린주의의 해체, 독일과 러시아의 점령, 대량 이주, 또 자기 땅에서 서양이 죽는 것을 경험했습니다. 그 결과 역사의 무게에 눌려 밑으로 가라앉고 엄청나게 회의적인 태도로 세상을 봅니다. 다른 한쪽에는 프랑스가 있습니다. 이 나라는 몇 세기 동안 세상의 중심이었고 지금은 위대한 역사적 사건의 결핍을 겪고 있습니다. 그래서 급진적인 이데올로기적 자세만 즐기고 있습니다. 이것은 자신이 어떤 위대한 행동을 할 거라는 서정적이고 신경증적인 기대지만 그것은 오고 있지 않으며 앞으로도 절대 오지 않을 겁니다.

로스 선생님은 프랑스에 이방인으로 살고 있습니까, 아니면 거기에서 문화적으로 편안하다고 느낍니까?

쿤데라 나는 프랑스 문화를 엄청나게 좋아하고 또 거기에 큰 빚을 지고 있습니다. 특히 좀 오래된 문학에. 나에게는 모든 작가 가운데 라블레가 소중합니다. 또 디드로도. 나는 그의 『운명론자 자크』를 로런스 스턴만큼이나 사랑합니다. 이들은 소설 형식에서 전시대를 통틀어 가장 위대한 실험자들입니다. 그리고 그들의 실험은 말하자면 재미있고, 행복과 기쁨이 가득한데 이것은 지금은 프랑스 문학에서 사라진 것입니다. 하지만 이것이 없으면 예술의 모든 게 의미를 잃죠. 스턴과 디드로는 소설이 위대한 게임이라는 사실을 이해했습니다. 그들은 소설 형식의 유머를 발견했죠. 박식한 사람들이 소설의 가능성이 다 소진되었다는 주장을 하는 것을 들으면 나는 정반대의 느낌을 갖게 됩니다. 소설이 그 역사에서 많은 가능성을 놓쳤다는 것. 예를 들어 스턴과 디드로에게 감추어져 있던 소설 발전을 향한 충동은 어떤 계승자도 이어받지 못했습니다.

로스 『웃음과 망각의 책』을 소설이라고 부르지 않지만 텍스트 안에서 선생님은 선언합니다, 이 책은 변주의 형식으로 이루어진 소설이다. 그래서 이건 소설입니까 아닙니까?

쿤데라 나 자신의 전적으로 개인적인 미학적 판단으로 보자면 이것은 사실 소설이지만 이런 의견을 누구에게도 강요하고 싶지 않습니다. 소설 형식 안에는 엄청난 자유가 잠재해 있습니다. 고정관념에 따른 어떤 구조가 소설의 침해할 수 없는 본질이라고 생각하는 것은 잘못입니다.

로스 하지만 당연히 소설을 소설로 만드는 것이 있고 이것이 그 자유를 제한하지요.

쿤데라 소설이란 만들어낸 인물들과 노는 것에 기초한 긴 종합적 산문입니다. 이게 유일한 제한이죠. 종합적이라고 말할 때 나는 모든 면에서 가능한 한 가장 완전하게 주제를 파악하고자 하는 소설가의 욕망을 염두에 두고 있습니다. 아이러니가 담긴 에세이, 소설적 서사, 자전적 단편斷片, 역사적 사실, 환상의 나래―소설의 종합적 능력은 이 모든 것을 결합하여 다성음악의 성부들처럼 통일된 전체를 만들 수 있죠. 어떤 책의 통일성은 플롯에서 오는 것이 아니라 주제가 제공할 수 있습니다. 내 최근 책에는 그런 주제가 두 가지 있습니다. 웃음과 망각.

로스 웃음은 늘 선생님한테 가까웠지요. 선생님 책들은 유머나 아이러니를 통해 웃음을 자극합니다. 선생님의 인물이 불행해지는 것은 유머 감각을 잃은 세계와 충돌하기 때문입니다.

쿤데라 나는 스탈린 공포정치 시기에 유머의 가치를 배웠습니다. 당시 나는 스무 살이었죠. 나는 웃음을 짓는 모습을 보면 늘 스탈린주의자가 아닌 사람, 내가 두려워할 필요가 없는 사람을 알아볼 수 있었습니다. 유머 감각은 인정을 받는다는 믿을 만한 표시였습니다. 그 이후로 나는 유머 감각을 잃고 있는 세계에 공포를 느껴왔습니다.

로스 하지만 『웃음과 망각의 책』에는 다른 것도 포함되어 있습니다. 선생님은 짧은 우화에서 천사들의 웃음과 악마의 웃음을 비교합니다. 악마는 신의 세계가 자신에게 의미 없어 보이기 때문에 웃지요. 천사들은 신의 세계에 있는 모든 것이 의미가 있기 때문에 기뻐서 웃습니다.

쿤데라 네, 인간은 동일한 생리학적 표현 — 웃음 — 으로 두 가지 서로 다른 형이상학적 태도를 표현합니다. 새로 판 무덤의 관에 누군가의 모자가 떨어질 때 장례식은 의미를 잃고 웃음이 태어납니다. 두 연인이 손을 잡고 웃음을 터뜨리며 초원을 달려갑니다. 그들의 웃음은 농담이나 유머와 관계가 없습니다. 그것은 존재의 기쁨을 표현하는 천사들의 진지한 웃음입니다. 두 가지 웃음 모두 삶의 기쁨에 속하지만 극단으로 몰고 가면 이중의 묵시록을 의미하기도 합니다. 하나는 천사-광신자의 열광적인 웃음으로, 이들은 자신이 있는 세계의 의미를 지나치게 확신하기 때문에 자신의 기쁨을 공유하지 않는 사람은 누구나 목매달 준비가 되어 있습니다. 또다른 웃음은 반대편에서 들려오는데, 모든 것이 의미를 잃었다고, 심지어 장례식도 우스꽝스럽고 집단 섹스도 단순한 희극적 팬터마임이라고 선언합니다. 인간의 삶의 경계에는 두 개의 깊은 틈이 자리잡고 있습니다. 한쪽에 있는 틈은 광신이고, 반대편에 있는 틈은 절대적 회의주의입니다.

로스 선생님이 지금 천사들의 웃음이라고 부르는 것은 선생님의 이전 소설들에서 "삶에 대한 서정적 태도"라고 부르던 것을 가리키는 새로운 표현입니다. 한 책에서 선생님은 스탈린주의 공포시대를 교수형 집행자와 시인의 치세라고 규정하고 있지요.

쿤데라 전체주의는 지옥일 뿐 아니라 낙원의 꿈이기도 합니다―모두가 조화를 이루어 살고, 공통된 단일한 의지와 신앙으로 통일되어 있고, 서로 비밀이 없는 세계에 대한 오랜 꿈. 앙드레 브레통도 자신이 살고 싶다는 유리 집에 관해 말할 때 이런 낙원을 꿈꾸었죠.* 만일 전체주의가, 특히 그게 등장한 초기 단계에, 우리 모두의 내면 깊숙한 곳에 있고 또 모든 종교에 깊이 뿌리를 내린 이런 원형을 활용하지 않았다면 절대 그렇게 많은 사람을 끌어모을 수 없었을 겁니다. 하지만 낙원의 꿈이 현실로 바뀌기 시작하면서 여기저기서 방해하는 사람들이 나타나기 시작하고 그래서 낙원의 통치자들은 에덴 옆에 작은 굴라그**를 세울 수밖에 없습니다. 시간이 흐르면서 이 굴라그는 점점 커지고 완벽해지는 반면 그 옆의 낙원은 점점 작아지고 가난해집니다.

로스 선생님 책에서 위대한 프랑스 시인 엘뤼아르는 낙원과 수용소 위로 솟구치며 노래를 부릅니다. 책에서 언급한 이 역사의 한 조각이 진짜입니까?

쿤데라 전쟁이 끝난 뒤 폴 엘뤼아르는 초현실주의를 버리고

---

* 『나자*Nadja*』(1927)를 보라. "나 자신은 누가 찾아오는지 다른 사람이 늘 볼 수 있는 나의 유리 집에서 계속 살 것이다. 그곳에는 모든 것이 천장에 매달려 있고 벽은 마치 마법에 의한 것처럼 그 자리를 지키며, 그곳에서 나는 밤에는 유리 침대에서 유리 이불을 덮고 자고, 그곳에서 나라는 존재는 조만간 다이아몬드에 의해 새겨진 모습으로 나타날 것이다." ― 원주

** 강제노동수용소.

내가 "전체주의의 포에지"라고 부를 수도 있는 것의 가장 위대한 옹호자가 되었습니다. 그는 형제애나 평화나 정의나 더 나은 내일을 위해 노래했고, 동지애를 지지하며 고립을 반대하여 노래했고, 기쁨을 지지하며 우울에 반대하여 노래했고, 순수를 지지하며 냉소주의에 반대하여 노래했습니다. 1950년 낙원의 통치자들이 엘뤼아르의 프라하 친구인 초현실주의자 자비스 칼란드라에게 교수형을 선고했을 때 엘뤼아르는 개인을 넘어서는 이상을 위하여 우정이라는 개인적 감정을 억누르고 자기 동지의 처형을 지지한다고 공개적으로 선언했습니다. 교수형 집행자는 살인을 했고 시인은 노래를 했습니다.

단지 시인만이 아닙니다. 스탈린 공포정치의 시기 전체가 집단적인 서정적 망상의 시기였습니다. 이런 일은 지금 완전히 잊혔지만 이것이 사태의 핵심입니다. 사람들은 말하기 좋아합니다. 혁명은 아름답다. 악한 것은 거기에서 일어나는 공포뿐이다. 하지만 이것은 사실이 아닙니다. 악은 그 아름다운 것 안에 이미 존재하고 지옥은 낙원의 꿈 안에 이미 담겨 있습니다. 따라서 지옥의 본질을 이해하고 싶다면 그것의 기원인 낙원의 본질을 검토해야 합니다. 강제수용소를 비난하는 것은 매우 쉬운 일이지만 낙원을 거쳐 강제수용소로 통하는 전체주의적 포에지를 거부하는 것은 어느 때보다 어렵습니다. 요즘 전 세계 사람들은 굴라그라는 관념을 명백히 거부하지만 여전히 전체주의적 포에지의 최면에 기꺼이 자신을 내맡기고 엘뤼아르가 수금을 타는 위대한 대천사처럼 프라하 위로 솟구칠 때 부르던 그 서정적인 노래의 곡조에 맞추어 새 굴라그로 행진해갑니다. 칼란드라의 몸을 태우는 연기가 화장터 굴뚝에서 하늘로 올라가고 있었는데도요.

로스 선생님 산문의 중요한 특징은 사적인 것과 공적인 것의 항상적 대립입니다. 하지만 사적인 이야기가 정치적 배경으로 벌어진다거나 정치적 사건이 사적인 삶을 잠식한다는 의미는 아니지요. 오히려 선생님은 정치적 사건들이 사적인 사건들과 똑같은 법칙의 지배를 받고 있다는 것을 계속 보여주고, 그래서 선생님의 산문은 정치에 대한 일종의 정신분석이 됩니다.

쿤데라 인간의 형이상학은 사적 영역과 공적 영역에서 똑같습니다. 그 책의 다른 주제를 보자면, 그것은 망각입니다. 이것은 인간의 커다란 사적 문제입니다. 자아의 상실이라는 의미의 죽음이죠. 하지만 이 자아란 뭘까요? 그것은 우리가 기억하는 모든 것의 총합입니다. 따라서 죽음과 관련하여 우리가 두려워하는 것은 미래의 상실이 아니라 과거의 상실입니다. 망각은 삶 안에 늘 존재하는 죽음의 한 형태입니다. 이것이 사랑하는 죽은 남편의 사라져가는 추억을 보존하려고 필사적으로 노력하는 내 여주인공의 문제입니다. 하지만 망각은 또 정치의 큰 문제이기도 하죠. 작은 나라에서 민족의식을 박탈하고 싶을 때 강국은 조직화된 망각이라는 방법을 사용합니다. 이것이 지금 보헤미아에서 일어나고 있는 일입니다. 지난 십이 년 동안 현대 체코 문학 가운데 조금이라도 가치가 있는 것이 출판된 적은 없습니다. 죽은 카프카를 포함하여 체코 작가 이백 명이 판매 금지되었습니다. 체코 역사학자 백사십오 명이 자리에서 쫓겨나고 역사는 다시 쓰이고 기념물은 파괴되었습니다. 과거에 대한 의식을 잃는 나라는 점차 자아를 잃습니다. 따라서 정치적 상황이 우리가 늘, 매일, 어떤 관심도 기울이지 않고 마주하는 망각이라는 평범한 형이상학적 문제를 잔인하게 드러내준 셈입니다. 정치는 사적인 삶의 형이상학의 가면을 벗기고, 사적인 삶은 정치의 형이상학의 가면을 벗깁니다.

로스 변주들이 이어지는 선생님의 책 6부에서 주요 여주인공 타미나는 아이들만 있는 섬에 도착합니다. 결국 아이들이 이 여자를 쫓아다녀 죽음에 이르게 하지요. 이게 꿈입니까, 동화입니까, 알레고리입니까?

쿤데라 나한테는 알레고리, 즉 어떤 주제를 보여주기 위해 저자가 만들어낸 이야기보다 이질적인 것이 없습니다. 사건은 현실이든 가상이든 그 자체로 의미가 있어야 하고 독자는 그 힘과 시에 순진하게 유혹되어야 합니다. 나는 늘 그 이미지에 쫓겨왔고 인생의 한 시기에는 그게 계속 꿈에 반복해서 나타났습니다. 어떤 사람이 아이들의 세계에 들어가 있게 되는데 거기에서 빠져나올 수가 없다. 그리고 갑자기 우리 모두 서정화하고 사모하는 유년은 순수한 공포로, 덫으로 드러난다. 이 이야기는 알레고리가 아닙니다. 하지만 내 책은 다양한 이야기들이 서로 설명하고 밝혀주고 보완하는 다성음악이죠. 그 책의 기본적인 사건은 전체주의 이야기로, 이것은 사람들에게서 기억을 박탈하고 그 결과 사람들을 아이들의 나라로 다시 조직합니다. 모든 전체주의가 이렇게 하죠. 또 아마도 우리의 기술 시대 전체가 이렇게 할 겁니다. 미래 숭배로, 젊음과 유년 숭배로, 과거에 대한 무관심과 생각에 대한 불신으로. 가차없이 어린 아이의 수준으로 획일화하는 사회의 한가운데 있는 기억과 아이러니를 갖춘 성인은 아이들의 섬에 있는 타미나 같은 기분이 됩니다.

로스 선생님의 거의 모든 소설, 실제로 선생님이 새로 낸 책에서는 모든 개별적인 부분들이 굉장한 성교 장면에서 대단원을 맞이합니다. "어머니"라는 순수한 제목이 달린 부분조차 프롤로그와 에필로그가 달린 삼자 간 섹스의 긴 장면에 불과합니다. 소설가로서 선생님에게 섹스란 어떤 의미입니까?

쿤데라 섹슈얼리티가 더는 금기가 아닌 요즘 단순한 묘사, 단순한 성적 고백은 눈에 띄게 지루해졌습니다. 로런스는 얼마나 구식으로 보이는지. 심지어 외설의 서정성을 보여주는 헨리 밀러조차 그렇죠! 그럼에도 조르주 바타유*의 어떤 에로틱한 구절들은 여전히 나에게 지워지지 않는 인상을 남겼습니다. 아마도

---

* 프랑스 작가이자 철학자(1897~1962). 『눈 이야기』(1928), 『하늘의 푸른 빛』(1935), 『에로티즘』(1957)을 썼다. ─ 원주

서정적이 아니라 철학적이기 때문이겠죠. 나에게는 모든 게 대단히 에로틱한 장면에서 끝난다는 선생님 말은 맞습니다. 나에게는 신체적인 사랑의 장면이 매우 날카로운 빛을 만들어내 갑자기 인물의 정수를 드러내고 그들의 삶의 상황을 요약한다는 느낌이 있습니다. 위고는 타미나와 사랑을 나누고 그때 타미나는 죽은 남편과 잊어버린 휴가들을 필사적으로 생각하려 하죠. 에로틱한 장면은 이야기의 모든 주제가 수렴하고 가장 깊은 비밀이 자리잡은 중심입니다.

로스 마지막 부분인 7부는 사실 오로지 섹슈얼리티만 다룹니다. 왜 여주인공이 죽는, 이보다 훨씬 극적인 6부나 다른 부분이 아니라 이 부분이 책의 마지막에 놓인 겁니까?

쿤데라 타미나는 비유적으로 말해서 천사들의 웃음 속에서 죽습니다. 반면 책의 마지막 부분을 통하여 그와 반대되는 종류의 웃음, 사물이 의미를 잃을 때 들리는 웃음이 울려퍼집니다. 어떤 가상의 분리선이 있고 그것을 넘어가면 사물이 의미가 사라지면서 우스꽝스러워지는 듯합니다. 사람은 자문합니다. 내가 아침에 일어나는 것이 터무니없는 일 아닐까? 출근하는 것이? 뭔가를 위해 노력하는 것이? 내가 그런 식으로 태어났다는 이유만으로 어떤 나라에 속한다는 것이? 사람은 이런 경계선과 아주 가까운 곳에서 살며 자기도 모르게 쉽게 건너편으로 넘어가곤 합니다. 그 경계선은 어디에나 존재하죠. 인간 삶의 모든 영역에, 심지어 모든 사람의 가장 깊고 가장 생물적인 것, 섹슈얼리티에도. 바로 그게 삶의 가장 깊은 영역이라는 점 때문에 섹슈얼리티에 제기되는 문제는 가장 깊은 문제입니다. 그래서 변주들이 이어지는 내 책이 이것을 제외한 어떤 변주도 없는 상태에서 끝날 수 있습니다.

로스 그러면 이것이 선생님의 비관주의에서 가장 멀리 나아간 지점이라 할 수 있을까요?

쿤데라 나는 비관주의와 낙관주의라는 말을 경계합니다. 소설은 아무것도 주장하지 않아요. 소설은 문제를 탐색하고 제기합니다. 나는 내 나라가 망할지 아닐지 모르고 내 인물 가운데 누가 옳은지 모릅니다. 나는 이야기를 만들어내고 서로 맞서게 하고 이런 수단으로 질문을 합니다. 사람들의 어리석음은 모든 것에 답을 가지는 것에서 옵니다. 소설의 지혜는 모든 것에 질문을 가진 데서 오죠. 돈키호테가 세상 안으로 나섰을 때 그 세상은 그의 눈앞에서 수수께끼로 바뀌었습니다. 그것이 첫 유럽 소설이 그 이후 소설 역사 전체에 준 유산입니다. 소설가는 독자에게 세상을 문제로 파악하라고 가르칩니다. 그런 태도에는 지혜와 관용이 있죠. 신성불가침의 확실성에 기초한 세계에서 소설은 죽습니다. 전체주의 세계는 마르크스를 기초로 하든 이슬람을 기초로 하든 다른 어떤 것을 기초로 하든 질문이라기보다는 답의 세계입니다. 그곳에 소설의 자리는 없습니다. 어쨌든 내가 보기에 요즘 전 세계에서 사람들은 이해보다는 심판을, 묻기보다는 답하기를 좋아하고 그래서 소설의 목소리는 인간 확실성의 시끄러운 어리석음 때문에 잘 들리지 않습니다.

(1980)

에드나 오브라이언과의 대화
—런던에서

　아일랜드 작가 에드나 오브라이언은 런던에 오래 살았는데 최근에는 당당한 19세기 파사드가 늘어선 넓은 대로로 이사했다. 1870년대에 처음 건설되었을 때 이 거리는, 그녀가 나에게 말해준 바로, 정부情婦와 첩으로 유명했다. 부동산업자들은 이제 메이다 베일 지구의 이 모퉁이를 "미래의 벨그레이비어"*라고 부르게 되었다. 그러나 지금은 온통 개조가 진행중이기 때문에 약간 건축업자의 마당처럼 보인다.

　오브라이언은 아파트 뒤쪽 거대한 개인 정원의 녹색 잔디를 내다보는 조용한 서재에서 작업하고 있다. 이 정원은 그녀가 어린

---

* 런던 하이드파크 남쪽의 고급 주택지구.

시절 미사에 참석하러 가던 클레어 카운티의 농촌 마을보다 아마 여러 배 클 것이다. 서재에는 책상이며 피아노며 소파, 또 벽의 희미한 대리석 분홍색보다 짙은 장밋빛 동양 카펫이 있고 정원으로 열리는 프렌치도어를 통해 작은 정원을 채울 만한 양의 플라타너스가 보인다. 벽난로 선반에는 이른 결혼에서 얻어 지금은 장성한 두 아들 사진이 있고 — "나는 여기에서 대체로 혼자 살아요" — 오브라이언의 『버지니아: 희곡*Virginia: A Play*』의 여주인공인 아주 젊은 버지니아 울프의 옆모습을 찍은 유명한 서정적 사진*이 있다. 정원 맞은편 끝에 있는 교회 첨탑 쪽을 내다보도록 배치된 책상에 놓인 J. M. 싱의 전집은 『아란제도*The Aran Islands*』의 한 장章이 펼쳐져 있다. 소파에는 플로베르 서간집이 놓여 있는데 조르주 상드와 주고받은 편지가 펼쳐져 있다. 그녀는 내가 도착하기를 기다리며 자신의 단편 선집 특별판 만오천 부에 서명을 하면서 그 일을 하는 데 도움을 얻기 위해 베르디의 여러 오페라의 활달한 합창을 모은 레코드를 듣고 있었다.

인터뷰를 위해 그녀가 입은 옷은 모두 검은색이었기 때문에 하얀 피부, 녹색 눈, 적갈색 머리카락이 눈에 들어오지 않을 수 없다. 그 색깔은 극적으로 아일랜드적이다 — 감미롭고 유창하게 흘러가는 그녀의 말과 마찬가지로.

로스 『말론 죽다』에서 선생님의 동포인 사뮈엘 베케트는 말

---

* 울프(당시에는 버지니아 스티븐)가 스무 살이던 1902년 영국 사진작가 조지 찰스 베레스퍼드(1864~1938)가 찍은 초상. — 원주

합니다. "더 나아가기 전에 내가 아무도 용서하지 않는다는 것을 이야기해두자. 나는 그들 모두가 앞으로 다가올 밉살스러운 몇 세대 동안 얼음 지옥의 불에서 끔찍한 삶을 살기를 바란다." 이 인용문은 선생님이 1976년에 출간한 회고록 『어머니 아일랜드 *Mother Ireland*』의 제사題詞로 사용되고 있습니다. 이런 제사를 쓴 것은 아일랜드에 관한 선생님 자신의 글이 그런 정서에 전혀 오염되어 있지 않은 것은 아님을 암시하려는 것이었습니까? 솔직히 선생님 작품에서 그런 모진 면은 느끼지 못하겠습니다만.

오브라이언 내가 그 제사를 고른 것은 내가 내 삶의 많은 것들을 용서하지 않기 때문, 특히 그 시기에는 용서하지 않았기 때문이에요. 내가 할 수 있는 것보다 더 웅변적으로 더 사납게 말한 사람을 고른 거죠.

로스 하지만 사실 선생님의 소설은 선생님의 용서하지 않는 마음을 반박하고 있습니다.

오브라이언 어느 정도는 그렇지만 그것은 내가 갈등의 피조물이기 때문이에요. 나는 호통을 칠 때도 곧이어 달래야 한다고 느끼죠. 내 삶 전체에 걸쳐 그런 일이 벌어져요. 나는 타고난, 또는 철저하고 완전한 사랑의 존재가 아니듯이 속속들이 증오의 존재로 타고난 사람도 아니에요. 이 말은 곧 내가 자주 나 자신과 또 남들과 어긋나는 사람이라는 뜻이죠!

로스 선생님 상상에서 용서받지 못하는 그 존재는 누구입니까?

오브라이언 그가 죽을 때까지는, 일 년 전인데, 내 아버지였어요. 하지만 죽음을 통해 변용이 일어나요. 안에서. 그가 죽은 후로 나는 그에 관한, 그의 모든 특질 ─ 그의 분노, 섹슈얼리티, 탐욕 등등 ─ 을 구현한 희곡을 썼고 이제 그에 대해 다르게 느껴요. 나는 그와 함께했던 삶을 다시 살거나 똑같은 딸로 다시 태어나고 싶지는 않지만 그를 용서하기는 해요. 어머니는 다른 문제예요. 나는 어머니를 사랑했지만, 너무 사랑했지만, 어머니는 나에게 다른 유산을 주었어요. 모든 것을 끌어안는 죄책감. 지금도 어머니가 내 어깨 너머에 있다는, 심판하고 있다는 느낌을 받아요.

로스 자, 선생님은 지금 경험 많은 여자로서 어머니와 아버지를 용서하는 이야기를 하고 있습니다. 지금도 그런 문제들을 걱정하고 있는 게 대체로 선생님이 작가라는 것과 관련이 있다고 생각합니까? 선생님이 작가가 아니라면, 법률가라면, 의사라면, 아마 이런 사람들에 관해 그렇게 많이 생각할 것 같지 않을 텐데요.

오브라이언 당연히 그렇죠. 이건 작가가 된 대가입니다. 작가는 과거에 시달리죠 ─ 고통이나 감각이나 거부, 그 모든 것에. 이렇게 과거에 매달리는 것은 과거를 바꿀 수 있도록 그것을 다시 만들어내고 싶다는 가망 없지만 그럼에도 뜨거운 욕망 때문이라고 진실로 믿습니다. 의사나 법률가를 비롯한 다른 많은 안정된 시민은 집요한 기억 때문에 괴롭지 않아요. 그들도 그들 나름으로 선생님이나 저만큼 불안할 수 있겠죠. 다만 그것을 모를 뿐입니다. 그들은 파고들지 않아요.

로스 하지만 모든 작가가 선생님처럼 과거를 포식하지는 않지요.

오브라이언 나는 강박적이고, 또 나는 근면합니다. 게다가 사람이 가장 살아 있고 가장 예민할 때는 유년이고, 그래서 사람들은 그 고양된 의식을 다시 포착하려고 노력하는 거죠.

로스 딸이나 여자의 관점에서가 아니라 소설을 쓰는 사람의 관점에서 선생님은 자신이 자신의 출신에서 운이 좋았다고 생각하나요 — 아일랜드의 고립된 지역에서 태어나 외딴 농장에서 폭력적인 아버지 밑에서 성장하고 지방 수녀원의 잠긴 대문 뒤에서 수녀들로부터 교육을 받고? 작가로서 선생님이 유년 시절의 아일랜드에 관한 이야기들에서 종종 묘사하는 이런 원시적 농촌 세계에 선생님은 얼마나 많이 또는 얼마나 적게 빚지고 있습니까?

오브라이언 알 수 없죠, 사실. 내가 러시아 초원지대나 브루클린에서 성장했다면 — 내 부모는 처음 결혼해서 거기에 살았어요 — 나의 물질적 세계는 달랐겠지만 나의 이해는 똑같았을지도 모릅니다. 나는 우연히 숨을 앗아갈 만큼 아름다운 땅에서 살았고 지금도 살고 있고 따라서 자연에 대한, 초록에 대한, 땅에 대한 느낌은 나에게 스며들어 있습니다. 둘째로 문화나 문학을 싣고 오는 트럭은 없었고 따라서 쓰고자 하는 나의 갈망은 저절로 솟아올랐고 자연스러웠습니다. 우리집에 있는 책은 오직 기도서, 요리책, 말의 혈통 안내서 뿐이었습니다. 나는 내 주변 세계를 속속들이 알고 있었고 모든 사람의 작은 역사도 알았습니다. 단편과 장편의 재료였죠. 개인적 수준에서 보자면 아주 강렬한 곳이었습니다. 따라서 이 모든 것이 결합하여 지금의 나를 만든 거죠.

로스 선생님이 글을 쓸 수 있는 정신의 자유를 잃지 않고 고립된 농장과 폭력적인 아버지와 지방 수녀원에서 살아남은 것이 놀랍나요?

오브라이언 나 자신의 튼튼함이 놀랍습니다, 맞아요. 하지만 내게 상처가 없었다고 생각하지는 않습니다. 운전이나 수영 같은 것은 절대 못해요. 많은 면에서 나는 장애가 있다고 느낍니다. 몸은 교회처럼 신성했고 모든 게 죄의 잠재적인 계기였죠. 지금은 웃기지만 그렇게까지 웃기지는 않아요 — 몸에는 뇌만큼이나 삶의 이야기가 담겨 있습니다. 한 부분이 망가지면 다른 부분은 잘 굴러간다는 생각으로 위안을 삼고 있습니다.

로스 자랄 때 돈은 충분했나요?

오브라이언 아니요—하지만 있기는 했어요! 아버지는 말을 좋아했고 여가를 좋아했어요. 넓은 땅과 아름다운 돌집을 물려받았지만 낭비가 심해서 땅은 원형적인 아일랜드 방식으로 남의 손에 넘어가거나 낭비되었죠. 미국에서 고향에 온 사촌들이 우리한테 옷을 갖다주었고 나는 어머니한테서 이런 것들에 어떤 아이 같은 즐거움을 느끼는 마음을 물려받았습니다. 우리에게 가장 흥분되는 일은 이런 방문, 이런 자잘한 잡동사니 선물, 밖으로부터 오는 이런 신호, 코즈모폴리턴 세계였습니다. 내가 들어가기를 갈망하는 세계였죠.

로스 나는 특히 전쟁 시기 아일랜드 농촌을 그린 단편에서 선생님의 회상이 방대하고 정확한 것에 감명을 받습니다. 선생님은 자라면서 선생님의 눈이 닿았을 수도 있는 모든 대상의 형태며 질감이며 색깔이며 크기를 기억하고 있는 듯합니다—선생님이 보고 듣고 냄새 맡고 맛보고 만진 모든 것의 인간적 의미는 말할 것도 없고요. 그 결과가 섬세한 그물세공 같은 작품, 소설을 통하여 솟구치는 모든 갈망과 고통과 회한을 담을 수 있게 해주는, 디테일의 그물 같은 산문입니다. 내가 묻고 싶은 것은 수십 년 동안 완전히 가서 살지는 않았던 아일랜드 세계를 이렇게 정열적으로 정확하게 재구축해내는 이런 능력을 선생님은 어떻게 설명하느냐 하는 겁니다. 어떻게 선생님 기억이 그걸 살아 있게 하고, 왜 이 사라진 세계가 선생님을 가만 내버려두지 않는 겁니까?

오브라이언 어떤 때 나는 그곳으로 빨려가고, 평범한 세계와 현재라는 시간은 뒤로 물러납니다. 이런 회상, 그걸 뭐라고 부르든 어쨌든 그것이 나를 침범합니다. 그건 내가 불러낼 수 있는 게 아니에요. 그냥 오는 거고 나는 그것의 하인이죠. 내 손이 작업을 하고 나는 생각할 필요가 없어요. 사실 만에 하나 생각을 하게 된다면 흐름이 멈출 겁니다. 뇌 속의 댐이 터지는 것과 같아요.

로스 기억을 되살리는 데 도움을 얻기 위해 아일랜드를 방문하나요?

오브라이언 아일랜드를 방문할 때면 늘 내심 방출을 기다리는 감추어진 세계와 감추어진 이야기에 뭔가가 스파크를 일으켜주기를 바라지만 그런 식으로 되지는 않아요! 선생님도 잘 아시겠지만 그런 일은 훨씬 우회적으로 일어나요, 꿈을 통해, 우연을 통해, 또 내 경우에는 연애와 그 여파에 자극받은 엄청난 양의 감정을 통해.

로스 혹시 감정적으로 너무 강력한 어떤 것이 선생님을 과거로부터 분리하는 것을 막기 위해 선생님이 지금 사는 방식 — 혼자 사는 것 — 을 선택한 것은 아닌지 궁금합니다.

오브라이언 분명히 선택했죠. 나는 외로움에 욕을 하지만 그것은 남자와의 결합이라는 생각만큼이나 나에게 소중해요. 나는 종종 내 인생을 속죄의 시기, 뛰노는 시기, 일하는 시기로 나누어 돌아가며 살고 싶다고 말했지만 알다시피 그건 관습적인 결혼생활에 딱 들어맞지는 않습니다.

로스 내가 아는 미국 작가는 대부분 자기 주제이자 언어의 원천이자 기억의 저장소인 자기 나라로부터 떨어져 산다고 생각하면 몹시 위축될 겁니다. 내가 아는 많은 동유럽 작가는 작가에게 전체주의의 고난이 망명의 위험보다 나아 보이기 때문에 '철의 장막' 뒤에 남아 있습니다. 작가가 옛 동네의 소리가 귀에 들리는 거리에 머물러야 한다는 주장을 생각하니, 20세기 내 나라의 문학의 척추를 이루고 있는 두 작가가 내 마음에 떠오릅니다. 잠깐 해외에 나가 있다가 미시시피에 돌아와 정착했던 포크너와 방랑 뒤에 시카고로 돌아와 살며 가르친 벨로입니다. 음, 베케트도 조이스도 자신의 아일랜드 자질을 실험하기 시작한 뒤로는 아일랜드에 기지를 원하거나 필요로 하지 않았다는 것을 우리 모두 알고 있지만, 선생님은 아주 젊은 여자로서 아일랜드를 떠나 런던에 와서 삶을 살아갔다는 것이 작가로서 어떤 대가를 치르게 했다고 느끼지는 않나요? 선생님의 목적에 맞게 바뀌었을 수도 있는, 선생님의 젊음의 아일랜드와는 다른 아일랜드가 있지 않을까요?

오브라이언 자신을 특정한 장소에 확립하고 그곳을 소설의 현장으로 이용하는 것은 작가에게 강점인 동시에 독자에게 이정표가 되죠. 하지만 자신의 뿌리가 너무 위협적이고 너무 나쁜 영향을 주면 떠나야 해요. 조이스는 아일랜드가 자기 새끼를 먹는 암퇘지라고 했어요.* 자기 작가들에 대한 태도를 가리키는 말이었죠―그들을 무참히 공격하는 거 말이에요. 우리의 가장 저명한 두 사람, 조이스와 베케트 씨가 그곳을 떠나 밖에 머문 건 우연이 아닙니다. 물론 그들은 자신의 특수한 아일랜드인 의식을 절대 잃어버리지 않았지만. 나 자신의 경우 나는 거기 그대로 있었다면 아무것도 쓰지 않았을 거라고 생각해요. 감시를 당하고, 심판을 당하는 (훨씬 더!) 느낌이었을 거고, 자유라고 부르는, 가격을 매길 수 없는 상품을 잃어버렸을 거예요. 작가들은 늘 도망쳐야 하고 나는 여러 가지로부터 도망치고 있었습니다. 네, 나는 나 자신을 몰아냈고 또 틀림없이 뭔가를 잃어버렸다고, 연속성을 잃어버리고, 현실과 닿는 일상적 접촉을 잃어버렸다고 생각합니다. 그러나 동유럽 작가들과 비교한다면 언제나 돌아갈 수 있다는 유리한 점이 있죠. 그들은 끔찍할 게 틀림없습니다. 그것의 최종성, 완전한 추방, 이런 게요, 천국으로부터 차단당한 영혼처럼요.

로스 돌아갈 건가요?

오브라이언 간헐적으로. 지금 아일랜드는 많이 달라졌어요. 훨씬 세속적인 땅이 되었죠. 아이러니지만 문학에 대한 사랑과

---

*『젊은 예술가의 초상』(1916). 5장 참조. ― 원주

문학의 거부가 모두 시들해지고 있어요. 아일랜드는 세상 나머지와 마찬가지로 물질주의적이고 미숙해지고 있어요. 예이츠의 시구—"로맨틱한 아일랜드는 죽고 사라졌다"*—가 실제로 열매를 맺었죠.

로스 나는 선생님의 책『광적인 마음*A Fanatic Heart*』에 서문을 쓰면서 프랭크 튜이**가 제임스 조이스에 관한 에세이에서 두 사람에 관해 한 말을 인용했습니다. 조이스는 『더블린 사람들』과 『젊은 예술가의 초상』으로 자신의 경험과 환경을 알아볼 수 있게 만든 첫 아일랜드 가톨릭이었지만, "노라 바나클[하녀였다가 조이스의 부인이 된 여자]의 세계는 에드나 오브라이언의 소설을 기다려야 했다." 조이스가 선생님한테 얼마나 중요했는지 말씀해주시겠습니까? 떠돌아다니는 사기꾼이 책략을 꾸미는 상점 주인을 속이는 『강인한 남자들*Tough Men*』 같은 선생님 이야기는 내가 보기에 농촌판 『더블린 사람들』에 나올 법하지만, 선생님은 조이스의 언어적·신화적 화려함에 맞선다는 부담을 느끼지는 않은 것으로 보입니다. 조이스는 선생님한테 어떤 의미였고, 조이스에게서 가져오거나 배운 게 있다면 어떤 것입니까? 또 눈에 보이는 모든 아일랜드적인 것을 심하게 씹어댔던 이 위대한 말의 괴물을 선배로 두고 있다는 것은 아일랜드 작가에게 얼마나 위압감이 느

---

* 예이츠의 「1913년 9월」(1913)에서 반복되는 행. —원주
** 아일랜드 소설가이자 예이츠의 전기 작가. —원주

꺼지는 일입니까?

　오브라이언　천재들의 별자리에서 그는 눈이 부신 빛이고 모든 것의 아버지지요(셰익스피어는 인간적 칭호로는 충분치 않기 때문에 열외입니다). 처음 읽은 조이스는 T. S. 엘리엇이 편집한 작은 책*이었는데 나는 그것을 더블린의 부두에서 중고로 사 펜스를 주고 샀어요. 그전에는 책을 거의 읽지 않았고, 읽은 것도 대개 과장되고 지나치고 기이한 것이었죠. 당시 나는 글쓰기를 꿈꾸는 약국 도제였어요. 그런데 이제 여기 「죽은 사람들」과 『젊은 예술가의 초상』의 한 부분이 있었고, 나는 스타일의 매력만이 아니라 그게 삶에 아주 진실했기 때문에 정신이 멍할 만큼 놀랐어요. 그게 바로 삶이었어요. 그러다가 좀 나중에 『율리시스』을 읽게 됐지만, 어린 소녀로서 나는 멈칫했어요. 정말 내가 감당하기에는 너무 컸죠. 접근하기도 지나치게 힘들고 너무 남성적이었어요. 유명한 몰리 블룸 부분말고도 말이에요. 지금은 『율리시스』가 내가 읽은 책 가운데 가장 즐겁고 뛰어나고 복잡하고 지루하지 않은 책이라고 생각해요. 언제라도 집어들고 몇 페이지 읽으면 뇌에 수혈을 받는 느낌이 들어요. 위압적인 문제에 대해서는 그런 건 생기지 않아요 — 그는 그냥 한계 밖에 있거든요, 우리 모두를 넘어서, 그러면 '먼 아조레스제도'라고 부를 만한 곳에 있어요.

---

*『제임스 조이스 입문: 조이스의 산문 선집*Introducing James Joyce: A Selection of Joyce's Prose*』(1942). — 원주

로스 노라 바나클의 세계로 돌아가보지요. 노라 바나클 같은 사람들에게, 아일랜드에 남아 있는 사람들과 달아난 사람들에게 세상은 어떻게 보일 것인가 하는 문제로. 선생님의 거의 모든 이야기의 중심에는 여자, 일반적으로 홀로 있는 여자, 고립과 외로움과 싸우거나, 사랑을 구하거나, 남자들과 어울리는 데서 오는 놀라움으로부터 물러나 있는 여자가 있습니다. 선생님은 이데올로기의 오염 없이, 내가 볼 수 있는 한, 올바른 입장에 서는 것에 아무런 관심 없이 여자에 관해 씁니다.

오브라이언 나에게 올바른 입장이라는 것은 진실을 쓰는 것, 어떤 공적인 고려나 어떤 파벌에 관계 없이 느끼는 것을 쓰는 것입니다. 나는 예술가는 절대 편의나 노여움 때문에 어떤 입장에 서지 않는다고 생각해요. 예술가는 입장을 혐오하고 의심합니다. 입장에 고정되는 순간 자신이 다른 것이 된다는 걸 알기 때문이죠─저널리스트가 되거나 정치가가 되는 겁니다. 내가 추구하는 것은 약간의 마법이에요. 나는 소책자를 쓰거나 읽고 싶지 않아요. 나는 외롭고 절망적이고 종종 모욕받는 상황에 처한 여자들을 묘사했는데, 많은 경우 남자들의 표적이 되고 거의 언제나 오지 않는 감정적 카타르시스를 찾습니다. 이게 내 영토, 내가 힘들게 얻은 경험 때문에 알고 있는 영토예요. 내가 여성 절망의 주요한 핵심이라고 생각하는 게 뭔지 알고 싶다면, 그건 이겁니다. 그리스의 오이디푸스 신화와 프로이트의 그 신화 탐사에서는 어머니에 대한 아들의 욕망을 받아들여요. 하지만 아기인 딸도 어머니에게 욕망을 가지는데 신화에서나 환상에서나 현실에서나 그 욕망이 이루어진다는 것은 생각할 수가 없죠.

로스 하지만 여자들의 운동이 계기가 되어 생겨났다고 하는 "의식"의 변화를 선생님이 모를 리 없을 텐데요.

오브라이언 네, 어떤 것은 나은 쪽으로 바뀌었지만—여자들은 동산動産이 아니고 남자만큼 돈을 벌 권리를 표현하고, 존중받고, 이제 "제2의 성"*이 아니고—짝짓기 영역에서는 달라진 게 없습니다. 매력과 성적 사랑은 의식이 아니라 본능과 감정에 자극을 받고 이 점에서 남녀는 근본적으로 다릅니다. 남자가 여전히 더 큰 권위와 더 큰 자율성을 갖고 있습니다. 그건 생물적인 거예요. 여자의 운명은 정자를 받아 그것을 유지하는 거지만 남자의 운명은 그것을 주는 거고, 그걸 주면서 남자는 자신을 소진하고 그런 다음 물러나죠. 여자는 먹을 것을 공급받는다는 감각이 있는데 남자는 정반대 감각으로 빨려나가는 것 같아요. 다시 살아나려면 잠시 도망쳐야 합니다. 그 결과 여자는 버림받는 것에 분개하죠, 잠깐이라도. 남자는 떠나는 것에 죄책감을 느끼고. 무엇보다도 남자는 자신을 다시 발견하여 자신을 재긍정하는 자기 보호라는 타고난 감각이 있어요. 남자가 설거지를 돕는 등등

---

* 프랑스 철학자이자 지식인 시몬 드 보부아르(1908~1986)가 쓴 페미니즘의 기초를 이루는 연구서의 제목.—원주

할 수는 있지만 남자의 헌신은 여자보다 모호하고 또 늘 여자를 찾아 주위를 두리번거리죠.

로스 그만큼 난잡한 여자는 없나요?

오브라이언 가끔 있지만 여자는 똑같은 성취감을 얻지 못해요. 여자는, 감히 말하거니와, 더 깊고 더 지속적인 사랑을 할 수 있어요. 여자는 버림받는 걸 더 두려워한다고 덧붙이고 싶군요. 그건 여전히 유효해요. 어디든 여자들이 있는 식당, 탈의실, 미용실, 체육관을 가보세요. 엄청난 절망과 엄청난 경쟁을 보게 될 겁니다. 사람들은 많은 구호를 외치지만 그것은 그저 구호일 뿐이고 우리를 결정하는 건 우리가 느끼고 행동하는 거예요. 여자들은 그 어느 때와도 다를 것 없이 감정에서 안정적이지 못해요. 그냥 자신과 화해하는 게 전보다 나아졌을 뿐이죠. 유일하게 현실적인 안전은 남자들을 외면하고 거리를 두는 것이지만 그건 작은 죽음이겠죠 — 적어도 나한테는 그럴 거예요.

로스 왜 러브스토리를 그렇게 많이 쓰는 건가요? 그 제재의 중요성 때문인가요, 아니면 우리 직업을 가진 다른 많은 사람과 마찬가지로 일단 자라서 집을 떠나 작가의 단독적 삶을 선택하면서 불가피하게 성적인 사랑이 계속 접근 가능한 가장 강력한 경험 영역이 되었기 때문인가요?

오브라이언 무엇보다도 열정이라는 의미에서 나에게는 사랑이 종교를 대신했다고 생각해요. 지상의 사랑(즉 섹스)을 찾기 시작했을 때 나는 하느님으로부터 나 자신을 끊어낸다고 느꼈어요. 섹스는 종교의 망토를 두름으로써 다소 지나치다 싶을 만큼 커졌어요. 그건 내 삶에서 중심적인 것, 목표가 되었어요. 나는 히스클리프/로체스터 씨 증후군*으로 기우는 경향이 강했고 지금도 그래요. 성적 흥분은 많은 부분 고통이나 분리와 연결되어 있었죠. 성생활은 나의 축이었고, 다른 모두에게도 그럴 거라고 믿어요. 생각과 행동 양쪽에서 많은 시간을 차지하는데 전자가 윗자리를 차지하는 경우가 많죠. 나에게 일차적으로 그것은 은밀하고 신비와 약탈의 요소를 포함하고 있어요. 내 일상생활과 내 성생활은 하나의 전체를 이루지는 않습니다 — 분리되어 있어요. 나의 아일랜드 유산의 일부죠!

로스 여자인 동시에 작가인 점에서 가장 어려운 건 뭔가요? 여자로서 글을 쓰는 것에 내가 남자로서 쓸 때는 가지지 않는 어려움이 있나요? 또 선생님은 가지지 않는데 나는 갖고 있는 게 있을지도 모른다는 생각은 해보셨나요?

오브라이언 남자인 것과 여자인 것은 다르다고 생각해요 — 매우 다르죠. 선생님은 남자로서 세상의 날개 안에서 여자들의 행

---

* 각각 에밀리 브론테의 『폭풍의 언덕』(1847)과 샬럿 브론테의 『제인 에어』(1847)의 주인공이 사랑에 빠졌다 헤어지는 남자들. — 원주

렬 전체 — 잠재적 부인, 정부, 뮤즈, 간호사 — 가 선생님을 기다리고 있다고 생각해요. 여자 작가들에게는 그런 보너스가 없죠. 예는 많아요. 브론테 자매, 제인 오스틴, 카슨 매컬러스, 플래너리 오코너, 에밀리 디킨슨, 마리나 츠베타예바.* 아마 더실 해밋이 자기보다 문제가 많은 여자와 살고 싶지는 않을 거란 말을 했을 거예요. 나는 남자들이 나에게서 받는 신호들에 공포를 느낀다고 생각해요.

로스 레너드 울프** 같은 남자를 찾아야겠네요.

오브라이언 나는 레너드 울프 같은 남자를 원하지 않아요. 바이런 경과 레너드 울프를 섞어놓은 남자를 원해요.

로스 하지만 이 일은 근본적으로 성별과 관계없이 똑같은 어려움으로 귀결될까요?

오브라이언 절대적으로 그렇죠. 차이는 전혀 없어요. 선생님은 나와 마찬가지로 무에서 뭔가를 만들어내려 하고 그때 불안은

---

* 러시아의 시인, 극작가, 에세이스트(1892~1941)로 주로 파리에서 망명생활을 했다(1922~1939). 소련으로 돌아간 뒤 남편은 처형당하고 딸 알랴는 수감되었다. 나치 침공시 모스크바 외곽의 작은 타운으로 소개되었을 때는 간첩으로 의심받았다. 자신이나 십대 아들을 부양할 수 없었기 때문에 1941년 8월 31일 목을 맸다. — 원주
** 잉글랜드의 식민지 행정관, 작가, 출판업자(1880~1969)로 버지니아 울프의 남편이었다. — 원주

극심하죠. 자기 방에 저주와 괴로움의 외침이 메아리친다고 하는 플로베르의 묘사*는 어떤 작가의 방에도 해당할 거예요. 하지만 그렇다고 우리가 다른 삶을 환영할 것 같지는 않아요. 완전히 혼자서 계속 버텨나가는 것에는 뭔가 금욕주의적인 게 있죠.

(1984)

---

* 플로베르가 1845년 5월 13일 알프레드 르푸아트뱅에게 보낸 편지에서. "나 자신도 오랫동안 질식의 시기로 고생했소. 뤼 드 레스트에 있는 내 방의 벽들에서는 지금도, 내가 거기 혼자 있을 때 나에게서 터져나오던 무시무시한 저주, 쿵쿵 발을 구르는 소리, 고통의 외침이 메아리치고 있소." ― 원주

메리 매카시와 주고받은 편지

뤼 드 렌 141번지

75006 파리

1987년 1월 11일

필립에게

책(『카운터라이프』) 보내줘서 감사합니다. 흥분해서 의욕적으로 읽기 시작했는데 이스라엘과 엘알 항공 부분을 거치면서 그런 감정이 점점 강해지네요. 하지만 그 때문에 돌아가지 못하고 크리스마스에 잉글랜드에 남아 있는데, 나도 정확한 이유는 모르겠어요. 아마도 필립이 나보다 잘 알겠죠. 저자에게 책에 대한 부정적인 또는 "조건부" 의견을 제시하는 것은 아마 결코 지혜로운 일이 아니겠지만 그러고 싶은 마음이 드네요. 그건 내가 필립의 지난번 책을, 그 모든 부분을 아주아주 좋아했기 때문이고, 또 나에게 책을 보내주는 것은 필립이 내 의견에 관심이 있기 때문이라고 생각하기 때문인 것 같기도 해요.

그래서 내가 생각하는 것을 말해보려고 합니다. 나에게 가장 좋은 지점은 헤브론 장이에요. 모든 면에서 뛰어나고 문제 전체—이스라엘—를 정직하고 명료하게 펼쳐놓고 있어요. 읽으면서 이걸 계속 벨로가 쓰는 가상의 소설과 비교해봤어요. 또 그전의 치과 진료실 부분들, 주커먼 인물의 분기分岐, 분리된 조각들이 마치 지렁이처럼 독립적 존재로 살게 되는 것도 좋았어요. 이런 구상이 「글로스터셔」와 「기독교 국가들」 부분에서는 사라진 것처럼 보이는 게(내가 잘못 이해한 게 아니라면) 나에게는 안타까운 일이에요. 그 두 장章은 각각 그 나름으로 나를 지치게 했어요. 나에게는 병—심각한 반반유대주의—으로 느껴지는 걸로.

필립 라브*가 이방인은 모두 예외 없이 반유대주의자라고 말한 게 기억나요. 그렇다면 그건 자기 작품에 이방인 인물을 집어넣고 싶은 유대인 소설가에게는 끔찍한 문제겠죠. 아마 『카운터라이프』의 잉글랜드 부분은 유대인 독자에게는 불쾌하지 않겠지만, 실제로 짜증이 나고 불쾌했어요. 나는 기독교인이 아니지만

---

* 비평가이자 편집자이며, 『파리 리뷰』의 공동 창립자. 그의 에세이는 『이미지와 관념Image and Idea』(1949), 『신화와 발전소The Myth and the Powerhouse』(1965), 『문학과 육감Literature and the Sixth Sense』(1969)에 묶여 있다. —원주

(나는 하느님을 믿지 않아요) 어느 정도는 기독교인, 어쩔 수 없이 기독교인일 수밖에 없기 때문에 ("착한 유대인 소년"이 어쩔수 없이 유대교인인 것처럼) 필립이 그리는 기독교에서 멈칫하게 돼요. 크리스마스에는, 그러니까 성육신이라는 관념에는 유대인 혐오 이상의 것이 있어요. 사실 나도 가끔 우리가 크리스마스캐럴을 부르고 하는 그 모든 게 그 경이로운 사건의 기쁨을 공유하지 않는 사람에게는 분명히 불쾌하겠다는 생각을 한 적이 있어요. 하지만 아마도 공유하지 않는 사람들, '법' 외부에 있는 사람들도 전체적인 걸 이해할 수는, 또는 이해하려고 노력할 수는 있을 거예요. 나도 누가 나를 데려간다면, 역겹기는 하겠지만 '통곡의 벽'을 이해하려고 노력할 것 같거든요. 그리고 솔직히 천사와동물과 별이 있는 구유가 나에게는 통곡의 벽보다 공감 가는 발상이에요. 비신자로서 나는 그쪽이 훨씬 좋아요. 나에게 남아 있는 기독교인이 아마도 새천년과 필립 로스를 포함한 유대인의 개종을 행복하게 고대하나봐요. 필립 라브의 개종도.

그다음에는 그 모든 할례 이야기. 아이한테 칼을 대 아이를 유대인으로 만드는 걸 가지고 왜 그렇게 흥분하는 걸까요? 나는 할례에는 전혀 반대하지 않아요. 내 세대의 남자들은 모두 할례를받았고 — 필요한 소아과 절차였죠 — 내 아들 세대도 마찬가지였어요. 1940년대에 교육받은 사람들은 어떻게 된 일인지 할례를미신(심지어 더러운 유대인의 미신이라고 부르는 걸 듣기도 했어요)으로, 위생을 생각하는 척하면서 남성에게서 완전한 성적즐거움을 앗아가는 것으로 믿게 된 건 프로이트의 영향인 게 분명해요. 그래서 당시에는 남자아이에게 할례를 하는 게 세련되지 못한 일이 되었죠. 이건 종교와는 아무런 관계가 없어요. 수유와 수유 반대 토론이 그렇듯이. 따라서 네이선 주커먼이 믿음을 가진 유대인이 아니라면 왜 이 문제에 그렇게 매달리는 걸까요?

이 모든 이야기가 불쾌했다면 용서를 바라요. 『카운터라이프』를 보면서 내가 어떤 상상을 하든 나는 기독교인이라는 것을 강제적으로 깨닫게 되었다는 게 나로서는 이상한 일이에요. 어른이 되어서 그 비슷한 걸 마지막으로 느낀 건 1968년 하노이에서 머리 위에 미국 폭격기가 떠 있을 때였어요. 그때 은밀한 내 생각 속에서는 내가 그 지역 지도자들에게서 느끼던 마르크스주의와 불교 정통주의에 반대하는 반응이 나타났죠.

지난가을에 리언 [봇스타인]*과 함께 어울리지 못해서 아쉬워요. 내년에는 기대해보죠. 리언을 마지막으로 본 건 크리스마스 캐럴 부르기에서였어요. 우리가 여기로 돌아오기 직전에.

행복한 새해가 되기를 빌며,
메리

포셋 스트리트 15번지, 런던 SW10
1987년 1월 17일

---

* 미국 지휘자이자 작가(1946년생). 바드 칼리지 총장(1975~). ─ 원주

메리에게

그 책에 관해 그렇게 길게 써준 것에 감사드립니다. 물론 메리가 어떻게 생각하는지 알고 싶고 사실 그래서 책을 보낸 겁니다. 그리고 그렇게 솔직하게 이야기해주어서 기뻤습니다.

우선 메리는 그 책의 아주 많은 것에 붙들려 있었던 것 같네요. 마지막 두 장章에 이르기까지 거의 모든 것에. 왜 구조적인 구상을 마지막 두 장에서 버리지 않고 사실상 봉인하고 강화했는지 자세히 논하지는 않겠습니다. 그러면 너무 오래 걸리고 아마 강의처럼 들릴 텐데, 다른 사람이라면 몰라도 메리한테 강의하고 싶은 마음은 없습니다.

공교롭게도 나는 "심각한 반반유대주의의 사례"라고 (유대인에게) 알려져 있지요. 메리 자신도 그렇다고 주장하고, 주커먼도 마찬가지지요. 여기에서 이 모든 쟁점이 메리를 이 책의 서사 맥락과 주제적 관심의 바깥으로 밀쳐낸 듯합니다.

메리가 제기한 문제를 한 번에 하나씩 이야기해보겠습니다.

1. 모든 이교도는 반유대주의적이라는 라브의 진술. 물론 이것은 주커먼이 아고르[이스라엘 서안의 유대인 정착지]에서 들은 대로입니다. 주커먼은 그런 주장에 공감하지 않습니다. 그랬다면 어떻게 마리아 프레시필드와 결혼을 할 수 있었겠습니까? 물론 그건 가장 작은 부분이지요. 그런 주장은 간단히 말해 그의 경험에 배치됩니다, 끝. 내가 보기에 아이러니는 그가 생각하기에

매우 설득력이 없는 일종의 수사修辭와 부딪친 뒤 그가 런던으로 돌아와 마리아의 자매와, 그녀의 [반유대주의적] 증오의 찬가와, 마리아의 어머니[의 반유대주의]에 관한 암시와 딱 마주친다는 겁니다. 그런 다음 식당에서 [반유대주의적] 사건이 벌어지고 마리아와 나누는 대화[영국의 반유대주의에 관한]는 가망 없을 정도로 통제 불능에 빠져버리지요. 이 가운데 어느 것도 모든 이교도가 반유대주의라는 증거는 아닙니다. 하지만 주커먼 — 리프만의 [아고르] 선언에, 부드럽게 말해서 아주 회의적이었던 바로 그 사람 — 은 전에 알지 못했던, 그러나 세상은 (또는 말이 나온 김에 잉글랜드에서는) 모르지 않던 현상에 대처할 수밖에 없게 됩니다. 나는 그가 깜짝 놀라고, 허를 찔리고, **교육을 받기**를 바랐습니다. 나는 그가 자신이 결혼한 여자가 속한 이 가족의 핵심에서 나타난 것으로 보이는 이 악취 나고 끔찍하고 오래된 문제 때문에 자신이 사모하는 이 여자를 잃을 위험에 처했다고 느끼기를 바랐습니다. 진실로, 나는 거기에 불쾌하게 느낄 것이 뭐가 있는지 모르겠고, 어쩌면 메리를 불쾌하고 짜증나게 만든 것은 이것이 아닐지도 모릅니다.

2. "크리스마스에는, 그러니까 성육신이라는 관념에는 유대인 혐오 이상의 것이 있어요." 주커먼은 없다고 하지 않습니다. 다만 이것과 직면할 때 많은 유대인이 우연히도 느끼는 방식을 표현하기는 하지요(내가 아는 한 소설에서는 처음으로). 정당하든 아니든 그는 약간 모욕감을 느끼고, 이때 그가 하는 말은 메리가 기

억하는 것과는 좀 다릅니다. "하지만 나와 교회 예배[성육신이 아닙니다] 사이에는 건널 수 없는 감정의 세계, 자연스럽고 철저한 양립 불가능성이 있다 ― 나에게는 적진에 들어온 첩자의 감정이 있고 유대인을 박해하고 학대한 것에 책임을 져야 할 이데올로기를 구현하는 바로 그 의례를 엿보고 있다는 느낌이 든다…… 나는 방금 종교가…… 매우 부적절하다는 걸 알았다. 회중이 최고 수준의 전례적 예법을 지키고 성직자들이 매우 아름답게 사랑의 교리를 말할 때보다 더 어울리지 않을 때가 없다."(강조는 내가 했습니다.) 자, 메리는 이런 추론이 타당하지 않다고 생각할지 모르지만 지적인 유대인이 바로 그런 식으로 추론할 수 있다는 것은 하나의 사실입니다. 나는 진실해지려고 노력했습니다.

3. "비신자로서 나는 그쪽이 훨씬 좋아요." 메리는 말하는데 그것은 "천사와 동물과 별이 있는 구유"가 '통곡의 벽'보다 좋다는 뜻이겠지요. 그게 또 메리와 주커먼이 갈리는 부분입니다. 비신자로서 그는 둘 다 좋아하지 않습니다. 그는 양쪽 일군의 성상 또는 상징 또는 그걸 다 모은 걸 뭐라고 부르든 그것을 신성화하는 일이 권할 만하다고 보지 않습니다. 나아가서 주커먼은 캐럴을 부르는 데서 아름답게 행동하며 따라서 적어도 '통곡의 벽'에서 메리가 보여줄 수도 있는 모습을 보여주기는 합니다. 메리는 그곳에서 역겹기는 하지만 그것을 이해하려고 노력할 거라고 하지요. 아마 메리는 이 몇 가지 논평에 ― 이건 내가 싫어하는 말이지만 ― 과잉 반응한 것 같습니다. 그러나 이런 부분은 주커먼 자신

도 알다시피 그가 유대인이라는 사실에 의해 결정되는 부분입니다. "하지만 유대인으로 보았을 때, 나는 여전히 생각했다, 이 모든 것이 도대체 무엇에 필요한가?" 그의 이의 제기는 사실 미학적입니다, 안 그런가요? "솔직히 기독교가 위험하게, 천박하게 기적적인 것에 집착하는 대목이 부활절이라고 늘 느껴왔지만 예수 탄생은 노골적으로 가장 유치한 욕구를 다룬다는 점에서 언제나 부활에 버금가는 것으로 여겨졌다." 메리는 기독교에 대한 나의 그림에 멈칫하게 된다고 말하는데, 메리가 이것에 멈칫한다면 어쩔 수 없지요. 하지만 이게 "유대인 혐오"와 아무런 관계가 없다는 것, 또는 별 관계가 없다는 것만큼은 분명히 알게 되었겠지요.

이제 소설가로서만 말하지요(나는 유대인인 면보다는 소설가인 면이 훨씬 강하니까요). 만일 주커먼이 유대[의 아고르]에 가서 거기에서 들은 말을 듣지 않았다면 나는 교회의 이 장면을 절대 넣지 않았을 것이고 그가 이런 생각을 하게 하지 않았을 겁니다. 하지만 내가 보기에는 그게 지극히 공정하다는 — 아니, 그런 말을 하려던 게 아니라, 내가 보기에는 그냥 한 장면이 다른 장면을 부른 것 같습니다. 나는 유대교 제의에만 그의 회의적 태도가 집중되고 기독교 제의는 거기에서 완전히 벗어나 있게 하고 싶지 않았습니다. 그렇게 했다면 엉뚱한 함의들이 잔뜩 생기게 되고 그는 자신이 아닌 모습을 보게 되었을 텐데, 그 모습이란 오직 자기 것만 — 한 구절을 빌려오면 — 차가운 눈으로 바라보는 자기혐오적 유대인입니다.

4. "아이한테 칼을 대 아이를 유대인으로 만드는 걸 가지고 왜 그렇게 흥분하는 걸까요?" 맥락, 맥락, 맥락. 이것은 자신의 아이가 마리아의 어머니를 만족시키기 위해서 세례를 받아야만 할 것이라는 암시에 대한 그의 반응, 공격적이고 성난 반응입니다. 할례 찬가는 그런 위협으로부터 생깁니다. 이 주제에 대한 내 이야기에 귀를 기울이고 싶지 않다면 마리아에게 귀를 기울이세요. 마리아는 편지(사실은 Z가 쓴 것이지만 그 주제는 지금 이야기하지 않겠습니다)에서 말합니다. "만일 이게 당신에게 당신의 부자 관계의 진실성을 확립해주는 것이라면 ─ 당신에게 당신 자신의 부자 관계의 진실성을 다시 얻게 해주는 것이라면 ─ 그럼 좋아." 여기에서 나는 독자가 따라올 것이라고 기대하기 힘든 생각을 하고 있었습니다. 나는 주커먼과 그 자신의 아버지에 관해 생각하고 있었고, 아버지 주커먼이 [『풀려난 주커먼』에서] 임종 때 네이선에게 소곤거린 사생아라는 말을 생각하고 있었습니다. 작은 영국인-미국인 Z의 할례는 큰 미국인 Z가 마침내 그 문제를 해결하는 것이지요. 내 생각에, 그건 나 혼자 관심을 두는 일이지요. 하지만 그게 그 일에서 나타난 겁니다.

내 생각에 메리는 또 이 할례라는 일이 유대인에게 얼마나 심각한지 모르는 듯합니다. 나는 지금도 [런던의] 수영장 탈의실에서 할례받지 않은 남자를 보면 매혹되곤 합니다. 그 염병할 건 절대 그냥 지나가는 법이 없습니다. 내가 아는 유대인 대부분이 비슷한 반응이고, 이 책을 쓸 때 나와 마찬가지로 세속적인 남성 친구들 몇 명한테 할례받지 않은 아들을 둘 수 있겠느냐고 물었더니 모두 없다고 대답했습니다. 몇 명은 생각해볼 필요도 없이 그렇게 말하고 몇 명은 여느 합리주의자가 비합리적인 것을 택하는 데 걸리는 꽤 긴 시간 동안 입을 다물고 있다가 그렇게 말하더군요. 왜 NZ가 할례에 매달리는가? 이제 좀 분명해졌기를 바랍니다.

5. "이 모든 이야기가 불쾌했다면 용서를 바라요." 만일 메리가 "유쾌했다"면 용서를 해야 했을 겁니다.

당신의,
필립

맬러머드의 모습들

"애도는 힘든 일이야." 세자르가 말했다. "사람들이 그걸 안다
   면 죽음이 줄어들걸."

— 맬러머드, 「삶이 죽음보다 낫다」

1961년 2월 나는 아이오와시티에 있는 대학에서 〈작가 워크
숍〉 수업을 진행하며 두번째 책을 끝내고 있었는데, 오리건주 몬
머스의 작은 커뮤니티 칼리지에 강연을 하러 가게 되었다. 대학
원 시절 친구가 그곳에서 가르치고 있다가 나를 초대한 것이다.
내가 초대를 받아들인 것은 그곳에 가면 오 년 만에 친구인 베이
커 부부를 보게 될 뿐 아니라 보브 베이커가 버나드 맬러머드를
만나게 해주겠다고 약속했기 때문이기도 했다.

버나드는 근처 코벌리스의 주립대학에서 가르치고 있었다. 그는 1949년에 뉴욕(인구 팔백만)을 떠난 뒤로 오리건주 코벌리스(인구 만오천)에서 살고 있었다. 그곳 야간학교에서 가르치는 일을 잡은 것이다. 그렇게 극서부에서 십이 년 동안 일학년생들에게 영작문의 기본을 가르치면서 비정통적 야구 소설 『타고난 사람』, 가장 어두운 브루클린을 배경으로 삼은 결작 『점원』만이 아니라 단편들도 썼는데 그 가운데 네댓 편은 내가 읽어본 (또는 그 뒤로 읽게 될) 모든 미국 단편 가운데 가장 훌륭하다고 할 만했고 나머지도 나쁘지 않았다.

1950년대 초반에 나는 나중에 『마법의 통』에 묶이게 될 맬러머드의 단편을 『파르티잔 리뷰』와 예전의 『커멘터리』에 실리는 대로 — 나오는 바로 그날 — 읽고 있었다. 내가 보기에 그는 외로운 유대인과 그들의 독특하게 이민자적이고 유대인적인 실패 형태에 대해 — 그 "절대 아픔을 멈추지 않는"* 맬러머드적 인간들에 대해 — 사뮈엘 베케트가 가난에 찌든 몰로이와 멀론에게 했던 작업에 못지않은 일을 하고 있는 것처럼 보였다. 두 작가 모두 풍부한 상상력을 통하여 (공동체에 속하지는 않았지만) 씨족의 공동의 삶에 묶인 채로, 더 큰 사회적 역사적 배경으로부터 인종적 기억을 잘라낸 다음, 그들의 동향인 가운데 가장 무력한 사람들이 감당하고 있는 매일 반복되는 비참한 저항에 가능한 한 좁게 초점을 맞추어 가장 암울한 철학자들의 심각함이 깊게 밴 좌절의

---

* 맬러머드의 단편 「천사 레빈 *Angel Levin*」(1955)에서. — 원주

우화를 만들어냈다.

맬러머드는 베케트와 다르지 않게 그 자신만의 언어, 가장 비마법적인 통이라고 생각할 수도 있을 듯한 것에서 끌어낸 것처럼 보이는 영어, 심지어 특이한 대화로부터도 멀리 떨어져 있는 영어로 미미한 고통의 세계에 관해 썼다. 이 유대인 이민자 언어의 말투, 도치, 용어 선택 방식은 그가 나타나 자신의 슬픈 곡조에 맞추어 춤추게 하기 전까지는 보르시 벨트*의 코미디언이나 직업적인 골동품 수집가 외에 다른 사람에게는 아무런 쓸모가 없는 것처럼 보이는 부서진 말의 뼈다귀 더미에 불과했다. 우화의 산문을 한계까지 밀어붙였을 때도 맬러머드의 은유는 속담 같은 울림을 유지하고 있었다. 가장 의식적으로 독창적일 때, 자신의 암울하게 전해지는 열정적인 이야기에서 자신의 가장 깊은 음을 내야 하는 순간을 느꼈을 때, 그는 오래되고 수수해 보이는 것에 여전히 집착하면서 가장 꾸밈이 없는 시를 발산하여 이미 슬픈 것을 훨씬 슬프게 만들었다. "그는 뭔가 달콤한 것을 이야기하려 했으나 그의 혀는 나무에서 죽은 열매처럼 입안에 매달려 있었고 그의 심장은 검게 칠한 창문이었다."**

내가 1961년 오리건주 몬머스에 있는 베이커 부부의 작은 집에서 만난 마흔여섯 살 남자는 절대 그 글이나 그런 종류의 글을 쓸 수 있는 사람이라는 것을 드러내지 않았다. 처음 보았을 때 버

---

* 유태인 피서지의 극장이나 나이트클럽.
** 맬러머드의 단편 「청구서 *The Bill*」(1951)의 마지막 문단. — 원주

나드는 보험 대리인 같은 사람들 사이에서 성장한 나 같은 사람의 눈에 다름 아닌 바로 그런 사람처럼 보였다―그는 메트로폴리탄 생명의 지점에 있는 내 아버지의 동료라고 해도 좋을 것 같았다. 맬러머드가 내 강연에 참석한 뒤 베이커 부부의 현관에 들어섰을 때, 그가 웰컴 매트에서 젖은 덧신을 벗을 때, 나는 내 유년의 배경음악을 이루던 한담과 대화를 나누던 양심적이고 예의바른 일꾼, 으르렁거리는 개에게서도 달아나지 않고 어두워진 뒤 셋집 꼭대기 계단통에 머리를 내밀고도 아이를 놀라게 하지 않던 고집스럽고 노련한 생명보험 영업사원을 보았다. 그는 누구에게도 겁을 주지 않지만 그렇다고 웃음을 터뜨려 분위기를 밝게 해주지도 않는다. 그는 결국 보험인, 우리가 죽어야 이길 수 있는 사람이다.

그것이 맬러머드의 또 한 가지 놀라운 점이었다. 거의 웃지 않는다는 것. 그의 묻힌 자들의 요구가 전시되고 있는, 난방이 약하고 가구도 형편없는 아파트들에서 깜빡거리는 그 장난스러움이 전혀 나타나지 않는다는 것. 『타고난 사람』의 특징인 괴상한 광대짓이 그에게서는 전혀 보이지 않는다는 것. 우스개가 예술과 불과 일 인치 거리에 있는 것처럼 보이는, 우스개의 가장자리를 익살스럽게 맴도는 방식이 예술의 매력이 되는 「천사 레빈」―그리고 나중에 「유대인 새 *The Jewbird*」와 「말하는 말 *Talking Horse*」―같은 맬러머드 단편들이 있지만, 내 기억에 따르면 지난 이십오 년에 걸쳐 그가 나에게 이야기해준 우스개는 딱 두 개뿐이었다. 전문가적 솜씨로 전달하는 유대인 사투리 우스개들이었는데 그것으로 끝이었다. 이십오 년 동안 우스개 두 개면 충분했다.

자신의 예술에 대한 책임 외에는 다른 어떤 것도 도를 넘어서 할 필요가 없었다. 버나드는 자신을 과시하지 않았고 자신의 주제를 과시할 필요가 있다고 생각하지도 않았으며, 하물며 낯선 사람에게 허물없이 그러는 것은 있을 수 없는 일이었다. 그가 설사 시도를 해볼 만큼 어리석었다 해도 자신을 전시할 수는 없었을 것이며, 사실 절대 어리석지 않다는 것이 그의 더 큰 짐의 작은 한 부분이었다. 『새로운 삶』의 채플린풍 교수 S. 레빈은 잠그지 않은 앞 지퍼 때문에 바지가 한껏 벌어진 채 첫 대학 수업을 하는데 여러 번 아주 어리석은 짓으로 웃음을 주지만 버나드는 그렇지 않다. 카프카가 바퀴벌레가 될 수 없었듯이 맬러머드는 레빈으로 변신하여 오리건의 어두운 산길에서 에로틱한 작은 사고 때문에 희극적으로 허를 찔려 반쯤 벗은 몸으로 새벽 세시에 신발 한 짝과 브래지어만 걸친 성적으로 불만스러운 술집 웨이트리스를 옆에 끼고 몰래 집으로 올 수는 없다. 술꾼 출신의 시모어 레빈과 벌레 그레고르 잠자는 엄청나고 졸렬한 자기 모방 행위를 구현하여, 두 작가에게 그들의 고루한 행동거지의 초석을 이루는 술 취하지 않은 정신과 위엄 있는 억제라는 짐으로부터 괴상한 방식으로 신나는 자기 학대적 구원을 얻을 기회를 제공한다. 맬러머드의 경우 넘쳐나는 쇼맨십은 혹독한 자기 조롱과 마찬가지로 하이네가 마스크가 부여하는 자유Maskenfreiheit라고 부르는 것을 통해 드러날 수 있었다.

욕구와 충돌하는 욕구, 무자비한 저항에 부딪히고 드물게 약해진다 해도 살짝만 약해지는 욕구, 빛이나 고양에 대한 욕구에 시달리는 봉쇄당한 삶, 약간의 희망—"공을 곧장 위로 던지는 아이에게 창백한 하늘 한 조각이 보였다"*—을 슬퍼하며 기록하는 연대기 기록자는 자신의 욕구는 자신이 알아서 하는 사람으로서 사람들 앞에 나타나는 쪽을 택했다. 하지만 그의 욕구는 너무 눈에 거슬려 사람들은 그것을 상상하고 싶은 마음이 간절해졌다. 그것은 약해지지 않는 욕구의 파토스 때문에 괴롭게도 더 간절해지는 양심의 모든 요구를 빠짐 없이 오래 그리고 진지하게 생각하고자 하는 욕구였다. 보험 대리인으로 행세할 수도 있는 사람이 "지나칠 수 없는 것들"에 관한 폐소공포적 이야기들을 쓰는 우화적 도덕주의자와 어디에서 결합했는지 조금이라도 생각해본 사람이라면 그것이 그의 주제라는 것을 눈치챌 수밖에 없었다. 『점원』에서 떠돌이 잡범 프랭크 알피네는 한때 자신이 공모하여 털었던 망해가는 식료품점의 카운터 뒤에서 속죄하는 과정에서 자신에 관한 "무시무시한 통찰"을 얻게 된다. "아닌 것처럼 행동하고 있는 동안에도 내내 자신은 엄격한 도덕성을 가진 사람이었다는 것." 버나드가 성인생활 초기에 자신에 관해 훨씬 더 무시무시한 통찰을 얻은 것은 아닐지 궁금하다. 자신이 오직 생겨먹은 대로만 행동할 수 있는 엄격한 도덕성을 가진 사람이라는 것.*

1961년 2월 오리건에서 우리가 처음 만나고 1985년 버몬트주 베닝턴에 있는 그의 집에서 마지막으로 만난 중간에 나는 일 년

---

* 「청구서」의 첫 문단에서.—원주

에 두어 번 이상 그를 본 적이 거의 없으며, 『뉴욕 리뷰 오브 북스』에 미국 유대인 작가들에 관한 에세이*를 발표하면서 그가 좋아하지 않는 — 또 좋아할 거라고 예상할 수도 없었던 — 관점에서 『피델만의 그림들』과 『해결사』를 검토한 뒤 몇 년 동안은 서로 전혀 보지 못했다. 그전 1960년대 중반, 내가 베닝턴에서 차로 얼마 걸리지 않는 뉴욕 새러토가스프링스의 야도 예술가촌에서 손님으로 오래 머문 시기에는 야도의 고독에서 몇 시간 벗어나고 싶을 때면 그와 그의 부인 앤이 나를 만나주곤 했다. 1970년대에 우리 둘 다 야도 운영위원이었을 때는 이 년에 한 번 열리는 회의에서 서로 얼굴을 보곤 했다. 맬러머드 부부가 버몬트의 겨울을 피해 맨해튼에 피신처를 구하기 시작하고 내가 아직 뉴욕에 살고 있을 때 우리는 가끔 그들의 그래머시파크 아파트 근처에서 만나 저녁을 먹었다. 그리고 버나드와 앤이 내가 시간을 보내기 시작하던 런던을 찾아왔을 때는 그들이 클레어 블룸과 내가 있는 곳으로 와서 저녁을 함께했다.

버나드와 나는 대부분의 저녁에 결국 책과 글에 관해 함께 이야기하곤 했지만 서로의 소설을 거론하는 일은 거의 없었고 진지하게 토론한 적은 한 번도 없었다. 운동에서 경쟁 관계인 팀메이트들 사이처럼 아무리 깊은 존경심이 흐른다 해도 솔직함이 거의 유지될 수 없음을 이해하는 소설가들 사이에 존재하는 암묵적인 예의의 규칙을 지킨 것이다. 블레이크는 말한다. "대립이 진정한

---

* 이 책에 실린 「유대인을 상상하기」. — 원주

우정이다."** 이것은 특히 논쟁적인 사람들에게 감탄할 만큼 상쾌하게 들리지만, 그 지혜를 따르는 일은 아마 가능한 모든 세계 가운데 최고의 세계에서만 잘 이루어질 것이며, 예민함과 자존심이 강력한 폭탄으로 폭발할 수 있는 이 세계의 작가들 사이에서 진짜 작가 친구를 한 명이라도 갖고 싶다면 직접적인 대립보다는 약간 더 우호적인 뭔가로 만족하는 법을 배우게 된다. 대립을 아주 좋아하는 작가들조차 대개는 자신의 일상적 작업을 하며 견딜 수 있는 정도로만 만족한다.

  1974년 『뉴욕 리뷰』 에세이가 나오고 나서 그것에 관한 편지 교환을 마지막으로 두어 해 동안 소통이 단절된 뒤 우리가 다시 만나기로 한 것은 런던에서였다. 그의 편지는 그답게 간결하고 구어적이었으며 단 하나의 문장이었다. 아주 작고 신중한 서명 위에 새겨진 그 하얀 타자지에서 그는 성을 내는 것처럼 보이기보다는 아마 외로워 보였던 것 같다. 『피델만의 그림들』과 『해결사』에 관해 내가 쓴 것은, 그는 나에게 통보했다, "자네 문제이지 내 문제가 아니다." 나는 곧바로, 아마도 내가 그에게 윌리엄 블레이크가 옹호하던 바로 그런 종류의 호의를 베푼 것일지도 모른다고 답을 했다. 뻔뻔스럽게 블레이크까지 언급하지는 못했지만 대체로 그것이 내 답의 취지였다. 즉, 내가 쓴 것이 그에게 도움이 될 거다. 이 서신 교환은 너무 끔찍해지지는 않았지만 그렇다고 우리 둘 다 그 덕분에 문학적 서신 교환의 정전正典에 들어갈 만

***

** 장시 『천국과 지옥의 결혼 *The Marriage of Heaven and Hell*』(1790~1793)에서. ─ 원주

큼 고귀한 존재가 된 것도 아니었다.

버나드와 내가 런던 화해를 하기까지 오래 걸리지는 않았다. 오후 일곱시 삼십분 초인종이 울리고 그곳에, 평소처럼 정각에, 맬러머드 부부가 있었다. 포치 불빛 아래서 나는 앤에게 키스를 했고 그녀를 지나 손을 내민 채 몸을 던져 버나드에게 나아갔고 그는 나를 향해 자신의 손을 뻗은 채 활달하게 층계를 올라왔다. 서로 먼저 용서하는 사람이 되고자 하는 — 아니 어쩌면 용서받는 사람이 되고자 하는 — 열망 속에서 우리는 악수를 훌쩍 뛰어넘어 입술에 키스를 하고 말았다. 「대출 *The Loan*」의 결말부에서 가난한 빵집 주인 리브와 그보다도 훨씬 불우한 코보츠키 비슷하게. 그 맬러머드 이야기에서 두 유대인은 한때 삼등 선실에서 함께 걸어나온 이민자였다가 우정이 깨지고 오랜 세월이 지난 뒤 만나 리브의 가게 뒤쪽에서 서로의 고통스러운 삶 이야기에 귀를 기울이는데 이야기가 너무 마음을 울리는 바람에 리브는 오븐에 든 빵을 까맣게 잊고 빵은 연기가 되어 날아가버린다. 이 이야기는 이렇게 끝난다. "쟁반의 빵은 새까매진 벽돌이었다 — 숯이 된 주검들. 코보츠키와 빵집 주인은 얼싸안고 자신들의 잃어버린 젊음에 한숨을 쉬었다. 그들은 입을 함께 대고 눌렀고 영원히 헤어졌다." 반면 우리는 영원히 친구로 남았다.

1985년 7월 막 잉글랜드에서 돌아왔을 때 클레어와 나는 베닝턴에서 맬러머드 부부와 함께 점심을 먹고 오후를 보내려고 코네티컷에서 차를 몰고 북쪽으로 갔다. 그전 여름 그들은 우리가 있는 데로 두 시간 반을 내려와 밤을 보냈지만 버나드는 이제 여행을 감당할 수 없었다. 삼 년 전 발작의 후유증으로 몸이 망가져 기운이 없었고, 그뒤 모든 신체적 문제들에 싸움 없이 굴복하지 않으려는 힘겨운 노력에 그처럼 강한 사람마저 무너지지 않을 수 없었다. 차를 세우는 순간 나는 그가 얼마나 약해졌는지 알았다. 날씨와 관계없이 늘 진입로에서 기다려 우리를 맞이하고 배웅했던 버나드는 포플린 재킷 차림으로 거기 나와 있기는 했다. 고개를 끄덕여 약간 음침하게 환영하기는 했지만 몸이 한쪽으로 약간 기운 것처럼 보였고 동시에 오로지 의지의 힘으로만 자신을 지탱하고 있는 것처럼 보였다. 조금만 움직여도 땅에 쓰러질 것처럼 꼼짝도 하지 않았다. 내가 극서부에서 만났던 마흔여섯 살의 이식된 브루클린 사람, 진지하고 주의깊은 얼굴에 정수리가 벗겨지고 남은 머리는 코밸리스*식으로 무자비하게 깎은 채 말려도 듣지 않고 온종일 일하는 사람, 실용적인 표면의 부드러움 때문에 핵심에 있는 용해된 완강함을 눈치채기 쉽지 않은 — 아마도 그럴 의도로 내세우는 부드러움일 것이다 — 사람이 이제 약하고 아주 아픈 노인이 되었다. 그의 강인함은 거의 바닥이 났다.

그렇게 만든 것은 바이패스수술과 발작과 약이었다. 그러나 오랫동안 이 사람과 그의 소설을 읽어온 사람이라면 그가 그의 아주 많은 등장인물과 공유하고 있는 끊임없는 갈망 — 나은 삶을 살기 위해 자기와 환경의 강철 같은 한계를 돌파하려는 — 의 추구가 마침내 그 대가를 요구한 것처럼 보이지 않을 수 없을 것이

---

* 오리건주 서부의 도시.

다. 나에게 자신의 유년에 관해 많이 이야기한 적은 없지만 아직 어렸을 때 닥친 어머니의 죽음, 아버지의 가난, 장애가 있는 형제 등 내가 알고 있는 얼마 되지 않는 것으로 미루어 그가 아이이기를 포기하고 일찌감치 어른을 받아들였다고 상상할 수 있었다. 그리고 이제 그는 그렇게, 그냥 너무나 오래 어른이어야만 했던 어른처럼 보였다. 가장 강한 불굴의 갈망에조차—아니, 특히 그런 갈망에—굴복하지 않는 삶에 관해 그가 쓴 가장 고통스러운 우화인 「동정심을 가져라*Take Pity*」가 떠올랐다. 하늘의 인구조사관 다비도프로부터 한 가난한 유대인 난민이 어떻게 죽었느냐고 질문을 받자 죽은 자들 사이에 이제 막 도착한 로젠은 대답한다. "속에서 뭔가가 부러졌습니다." "뭐가 부러졌다고?" "부러뜨리는 것이 부러졌습니다."

슬픈 오후였다. 우리는 점심 전에 거실에서 이야기를 나누려 했지만 그에게 집중은 투쟁이었다. 그의 의지는 그 어떤 어려운 과제로부터 물러나는 데 무력한 의지였지만, 친근한 대화를 따라가는 것조차도 그에게는 얼마나 부담스러운 과제인지 깨닫게 되자 낙담하지 않을 수 없었다.

뒤쪽 포치에서 야외 점심을 먹기 위해 거실을 나서는데 버나드가 나중에 소설 초고의 앞쪽 장章들을 나에게 읽어주어도 괜찮겠느냐고 물었다. 전에는 나에게 진행중인 작업에 대한 나의 의견을 물은 적이 없었기 때문에 나는 그 요청에 놀랐다. 또 구구단에 대한 기억조차 이 몇 년간 흐릿해졌고 발작으로 망가진 시각 때문에 매일 아침 면도하는 것마저, 나에게 재미있다는 듯이 말한 대로, "모험"이 되어버린 이 작가가 이 모든 곤경의 한가운데서 생각하고 쓰기 시작한 책이 어떤 것일지 점심 내내 불안하고 궁금했다.

커피를 마신 뒤 버나드는 원고를 가지러 서재로 갔다. 꼼꼼하게 타자를 친 얇은 종이 뭉치가 클립으로 묶여 있었다. 허리가 아픈 앤은 쉬겠다고 자리를 떴고 버나드는 다시 탁자에 자리를 잡자 조용하고 고집스러운 방식으로 클레어와 나에게 읽어주기 시작했다.

그의 의자 주변으로 포치 바닥에 점심 부스러기가 흩어져 있는 게 눈에 들어왔다. 몸이 떨리는 바람에 먹는 것도 모험이 된 것이다. 그럼에도 그는 자신을 몰아붙여 이 페이지들을 씀으로써 다시 한번 작가의 시련을 겪었다. 나는 『정원』의 도입부를 기억했다. 11월 아침, 여섯시 늙어가는 식료품상 모리스 보버가 갓돌에서 무거운 우유 상자들을 안으로 끌어들이는 그림. 나는 그가 그렇게 애를 쓰다 죽는 것을 기억했다―이미 신체적 붕괴에 다가가 있었음에도 보버는 밤에 나가 그의 감옥이나 다름없는 가게 앞의 보도에서 육 인치 두께로 쌓인 3월의 새 눈을 치운다. 그날 저녁 집에 가서 나는 자기 일을 하려는 식료품상의 마지막 위대한 노력을 묘사하는 페이지들을 다시 읽었다.

놀랍게도 바람이 얼음 재킷으로 그를 감싸고 앞치마가 시끄럽게 퍼덕였다. 3월 말이라 이보다는 온화한 밤을 예상하고 있었다…… 그는 다시 눈을 한 짐 거리로 던졌다. "나은 삶." 그는 중얼거렸다.

원고를 들어보니 각 페이지에 그가 타자로 친 단어는 많지 않았고 버나드가 쓴 장들은 아주 짧았다. 그가 읽어준 것은 싫지 않았다. 아직 좋아하거나 싫어할 것이 전혀 없었기 때문이다―사실 그는 아직 시작도 하지 않았다, 그는 다르게 생각하고 싶었을지 몰라도. 그가 읽는 것을 듣는 것은 횃불 빛에 이끌려 어두운 구덩이로 들어가 동굴 벽에 긁어놓은 첫 맬러머드 이야기를 보는 것과 같았다.

나는 그에게 거짓말을 하고 싶지 않았지만 그의 약한 두 손에서 흔들리고 있는 타자를 친 종이 몇 장을 보면서, 설사 그가 기대하고 있었다 해도, 도저히 진실을 말할 수가 없었다, 다만 약간 피해가는 방식으로, 그게 모든 시작처럼 하나의 시작으로 보인다고 말했다. 그것은 내 평생 미국인이 쓴 가장 독창적인 소설 가운데 몇 편을 발표한 일흔한 살의 남자에게 충분한 진실이었다. 나는 건설적인 태도를 보이고자 서사가 너무 느리게 열리니 앞으로 쭉 나아가 뒤의 한 장에서부터 시작하는 게 좋을지도 모르겠다고 제안했다. 나는 이야기가 어떻게 흘러가느냐고 물었다. "다음에는 뭐죠?" 나는 그렇게 물으면서 아직 종이에 적지는 않았지만 마음속에는 있는 것으로 이야기가 넘어갈 수 있기를 바랐다.

하지만 그는 그런 대가를 치르고 쓴 것을 그렇게 쉽게 놓아주려 하지 않았다. 그에게는 어떤 것도 그렇게 쉬웠던 적은 없었다, 하물며 끝에 이르러서랴. 그는 분노가 스민 부드러운 목소리로 대꾸했다. "다음에 뭐냐는 중요한 게 아니지."

그뒤에 이어지는 정적 속에서 그는 아마 내가 뭔가 해줄 좋은 말이 없다는 것이 분한 만큼이나 자신을 안심시켜달라는 욕구를 스스로 다스리지 못하고 그렇게 노골적으로 드러낸 것에도 화가 났을 것이다. 그는 자신이 모든 짐을 감당하면서 고통스럽게 쓴 것이 그 자신이 마음속에서 알고 있었을 것 이상이라는 말을 듣고 싶었다. 그가 그렇게 고통을 겪고 있었으니 나도 그것이 정말로 그 이상이라고 말할 수 있었기를, 내가 그렇게 말하면 그가 내 말을 믿을 수 있었기를 바랐다.

　가을에 잉글랜드로 떠나기 전에 그와 앤에게 다음 여름에 코네티컷으로 내려오라고 초대하는 편지를 보냈다 — 우리가 그들을 맞이할 차례였기 때문이다. 몇 주 뒤 런던에 있던 나에게 도착한 답은 순수하고 간결한 맬러머드식이었다. 그들도 방문하고 싶어 했지만, 맬러머드는 잊지 않고 일깨워주었다. "다음 여름은 다음 여름이다".

　그는 1986년 3월 18일, 봄이 오기 사흘 전에 죽었다.

(1986)

거스턴의 그림들

"한번은 우드스톡에서," 로스 펠드는 말했다, "나는 이 캔버스들 가운데 몇 개 앞에 거스턴과 함께 서 있었다. 전에는 본 적이 없는 것이었다. 정말이지 무슨 이야기를 해야 할지 알 수 없었다. 그래서 한동안 정적이 흘렀다. 한참 뒤 거스턴이 씹고 있던 엄지손톱을 빼더니 말했다. '알다시피 사람들은 이게 무섭다고 불평을 해. 마치 나한테는 소풍인 듯 말이야. 나는 매일 여기 와서 제일 먼저 이것부터 봐야 하는데. 하지만 대안이 뭐가 있어? 나는 내가 얼마나 견딜 수 있는지 보려 하고 있어.'"

— 뮤사 메이어, 『밤의 스튜디오: 필립 거스턴의 회고』

1967년 필립 거스턴은 뉴욕 미술계 생활이 지겨워 맨해튼 스튜디오를 영원히 떠나 부인 뮤사와 함께 우드스톡의 매버릭 로드에 있는 집에 터를 잡았으며, 이들은 약 이십 년 동안 이곳에서 띄엄띄엄 살았다. 이 년 뒤 나는 뉴욕에 등을 돌리고 우드스톡에 있는 가구 딸린 작은 집에 숨었다. 타운을 가운데 두고 그의 집 맞은편에 있는 집이었다. 당시 나는 필립을 몰랐다. 나는 『포트노이의 불평』 출간으로부터 달아나고 있었다. 하룻밤 사이에 얻은 성적 변태라는 악명은 맨해튼에서는 피하기 어려웠으며, 그래서 빠져나오기로 결심했다─우선 주 북부의 예술가 거주지 야도로, 다음에는 1969년 봄이 시작될 무렵 우드스톡의 큰길에서 이 마일쯤 떨어진 언덕 사면의 초원 중간쯤에 눈에 보이지 않게 감추어진 작은 셋집으로. 나는 그곳에서 박사논문을 마무리하던 젊은 여자와 함께 살았는데 그녀는 버드클리프라는 산비탈 거주 단지에 나무 난로로 난방을 하는 아주 작은 오두막을 세내 내가 가기 전부터 몇 년째 살고 있었다. 버드클리프는 수십 년 전 우드스톡 예술가들이 모여 살던 원시적인 작은 마을이었다. 그녀가 논문을 쓰러 오두막으로 떠나고 없는 낮 동안 나는 위층 여분의 방에 놓인 탁자에서 글을 썼다.

박사과정 학생과 시골에서 사는 삶은 전혀 변태적이지 않았다. 그 삶은 사회적 은둔과 신체적 즐거움을 함께 제공했고, 창조의 비논리성 때문이었는지 그 생활 덕분에 나는 사 년에 걸쳐 나답지 않게 변태적인 책들을 한 묶음 쓸 수 있었다. 발광한 음경이라는 나의 새로운 명성은 여자의 가슴으로 변하는 대학교수에 관한 책 『젖가슴』의 중심에 자리잡은 환상을 부추겼고, 또 소박한 미국에서 집 없는 소외를 다루는 익살극적 전설에 어느 정도 영감을 주어 이 전설이 『위대한 미국 소설』로 진화하기도 했다. 우드스톡이 주는 만족이 순박해질수록 나는 작품에서는 그랑기뇰*식 과잉에 유혹을 느꼈다. 하루가 저물 무렵 잔디에 갑판 의자 두 개를 내다놓고 둘이 몸을 쭉 뻗은 채 캐츠킬산맥, 나에게는 어떤 당혹스러운 요령부득도 통과할 수 없는 난공불락의 알프스인 그 산맥의 남쪽 산자락의 어스름녘 풍경을 볼 때만큼 나의 상상이 다양한 형태로 뻗어나간 적이 없었다. 나는 불량해지고 누구도 범접할 수 없는 위치에 서 있고 자유분방해진 느낌이었다. 또 나는 새로 발견한 거대한 독자들, 그 나름의 변화시키는 힘이 없지는 않은 집단적 환상을 품고 있는 독자들을 털어내는 일에 몰두하고 있었다—아마도 지나치게 고집스럽게 몰두하고 있었을 것이다.

1969년—우리가 만난 해—거스턴의 상황은 크게 달랐다. 쉰여섯인 필립은 나보다 스무 살 연상이었으며 중년 말기 중요한 예술가를 괴롭힐 수 있는 의심으로 가득했다. 그는 자신에게 추상화가의 문을 열어준 수단을 다 써버렸다고 느끼고 있었고 그에게 명성을 안겨준 기술에 염증과 혐오를 느끼고 있었다. 다시는 그런 식으로 그리고 싶지 않았다. 아예 그림을 그리지 말아야 한다고 자신을 설득하려고도 했다. 그러나 감정적 교란을 억제해줄 수 있고, 나아가서 자신을 신화로 만드는 편집증을 조금이라도 줄여줄 수 있는 것은 그림밖에 없었기 때문에 그림을 포기하는

---

* 공포와 선정성을 강조한 단막극.

것은 자살하는 것이나 마찬가지였을 것이다. 그림은 그의 절망과 엄청난 변덕을 그나마 독점하여 그 자신으로 살아간다는 불안을 본인도 가끔 웃음을 터뜨릴 수 있을 만한 것으로 만들어주기는 했지만, 그럼에도 그 악몽을 완전히 무력화하지는 못했다.

그렇게 될 수는 없는 일이었다. 그의 악몽은 물감으로 소멸되는 것이 아니라, 죽기 전 십 년 동안은 물감으로 강화되는 것이었다, 사라질 수 없는 악몽, 전에는 한 번도 그런 쓰레기 같은 소도구로 구현된 적이 없는 악몽으로 그려내야 하는 것이었다. 그 공포는 익살극에 스며들 때 더욱더 곤혹스러워질 수 있으며, 우리는 이것을 우리 자신이 꿈꾸는 것으로부터 또 베케트나 카프카가 우리 대신 꿈꾸어준 것으로부터 경험하고 있다. 필립이 발견한 것 ─ 베케트나 카프카의 발견과 비슷한데, 그들의 경우와 마찬가지로 대담하게 팽창시키거나 시를 벗겨내 둔하게 만든 세속적 대상에서 느끼는 기쁨이 동력이 되고 있다 ─ 은 완전히 명청한 세계의 가장 흔한 부속물로부터 발산되는 두려움이었다. 그가 캘리포니아에서 이민자 유대인 가족 구성원으로 성장할 때 신문 만화가 그에게 새겨놓은 일상적 사물의 고양되지 않은 비전, 사려 깊은 서정주의의 전성기에도 그가 늘 지식인으로서 애착을 보이던 미국의 싸구려적인 면, 그것을 그는 ─『몰로이』와 『성』을 사랑하는 사람들에게는 익숙한 행동이지만 ─ 마치 한 예술가로서 또 한 인간으로서 자신의 인생이 거기에 달려 있는 것처럼 바라보게 되었다. 천박한 현실을 보여주는 이런 대중적인 이미지에 필립은 개인적 슬픔과 예술적 긴급성이라는 무게를 부여하여 그림에서 새로운 미국적 공포의 풍경을 만들어냈다.

뉴욕과 단절되고 거의 공통점이 없던 우드스톡의 현지 화가들과도 떨어져 살면서 필립은 종종 소외감을 느꼈다. 고립되고 울분만 쌓이고 영향력이 없고 엉뚱한 자리에 있는 느낌. 자기 자신의 명령에 무자비하게 집중하는 바람에 소외의 검은 분위기가 생긴 게 처음도 아니고, 그가 그런 증후에 분개한 첫 미국 화가도 아니었다. 그것은 최저들 사이에서만큼이나 최고들 사이에서도 일반적이었다─다만 최고의 경우 그것이 반드시 자기중심적 망상이 만들어낸 유치한 자기 드라마는 아니었다. 그것은 거스턴 같은 화가에게는 많은 면에서 완벽하게 정당한 반응이었다. 그러나 모든 미학적 선택 하나하나에 대한 그의 음울하고 영리하고 매우 비판적인 정밀 조사는 잘못된 판단과 단순화에 의해 졸렬하게 모방되는 일이 흔한데, 그런 것이 또 큰 명성을 얻기도 한다.

그러나 필립과 그의 우울은 분리 불가능했다. 그가 반가워하고 또 기꺼이 만나는 소수의 친구와 어울릴 때는 괴로움에서 벗어난 다정한 주인으로서 고뇌의 흔적이 느껴지지 않는 매혹적인 영적 쾌활성을 발산할 수 있었다. 신체적인 움직임에도 민첩한 우아함이 있었는데, 그것은 과음을 하고 약간 위엄 있어 보이는 백발의 남자의 커다란 몸통과는 가슴 아프게도 어긋났다. 거무스름하고 유대인처럼 생긴 돈 후안풍 미남 거스턴은 오십대에 그런 인물로 바뀌어 있었다. 저녁식사 때는 엉덩이가 펑퍼짐하고 바짓단이 바닥에 끌리는 예의 그 카키 바지를 입고 하얀 면 셔츠는 단추를 풀어 건장한 가슴을 드러내고 스튜디오에서 일하다 오는 길이라 소매는 여전히 걷어올린 채여서, 마치 자신감이라는 난공불락의 핵에서 고압적인 태도와 격식을 따지지 않는 자세가 솟아나오는 보수파 이스라엘 정치가처럼 보였다. 거스턴의 저녁 식탁에서 필립이 아주 쾌활하게 전문적 솜씨를 과시하며 만든 양념이 강한 파스타를 나누어 먹을 때 그의 자기 믿음이라는 엄청난 자질 안에서 자책의 요소는 흔적도 찾아볼 수가 없었다. 오직 그의 눈에서만 스튜디오에서 보낸 하루의 바탕에 깔려 있는 지치게 만드는 동요—강철 같은 결심에서 환희에 찬 평정을 거쳐 자살을 부르는 절망에 이르는—가 어떤 대가를 요구할지 가늠할 수 있을 뿐이었다.

우리의 우정이 피어나게 된 것은 우선 비슷한 지적 전망, 많은 책에 대한 똑같은 사랑만이 아니라 거스턴이 "허튼소리"라고 부르는 것에 대한 기쁨을 공유하고 있었기 때문이었다. 그것은 당구, 차고, 식당, 햄버거가게, 고물상, 자동차 부품상—우리가 가끔 놀러 나가던 킹스턴으로 가는 도로변의 그 모든 것—에서 시작하여 캐스킬 시민사회에 대한 허물 없는 직선적인 이야기로부터 우리의 땀을 흘리는 대통령의 유라이어 히프 주의*까지 뻗어나갔다. 동지애에 봉인을 찍어준 것은 우리가 서로의 새 작품을 좋아한다는 점이었다. 우리의 개인생활과 직업적인 운에 차이가 있다고 해서 우리가 그 무렵 비슷한 자기비판을 수행하고 있다는

---

* 진실하지 않은 단계들. 찰스 디킨스의 『데이비드 코퍼필드』(1850)에서 유라이어 히프는 은밀하게 고용주 위크필드 씨에 맞서 음모를 꾸미며 아첨하는 직원이다.—원주

우연의 일치가 가려지지는 않았다. 아주 다른 딜레마에 강요되어 우리 각각은 독립적으로, 허튼소리가 강력한 암시 능력을 가진 진귀한 주제이며 우리가 거기에 타고난 친화성이 있다고 느꼈다. 나아가 그런 허튼소리 자체가 잠재적인 도구라고 생각하기 시작했다. 우리가 흔히 높이 평가하는 복잡성으로부터 자유로운 재현 스타일에 다가갈 수 있게 해주는 무딘 미적 수단. 그러나 이런 자기 전복을 이용해 무엇을 만들어낼 수 있을지는 아무도 모르는 일이었고, 예술에서 백팔십도 방향 전환을 하면서 적어도 자기가 뭘 하는지 잘 모르는 초기 단계에는 보통 찾아오는 해방의 느낌도 실패의 예감을 완전히 억제해줄 수는 없었다.

닉슨의 거짓말에 의기양양하거나 쿠퍼스타운의 명예의 전당까지 여행하며 야구의 구비설화에 빠져들거나 나 자신과 같은 남자를 젖가슴으로 바꾸는 아이디어를 진지하게 받아들이면서 — 내분비학과 젖샘에 관한 자료를 많이 읽으면서 — 내가 무엇을 하고 있는지 잘 모르기 시작하던 바로 그 무렵, 필립은 머트와 제프*에게 무척이나 익숙할 만한 종류의 신발과 시계와 증기 다리미가 어지럽게 놓인 은신처들에서 자화상을 그리며 시가를 피우는 눈이 찢어진 클랜스맨들의 뾰족한 두건 위에 만화 전구를 달면서 자기가 무엇을 하고 있는지 잘 모르기 시작했다.

일반 타자 용지에 그린 필립의『젖가슴』사건들의 삽화는 책이 출간된 직후 어느 날 저녁식사 때 나에게 건네졌다. 두어 해

---

* 장기 연재된 만화(1907~1983)의 주인공들. ― 원주

전 내가 『우리 패거리』를 쓰고 있을 때 필립은 내가 원고 상태로 보여준 몇 장章에 닉슨, 키신저, 애그뉴, 존 미첼*을 그린 일련의 캐리커처로 응답해준 적이 있었다. 그는 『젖가슴』을 그릴 때보다 집중해서 그 캐리커처 작업을 했고 심지어 이것들을 모아 『가엾은 리처드』라는 제목으로 출간할까 하는 생각을 하기도 했다. 『젖가슴』에서 영감을 얻은 드로잉 여덟 개는 그가 좋아하는 어떤 것에 대한 자발적인 답변이었다. 이 드로잉들은 그저 나를 즐겁게 해주려는 것이었다—그리고 즐겁게 해주었다!

나에게 데이비드 케페시 교수가 까닭 모르게 변신한 결과인 젖가슴을 그가 통통하게 그린 만화—괴로운 케페시가 바다에

* 법률가이자 정부 관리(1913~1988). 닉슨 행정부의 검찰총장(1969~1972), 1972년에는 닉슨 재선 선거본부장. 그는 워터게이트 사건에서 한 역할 때문에 위증, 음모, 공무집행방해 혐의에 대해 유죄판결을 받았다.—원주

서 해변으로 쓸려온 유방이 되어, 덩어리 같은 둔한 음경과 호기심 많은 코의 순박한 혼합물인 젖꼭지를 통해 뭔가와 접촉하려고 더듬거린다고 본 것 ― 는 케페시의 수모의 모든 외로움을 요약하는 동시에 신랄하게 희극적인 관점을 고수하고 있는데, 이것은 케페시가 자신의 끔찍한 변신을 바라보려고 하는 관점이기도 하다. 이런 드로잉들은 필립에게 유쾌한 기분전환에 지나지 않았지만 개인적인 불행을 스스로 풍자하는 그의 경향(고골의 「광인 일기」와 「코」에서 우리를 깜짝 놀라게 하는, 자기 연민의 로맨스를 지워버리는 전략)은 그 자신의 지긋지긋한 중독과 슬픈 체념이 서사시적으로 만화화된 위스키 병과 담배꽁초와 쓸쓸한 불면증으로 재현되는 그림들을 규정하듯, 여기에서도 이미지들을 강력하게 규정하고 있다. 그는 장난을 치고 있었을 뿐인지 모르나 그가 장난을 치는 대상은 자신의 스튜디오에서 화가로서 자신의 역사를 뒤집으러 나설 때 가지고 있던 관점, 수사적 회피 없이 한 남자로서 자신의 불안이라는 사실을 묘사하던 관점이었다. 우연의 일치로, 1980년 예순여섯의 나이에 죽은 필립은 마지막 그림에서 자신 또한 괴상한 변신을 견디어낸 사람으로 표현했다—본체에서 분리되어 스스로 사고하는 생식샘이 아니라 자신의 섹스를 가진 몸으로부터 잘려나와 부풀어오른 키클롭스 같은 야만적인 머리로.

(1989)

솔 벨로를 다시 읽으며

『오기 마치의 모험』(1953)

1944년 『허공에 매달린 사나이』, 1947년에 『피해자』를 낸 소설가가 1953년에 『오기 마치의 모험』을 낸 소설가로 변신한 것은 혁명적이다. 벨로는 모든 것을 뒤집는다. 조화와 질서라는 서사 원칙에 기초한 구성상의 선택, 카프카의 『소송』과 도스토옙스키의 『분신』이나 『영원한 남편』에 기댄 소설적 에토스, 그뿐만 아니라 존재의 섬광이나 색깔이나 풍요에서 누리는 기쁨에서 파생되었다고는 말할 수 없는 도덕적 관점까지. 『오기 마치의 모험』에서는 소설과 소설이 재현하는 세계 양쪽의 매우 웅장하고 적극적이고 자유분방한 개념이 온갖 종류의 자기 강제적 속박으로부터 풀려나오며, 구성의 초보자용 원리가 전복되고, 『오기 마치의 모험』의 다섯 '속성'을 가진 인물처럼 작가 자신이 "초超풍요에 열중한다.”『피해자』와『허공에 매달린 사나이』에서 소설의 주인공과 사건에 대한 전망을 조직하던 전체적으로 퍼져 있던 위협은 사라지고,『피해자』에서 아사 레벤탈로 나타난 억눌린 공격성과 『허공에 매달린 사나이』에서 조지프로 나타난 장애에 부딪힌 의지가 게걸스러운 식욕으로 나타난다. 오기 마치를 추진하는 것은 그 모든 혼성적 형식으로 표현되는 삶에 대한 자기도취적 의욕이며, 솔 벨로를 몰아가는 것은 흘러넘치는 눈부신 구체성에 대한 바닥 없는 열정이다.

규모는 극적으로 넓어진다. 세계는 부풀어오르고 거기 사는 사람들, 기념비적이고 압도적이고 야심만만하고 기운 넘치는 사람들은 오기의 말을 빌리면 쉽게 “삶의 투쟁에서 짓밟히지” 않는다. 신체적 존재의 복잡한 풍경과 영향력 있는 인물들의 권력 추구는 “인물”을 그 모든 표현 방식 — 특히 자신이 현존하는 흔적을 지울 수 없이 남기는 능력 — 에서 소설의 한 측면이라기보다 소설이 몰두하는 핵심으로 만든다.

매음굴의 아인혼, 독수리와 함께 있는 시아, 딩뱃과 그의 투사, 매그너스 집안에서 상스럽게 찬란하고 목재 집하장에서 폭력적인 사이먼을 보라. 시카고에서 멕시코와 대서양 한가운데를 거쳐 다시 돌아오면서, 오기에게 이 모든 것은 브로브딩내그*이지만, 신랄하고 화가 난 스위프트가 아니라 말로 그림을 그리는 히에로니무스 보슈, 미국의 보슈, 설교를 하지 않는 낙관적인 보슈가 관

---

* 『걸리버 여행기』에 나오는 거인의 나라.

찰한다. 그는 자신의 피조물의 뱀장어 같은 미끄러짐에서도, 가장 어마어마한 속임수와 음모와 기만에서도 인간적으로 환희를 주는 것을 찾아낸다. 인류의 음모는 이제 벨로의 주인공에게서 편집증적 공포를 일으키는 것이 아니라 그를 환하게 밝힌다. 풍부하게 제시되는 표면에 모순과 모호성이 많다는 것은 이제 실망의 원천이 아니다. 모든 것의 "혼합된 성격"은 오히려 기운을 북돋운다. 여러 가지가 있다는 것은 재미다.

충혈된 문장은 미국의 소설에 전에도 있었지만—특히 멜빌과 포크너에게—『오기 마치의 모험』의 문장 같지는 않았다.『오기 마치의 모험』의 문장은 멋대로 하는 것 이상으로 느껴진다. 그냥 멋대로 하는 것은 작가를 몰아가는 힘이 되지만,『오기 마치의 모험』의 모방자들 일부에게서는 텅 빈 화려함을 낳기 십상이다. 나는 벨로의 멋대로 하는 산문이 오기의 크고 건강한 에고, 방랑하고 진화하며 늘 움직이고, 다른 사람들의 힘에 정복당했다가 또 거기서 빠져나오는 그 주의깊은 에고의 구문적 표현이라고 본다. 이 책에서는 그 비등 때문에, 그 기저에 흐르는 화려함 때문에 우리는 아주 많은 일이 벌어지고 있다는 느낌을 받게 된다. 극적이고 현시적이고 열렬하게 뒤엉켜 정신적인 것을 밖으로 내몰지 않으면서 살아 있음의 역동성을 들여온다. 이제는 저항에 부딪히지 않는 이 목소리는 정신이 스며들어 있는 동시에 느낌의 신비와도 연결되어 있다. 굴레에 묶여 있지 않으면서도 지적인 목소리, 전력으로 움직이면서도 늘 빈틈없이 사물을 평가하는 목소리다.

『오기 마치의 모험』의 16장은 오기의 고집스러운 연인 시아 펜첼이 자신의 독수리 칼리굴라가 멕시코 중부 아카틀라 바깥의 산맥을 기어다니는 커다란 도마뱀들을 공격하여 잡아먹도록 훈련시키려고, 그 "하늘로부터 빠르게 떨어지는 악의"가 그녀의 구도 안으로 들어오게 만들려고 시도한 일을 다룬다. 이것은 엄청난 힘을 가진 장, 인간의 결심이 야만적이고 길들여질 수 없는 것과 맞서는 포크너의 위대한 장면들—『곰』에서,『점박이 말들』에서,『내가 죽어 누워 있을 때』에서,『야생 종려나무』 전체에서—에 비견되는 신화적 아우라(또 희극도)를 가진 독특하게 인간적인 사건에 관한 대담한 열여섯 페이지다. 칼리굴라와 시아 사이의 (독수리의 몸과 영혼을 놓고 벌이는) 전투, 자신의 아름답고 악마 같은 조련사를 만족시키려고 솟아올랐다가 그녀를 비참한 실망으로 몰아넣는 독수리를 묘사하는 놀랍도록 정확한 문단들은 오기의 모험들 거의 모든 곳에서 중심을 이루는 권력과 지배를 향한 의지에 관한 관념의 결정체를 이룬다. 오기는 책이 끝날 즈음 말한다. "솔직히 말해서 나는 이 모든 큰 인물, 운명의 창조자, 중수重水 두뇌, 마키아벨리, 악행의 마법사, 큰 바퀴 같은 사람, 자기 뜻을 강요하는 사람, 절대주의자가 정말 지겹다."

책의 기억에 남을 만한 첫 페이지, 두번째 문장에서 오기는 헤라클레이토스를 인용한다. 사람의 성격이 운명이다. 하지만 『오기 마치의 모험』은 정반대를 보여주지 않는가? 인간의 운명(적어도 이 사람, 이 시카고 태생의 오기의 운명)이 타인의 성격에 영향을 준다는 걸?

벨로는 나한테 "나의 유대인과 이민자 피 어딘가에는 내가 작가라는 업으로 살 권리가 있는지 의심하는 분명한 흔적들이 있다"고 말한 적이 있다. 그는 이런 의심이 자신의 피에 스며든 것은 적어도 부분적으로는 "주로 하버드에서 훈련받은 교수들이 대표하는 우리 자신의 와스프* 기성체제"가 유대인 이민자의 아들이 영어로 책을 쓰기에는 부적합하다고 생각하기 때문이라고 주장했다. 그는 그런 사람들에게 격노했다.

"나는 유대인이고 이민자의 아들이다"가 아니라, 오히려 아무런 사과나 하이픈 없이 "나는 미국인이고 시카고 태생이다"라고 단호하게 선포하는 것으로 세번째 책을 시작하도록 그를 몰아붙인 것은 적당한 분노가 주는 귀한 선물이었을 것이다.

『오기 마치의 모험』을 그런 네 단어로 시작하는 것은 이민자 유대인의 음악적 재능이 있는 아들들 — 어빙 벌린, 에런 코플랜드, 조지 거슈윈, 아이라 거슈윈, 리처드 로저스, 로렌츠 하트, 제롬 컨, 레너드 번스타인 — 이 미국의 라디오, 극장, 연주장에 불어넣은 것과 똑같은 종류의 자기 주장적 열정을 과시하는 것이었다. 이 음악가들은 〈God Bless America〉 〈This Is the Army, Mr. Jones〉 〈Oh, How I Hate to Get Up in the Morning〉

---

* 미국 사회의 가장 영향력 있다고 여겨지는 앵글로색슨계 백인 신교도(White Anglo-Saxon Protestant)를 뜻한다.

〈Manhattan〉〈Ol' Man River〉 등의 노래에서, 또 〈오클라호마!〉 〈웨스트 사이드 스토리〉〈포기와 베스〉〈춤추는 대뉴욕〉〈쇼보트〉〈애니여 총을 잡아라〉〈나는 그대를 노래한다〉 등의 뮤지컬, 〈애팔래치아의 봄〉〈로데오〉〈빌리 더 키드〉 등의 발레 음악에서 그런 열정으로 미국에 대한 자신의 권리를 주장했다(주제로, 영감으로, 관객으로). 이민이 여전히 매우 중요한 현상이었던 지난 1910년대, 또 1920년대, 1930년대, 1940년대, 심지어 1950년대에 들어서도 미국에서 자랐지만 이디시어를 하는 부모나 조부모를 둔 소년들 가운데 누구도 〈지붕 위의 바이올린〉과 더불어 1960년대에 나타난 그런 유대인 마을 키치를 쓰는 데는 아무런 관심이 없었다. 가족이 이주함으로써 유대인 마을이라는 덫의 중대한 원천이라고 할 수 있는 경건한 정통파와 사회적 권위주의로부터 자유로워진 마당에 왜 그렇게 하고 싶겠는가? 세속적이고 민주적이고 폐소공포증이 없는 미국에서 오기는 자신이 말하는 대로 "내가 독학한 대로, 자유형으로 모든 것에 달려들" 것이다.

자유형의 미국에서 억누를 수 없는 이런 단호한 시민 정신의 주장(과 그에 이은 오백여 페이지의 책)은 솔 벨로 같은 이민자 아들의 미국인 글쓰기 자격에 대한 모든 이의 의심을 날려버리는 데 필요한 바로 그러한 대담한 타격이었다. 오기는 책의 맨 끝에서 활기차게 외친다. "나를 봐라, 어디나 간다! 그래, 나는 가까이 있는 것들을 발견하는 콜럼버스다." 혈통 좋은 잘난 사람들은 벨로가 미국의 언어를 들고서 그런 곳에 갈 권리가 있다고 믿지 않았겠지만 그는 실제로 갔고, 그렇게 그의 뒤를 이어 미국인 작가

로 출발한 이민자의 손자인 나 같은 사람들에게는 실제로 콜럼버
스가 되었다.

『오늘을 잡아라』(1956)

『오기 마치의 모험』이 나오고 나서 삼 년 뒤 벨로는『오기 마치
의 모험』의 소설적 대립물인 짧은 장편『오늘을 잡아라』를 발표
했다. 간략하고 압축적이고 꽉 짜인 형식을 갖춘 이 슬픔 가득한
책의 배경은 맨해튼의 어퍼웨스트사이드의 고령자 호텔이며, 그
래서 이 책에는 대체로 늙고 아프고 죽어가는 사람들이 등장한
다.『오기 마치의 모험』이 방대하고 여기저기로 뻗어나가는 말이
풍성한 책으로, 저자의 쾌활함을 포함하여 모든 것이 흘러넘치면
서 어디든 생명의 충만함을 인지하며 환희에 젖을 수 있는 곳을
배경으로 삼았던 것과 대조적이다.『오늘을 잡아라』는 모든 중요
한 면에서 오기 마치와 반대인 인물이 단 하루에 절정에 이르는
과정을 묘사한다. 오기가 기회를 잡는 자이고, 누구라도 양자로
삼고 싶을 만한 아버지 없는 슬럼가 꼬마인 반면, 토미 윌헬름은
늘 옆에 있지만 아들이나 아들의 문제와는 엮이고 싶어하지 않는
늙은 부자 아버지를 둔, 실수를 자주 하는 인물이다. 이 책에서 토
미 아버지의 모든 특징은 아들에 대한 가차없는 혐오를 통해 드
러난다. 토미는 잔인하게 의절을 당하며 누구라도 양자로 삼고
싶어하지 않을 아이다. 대체로 그에게는 오기에게 풍성하게 흘러
넘치는 매력인 자기 믿음, 활기, 전율하는 모험심이라는 자질이

전무하기 때문이다. 오기의 에고는 의기양양하게 삶의 강력한 흐름을 타고 둥둥 떠가는 반면 토미는 부담에 짓눌린다 ― 토미는 "자신의 자아, 자기 특유의 자아라는 짐을 운반하는 일을 떠맡았다." 『오기 마치의 모험』의 충일한 산문으로 증폭되는 에고의 포효로 오기는 책의 마지막 페이지를 기쁘게 장식한다. "나를 봐라, 어디나 간다!" 나를 봐라 ― 관심을 달라는 아이의 힘찬 요구, 자기 현시적 자신감의 외침이다.

『오늘을 잡아라』 전체에 울리는 외침은 도와달라다. 토미는 도와달라, 도와달라, 나는 되는 일이 없다, 하고 말하지만 소용이 없다. 자신의 아버지 애들러 박사에게만 그런 것이 아니라 애들러 박사의 뒤를 잇는 모든 가짜 악당 아버지들에게도 마찬가지다. 그러나 토미는 어리석게도 그들에게 자신의 희망, 돈, 또는 둘 다를 맡긴다. 오기는 이곳저곳에서 양자로 선택을 받고, 사람들이 몰려들어 그를 지원하고 그에게 옷을 입히고 그를 교육하고 바꾸어놓는다. 오기의 요구는 생생하고 활기찬 후원자-찬미자를 쌓는 반면 토미의 파토스는 실수를 쌓는다. "실수를 하는 것이 다름 아닌 그의 삶의 목적과 그가 여기 존재하는 본질을 표현하는 것 같았다." 마흔네 살의 토미는 자신을 임박한 파멸로부터 구해줄 부모, 어떤 부모든 필사적으로 찾는 반면 오기는 스물두 살에 이미 종달새처럼 독립적인 탈출 마법사다.

벨로는 자신의 과거 이야기를 하면서 이렇게 말한 적이 있다. "극도로 허약한 위치로부터 힘을 되찾는 것이 평생에 걸친 나의 패턴이었다." 심연에서 정상으로 올라갔다가 다시 돌아가는 그

의 왔다갔다하며 움직이는 역사는 1950년대에 연속으로 나온 이
두 책의 변증법적 관계에서 문학적 유사물을 찾는 것일까? 『오
늘을 잡아라』라는 폐소공포증적 실패의 연대기는 전작을 채우고
있는 억누를 수 없는 열기에 대한 섬뜩한 교정책으로, 『오기 마치
의 모험』의 조증적인 개방성에 대한 해독제로 작성된 것일까? 벨
로는 『오늘을 잡아라』를 써서 『피해자』의 에토스로, 정밀 조사를
받는 주인공이 적에게 위협을 받고 불확실성에 압도당하고 혼란
에 주춤거리고 불만 때문에 앞으로 나아가지 못하는 오기 이전의
침울한 세계로 돌아간 것처럼 보인다.

『비의 왕 헨더슨』(1959)

『오기 마치의 모험』후 불과 육 년 뒤 다시 그가 풀려난다. 그러
나 『오기 마치의 모험』에서 첫 두 "예의바른" 책의 관습을 버린다
면 『비의 왕 헨더슨』에서는 전혀 예의바르다고 할 수 없는 책 『오
기 마치의 모험』에서 자신을 구해낸다. 이국적인 장소, 화산 같은
주인공, 그의 삶의 본질이나 다름없는 희극적 재앙, 쉼 없는 갈망
이라는 내적 동요, 마법적인 갈망 추구, 막혀 있던 것이 대량으로
축축하게 뿜어져나오는 것을 통한 신화적인 (라이히적인?) 재
생—모두가 새롭다.

두 개의 서로 비슷하지 않은 강력한 노력을 한데 묶는 것. 벨로
의 아프리카는 헨더슨에게 카프카의 K의 성 마을로, 이질적인 주
인공이 가장 깊고 가장 지울 수 없는 욕구를 충족시키는 완벽한

미지의 시험장을 제공한다 ─ 가능하다면 쓸모 있는 강렬한 노동을 통하여 자신의 "영의 잠"을 터뜨리는 것. "나는 원한다." 이 대상 없는, 심장에서 나오는 원초적 외침은 유진 헨더슨의 것이지만 쉽게 K의 것이 될 수 있다. 물론 거기에서 모든 유사성은 끝난다. 카프카적인 남자는 욕망을 성취하는 데 끝없이 방해를 받는 반면 헨더슨은 목표 없는 인간적 힘의 화신으로서 불끈거리는 고집으로 기적적으로 뚫고 나가는 데 성공한다. K는 이름 첫 글자이며 아무런 이력이 없고 또 그에 따르는 파토스가 있는 반면, 헨더슨의 이력은 엄청난 무게를 갖고 있다. 계속적인 감정적 격변 상태에 있는 술꾼이자 거인이자 이교도이자 중년의 백만장자인 헨더슨은 "나의 부모, 나의 아내들, 내 딸들, 내 자식들, 나의 농장, 나의 동물들, 나의 습관, 나의 돈, 나의 음악 레슨, 나의 만취, 나의 편견, 나의 야만성, 나의 이, 나의 얼굴, 나의 영혼!"이라는 무질서한 혼돈에 둘러싸여 있다. 헨더슨은 그 모든 기형과 실수 때문에 그 자신의 생각에서도 한 인간인 동시에 질병이기도 하다. 그는 집을 나와 (그를 상상하는 저자와 비슷하게) 부족을 이룬 흑인들이 사는 대륙으로 떠나는데 그들이 바로 그의 치료책이 된다. 약으로서의 아프리카. '치료제 제조자' 헨더슨.

눈부시게 웃기고 완전히 새로운 두번째의 거대한 해방, 진지한 동시에 진지하지 않고 싶은 (또 실제로 그러한) 책, 학문적인 독법을 권하는 동시에 그런 독법을 비웃고 조롱하는 책, 곡예, 하지만 진지한 곡예와 같은 책 ─ 미치광이, 하지만 위대한 미치광이의 권위가 없지 않은 책.

『허조그』(1964)

모지스 허조그라는 인물, 그 모순과 자기 분열의 미로 — 거친 남자이자 진지한 인간으로 "개인적 경험에 대한 성경적 감각"과 교양만큼이나 엄청난 순수를 동시에 지녔고, 강렬하지만 수동적이고, 사변적이지만 충동적이고, 정신이 멀쩡하지만 제정신이 아니고 감정적이고 복잡하고, 느낌으로 전율하는 고통의 전문가이지만 상대를 무장해제시킬 만큼 소박하고, 복수심과 분노에 사로잡힌 어릿광대이자 증오가 희극을 기르는 바보이자 기만적인 세상에서 현자이자 박식한 학자이지만, 그러면서도 유년의 사랑과 신뢰 또 사물에서 느끼는 흥분이 가득한 웅덩이에서 아직도 표류하고(또 이런 상태에 가망 없을 정도로 애착을 갖고), 거대한 허영심과 자기도취에 사로잡힌 채 애정 어리면서도 가혹한 태도로 자신을 바라보는 나이들어가는 연인이고, 다소 관대한 자기 인식의 세탁 코스에서 소용돌이치는 동시에 생기 있는 모든 사람에게 미적으로 이끌리고, 괴롭히고 으스대는 사람들과 연극적으로 알은체하는 사람들에게 아주 강하게 끌리고, 그들의 겉보기의 확실성과 그들의 모호성이 주는 날것 그대로의 권위에 유혹을 느끼고, 짓눌려 으깨질 지경에 이르기까지 그들의 강렬함을 먹고 살고 — 이 허조그는 벨로의 가장 웅장한 창조물, 미국 문학의 레오폴드 블룸*이다. 다만 이런 차이가 있다. 『율리시스』에서 저자의 백과사전적 정신은 소설의 언어적 육체로 바뀌고 조이스는 블룸

---

* 제임스 조이스의 『율리시스』의 주인공.

에게 절대 자신의 엄청난 박식이나 지성이나 폭넓은 수사를 양도하지 않는 반면『허조그』에서 벨로는 자신의 주인공에게 그 모든 것, 정신 상태와 정신의 틀만이 아니라 실제로 하나의 정신인 정신까지 부여한다.

이 정신은 풍부하고 폭이 넓지만 문제들로 요동치고 터져나가고 원한과 분노가 떼를 지어 다니고 곤혹스러워하며, 책의 첫 문장에서 노골적으로, 그럴 만한 이유가 있지만, 그 평형 상태에 문제를 제기하는데 그것은 지식인의 방식이 아니라 고전적인 토착어 방식이다. "만일 내가 제정신이 아니라면……" 이 정신, 매우 강력하고 집요하며 생각하고 말해온 최선의 것이 가득한 정신, 세상과 그 역사의 많은 것에 관해 우아하고 박식하게 일반화할 수 있는 정신은 또 공교롭게도 자신의 가장 근본적인 힘, 이해하는 능력 자체를 의심하기도 한다.

이 책의 간통 드라마가 돌아가는 축, 허조그가 마들렌과 거스바크를 죽이려고 장전된 권총을 집어들러 시카고로 달려갔다가 죽이는 대신 마지막 실패의 과정을 밟게 되는 장면은 뉴욕의 한 법정이 배경인데, 여기에서 허조그는 변호사가 나타나기를 기다리며 어슬렁거리다가 자신의 고통을 악몽으로 패러디한 형태와 마주치게 된다. 그것은 타락한 애인과 함께 자신의 어린 자식을 살해한 불운하고 비속한 어머니의 재판이다. 허조그는 자신이 보고 듣는 것에 대한 공포에 사로잡혀 자신을 향해 자기도 모르게 외치게 된다. "나는 이해 못해!"— 익숙한 일상 언어지만 허조그에게는 겸손하고 고통스럽고 반향이 큰 인정이었으며, 이를 계기로 그의 고리버들 세공 제품처럼 복잡한 정신적 삶이 오류와 실망이 괴로운 격자를 짜고 있는 그의 개인생활과 극적으로 연결된다. 허조그에게는 이해가 본능적인 힘을 막는 장애이기 때문에 이해가 무너지자 총(전에 아버지가 그를 죽이겠다고 서툴게 위협하던 바로 그 총이다)으로 손을 뻗는다 ─ 하지만 결국 그는 허조그이기 때문에 총을 쏠 수 없다. 허조그이기 (또 분노한 아버지의 분노한 아들이기) 때문에 피스톨을 쏘는 것이 "생각에 불과하다"는 것을 알게 된다.

하지만 허조그가 이해를 못한다면 과연 누가 이해하는 것이며 이 모든 생각은 무엇을 위한 것인가? 애초에 왜 벨로의 책들에는 이 모든 억제되지 않은 사유가 등장하는가? 나는 『오늘을 잡아라』의 탬킨, 또는 심지어 『비의 왕 헨더슨』의 다푸왕 같은 인물들이 쉬지 않고 계속하는 감언이설 이야기를 하는 것이 아니다. 이들이 도용한 지혜를 나누어주는 것은 그렇지 않아도 이미 충분히 혼란스러운 주인공의 정신에 두번째 혼란의 영역을 만드는 역할을 하며, 또 그에 못지않게 벨로에게 그것을 만들어내는 재미를 맛보게 해주는 역할도 하는 듯하다. 나는 로베르트 무질이나 토마스 만의 소설과 마찬가지로 벨로의 작품의 강력한 특징을 이루고 있는 거의 불가능한 작업을 말하고 있다. 즉 소설과 정신을 합칠 뿐 아니라 정신적 상태 자체를 주인공의 딜레마로 만들려는 노력이다 ─ 『허조그』 같은 책에서 생각한다는 문제에 관해 생각하는 것.

이제 벨로의 특별한 매력 ─ 나만 느끼는 것이 아니다 ─ 은 그가 특유의 미국적 방식으로 토마스 만과 데이먼 러니언* 사이의 간극을 뛰어나게 메웠지만 그것이 『오기 마치의 모험』에서 시작하여 그가 그렇게 야심만만하게 시작한 일의 규모를 축소하지 않는다는 것이다. 그 일이란 지적 기능이 활약하게 (자유롭게 활약하게) 하는 것인데, 이것은 만이나 무질이나 벨로 같은 작가들에게는 인생의 장면보다는 정신의 상상적 요소들로도 가동된다. 또 이 일이란 재현되는 것과 사유하는 것이 일치하게 하는 것이며, 서사의 모방적인 힘을 가라앉히는 일 없이, 책이 피상적으로 자기 자신에 관해 명상하는 일 없이, 독자에게 투명하게 이데올로기적인 주장을 펼치는 일 없이, 템킨이나 다푸왕이 그러는 것과는 달리 밋밋하게 문제화되지 않은 지혜를 나누어주는 일 없이 저자의 사고를 깊은 곳으로부터 서사의 표면으로 끌어올리는 것이다.

『허조그』는 벨로가 작가로서 처음으로 길게 섹스라는 거대한 영역으로 장기 원정에 나선 작품이다. 허조그의 여자들은 그에게 대단히 중요하며, 그를 사로잡고 매혹시킨다 — 그의 허영심을 자극하고 그의 육욕을 일으키고 그의 감정에 생기를 불어넣고 그의 사랑을 나르고 그의 호기심을 끌어내고, 또 그의 영리함과 매력과 잘생긴 외모를 인식함으로써 남자 어른에게 소년의 기쁨을 떠먹여준다 — 그들이 자신을 사모하는 마음에서 그는 인정을 받

---

* 20세기 미국의 작가로 브로드웨이나 뉴욕 지하세계에 관한 익살맞고 양식화된 이야기를 썼다.

는다. 그리고 그들의 적대에서 그는 불행하다. 그의 여자들은 그들이 던지는 모든 모욕과 그들이 만들어내는 모든 별칭으로, 또 매번 머리를 멋지게 돌리는 것, 위로의 손길을 내미는 것, 성이 나 입을 뒤트는 것으로, 그 인간의 다름으로 허조그를 매혹하는데, 그는 양성 모두에게서 그런 다름에 압도당한다. 그러나 특히 여자에게서―그러다가 마침내 마지막 페이지에서 허조그는 버커셔스 도피처에서 선한 의도를 가진 라모나와 더불어 그녀의 전공인 후궁의 푸짐한 쾌락조차 사양한다. 마침내 또다른 여자, 심지어 그들 모두 가운데 가장 부드러운 애무의 달인인 이 여자의 돌봄으로부터도 해방되는 것이다. 그리고 자신을 복구하기 위해 그로서는 영웅적인 기획인 혼자 사는 일을 시작하여, 여자들, 그리고 여자들과 더불어 무엇보다도 설명하는 것, 정당화하는 것, 생각하는 것을 버린다. 비록 일시적이지만 자신의 쾌락과 고뇌의 원천, 모든 것의 뿌리에 있는 특유의 원천을 떼어내버리는 것이다―허조그에게서 초상화가적인 면을 끌어내는 것은 특히 여자들이다. 그는 다재다능한 화가로 넉넉한 정부情婦를 묘사할 때는 르누아르처럼 풍성할 수 있고, 귀여운 딸을 제시할 때는 드가처럼 부드러울 수 있고, 늙은 계모―또는 노예처럼 고생을 한 이민자인 자신의 소중한 어머니―를 그릴 때는 렘브란트처럼 동정심이 많고 나이를 존중하고 곤궁을 잘 알 수 있고, 마지막으로 간통하는 아내를 묘사할 때는 도미에처럼 악마적일 수 있는데, 그의 아내는 애정이 풍부하고 책략이 많은, 허조그의 절친한 친구 발렌틴 거스바크에게서 자신의 생생한 연극적 맞수를 본다.

모든 문학에서 나는 이 허조그보다 여자와의 관계에 더 예민한 남성, 더 큰 집중력이나 강렬함을 부여하는 남자를 알지 못한다. 그는 사모하는 구혼자이자 남편으로서 그들을 수집한다. 아내가 바람이 나 엄청난 괴로움을 겪는 남편인데, 그는 질투심에 사로잡힌 분노의 웅장함과 맹목적인 애처가적 태도의 순진함이라는 면에서 오셀로 장군과 샤를 보바리를 만화처럼 섞어놓은 존재다. 『마담 보바리』를 샤를의 관점에서, 『안나 카레니나』를 카레닌의 관점에서 다시 이야기하는 것에서 재미를 좀 맛보고 싶은 사람이라면 누구나 『허조그』에서 완벽한 방법론을 발견할 것이다(그렇다고 허조그가 거스바크에게 그러는 것처럼 카레닌이 브론스키에게 안나의 피임기구를 건네주는 장면을 쉽게 상상할 수 있다는 말은 아니다).

『허조그』는 심지어 『오기 마치의 모험』보다 풍부한 소설이 되고자 하는데 그것은 벨로가 처음으로 성적 화물을 완전히 적재함으로써 『오기 마치의 모험』과 『비의 왕 헨더슨』에서는 대체로 미리 배제되었던 한 유형의 고난이 그의 소설 세계로 뚫고 들어가는 것이 허락되기 때문이다. 벨로의 주인공에게서는 행복감보다는 고통에 의해, 잠겨 있던 것이 훨씬 많이 열린다는 사실이 드러난다. 남성의 상처가 심각하게 곪아들어가면서 "풍요로운 인생-케이크"에 대한 행복한 욕구를 유린할 때, 그리고 수모, 배반, 우울, 피로, 상실, 편집증, 강박, 절망을 겪기 쉬운 상태에서 오는 압박감이 너무 강력하여 오기의 가차없는 낙관주의로도 헨더슨의 신화적 거인증으로도 고통에 관한 진실을 더는 피할 수 없다는 것이 드러날 때, 허조그는 얼마나 더 믿을 만해지고 얼마나 더 중요해지는지. 헨더슨의 강렬함에—그리고 과대망상 유형과 극적만남을 탐하는 오기 마치의 취향에—토미 윌헬름의 무력한 상태를 접붙이는 순간 그는 벨로적인 교향곡 전체를 연주하기 시작하는데 그것은 풍부한 희극적 관현악법으로 불행을 포착한 것이다.

『허조그』에는 허조그의 뇌 외부에서 벌어지는, 시간 순서에 따른 지속적인 사건이 전혀 없다. 아무런 사건도 없다. 그렇다고 벨로가 이야기꾼으로서 『소리와 분노』의 포크너나 『파도』의 버지니아 울프를 흉내내는 것은 아니다. 『허조그』의 길고 자꾸 바뀌고 파편화되는 내적 독백은 고골의 「광인 일기」와 공통점이 더 많다. 이 작품에서 일관성 없는 인식을 지배하는 것은 저자의 전통적인 서술 수단에 대한 짜증이라기보다는 중심인물의 정신 상태다. 그러나 고골의 광인은 미치고 벨로의 광인은 제정신이다. 그것은 고골의 광인은 자신의 이야기를 듣지 못하는 반면 허조그는 자연발생적인 아이러니와 자기 패러디의 흐름으로 보호를 받기 때문이다. 이런 아이러니와 패러디는 허조그의 거의 모든 생각 속에 물결처럼 퍼져나가며—심지어 매우 당황했을 때도—고통이 아무리 혹심하더라도 자신과 자신의 재난을 떠안으려는 그의 태도와 분리될 수 없다.

고골의 단편에서 광인은 개가 쓴 편지 한 묶음을 손에 넣는데, 이 반려동물은 그가 가망 없이 (정신줄을 놓고) 사랑하는 젊은 여자의 것이다. 그는 앉아서 열에 들떠 그 똑똑한 개가 쓴 모든 단어를 읽으며 자신에 대한 언급을 하나라도 찾으려고 한다. 『허조그』에서 벨로는 고골보다 나은 면을 보인다. 편지를 쓰는 똑똑한 개가 바로 허조그이기 때문이다. 죽은 어머니에게, 살아 있는 정부에게, 첫 부인에게, 아이젠하워 대통령에게, 시카고의 경찰국장에게, 아들라이 스티븐슨에게, 니체에게("존경하는 선생님, 청중석에서 질문을 드려도 되겠습니까?"), 테야르 드샤르댕*에게("친애하는 신부님…… 탄소 분자에 생각이 붙어 있나요?"), 하이데거에게("친애하는 박사 교수님…… '일상성으로 떨어진다'는 표현이 무슨 뜻인지 알고 싶습니다. 이런 추락이 언제 일어났습니까? 그런 일이 일어났을 때 우리는 어디에 서 있었던 거지요?"), 심지어 마지막에는 신에게 ("내 정신이 일관된 이해를 하려고 얼마나 애를 썼는지. 하지만 그걸 별로 잘하지는 못했지요. 그래도 당신의 알 수 없는 뜻을 실행하고 받아들이기를, 그리고 아무런 상징 없이도, 당신도 받아들이기를 바랐습니다. 모든 게 가장 강렬한 의미가 있는 모든 것. 특히 나를 빼버리면") 보내는 편지들.

수많은 즐거움을 주는 이 책은 그 편지들보다 큰 즐거움을 주지는 않으며, 허조그의 주목할 만한 지성을 열고 들어가는 동시에 삶의 난파로 인한 그의 혼란의 깊은 곳으로 들어가는 데도 이보다 나은 열쇠는 없다. 이 편지들은 그의 강렬함을 증명하는 것

---

* 프랑스 예수회 신학자 피에르 테야르 드샤르댕(1881~1955)은 『신성한 환경 The Divine Milieu』과 『인간이라는 현상 The Phenomenon of Man』의 저자로, 두 책은 각각 그가 죽은 뒤 1957년과 1959년에 출간되었다. —원주

이다. 이것은 그의 지적인 연극, 그가 바보 역을 맡을 가능성이 거의 없는 작은 원맨쇼의 무대를 제공한다.

『잠러 씨의 행성』(1970)

"우리 종種이 미친 것인가?" 한 스위프트주의자가 묻는다. 한 스위프트주의자가 잠러식의 간결한 답변을 적기도 한다. "많은 증거가 있다."

『잠러 씨의 행성』을 읽으면 『걸리버 여행기』가 떠오른다. 주인공이 1960년대 뉴욕에서 압도적인 소외감을 느끼기 때문이며, "성적 광기"를 어쩔 수 없이 목격하고 그것을 드러내는 사람들의 인간적 지위에 대한 책망을 자신의 역사로 체현하고 있기 때문이며, 인간의 신체성과 생물성에 대한 그의 걸리버적 집착과 신체의 외양, 기능, 욕망, 쾌락, 분비, 냄새가 그에게 일으키는 거의 신화적인 혐오 때문이다. 그다음에는 자신의 신체적 존재의 근본적인 정복 가능성에 몰두하는 모습이 나온다. 홀로코스트의 공포로 인해 뿌리를 잃고 약해진 난민으로서, 나치 학살을 기적적으로 피한 사람으로서, 독일 총살대가 죽은 줄 알고 떠난 유대인 시신 더미에서 한쪽 눈만 남은 채 일어선 사람으로서 잠러 씨는 시민적 자신감이 받은 타격 가운데서도 가장 큰 혼란을 준 것을 기록하고 있다 ─ 대도시에서 안전과 안정의 실종, 그리고 그와 더불어 약한 사람들 사이에 생겨나 공포를 안기고 소외를 일으키는 편집증.

인간 종에 대한 잠러의 믿음을 해치고 그에게 가장 가까운 사람들에 대한 관용도 위협하는 것은 혐오만이 아니라 공포이기 때문이다 ─ "이런 격렬함에 사로잡힌…… 영혼…… 인간 본성의 극단주의와 광신주의"에 대한 공포. 벨로는 패기 만만한 오기와 헨더슨의 크루소 같은 모험심을 넘어 사태를 파악하지 못하는 천재 허조그의 결혼생활에서 벌어지는 배신을 어두운 익살극으로 그린 뒤 이제 명상적 상상을 펼쳐 가장 큰 배신 가운데 하나, 적어도 1960년대에 대해 스위프트적 역겨움을 느끼는 난민─피해자 잠러가 그렇게 인식하는 배신을 향해 나아간다. 그것은 미쳐버린 종의 문명화된 이상에 대한 배신이다.

허조그는 가장 타는 듯한 고통의 순간에 속으로 인정한다. "나는 이해 못해!" 하지만 늙은 잠러의 옥스퍼드식 과묵과 교양 있는 거리 두기에도 불구하고 그의 모험 ─ 그의 생생하게 기이한 가족과 그 너머의 네트워크 안에서, 뉴욕의 거리, 지하철, 버스, 상점, 대학 강의실에서 방종과 무질서와 무법으로 벌이는 모험 ─ 의 절정에서 그로부터 끌어낸 인정(그리고 내가 보기에 이 책의 모토로 유효하다)의 언어는 훨씬 파괴적이다. "나는 공포에 질려 있다!"

『잠러 씨의 행성』의 승리는 유럽 교육을 통해 여러 자격을 갖춘 ─ 역사를 겪는 그의 역사, 나치에 맹목인 그의 눈 ─ 잠러를 "광기의 기록자"로 만들어낸 것이다. 주인공의 개인적 곤경과 그가 마주치는 사회적 힘의 자세한 예들의 병치, 그런 병치의 아이러니 섞인 울림이 모든 기억에 남을 만한 소설에서 큰 올바름이 그렇게 하듯 이 책의 힘도 설명한다. 무방비 상태의 존엄이라는 특징 때문에 선명하게 도드라지는 잠러는 내 눈에는 사회에서 무엇이든 괴상하거나 위협적인 것을 다 받아들이는 완벽한 도구, 본인의 경험 때문에 "혁명적 상태에 있는 인류"에 대한 가혹하고 냉담한 20세기적 관점을 분명하게 제시할 자격을 풍부하게 갖추게 된 역사적 피해자로 보인다.

이 책이 쓰이는 과정에서 광기와 기록자, 잠러와 1960년대 가운데 어느 게 먼저 나타났을지 궁금하다.

『훔볼트의 선물』(1975)

『훔볼트의 선물』은 행복감에 젖어 사방으로 돌아다니는 철저하게 희극적인 소설들 가운데 가장 별나다. 이 책들은 벨로의 기분 변화의 가장 높이 올라간 지점에서 자아 영역의 즐거운 음악을 구체적으로 표현하는데 『오기 마치의 모험』『비의 왕 헨더슨』『훔볼트의 선물』이 그런 음악의 예다. 벨로는 『피해자』『오늘을 잡아라』『잠러 씨의 행성』『딘의 12월 *The Dean's December*』 같은 쓰레기장에 내던져진 어두운 소설들, 주인공의 상처에서 나오는 당혹스러운 고통을 주인공 자신이나 벨로나 가볍게 여기지 않는 소설들을 파고들다가 대체로 주기적으로 그런 책들을 내놓는다. 『허조그』는 이런 특유의 분기分岐를 마법적으로 통합하고 있다는 점에서 나에게는 벨로의 소설 가운데 최고로 보인다.

『훔볼트의 선물』은 가장 별난데, 그것은 또 희극들 가운데 가장 뻔뻔스럽다는 뜻이기도 하다. 다른 것들보다 더 제정신이 아니고 더 카니발 같다. 즐겁게 개방적이고 리비도적인 책으로는 벨로에게 유일하며, 정당하게도, 다양한 경향이 가장 무모하게 교배되고 융합되어 있다. 이것은 역설적으로 매혹적인 이유, 즉 시트린의 공포 때문이다. 무엇에 대한? 필멸에 대한, 훔볼트의 운명을 만나야 하는 것에 대한(그의 성공과 위대한 명성에도 불구하고). 이 책은 찰리 시트린의 성공을 노리는 세계가 뒤섞고 먹어치우고 훔치고 미워하고 파괴하는 것을 자신감 있게 다루어나가지만 그 밑바닥에는, 이 책의 이야기 전개의 동심원적 방식을 포함한 모든 것의 밑바닥에는 — 사실 소멸에 대한 루돌프 슈타이너의 인지학적 도전*을 소화하려는 시트린의 열정에서 다분히 직접적으로 드러나지만 — 죽음에 대한 공포가 있다. 시트린을 혼란에 빠뜨리는 것은 또 다가올 왕국에 대한 서사敍事적 예의를 날려버리는 것이 되기도 한다. 그것은 곧 망각에 대한 공황에 가까운 두려움, 죽음에 대한 구식의 흔해 빠진 '에브리맨'의 공포다.

시트린은 말한다. "우리가 커다란 진리에 다가가는 것을 막는 이 모든 인간적 부조리가 얼마나 슬픈가." 그러나 인간적 부조리는 그가 좋아하는 것이며 이야기하기 좋아하는 것이며 살아가는 데서 그를 가장 기쁘게 하는 것이다. 다시. "언제…… 내가…… 모든 것 위로…… 솟아오를까…… 낭비적이고 무작위적으로 인

* 오스트리아의 철학자이자 종교사상가 루돌프 슈타이너(1861~1925)가 세운 영적 믿음 체계. — 원주

간적인 것이…… 더 높은 세계로 들어갈까?" 더 높은 세계? 무작위적으로 인간적인 것이 더 낮은 세계의 슈퍼드라마, 세속적인 욕망이라는 원초적 슈퍼드라마를 몰아가지 않는다면 시트린은 어디에 있을까 — 벨로는 어디에 있을까? 명성(운 좋고 정신이 멀쩡한 시트린의 가장 운이 없고 정신적으로 불건강한 대응물인 폰 훔볼트 플라이셔 — 영적인 동시에 큰 성공을 바라며, 악몽 같은 실패로 시트린의 성공을 정반대로 모방한 훔볼트 — 가 전시하듯이), 돈(훔볼트와 댁스터와 드니스, 거기에 레나타의 어머니 세뇨라, 거기에 시트린의 형제 줄리어스, 거기에 대체로 다른 모든 사람들), 복수, 존중, 뜨거운 가운데 가장 뜨거운 섹스에 대한 욕망이 없다면. 세속적인 가운데 가장 세속적인 욕망, 시트린 자신의 욕망, 영원한 삶에 대한 무모한 욕정은 말할 것도 없고.

자신이 "바보의 지옥"이라고 비난하는 폭력과 어릿광대 같은 탐욕으로 인한 혼란에 이렇게 우스꽝스럽게 몰입해 있는 것이 아니라면 왜 시트린은 그렇게 뜨거운 마음으로 이곳을 절대 떠나려 하지 않을까? 그는 말한다. "어떤 사람들은 너무 실제적이어서 나의 비판적인 힘을 두들겨 부순다." 그리고 심지어 그들의 사악함과 연결되는 것을 영원한 것들의 고요와 바꾸고 싶은 모든 욕망마저 부순다. 바보의 지옥이 아니라면 그의 "복잡한 주체성"이 어디에서 그렇게 많은 것을 퍼먹을까?

이것은 찰리 시트린이 흥분해서 기억하는 바보의 지옥, 시카고의 거리며 법정이며 침실이며 식당이며 사우나며 사무실에서 불타오르는 지옥, 또 아르투르 잠러가 그렇게 역겨움을 느꼈던,

1960년대 맨해튼에 악마적으로 현현한 지옥과 비슷하지 않을까? 『훔볼트의 선물』은 벨로가 『잠러 씨의 행성』의 슬픈 애도와 도덕적 고통에서 회복하기 위하여 끓이는, 활력을 주는 강장제와 비슷한 느낌이다. 이것은 전도서의 명랑한 벨로판이다. 모든 것이 헛되지만 그래도 대단한 것 아닌가!

왜 그 사람이 시카고에 있는가?

훔볼트가 시트린에 관하여(내 책으로는 2쪽). "이런 돈을 벌었는데 왜 시골에 묻혀 사는 거야. 왜 그 사람이 시카고에 있어?"

시트린이 자신에 관하여(63쪽). "내 마음은 그 시카고 상태라고 할 만한 것이었다. 이 현상을 어떻게 이야기해야 할까?"

시트린이 시카고인이 되는 것에 관하여(95쪽). "나는 웃음을 터뜨리고 싶은 욕구가 솟아오르는 걸, 쌓여가는 걸 느낄 수 있었다. 이건 늘 깜짝 놀랄 만한 것에 약한 내 성향, 높은 자극에 대한, 모순과 극단에 대한 나의 미국적이고, 시카고적인 (개인적일 뿐 아니라) 갈망이 자극을 받았다는 표시다."

또(95쪽에서 조금 뒤에). "시카고에서 자란 사람이라면 부패에 관한 그런 정보는 받아들이기 쉬웠다. 그건 심지어 어떤 요구를 충족시키는 것이기도 했다. 그건 사회에 대한 시카고적 관점과 조화를 이루었다."

반면 시트린이 시카고에서 소속감을 못 느끼는 부분도 있다 (225쪽). "시카고에서 나의 개인적인 목표들은 허풍이었고 나의 전망은 이질적인 이데올로기였다." 그리고(251쪽). "이제 내가 시카고에 속하지도 않고 그곳을 충분히 넘어서지도 못했다는 것, 시카고의 물질적이고 일상적인 일과 현상은 나에게 충분히 실제적이거나 생생하지도 않고 상징적으로 충분히 명료하지도 않았다는 게 분명해졌다."

이런 말들 —『훔볼트의 선물』전체에 비슷한 말들이 아주 많다 — 을 염두에 두고 1940년대를 돌아보며 벨로가 찰리 시트린과는 달리 시카고가 그의 자기 자신에 대한 관념을 체계화해주지 않는 상태에서 작가로서 출발했다는 점에 주목하라. 그래, 『허공에 매달린 사나이』의 배경으로 시카고의 거리 몇 군데가 가끔 스케치로 들어와 있기는 하지만 어둠이 짙게 깔린 분위기를 더 어둡게 하는 것을 빼면 시카고는 주인공에게 거의 외국 같은 장소로 보인다. 물론 시카고는 그에게 이질적이다. 『허공에 매달린 사나이』는 도시에서 사는 한 남자에 관한 책이 아니다. 그것은 방에 사는 한 정신에 관한 책이다. 세번째 책 『오기 마치의 모험』에 와서야 벨로는 시카고를 크고 귀중한 문학적 자산으로, 손에 잡히고 마음을 사로잡는 미국의 장소로 완전히 장악했다. 베르가*가 시칠리아를 독점하고, 디킨스가 런던을, 마크 트웨인이 미시시피강을 독점한 것처럼 시카고를 당당하게 자신의 것으로 주장하고 나섰다. 그러면서도 머뭇거렸는데 또는 경계심을 늦추지 않았는데, 이것은 포크너가 미시시피주 라파예트군에 대한 상상의 소유

---

* 시칠리아의 소설가이자 극작가인 조반니 베르가(1840~1922). — 원주

를 주장한 방식에 비길 만하다. 포크너는 첫번째 책『군인의 보수 Soldier's Pay』(1926)의 무대를 조지아로, 두번째 책『모기 Mosquitoes』 (1927)의 무대를 뉴올리언스로 잡았고, 1920~1930년대에『사르토리 집안 Sartoris』『소리와 분노』『내가 죽어 누워 있을 때』같은 걸작들이 터져나올 때에야 ― 벨로가 자신의 첫번째 즉흥적인 지리학적 발걸음을 내딛고 난 뒤에야 그랬던 것처럼 ― 그런 인간 갈등을 일으키는 장소를 찾아냈다. 거꾸로 그런 갈등은 그에게 불을 댕겨 그를 강렬하게 만들고 그에게서 한 장소와 그 역사에 대한 열정적인 반응을 자극하게 되며, 이런 반응이 때로 포크너의 문장을 거의 이해할 수 없는 지경으로, 심지어 그 너머로 몰아간다.

처음에 벨로가 시카고를 자기 것으로 잡으려 하지 않은 것은 시카고 작가로 알려지고 싶지 않았기 때문이 아닐까? 아마도 유대인 작가로 알려지고 싶지 않았던 것처럼. 그래, 당신은 시카고 출신이다, 그리고 물론 유대인이다 ― 하지만 이런 것들이 당신의 작품에 어떻게 나타나느냐, 또는 나타나느냐 마느냐, 하는 문제는 바로 답을 내기가 쉽지 않다. 게다가 당신은 도스토옙스키, 고골, 프루스트, 카프카 같은 유럽 거장들로부터 영향을 받은 다른 야망도 있고, 그런 야망에는 이웃이 뒤쪽 포치에서 하는 잡담에 관해 쓰는 것은 들어가지 않는다…… 이런 사고의 흐름이 어떤 식으로든 벨로가 바로 자기 장소에 관하여 마침내 소유권을 주장하기 전에 하던 사고와 비슷하지 않을까?

물론『오기 마치의 모험』다음에 약 십 년이 지난 뒤 벨로는『허조그』에서 다시 중요한 방식으로 시카고에 달려들었다. 그뒤로 쭉 독특한 "시카고의 관점"은 그에게 되풀이되는 관심사였으며, 특히 이 도시가 『훔볼트의 선물』에서처럼 "기본적이고, 모두 읽기 쉽고, 또 이 장소, 일리노이주 시카고의 특징인 개방적 삶"과 몰입한 주인공의 사변적 경향 사이의 대비가 희극적으로 많은 것을 보여줄 때는 그렇다. 『훔볼트의 선물』의 핵심에는 벨로가 정력적으로 탐사하는 이 전투가 자리잡고 있으며, 이것은 그의 다음 소설인 『딘의 12월』(1982)에서도 마찬가지다. 그러나 여기에서는 탐사가 희극적이지 않고 악의에 차 있다. 분위기는 어두워지고 타락은 깊어지며, 격렬한 인종적 대립의 압력을 받아 일리노이주 시카고는 악마적으로 바뀐다. "그는 자신의 잔디밭에서…… 광야가 기아나 덤불보다 더 거칠어지는 것을 보았다…… 황폐…… 끝도 없는 넓디넓은 폐허…… 상처, 병변, 암, 파멸적 분노, 죽음…… 이 거대한 곳의 무시무시한 거침과 공포."

이 책의 핵심은 이 거대한 장소가 이제는 벨로의 것이 아니라는 사실이다. 오기의 장소도, 허조그의 장소도, 시트린의 장소도 아니다. 그가 『오기 마치의 모험』 이후 약 삼십 년 뒤에 『딘의 12월』을 쓰게 되었을 때 그의 주인공 딘 코드는 이 도시의 잠러가 되어 있었다.

왜 그 사람이 시카고에 있는가? 고통을 겪는 이 시카고인은 이제 알지 못한다. 벨로는 추방당했다.

(2000)

3부

설명

주스냐 그레이비냐?

성인생활─이 말은 나에게 예측 불가능하고 비합리적인 미지의 것을 가리키는데, 나처럼 길러지고 교육받은 사람은 알려지고 합리적이고 예측 가능한 세계에 들어가기 위한 준비를 완료하고 나면 자기주장을 해보겠다는 순진한 기획을 가지고 그 생활로 들어가게 된다─성인생활은 나에게, 지난 사십 년 동안 미국의 젊은 남자들에게 흔히 그랬듯이, 군대에서 제대하면서 시작되었다.

1956년 8월 중순의 전국적인 뉴스는 물론 내가 민간인생활에 복귀했다는 게 아니라, 일리노이주 주지사 아들라이 스티븐슨이 두번째로 시카고에서 민주당 대통령 후보로 지명되었고 다음날 테네시주의 에스테스 케포버 상원의원이 부통령 후보로 지명되었다는 것이었다. 그달 나중에 나온 주요 뉴스는 내가 연봉 이천

팔백 달러를 받는 일학년생 작문 강사로 시카고대학 — 나는 일
년 전 그곳에서 문학 석사 학위를 받았다 — 에 돌아오라는 초빙
을 받아들였다는 것이 아니라, 아이젠하워 대통령과 리처드 닉
슨 부통령이 공화당의 샌프란시스코 전당대회에서 만장일치로
후보로 재지명되었다는 것이었다. 그해 여름 국제 뉴스에서 널리
알려진 이름은 파이살, 고무우카, 함마르셸드, 마카리오스, 셰필
로프, 네루, 윌슨*이었다. 하지만 나는 스물세 살이었고 나에게
뉴스에 나오는 널리 알려진 이름은 내 이름이었다. 그리고 나에
관해 널리 알려진 사실은 내가 디소토 하드톱**이나 웨스팅하우
스 세탁기-건조기나 심지어 원자탄보다 훨씬 흥미진진한 것을
만들 참이었다는 것이었다. 나는 미래, 나의 미래를 만들 참이었
지만, 거꾸로 미래가 나를 만들 가능성이 높다는 생각은 하지도
못하고 있었다.

그러나 기운 넘치고 법을 잘 지키고 책임감이 대단히 강하고
흠잡을 데 없이 체계적인 부모의 독립심이 아주 강한 아들로서,
유년이나 사춘기와 마찬가지로 대학 시절도 순탄하고 행복하게

---

* 파이살 2세(1935~1958)는 이라크 왕(1939~1958). 브와디스와프 고무우카
(1905~1982)는 폴란드 공산당 총서기(1943~1948), 정치범(1951~1954)으로
1956년 7월 폴란드 소요 시기에 복당되었으며 10월에 당 지도자로 복귀했다. 스
웨덴 정치가 다그 함마르셸드(1905~1961)는 국제연합 사무총장(1953~1961).
마카리오스 3세(1913~1977)는 그리스 키프로스의 종교·정치 지도자. 드미
트리 셰필로프(1908~1995)는 소련 외무장관(1956~1957). 자와할랄 네루
(1889~1964)는 인도 총리(1947~1964). 찰스 E. 윌슨(1890~1961)은 미국 국방장
관(1953~1957). — 원주
** 지붕이 금속으로 된 승용차

지낸 사람으로서, 그때까지 살아온 삶이 어느 모로 보나 축복받았던 운좋은 젊은이로서, 나는 아직 개인의 의지에 맞서는 완전히 비인격적인 적대자, 내 꼬리를 잡으려고 바로 모퉁이 너머에서 기다리고 있는 위대하고 설득력 있는 '나의 반대자'를 경험해본 적이 없었다.

나 혼자 밖으로 나서기 전인 그 들뜬 시절에 나는 '26의 법칙'(감추어진 결과의 빈도 이론이라고도 알려져 있다)을 잘 몰랐는데, 이 이론은 사람이 하거나 말하는 모든 것만이 아니라 사람이 하거나 말하지 않는 모든 것이 영향을 주는 최소 횟수가 스물여섯 번이며, 이 스물여섯 번의 영향은 자신이 예측하는 영향 전체에 추가로 발생하고, 이런 영향은 어김없이 자신이 생기기를 바라는 영향의 정반대라고 상정한다.

스물세 살에 군에서 나오면서 나는 이런 것을 전혀 알지 못했다.

물론 내가 제대하던 때의 상황은 사람이 자신의 성인생활 진행방식을 결정하는 데 거의 관여할 수 없다는 사실을 나에게 경고하기 시작했다고 볼 수도 있다. 나는 한국전쟁 후 징병제도에 따라 이 년 복무할 거라고 생각하고 입대했는데 뉴저지주 포트딕스에서 보병 기초훈련을 받던 중 부상하고 그 이후 몇 달 동안 점점 몸을 못 쓰게 되는 바람에 중간에 제대했다. 너무 통증이 심해 워싱턴에서 맡게 된 행정 업무도 감당을 못하게 되자 근처 군대의 우울한 재활센터로 보내졌다. 메릴랜드주 포리스트글렌에 있는 무시무시하고 쓸쓸하고 숲이 우거진 휴양소로, 내가 있던 병동의 다른 환자들은 대부분 사지가 절단되었거나 하반신마비 환자들이었다. 그들의 불행에 비해 나의 불행은 지극히 작아 보였는데, 많은 밤 나는 어둠 속에서 나의 또래이거나 나보다 어린 누군가가 병상에서 자신에게 일어나서는 안 될 일이 일어났다고 울부짖는 소리를 들었다. 결국 나는 의학적인 이유로 제대를 했지만 가장 있을 법하지 않은 불행을 당하는 젊은 피해자들 사이에서 한 달 넘게 살고 또 자고 난 뒤에도 여전히 사람에게 힘을 주는 기대와 낙관적인 전망이 사실은 편집증적 정신분열증 환자의 혼란스러운 뇌가 만들어낸 어떤 것 못지않은 환상이라는 것을 파악하지 못한 채였다.

나는 군의 권위에서 벗어나 이제 나 같은 사람을 위해 미리 정해진 진정한 삶이 펼쳐질 거라고 생각하며 시카고로 돌아갔다. 그러나 의병 제대는 의학적 문제나 그것이 부과하는 신체적 한계를 마법적으로 없애주지 못했다. 이제 나는 바로 그 전 해에 완벽한 건강 상태로 시카고를 떠날 때만큼 내 신체를 책임질 수 없다는 것을 알게 되었다. 그럼에도 낮이나 저녁이나 나에게 기대되는 모든 일과 내가 하고 싶은 모든 일을 할 수밖에 없었다. 그렇게 하는 데 필요한 노력은 가끔 벅찼으며 그 순간 불균형이 시작되었다. 나는 나에게 일어난 일을 믿을 수가 없었다. 이것은 내가 만들려고 하던 미래가 아니었다. 나는 생각했다. "뭔가 잘못되고 있어." 하지만 아무것도 잘못되지 않았다. 나는 그저 대부분의 사람이 두 살이면, 종종 자신의 엉덩이를 매개로 배우는 것을 배우고 있을 뿐이었다. 수수한 가정에서 안전하게 성장하여 — 어린 시절의 낮과 밤은 예측 가능성과 기쁨을 주는 일상에 뿌리를 내리고 있었고 집안 어른들을 흉내내는 과정을 통해 일하는 규칙적인 방식이 뇌 속에 자비롭게 자리를 잡고 있었다—신상품 성인이 된 나는 일은 자신의 노력이나 일정이나 계획과 관계없이 벌어진다는 것, 자신의 인내나 독창성이나 결의, 또 모든 성취조차 아무것도 의미하지 않고 아무것도 아닌 것이 될 수 있다는 사실을 배우고 있었다.

시카고로 돌아오고 나서 몇 달 뒤 만난 어떤 젊은 여자는 이 교육을 맹렬하게 강화했다. 사실, 나는 처음에는 감옥을 제집 드나들듯 드나들던 감방꾼을 아버지로 둔 이 여자의 발치에 앉아 있다가 그녀가 나에게 수수께끼였기 때문에 끌렸고 그녀가 나의 교육을 진전시키기 위해 이미 생생한 생존 전설로 만들어놓은 그녀의 그 모든 실패의 모험담에 홀리게 되었던 것 같다. 그녀는 아직 이십대에 불과했음에도 나와는 완전히 다르게 아주 어렸을 때부터 '나의 반대자'의 악마적인 힘에 관해서 알아야 할 모든 것을 알고 있었다고 주장했다.

그래, 그녀의 아버지는 감옥에 있었다. 그녀의 아버지는 감옥에 있는 반면 나의 아버지는 예측 가능하게, 걱정할 필요 없이, 완전히 관습적으로, 직장 아니면 집에 있었다. 나는 감옥이 뉴어크 어디에 있는지도 몰랐다. 지금은 마켓 스트리트의 에식스 카운티 정부 청사 뒤편에 있겠거니 짐작하고 있다. 자라면서는 그곳을 찾으러 가볼 생각조차 한 적이 없다. 왜 그런 생각을 하겠는가? 나는 트리플A 뉴어크 베어스의 홈인 루퍼트 스타디움이 어디 있는지 알았다. "에벌린 웨스트와 그녀의 보물상자"*의 개막 공개 행사를 한 엠파이어 벌레스크 극장이 어디 있는지 알았다. 공항 이며 공공도서관이며 YMCA며 내가 태어난 베스 이스라엘 병원 은 찾을 수 있었다. 뱀버거 백화점, 밀리터리 파크, 시청, 펜 역, 파 더 디바인스 리비에라 호텔, 시내의 모든 영화관까지 가는 길을 알려줄 수 있었다. 하지만 감옥은 어디로 가면 되는지? 그건 모르 겠는데요.

하지만 그녀는 알았다. 그녀는 그게 어디 있는지 당연히 알았 다. 그것은 감방꾼 딸의 원한이 쌓인 심장 속에 있었다 — 감옥은 감방꾼의 딸이라는 것이었다. 그래, 나는 감옥에 관해 배울 것이 많았고 그녀는 감옥에 관해, 또 초대하지 않은 학대의 수모와 맞 서고 있을 때 한 개인의 의지가 실행할 수 있는 모든 선에 관해, 본능적으로 싫어하던 — 우리가 그후 몇 년에 걸쳐 서로 싫어하 게 된 것만큼이나 본능적으로 — 과거 궁핍의 역사에 관해 가르 쳐줄 것이 많았다.

학기중 어느 하루의 끝에 나 혼자 있을 수 있는 시간이면 — 나 의 한 많은 애인이 가르치는 '역경의 학교'에 정기적으로 저녁 강 좌를 들으러 서둘러 달려가기 전에 — 나는 방 하나짜리 아주 작 은 아파트에 혼자 앉아 휴대용 올리베티 타자기로 눈부신 단편을 쓰려고 했다. 내가 군에 있을 때 밤에 쓴 이야기 두어 개는 이미

---

* 에벌리 웨스트는 미국 벌레스크의 전설적인 코미디언으로, 여기서 '보물상자'는 자신의 가슴을 가리키는 말.

문학 계간지에 실렸고 하나는 심지어 꽤 주목을 받기도 했지만, 이 이야기들은 눈부시지 않았고 뭔가를 본뜬 것이었으며, 그래서 나는 나 자신만의 방식으로 눈부실 계획이었다.

왜 못 하겠는가? 내 아파트에는 나를 막을 사람이 아무도 없었다―다른 누구도 들어올 수 없을 만큼 좁았다. 또 매일 아침 욕실에 걸린 거울을 건너다보며 거기에 비친 나의 모습을 향해 큰 소리로 "네가 할 것은 오로지 일뿐이야!" 하고 말할 때 나를 방해할 것은 내 눈에 보이지 않았고, 그래서 나에게 있는 모든 자유로운 자투리 시간까지 이용했고, 눈부신 작가가 되기 위해 노력했고, 내 야망이 분명하고 또 초점이 맞추어져 있기만 하다면, 나의 불굴의 용기가 무한하고 나의 헌신이 무결하고 내가 내 상상력을 온전히 책임지기만 한다면 내가 원하는 것을 성취할 수밖에 없다고 믿기 시작했다. 나는 거울 속의 굴복을 모르는 젊은 얼굴에게 "공격! 공격!" 하고 명령을 내리며 인내 하나만으로라도 승리를 거둘 것이라고 확신했다.

그 시절 나는 보통 내가 살던 곳에서 한 블록 떨어진 학생식당에서 이 달러 이하짜리 저녁을 먹었다. 하지만 일주일에 한 번 정도는 일 달러를 더 내고 발루아에서 그 집 전문인 두툼한 분홍색 로스트비프 한 조각을 먹었다. 발루아는 1950년대에 호수에서 멀지 않은 53번가 위쪽에 있던 평범한 동네 식당으로 대학 관련자들만큼이나 노동하는 사람들도 단골로 많이 찾아와 저녁을 먹었다. 나는 늘 자그마한 시칠리아인 카운터 점원의 얼굴을 보고 목소리를 들을 수 있는 테이블을 차지하려 했다. 당시 그는 로스트비프를 썰어주는 사람 옆에 서 있었는데 그의 일은 로스트비프를 먹으러 오는 모든 손님에게 "주스 아니면 그레이비?" 하고 묻고 요청하는 대로 접시에 푸짐하게 국자로 퍼주는 것이었다. "주스"란 고기를 구울 때 배어나오는 피를 뜻했다.

그는 첫 단어를 가볍게 음악적으로 강조하면서 악센트가 있는 노래하는 억양으로 "주스 아니면 그레이비?" 하고 말했는데 내가 그 세 단어의 흥미로운 단조로움에 맞추어 느긋하게 저녁을 먹는 동안 그 말을 쉰 번은 했을 것이다. 매번 똑같은 질문이었다. 두 음절짜리 한 단위 뒤에 한 음절짜리 두 단위. 그게 그가 말로 하는 업무의 전부였다.

어느 날 저녁, 식당에서 내가 늘 먹던 걸 — 내가 선호하는 것은 늘 주스였다, 먼저 묻기 전에 주문할 만큼 예의를 모르는 사람은 절대 아니었지만 — 챙기려고 카운터를 따라 늘어선 줄에 선 뒤 쟁반을 들고 좋아하는 테이블로 갔을 때 빈 의자가 네 개라는 것을 알았다. 그 시간에는 특이한 일이었다. 하긴 그날은 온종일 폭풍이 쳐 나도 그냥 집에서 죽치며 통조림에 든 베이크트빈이나 데워 먹으면서 그주의 일학년 작문 백 개를 채점이나 하는 쪽으로 마음이 기울 뻔했다. 내가 그런 날씨에 밖으로 나선 것은 오로지 — 기나긴 저녁에 틀어박혀 쉼표 오류를 교정하고 엉킨 문장을 풀어내기 전에 — 그 용감무쌍한 국자 담당이 읊조리는, 늘 내 기분을 북돋워주는 네 음절 하이쿠를 들으려는 것일 수도 있었다. 따라서 그날 폭우를 뚫고 나가 내가 가장 좋아하는 테이블에서 빈자리 네 개를 발견했을 뿐 아니라 내가 좋아하는 자리에서 앞서 저녁을 먹은 사람이 테이블에서 잊고 갔거나 버리고 간 가로 8½ 세로 11짜리 하얀 타자 용지와 마주친 것은 당시에는 그저 그것, 거의 아무것도 아닌 것일 뿐이라고 할 수 있었는데, 그 종이는 결국 수십 년 동안 나를 옭아매게 된다.

종이에는 들여쓰기를 하지 않고 행간 여백이 없는 문단 형태로, 함께 보았을 때 전혀 말이 되지 않는 열아홉 문장이 타자되어 있었다. 종이 앞뒤 어디에도 저자의 이름은 보이지 않았지만 약 사백 단어에 열아홉 문장은 실험적 글쓰기 또는 자동기술법에 관심이 있는 학자의 작업일 가능성이 높았고, 이 페이지는 그 둘 가운데 하나의 예가 틀림없다고 짐작이 되었다. 그 종이에 적힌 글은 다음과 같다.

브렌다를 처음 보았을 때 그녀는 나더러 안경을 들고 있어달라고 부탁했다. 게이브에게, 약 덕분에 손가락을 구부려 펜을 잡을 수 있습니다. 부자가 되지 않는 것, 유명해지지 않는 것, 권력을 쥐지 않는 것, 심지어 행복해지지 않는 것, 교양을 갖추지 않는 것—그것이 그의 삶의 꿈이었다. 어머니는 나의 의식에 아주 깊이 박혀 있어서 학교에 들어간 첫해에 나는 나의 선생님 각각이 변장한 어머니라고 믿었던 것 같다. 선생님, 아직 태어나지 않은 생명을 포함한 인간 생명의 존엄성을 위해 4월 3일에 나와주신 것을 축하드리고 싶습니다. 이상하게 시작되었다. 나를 스미타라고 불러. 나의 사춘기는 폭발과 태풍 같은 성장의 고전적 시기가 아니라 대체로 가사 상태의 시기였다. 유혹은 처음에 사교 책임자, 악단 책임자, 가수, 희극인, 우리 가족의 산비탈 휴양지 호텔의 사회자인 허비 브래타스키라는 눈에 잘 띄는 인물로 찾아온다. 첫째로, 무엇보다도, 캠던의 아버지의 신발가게 위에서 강아지처럼 보호받는 양육. 이십 년 이상 전 어느 십 2월 오후 마지막 날빛이 꺼지는 시간에 — 나는 스물세 살이었고 첫 단편들을 써서 발표하고 있었으며 내 앞의 많은 성장소설 주인공과 마찬가지로 이미 나 자신의 방대한 성장소설을 생각하고 있었다 — 그가 숨은 곳에 도착하여 위대한 인물을 만났다. "도대체 버스에서 뭘 하고 있는 거야, 그런 돈을 가진 사람이?" 모든 사람은 아플 때 어머니를 찾는데, 어머니가 없으면 다른 여자들이 그 역할을 해야 한다. 그는 말한다. "네 소설은 단언컨대 내 인생 최고의 대여섯 권 가운데 하나야." 가족 주치의가 일상적인 신체검사 동안 그의 심전도에서 이상한 부분을 발견하고 그를 하룻밤 입원시켜 심장 도관 삽입을 해본 결과 그 병의 실체가 드러났지만 헨리의 상태는 약으로 잘 치료되어 그는 전과 똑같이 일하고 생활해나갈 수 있었다. 주커먼에게, 과거에는 알다시피 사실이란 늘 공책에 적는 것이었고, 그것이 내가 소설로 들어가는 방법이었소. "내가 그것을 적겠습니다. 당신이 시작하시죠." 아버지는 여든여섯 살이 되었을 때 오른쪽 눈의 시력을 거의 잃었지만 그것을 빼면 그 나이의 남자치고는 대단히 건강한 것 같았으나 플로리다의 의사가 벨 마비라고 오진한 병에 걸리고 말았는데, 이것은 보통 일시적으로 얼굴 한쪽에 마비가 오는 바이러스 감염증이었다. 법적인 이유로 이 책의 수많은 사실을 바꿀 수밖에 없었다.

이제 이 문건 — 이 장난 — 이 선물 — 뭐가 되었든 이 이해할 수 없는 것 — 이 아무것도 아닌 것 — 이 내 손에 들어왔는데, 그것은 "심장 도관 삽입"이라는 말이 의학 세계에서 뭐든 현실적인 것을 가리키기 십여 년 전, 나 자신의 여든여섯 살 난 아버지가 정말로 처음에는 플로리다의 한 의사가 벨 마비라고 오진한 치명적인 뇌종양에 걸리기 삼십 년 전쯤의 일이었다. 열다섯번째와 열여덟번째 문장에 나타난 특별한 선견지명은 첫눈에는 설명이 불가능해 보일 수도 있지만, 전에는 오직 상상으로 종이에 적혀 있었던 것이 현실 세계에서 일어나게 되는 일이 그렇게까지 특별한 것은 아니라는 사실을 떠올릴 필요가 있다. 사실 그런 현상은 수십 년간 일하는 날이면 날마다 말로 삶과 비슷한 것을 만들어낸 사람에게는 전혀 미지의 것이 아니다. 그런 일은 나에게 가끔 일어났고 남들에게도 일어났기 때문에 열다섯번째와 열여덟번째 문장을 떠올린 사람이 누구건 그에게 그런 일은 충분히 일어날 수 있었다. 아니, 열다섯번째 문장을 떠올린 사람이 누구건 또 그다음에 열여덟번째 문장을 떠올린 사람이 누구건, 이라고 해야 하나? 오늘에 이르러서도 이 상상 속에나 나올 듯한 문건의 작성자가 한 사람의 기발한 저자인지, 아니면 각 문장마다 다른 기발한 저자가 있는 것인지 나는 알 수가 없기 때문이다. 게다가 두번째 설은 이 문단의 급진적인 무작위성과 더불어 거기에 분별해낼 만한 논리나 질서가 없다는 사실을 설명해줄 수도 있다.

내가 다음 일 년 동안 이 한 장짜리 문건을 잃어버리지 않은 것은 처음에 이것이 나타난 것에 못지않은 기적이었다. 나는 결코 이것을 버릴 수는 없었지만 그렇다고 처음부터 이것을 잘 보관해두려고 한 것도 아니었다. 계속해서 몇 달 동안 잊고 있다가 책상 옆 쓰레기통 바닥에서 눈에 띄거나, 학생들의 주간 과제 사이에 끼어 있는 게 눈에 띄거나, 전화기 옆에 놓여 메시지를 받아적거나 나보다 먼저 나의 꼼꼼한 어머니가 그랬던 것처럼 늘 일요일에 그주에 할일 목록을 적는, 줄이 그어진 노란 종이첩과 함께 놓여 있는 게 눈에 띄었다.

종합적으로 통일된 의미를 드러낼 내재적인 전략을 찾아 문학적 사냥개처럼 헛되이 그것을 살피는—그것이 눈에 띌 때마다 내가 그랬던 것처럼—대신 이 문건 또한 해야 할 일들의 목록이라는 생각이 들었을 때에야 당시 나만큼 주해註解의 기술과 관련된 훈련을 잘 받지 않았던—또는 아마도 훈련을 나처럼 엉터리로 받지 않았던—사람이라면 누구나 처음부터 틀림없이 분명하게 보았을 것을 보게 되었다. 나는 이 문장들이 쓰인 그대로는 서로 아무런 관계가 없다는 것을 알았다. 만일 이 문단에서 어떤 의미 있는 의도가 판별될 수 있다면 그 의도는 내부의 판독 가능한 암시들로부터 교묘하게 발굴해내기보다는 외부로부터 적용될 수밖에 없다는 것을 알았다.

내가 결국 깨달은 것은 이 문장들이 내가 쓰는 일을 떠맡게 된 책들의 첫 줄들이라는 사실이었다.

이것들이 마지막 또는 쉰번째 또는 오백번째 줄이 아니라 첫 줄이라는 것을 내가 어떻게 알게 되었는지 묻지 마라. 내가 쓰게 될 책들이 왜 이 문장들이 그 조직화되지 않은 문단에 배치된 바로 그 순서대로 쓰여야 한다고 생각했는지 묻지 마라. 왜 반대 순서가 아닐까? 아니면 닥치는 대로, 아무런 순서 없이? 스물세 살의 나이에 그 신비한 종이를 보고 몰두하게 된 계획을 정당화해 보라고 하지 마라. 예순한 살이 되어 나는 이제 한때 그랬던 것과는 달리 비합리적인 것을 합리화하거나 어떤 환상적인 목적을 위해 나 자신에게 엄청난 과제를 맹목적으로 할당하는 일에 이제는 열심이지 않기 때문이다 — 이제는 '왜Why'의 노예가 되거나 고착된 의지에 밀려가는 포로가 되지 않을 만큼 오래 살았다고 생각하고 싶다. 심지어 내가 끌어낸 결론이 전혀 근거가 없고 또 오늘날까지 나의 경력 전체가 어리석은 전제에 근거했다고도 기꺼이 인정할 수 있다. 스물세 살에 이 열아홉 개의 도입 문장 각각으로부터 필연적으로 따라나올 수밖에 없는 수만 단어를 내가 동원할 수 있는 최대의 정확성으로 알아내는 터무니없고 언뜻 해낼 수 없는 것으로 보이는 과제를 나 자신에게 부과했다는 것을 생각하면 망연자실하게 되며, 심지어 수치스럽기까지 하다. 식당의 내 평소 자리에서 다른 말이 가득한, 또는 아무 말도 없는 텅 빈 다른 종이를 발견했다고 또는 아무런 종이도 발견하지 못했다고 생각해보라. 접시 치우는 직원이 나보다 앞서 도착해 그것을 구겨 더러운 접시 사이에 버렸다고 생각해보라. 내가 집에 도착했을 때 정신을 차리고 그 종이를 쓰레기통에 던졌다고 생각해보라. 그랬다면 내가 무슨 책을 썼을까? 혹시 아무런 책도 쓰지 못했을까? 그날 저녁 시카고에서 로스트비프 조각을 먹다가 그저 어떤 학생 농담꾼의 다다이즘에 물든 곡예 같은 관념에 불과했을지도 모르는 것에서 평생의 작업을 끌어내는 일을 떠맡았다고 믿는 대신 집안에 머물며 콩을 먹었다고 생각해보라. 공정할까 아니면 공정하지 않을까? 행운일까 아니면 불운일까? 의미가 있을까 아니면 의미가 없을까? 우연일까 아니면 미리 정해진 걸까? 주스 아니면 그레이비?

글쎄, 그게 내가 할일이었든 아니든 이제 그 일은 완료되었다. 내 관점에서 보자면, 오랜 세월에 걸쳐 이 문장들 각각에서 한 음절 한 음절 풀려나온 그 책들은 끝나고 마무리되었다. 1994년 현재, 내가 한 번도 누구에게든 있다는 것조차 말한 적이 없는 비밀이었던 그 종이에 적힌 각각의 문장 옆에는 이제 작고 빨간 체크 표시가 되어 있다. "법적인 이유로 나는 이 책에 있는 많은 사실을 바꿀 수밖에 없었다." 1993년에 출간된 『샤일록 작전*Operation Shylock*』의 서문은 그렇게 시작하며, 그것으로 삼십칠 년 전 시카고에서 폭풍이 치는 밤에 시작되었던 일은 끝났다. 마침내 다른 사람들 눈에는 불가능하다고까지는 할 수 없어도 마땅히 괴상하게 보였을―물론 나 자신에게도 너무나 자주 그렇게 보였다―스스로 진 짐에서 벗어나고, 시카고의 한 식당에서 발견한 종잇조각에 가득 적힌 횡설수설에 책임을 지는 것 외에는 거의 모든 요구를 받아들이지 않던 태도를 던져버리고, 마침내 보호

쿠션으로 둘러싸인 작은 방안에 갇힌 광인이 의미 없이 몰두하는 일을 닮은 강박적이고 외로운 투쟁으로부터 해방된 지금, 나는 여기에서 어디로 가야 할까? 그런 광기 뒤에, 나 같은 사람은 어디에서 제정신을 찾을 수 있는 것일까?

아버지의 유산*

오늘 여기에 서서 '뉴저지 역사협회'가 주는 명예상을 받을 사람은 『아버지의 유산』의 저자가 아니라 『아버지의 유산』의 제재, 나의 아버지, 허먼 로스입니다. 뉴저지 거주자로서 그의 재임 기간은 나와는 달리 이십 년도 안 되어 끝나지 않고 1901년 뉴어크의 센트럴워드에서 태어난 이후 중단없이 이어져 팔십팔 년 뒤 엘리자베스 병원에서 죽을 때까지 유지되었습니다. 그는 인생의 거의 절반 동안 여기에서 생명보험을 팔았습니다. 1930년대에 뉴어크의 영업사원으로 시작하여 벨빌의 유니언시티 관리인으로서 1940년대, 1950년대, 1960년대에도 계속하였고, 마지막

---

* '뉴저지 역사협회상' 수락 연설, 1992년 10월 5일. — 원주

으로 캠든 바로 바깥, 메이플셰이드 아래쪽에 있는 메트로폴리탄 생명에서 예순세 살에 퇴직했습니다. 저지 북부와 남부의 모든 계급과 민족 범주 속에서 가족 주치의이자 사회사업가처럼 밀착하여 일을 하면서 ― 당시에 생명보험 영업사원들이 그랬듯이 ― 이곳의 수천 가족과 가장 강인한 인간적 용어로(아버지는 나에게 말했습니다. "그 사람들은 죽지 않는 한 이길 수 없어.") 생사의 문제에 관해 이야기하면서, 아버지는 이 주에 사는 시민의 매일의 삶에 대한 풍부한 지식을 갖게 되었는데, 그것은 나 자신의 지식을 훨씬 넘어서는 것이며 이 지역에서 태어난 사실주의 소설가가 부러워할 수밖에 없는 것입니다. 나는 아버지의 전쟁 전 뉴어크에 대한 백과사전적 지식을 제임스 조이스가 자신의 소설에서 그렇게 풍부하고 정확하게 옮겨놓은 넘쳐나는 더블린 감각과 망설임 없이 견줄 것입니다.

자기 나름의 상표를 가진 인식과 실용적 지성을 갖추고 방대한 개인적 경험을 바탕으로 뉴저지에서 가장 크고 또 아버지가 거기에서 일하던 수십 년 동안은 가장 활기차고 생산적인 도시였던 뉴어크의 사회를 알게 된 사람, 단지 모든 동네마다, 심지어 블록과 집과 아파트마다 아는 것이 아니라 문마다, 복도마다, 층계참마다, 보일러실마다, 부엌마다 알게 된 그 사람은 보험인이었지 소설가가 아니었습니다. 그 주민이 만들어내는 이야기를 모든 세부 사항까지는 아니라 해도 손에 쥐듯이 알고 있는, 따라서 ― 아버지가 온종일 또 저녁에도 대부분 거기에 나가 자신이 판 보험의 보험료를, 가난한 사람에게서는 가끔 일주일에 이십오 센트라는 적은 돈을 걷던 시절에 ─ 출생마다, 죽음마다, 병마다, 재앙마다 알고 있는 사람은 아버지였지 내가 아니었습니다. 직업 덕분에 매일 아무리 하층이라해도 사람들 사이로 또 집안으로 들어가 결국 뉴어크시의 아마추어 도시학자 같은 존재, 주의 한쪽 끝에서 다른 쪽 끝에 이르기까지 무임소 인류학자가 된 사람은 아버지였지 내가 아니었습니다. 내가 아버지의 이름으로 이 상을 받아들이고 싶은 것은 이런 성취의 엄청난 알맹이 때문이고, 아버지가 완강한 도시의 곁으로 보기에 하찮은 생명의 일상적 삶의 넓이와 깊이에 전혀 평범하지 않게 얽혀들었기 때문입니다.

1870년에서 1910년 사이에 십만 인구 ─ 대체로 영어를 구사하는 조상을 가진 주민 ─ 를 가진 번창하는 제조업 도시 뉴어크 속으로 외국 이민자 이십오만 명이 들어와 정착했습니다. 이탈리아인, 아일랜드인, 독일인, 슬라브인, 그리스인 그리고 유대인, 동유럽에서 온 약 사만 명의 유대인. 그들 가운데 나의 무일푼의 젊은 조부모 젠더와 베르타 로스도 있었습니다. 1901년에 태어난 나의 아버지는 그들이 미국에서 낳은 첫 자식이었는데, 아들 여섯과 딸 하나로 이루어진 일곱 자식 가운데 중간이었고, 평생 대부분의 기간에 중간의 남자이기도 했습니다. 이디시어를 하는 부모의 관습과 가치에 구현된 과거의 부담과 자신의 미국인 자식의 태도 자체에서 표현되는 미래의 요구 사이, 그 중간에서 협상하는 것은 아버지의 과제일 뿐 아니라 대체로 새로운 세기에 새로운 세계에서 태어난 이민자 자손 전 세대, 지금은 오직 극소수만 남아 있는 세대가 힘을 기울인 일이기도 했습니다.

모든 미국 세대는 어떤 의미에서는 태어나면서 부여받은 충성심과 급격히 변하는 사회의 요구 사이에서 곡예를 하는 중간 세대입니다. 중간에서 싸워나가며 기울이는 노력, 어린 시절 충성심에 바탕을 둔 유대에 책임을 지면서 오래된 생활방식이 쓸려나가지 않도록 — 특히 도덕의 영역에서 — 방어하는 동시에 완전히 새롭고 불확실한 방식으로 요구하고 약속하고 심지어 위협하는 사회 속으로 자식들을 풀어 내보내는 노력은 미국의 문화적 전투의 핵심일 것이고, 여기에서 고전적인 가족 충돌이 나타납니다. 제1차세계대전 전 수십 년 동안 미국에 새로 도착한 이민자 부모에게서 태어난 세대보다 이런 분투에 내재하는 갈등 — 그리고 위협적인 적대자들이 촉발한 수모와 좌절로 가득한 무기고 — 을 더 예리하게 경험한 세대는 많지 않으리라고 생각합니다.

동화同化는 너무 약한 말로, 공경과 굴종이라는 부정적 함의를 너무 많이 전달하고 재갈을 물리며, 나의 아버지와 같은 사람들이 실제로 수행했던 그 협상 과정을 묘사하기에는 너무 정제된 이야기를 제시합니다. 그들이 미국의 현실에 통합되는 과정은 그보다 활기차고 또 복잡했습니다. 그것은 두 방향의 수렴으로, 에너지의 추출과 교환, 즉 대사와 비슷했지요. 유대인이 미국을 발견하고 미국이 유대인을 발견하는 정력적인 상호교환이었습니다. 이것은 여러 특징과 자질의 혼합물을 생산하는 귀중한 타가수정他家受精 과정으로, 다름 아닌 새로운 미국적 유형을 발명하는 유익한 작업이기도 했습니다. 이 유형이란 여러 충성과 관습의 융합, 설계에 완전히 흠이 없는 것은 아니고 고통스러운 마찰 지점들이 없는 것도 아니지만, 가장 잘 된 경우에는 (나의 아버지는 분명히 그런 잘된 경우였지요) 활력과 강렬함을 발산하는 건설적인 태도를 산출했던 융합 — 밀도 높고 활력 있는, 감정과 반응의 모체 — 으로 형성된 시민이었습니다.

내가 말하고 있는 세대는 대체로 학교에 다니지 못했고 교육 수준이 낮았습니다. 뉴어크에 사는 사람들 가운데 원주민보다 새 이민자가 이 점 오 배 많던 세기 전환기의 이 시절에는 뉴어크 초등학생 가운데 칠십 퍼센트 — 이때는 뉴어크 초등학생 전체 가운데 삼분의 이가 이민자의 후손이었지요 — 가 오학년을 넘기지 못했습니다. 아버지는 엘리트에 속해 무려 팔학년까지 다니고 학교를 나와 나머지 인생 내내 일을 했습니다. 그들의 후손 — 나의 세대 — 의 경험과는 반대로 그들의 교육은 주로 교실이 아니라 작업장에서 이루어졌습니다. 일자리에서 그들의 관점이 형성되고 미국 세계에 대한 일차적 지식을 끌어냈지요.

취직을 하는 곳 — 양조장, 무두질 공장, 항만, 작업장, 농산물 시장, 건축 현장, 직물 노점, 리어카 노점 — 이 편견이라도 하나 바로잡아주고, 공감을 넓혀줄 이상적인 분위기는 아니었습니다. 나아가 과거의 습관이나 관행이나 몸가짐의 방식이 갑자기 거슬리면서 의미가 없거나 속박하는 것처럼 느껴지다가 시간이 좀 지나면 그냥 이상하다고 느껴졌지만 그런 것들의 새로운 대체물을 육성해주지도 못했지요. 하지만 그럼에도 이곳이 합체가 시작된 곳입니다. 전에 들어보지 못한 새로운 미국의 정체성은 학교, 교사, 시민 교과서가 아니라, 당연한 말이지만, 민족학 교육 프로그램에 의해서 생기는 것이 아니라, 번창하는 도시의 피부에 느껴질 듯 요동치는 변화 가능성에 의해 자연발생적으로, 즉흥적으로—파토스와 실수, 분노와 상처, 도전, 저항, 눈물, 냉대가 없지는 않았지만—형성됩니다.

중간에 있는 남자나 여자는 양편으로부터 타격을 받습니다. 우선 이 이민자 세대의 자녀들은 어쩔 수 없이 자신이 원주민보다 열등하다고, 모든 사교적 문제에 무지하다고, 품위가 없다고, 상스럽다고 느끼게 되었고, 그다음에는 둔감하다고, 또 자신이 곤경을 무릅쓰며 살고 있는 이유인 자식보다 지적으로 열등하다고 느끼게 되었습니다. 그러나 대학을 통과하는 것 외에 다른 어떤 방법으로 이 간극을 지울 수 있을까요? 졸업장과 학위가 제공하고 또 보호하는 "좋은 교육"이라고 알려진 강장제 덕분에 우리는 미국화라는 여러 겹의 과정을 끝까지 다 통과합니다. 랍비에게 교육을 받은 나의 할아버지가 19세기의 맨 끄트머리에 뉴어크 모자 공장에 일하러 가면서 시작된 일이 거의 20세기 한복판에 내가 시카고대학에서 영문학 석사 학위를 받으면서 마무리되었습니다. 삼대에 걸쳐, 약 육십 년 만에, 정말이지 금세 우리는 해냈습니다—우리는 여기에 왔을 때의 모습과는 전혀 닮지 않았습니다. 역사의 관점에서 볼 때 우리는 어떤 근본적인 미국적 추진력 때문에 거의 하룻밤 새에 재구성되어 알아볼 수 없는 새로운 존재가 되었습니다. 그렇게 가장 평범한 수준에서 우리 역사의 드라마가 빠르게 펼쳐지고, 이것이 존재하는 것을 그것이 아닌 것으로 바꾸면서 우리가 우리 자신으로 나타나는 과정의 신비를 밝혀줍니다.

　이 짧은 몇 마디가, 내가 왜 딱 삼 년 전 죽은 아버지를 대신해이 상을 받고 싶은지 여러분에게 설명해주었기를 바랍니다. 여기뉴저지 한복판에서 궁지에 몰린 남자로서 평생 그는 이제 거의사라진 세대의 삶을 규정하는 분투를 더욱 강하게 밀고 나가는행동을 했습니다. 그 가족의 미국 재임 기간은 이제 거의 백 년에육박하고 있습니다. 상을 받을 자격으로 보자면 나는 아버지보다한참 뒤처집니다. 뉴어크의 연대기 기록자로서 나는 그저 그의어깨 위에 서 있을 뿐입니다.

이디시/영어*

  얼마 전 매사추세츠주 케임브리지에 가 있을 때 세 친구와 특
별한 저녁식사를 함께 했는데 그 가운데 둘은 작가였고 — 미국
소설가 솔 벨로와 이스라엘 소설가 아하론 아펠펠트 — 세번째
사람은 보스턴대학 문학 교수인 솔 벨로의 부인 재니스 프리드먼
벨로였습니다. 솔과 아하론이 서로 만나는 것에 관심을 보여 내
가 케임브리지의 한 식당에서 함께 모이는 자리를 마련했지요.
  솔 벨로는 1957년에 처음 만났는데 그때 나는 시카고대학의
젊은 강사였고 『오기 마치의 모험』의 작가는 마침 그 대학을 방
문했습니다. 아하론 아펠펠트는 1980년에 처음 만났는데 그때

---

* YIVO 유대인 연구소 평생공로상 수상 기념 연설, 1997년 12월 4일. — 원주

나는 런던에 살고 있었고 『바덴하임 1939』의 작가는 강연을 하러 그곳에 왔습니다. 그 이후로 나는 이 주목할 만한 두 인물을 각각 여러 번 만났으며, 그랬기 때문에 내가 한자리에 모이게 했을 때 이들이 내가 전에 알던 그 솔, 그 아하론과는 조금 다른 사회적 생물이 될 거라는 사실, 그들이 새롭고 눈부신 방식으로 나에게 주목할 만한 모습을 보여줄 거라는 사실은 예상하지 못했습니다.

그것은 내가 전에 한 번도 그들이 이디시어로 말하는 것을 들은 — 또는 본 — 적이 없기 때문이었습니다. 솔은 금세기의 1910년대와 1920년대에 몬트리올과 시카고에서 이민자 유대인 사이에서 자라며 어린 시절 이디시어를 배웠습니다. 부코비나에서 어린 시절 처음 배운 언어가 독일어인 — 소설은 히브리어로 씁니다 — 아하론은 1940년대와 1950년대에 히브리어를 배우는 학생으로서 대학에서, 또 텔아비브와 예루살렘 거리에서 자신과 같은 홀로코스트 생존자들로부터 이디시어를 배웠습니다.

그들이 이디시어로 길게 대화할 때 둘의 무엇이 변했을까요? 모든 것이 변했습니다. 그들이 생기를 띠는 방식 전체가 변했습니다. 정신이 멀쩡한 상태와 그들의 관계가 변했습니다. 흥분과 그들의 관계가 변했습니다. 도시적 성격과 그들의 관계가 변했습니다. 얼굴 자체와 그들의 관계가 변했습니다. 각자가 자신을 마법적으로 새로 섞어놓은 것 같았고, 자기 자신 가운데 새로 활성화된 영역을 소유하게 된 것처럼 보였습니다.

아하론과 솔이 이디시어를 통해 대화 속으로 더 깊이 들어가려고 노력하는 것처럼 보이지는 않았습니다. 이디시어에서 그들이 존재의 더 깊은 의미 같은 걸 발견하거나 그런 것도 아니었지요. 오히려 거기에서 또다른 의미, 삶의 다른 그림을 발견한 것 같았고, 그것이 또 그들을 완전히 다른 정신 상태, 초자연적 인식 상태로 들어가게 해준 것 같았습니다. 예를 들어 나는 아하론이 그렇게 연극적이 되는 것을 한 번도 본 적이 없고, 놀이에 대한 자신의 본능을 그렇게 벌거벗은 상태로 드러내는 걸 본 적이 없었으며, 또 솔이 그렇게 아이처럼 자신의 사교적 침착성에 주의를 기울이지 않는 것을 본 적이 없었습니다. 그들이 솔 벨로와 아하론 아펠펠트라는 것을 잊어라. 그 순간에는 이 두 문학 천재가 이디시어를 말하는 것보다 더 재능을 가진 일은 없는 것처럼 보였거든요. 그들의 생기 넘치는 상호작용 가운데 어떤 것이 그들 존재의 가장 주관적인 기층基層에 접근하게 해주는 것 같았는데 마치 이디시어를 사용함으로써 크든 작든 전에는 발설할 수 없었던 모든 것에 출구를 제공하는 말을 표면으로 끌어올릴 수 있는 것 같았습니다. 그들은 처음 만나는 사람들의 대화를 옥죌 수도 있는 그런 방해물을 순식간에 떨쳐버리고 정말 보기 드문 종류의 친화성 속으로 떠내려갔습니다. 마치 이 넓디넓은 세상에서 오래전에 잃어버린 형제를 만난 것 같았고, 그 결과 그들이 하는 모든 말이 신선한 의미, 이보다 덜 독특한 연결을 공유하는 두 사람에게는 도저히 가질 수 없을 것 같은 의미를 띠는 것 같았습니다.

조용히 옆에 앉아 미국 영어의 위대한 달인과 현대 히브리어의 위대한 달인이 기쁨을 감추지 않고 그렇게 수월하면서도 그렇게 열심히 이 근본적으로 다른 장소와 시간의 언어를 말하는 것을 지켜보는 것, 그들이 그 소멸된 언어적 장소에 매혹된 채 그렇게 행복하게 또 언어학적으로 얽혀 있는 것, 부끄러운 줄 모르고 서로 냄새를 맡는 장난치는 개 두 마리처럼 얽혀 있는 것을 관찰하는 것이 나에게 그랬던 것처럼 재니스에게도 묘한 매력을 풍기는 장면이었다고 믿습니다. 말과 그 의미는 그들에게 완전히 뿌리를 내리고, 동시에 완전히 인간적으로, 또 동시에 감동적으로 그들의 일부를 이루고 있었기 때문에 그들이 그렇게 머물고 있는 것 또 머물고 있는 곳을 지금은 상실했다는 것이 생각도 할 수 없을 만큼 엄청난 일로 느껴졌습니다. 한때 번창했으나 이제는 거의 사라진 것이었지요. 그들이 하는 모든 말, 모든 억양에 사라져버린 그 거대한 세계가 스며 있었습니다. 이들이, 지금 여기 있는 이 두 존경받는 예술가가 그렇게 기쁨에 가득차 열광하고 거의 조병躁病 상태에 이른 것처럼 보이는 것도 당연했습니다. 그들은 우리 눈앞에서 역사의 시계를 되감고 있었으니까요. 둘이 절정에 이르렀을 때는 우리가 알아볼 수 있는 예전의 자아로 돌아가는 것이 불가능할지도 모르겠다는 생각이 들 정도였습니다. 그들이 얼마나 놀랄 만한 비행을 하고 있는 것인지! 우리는 놀라고 매혹된 참가자인 동시에 구경꾼이었습니다. 우리는 모두 이디시어의 손아귀 안에 들어가 있었습니다.

아하론과 솔은 그날 밤 저녁식사 때 서로 이야기할 때만 이디시어를 사용했습니다. 재니스와 나는 이디시어를 모르기 때문인데, 그렇다고 해서 우리 둘이 그 상황의 자극적인 매력과 우리가 목격하고 있는 공명의 달콤한 전율에 영향을 받지 않았다는 말은 아닙니다. 아하론 아펠펠트는 1932년 루마니아 부코비나에서 태어났고, 나는 이듬해 뉴저지주 뉴어크에서 태어났습니다. 솔의 부모는 19세기 러시아에서 태어난 유대인이었고 나의 부모는 20세기 뉴저지에서 태어난 유대인이었습니다. 허먼 로스와 베스 핑클은 태어난 첫날부터 미국인이었고 따라서 나의 모어는 영어지요. 그리고 나는 영어의 마법에 걸린 채 지금까지 육십사 년을 살았습니다. 나 같은 이력을 가진 사람에게 영어는 이미 오래전부터, 유대인에게 떨어진 또하나의 예측 불가능한 사고 같은 게 아니었습니다. 나의 세계를 한데 묶고 있는 것은 영어, 오직 영어지요. 나는 영어를 제외하면 벙어리입니다. 영어를 빼앗기면 완전한 정신적 어둠에 빠져들 겁니다.

나는 인생의 수많은 덫을 피하려고 노력해왔지만 영어의 포로가 되는 것은 피하려 한 적이 없습니다. 영어는 나에게 현실을 가리키고 표현할 뿐 아니라 그 자체로 진짜 사물입니다. 진짜 사물 가운데도 가장 진짜입니다. 어떤 것도 이보다 분명하게 만져지지 않습니다. 삶이 바로 영어입니다. 나는 영어가 만든 사람입니다. 영어로 글을 쓰는 것은 나의 삶이 나에게 제시한 가장 큰 시련입니다. 이만 하면 할 만큼 했다고 느낀 적도 있고, 난타전을 있는 그대로 즐긴 적도 있고, 싸움에서 말짱하게 살아남은 적도 있지만, 나의 결의에도 불구하고 영어로 글을 쓰는 것은 또한 괴로움이었고 가장 심각한 실망의 원인이었습니다. 거꾸로 영어가 없었다면 나의 삶은 아무것도 아닌 것이 되었겠지요 — 아마도 다른 운명과 씨름하면서 훨씬 나쁜 고역의 희생자가 되어 지금 나로서는 상상도 할 수 없는 무익함을 맛보았기 십상입니다. 나는 영어라는 언어에 미학적 책임 — 미국 소설가에게 내려진 모세의 명령 — 을 지고 있습니다. 이것은 나라는 사람이 실제에 대한 나의 환상, 사실주의적 소설로 가장한 그 고삐 풀린 환각을 세상에 밀어붙이고자 할 때 사용하는 수단입니다.

YIVO가 영어에서 평생에 걸쳐 이룬 성취로 나에게 명예로운 상을 준다는 것 — 이디시어, 폴란드어, 러시아어, 독일어, 히브리어로 이루어진 동유럽의 유대인 기록을 열심히 보존해온 여러분이 어떤 유대인이 영어로 이룬 성취를 인정해주고 싶어한다는 것…… 음, 그것은, 이렇게 말해도 좋다면, 여러분의 성취이며, 그 점에 대해 내가 여러분을 인정하고 싶습니다.

여러분은 내게 매우 너그러웠습니다. 감사합니다.

나는 미국 이름들과 사랑에 빠졌다*

미국에 대한 나의 감각을 형성해준 작가들은 대부분 나보다 약
삼십 년에서 육십 년 먼저 태어났습니다. 궁핍해진 수백만 명이
구세계를 떠나 신세계로 오고 우리 도시의 셋집으로 이루어진 슬
럼에는 다른 누구보다도 러시아와 동유럽 출신의 이디시어를 사
용하는 이민자들이 넘쳐나던 시절이었지요. 이 작가들은 나 같은
아이의 가족들에 관해서는 아는 게 거의 없었습니다. 나는 이런
가난한 19세기 유대인 이민자들 네 명의 다소 전형적인 미국인
손자였지요. 그 이민자들의 자식인 나의 부모는 자신이 성장한
이 나라에 자신이 완전히 속해 있다고 여기고 또 이 나라에 깊이

---

* 2002년 11월 20일 전미도서재단의 미국 문학 특별기여 메달 수상 연설.

헌신하는 마음을 품고 있었습니다. 우리집 복도에는 독립선언문 복제품이 걸려 있었지요. 물론 이들이 이질적인 외부자라고 생각하는 사람들도 있었지만요. 어쨌든 20세기 초 뉴저지에서 태어난 나의 어머니와 아버지는 미국에서 행복하고 편안했습니다. 물론 그들은 미망을 품지 않았고, 자신들에게 낙인이 찍혀 있으며 기름 부음을 받은 잘난 사람들이 자신들을 역겨워한다는 것을 알고 있었지요. 또 물론 그들은 제2차세계대전 이후 수십 년이 지나도록 유대인을 이 나라의 제도적·기업적 영역의 많은 부분에서 체계적으로 배제하는 환경에서 성장했습니다.

미국에 대한 나의 감각을 형성하고 확장한 작가들은 주로 중서부와 남부의 소도시 출신이었습니다. 그들 가운데 유대인은 없었습니다. 그들을 규정한 것은 나의 가족을 전에 살던 나라의 게토 생활의 속박과 종교적 정통파의 감시와 반유대인 폭력의 위협으로부터 끊어낸 1880년에서 1910년의 대량 이민이 아니라, 널리 확산하는 사업 문명과 그 이윤 지향적 추구가 농장과 농부의 토착 마을 가치를 덮치는 상황이었습니다. 이들은 농업적 미국의 산업화가 만든 작가들이었습니다. 이런 산업화는 1870년대에 불이 붙어 미숙련 이민자라는 대량의 값싼 노동력에 일자리를 제공하면서 이민자의 사회 흡수와 더불어, 주로 공립학교 제도를 통한 이민자 후손의 미국화를 촉진했습니다. 이 작가들을 만든 것은 산업화한 도시의 변화시키는 힘이었습니다. 노동조합 운동에 영향을 준 도시의 노동 빈민의 곤경과 더불어 잠식성 자본가들의 소유 에너지 또 그들의 신탁과 독점과 노조 파괴였습니다. 간단히 말해 그 작가들을 만든 것은 이 나라의 잉태 이후 나라의 경험의 핵심에 자리를 잡고 지금도 나라의 전설을 밀고 가는 힘이었습니다. 안정을 흔드는 가차없는 변화와 그뒤에 따르는 당혹스러운 상황―미국적 규모와 미국적 속도의 변화. 지속적 전통이 되어버린 근본적인 일시성.

나는 열여섯, 열일곱, 열여덟 살의 날것 그대로의 독자이던 시절 이 작가들에게 끌렸습니다―지금 내가 마음에 두고 있는 작가들은 특히 1871년 인디애나에서 태어난 시어도어 드라이저, 1876년 오하이오에서 태어난 셔우드 앤더슨, 1885년 미시간에서 태어난 링 라드너, 1885년 미네소타에서 태어난 싱클레어 루이스, 1900년 노스캐롤라이나에서 태어난 토머스 울프, 1903년 조지아에서 태어난 어스킨 콜드웰입니다. 내가 그들에게 끌린 것은 내가 성장한 뉴저지주 뉴어크에서 북으로 남으로 서로 뻗어 있는 수천 마일의 미국에 대한 커다란 무지 때문이었습니다. 그렇습니다, 나는 이 시기에 이런 분투를 하는 이런 부모에게 태어났지만 자발적으로 이 작가들의 자식도 되고자 했을 뿐 아니라 그들의 소설에 빠져들어 미국에서 그들의 장소들을 제2의 현실로 파악하려고 했습니다. 그것은 산업화한 뉴어크의 유대인 동네에 사는 미국 아이에게는 자아의 활기찬 확장이었습니다. 독서를 통해, 초등학교 때―1938년부터 1946년―내가 미국에 대해 갖고 있던 신화역사적 관념에서 위대함은 사라졌습니다. 나라의 이상화된 자기 이미지에 감동적으로 경의를 표하던 전시의 태피스트리가 풀리면서 미국의 현실이라는 개별적인 실들이 나타나기 시작한 것입니다.

이 나라의 독특함이 주는 매혹은 고등학생으로서 내가 사는 곳에 대한 감각을 확대하기 위해 뉴어크 공공도서관의 개가식 서가로 향하기 시작하던 제2차세계대전 이후 몇 년 동안 특히 강해졌습니다. 나라의 삶 바닥에 놓인 계급·인종·지역·종교의 적대에서 나오는 긴장, 나아가 흉포한 분위기에도 불구하고, 또 산업 발전에 수반되는 노동과 자본 사이의 갈등 — 전쟁 동안에도 지속되고 때로는 격렬해지던 임금과 노동시간을 둘러싼 싸움 — 에도 불구하고 1941년부터 1945년에 미국은 목적에 대해서는 전에 없이 통일되어 있었습니다. 나중에 전후 세계에서 전개된 가장 볼 만한 드라마의 중심 역할을 하는 미국이라는 집단적 감각은 쇼비니즘적 승리주의만이 아니라 1945년 승리 뒤에 놓인 중요한 작업에 대한 현실적인 평가에서 나온 것이기도 합니다. 그것은 인간적 희생, 신체적 노력, 산업적 계획, 관리의 천재성, 노동과 군의 동원으로 이룬 업적이지요. 이로써 그전 십 년의 대공황 동안에는 얻을 수 없을 것으로 보였던 공동체 정신을 끌어낸 것입니다.

이것이 미국에서 대단히 긴장된 역사적 순간이었다는 사실은 내가 읽는 것과 읽는 이유에도 영향을 주었으며, 또 이것은 이 영향력 강한 작가들이 나에게 행사하는 권위의 많은 부분을 설명해 주었습니다. 이들을 읽는 것은 두 막강한 적과 싸우는 가혹한 전쟁이라는 어마어마한 일이 거의 사 년 동안 우리 가족이 아는 거의 모든 유대인 가족과 내가 가진 모든 유대인 친구에게 매일 극

적으로 보여주던 것을 확인하는 데 도움을 주었습니다. 미국적
관련이 모든 것에 우선하며, 미국적 요구에는 의문의 여지가 없
다는 것. 모든 것이 자리를 다시 잡았습니다. 낡은 규칙에 큰 혼란
이 생겼습니다. 사람들은 이제 전례 없이 위협과 불관용의 잔재
에 맞설 준비가 되었으며, 전에 견디던 것을 그냥 참는 대신 자신
이 선택하는 어디에든 발을 내디딜 능력을 갖추었습니다. 미국의
모험이 사람들을 집어삼키는 운명이 되었습니다.

　이 나라에서 가장 크고 가장 잘 알려진 도시가 뉴어크 나의 거
리에서 동쪽으로 불과 십이 마일 떨어진 곳에 있었습니다. 강 두
개만 건너고 넓은 소금 늪지를 다리로 건너고 이어 나오는 세번
째 넓은 강 허드슨을 터널로 통과하면 뉴저지를 떠나 열차로 당
시 인구가 가장 많던 도시에 다다를 수 있었습니다. 그러나 그 규
모 때문에 ― 그리고 아마도 가깝다는 이유로 ― 뉴욕시는 내가
젊은 시절 갖고 있던 전후 토착문화 부흥을 목표로 한 낭만주의
의 중심은 아니었습니다.
　스티븐 빈센트 베넷은 "나의 심장을 운디드니에 묻어라"라는
마지막 네 마디로 유명한 1927년 시*의 아무런 위장 없는 휘트
먼적 서두에서 그 자신 같은 부유한 집안 출신 예일 졸업생만이
아니라 나처럼 루스벨트가 기른 유대인 소년도 대변했습니다.

---

* 스티븐 빈센트 베넷의 시 「미국의 이름들*American Names*」. ― 원주

"나는 미국 이름들과 사랑에 빠졌다." 바로 그런 먼 장소의 이름들이 가진 소리, 나라의 광대함, 아주 미국적이면서도 나 자신과 크게 닮지는 않은 방언이나 풍경에서 나 같은 감수성을 가진 젊은 사람들은 매우 강력한 서정적 호소력을 발견했습니다. 그것이 매혹의 핵심이었습니다. 사람들, 모든 사람이 어떤 미지의 거인이 키우는 거리의 아이로 재치 있는 소리를 잘하고, 속어를 사용하고, 아는 게 많다는 것. 오직 지역에 속함으로써만 나는 요령 있는 코즈모폴리턴이 될 수 있었습니다. 나라의 방대함 속으로 나가 있을 때, 그곳에서 표류하며 떠돌 때, 모든 미국인은 촌놈이었고, 위장할 수 없는 촌놈의 감정이 있었습니다. 스파튼버그, 산타크루즈, 낸터킷 라이트, 그뿐만 아니라 잘난 체하지 않는 스컹크타운 플레인, 로스트 뮬 플랫, 감질나는 이름인 리틀 프렌치 릭 등 그 소리만 들어도 생겨나는 그 기분좋은 정서에는 스티븐 빈센트 베넷 같은 세련된 문인도 무방비 상태가 되는 것이지요. 따라서 규정적인 역설이 있었습니다. 우리의 타고난 지방주의가 우리를 미국인으로 만들었습니다. 이 미국인에는 하이픈으로 앞에 다른 말을 붙일 필요도 없고 형용사가 필요 없습니다. 오히려 우리의 — 제2차세계대전이라고 부르는 충격적 걸작 때문에라도 — 타고난 권리가 되어버린, 당당하게 모든 것을 포괄하는 이 명사의 함의를 좁힐 어떤 형용사도 의심하게 되지요.

뉴어크 유대인? 나를 그렇게 불러도 이의를 제기하지 않을 것입니다. 스스로 자신을 규정하는 에너지와 사회적 불확실성이 섞여 있는, 자신의 자식들의 가능성을 단호하게 낙관적으로 평가하는, 비유대인 이웃과 방심하지 않고 대결하는 산업화한 뉴어크의 중간계급 하층 유대인 구역의 산물, 전쟁 전 뉴어크의 아일랜드인, 슬라브인, 이탈리아인, 흑인 구역이 아니라 이 인접한 전쟁 전 유대인 공동체의 자손…… 맞습니다, "뉴어크 유대인"은 1930년대와 1940년대에 도시의 남서쪽 모퉁이, 위퀘이크 동네에서 나처럼 성장한 누군가를 충분히 잘 묘사하는 말이었습니다. 정치적 영향력이 민족적 압박을 통하여 축적되던, 역사적 사실과 민담적 미신이 각각의 민족 관할구에서 외국인 혐오적 반감의 꾸준한 저류의 자양분이 되던, 일과 직업의 할당이 종종 종교와 인종의 선을 따라 나뉘던, 대체로 노동계급이 지배적인 도시에서 뉴어크 유대인이라는 것 — 이 모든 것이 아이의 자기규정, 자신이 특별하다는 감각, 지역의 상황 속에서 자신의 별도의 공동체에 관해 생각하는 방식에 큰 영향을 주었습니다. 더욱이 도시 각 동네의 특유한 관습에 자신의 감각을 조율하게 되면서 일찍부터 이해관계의 지속적 충돌에 예민하게 반응할 수밖에 없었습니다. 이런 충돌은 사회를 밀고 나가고 또 조만간 갓 태어난 소설가에게 모방 충동을 자극하게 되지요. 뉴어크는 나머지 모든 것을 여는 내 감각의 열쇠였습니다.

뉴어크 유대인 — 왜 아니겠습니까? 하지만 미국 유대? 유대계 미국인? 이곳에서 태어난 나의 세대에게 — 그들에게 어디에나 존재하던 유년의 광경은 전체주의적 악과 싸우는 기나긴 세계적 전쟁에서 미합중국의 변화하는 운세였습니다. 이들은 전후 십 년, 주목할 만한 변모와 무시무시한 냉전의 출발 시점에 고등학교를 다니고 대학생이 되면서 성년이 되고 성숙했습니다—그런 우리에게 자신을 제한하는 그런 낙인은 완전히 의식적으로 미국인으로서 성장한 우리의 경험, 좋은 쪽으로든 나쁜 쪽으로든 그것이 의미하는 모든 것과 어울리는 것처럼 보일 수가 없었습니다. 사실 이 나라에, 또 이 나라가 그 나름의 독특한 방식으로 누구도 넘볼 수 없는 냉담, 비할 바 없는 탐욕, 편협한 분파성, 총기에 대한 섬뜩한 매혹을 길러내는 솜씨를 두고 늘 환희에 차 있을 수는 없습니다. 이 나라의 가장 해로운 것의 목록은 계속될 수 있습니다만 나의 요점은 이것입니다. 나는 나 자신을 한 번도, 한 문장의 길이만큼도 미국 유대인 또는 유대계 미국 작가로 생각한 적이 없다는 것입니다. 그것은 내 상상 속에서 드라이저나 헤밍웨이나 치버가 일하는 동안 자신을 미국인 기독교도나 기독교도 미국인이나 그냥 단순하게 기독교도 작가로 생각한 적이 없었던 것과 마찬가지입니다. 나는 나 자신을 소설가라고 생각하고, 처음부터 자유로운 미국인으로서 또—그리 멀지 않은 과거까지 나와 같은 부류에 대하여 이곳에서 끈질기게 이어져온 일반적 편견을 의식하지 못하지는 않았지만—논란의 여지없이 미국적인 사람으로서, 내 평생 미국적 순간에 달라붙어, 이 나라의 과거의 마력에 홀린 채 그 드라마와 운명에 참여하고, 나를 사로잡고 있는 풍부한 모어로 글을 써왔습니다.

나의 유크로니아[*]

2000년 12월 아서 슐레진저의 자서전[**] 교정본을 읽다가 그가 1930년대 말과 1940년대 사건들을 묘사한 것에 특히 관심을 가지게 되었다. 그 시기에 그는 유럽을 여행하다 매사추세츠주 케임브리지로 돌아왔는데 그 사건들은 젊은 시절 그의 삶에 영향을 주었다. 또 그것은, 그 시기에는 비록 어린아이이기는 했지만, 내 인생에도 영향을 주었다. 커다란 세계는 매일 아버지가 자주 듣던 라디오의 뉴스와 하루가 끝나고 아버지가 집에 가져오는 신문을 통해, 또 아버지가 친구나 가족과 나누는 대화와 그들이 유럽

---

[*] 2004년에 씀. — 원주
[**] 역사학자 아서 슐레진저 주니어(1917~2007)의 『20세기의 삶: 순수한 출발, 1917~1950』(2000). — 원주

과 여기 미국에서 벌어지고 있는 일을 두고 느끼고 있는 것이 분명했던 불안을 통해 우리 집안으로 들어왔다. 심지어 학교에 다니기 전에도 나는 이미 나치의 반유대주의에 관해, 그 시절 채플린과 발렌티노 같은 영화 스타들과 더불어 그 세기 가장 유명한 국제적 인사로 꼽히던 헨리 포드와 찰스 린드버그 같은 저명한 인물들이 부추기던 미국의 반유대주의에 관해 이미 어느 정도 알고 있었다. 내연기관의 천재 포드와 비행 에이스 린드버그ㅡ그리고 미국 반유대주의 선전 장관이자 라디오 사제인 찰스 커글린ㅡ는 우리 아버지와 친구들이 결단코 반대하는 사람들이었다. 포드 자동차는 그 세기에 가장 인기가 좋았던 차였음에도 우리 뉴어크 유대인 동네 출신은 선택에 의해 거의 한 사람도 그 차를 소유하지 않았다.

나는 슐레진저의 자서전에서 린드버그를 1940년에 대통령으로 출마시키고 싶어하던 몇몇 공화당 고립주의자들이 있었다는 언급과 마주치게 되었다. 그게 다였다. 린드버그, 그리고 그의 정치적 명성에 관하여 내가 몰랐던 한 가지 사실을 언급한 그 한 문장. 나는 그것을 보고 "만일 그랬다면?" 하고 생각하면서 펜을 들고 여백에 그 질문을 적었다. 그러고 나서 책을 마무리하기까지 삼 년의 작업이 필요했지만 『미국을 노린 음모』의 아이디어는 그렇게 찾아왔다.

우리 가족의 관점에서 볼 때 린드버그가 대통령이 되는 이야기를 하는 것은 자연발생적이고 즉각적인 선택, 구조적으로 주어진 것이었다. 다른 모든 것은 자서전처럼 사실적 진실에 가깝게 유지하면서도 린드버그를 미국의 제33대 대통령으로 만들어 역사를 바꾸는 것 — 그것이 내가 바라본 그 일의 윤곽이었다. 나는 최대한 그 순간의 분위기를 진정성 있게 만들고, 현실을 슐레진저의 자서전의 현실과 마찬가지로 믿을 만하게 미국적인 것으로 고안하고 싶었다. 물론 슐레진저와 달리 나는 우리의 20세기를 실제로는 일어나지 않은 방식으로 뒤틀고 있었지만.

나는 또 이 책을 통해 나의 죽은 부모를 되살려 그들에게 1930년대 말 그들 힘의 절정기에 그들이 공유했던 강건한 부부 관계를 복원해줄 기회를 얻게 되었다. 방대한 에너지를 끌어모아 내가 아버지의 "개혁적 본능"이라고 일컫는 것을 실행에 옮기던 나의 아버지, 그리고 "삶의 제멋대로인 흐름에 꼼꼼하게 맞서는 방식으로 하루하루를 수행해내는" 지칠 줄 모르고 기운이 넘치는 나의 어머니. 다행스럽게도 백악관에 아리아인 백인 지상주의자가 없는 상태에서 힘겹게 얻은 중간계급 하층 가족생활을 꾸준하게 또 분별력 있게 고집을 부리며 해나가던 애정 넘치는 어머니와 아버지들 가운데도 가장 비틀거리지 않는 두 분. 나는 그들을 여기에서 최대한 충실하게 그리려 했다 — 마치 실제로 논픽션을 쓰고 있는 것처럼. 나의 형 샌디는 더 자유롭게 그렸다. 이야기의 크기를 늘리고 형의 참여도 넓힐 수 있도록 형의 기질과 욕구를 조작했다. 샌디는 내가 보내준 최종 원고를 읽고 난 뒤 수줍게 말했다. "나를 실제보다 더 재미있게 만들어놨네." 그럴 수도 있고 그렇지 않을 수도 있지만, 나보다 다섯 살 위인 형으로서 그는 그림을 멋지게 그릴 수 있었고, 지터버그를 출 수 있었고, 아주 잘생겼고 적어도 동생 눈에는 여자들을 마음대로 할 수 있었기 때문에, 내가 묘사하는 것처럼 실제로 경외감을 불러일으키며 내 위에 우뚝 서 있었다, 비록 모든 특징을 소설적으로 진하게 부각해놓은 그 인물과 일치하지는 않는다 해도.

따라서 글쓰기는 상상을 통해 내가 수십 년 전에 죽은 부모와 닿게 해주었고, 또 오래전에 사라진 그 시대와 닿게 해주었고, 한때 나였던 또는 나 자신이 기억하는 대로인 그 아이와도 닿게 해주었다. 나는 그 아이도 충실하게 그리려고 노력했기 때문이다. 하지만 나에게 가장 큰 횡재ㅡ그것이, 내 생각으로는, 이 이야기에 우리의 파토스를 넘어서는 깊이의 파토스를 주기 때문이다ㅡ는 로스 가족과 1940년경 그들의 환경의 찬찬한 복제가 아니라 그들 바로 아래층에 사는 그 매우 불행한 가족, 내가 위시노우라고 이름 지은 가족의 발명이었다. 그들에게는 린드버그 반유대주의의 예봉이 그대로 떨어지는데, 특히 그들의 아들 셀던 위시노우를 낳는 일에서 그렇다. 그는 나의 다른 자아, 나의 원하는 게 많은 자아, 악몽 자아다. 아이가 견딜 수 없는 방식으로 자신과 친해질 것을 요구하기 때문에 우리 자신이 아이일 때는 달아나고 싶은 꼬마, 같은 반의 착하고 외로운 꼬마다. 그는 떨쳐버릴 수 없는 책임이다. 떨쳐버리려고 할수록 더 못 떨쳐버리고, 더 못 떨쳐버릴수록 더 떨쳐버리고 싶어진다. 그리고 미성숙하고 어린 로스네 아이가 그 아이를 떨쳐버리고 싶어한다는 사실이 이 책에서 가장 끔찍한 대재앙을 낳는다.

나에게는 역사적 과거를 재배치할 문학적 모델이 없었다. 역사적 미래를 상상한 책들은 익숙했는데 특히 『1984』가 그런 예다. 그러나 『1984』를 아주 좋아하기는 하지만 그 방법을 공부하기 위해 그것을 구태여 다시 읽지는 않았다. 『1984』— 1948년에 썼고 한 해 뒤에 출간되었다 — 에서 오웰은 자신의 세계를 알아볼 수 없게 만드는 거대한 역사적 재앙을 전제한다. 물론 히틀러의 독일과 스탈린의 러시아 양쪽에 비슷한 재앙에 대한 20세기의 정치적 모델이 있었다. 그러나 나의 재능은 오웰의 규모로 사건들을 연출하는 데 적합하지 않기 때문에 훨씬 규모가 작은 것, 바라건대 믿을 만하게 작고 직선적인 것, 나아가서 1940년 미국 대통령 선거에서 일어났을 법한 것을 상상했다. 이 나라는 제1차 세계대전 종결 후 겨우 이십여 년 뒤인 그해에 그럴 만한 이유로 잔혹한 두번째 유럽 전쟁에 참여하고 싶어하지 않는 공화당 고립주의자 — 아마 이들이 국민의 반을 약간 넘었을 것이다 — 와 역시 딱히 전쟁으로 돌아가고 싶지는 않지만 히틀러가 잉글랜드를 침략하고 정복하여 유럽을 완전히 그의 것으로 만들기 전에 막아야 한다고 믿는 민주당 개입주의자로 나뉘어 서로 으르렁거리고 있었다.

　내 판단으로는, 현실에서 1940년 공화당 후보였던 웬델 윌키는 큰 존경을 받는 개입주의자 루스벨트를 물리칠 만한 공화당원이 아니었다. 윌키 자신이 개입주의자라는 간단한 이유 때문이었다. 하지만 1940년에 출마한 사람이 윌키가 아니라 린드버그였다면? 그 소년 같으면서도 사내다운 분위기에 영웅적 광채가 나는 인물, 1927년 대서양 단독 횡단비행으로 엄청난 세계적

명성을 얻은 인물, 특히 흔들림 없는 고립주의자다운 확신으로
이 나라가 외국 땅에서 벌어지는 또 한번의 학살에 참여하는 것
을 막는 데 헌신하는 인물이었다면? 나는 내가 이 책에서 상상하
는 대로 선거 결과가 나와 린드버그가 루스벨트에게서 세번째 대
통령 임기를 빼앗는 것이 전혀 무리라고 생각하지 않는다. 오웰
은 『1984』의 세상처럼 터무니없이 변한 세상을 상상했지만 그것
은 사실 무리였고, 그도 그것을 알았다 — 그의 책은 임박한 사태
의 예언이 아니라 정치적 경고를 구현하는 미래주의적 공포 이
야기로 구상된 것이었다. 오웰은 모두에게 무시무시한 결과를 낳
는 엄청난 변화가 이루어진 미래를 상상했다. 나는 훨씬 작은 규
모로 과거의 변화, 상대적으로 소수에게 공포를 자아내는 변화를
상상했다. 그는 디스토피아를 상상했고 나는 유크로니아*를 상상
했다.

　왜 내가 린드버그를 선택했을까? 말했듯이 무엇보다도 그가
내 책에서처럼 출마하고 당선되는 것을 상상하는 것이 내게 전혀
터무니없어 보이지 않았기 때문이다. 그러나 린드버그는 또 소설
속에서 자신의 선택에 의해 지도적인 정치적 인물로 성장하는데,
이 소설에서 나는 미국의 유대인이 반유대주의라는 널리 퍼진 진
짜 위험이 다가오는 압박을 개인적 수준만이 아니라 어디에서든
나타날 수 있는 만연하고 음흉하고 토착적인 악의로서 느끼기를
바랐다. 1930년대와 1940년대 사회정치적 힘으로서 린드버그는

---

* Uchronia. 과거의 허구적 시기를 뜻한다.

고립주의만이 아니라 유대인에 대한 인종차별적 태도로도 유명했다 — 이 천박하고 편협한 관점은 그의 연설이나 일기나 편지에 분명하고 유독하게 드러나 있다. 린드버그는 그 핵심에서 백인 지상주의자, 우생학 계열의 이념적 인종주의자였으며, 해리 구겐하임* 같은 유대인 개인과의 우정을 빼면 유대인 집단을 자신과 같은 유럽 인종 백인과 유전적·도덕적·문화적으로 동등하다고 보지 않았고 소수를 제외하면 바람직한 미국 시민이라고 생각하지도 않았다. 그렇다고 해서 이런 것들이 그가 권좌에 올랐을 때 히틀러가 독일에서 그랬던 것처럼 대통령으로서 유대인을 공개적이고 야만적으로 박해했을 것이라는 결정적 증거라는 뜻은 아니며, 실제로 내 책에서도 그렇게 하지 않는다. 내 책에서 가장 중요한 것은 린드버그 때문에 유대인이 겪은 곤경이 아니라 (그가 일단 히틀러와 불가침조약에 서명하고 난 후로 그것은 나치 기준에서 보자면 매우 하찮은 것이었다) 그의 공적 발언, 가장 구체적으로는 전국적인 라디오 연설에서 이 나라의 유대인 시민이 미국의 핵심 이익에 무관심한 이질적인 전쟁광이라고 비방한 것을 고려할 때 그가 할 수도 있다고 의심되는 것이었다. 실제로 진짜 린드버그는 1941년 9월 11일에 '드모인 아메리카 퍼스트' 집회에서 바로 그런 선동적인 연설을 했다. 내 책에서는 허구적인 시간 설정에 맞추어 이 연설을 그 전해로 옮겼지만 내용이나 영향은 바꾸지 않았다.

---

* 미국의 금융업자, 출판업자, 독지가(1890~1971). — 원주

이 이야기의 중심에는 한 아이, 즉 일곱, 여덟, 아홉 살 때의 나 자신이 있다. 이 이야기는 어른이 된 내가 약 육십 년 전 린드버그 대통령 재임 시절 그 아이 가족의 경험을 서술하는 것이지만—이 책은 어른이 "공포가 이 기억을 지배하고 있다"고 설명하는 것으로 시작한다—그럼에도 중요성으로 보자면 이 책에서 아이는 나의 다른 책에서 어른이 일반적으로 하는 역할을 한다.

책을 쓰는 첫 몇 달 동안 이런 재앙이 아이의 어깨 위에 있는 것을 보는 게 나에게는 속박으로 다가왔다. 그 아이를 아이로 두면서 동시에 어른의 목소리를 통하여 매개적 지성을 들여오는 방식을 궁리하는 데 상당한 시행착오를 거쳐야 했다. 나는 어떻게 해서든 그 둘을, 즉 일반적인 것을 분별하는 매개적 지성과 일반적인 것을 비일반화하는 아이의 뇌, 아이 자신의 삶 너머를 보지 못하고 현실에서 절대 일반적인 맥락으로 영향을 받지 않는 아이의 뇌를 하나로 만들어야 했다. 상황을 일어나는 대로, 또 동시에 나중에 돌이켜보며 사고하는 대로 묘사하는 서사를 제시하면서 아이의 경험의 진정성과 어른의 관찰의 성숙한 면을 결합해야 했다. 아이 아버지는 자기 미국의 해체, 역사의 무시무시한 침입과 씨름하지만 아이는 여전히 우표 수집이라는 소규모의 영웅적인 미국에 살면서 실제로 어느 시점에는 집에서 근처 가톨릭 고아원으로 달아나 역사(그 자신의 역사부터 시작해서)를 피하려고 한다. 그는 격동의 시기에 자신을 보호하는 익숙한 동네와 아늑한 가정이 지속적 공포에 사로잡혀 있는 상황에서 살아가는 상상력이 풍부한 아이다.

이 책의 사건에서는 네 소년이 두드러진다. 그 가운데 하나—아래층에 사는 소년 셸던 위시노우—는 로스네 집 둘째와 달리, 단순히 너무 많은 문제에 직면한 아홉 살짜리가 아니라 책에서 가장 비극적인 인물로, 유럽의 유대인 경험 비슷한 것으로 고통받는, 남을 잘 믿는 미국의 유대인 아이다. 그는 시련에서 살아남아 오랜 세월 뒤 그 이야기를 하는 아이가 아니라 그 시련으로 유년이 파괴당하는 아이다. 이 책에서는 이 아이들이 사소한 것을 비극적인 것과 결합한다.

나는 유명한 뒷담화 칼럼니스트이자 라디오 저널리스트인 월터 윈첼을 린드버그의 주요한 대립자로 선택했는데 그것은 우선 진짜 월터 윈첼이 정치적 성향 때문에 린드버그를 혐오했고, 유명한 칼럼니스트 도러시 톰프슨이나 루스벨트의 내무 장관 해럴드 이키즈와 함께 이 유명한 비행사가 '아메리카 퍼스트' 형태의 불간섭을 주장하는 유명한 목소리가 되는 순간부터 그를 친나치로 공격했기 때문이다. 말할 필요도 없이 윈첼은 내가 책에서 설정하고 있는 것과는 달리 한 번도 대통령 후보나 어떤 정당의 유명한 당원이었던 적이 없다. 내가 윈첼이 정치적 반대에 앞장서도록 선택한 것은 윈첼이 실제로 특대 크기의 사회적 피조물이었기 때문이다. 윈첼이 린드버그의 연임 시도 때 그에 맞서 민주당 대통령 후보로 선거운동을 하다 총에 맞아 쓰러진 뒤—다음에 암살을 당하는 대통령 후보는 로버트 케네디가 된다—라과디아 시장이 그의 주검을 두고 추도 연설에서 말했듯이 "월터는 너무 시끄럽고, 월터는 말을 너무 빨리 하고, 월터는 말을 너무 많이 하지만, 상대적으로 월터의 천박성은 위대한 것이고 린드버그의 예의는 흉측하다". 간단히 말해서 나는 린드버그에 맞서는 사람이 미국에서 가장 좋은 것의 화신인 십자군 성자가 아니라 이 나라가 알았던 가장 유명한 뒷담화 칼럼니스트, 본능에서나 기획에서나 상스럽고 뻔뻔하고 신랄하기를, 그에게 다른 역겨운 속성이 많지만 적들은 그를 시끄러운 유대인 가운데 가장 시끄러운 사람으로 생각하기를 바랐다. 윈첼과 뒷담화의 관계는 린드버그와 비행의 관계와 같았다. 그는 기록을 깨는 개척자였다.

이 책은 나도 모르는 사이에 사고 실험으로 시작되었다. 슐레진저의 자서전을 읽기 전에는 그런 소설은 염두에 둔 적도 없었고 이런 종류의 소설을 쓰려고 한 적도 없었다. 접근법은 말할 것도 없고 주제도 절대 저절로 머릿속에 떠오르지 않았을 것이다. 나는 일어나지 않는 일을 종종 쓰는 편이지만 일어나지 않은 역사에 관해 쓴 적은 없었다. 당시 개신교 지배층의 제도화된 반유대주의 편견에도 불구하고, '독일계 미국인 동맹'과 '기독교 전선'의 맹렬한 유대인 혐오에도 불구하고, 헨리 포드와 커글린 신부와 제럴드 L. K. 스미스 목사가 설교하는 기독교 지상주의에도 불구하고, 웨스트브룩 페글러와 풀턴 루이스 같은 잘 알려진 저널리스트가 뻔뻔스럽게 드러내는 유대인 혐오에도 불구하고, 린드버그 자신의 맹목적 자기애를 드러내는 아리아인 반유대주의에도 불구하고, 그런 일이 여기에서 일어나지 않았다는 것이 미국의 승리다.

그런 일이 일어났어야 할 순간에, 그것이 일어나게 될 씨앗 가운데 다수가 있었던 순간에, 그 일이 일어났어도 이상하지 않았던 순간에, 그 일은 일어나지 않았다. 그런 일이 일어나지 않았기 때문에 이곳의 유대인은 모두 실제 우리가 아는 대로 되었다. 유럽에서 유대인을 괴롭혔던 그 모든 일은 결코 미국의 유럽적인 부분에는 다가오지 않았다. 미국에서 "만일 그랬다면 어땠을까"는 다른 사람의 현실이었다. 내가 내 소설에서 하는 일은 과거를 탈운명화하여 — 이런 말이 존재한다면 — 그랬다면 어떻게 달라졌을지 또 여기에서는 어떤 일이 일어났을지 보여주는 것이다. 또 이것이 일어날 수도 있고 언젠가는 일어날 것이라고 암시하는 것이 나의 의도는 아니다. 『미국을 노린 음모』는 역사적 예측이 아니라 역사적 사변의 시도이며, 완전히 추측이다. 역사가 최종 결정자인데 역사는 다르게 흘러갔다.

왜 여기에서 그런 일이 일어나지 않았느냐 하는 것은 또다른 책, 우리 미국인이 얼마나 운이 좋은가에 관한 책이다. 물론 미국에도 배제가 많았다. 유대인은 미국 사회의 모든 수준에서 어떤 이로운 일에 참여하거나 어떤 제휴를 하거나 중요한 입구로 들어가는 데서 계획적으로 또 체계적으로 배제를 당했다. 배제는 수모의 일차적 형태이며, 수모는 기능에 장애를 일으킨다 — 사람들에게 심한 상처를 주고 사람들을 비틀고 사람들을 기형으로 만들고 사람들을 분노하게 하는데 미국의 모든 소수자가 이것을 증언할 수 있다. 이 책에서 로스 가족을 찢어놓고 거의 기능 부전으로 만드는 데 일조하는 것이 배제라는 수모다. 그런 환경에서 남자, 여자, 아이가 된다는 것은 무엇이며, 수모를 당하지 않는다는 것은 무엇인가? 환영받지 못하는데 어떻게 강한 상태를 유지하는가? 손상을 어떻게 피할까? 그것이 이 책이 조사하고 있는 주제다.

어떤 독자들은 이 책을 미국의 현재 순간에 대한 모델 소설로 받아들이고 싶어할 것이다. 그것은 실수다. 은유나 알레고리를 보여주는 것은 내 목표가 아니다. 나는 처음부터 정확히 내가 한 일을 하려고 했다. 윌키가 아니라 린드버그가 공화당 후보였고 1940년 선거에서 루스벨트 대신 린드버그가 대통령이 되었다면 생겼을 수도 있는 일을 재구성하는 것. 내 상상력의 노력은 과거를 통해 현재를 비추는 것이 아니라 과거를 통해 과거를 비추는 쪽을 향하고 있었다. 내가 이 책에서 비튼 대로 역사가 전개되어 나의 가족이 여기에서 그들에게 불리하게 배치된 힘들에 압도당했을 경우 그들이 맞섰을 만한 방식으로 거기에 맞서기를 바랐다. 지금이 아니라 그 당시 그들에게 불리하게 배치된 힘들.

카프카의 소설은 1960년대, 1970년대, 1980년대에 공산주의 체코슬로바키아에서 러시아의 꼭두각시 정부에 맞서고 있던 체코 작가들의 전략에서 의미 있는 역할을 했다. 권력을 쥔 자들은 이 현상에 깜짝 놀라 카프카 책의 판매를 금지하고 전국의 도서관에서 치워버렸다. 그러나 카프카가 20세기 초에 『소송』과 『성』을 쓴 것은 미래의 작가들을 결집하려는 것도 아니고 미래의 지배자들을 위협하려는 것도 아니었음이 분명하다. 20세기 말 프라하의 그 작가들은 자신들이 카프카의 흠잡을 데 없는 상상력의 완결성을 의도적으로 침해하고 있다는 것을 잘 알면서도 무시무시한 전국적 위기 동안 매우 신중하게 또 열성적으로 그의 책들을 계속 정치적 무기로 이용했다. 문학은 모든 종류의 목적, 공적이고 사적인 목적들에 봉사하도록 조작되지만, 그런 자의적 적용을 저자가 예술작품에서 실제화하는 데 성공한 현실, 열성적으로 얻어낸 현실과 혼동하지 말아야 한다. 결국 카프카 소설의 품질에는 절대 다가가지 못하면서도 그 미적 가치 때문이 아니라 아무리 문학으로서 영감이 부족하다 해도 — 소비에트의 사회주의 리얼리즘을 보라 — 선전물로서의 유용성과 정치적 대의나 운동에서 위장된 플래카드로서의 가치 때문에 예술로서 신성시될 수 있는 소설이 있다.

『미국을 노린 음모』는 책 뒤에 역사와 전기적 정보 — 내가 그 시기의 "진짜 연대기"라고 부르는 것 — 가 빽빽하게 인쇄된 스물일곱 페이지의 후기가 붙었다. 나의 다른 어떤 책에도 그런 화물열차 끝 승무원차 같은 것은 붙은 적이 없지만 이 책에서는 정확히 언제 어떻게 역사적으로 입증 가능한 삶과 사건이 내 소설의 목표에 맞게 비틀어졌는지 인식하는 것이 필요하다고 느꼈다. 나는 독자의 머릿속에서 역사적 사실이 어디에서 끝나고 어디에서 역사적 상상이 시작되는지 혼란이 없는 쪽이 좋았기 때문에 말미에 실제로 일어난 대로 그 시대에 대한 이 짧은 개관을 제시하는 쪽을 택했다. 이렇게 내가 역사적 인물들을 원래 이름 그대로 내 이야기로 끌고 들어오면서 그들에게 근거 없이 무모하게 어떤 관점을 부여하거나 그들이 억지로 있을 법하지 않게 행동하게 만들지 않았다는 점을 분명히 해두고 싶다 — 예기치 않게, 놀랍게, 충격적으로 행동했지만, 있을 법하지 않게는 아니다. 찰스 린드버그, 앤 모로 린드버그, 헨리 포드, 피오렐로 라과디아, 월터 윈첼, F.D.R., 몬타나 상원의원 버턴 휠러, 내무장관 해럴드 이키즈, 뉴어크 폭력배 론지 즈윌먼, 뉴어크 랍비 요아힘 프린츠 ― 나로서는 각 사람이 내가 상상하는 환경에서 내가 그 또는 그녀에게 행동하거나 말하게 한 것과 아주 흡사하게 행동하거나 말했을 것이라고 믿어야 했다. 나는 이 책을 부주의하고 무차별적으로 우화적인 것과는 다른 어떤 것으로서 확정하고자 하는 희망으로 362페이지의 역사적 비현실을 뒷받침하는 문서 증거 스물일곱 페이지를 제시했다.

역사는 모든 사람을 자기 것으로 만들려 한다. 그들이 그것을 알건 모르건, 좋아하건 싫어하건 상관없다. 이 책을 포함한 최근의 책들에서 나는 삶의 그 중심적 사실을 포착하여 20세기 미국인으로서 내가 살아온 위기의 사건들의 렌즈를 들이대 그것을 확대했다. 나는 1933년에 태어났다. 히틀러가 권좌에 오르고 F. D. R.가 그의 대통령 임기 네 번 중 첫번째로 대통령에 취임하고 피오렐로 라과디아가 뉴욕 시장으로 선출되고 마이어 엘렌스타인이 뉴어크 시장, 내 도시의 첫번째이자 유일한 유대인 시장이 되던 해다. 어린 시절 나는 거실 라디오로 나치 독일의 지도자와 미국의 커글린 신부가 반유대주의를 외치는 목소리를 들었다. 제2차세계대전에서 싸우고 승리하는 것은 나의 초등학교 시절의 핵심인 1941년 12월부터 1945년 8월까지 국민을 사로잡은 커다란 일이었으며, 국민이 죽기 살기로 수행한 임무였다. 냉전과 국내의 반공 십자군은 나의 고등학교에서 대학 시절까지 어두운 그림자를 드리웠다. 홀로코스트의 무시무시한 진실이 드러나고 원자탄 시대의 공포가 시작된 것도 마찬가지였다. 한국전쟁은 내가 육군에 징집되기 직전에 끝났고 베트남전쟁과 그것이 국내에서 일으킨 격변—주요한 미국 정치지도자들의 암살과 더불어—은 내 삼십대 내내 매일 시끄럽게 관심을 요구했다.

그리고 이제 아리스토파네스, 하느님임에 틀림없는 광대는 우리에게 조지 W. 부시를 주었는데, 그는 이런 나라는 물론이고 철물점 하나 운영하는 데도 적합하지 않은 사람, 이 모든 책을 쓰는 데 영향을 주었고 미국인으로서 우리 삶을 다른 모두의 삶과 마찬가지로 위태롭게 만드는 격언을 나에게 다시 확인해주었을 뿐인 사람이다. 모든 장담은 그때뿐이다, 심지어 여기 이백 년 된 민주주의에서도. 우리는 완전무장을 한 막강한 공화국의 자유로운 미국인인데도 역사라는 예측 불가능성에 기습을 당한다. 나는 나의 유크로니아에서 쓴다. "우리 초등학생들이 '역사'로서 공부한 것은 본디 거꾸로 뒤집히고, 무자비할 만큼 예측 불가능한 것이었다. 해로울 것 없는 역사. 여기에는 당시에는 예상치 못했던 모든 것이 불가피했던 일로서 시간 순서에 따라 페이지에 기록되어 있다. 역사의 과학은 미리 예측하지 못한 것의 공포를 감추며, 이것이 참사를 서사시로 만든다."

역사적 전제들에 기초한 이 책들을 쓰면서 나는 서사시를 참사로, 사전 지식 없이, 준비 없이 겪은 것으로 되돌리려 했다. 그것을 겪은 사람들의 미국적 기대는 반드시 순진하거나 망상에 빠진 것은 아니었지만, 그들이 얻은 것과는 매우 달랐다.

에릭 덩컨[*]

일흔다섯. 얼마나 갑작스러운가요! 이곳에서 우리의 시간이 무시무시한 속도로 흘러가버린다는 점에 주목하는 것은 흔한 일일 수 있지만 그럼에도 그것이 겨우 1943년이라는 것은 여전히 놀라운 일입니다 ― 1943년이었고, 전쟁은 진행중이었고, 나는 열 살이었고, 부엌 식탁에서 어머니는 자신의 커다란 언더우드 타자기를 치는 법을 나에게 가르치고 있었습니다. 위로 점점 높아지며 네 줄로 늘어선 동그란 하얀 자판들은 검은 글자·숫자·기호로 구분되었는데 그것을 다 합치면 영어로 글을 쓰는 데 필요한 모든 장치가 구비되었지요.

---

[*] 2008년 4월 11일 컬럼비아대학에서 열린 로스의 일흔다섯번째 생일 축하연에서 한 연설. ― 원주

나는 당시 소년용 책의 조지프 콘래드라고 할 수 있는 하워
드 피즈의 바다 이야기를 읽고 있었는데『삭구의 바람*Wind in the
Rigging*』『검은 유조선*The Black Tanker*』『비밀 화물*Secret Cargo*』『상하이
항해*Shanghai Passage*』등이었습니다. 언더우드 자판, 그리고 자판을
누르는 것으로 이루어진 타자라는 체계를 구현하는 손가락 체조
를 익히자마자 나는 타자기에 희고 깨끗한 종이 한 장을 집어넣
고 정중앙에 대문자로 나의 책 첫 제목을 탁탁 쳤습니다.『헤터러
스곶 연안의 폭풍*Storm Off Hatteras*』. 그러나 제목 밑에 내 이름을 치
지는 않았지요. 필립 로스가 작가의 이름이 아니라는 것을 잘 알
았기 때문입니다. 대신 "에릭 덩컨 작"이라고 쳤습니다. 그것이
대서양의 변덕스러운 물에서 거친 날씨와 폭군 같은 선장과 폭동
음모를 다룬 이야기『헤터러스곶 연안의 폭풍』을 쓴, 바다를 떠
도는 저자에게 어울렸기 때문에 선택한 이름이었습니다. 단단한
C가 두 개 들어간 이름*Eric Duncan*보다 더 자신감을 부여하고 권
위를 느끼게 해주는 이름은 거의 없었지요.

삼 년 뒤인 1946년 1월 나는 뉴저지주 뉴어크의 공립초등학교
를 졸업했습니다―우리 기期는 전후 최초로 고등학교에 입학했
지요. 완전히 새로운 역사적 순간이 우리에게 다가왔다는 사실
을 그 기에서 가장 똑똑한 학생들은 놓치지 않았습니다. 그들은
전쟁이 시작되었을 때 아홉, 열 살이었고 전쟁이 끝났을 때 열둘,
열세 살이었습니다. 거의 오 년 가깝게 자주 접한 전시 선전의 결
과―또 유대인 아이들로서 거의 모두 반유대주의에 관해서는
잘 알고 있었기 때문에―우리는 조숙하게 미국 사회의 불평등

에 예민하게 반응하게 되었습니다.

전쟁 기간에 우리에게 뿌리를 내린 자극적인 이상적 애국주의
가 흘러넘치면서 이것이 전쟁 직후 당대 사회의 불의에 관한 관
심으로 싹을 틔우게 되었습니다. 나는 이런 분위기에서 우리의 팔
학년 교사의 주선으로 영리한 여학생 급우와 한 팀이 되어 「자유
가 울려퍼지게 하라*Let Freedom Ring*」라는 제목의 졸업 연극 각본을
쓰게 되었습니다 — 부분적으로는 어머니의 언더우드 타자기로.

우리의 단막극은 강력한 교훈적 경향이 있는 유사 알레고리극
으로 '관용'이라는 이름의 주인공(나의 공동 저자가 고결하게 연
기했습니다)이 '편견'이라는 이름의 적(내가 사악하게 연기했지
요)과 맞서는 내용이었습니다. 이 연극에는 급우들이 조연진으
로 참여했는데, 이들은 일련의 삽화에 남에게 해를 주지 않는 건
강한 정신으로 자기 일을 하는 사람들로 등장하여 — 이 모든 사
람이 얼마나 훌륭한지 광고할 목적으로 — 부당하게 차별이라는
해로운 불평등을 겪는 민족적·종교적 소수자 대표를 연기했습니
다. 무대의 다른 사람들에게는 보이지 않는 '관용'과 '편견'은 희
망을 주는 장면마다 바로 그 옆에서 이 다양하고 잡다한 비앵글
로색슨 미국인의 인간적 지위를 두고 논쟁을 했습니다. '관용'은
독립선언문이나 미합중국 헌법이나 엘리너 루스벨트의 신문 칼
럼에서 모범적인 구절을 인용했고, '편견'은 혐오만큼이나 연민
을 품고 그녀를 머리에서 발끝까지 평가하면서 집에서라면 감히
사용하지 못할 말투로 이 훌륭한 소수자들의 열등함에 관하여 학
교에서 무사히 넘어갈 수 있는 가장 지저분한 말을 늘어놓았습니

다. 나중에 강당 바깥의 복도에서 어머니는 나를 자랑스러워하고 나에게 감탄하고 열렬한 포옹으로 나의 성취에 대한 기쁨을 표현하면서 아직 머리에서 발끝까지 검은색 의상을 입고 있는 나에게 관객석 의자에 앉아 있을 때 너무 흥분해서 평생 누구를 때려본 적이 없지만 나의 따귀는 때리고 싶었다고 말했습니다. "어디서 그렇게 남을 경멸하는 법을 배웠어!" 그녀는 웃음을 터뜨렸습니다. "철저하게 비열하더구나!" 사실 나도 몰랐습니다— 나도 모르는 곳에서 그냥 나에게 찾아온 것 같았습니다. 나에게 그런 타고난 재능이 있다고 생각하자 은근히 짜릿했지요.

「자유가 울려퍼지게 하라」는 끝에 다양한 소수자들 전체가 자신이 가진 모든 것을 갖고 나와 손을 잡고 각광을 받으며 〈내가 사는 집 *The House I Live In*〉— 이 노래는 미국이라는 용광로를 찬양하는 1942년 팝 오라토리오이고 당시 프랭크 시나트라의 녹음이 유명했습니다— 을 힘차게 부르는 '관용'과 합류했습니다. 그러는 동안 혐오스러운 '편견'은 오른쪽 무대로 퇴장하여 홀로 쓰라린 패배감에 젖어 악의 거처로 성큼성큼 걸어가며 내가 어딘가에서 훔쳐온 문장을 성난 목소리로 목청껏 외쳤습니다. "이 위대한 실험은 계속될 수 없어!"

그것이 시작이었습니다. 고향에서 시작하여 오늘까지 곧바로 이어지는 문학적 경력.「자유가 울려퍼지게 하라」를 공동 집필한 열두 살짜리가 『미국을 노린 음모』를 쓴 사람을 낳았다고 주장하는 것도 완전히 무리는 아닐 것이다. 그 경의를 표할 만한 스코틀랜드인 에릭 덩컨에 관해 말하자면, 나는 그에게 『해터러스곶 연안의 폭풍』의 저자라는 명예를 부여하고 나서 오랜 세월이 흐른 뒤 가끔 그럴 만한 이유가 있어 『포트노이의 불평』이 세상에 나가기 전에 그 가명을 쓸걸 그랬다고 아쉬워합니다. 그랬다면 인생이 얼마나 달랐을까요!

정오표[*]

1. 『휴먼 스테인』

위키피디아 귀하,

필립 로스입니다. 나는 최근 그럴 만한 이유가 있어 나의 소설 『휴먼 스테인』을 논하는 위키피디아 항목을 처음으로 읽었습니다. 이 항목에는 내가 없애달라고 요청하고 싶은 심각한 진술 오류가 포함되어 있습니다. 위키피디아는 물론 모든 사람의 가장 편리한 백과사전이지만, 이 부분의 출처는 사실의 세계가 아니라 아무렇게나 지껄여대는 문학적 뒷공론입니다 ─ 거기에는 어떠한 진실도 없습니다.

---

[*] 위키피디아에 보내는 이 공개 서신의 앞부분은 2012년 9월 6일 『뉴요커』 블로그에 실렸다. 이후 위키피디아는 편지의 전체 텍스트에 거론된 오류를 지우거나 정정했다. ─ 원주

그런데 최근 공식 교섭 담당자를 통하여 위키피디아에 다른 몇 가지와 더불어 이 진술 오류를 삭제해달라고 청원했을 때 나를 대변하는 교섭 담당자는 영어 위키피디아 관리자로부터—나의 교섭 담당자 앞으로 보낸 8월 25일자 편지를 통해—나 로스가 믿을 만한 출처가 아니라는 말을 들었습니다. 그 위키피디아 관리자는 이렇게 말하고 있습니다. "저자가 자신의 작품에 대한 가장 훌륭한 전거라는 귀하의 입장을 이해하지만 우리에게는 2차 출처가 필요합니다."

그런 연유로 이 공개 서신을 보내게 되었습니다. 일반적인 통로를 통해 중요한 변화를 얻어내지 못했기 때문에 달리 어떻게 진행해야 할지 모르겠더군요.

그 항목에서는 나의 소설 『휴먼 스테인』이 "작가 아나톨 브로야드의 삶에서 영감을 받았다고 추정된다"고 묘사하고 있습니다 (정확한 표현은 그후 위키피디아의 협동 편집으로 바뀌었지만 이 오류는 여전히 그대로입니다).

그 추정은 어떠한 사실로도 뒷받침되지 않습니다. 『휴먼 스테인』은 약 삼십 년 동안 프린스턴에서 사회학 교수로 일한, 지금은 고인이 된 나의 친구 멜빈 튜민의 삶에 벌어진 불행한 사건에서 영감을 받았습니다. 1985년 가을의 어느 날, 크고 작은 모든 일에 정직한 멜은 사회학 강의실에서 출석을 부르다가, 학생 두 명이 아직 수업에 한 번도 나오지 않았고 나오지 않은 이유를 설명하기 위해 자신을 만나려고 하지도 않은 것을 알았습니다. 때는 이미 학기 중간이었지요.

멜은 출석을 부르고 난 뒤 학생들에게 한 번도 만나지 못한 이 두 학생에 관해 질문했습니다. "이 사람들 아는 사람 있나? 이 사람들은 존재하는 건가 아니면 유령인가?"—『휴먼 스테인』의 주인공 콜먼 실크가 매사추세츠의 아테나 칼리지에서 자신의 고전 강의를 듣는 학생들에게 던진 바로 그 질문입니다.

멜은 거의 즉시 대학 당국에 소환되어 "유령spooks"이라는 말을 사용한 것을 해명하라는 요구를 받았습니다. 사라진 두 학생이 공교롭게도 모두 아프리카계 미국인이었고 "유령"은 한때 미국에서는 흑인을 폄하해 부르는 말이었기 때문입니다. "검둥이"보다는 독성이 약한 언어지만 그럼에도 격하하려는 의도를 가진 말이었지요. 그뒤 몇 달 동안 마녀사냥이 이어졌고 튜민 교수는 결국 책임질 일이 없는 것으로 드러났지만, 그전에 자신에게 혐오 발언 혐의가 없음을 증명하는 긴 진술서를 여러 번 제출해야 했습니다.

여기에는 희극적이기도 하고 심각하기도 한 아이러니가 수도 없이 넘쳐났습니다. 멜 튜민은 1959년에 발표한 획기적인 사회학적 연구 「인종차별 폐지: 저항과 태세Desegregation: Resistance and Readiness」, 그리고 1967년에 발표하여 곧 사회학 표준 교과서가 된 「사회적 계층화: 불평등의 형태와 기능Social Stratification: The Forms and Functions of Inequality」으로 사회학자, 도시 조직가, 민권 활동가 사이에서 처음으로 전국적인 명성을 얻었습니다. 더욱이 그는 프린스턴에 가기 전에 디트로이트에서 시장이 만든 인종 관계 위원회의 간사로 일했습니다. 1995년에 사망했을 때 그의 뉴욕 타임스 부고 표제는 '멜빈 M. 튜민, 75, 인종 관계 전문가'였지요.

그러나 이 모든 경력은 그 순간의 권력들이 아무런 이유 없이 튜민 교수를 높은 학문적 지위에서 끌어내리려고 공모하자 별로 중요하지 않은 것이 되고 말았습니다. 실크 교수가 『휴먼 스테인』에서 수모를 당하고 끌어내려지는 것과 흡사하지요.

내가 『휴먼 스테인』을 쓰는 데 영감을 준 것은 이런 상황입니다. 코즈모폴리턴 문인 아나톨 브로야드의 맨해튼 생활에서 일어났을 수도 있고 일어나지 않았을 수도 있는 어떤 일이 아니라 맨해튼에서 남쪽으로 육십 마일 떨어진 뉴저지주의 대학 도시 프린스턴에서 실제로 일어난 일이었습니다. 나는 1960년대 초 프린스턴의 상주 작가로 있을 때 그곳에서 멜과 그의 부인 실비아, 그들의 두 아들을 만났습니다.

『휴먼 스테인』의 주요 인물의 훌륭한 학문적 업적과 마찬가지로 학자와 교사로서 사십 년에 걸쳐 확장되어온 멜의 업적은, 한 번도 본 적이 없는 두 흑인 학생을 "유령"이라고 불러 그들을 고의로 멸시하였다는 이유로 하룻밤 새에 더럽혀졌습니다. 내가 아는 한, 이와 비슷하기라도 한 사건이 브로야드의 평판이나 그가 문학 저널리즘 세계의 가장 높은 영역에서 오랫동안 성공적으로 쌓아온 업적을 더럽힌 적은 없습니다.

"유령" 논쟁은 『휴먼 스테인』의 발단이 된 사건입니다. 그 책의 핵심이기도 합니다. 그것 없이는 그 소설도 없습니다. 그것 없이는 콜먼 실크도 없습니다. 우리가 삼백육십일 페이지를 거쳐가는 동안 콜먼 실크에 관해 알게 되는 모든 낱낱의 것은 그가 대학 강의실에서 소리내어 '유령'이라는 말을 했다는 이유로 손가락질받는 데서 시작합니다. 그 말 한마디, 아무런 악의 없이 그가 던진 그 한마디에 실크의 분노, 그의 괴로움, 그의 추락의 원천이 있습니다. 그에 대한 극악하고 불필요한 박해가 오직 그 한 가지에서 파생되고, 무익하며 궁극적으로는 치명적인 갱신과 부활 시도 또한 마찬가지입니다.

너무나 큰 아이러니이지만 그가 평생 감추어온 엄청난 비밀이 아니라 이것이 그의 수치스러운 사망의 원인입니다. 그 비밀이란 그가 뉴저지주 이스트오렌지의 품위 있는 흑인 집안의 캐러멜 피부색 자손이라는 거지요. 즉 그가 안경사 겸 철도 식당칸 직원과 주에서 공인한 간호사 사이의 세 자녀 가운데 하나로 태어나 열아홉 살에 해군에 입대하는 순간부터 자신을 백인으로 내세우는 데 성공했다는 겁니다.

아나톨 브로야드의 경우 그가 해군에라도 들어간 적이 있습니까? 육군에는? 감옥에는? 대학원에는? 공산당에는? 다른 식으로라도 제도적 박해의 무고한 피해자가 된 적이 있나요? 나는 모르겠습니다. 그와 나는 서로 안다고 할 수 있는 사이가 아닙니다. 삼십여 년에 걸쳐 나는 그를 편한 자리에서 우연히, 아마 서너 번 만났을 텐데, 그런 식으로 지내다 그는 전립선암과 장기간 싸운 끝에 1990년에 생을 마감했습니다.

반면 콜먼 실크는 악의에 의해 살해당합니다. 상상하기 힘든 정부情婦, 그 지역 농장 일꾼이자 그가 매우 존경받는 학장으로 재직하던 바로 그 대학의 청소부였던 포니아 팔리와 함께 차를 타고 가던 도중 의도적인 자동차 사고로 죽지요. 실크 살해의 구체적 정황에서 파생되어 밝혀지는 일들 때문에 그의 유족은 놀라게 되고 소설은 얼음 덮인 황량한 호수에서 불길한 결말에 이르는데, 여기에서 저자 네이선 주커먼, 그리고 포니아와 콜먼의 유언 집행자이자 포니아의 전남편인 정신 나간 베트남 참전용사 레스 팔리 사이에 일종의 대결이 벌어집니다. 실크의 유족도 살인자도 청소부 정부도, 출처는 오로지 내 상상력이었습니다. 아나톨 브로야드의 전기에는 내가 아는 한 그에 비교될 만한 사람이나 사건이 없었습니다.

나는 아나톨 브로야드의 정부에 관해서는 전혀 아는 바가 없었습니다. 그에게 정부가 있었다 해도 누구인지, 네 살 때부터 남자들에게 상처 입고 괴롭힘을 당한 포니아 팔리 같은 여자가 나타나 콜먼 실크와 자신의 운명을 결정짓듯이 브로야드의 섬뜩한 운명을 야만적으로 결정짓는 데 도움을 주었는지 어떤지 모릅니다. 나는 브로야드의 사생활 — 그의 가족 부모 형제자매 친척 교육 우정 결혼 연애 — 에 관해 전혀 모르지만, 콜먼 실크의 사생활의 가장 내밀한 이 측면들이 『휴먼 스테인』에서 서술되는 이야기의 거의 전부를 구성합니다.

나는 브로야드의 가족 구성원 가운데 한 사람도 알지 못하고, 말을 나눈 적도 없고, 내가 아는 한 만난 적도 없습니다. 심지어 그에게 자식이 있었는지도 모릅니다. 백인 여자와 자식을 가져 후손의 색소 때문에 자신이 흑인으로 드러날 위험을 감수하겠다는 결정은 콜먼 실크에게 심한 불안의 원인이 됩니다. 브로야드가 그런 느낌을 경험했는지 나는 전혀 알 길이 없었고, 지금도 알 길이 없습니다.

　나는 브로야드와 식사를 한 적이 없고, 그를 만나 술집에 가거나 함께 야구장이나 저녁식사 파티나 레스토랑에 간 적이 없으며, 1960년대에 맨해튼에 살면서 가끔 파티에서 사교생활을 할 때 그를 본 적도 없습니다. 나는 그와 함께 영화를 보거나 카드를 친 적이 없고 그가 참석하는 문단 행사에 참여자나 구경꾼으로 한 번도 나간 적이 없습니다. 내가 아는 한 우리는 내가 뉴욕에 살면서 글을 쓰고 그가 뉴욕 타임스에서 서평가와 문화평론가로 활동하던 1950년대 후반과 1960년대 십여 년 동안 서로 근처에 살지 않았습니다. 나는 거리에서 그와 우연히 마주친 적이 없습니다. 다만 한 번—내 기억으로는 1980년대에—매디슨 애비뉴의 남성용품점 폴 스튜어트에서 마주친 적은 있습니다. 나는 그곳에서 구두를 사고 있었지요. 그 무렵 브로야드는 뉴욕 타임스에서 지적으로 가장 유행을 따르는 서평가였기 때문에 나는 그를 내 옆 의자에 앉히고는 그에게 구두 한 켤레를 선물하는 것을 허락해달라고 말했습니다. 그렇게 해서, 내가 솔직하게 인정했듯이, 나의 다음 책에 대한 그의 이해가 깊어지기를 바란 것이지요. 그것은 장난스럽고 재미있는 만남이었으며 기껏해야 십 분 정도 지속되었습니다. 그리고 그것이 우리가 그런 식으로 만난 유일한 경우였습니다.

　내가 기억하는 한 우리는 한 번도 굳이 진지한 대화를 나누려 한 적이 없지만, 한 번, 내가 『포트노이의 불평』을 내고 난 뒤 글쓰기에 관해 한 시간 동안 앉아서 이야기를 한 적이 있습니다. 친근한 농담이 우리의 전공이었기 때문에 결과적으로 나는 브로야드에게서 그의 친구나 적이 누구인지 듣지 못했고, 그가 어디에서 언제 태어나고 자랐는지 알지 못하고, 어린 시절이나 어른이 되었을 때의 경제적 상황에 관해서 아무것도 모르고, 그의 정치관이나 좋아하는 스포츠 팀에 관해 전혀 모르고, 그가 스포츠에 관심이 있는지도 모릅니다. 심지어 내가 그에게 그 비싼 폴 스튜어트 구두를 사주겠다고 한 날에 그가 어디 살고 있었는지도 모릅니다. 나는 그의 정신적·신체적 건강에 관해 아무것도 모르고, 다만 그가 암 진단을 받고 나서 몇 달 뒤에 죽어가고 있다는 것을 알게 되었을 뿐인데 그것은 그가 투병기를 『뉴욕 타임스 매거진』에 썼기 때문입니다.

나는 그를 그저 ─ 콜먼 실크와는 달랐는데, 그는 매사추세츠 서부에 있는 아테나 칼리지의 혁명적인 학장으로 교과과정이나 종신 교수직 요건 같은 일반적인 학내 문제를 두고 논란의 중심에 있습니다 ─ 나의 책들을 일반적으로 너그럽게 평가한 사람으로만 알고 있었습니다. 그러다가 자신의 임박한 죽음에 관한 브로야드의 글에서 솔직함과 용기에 감탄하고 난 뒤 그와 나를 다 아는 지인에게서 그의 집 전화번호를 얻어 전화를 했습니다. 그게 내가 그와 전화로 이야기를 한 처음이자 마지막이었습니다. 그는 매혹적으로 패기만만했고 놀랄 만큼 활기가 넘쳤으며, 우리가 한창때인 1958년 애머간셋에서 구조원이 모이는 해변에 있었다는 사실을 상기시키자 호탕하게 웃음을 터뜨렸습니다. 우리는 그때 거기서 처음 만났지요. 나는 당시 스물다섯, 그는 서른여덟이었습니다. 아름다운 한여름날이었습니다. 해변에서 그에게 다가가 내 소개를 하고 그의 뛰어난 글 「방광경이 말해주는 것*What the Cystoscope Said*」을 무척 재미있게 읽었다고 말했습니다. 그 단편은 나의 대학 마지막 해인 1954년에 당대 가장 훌륭한 문학잡지인, 대중 시장용 보급판 『디스커버리』 4호에 발표되었습니다.

곧 우리 넷 — 비슷한 나이의 신인 작가들 — 은 해변에서 풋볼을 던지며 농담을 주고받았습니다. 이것이 브로야드와 내가 함께 보내게 되는 평생의 구십 분 정도 가운데 가장 친밀한 이십 분이었습니다. 그날 해변을 떠나기 전 누군가 나에게 브로야드는 옥터룬*이라는 소문이 있다고 말해주었습니다. 나는 별 관심을 기울이지 않았거나 아니면, 1958년 그때는, 그 소식이 그다지 믿을 만하지 않다고 생각했습니다. 내 경험으로 옥터룬은 미국 남부 밖에서는 거의 들어보지 못한 말이었습니다. 정확한 뜻을 확인하기 위해 나중에 사전을 찾아보아야 했을지도 모릅니다.

브로야드는 사실 두 흑인 부모의 자식이었습니다. 그러나 그것을 그때는, 또 『휴먼 스테인』을 쓰기 시작했을 때도 몰랐습니다. 네, 누군가 한담을 하다가 내가 있는 자리에서 그 사람이 쿼드룬**과 흑인의 후손이라고 말하는 것을 들은 적이 있지만, 그 그럴듯하지 않은 전해들은 말, 또 입증 불가능한 말 한 조각이 내가

---

* octoroon. 흑인과 백인의 혼혈.
** quadroon. 백인과 반백인의 혼혈. 흑인의 피를 1/4 받은 사람.

브로야드에 관해 알고 있는 어떤 중요성이 있는 말의 전부입니다─그것과 그 자신이 자기 시대의 문학과 문학적 기질에 관해 책이나 글에 쓴 것. 브로야드가 『디스커버리』에 발표한 빼어난 두 단편─또하나는 1953년에 나온 「브루클린의 일요일 저녁식사*Sunday Dinner in Brooklyn*」─에서는 중심인물과 그의 브루클린 가족이 저자와 마찬가지로 백 퍼센트 백인이라고 믿지 않을 이유가 없었습니다.

나의 주인공 학자 콜먼 실크와 현실의 작가 아나톨 브로야드는 민권운동이 미국에서 흑인이라는 존재의 본질을 바꾸기 시작하기 전 시기에 처음에는 백인으로 행세했습니다. 당시 그렇게 행세하는 (그런데 『휴먼 스테인』에는 이 말이 나오지 않습니다) 쪽을 택한 사람들은 그렇게 하면 자신의 정체성을 자신이 발견한 대로 놓아두었을 경우 닥쳐올 가능성이 큰 박탈이나 수모나 상처나 불의를 자신은 나누어가질 필요가 없을 것이라고 상상했습니다. 20세기 전반기에는 아나톨 브로야드 혼자만 그랬던 것이 아닙니다─원래 흑인의 삶을 영원히 묻어버림으로써 제도화된 차별과 짐 크로*의 추한 꼴과 인종 혐오라는 고초를 피하기로 한 피부색이 밝은 사람들이 수천, 아니 어쩌면 수만 명 있었습니다.

아나톨 브로야드에게 자신의 검은색으로부터 달아나는 것이 어떤 것이었는지 나는 전혀 몰랐습니다. 나는 아나톨 브로야드의 드러나지 않은 검음, 또 이와 관련하여 그가 내세운 힘에 관해 아

---

* 인종차별 정책.

무엇도 몰랐으니까요. 하지만 콜먼 실크에 관해서는 모두 알고 있었습니다. 내가 그를 무에서부터 시작해 완전히 발달한 인물로 만들어냈기 때문입니다. 2000년에 『휴먼 스테인』을 발표하기 전 오 년 동안 『새버스의 극장』의 인형 광대 새버스를 만들어내고, 『미국의 목가』(1997)의 장갑 제조업자 스위드 레보브를 만들어내고, 『나는 공산주의자와 결혼했다』(1998)의 정치적으로 훼손된 린골드 형제, 즉 매카시 시대의 고등학교 영어 교사와 라디오 스타를 만들어낸 것과 마찬가지로 말입니다.

마지막으로 어떤 사람의 삶에 관한 책 전체를 쓸 만한 영감을 얻으려면 반드시 그 사람의 삶에 상당한 관심을 가져야 하는데, 솔직히 말해, 나는 1954년에 발표된 「방광경이 말해주는 것」을 특별히 좋아하고 또 저자에게도 그런 말을 해주었지만, 그 외에 긴 세월에 걸쳐 아나톨 브로야드의 모험에는 아무런 관심이 없었습니다. 브로야드도, 그리고 브로야드와 연결된 어느 누구도 내가 『휴먼 스테인』에서 어떤 것을 상상한 것과 아무런 관계도 없었습니다.

소설 쓰기란 어떤 척하자는 게임입니다. 내가 아는 다른 대부분의 소설가와 마찬가지로 일단 나에게 헨리 제임스가 "맹아"* — 이 경우에는 프린스턴에서부터 통제를 벗어나 제멋대로 뻗어나간 멜 튜민의 정치적으로 올바른 멍청함 이야기 — 라고 부르는 게 생기자 나는 계속 그 상황 속에 들어간 척하면서 불운

---

* 제임스의 장편과 이야기를 모은 뉴욕판에 묶인 그의 『포인턴의 전리품 The Spoils of Poynton』(1908)과 다른 두 작품에 그가 붙인 서문의 첫머리를 보라. — 원주

한 운명의 포니아 팔리, 피해를 입은 레스 팔리, 명예를 잃은 콜먼 실크를 만들어냈습니다. 또 그의 미국 가족 혈통, 그의 엄숙하고 군림하는 아버지, 그의 고통받는 어머니, 그의 분노하고 불만 많은 형, 책의 말미에서 그에 대한 가장 강력한 심판관이 되는 학교 교사인 그의 누이, 그의 젊은 시절 백인과 흑인 여자친구들, 잠깐이지만 젊은 프로 권투 유망주였던 시절, 그가 학장으로 부상하는 뉴잉글랜드대학, 적대적이기도 하고 공감하기도 하는 그의 직업적 동료들, 그가 선택한 연구 분야, 그의 걱정 많고 괴로움에 시달리는 부인, 적대적이기도 하고 공감하기도 하는 자식들, 또 그 밖에도 함께 모여 넘쳐나고 엉기면서 사실주의 소설이라고 하는 정교한 산문적 인공물의 중심에 있는 주요한 허구적 인물을 이루는 수많은 전기적 알갱이들을 만들어냈습니다.

2. 네이선 주커먼

위키피디아는 "영향과 주제"라는 부분에 "가장 악명이 높은 앨릭잰더 포트노이와 나중에는 네이선 주커먼 같은 유대인 아들들이 유대주의를 비난하면서 반역을 일으킨다"고 쓰고 있습니다.

아닙니다. 나의 허구적 인물 네이선 주커먼은 유대인이라는 존재를 두고 위협적인 싸움을 하지 않으며, 『유령작가』(1979)에서 시작하여 『휴먼 스테인』(2000)과 『유령 퇴장』(2007)으로 끝나는 주커먼 책 아홉 권 가운데 어느 것에서도 유대주의에 대한 반항이 그를 추동하지 않습니다. 주커먼은 『유령 작가』에서 신인 작가로서 유대인을 비난하기는커녕 그가 발표한―그의 첫 번째―단편 때문에 유대인에게서 비난을 받습니다. 그의 유대인 독자 일부가 그것이 반유대주의의 연료가 된다고 보기 때문이지요. 그러나 『유령 작가』의 핵심은 그들의 비난―저자 주커먼 자신이 위험한 반유대주의자라는―이 거짓이라는 겁니다. 그러나 그런 비난 때문에 주커먼의 아버지는 공교롭게도 미쳐버립니다. 특히 그들 고향의 저명한 유대인 법학자인 뉴어크의 판사 레오폴드 와프터가 비난에 가장 앞장을 섰기 때문입니다. 주커먼은 자신의 글이 가족에 일으킨 균열 때문에 위로를 구하려고, 한번 만나자는 유명한 유대인 작가 E. I. 로노프의 초대를 받아들입니다. 로노프는 그들 부부가 사는 버크셔 집으로 와서 하룻밤 묵고 가라고 합니다. 주커먼이 계획에 따라, 아니 심지어 가끔이라도 유대인을 비난하는 사람이었다면 로노프의 손님으로서 물론 오 분도 견디지 못했을 겁니다. 젊은 주커먼을 그런 사람이라고 낙인찍는 것은 사실 로노프의 지혜와 판단보다는 판사의 독선적 속물주의를 받아들이는 겁니다. 『유령 작가』에서, 특히 주커먼이 지속적인 백일몽 속에서 안네 프랑크를 다시 상상하는 대목의 모든 구절은 그에 대한 판사의 격렬한 비난을 주제넘은 것으로, 사실 그 이상 나쁜 것으로 제시하고 있습니다.

『카운터라이프』(1986)에서 주커먼은 이제 런던에 살고 있는데 유대인에게 확실한 혐오감을 갖고 있는 기독교인인 미래의 처형이 그의 유대인 배경을 두고 무례하게 다그칩니다. 그는 상층계급 잉글랜드인이 가진 반유대주의적 경향의 고약한 면에 경악하여 그녀에게 그 점을 이야기합니다. 『카운터라이프』의 더 앞부분에서는 그가 비유대인인 부인 마리아와 호화로운 호텔 레스토랑에서 저녁을 먹고 있는데 한 여자가 유대인이 그곳에 있다는 사실을 역겹게 여긴다는 점을 분명하게 드러냅니다. 주커먼은 "펄펄 끓듯이 뜨거워진" 얼굴로 그녀의 테이블 앞에 서서 말한다. "대단히 무례하군요, 부인, 괴상하게 무례합니다. 만일 계속 악취[그가 마리아와 함께 앉아 있는 근처 긴 의자에서 그녀 쪽으로 풍겨가는 그의 유대인 악취]에 관해 소리를 지른다면 관리자를 불러 부인을 쫓아내겠습니다."

다시 한번 주커먼의 비난은 유대인이 아니라 공적으로 유대인을 헐뜯고 모욕하는 사람들을 향하고 있습니다. 『카운터라이프』의 마지막 페이지들은 주커먼이 임신한 아내에게 유대인 전통을 지켜 그들의 자식이 아들이면 할례를 받게 하는 것을 허락해달라고 청원하는 내용으로 이루어져 있습니다. 그는 아내에게 씁니다. "할례는 하나의 우리, 단지 그와 나가 아닌 하나의 우리가 있다는 것을 확인해줘." 그가 단지 그 자리에 있다는 것만으로 마리아의 언니와 레스토랑의 편협한 여자가 반유대주의를 분출시킨 뒤에 그는 결론을 내립니다. "잉글랜드는 불과 여덟 주만에 나를 유대인으로 만들었다. 곰곰이 생각해보니 그게 가장 덜 고통스러운 방법이었을지도 모르겠다. 유대인 없는, 유대주의 없는, 시온주의 없는, 유대인다움 없는, 성전이나 군대나 심지어 피스톨도 없는 유대인, 분명히 집이 없는 유대인, 컵이나 사과처럼 그냥 사물 자체."

이것은 유대인 비난이 아닙니다. 이것은 주커먼 같은 종류의 유대인에 대한 묘사입니다. 거기에는 아무런 적대감이 없습니다.

3. 『샤일록 작전』

"로스의 유사 고백적 소설 『샤일록 작전』(1993)에 따르면 그는 1980년대 후반에 신경쇠약을 겪었다."

우선 소설에서 인물에 관해 이야기되고 있는 것을 근거로 살아 있는 저자에 관해 어떤 확실한 결론을 내릴 방법은 없습니다. "유사"(지어냈거나 진짜가 아니라는 뜻입니다) 고백적 소설을 근거로는 분명히 그럴 수 없고, 나와 더불어 나 자신의 이름을 가진 다른 어떤 사람이 함께 묶인 인물로서, 문학 강좌에서 "더블"이라고 부르는 것으로서, 동시에 또 기운차게 등장하는 이 특정한 제조물을 근거로 해도 마찬가지입니다.

『샤일록 작전』에서 나는 "나의" 인물에게 내 것이 아닌 면들, 내 것이 아닌 동기를 제안하고 희한한 만남을 묘사하는데 여기에서 나는 나의 상상이라는 성소 바깥에서는 실행에 옮길 기회가 아직 없던 방식으로 가끔 행동합니다. 분명히 자전적인 뿌리가 있을 수도 있는 소설에서도 작가는 어차피 늘 작가의 출처로부터 거리를 유지하며 그 거리는 늘 유동적입니다. 자신의 출처 대 자신의 자리는 고정되어 있지 않고 흔들립니다. 『샤일록 작전』의 마지막 말은 그보다 더 무뚝뚝하게 적절할 수 없습니다. "이 고백은 가짜다."

그 책에서 나는 이스라엘로, 삶이 살벌한 토론이고 어디에나 투쟁이 있는 자리로 여행합니다. 나는 유대인의 20세기라는 위기를 조사하고 우리 시대에 그것이 도달한 정점을 봅니다. 그 모든 유대인과 그들의 무시무시한 흉터와 더불어 그 모든 팔레스타인인과 그들의 무시무시한 흉터들. 계보 때문에 책임을 져야 하는 처지에서 두려움에 젖어 "우리가 얼마나 더 역사를 받아들일 수 있을까?" 하고 묻는 모든 사람. 모든 유대인의 요구가 시끌벅적하게 등장하고, 모든 유대인의 갈등, 충동, 변칙, 기질, 야망, 공포, 상처, 모든 유대인의 극단이 나타납니다. 그리고 그 모든 것에 그림자를 드리우는 것이 홀로코스트입니다. 나는 이 책에서 유대인 양심의 먹이가 되는 것을 상상하여 또 유대인의 분열과 유대인 기억의 범위를 검토하여 지금 이 순간 유대인이라는 것이 보여주는 드라마의 윤곽을 잡아보려 했습니다. '이제 유대인이 모두 등장합니다.'* 리언 클링호퍼.** 조너선 폴러드.*** 메나헴 베긴. 메이어 카하네. 엘리엇의 블라이스틴.**** 셰익스피어의 샤일록. 어빙 벌린. 그리고 수십 명 더. 모든 유대인 안에는 유대인 무리가 있다는 말이 있지요. 또는 엘리아스 카네티*****(역시 유대

---

* 제임스 조이스의 『피네건의 경야』(1939)에 나오는 인물 험프리 침프든의 별명이 '이제 모두 등장합니다'이다. — 원주

** 1985년 10월 7일 팔레스타인 해방전선(PLF)의 구성원 네 명은 지중해 동부에서 이탈리아 유람 정기선 아킬레라우로호를 납치하고 팔레스타인 죄수 쉰 명 석방이라는 요구를 들어주지 않으면 배의 승객을 죽이겠다고 위협했다. 다음날 납치범들은 장애인인 유대계 미국인 승객 리언 클링호퍼(1916~1985)를 살해하여 시신을 바다에 던졌다. — 원주

인)의 표현을 빌리자면 "유대인은 다른 사람들과 매우 다르지만 현실에서 그들은 서로와 다르다." 이 다양한 유대인 무리가 내 책을 장황하게 징발하고 있는데, 위키피디아는 종종 꿈 같은 일들이 일어나는 파란만장한 내 책 사백 페이지에서 "로스의 유사 고백적 소설 『샤일록 작전』(1993)에 따르면 그는 1980년대 후반에 신경쇠약을 겪었다"는 것 외에 주목할 만한 것을 전혀 발견하지 못합니다.

자, 『샤일록 작전』에는 물론 내 이름을 가진 두 인물이 나오지만 둘 다 신경쇠약을 겪지는 않습니다. 대신 『샤일록 작전』의 "진짜" 필립 로스는 수면제 핼시온의 부작용을 경험합니다. 1987년

*** 폴러드(1954년생)는 메릴랜드주 수틀랜드의 미국 해군 정보 센터에서 일하는 민간인 분석가로 1984년 늦은 봄 미국에서 공부하는 이스라엘 공군 장교를 만나 이스라엘에 고급 비밀로 분류된 정보를 제공하겠다고 제안했다. 폴러드는 이스라엘 국방부 내의 정보부서인 라캄(과학연락국)의 요원이 되었으며 결국 자신의 담당자에게 소련 무기, 아랍의 군사 능력, 미국의 정보 수집 방법에 관한 자세한 정보를 포함하여 백만 페이지가 넘는 문건을 주었다. 폴러드의 이스라엘 연락책은 그가 발각당할 경우 "돌보아주겠다"는 약속을 했지만 그가 의심을 받자 즉시 국외로 빠져나갔다. 폴러드 부부는 1985년 11월 21일 워싱턴의 이스라엘 대사관에 망명을 신청했지만 안으로 들어갈 수 없었고 FBI에게 체포되었다. 폴러드는 간첩 혐의의 유죄를 인정한 뒤 자신의 행동 동기는 이스라엘 안보에 대한 걱정이었다고 말하면서도 매달 천오백 달러의 현금 보수(나중에 이천오백 달러로 인상되었다)와 더불어 수천 달러 상당의 여행 경비와 보석을 받은 것을 인정했다. 폴러드는 1987년 무기징역을 선고받았으나 2015년 11월 20일 사면으로 석방되었다. — 원주

**** T. S. 엘리엇의 시 「베데커 여행 안내서를 든 버뱅크: 시가를 든 블라이스틴 *Burbank with a Baedeker: Bleistein with a Cigar*」(1920)에 나오는 유대인으로 이 시에는 "한때 리알토 다리 위에./ 쥐는 그 더미 밑에 있다./ 유대인은 그 묶음 밑에 있다./ 모피에 든 돈" 같은 반유대주의적 행들이 포함되어 있다. — 원주

***** 불가리아의 소설가 엘리아스 카네티(1905~1994)가 쓴 군중심리 연구서 『군중과 권력*Crowds and Power*』(1960)에서. — 원주

쉰네 살 때 내가 그랬던 것과 같습니다.

최근 『애틀랜틱』의 「로스 대 로스 대 로스*Roth v. Roth v. Roth*」라는 글에서 조지프 오닐*은 내가 오십대에 "파괴"를 경험했다고 썼습니다. 나는 2012년 『애틀랜틱』에 보낸 편지에서 오닐의 말을 정정했습니다. 위키피디아의 나에 관한 항목은 오닐이 출처일 가능성이 높으니 거기에 보낸 편지를 옮겨와도 좋을 듯합니다.

"1987년 3월 무렵 수술 뒤 나는 헬시온이라는 수면제를 처방받았습니다. 이것은 가끔 '헬시온 광기'라고 부르는, 복용자를 쇠약하게 만드는 다양한 부작용을 유도할 수 있는 벤조디아제핀급 의약품에 속하는 최면 안정제였습니다. 정형외과의가 수술 후 나에게 처방해주었을 때 헬시온은 이미 네덜란드와 독일 등지의 시장에서 회수된 뒤였습니다. 심지어 자살에 이르는 극단적인 심리적 부작용 때문입니다…… 그로 인해 생길 수 있는 증상에는 기억상실, 편집증, 환각 등이 있습니다.

임상적으로 잘 정의되어 있는 부작용, 의학 문헌에 자세하게 기록되어 있는 부작용과 일치하는 나 자신의 헬시온 부작용은 그 약을 먹으면서 시작되었고 주치의의 도움으로 약을 중단하자 바로 해소되었습니다."

나는 실제로 삶에서 멈추었고, 『샤일록 작전』의 P. R.**는 26페이지에서 멈추었습니다. 나의 인물은 지옥 같은 경험의 여파로,

---

* 아일랜드의 소설가(1964년생)로 『네버랜드*Neverland*』(2008)와 『개*The Dog*』(2014)를 썼다. ─ 원주
** 필립 로스를 가리킨다.

겉으로는 다시 궤도에 올라 "전과 마찬가지로 완전하게 일상생활의 질서를 잡는" 것처럼 보였지만, "[붕괴가] 일어난 것"은 그 자신의 내적인 어떤 장애 때문이지 "업존의 마법적인 작은 수면제"의 부작용 때문은 아니라고 "반쯤 확신"했습니다. 이 책의 남은 삼백칠십일 페이지의 거의 모든 페이지에서 자신에게 닥치는, 이스라엘에서 벌어진 그 있을 법하지 않고 부담스러운 사건들에 비추어볼 때 어떤 식으로인가 자신을 파괴하고 자신이 매우 있을 법하지 않은 '성지' 모험을 하게 만드는 게 자기 자신이지 핼시온이 아니라는 생각이 은근히 스며들 때 한동안 그것을 그대로 받아들이려 한 것이지요.

이 가운데 어느 것도 "1980년대 말에" 글로 기록된 세계에서건 기록되지 않은 세계에서건 신경쇠약을 겪은 누군가와는 아무런 관계도 없습니다.

4. 『미국의 목가』

나의 1997년 소설 『미국의 목가』에 대한 위키피디아 항목은 친화성에 대한 대단히 피상적인 증거를 기반으로 나의 또 한 명의 주인공을 또 한 명의 실제 모델과 동일시하고 있습니다. "레보브라는 인물은 실제 인물인 시모어 '스위드' 메이신에게서 영감을 받은 것인데, 그는 경이적이고 전설적인 만능의 유대인 운동선수로 레보브라는 인물과 마찬가지로 뉴어크 위퀘이크 고등학교를 다녔다. 스위드 메이신은 이 책의 주인공과 마찬가지로 그 지역의 수많은 중간계급 유대인들로부터 숭배받고 우상화되었다." 이 항목은 "두 '스위드' 모두 키가 크고 뚜렷한 금발에 눈이 파란색이었으며…… 둘 다 근처 이스트오렌지의 사범대학을 다녔고 둘 다 자신들과 신앙이 다른 여자와 결혼했으며 둘 다 군대에 다녀왔고 돌아오자마자 뉴어크 교외로 이사했다"는 말로 끝을 맺습니다.

1930년대 시모어 메이신과 1940년대 초 나의 "레보브라는 인물"은 둘 다 실제로 뉴어크 위퀘이크 고등학교를 다녔습니다—내가 1940년대 말에 다닌 것과 마찬가지로. 이 학교는 1933년에 설립되었는데 메이신은 그로부터 몇 년 뒤에 졸업했습니다. 진주만 사건 오 년 전이고 내가 1950년에 졸업하기 십사 년 전이었지요. 그래서 나는 그가 운동선수로 활동하는 것을 본 적이 없고, 다른 곳에서도 실물로 본 적이 없고, 또 심지어 그의 사진도 보지 못했습니다. 나는 『미국의 목가』를 쓸 무렵에는 내가 학교에 다니기 한참 전에 그가 뛰어난 만능 운동선수였고 별명이 '스위드'였다는 사실 외에 아무것도 알지 못했습니다. 그게 내가 시모어 메이신의 삶으로부터 가져온 두 가지 사실이며 인정할 수 있는 연결점은 그것뿐이었습니다. 나는 그 외에는 그의 전기적 사실을 전혀 알지 못했습니다—그는 실제로 "전설적"이었지요. 즉 특수화되지 않은 먼 원형이고 단지 그뿐이었습니다. 나는 그의 이름도 몰랐습니다. 알았다면 혹시라도 있을 수 있는 명예훼손 가능성을 제거하기 위해 당연히 내 인물을 시모어라고 부르지 않았을 겁니다. 나는 대여섯 가지 이름을 생각한 끝에 시모어로 정했는데 그것은 시모어가 그의 세대와 내 세대의 유대인 남자아이들에게 매우 흔한 이름이었기 때문이고 또 듣기 좋다는 이유도 있었습니다. 두 음절의 시모어는 단음절의 스위드와 두운이 맞고, 음성학적으로 깔끔하게 들어맞고, (스위드라는 아이러니 섞인 별명과는 근본적으로 달리) 여전히 레보브와 민족적으로 조화를 이룹니다.

물론 두 스위드 모두 "키가 크고 뚜렷한 금발에 파란 눈"이었습니다. 그렇지 않고서야 이 특이하게 생긴 유대인 아이들에게 스위드라는 별명이 붙었겠습니까? 둘 다 근처 이스트오렌지의 사범대학을 다녔다? 사실이 아닙니다. 나의 허구적인 스위드와 그의 허구적인 부인 돈은 이스트오렌지에 있는 훌륭한 남녀공학 인문대학으로 지금은 사라진 업살라에 다닌 반면, 진짜 스위드 메이신은 이스트오렌지의 팬저 체육위생대학(나중에 먼트클레어주립사범대학과 합쳐졌습니다)에 다녔습니다. 당시에는 주로 체육 교사를 양성하는 곳으로 재학생이 이백 명 정도였습니다(그런데 스위드와 마찬가지로 — 아무것도 증명하는 것은 아니지만 — 『미국의 목가』가 나오고 나서 이십삼 년 뒤 나온 『네메시스』의 체육관 교사이자 주인공인 버키 캔터도 팬저 졸업생입니다). 두 스위드가 자신들과 신앙이 다른 여자와 결혼했다? 미국 유대인의 바로 그 세대에서 시작하여 그 이후 세대에서는 과감하게 바로 그런 행동에 나서는 젊은 남자들이 점점 많아졌고 이것은 종종 『미국의 목가』에서와 마찬가지로 부모의 바람에 반하는 것이기도 했습니다. 두 스위드 모두 "군대에 다녀왔다"는 것은 단지 그들이 태어난 시기와 관련되었을 뿐입니다—그들 세대에서는 군대에 다녀오지 않은 사람이 소수입니다. 스위드 메이신은 당연히 뉴어크 교외로 이사했을 겁니다. 위키피디아는 그렇게 주장하는데 사실 나는 알지 못합니다. 하지만 스위드 레보브는 이사하지 않았습니다. 군대에 다녀온 뒤 그가 젊은 아내와 함께 마련한 집은 사실 고집이 아주 센 그의 아버지와 심하게 다툰 문제이기도 한데, 아버지는 아들이자 동업자가 사우스오렌지의 뉴스테드—그 시절 자신을 풍자하는 유대인은 가끔 조롱하듯 "주스테드"*라고 불렀습니다—의 부유하고 빠르게 성장하는 교외 개발지구에, 즉 자신과 가까운 곳에 살기를 바랐습니다. 그러나 나의 스위드는 뉴어크 교외를 훌쩍 넘어가 모리스 카운티의 모리스타운을 지나서—아주 의도적으로 유대인을 지나서 멀리—내가 올드림록이라고 이름을 붙인 마을 근처에 사는 쪽을 택하고, 그 결과 스위드가 어디에 사느냐 하는 문제만이 아니라 그가 어떤 신앙 속에서 결혼을 하고 자식을 기르느냐 하는 문제는 내 책에서는 조용히 지나갈 수 없게 됩니다.

간단히 말해서 내가 스위드 레보브를 만들어낸 것에는 기초적인 논리가 있는데 그것은 당연히 스위드 메이신의 전기에 나오는 전혀 예외적이거나 특이하지 않은 몇 가지를 반영하고 있습니다. 그러나 그 전기는 그것을 제외하면 『미국의 목가』에서 서술되는

---

* 주(Jew)는 유대인이라는 뜻.

허구적 스위드 레보브의 무시무시한 몰락의 사건이나 조건 — 그리고 아버지이자 남편이자 아들로서 그의 행동이나 고통 — 과 매우 동떨어져 있습니다. 직접 몸을 움직이는 고용주로서 스위드 레보브의 의미심장한 삶도 마찬가지입니다. 번창하는 가족 제조업 — 뉴어크의 센트럴 애비뉴에 있는 뉴어크 메이드 글러브스, 1967년 뉴어크 폭동*의 전투 장면을 포함하여 이 소설에서 가장 극적인 사건의 많은 부분이 일어나는 삼층 건물 — 의 모든 것을 포괄하는 세계는 스위드 메이신은 전혀 모르는 것인데, 그는 프로 야구선수로서 짧은 기간을 보낸 뒤 은퇴할 때까지 평생 영업 사원으로 일했습니다.

『미국의 목가』가 출간되고 나서 몇 년 뒤 뉴어크의 뉴저지 공연예술 센터에서 내 작업을 기리는 저녁 모임이 열려 그 자리에 참석한 일이 있습니다. 나는 모르고 있었는데 나이가 들었지만 건강해 보이는 스위드 메이신도 그날 밤 청중 속에 있었고 프로그램이 끝나자 로비에서 열린 연회에서 자신과 딸을 나에게 소개 했습니다. 아마 삼십대나 사십대였을 메이신의 딸(메이신의 두 아들은 그 자리에 없었습니다)은 나에게, 매혹적이고 재미있는 방식이었지만, 자신이 반전 테러리스트인 메리, 스위드 레보브의 딸이자 유일한 자식과 자신이 아무런 공통점이 없다는 사실을 분명히 밝히고 싶은 마음이 간절해 보였습니다. 메리가 자신과 가

---

* 1967년 7월 12일 저녁에 시작되어 뉴어크의 센트럴워드로부터 도시 다른 지역으로 퍼져나간 폭동. 엿새 동안 23명이 죽었고 725명이 부상했고 1500명이 체포되었다. — 원주

족을 파괴하는 것 — 베트남전에 항의하기 위해 아주 작은 올드
림록의 우체국에 폭탄을 몰래 설치하여 — 이 이 소설 전체의 축
을 이루는 행동이고 그 영향이 끝까지 책의 주요 인물들의 삶을
지배하지요(그리고 오염시키지요). 메리 레보브의 폭탄은 자신
이 책임지는 지역 공동체 병원으로 가는 길에 편지를 부치려고
들른 사랑받는 의사를 죽입니다. 그뒤에 메리 레보브는 미국 반
전 지하운동을 끔찍하게 배회하는 중에(두 번 강간을 당합니다)
계속 전쟁의 정당성에 이의를 제기하여 폭탄으로 세 사람을 더
죽입니다. 사실 고통받는 레보브 집안 이야기에 무시해도 좋을
"영감"이 아닌 진정한 "영감"을 주는 역할을 하여 나의 상상을 독
점했을 수도 있는 가족이 있었다고 한다면, 그것은 저명한 민권
변호사로서 좌익에 속하는 유명한 의뢰인들에게 조언을 해준 고
레너드 부댕의 가족입니다. 그는 나의 지인인데 베트남전쟁 기간
과 그후 악명 높은 반전 테러리스트이자 폭력적인 웨더 언더그라
운드의 구성원이었던 그의 어린 딸의 행로*는 그들 모두에게 매
우 끔찍한 결과를 낳았습니다.

---

* 캐서린 부댕(1943년생)은 좌익 '민주사회를 위한 학생들'(SDS)에서 갈라져나온
폭력적 분파인 웨더맨(나중에 '웨더 언더그라운드'로 부르게 된다)의 구성원이었
다. 그녀는 1969년 10월 시카고의 웨더맨이 주도한 일련의 폭력 시위인 '분노의 나
날'에 관여했고 1970년 3월 6일 그리니치빌리지 지역 사무소의 폭발을 일으켜 웨
더맨 구성원 세 명을 죽인 실패한 폭탄 제조 작전에서 살아남았다. 이 폭탄은 뉴저
지주 포트딕스의 군인 댄스파티, 또 어쩌면 컬럼비아대학 본관을 공격할 목적으로
제조중이었다고 한다. 부댕은 지하에 남아 있다가 1981년 10월 20일 다른 혁명가
아홉 명과 함께 뉴욕의 나야크 강탈을 시도했다. 이 과정에서 경비원 한 명과 경찰
관 두 명이 죽었다. 부댕은 현장에서 체포되어 살인 유죄를 인정했으며 이십 년에
서 무기징역형을 선고받았다. 2003년에 사면되었다. ─ 원주

메리가 정치적 폭력을 좋아하는 것—그리고 그녀의 반항적인 삶의 다른 모든 것—이 견실하고 비폭력적인 메이신 여사와 아무런 관계가 없었듯이, 그녀의 아버지도 싹싹하게 기꺼이 인정한 바이지만, 스위드 레보브의 비극적 이야기에서 그의 별명과 위쿼이크 고등학교에서 그가 보여준 운동 능력을 제외하면 어떤 것도 그와 실질적인 관계가 없었습니다. 스위드 메이신은 내가 전혀 모르는 사람의 전기적 사실 몇 가지, 운전면허증에서 볼 수 있는 것보다도 적은 몇 가지를 그냥 가져다 썼을 뿐임을 이해했는데, 그날 밤 헤어지기 전에 나에게 말하더군요. 스위드 레보브의 부인—딸이 사라지고 범죄를 저지르는 것 때문에 박살이 나지요—이 『미국의 목가』의 앞부분에서 1949년 미스 아메리카 대회에 나간 것으로 그려진 것은 불가사의한 일이다, 지금은 이혼한 그 자신의 아내도 한때 에식스 카운티 미인대회에서 미의 여왕으로 뽑힌 적이 있기 때문이다. 나는 그런 우연의 일치가 그가 생각하는 것만큼 이상한 것은 아니라고 답하면서 서사 예술가 가운데도 가장 흠잡을 데 없는 사람인 귀스타브 플로베르가 바로 이 주제에 관해 한 말을 인용했습니다. "만들어내는 모든 것은 진실하다. 그 점은 완전히 믿어도 좋다. 시는 기하학만큼이나 정확하다."

플로베르의 이 말은 1853년 8월에 쓴 유명한 편지에서 나옵니다. 그때는 『마담 보바리』를 쓰는 오 년간의 시련, 결국 성공을 거둔 시련이 한창이었지요. 플로베르는 이렇게 말을 이어갑니다. "계산에서 어떤 지점을 지나가면 영혼의 문제에서는 절대 틀리지 않는다. 나의 가엾은 보바리는 의심의 여지없이 바로 이 순간 프랑스의 스무 마을에서 고통을 겪으며 울고 있을 것이다."

여불비례,
필립 로스

압제는 자유보다 잘 조직되어 있다[*]

나는 1946년 2월 위퀘이크 호손 애비뉴 부속학교에 입학했다. 고등학교 본교에서 버스를 타고 십오 분 가야 했는데, 그 시절 위퀘이크 고등학교 일학년은 모두 부속학교에 다녀야 했다. 내가 부속학교에서 첫날 첫 시간에 마주한 첫 선생님은 보브 로웬스틴이었다. 로웬스틴 박사. 닥[**] 로웬스틴. 그는 제2차세계대전이 발발하자 해외에서 복무하다 갓 돌아왔으며, 대부분의 고등학교 교사들과는 달리 박사학위 소유자였고(티를 내지는 않았다), 열두 살짜리 눈에도 이 사람이 바보들을 너그럽게 받아주지 않는 만만

---

[*] 프랑스 작가 샤를 페기(1873~1914)의 『새로운 신학자 페르낭 로데 씨*Un nouveau théologien, M. Fernand Laudet*』(1911)에서. — 원주
[**] 박사를 뜻하는 doctor의 약칭.

찮은 G. I.* 출신이라는 게 분명해 보였다.

보브는 담임교사였다. 즉 학기중 아침마다 제일 먼저 그를 보았다는 뜻이다. 나는 결국 그의 수업을 듣지는 못했지만—나는 마드무아젤 글럭스맨에게 프랑스어를, 세뇨리타 발레로소에게 스페인어를 배웠다—그를 잊지는 않았다. 위퀘이크의 누가 잊을까? 그랬기에 1940년대와 1950년대의 반공 십자군 전쟁에서 그가 공격당할 차례가 되었을 때 부모에게 뉴어크 신문을 스크랩하여 나에게 우편으로 부치게 했고 거기 실린 기사를 통해 그의 운명을 최대한 좇았다.

내가 위퀘이크 고등학교를 졸업하고 사십여 년이 지난 1990년 대에 우리가 어쩌다 다시 만나게 되었는지는 기억나지 않는다. 나는 약 십이 년 동안 대체로 해외에 살다가 미국에 돌아와 있었는데 내가 뭔가에 관해 그에게 편지를 썼거나 아니면 그가 뭔가에 관해 나에게 편지를 썼고, 그러다 우리는 웨스트오렌지에 있는 젤다와 그의 집에서 만나 점심을 먹었다. 나는 보브 로웬스틴의 방식대로 가장 평이한 언어로, 최대한 직접적으로 이 일을 이야기하도록 하겠다. 나는 우리가 서로 사랑하게 되었다고 믿는다.

그는 우편으로 나에게 자신이 쓴 시를 보내주었다. 때로는 쓰자마자 보내주기도 했다. 나는 내 책이 나오면 보내주었다. 심지어 어떤 책—『미국의 목가』—은 원고 상태로 보라고 최종고를 보내기도 했다. 그 책에는 20세기 초 뉴어크에 관한 내용이 많았

---

* 미군을 가리키는 말.

고, 보브는 1908년에 뉴어크에서 태어났기 때문에 나는 모든 것을 제대로 썼는지 확인하기 위해 먼저 그가 읽어주기를 바랐다.

나는 운전사를 웨스트오렌지로 보내 그를 두 시간 반 걸리는 코네티컷 북서부 우리집으로 모셨고 우리 둘은 함께 점심을 먹었다. 나는 그에게 내가 쓴 것을 어떻게 보는지 이야기해달라고 했다. 우리는 점심을 먹으며 이야기를 나누었다 — 오후 내내 이야기를 나누었다. 그는 평소처럼 할말이 많았고 나는 여덟시 삼십분 호손 애비뉴 부속학교의 조례 시간에 그가 학교 일정에 관한 발표문을 읽을 때 못지않게 귀를 기울였다고 믿는다.

내 소설 『나는 공산주의자와 결혼했다』에서 서술자 네이선 주커먼은 말한다. "나는 내 인생이 내가 귀를 기울여온 하나의 긴 말이라고 생각한다." 보브의 목소리는 지금도 말하는 것이 내 귀에 들려오는 그런 설득력 있는 목소리 가운데 하나로 꼽을 만하다. 그의 말에는 진짜의 얼얼함이 스며 있다. 모든 훌륭한 교사와 마찬가지로 그는 말을 통한 변화라는 교육적 드라마를 인격화했다.

그가 웨스트오렌지에서 코네티컷의 우리집에 도착해 차에서 내릴 때 손에 책을 한 권 들고 있었다는 사실은 언급해야겠다. 그가 차에서 읽고 있던 것은 프랑스의 가톨릭 시인 샤를 페기가 백년 전 짧은 생애 동안 쓴 프랑스어 시였다. 물론 나는 보브가 진지한 사람이란 걸 알고 있었지만 그가 길에서 함께할 동무로 페기를 집어들었다는 것을 알았을 때에야 그가 얼마나 진지한지 진정으로 깨달았다.

1993년 예순이 되었을 때 나는 사우스오렌지의 세턴홀대학에서 낭독회를 했고 낭독회의 후원자들은 그뒤에 생일 파티를 열어 주었다. 보브와 젤다도 그 자리에 있었다. 사실 그날 밤 낭독회 때 나를 소개한 사람이 보브로, 그는 세턴홀에서 일 마일 떨어진 곳에 살았으며 그곳에서 열리는 시 낭독회는 한 번도 빠진 적이 없었다. 그때 그는 여든다섯이었다. 그에게 반짝거리는 생명이 이십오 년 더 남아 있었다는 것 ― 그래, 누가 그것을 알았겠는가, 혹시 보브 자신이라면 몰라도?

나는 행사 전에 그에게, 나를 소개하는 일을 맡아달라는 편지를 썼고 그날 밤 그가 세턴홀 연단에 서서 놀라운 재치와 예리함과 매력으로 우리가 제자와 스승으로 처음 알게 된 일을 전하는 것을 보며 엄청나게 행복했다. 그도 무척 행복해 보였다.

보브는 내 소설 『나는 공산주의자와 결혼했다』에 나오는 주요 인물의 모델인데, 1998년에 발표한 이 책은 반공 시기, 그리고 그 시기에 권좌에 있던 쓰레기가 이빨과 발톱을 드러내고 야만적이고 악의에 찬 공격을 할 때 보브 같은 사람들이 부당하게 박해를 당하던 일을 기억하고 있다.

그 인물은 퇴직한 고등학교 교사 머리 린골드이며 보브와 마찬가지로 위퀘이크 고등학교에서 가르쳤지만, 보브와는 달리 로망스 언어가 아니라 영어를 가르쳤다. 나는 또 보브의 외모, 전쟁 기록, 개인생활의 일부 디테일도 바꾸었다. 예를 들어 보브는 다혈질 살인자인 형도 없고 뉴어크의 치명적 범죄의 피해자인 부인도 없다. 그러나 다른 면에서는 내가 인식하는 그의 미덕의 힘을 그

대로 가져오려 했다.

나는 또 지나가면서 칠판 지우개를 던지는 그의 독특한 즐거움도 포함했다. 학생이 하는 말이 대단히 멍청하거나 그에게는 범죄 중의 범죄, 즉 주의산만을 우둔하게 구현한 결과물로 보일 때 그 지우개가 날아갔다.

『나는 공산주의자와 결혼했다』의 제재는, 그 밑바닥을 보자면, 열렬하고 진지하고 감수성이 예민한 사춘기 소년의 지도와 안내와 교육, 특히 대담하고 품위 있고 능력 있는 남자가 될 방법 ― 또 되지 않을 방법 ― 의 교육이 놓여 있다. 이런 명예로운 과정은 쉬운 과제가 아니다. 늘 커다란 걸림돌 두 개가 있기 때문이다. 세상의 불순과 자신의 불순. 지성, 감정, 예견, 판단이라는 면에서 자신의 불완전성은 말할 것도 없고.

문제의 사춘기 소년 ― 뉴어크의 위퀘이크 구역의 네이선 주커먼 ― 의 성장을 안내하는 사람들은 주로 미국의 애국자 톰 페인, 그 시대의 유명한 라디오 작가 노먼 코윈,* 역사소설가 하워드 패스트,** 영어 교사 머리 린골드 등이다. 또 머리의 형제인 성난 열성 공산주의자 아이라 린골드가 있는데, 그의 살인적 분노, 파

---

* 미국의 작가, 프로듀서, 연출자, 시적이고 시사적인 논픽션 라디오 프로그램의 내레이터(1910~2011). 유럽에서 제2차세계대전이 끝난 날인 1945년 5월 8일 방송된 그의 한 시간짜리 특집 〈승리의 정신으로On a Note of Triumph〉는 미국인 약 육백만 명이 들었다. ― 원주

** 미국의 작가(1914~2003)로 『시민 톰 페인*Citizen Tom Paine*』(1943), 『스파르타쿠스*Spartacus*』(1951) 같은 대중 역사소설을 썼다. 공산당 당원이었으며(1943~1956) 1950년 하원 비미국행위 위원회에 협력을 거부하여 석 달 복역했고 1952년에 미국 노동당 후보로 의회 선거에 출마했다. ― 원주

괴적 핵으로부터 그 남자 자신이 달아나려 하지만 소용이 없다. 그리고 그의 선량한 아버지도 있다. "나를 교육한 사람들". 네이선은 그들을 그렇게 부른다. "나의 출발점인 사람들".

한 소년과 그의 어른들에 관한 이 책은 머리 린골드에 대한 간략한 묘사에서 시작한다. 폭력적이지 않고 분노가 조절되고 변호 불가능한 불의에만 특별히 분노를 예비해둔 사람. 그런데 머리 린골드 자신도 물론 보브처럼 그 나름의 교육을 받게 된다. 미국의 그 시기에 아주 많은 사람의 유망한 미래를 망친 덫에 걸렸기 때문이다. 다른 수많은 사람과 마찬가지로 그의 나라의 전후 역사의 첫 수치스러운 십 년의 피해자가 된 것이다. 이 훌륭한 교사는 정치적 일탈자이자 어린아이들을 자유롭게 풀어놓는 위험한 사람이라는 이유로 추방당했고 뉴어크 학교 시스템에서 또 자신이 선택한 직업에서 육 년 동안 밀려나 있게 된다.

나는 지금 소년의 교육이 아니라 성인의 교육을 말하고 있다. 상실, 슬픔 그리고 삶의 그 피할 수 없는 구성요소인 배반에서 받는 교육. 보브는 강철 같은 면이 있어 불의의 잔혹 행위에 특별한 용기와 낙관성과 담대함으로 저항하지만 그는 한 인간이었고 또한 인간으로서 그것을 느꼈으며 따라서 고통도 겪었다.

내가 이 소설에서 고인이 된 우리의 전설적이고 고귀한 친구의 자질을 풍부하게 인정했기를 바란다. 그는 시인 샤를 페기와 마찬가지로 "압제가 늘 자유보다 잘 조직되어 있다"는 것을 이해했다. 페기가 이것을 어떻게 알았는지는 모르지만 보브는 그것을 어렵게 깨우쳤다.

『나는 공산주의자와 결혼했다』의 도입부에서 인용한 몇 줄로 말을 맺겠다. 나는 여기에서 소설 속의 고등학교 교사 머리 린골드, 글로 기록되지 않은 세계의 우리에게는 닥 로웬스틴으로 더 잘 알려진 인물을 묘사하고 있다.

그는 태도와 자세가 완벽하게 자연스러웠던 반면 말은 그 양도 엄청났고 지적으로는 거의 위협적이었다. 그가 좋아하는 것은 설명하는 것, 분명히 밝히는 것, 우리를 이해시키는 것이었고, 그 결과 우리가 이야기하는 모든 주제를 주요 요소로 분해했으며 그런 식으로 꼼꼼하게 문장도 칠판에 도표로 그려놓았다…… 린골드 선생님은 교실에 들어오면서 본능적인 자발성을 강렬하게 발산했는데 이것은 교사의 예법 규칙에 순종하는 것이 정신 발달과 아무런 관계가 없다는 것을 아직 이해하지 못한, 순하게 길들여져 점잖게 행동하는 아이들에게는 하나의 계시였다. 그는 학생이 내놓은 답이 과녁에서 빗나갔을 때 학생의 방향으로 칠판 지우개를 던지는 것을 좋아했는데 이런 매력적인 행동에는 아마 그 자신도 상상하지 못했을 중요한 면이 있었다…… 학생은 성적인 의미에서 머리 린골드 같은 남성 고등학교 교사의 힘을 느꼈고—종교적 경건성으로 교정되지 않은 남성적 권위—또 사제적 의미에서 머리 린골드 같은 남성 고등학교 교사의 소명을 느꼈다. 그는 크게 성공하겠다는 무정형의 미국적 갈망에 빠져들지 않았고, 당시 학교 여교사들과는 달리 자신이 평생 할 일로 다른 거의 모든 것을 선택할 수도 있었는데도 우리의 교사가 되는 길을 선택했다. 그가 온종일 하고 싶어 하는 일은 오로지 자신이 영향을 줄 수 있는 어린 사람들을 상대하는 것이었고, 그들의 반응에서 인생에서 얻을 수 있는 가장 큰 쾌감을 맛보았다.

안녕, 존경하는 스승이여.

체코 교육*

나는 1972년부터 1977년까지 매년 봄 일주일이나 열흘 프라하로 가서 소비에트가 후원하는 전체주의적 체코 체제에서 박해를 당하고 있는 그곳의 작가, 저널리스트, 역사학자, 교수 그룹을 만났습니다.

그곳에 있는 시간 대부분 사복형사가 나를 미행했고 내 호텔 방과 방의 전화는 도청을 당했습니다. 그러나 경찰에 처음으로 구금을 당한 것은 1977년, 소비에트사회주의 리얼리즘 그림을 걸어놓은 터무니없는 전시회를 보러 미술관에 갔다가 나오면서였습니다. 이 사건으로 나는 마음이 불안해져 다음날 그들의 제

---

* 2013년 PEN 문학 갈라에서 PEN 문학 공로상 수상 연설, 2013년 4월 30일. ─ 원주

안대로 그 나라를 떠났습니다.

나는 프라하에서 만나 사귄 반체제 작가들 일부와 우편으로 — 때로는 암호화된 우편으로 — 연락을 계속했지만 십이 년 동안 다시 체코슬로바키아로 돌아갈 비자를 얻을 수 없었습니다. 그러다 1989년에 공산주의자들이 쫓겨나고, 완전히 정당한 방법으로, 1788년 미국의 워싱턴 장군이나 그의 정부와 크게 다르지 않게, 연방의회의 만장일치 표결과 체코 민중의 압도적 지지로 바츨라프 하벨의 민주 정부가 권좌에 올랐습니다.

나는 프라하에서 소설가 이반 클리마, 그의 부인인 정신과의사 헬레나와 많은 시간을 보냈습니다. 이반과 헬레나는 둘 다 영어를 했으며, 이 친구들은 다른 많은 사람 — 그들 가운데는 소설가 루드비크 바출리크와 밀란 쿤데라, 시인 미로슬라프 홀루프, 문학 교수 즈데네크 스트리비르니, 나중에 하벨이 첫 주미 대사로 임명한 번역가 리타 부디노바플리나로바, 벨벳 혁명 뒤 프라하의 최고 랍비였고 결국 체코공화국의 최고 랍비가 된 작가 카롤 시돈이 있었지요 — 과 더불어 나에게 체코슬로바키아에서 아낌없이 이루어지는 정부 억압이 무엇인지 철저하게 교육시켜주었습니다.

이 교육에는 이반과 함께 이반처럼 당국에 권리를 박탈당한 동료들이 무소불위의 체제가 악의적으로 할당한 하찮은 일을 하고 있는 곳을 방문하는 것도 포함되어 있었습니다. 그들은 일단 '작가 동맹'에서 쫓겨나면 출판이나 교육이나 여행이나 운전이 금지되었고 각자 자신이 선호하는 직업을 택해 제대로 생계를 유지하는 것도 금지되었습니다. 많은 경우 그들의 자식, 주민 가운데 생각하는 집단의 자식은 작가인 부모가 문학에서 공식적으로 추방당하듯이 인문계 고등학교에 다니는 것이 금지되었습니다.

내가 만나 이야기를 나눈 내쳐진 자들 가운데 일부는 길모퉁이 키오스크에서 담배를 팔았고 일부는 공공 수도 공사장에서 렌치를 들었고 일부는 자전거를 타고 번을 빵집에 배달하며 하루하루를 보냈고 또 일부는 외진 곳에 있는 프라하의 어떤 박물관에서 청소부 보조로 유리창을 닦거나 비질을 했습니다. 이 사람들은, 내가 암시했듯이, 이 나라 지식층 가운데 최고 인사들이었지요.

전체주의의 압제 속에서는 전에도 그런 식이었고, 지금도 그런 식입니다. 모든 날이 새로운 가슴 아픔, 새로운 떨림, 더 큰 무력감, 더 큰 절망을 가져오며, 이미 묶이고 재갈이 물린 검열 사회에서는 자유와 자유로운 사고를 다시 한번 생각할 수도 없는 방식으로 몰수당합니다. 개인적 정체성의 지속적 박탈, 개인적 권위의 억압, 개인의 안정성의 제거 등 흔한 수모의 의례가 널리 퍼져 있습니다 — 따라서 항존하는 불확실성이나 그 모든 것의 비현실적 느낌과 마주하면서 견고함과 평정에 대한 갈망이 생겨나게 되지요. 이곳에서는 예측 불가능성이 새 규범이고 지속적 불안이 해로운 결과입니다.

모욕을 가중시키는 것은 분노가 그 모든 맹렬한 단조로움으로 나타난다는 겁니다. 분노의 고문에 시달리면서. 수갑을 찬 존재의 광적인 날뜀. 오직 자신만 유린할 뿐인 무익한 분노의 광기. 배우자, 자식들과 더불어 아침 커피와 함께 압제를 마시고. 전체주의의 가차없는 트라우마 유도 기계는 모든 것에서 최악을 끌어내고, 시간이 흐르면서, 불행이 끝나기를 기다리는 절망적인 날과 달과 해가 지나면서 모든 것이 인내심으로는 감당할 수 없는 것이 되어갑니다.

섬뜩하고 재미없는 시대에 있었던 즐거운 일화 하나를 이야기하고 끝내겠습니다.

경찰과 무모한 장난을 친 다음날 저녁, 내가 지혜롭게도 서둘러 프라하를 떠날 때 이반은 집에서 끌려가 처음도 아니지만 경찰에게 몇 시간 심문을 받았습니다. 다만 이번에는 헬레나와 그, 또 문제를 일으키는 다른 반체제 인사나 불법으로 이루어진 평화를 방해하는 사람들 무리의 은밀하고 불온한 행동을 두고 그를 밤새 협박하지 않았다는 것이 다른 점이었습니다. 대신 — 이반에게는 상쾌한 기분 전환이 되는 일이었지만 — 내가 매년 프라하를 방문하는 일에 관해 물었습니다.

이반이 나중에 나에게 편지로 말해준 바에 따르면 내가 매년 봄 그 도시에 얼쩡거리는 이유에 관하여 밤새 집요하게 심문했을 때 그가 그들에게 해줄 대답은 하나뿐이었습니다.

"그 사람 책 읽어보지 않았소?" 이반이 경찰에게 물었습니다.

예상대로 그들은 그 질문에 주춤했지만 이반이 곧 그들을 일깨워주었습니다.

"그 사람은 여자들 때문에 여기 오는 거요."

루두스의 우위*

　"사랑에는 과잉이 있을 수 없고, 앎에도 있을 수 없고, 아름다움에도 있을 수 없다"**는 유명한 말을 했을 때 에머슨은 『포트노이의 불평』 『새버스의 극장』 『죽어가는 짐승』 같은 것들의 과잉, 전혀 순수하지 않은 엄청난 과잉을 염두에 두지 않았음이 분명합니다.

　나의 이런 책들에 등장하는 음탕한 염분냄새를 풍기는 주인공들의 도덕적 진보는 말할 것도 없고, 그 책들 자체의 도덕적 측면도 그의 존중을 얻거나 그에게 주요한 영적 즐거움을 제공하지

---

* 미국 예술 과학 아카데미의 에머슨-소로 메달 수상 연설, 2013년 10월 11일. — 원주
** 『에세이: 1차 시리즈 *Essays: First Series*』(1841)의 「보상 *Compensation*」에서. — 원주

못할 것은 분명하며 — 그가 보스턴과 콩코드의 거리를 초연하게 걸어다니는 모습이 여전히 눈에 띈다면 — 이 겉으로 보기에는 자비로운 행사도 '초절주의적' 믿음과 '인간'의 신적인 잠재력에 대한 모욕에 불과하다고 심판하고 싶은 마음이 들었을 겁니다.

그러나 그가 나를 나무라는 것이 옳다 해도, 적어도, 짐짓 겸손하게 말하자면, 나는 여기 있습니다! 나는 오늘밤 이 아카데미에 나와달라고 소환을 당해, 지침을 받은 대로 카니발용 얼룩덜룩한 누더기가 아니라 품위 있는 양복에 격식을 갖추어 타이를 매고 온순한 모습으로 이곳에 도착했습니다.

나는 여러분에게 감사하고 서두에 언급한 소설의 주인공들도 감사하고 있습니다. 이들은 존재에 대한 고양된 개념이나 인류의 교육이나 종교의 본질이나 괴테의 천재성에 대한 긴급한 관심이 완전히 결여된, 단연코 초절적이지 않은 클럽 소속입니다. 이것은 마땅히 그래야 하는 모습의 인간이나 이상적인 권리에 관심을 가지는 클럽이 아닙니다.

오히려 심술궂은 도발, 풍자적 즉흥극, 활기찬 흉내, 익살맞은 방종, 아이러니 섞인 불경, 무절제한 독백, 시끄러운 육체성, 가짜 발광, 뻔한 조롱, 쉼없는 갈망, 꼴사나운 본능에 의한 오염으로 기우는 경향이 있는 사람들의 서클입니다. 루두스,* 부끄러움을 모르는 장난의 우위는 어디에나 존재하며, 실제로 다른 사람이 숭배하는 가치나 그들의 모든 찬란한 관념을 정밀하게 조사하고

---

* ludus. 라틴어로 경기·게임이란 뜻으로 (성적인) 장난스러움을 가리키기도 한다.

불신하는 것에서 촉발되는 전복적인 목소리도 마찬가지입니다. 여기에 과잉이 있습니다. 확실성을 뒤집어버리는 모든 있을 법하지 않은 거슬리는 것들을 살아가는 비목가적인 지저분함과 불순에는 과잉이 있지요.

이것은 에로틱하게 화끈거리는 재미있는 인물 앨릭잰더 포트노이, 자신이 세운 외설적인 극장의 이교도 꼭두각시 광대 미키 새버스, 미국 1960년대에 성적으로 열광하는 자들의 위험한 교수 멘토이자 영혼과 육체 양쪽을 만족시키는 것에 대한 학계의 옹호자 데이비드 케페시 교수가 회원으로 있는 서클—아마도 서커스, 세속적 공연자들의 색다른 극단이라고 부르는 게 낫겠군요—입니다. 이들 각각은 유혹적인 어여쁜 존재의 사이렌 같은 꾐에 위협을 느낍니다—『율리시스』의 스티븐 디덜러스가 "돈지 오반니주의"라고 부르는 그런 종류의 지칠 줄 모르는 육욕에 비틀거리며 참여하는 자들이지요. 그들이 이 음탕한 기획, 그들 자신은 그 야만성을 절대 제대로 평가할 수 없는 이 기획에 놀아나게 될 때마다 그들의 불행에는 변함없이 유머 섞인 부조리가 섞여듭니다. 리비도적인 것의 발전기를 다룰 때 그들에게 미치광이의 느낌 이상의 것이 나오는 것도 놀랄 일이 아닙니다.

소로가 「걷기」에서 "연인들이 만날 때의…… 그 끔찍한 흉포"—야만성—에 관해 말할 때 안됐지만 그는 데이비드 케페시의 행복의 원천과 정점을 묘사하고 있습니다. 이 극단의 어릿광대 같은 구성원들은 논란의 여지 없이—에머슨 특유의 말투를 빌리자면—"우주와 독창적인 관계"*를 확립했습니다.

"너 자신의 세계를…… 건설하라." 에머슨은 각 개인에게 촉구하는데, 이 불량한 사람들이 이데올로기적으로 기름 부음을 받은 자들과 자신이 사는 곳의 고상한 관습에 온 마음을 바치는 자들의 성난 반감을 피할 수 없을 것을 분명히 알면서도 저지르는 행동이 바로 그것이 아니라고 말할 수 있는 사람은 없습니다. 불가피한 가치들의 충돌과 거기에서 나오는 장광설은 그들의 거꾸로 가는 운명이자 가장 내밀한 기쁨입니다. 이 책들에서 그것은 희극적 드라마의 촉매이며, 이 드라마에는 육식성 배회에서 발산되는 모든 즐거움의 한가운데서도 도덕적 갈등이 없는 경우가 드뭅니다. 이 셋 가운데 누구도 독선적 휴식 상태에 있지 않고 감정적 고통은 부족하지 않습니다. 드라마가 끝나기 전에 돈지오반니주의적 세계관을 고수하는 모두—그들의 헌신은 명령받은 것의 반대쪽을 향하며 적대감을 불러일으키는 그들의 능력에는 끝이 없습니다—가 아주 분명하게 적수를 만나게 됩니다.

이런 명예로운 상의 수상자가 된 것은 큰 영광이며 내가 가장 존경하는 20세기 문학의 거장들을 포함한 주목할 만한 선배들이 모인 곳에 선출된 것을 특히 기쁘게 생각합니다.

나의 루두스적인 난봉꾼들과 함께 다시 한번 감사드립니다.

---

* 에머슨, 『자연』에서. 그 뒤의 인용도 마찬가지. —원주

『유령 작가』 인터뷰*

신시아 헤이븐 "인내 없이는 삶도 없다." 이런 생각은 『유령 작가』에서 적어도 두 번 등장합니다. 이 말을 좀 설명해주실 수 있을까요?

필립 로스 내가 그것을 설명하는 방법은 오직 그 말이 내가 아니라 책 속의 인물, 저명한 단편 작가 E. I. 로노프가 한 말이라는 점을 상기시키는 것뿐입니다. 그것은 로노프가 평생 문장을 놓고 괴로워한 과정에서 끌어낸 격언으로, 바라건대, 그 말은 그를 작가, 남편, 은둔자, 스승으로 그려내는 데 약간이나마 도움을 줍니다.

---

*2014년 2월 3일, 스탠퍼드대학의 〈다시 보기〉 행사. ─ 원주

소설에서 인물에 생명을 부여하는 수단 가운데 하나가 그들이 하는 말을 이용하는 겁니다. 대화는 그들의 생각, 믿음, 방어, 재치, 재담 등의 표현이자 그들이 응답하는 방식의 묘사입니다. 나는 초연한 동시에 깊이 참여하는 로노프의 말이 가지는 분위기, 또 특히 이 경우에는 학생들과 이야기를 할 때 나타나는 교육적·정신적 지향을 묘사하려고 노력했습니다. 한 인물의 말은 누구에게 하는 말이냐, 어떤 효과를 바라느냐, 말을 하는 순간에 그가 누구이고 무엇을 원하느냐에 의해 결정됩니다. 지금 인용한 그 말이 어떤 신호를 보내든 그것은 그 말을 끌어낸 만남의 구체성으로부터 파생됩니다.

헤이븐 선생님은 지금까지 쓴 스무 권이 넘는 소설에 관해 "모든 책은 재에서 출발한다"고 말했습니다. 구체적으로 『유령 작가』는 어떤 식으로 재에서 나왔습니까? 그것이 어떻게 생겨났는지, 또 그것을 낳는 산통은 어떤 것이었는지 말씀해주실 수 있습니까?

로스 내가 거의 사십 년 전에 『유령 작가』를 어떻게 시작했느냐? 기억나지 않지요. 큰 어려움은 안네 프랑크가 이 이야기에서 어떤 역할을 맡느냐 하는 문제를 결정하는 데서 찾아왔습니다.

헤이븐 논란의 여지가 있는 선택이었을 게 분명합니다. 그녀는 우리의 집단적 정신생활에서 약간 신성불가침의 자리를 유지해왔으니까요 — 책이 나온 1979년에는 훨씬 더 그랬을 것이고, 이 책의 사건이 전개되는 1956년에는 훨씬 더 그랬겠죠. 전쟁이 끝나고 십 년이 약간 지났을 때니까요. 이런 제시로 비판을 받았나요? 그녀에 대한 인식이 책이 나온 이후 시간이 흐르면서 변했나요? 특히 프랑크의 키치화를 비난한 신시아 오지크의 획기적인 1997년 에세이 「누가 안네 프랑크를 소유하는가?」를 고려할 때 말입니다.

로스 나는 에이미 벨렛이 안네 프랑크가 되게 할 수도 있었을 겁니다. 하지만 그것을 성사시키려고 애쓰며 시간을 투여했던 것 같지는 않아요. 그 시도는 보람이 없었지요. 왜냐하면 신시아 오지크의 표현대로 나는 안네 프랑크를 "소유"하며 그런 거대한 책임을 지고 싶어하지 않았으니까요. 그녀의 이야기를 내 소설로 가져오는 걸 그때로부터 십 년, 십오 년 전부터 아무리 깊이 생각하고 있었다 해도 말입니다. 그녀의 이야기는 사람들에게, 특히 내 세대 — 그녀의 세대 — 의 유대인에게 아주 큰 위력을 발휘했지요. 나는 그 소녀 자신은 아니더라도 그 소녀가 자신을 추종하는 방대한 수용적 독자의 정신을 대상으로 수행하게 된 기능을 상상하고 싶기는 했습니다. 물론 그녀 자신을 상상하고 싶기도 했지요, 다른 사람들이 무시한 방식으로. 어쨌든 그런 수용적 독자 가운데 한 사람이 내 주인공인 젊은 네이선 주커먼이었고, 그는 이 책에서 자신이 착해지려고 태어난 것이 아니라는 생각에 익숙해지려고 애쓰면서 평생 처음으로 전투에 불려나갑니다.

또 한 사람은 뉴어크의 유대인 현자인 와프터 판사로, 그는 다른 사람들의 양심을 감독하는 공동체의 감시견입니다. 또 한 사람은 가엾게도 당황한 주커먼의 어머니로, 사랑하는 아들이 좋은 모든 것을 쓸어내버리는 데 헌신하는 반유대주의자가 아닌가 하는 불안한 의문을 품고 있지요.

나는 선생님이 말씀하신 대로 안네 프랑크를 신성시하는 몇 사람을 제시했지만 주로 갓 태어난 생각 많은 작가가 (가책의 상처와 거기에 발라주는 자기 정당화라는 연고와 관련이 있는 급박한 이유들 때문에) 상상하게 내버려두는 쪽을 택했습니다. 젊은 주커먼은 그녀의 일기를 꼼꼼히 읽으면서 우상화되는 성자와는 다른 어떤 것으로 그녀를 다시 살려내려 합니다. 그가 안네 프랑크와 대면하는 것은 그가 그녀와 대면하기 때문이 아니라 그녀를 충실하게 상상하려는 공감적 시도를 하기 때문에 중요합니다. 그녀의 브로드웨이 형태와 그녀에 대한 대중적인 시성諡聖을 쓸어내고, 그 모든 것과 독립적으로 생각하여 다시 무로부터 그녀의 말만 가지고 출발하려는 시도지요. 아마 그게 훨씬 부담스러운 과제일 겁니다. 어쨌든 그게 내가 출발점에서 나를 헤매게 만든 "소유" 문제를 해결한 방식입니다.

내가 이런 제시로 비판을 받았느냐? 물론 돌풍이 불었지요. 늘 돌풍이 붑니다. 우리 가운데는 늘 모욕을 당할 태세를 갖추고 있다가 어떤 책이 자신의 이상화된 숭배 ― 심지어 그저 일상적인 신앙 ― 의 대상을 조사하는 일을 하면 그 책이 악마의 작업이라고 개탄하는 사람들이 있습니다. 소설의 정밀 조사를 받는 대상이 역사적 사건이든 정치적 운동이든 마음을 흔드는 이념이든 종파든 사람들이든 씨족이든 민족이든, 늘 현실로 뒷받침되지는 않는 방식으로 자기 자신을 바라보는 교회든 상관없지요. 모든 것이 대의를 위해 징발되는 곳에서는 선전과는 다른 일로서 수행되는 소설(또는 역사학이나 과학)이 들어설 자리가 없습니다.

헤이븐 많은 사람이 선생님을 탁월한 미국계 유대인 작가라고 생각합니다. 하지만 선생님은 어떤 인터뷰에서 "미국 유대인 작가'라는 칭호는 나에게 아무런 의미가 없다. 나는 미국인이 아니라면 아무것도 아니다" 하고 말씀하셨습니다. 선생님은 둘 다라는 느낌이 아주 강한데요. 그런 묘사를 거부하는 것에 관해 좀더 이야기해주실 수 있나요?

로스 "미국 유대인 작가"는 부정확한 묘사이고 많은 것을 놓치고 있습니다. 소설가가 가장 몰두하는 대상은 자신의 언어입니다. 많은 작가가 다음에 사용할 적당한 말을 찾다가 죽곤 하지요. 내 경우, 드릴로, 어드리크, 오츠, 스톤, 스타이런, 업다이크와 마찬가지로 다음에 사용할 적당한 말은 미국어-영어 단어입니다. 내가 히브리어나 이디시어로 쓴다 해도 나는 유대인 작가는 아닐 겁니다. 나는 히브리어 작가나 이디시어 작가가 되겠지요. 아메리카 공화국은 이백서른여덟 살입니다. 내 가족은 백이십 년, 즉 미국의 삶 가운데 반 이상 동안 이곳에 있었습니다. 그들은 그로버 클리블랜드 대통령의 두번째 임기 때 이곳에 왔지요. 연방 재건이 끝나고 불과 십칠 년 뒤였습니다. 내전에 참여했던 사람들은 그때 오십대였지요. 마크 트웨인이 살아 있었습니다. 헨리 애덤스는 살아 있었습니다. 헨리 제임스가 살아 있었습니다. 모두 한창때였지요. 월트 휘트먼은 불과 이 년 전에 죽었습니다. 베이브 루스는 아직 태어나지 않았고요. 내가 미국 작가에 미달한다 해도, 적어도 내가 그냥 미망 속에 살게 내버려둬주세요.

헤이븐 『유령 작가』의 종결부인 2007년 작 『유령 퇴장』의 한 지점에서 에이미 벨렛은 네이선 주커먼에게 이런 말을 합니다. 로노프가 무덤 너머에서 자신에게 말하고 있다, 자신에게 "읽는/쓰는 사람들, 우리는 끝났다, 우리는 문학 시대의 종말을 목격하는 유령이다" 하고 말하고 있다고 생각한다. 우리가 진짜 그런가요? 가끔 선생님은 그렇게 생각하셨습니다—지금 나는 선생님이 2009년에 티나 브라운*과 나눈 대화를 이야기하는 겁니다. 그때 선생님은 이제 이십 년이면 소설 독자가 라틴어 시를 읽는 집단의 규모 정도가 될 거라고 생각한다고 말씀하셨습니다. 그건 단지 킨들 이야기를 하신 건 아니죠?

선생님의 논평은 2001년에는 그보다도 폭이 훨씬 넓었죠. 그때는 업저버에 "나는 미국 문화에서 '고무적인' 특징을 찾는 일을 잘하지 못한다. 이 점에서 미학적 문해력에는 별 미래가 있다고 생각하지 않는다"고 말씀하셨습니다. 고칠 방법이 있을까요?

---

* 영국의 잡지 편집자(1953년생), 『배니티 페어』『뉴요커』『데일리 비스트』의 편집자.—원주

로스 했던 말을 반복할 수 있을 뿐입니다. 미학적 문해력―소설이 그것을 읽는 정신에 독특한 지배력을 강제하는 장치에 대한 예리한 감수성 또는 수용성―이 여기에서 큰 미래가 있을 거라고 생각하지 않습니다. 이십 년이 지나면 문학적 소설을 읽는 노련한 독자들로 이루어진 안목 있는 청중은 라틴어 시를 읽는 집단―르네상스 시대에 읽는 집단이 아니라 지금 라틴어 시를 읽는 집단―의 규모 정도로 줄어들 겁니다.

헤이븐 선생님은 2월 25일 『유령 작가』〈다시 보기〉 행사에 참석하시지 않는데, 그것은 안타까운 일입니다. 그것은 스탠퍼드 학자들만이 아니라 초대 작가들도 모시고 더 넓은 공동체와 길지 않은 위대한 소설 작품을 토론하려는 스탠퍼드의 노력이거든요. 북클럽이 전국적으로 늘어나고 있습니다. 이것이 소설에 대한 관심을 확장하고 심화할 가능성을 보여주는 것일까요? 아니면 우리가 착각하는 것일까요?

로스 나는 그런 모임에는 참석한 적이 없습니다. 북클럽에 관해서는 전혀 모르고요. 대학교 문학 선생을 오래 해온 경험 때문에 나는 아무리 우수한 학부생이라도 습관적인 도덕화, 기발한 해석, 전기적 추측 없이, 강압적으로 밀어붙이는 일반화에 빠지지 않고, 손에 있는 소설을 자신의 모든 지성을 동원하여 정확하게 읽게 하는 것이 한 학기 전체에 걸쳐 인내심을 갖고 모든 재주를 동원해야 하는 일임을 알고 있습니다. 그런 오랜 시간이 걸리는 엄격함이 북클럽의 특징인가요?

헤이븐 2009년 티나 브라운에게 이런 말씀을 하셨죠. "여생 동안 내가 몰두할 긴 책을 쓰는 것도 괜찮다." 하지만 2012년에는 소설을 그만두겠다고 힘주어 말했습니다. 선생님이 글쓰기를 완전히 중단했다고는 도저히 믿을 수가 없습니다. 정말로 선생님 재능이 그만두는 것을 허락할 거라고 생각합니까?

로스 글쎄요, 내 말을 믿어야 합니다. 2009년 이후로 소설은 한 글자도 안 썼으니까요. 이제 소설을 쓰고 싶은 욕망은 없습니다. 나는 할 만큼 했고 이제 끝입니다.

헤이븐 선생님 책 각각은 선생님이 삶에 관해, 섹스에 관해, 노화에 관해, 글쓰기에 관해, 죽음에 관해 갖고 있는 다양한 질문을 탐사한 것처럼 보입니다. 지금은 어떤 질문에 몰두해 있나요?

로스 현재는 19세기 미국 역사를 공부하고 있습니다. 지금 이 순간 내가 몰두해 있는 질문은 '피의 캔자스',* 태니 판사와 드레

---

* 36도 30분 북부의 연방 준주에서 노예제 금지를 철회하는 캔자스-네브라스카 법안(1854)이 나온 뒤 몇 년 동안 캔자스에서 친노예제와 반노예제 분파 사이에서 벌어진 싸움. 캔자스는 결국 1861년 1월 자유주로서 연방에 들어갔다. ― 원주

드 스콧,* 남부연합, 수정헌법 13, 14, 15조, 존슨 대통령과 그랜트 대통령과 연방 복원, KKK단, 자유민 사무국,** 하나의 도덕적 힘으로서 공화당의 발흥과 몰락 또 민주당의 부활, 자본을 지나치게 투입한 철로와 토지 사기, 1873년과 1893년 불황의 결과, 인디언이 마지막으로 밀려난 일, 미국의 확장주의, 토지 투기, 백인 앵글로색슨 인종주의, 아머와 스위프트,*** 헤이마켓 폭동****과 시카고 형성, 자본의 무제한의 승리, 서서히 형성되던 노동의 도전, 대파업과 폭력적 파업 파괴자들, 짐 크로의 시행, 틸든-헤이스 선거와 1877년 타협,***** 남유럽과 동유럽으로부터의 이민, 삼십이만 중국인이 샌프란시스코를 통해 미국으로 들어온 일, 여성참정권, 금주 운동, 대중영합주의자들, 진보적 개혁,

---

* '드레드 스콧 대 샌드퍼드'(1857) 사건에서 미합중국 대법원은 의회가 연방 준주에서 노예제를 금지할 수 없고, 자유 니그로는 미합중국 시민이 아니라고 판결했다. 이 사건의 법원 의견에서 수석 재판관 로저 B. 태니(1777~1864)는 흑인에게는 "백인이 존중해야 할 권리가 없다"고 썼다. ─ 원주
** 미국 내전 뒤 남부에서 자유를 얻은 흑인을 담당하던 기관.
*** 19세기 중반 중서부에 설립된 경쟁하는 두 대형 도축 회사의 설립자들인 필립 댄포스 아머(1832~1901)와 구스타푸스 스위프트(1839~1903). ─ 원주
**** 1886년 5월 4일 시카고의 헤이마켓 광장에 전날 경찰이 파업 노동자들에게 총격을 가한 것에 항의하기 위해 군중이 모였다. 누군가 폭탄을 던지고 총격이 벌어졌으며 경찰관 일곱 명과 적어도 네 명의 노동자가 죽었다. 폭탄을 던진 사람은 찾아내지 못했지만 무정부주의자 여덟 명이 살해 공모로 유죄판결을 받았다. 피고 네 명은 교수형에 처해지고 한 명은 감옥에서 자살했으며 남은 세 명은 이 재판이 부당하다고 선언한, 새로 선출된 주지사 존 P. 알트겔트의 사면을 받았다. ─ 원주
***** 민주당의 새뮤얼 틸든(1814~1886)과 공화당의 러더퍼드 B. 헤이스(1822~1893)의 선거 갈등은 남부의 공화당 주 정부들에서 연방군이 철수하는 대가로 헤이스에게 논란이 된 선거인단 스무 표를 주는 타협을 통해 해소되었으며, 결국 이것으로 연방 재건이 끝났다. ─ 원주

찰스 섬너, 새디어스 스티븐스, 윌리엄 로이드 개리슨, 프레더릭 더글러스, 링컨 대통령, 제인 애덤스, 엘리자베스 캐디 스탠턴, 헨리 클레이 프릭, 앤드루 카네기, J. P. 모건, 존 D. 록펠러 등의 인물 등입니다. 내 마음은 그때로 가득합니다.

스벤스카 다그블라데트 인터뷰[*]

최근에 선생님 자신이 쓰신 책을 모두 다시 읽은 것으로 알고 있습니다. 평결은 어떻게 나왔나요?

오 년 전 글쓰기를 그만두겠다고 결정했을 때 지금 말씀하신 대로 앉아서 내가 1959년에서 2010년 사이에 발표한 서른한 권을 다시 읽었습니다. 내가 시간 낭비를 하지 않았는지 알고 싶었지요. 알다시피 절대 자신할 수 없는 일이잖습니까.

다 읽고 나서 나의 결론은 나의 미국인 권투 영웅 조 루이스가 한 말과 같습니다. 루이스는 내가 네 살 때부터 열여섯 살 때까지

---

* 2014년 3월 16일, 인터뷰 진행자는 스톡홀름의 스벤스카 다그블라데트의 다니엘 산드스트룀. — 원주

헤비급 세계 챔피언이었지요. 그는 미국 최남단에서 태어나 이렇다 할 교육을 받지 못한 가난한 흑인 아이로 자랐고 심지어 십이년간 무패로 무려 스물여섯 번 챔피언 자리를 방어하던 영광의 기간에도 언어와는 거리를 두었습니다. 그래서 오랜 경력 끝에 은퇴하면서 질문을 받았을 때도 달콤하게 딱 열 단어로 정리해주었지요. "나는 내가 가진 것으로 할 수 있는 최선을 다했다."

일각에서는 선생님 책들과 관련하여 "여성 혐오"를 언급하는 것이 거의 클리셰입니다. 애초에 이런 반응을 촉발한 것은 뭐라고 생각하나요? 또 여전히 선생님 작품을 그런 식으로 낙인찍는 사람들에 대한 선생님의 답은 무엇입니까?

여성 혐오, 즉 여자를 싫어한다는 것은 나의 작품에 아무런 구조나 의미나 동기나 메시지나 신념이나 전망이나 주요한 원칙을 제공하지 않습니다. 이것은 말하자면 또다른 유독한 형태의 정신병리학적 혐오인 ― 또 그 만연하는 악의의 모든 것을 쓸어담는 포괄성이라는 면에서 여성 혐오의 등가물인 ― 반유대주의, 즉 유대인을 싫어하는 것이 『나의 투쟁』에 그 모든 기본적인 것을 제공하는 것과는 반대지요. 나를 중상하는 사람들은 마치 내가 지난 반세기 동안 여자들에게 독을 뿜은 것처럼 이른바 나의 범죄를 제기합니다. 하지만 자신의 증오를 주장하기 위해 책을 서른한 권 쓰는 수고를 마다하지 않는 사람은 미치광이밖에 없을 겁니다.

일각에서 "여성 혐오주의자"는 거의 1950년대 매카시파 우익의 "공산주의자" 또는 예전 공산주의 선전 기계가 적에게 일상적으로 격렬하게 쏟아내던 비난에 흔히 등장하던 "부르주아"와 "반동"이라는 광범위한 말만큼 느슨하게 사용되면서 입심 좋게 낙인을 찍어대는 비난으로 진화했습니다—목적도 아주 비슷하지요. 일부 헌신자들에게 그것은 난잡한 사용 때문에 심지어 욕에 불과한 것으로 변하고 말았습니다. 사실 책임감 있게, 정확하게 사용하자면 이것은 사악한 사회적 병리, 폭력의 서곡일 수도 있는 병리를 지목하는 것인데 말입니다.

나는 오십여 년 동안 소설을 발표하면서 딱 두 번 어떤 것들은 말로 표현하지 말아야 한다는 진지한 이야기를 들었습니다—처음에는 나를 유대인 혐오자라고 낙인찍고 내 작품에 완전히 이질적이고 사악한 의미를 부여한 유대인이 그런 이야기를 했고, 나중에는 나를 여자 혐오자라고 낙인찍은 사람들이 그런 이야기를 했는데, 그들의 조건반사적 도덕화는 욕망의 작용과 리비도적 열정에 대한 모든 다면적 조사, 가령 소설이 검열이나 우회 없이 수행하는 조사를 이단으로 낙인찍습니다. 에로틱한 것의 광대한 영역과 충일한 활력으로부터 쇠약으로 느리게 미끄러져가는 몸의 모험에 그 시대의 도그마를 강요하지 않는 예술은 그들의 눈에 수상쩍지요.

선생님 책의 인물들은 종종 잘못 해석됩니다. 일부 비평가들은, 내가 보기에는, 선생님의 남성 인물들이 어떤 종류의 영웅이나 역할 모델이라는 그릇된 가정을 합니다. 선생님이 선생님 책의 남성 인물들을 볼 때 그들은 어떤 특질을 공유하고 있습니까—그들의 상황은 어떠합니까?

나는 한 번도 광포하고 의기양양한 남성적 힘에 초점을 맞춘 적이 없고 오히려 그 반대에 초점을 맞추었지요. 훼손된 남성적 힘. 나는 남성의 우월성에 대한 찬가를 부른 적이 거의 없고 오히려 비틀거리고 위축되고 초라해지고 참담해지고 무너진 남성성을 표현해왔습니다. 약한 상태가 가장 중요합니다. 나는 신화를 만드는 사람이 아닙니다. 나의 의도는 내 소설의 남자를 마땅히 그래야 하는 모습이 아니라 그들이 실제로 그렇듯이 곤란한 상태로 제시하는 것입니다.

그들 나름의 독특한 면이 있는 활력 있고 끈기 있는 남자들의 견고하지 못한 상태에서 드라마가 나오는데, 이들은 허약함의 진창에 구르지도 않지만 그렇다고 돌로 만든 존재도 아니지요. 또 거의 불가피하게 여러 가지에 굴복합니다. 흐릿한 도덕적 비전, 현실이든 상상이든 잘못에 대한 책임, 충성의 갈등, 다급한 욕망, 통제할 수 없는 갈망, 뜻대로 되지 않는 사랑, 범죄자의 감정, 에로틱한 무아경, 분노, 자기 분열, 배신, 철저한 상실, 순수의 흔적, 원한의 발작, 광적인 뒤얽힘, 결과적 오판, 억눌린 이해, 질질 끄는 고통, 거짓 비난, 가차없는 갈등, 병, 피로, 소외, 일탈, 노화, 죽어감, 그리고 반복적으로, 피할 수 없는 피해, 무례하게 다가오는 끔찍한 놀라움. 위축되지는 않지만 그럼에도 특히 역사를 포함한 자신이 방어할 수 없는 삶에, 지금 이 순간처럼 늘 되풀이되는 예측하지 못한 것에 정신이 멍해지는 남자들.

이 남자들 다수가 지금 이 순간의 사회적 갈등에 꿰뚫리고 있다고 생각합니다. 물론 "분노"나 "배신"에 관해 말하는 것으로는 불충분합니다―분노와 배신에는 다른 모든 것과 마찬가지로 역사가 있으니까요. 소설은 그 역사의 시련을 그린 지도입니다.

"글쓰기와 벌이는 싸움은 끝났다"고 최근에 말씀하셨습니다. 그 싸움을 묘사하고, 또 지금 글을 쓰지 않는 삶에 관해서도 이야기를 좀 해주시겠습니까?

모두가 힘든 일을 하고 있지요. 진짜 일은 모두 힘듭니다. 내 일은 또 공교롭게도 할 수 없는 것이 되었습니다. 내가 그렇게 되었다는 것을 알게 되었다고 말할 수도 있겠네요. 오십 년 동안 매일 아침 나는 무방비 상태이고 아무런 준비가 되어 있지 않은 채로 다음 페이지를 마주했습니다. 내가 글쓰기로 이룬 것은 자기 보존입니다. 재능이 아니라 고집이 내 삶을 구했어요. 행복이 나에게 중요하지 않고 내가 나 자신에게 동정심을 품지 않았다는 것도 나에게는 행운이었지요. 왜 그런 과제가 나에게 떨어졌는지는 나도 모르지만. 어쩌면 글쓰기가 나를 훨씬 나쁜 위험으로부터 보호해준 것인지도 모르지요.

지금요? 지금 나는 (카프카의 유명한 난제*를 뒤집어서 말하자면) 새장을 찾는 새가 아니라 새장에서 튀어나온 새입니다. 새장에 갇힌다는 공포는 이제 전율을 주지 못합니다. 죽음 말고는 더 걱정할 게 없다는 것은 이제 정말로 크게 안도가 되는 것, 숭고한 경험에 가까운 어떤 것입니다.

선생님은 거의 반세기 동안 미국 문학을 규정해온 특별한 전후 작가 세대에 속합니다. 벨로, 스타이런, 업다이크, 독터로, 드릴로. 무엇이 이런 황금시대를 만들었고 무엇이 이 시대를 위대하게 만들었나요? 선생님은 활동하던 시절에 이 작가들에게 경쟁심을 느꼈습니까, 아니면 친족이라는 느낌을 받았습니까 — 아니면 둘 다였습니까? 그리고 같은 시기에 비슷한 성공을 거둔 여성 작가는 왜 그렇게 드문 거죠? 마지막으로, 현재 미국 소설의 상황을 선생님은 어떻게 생각하시나요?

그때가 미국에서 소설에 좋은 시기였다는 데는 동의하지만 이유는 알 수가 없습니다. 어쩌면 어떤 것들이 없었다는 게 그걸 약간 설명해줄지도 모르겠습니다. 미국 소설가들의 "비판적" 이론에 대한 경멸까지는 아니더라도 무관심. 모든 높고 강력한 주의와 그것의 유머 없는 측면에 방해받지 않는 미학적 자유. 정치적 선전 — 또는 심지어 정치적 책임 — 에 오염되지 않은 글쓰기. 글쓰기의 어떤 "학파"의 부재. 그렇게 방대한 장소에서 글쓰기의 기원이 되는 단일한 지리적 중심이 없다는 것. 전혀 동질적이지 않

---

* "새장이 새를 찾으러 갔다." 막스 브로트가 그의 사후에 『죄, 고통, 희망, 진정한 길에 관한 사유*Reflections on Sin, Suffering, Hope, and the True Way*』라는 제목으로 출간했고 지금은 『취란 경구*The Züran Aphorisms*』라고 알려진 경구 모음집(1917~1918)에서. — 원주

은 주민, 어떤 기본적 민족적 통일성이 없다는 것, 단일한 민족적 성격이 없다는 것, 사회적 차분함이라고는 전혀 찾아볼 수 없는 상황, 심지어 문학에 관한 일반적 둔감함, 다수의 시민이 그 문학 가운데 어느 것을 읽고 심지어 최소한도 이해하지 못하는 상황, 이런 것들이 어떤 자유를 줍니다. 주민 가운데 십분의 구에게 작가가 사실 염병할 아무런 의미도 없다는 게 어쩐 일인지 술에 취한 기분이 들게 만들지요.

어디에나 진실성은 거의 없는 것, 어디에나 적대가 있는 것, 혐오를 위해 아주 많은 계산이 이루어지는 것, 거대한 위선, 격한 감정을 막지 않는 것, 리모컨만 누르면 볼 수 있는 일상적인 잔인함, 소름 끼치는 사람 손에 쥐인 폭탄, 이루 말로 할 수 없는 폭력적 사건의 우울한 목록, 이윤을 위한 생물권生物圈의 쉼없는 파괴, 계속 심해지기만 하는 감시 과잉, 주위의 가장 비민주적이고 악의적인 사람들을 재정적으로 지원하는 부의 심각한 집중, 팔십구 년째 여전히 스코프스 재판*과 싸우고 있는 과학 문맹들, 리츠 호텔 규모의 경제적 불평등, 모두의 꼬리에 달린 부채, 상황이 얼마나 나빠질지 알지 못하는 가족들, 모든 것으로부터 마지막까지 짜내는 돈―그 광기―과 대의제 민주주의를 통한 민중에 의한 정부가 아니라 커다란 금융 이해 집단에 의한 (전혀 새롭지 않은) 정부, 점점 심각해지는 유서 깊은 미국의 금권정치.

이곳 삼천 마일 폭의 대륙에서는 삼억 명이 끝이 보이지 않는

---

* 미국의 진화론 교육을 둘러싼 재판.

문제와 최선을 다해 씨름하고 있습니다. 우리는 노예제라는 악성 종양 이래 규모를 알 수 없는 새롭고 자비로운 인종 혼합을 목격하고 있습니다. 계속 이런 식으로 나열할 수 있습니다. 여기에서는 삶에 가까이 다가가 있다고 느끼지 않기가 힘들지요. 이곳은 세계의 어떤 조용한 작은 모퉁이가 아닙니다.

유럽에 미국 대중문화에 대한 몰두가 있다고 느낍니까? 만일 그렇다면 이런 몰두가 유럽에서 미국의 진지한 문학적 소설의 수용에 나쁜 영향을 주었나요?

어떤 사회에서나 권력은 환상을 강요하러 나서는 자들에게 있습니다. 유럽 전체에서 수백 년 동안 그래왔던 것과 달리 이제 주민에게 환상을 강요하는 것은 교회가 아니고, 또 나치 독일에서 십이 년 소련에서 육십구 년 동안 그랬던 것과는 달리, 전체주의적 초국가가 아닙니다. 지금 지배적인 환상은 모든 것을 소비하고 또 게걸스럽게 소비되는 대중문화이며, 이것은 하필이면 자유가 낳은 것처럼 보입니다. 특히 젊은 사람들은 사회에서 가장 생각을 하지 않는 구성원들이나 순수한 목적의 간섭을 거의 받지 않는 사업들이 그들을 위해 생각해낸 믿음에 따라 살고 있습니다. 그들의 부모와 교사들은 머리를 써서, 현재 보편화된 멍청한 놀이공원으로 끌려가 자신을 해치는 것으로부터 젊은이들을 보호하려 시도하지만 그들이 우세한 권력을 쥐고 있는 게 아닙니다.
그러나 이 가운데 어느 것이 미국의 문학적 소설과 관련이 있는지는 모르겠군요. 설사 지금 말씀하시는 것처럼 "이런 몰두가 유럽에서 진지한 미국의 문학적인 소설의 수용에 나쁜 영향을 주었다[또는 주었을 수도 있다]"고 하더라도 말입니다. 알다시피 동유럽에서 반체제 작가들은 "사회주의 리얼리즘", 즉 지배적인 소비에트 미학은 당을 찬양하는 것으로 이루어져 있어 심지어 그들도 그것을 이해하고 있었다고 말하곤 했습니다. 미국에는 진지한 문학적 작가들이 순응해야 할 그런 미학이 없습니다. 물론 대중문학의 미학에 순응하지는 않지요.

대중문화의 미학이 솔 벨로, 랠프 엘리슨, 윌리엄 스타이런, 돈 드릴로, E. L. 독터로, 제임스 볼드윈, 월리스 스테그너, 토머스 핀천, 로버트 펜 워런, 존 업다이크, 존 치버, 버나드 맬러머드, 로버트 스톤, 에번 코넬, 루이스 오친클로스, 워커 퍼시, 코맥 매카시, 러셀 뱅크스, 윌리엄 케네디, 존 바스, 루이스 베글리, 윌리엄 개디스, 노먼 러시, 존 에드거 와이드먼, 데이비드 플랜트, 리처드 포드, 윌리엄 개스, 조지프 헬러, 레이먼드 카버, 에드먼드 화이트, 오스카 이후엘로스, 피터 매티슨, 폴 서루, 존 어빙, 노먼 메일러, 레이놀즈 프라이스, 제임스 설터, 데니스 존슨, J. F. 파워스, 폴 오스터, 윌리엄 볼먼, 리처드 스턴, 앨리슨 루리, 플래너리 오코너, 폴라 폭스, 메릴린 로빈슨, 조이스 캐럴 오츠, 조앤 디디온, 호텐스 캘리셔, 제인 스마일리, 앤 타일러, 저메이카 킨케이드, 신시아 오지크, 앤 비티, 그레이스 페일리, 로리 무어, 메리 고든, 루이스 어드리크, 토니 모리슨, 유도라 웰티 (내가 명단을 다 말한 게 결코 아닙니다) 같은 어마어마하게 다양한 전후의 막강한 작가들 또는 마이클 셰이번, 주노 디아스, 니콜 크라우스, 마일리 멜로이, 조너선 레섬, 네이선 잉글랜더, 클레어 메수드, 제프리 유제니디스, 조너선 프랜즌, 조너선 사프란 포어 (몇 명만 예로 든다면) 같은 놀랄 만큼 재능있고 진지한 젊은 축의 작가들과 무슨 관계가 있겠습니까?

선생님은 거의 모든 문학상을 받았습니다, 하나만 제외하고. 노벨문학상 이야기가 나올 때마다 늘 선생님이 거명된다는 것은 비밀이 아닙니다─영원한 후보가 되는 것은 어떤 느낌입니까? 귀찮나요, 아니면 웃고 마나요?

내가 『포트노이의 불평』의 제목을 '탐욕스러운 자본주의하의 오르가슴'이라고 붙였다면 그걸로 스웨덴 아카데미의 호의를 얻었을 겁니다.

클로디아 로스 피어폰트의 『풀려난 로스』를 보면 선생님이 냉전 동안 체코슬로바키아의 박해받는 작가들과 비밀리에 협력한 부분에 관한 흥미로운 장이 있습니다. 젊은 작가─가령 1983년에 태어난 필립 로스─가 2014년의 세계적인 갈등에 참여한다면 어느 것을 고르시겠습니까?

어떻게 대답해야 할지 모르겠군요. 나 자신은 어떤 사명을 갖고 프라하에 간 게 아닙니다. 문제가 있는 장소를 "고르려고" 살

펴본 것이 아니지요. 휴가를 간 거고 카프카를 찾아 프라하에 간
겁니다.

하지만 도착한 다음날 아침 인사를 하러 내 책을 낸 출판사에
가게 되었습니다. 회의실로 안내를 받아 편집진과 슬리보비츠*를
같이 마셨죠. 나중에 한 여성 편집자가 점심을 함께하자고 했습니
다. 그 식당에서는 우연히 그녀의 상사도 식사를 하고 있었는
데, 편집자는 조용히 상사를 포함해 그 회의실에 있던 사람들이
"돼지"라고 말했습니다―그들은 사 년 전 '프라하의 봄' 개혁을
지지한다는 이유로 해고당한 편집자들을 대체하려고 고용된 당
일꾼들이라고요. 나는 나의 번역가들, 부부로 이루어진 팀에 관
해 물었고 그날 저녁 그들과 저녁을 먹었습니다. 그들도 이제 같
은 이유로 일하는 게 막혀 정치적 불명예 속에 살고 있었습니다.

나는 미국에 돌아와 뉴욕에서 러시아 탱크들이 '프라하의 봄'
을 짓밟을 때 프라하를 탈출한 체코 지식인들로 이루어진 작은
그룹을 발견했습니다. 이듬해 봄 러시아가 점령한 프라하로 돌
아갔는데 이번에는 휴가를 가는 게 아니었습니다. 만나야 할 사
람들의 긴 명단을 들고 있었지요. 노예화된 나라에서 가장 심각
한 멸종 위기에 처한 구성원들이었습니다. 사회주의가 아니라 사
디즘이 국가 종교가 된 땅의 금지된 작가들이었습니다. 나머지는
거기에서부터 발전한 것입니다.

네, 성격이 운명이지만, 모든 게 우연이지요.

---

* 동유럽의 플럼 브랜디.

마지막 네 책, 라이브러리 오브 아메리카 시리즈의 『네메시스』에 한 권으로 묶인 짧은 장편들에 관해 이야기를 좀 해주실 수 있나요? 경력을 마무리하면서 이런 비교적 짧은 소설 형식으로 옮겨간 것을 어떻게 설명하시겠습니까?

비합리적 재앙이 이 네 권 각각의 내용을 이루지요. 개인적인 재난이 일어나고 징벌 기계가 미친듯이 날뜁니다. 도덕적 풍경에 느닷없는 변화가 생기지요. 죄 없는 벌, 죄에 비해 지나친 벌. 주제는 지나침입니다. 어디가, 또 무엇이 그런 무시무시한 결과의 단초가 되는 원인인가? 있을 법하지 않은 일이지만 부조리가 만연하고, 잘못을 한 것이 사형을 당할 만한 죄가 되고, 탈출은 엉망이 되어 아무런 결과를 낳지 못합니다.

소설은 종종 극단적인 상황으로 인간 본성을 규정합니다. 이 네 권의 짧은 책이 바로 그런 일을 하지요. 그 파토스는 사람들이 정말로 궁지에 몰린 상황, 상상할 수 있는 최악의 비상사태가 발생하여 삶이 해결할 수 없는 불가해한 문제가 된 상황에서 그 사람들의 무고함에 근거를 두고 있습니다. 모든 익숙한 안전판은 사라지고, 갑자기 자기편은 하나도 없고, 한때 아무리 무적으로 보였어도, 아무리 재능 있고 단호하고 결단력이 있었어도, 아무리 청렴했어도, 참사는 발생합니다—아무것도 이보다 현실적이지 않지요. 나는 네 권을 함께 모아 카프카의 격언을 제사로 쓰고 싶은 유혹을 느꼈습니다. "당신과 세상 사이에 갈등이 있다면 세상에 돈을 걸어라."*

나는 증폭이라는 소설가의 기쁨에 익숙하지만 이것들은 스토리텔링 규모가 줄어들어 상대적으로 적은 페이지에 삶의 운동을 보여주는 지도를 그리는 것이 과제인 책들입니다. 요약하는 능력에 의지하고, 시야를 좁히면서 갈등을 첨예화할 필요에 답하게 되지요.

짧은 소설 형식으로 바뀐 것을 어떻게 설명할 것인가? 일상의 좌절과 직면하여 불굴의 용기는 줄어들고, 나에게 할당된 이야기들에 대한 매력은 감소하고, 많은 시간과 노력이 드는 일에 필요한 힘은 불충분하고 — 이 모두가 대책 없는 거지요. 하지만 그렇다 해도 내가 이야기의 깊이를 찾아내고 높은 수준의 강도를 유지했기를 바라게 됩니다 — 가끔 한계나 방해가 새로운 전망을 자극할 수도 있고 쥐어짜서 모양이 일그러진 채로 오비디우스풍**으로 다른 것으로 진화해가기도 합니다.

글쓰기에 관해 말하자면 이 책들을 쓴 것이 2010년 일흔일곱의 나이에 소설가로서 은퇴하겠다고 결정하기 직전임을 고려하면, 나의 경로는 마지막 몇십 년 동안 긴 형식에서 짧은 형식을 거쳐 무無로 옮겨간 것처럼 보입니다 — 증폭에서 압축에서 침묵으로. 이미 최고의 작업을 했고 더 해봐야 그보다 못할 것이라는 강한 생각에서 태어난 침묵. 나는 이 시점에서 소설만큼 부담스

---

* 『취란 경구』에서. "Im Kampf zwischen Dir und der Welt, sekundiere der Welt." — 원주
** 상상력이 풍부하고 발랄하다는 뜻.

럽고 복잡한 구조를 지속적으로 창조적으로 크게 공략하는 일에 나서고 그것을 유지할 정신적 활력이나 말의 에너지를 더는 소유하고 있지 않았습니다 ─ 그리고 거의 모든 진지한 소설가가 증언할 수 있겠지만, 자기 기량의 최고 수준에서도 이 직업이 요구하는 자기 고문의 양은 대개 적지 않지요. 모든 재능에는 조건이 따라붙지요 ─ 그 성격, 영역, 힘. 또 기간, 재임 기간, 수명. 수많은 확고한 이유로 거친 모험은 끝이 났습니다. 신음과 환희는 끝이 났습니다. 모든 사람이 영원히 열매를 맺을 수는 없습니다.

이제 나는 평생이 걸려 발견한 것을 알고 있습니다. 그 모든 것의 끝이 어떻게 되는지 알고 있습니다.

만일 인생의 이 시점에서 선생님이 선생님 자신과 인터뷰를 한다면 ─ 누가 한 번도 묻지 않은 질문이 있을 게 분명합니다. 뻔하고 중요하지만 저널리스트들이 무시해온 질문. 그게 뭘까요?

삐딱한 답이기는 하지만, 저널리스트들이 무시해온 질문에 관해 물으니 그들 누구라도 도저히 무시할 수 없는 것처럼 보이는 질문이 생각납니다. 그 질문은 대체로 이런 식이겠지요. "지금도 이렇게 저렇게 생각합니까? 지금도 이렇게 저렇게 믿습니까?" 그런 다음 그들은 내가 아니라 내 책의 인물이 한 말을 인용합니다. 괜찮다면, 이 마지막 질문을 이용해 내가 불러내고 있는 저널리스트들의 유령은 아니라 해도, 스벤스카 다그블라데트의 문학면 독자들은 아마도 이미 분명히 알고 있을 것을 이야기하겠습니다.

작가가 만들어낸 인물의 말이나 생각에서 작가의 생각을 찾는 사람은 누구나 엉뚱한 방향을 보고 있는 겁니다. 작가의 "생각"을 찾으려고 하는 것은 소설의 품질보증 지표인 풍요로운 혼합을 침해하는 것입니다.

소설가의 생각은 인물의 발언, 심지어 그들의 내적 성찰이 아니라 그가 인물을 위해 만들어낸 곤경, 그 인물들의 병치, 그들이 만드는 앙상블의 삶과 다를 바 없는 파급력에 있습니다. 뉘앙스가 있는 모든 특수성을 가진 채로 현실이 된 그들의 밀도, 실체, 살아낸 삶은 대사 작용이 이루어진 작가의 생각입니다.

작가의 생각은 전에는 그 작가의 검토 방식으로 검토된 적이 없는 현실의 어떤 측면의 선택에 있습니다. 작가의 생각은 소설에서 사건이 일어나는 과정 모든 곳에 박혀 있습니다. 작가의 생각은 정교한 패턴—상상된 것들의 별자리—에 보이지 않게 나타나 있는데, 이런 패턴이 책의 구조를 이룹니다. 그 구조를 아리스토텔레스는 간단히 "부분들의 배치" "크기와 질서의 문제"라고 불렀습니다. 소설의 생각은 소설의 도덕적 초점에 구현되어 있습니다. 소설가가 생각할 때 사용하는 도구는 그의 스타일의 꼼꼼함입니다. 여기에, 그 모든 것에, 그의 생각이 가지고 있을 수도 있는 설득력이, 얼마가 되었든 다 들어가 있습니다.

소설은 그 자체로 그의 정신세계입니다. 소설가는 인간 사고라는 커다란 톱니바퀴의 작은 톱니가 아닙니다. 상상에 바탕을 둔 문학이라는 커다란 톱니바퀴의 작은 톱니입니다. 끝.

사십오 년 뒤에[*]

『포트노이의 불평』을 사십오 년 뒤에 다시 읽고 충격을 받는 동시에 기뻤다. 내가 그렇게 무모할 수 있다는 것에 충격을 받았고, 내가 한때 그렇게 무모했다는 것을 기억하고 기뻤다. 당시 그 작업을 하는 동안에는 물론, 앞으로 내가 절대 앨릭잰더 포트노이라고 부르는 이 정신분석 환자로부터 자유로울 수 없을 것임을 알지 못했다 ─ 사실 내가 그와 정체성을 맞바꾸기 직전에 있다는 점, 또 그 결과 많은 사람의 마음속에서 그의 페르소나와 모든 용품이 내 것으로 이해되리라는 점, 또 내가 알고 알지 못하는 사람들과의 관계가 그에 따라 바뀔 것이라는 점도.

───────────

* 2014년에 씀. ─ 원주

『포트노이의 불평』은 서른한 권 가운데 네번째였다. 그것을 쓰면서 나는 오로지 내가 처음에 되려고 하던 작가로부터 벗어나기만을 바랐다. 나는 일부에서 주장하듯이 신경증 환자로서 카타르시스를, 또는 아들로서 복수를 찾은 것이 아니라 스토리텔링에 대한 전통적 접근으로부터 활기 넘치는 해방을 바랐다. 주인공은 도덕적 양심이라는 굴레를 피하려고 노력하고 있었을지 모르지만, 나는 다름 아닌 나의 독서로부터, 학교 교육에서 형성되어 나를 지배하는 문학적 양심으로부터, 대학원생과 젊은 영어 교사로서 진지하게 이끌리던 몸에 밴 산문 예법과 작문의 예의범절로부터 벗어나려 하고 있었다. 논리적 진행의 미덕이 짜증났기 때문에 이제 상상된 세계의 질서 잡힌 일관된 발전 ─ 나의 첫 세 책에서 따르던 경로 ─ 을 피하고 싶었고 고전적인 정신분석 환자가 연상적 자유의 진통을 겪으며 규범에 따라 진전하듯 나선형으로, 광적으로 나아가고 싶었다.

이런 해방적인 광기 발작이 진행되는 것을 돕기 위해 모든 용납할 수 없는 생각의 저장소인 한 남자, 속으로는 위험한 감각과 야만적 원한과 불길한 느낌에 사로잡혀 있고 욕망에 가차없이 쫓기는 서른세 살의 품위 있고 강직한 변호사를 제시했다. 그리고 거의 모든 사람에게 뿌리를 내리고 있고 각 사람이 성공 정도는 다르지만 억누르고 있는, 그의 몸의 사회화되지 않은 것에 관해 썼다. 이제 우리는 자신의 병을 관리하는 (또는 관리하지 못하는) 과제를 즉흥적으로 해나가는 정신분석 환자인 변호사 포트노이의 말을 엿듣게 된다.

포트노이는 에로틱한 욕망만큼이나 분노가 풍부하다. 하지만 누군들 그렇지 않으랴? 로버트 페이글의 『일리아스』 번역을 보라. 첫 단어가 뭔가? "격노". 이것이 유럽 문학 전체의 출발점이다. 여자친구가 돌아오기를 바라는 아킬레우스의 남성적 격노를 노래하는 것.

어떤 사람이 역겨운 책(『포트노이의 불평』을 많은 사람이 오로지 그렇게만 받아들였다)을 쓰는 것은 역겨워지려는 것이 아니라 역겨운 것을 재현하려는 것이며, 자신의 모든 수완으로 역겨운 것을 드러내려는 것이며, 그것이 어떻게 보이는지 또 정확히 무엇인지 밝히려는 것이다. 체호프는 지혜롭게도 독자와 작가 양쪽에게 문학예술가의 과제는 문제를 해결하는 것이 아니라 문제를 적절히 제시하는 것이라고 조언했다.

프로이트의 기본 규칙이 개인사에서 말할 필요가 없을 만큼 너무 작거나 천박한 것은 없고, 마찬가지로 너무 괴상하거나 거창한 것도 없다는 점임을 고려할 때, 정신분석 세션은 나에게 광기에 정당한 몫을 주는 데 어울리는 배경을 제공했다. 정신분석가의 진료실, 즉 이 책의 무대는 어떤 것도 검열할 필요가 없는 그 장소다. 규칙은 규칙이 없다는 것이며, 그것이 내가 어떤 아들이 자신의 유대인 가족을 풍자적으로 조롱하는 것을 묘사하면서 지키겠다고 서약한 규칙이다. 이 아들의 가족 가운데 가장 희극적인 조롱 대상은 결국 조롱하는 아들 자신이라는 것이 드러나는데 그는 사실 시끄러운 자기 풍자에 둘러싸여 있다. 풍자의 극사실주의 ─ 만화에 근접하는 초상화, 상스러운 것과 기이한 것에 대한 열정 — 와 결합된 풍자의 추한 공격은 물론 모든 사람의 취향에 맞지도 않으며, 포트노이의 논쟁의 조악함, 그의 욕구의 생경함, 도깨비집 오르가슴에 대한 죄책감 섞인 만족도 마찬가지다. 반면 나는 즐거움의 날개에 실려 처음 등장할 때의 그 예의바른 작가로부터 멀리 날아갔다.

　포트노이가 자신의 삶에 대해 갖고 있는 괴상한 관념은 많은 부분 규제나 억제나 금기 때문인데, 이제 에로틱한 면에서는 족쇄가 풀린 젊은이들은 미국의 가장 외딴 오지에서도 이런 것의 지배를 받지 않는다. 그러나 1940년대 전후 미국의 사춘기 — 인터넷 포르노그래피를 꿈조차 꾸지 못하던 긴 반세기 — 동안에는 이런 속박이 포트노이의 그 제한된 관할구역을 지배하고 있었고, 그는 그 안에서 방종한 성격의 불법적 현실, 즉 팽창의 광적인 완강함이나 테스토스테론의 전제적 압제와 씩씩거리며 대면하고 있었다. 지난 사십오 년간 도덕적 관점에서 일어난 급격한 변화 때문에 1969년 포트노이가 처음으로 자기 음경의 역사를 정신분석가에게 떠들어댔을 때는 그렇게 재앙처럼 보이던 육체성에 관한 소식은 우리 시대에는 대체로 뇌관이 제거되었다. 그 결과 1960년대의 격동에서 태어난 나의 부절제한 책은 이제『주홍 글자』나,『포트노이의 불평』과 같은 시기에 나온 자매품인 업다이크의『부부들Couples』— 에로스의 경계와 욕정의 특권에 관한, 한 세대의 이미 시들해지고 있던 확신에 도전할 만큼 당시에는 여전히 충격적이었던 또하나의 생식기적 소설 — 만큼이나 낡았다.

　앨릭잰더 포트노이, 평안히 안식하기를.

소설의 무자비한 내밀성[*]

1

유혹을 느끼기는 하지만 오늘 밤에는 내가 이 도시의 위퀘이크 구역에서 보낸 나의 행복한 유년에 관한, 또는 내 시절의 뉴어크라고 하는 흔해빠지고 시적이지 않은 거의 모든 것에 내가 느끼는 감정적 친화성에 관한 수많은 이야기로 여러분을 묻어버리지는 않겠습니다. 여든 먹은 사람이 예전에는 지금하고 달랐다고 아쉬워하거나, 과거에는 모든 게 달랐다는 이야기를 애처롭게도 계속 입에 달고 살아 사람들을 지루하게 하는 건 좋지 않지요.

위퀘이크 구역은 이 지점에서 버스로 이십 분 걸립니다. 내가 그걸 아는 건 1936년부터 1946년까지 챈슬러 애비뉴 초등학교

---

[*] 뉴어크 박물관에서 열린 팔순 행사 기념 연설, 2013년 3월 19일. ─ 원주

에 다닐 때 학교에서 버스를 타고 유명한 장신구 소장품을 보러 박물관에 현장학습을 오곤 했기 때문이지요. 그 장신구 가운데 많은 부분은 뉴어크에서 만든 것이었습니다.

하지만 챈슬러 애비뉴 학교 이야기, 또는 거기에 다니던 시절에는 내셔널리그에 여덟 팀, 아메리칸리그에 여덟 팀밖에 없었다거나, 배수로에서 구겨진 채 눈에 띄는 빈 담뱃갑에서 은박지를 꼼꼼하게 벗겨내는 힘든 작업을 한 뒤 그것으로 꽤 큰 은박지 공을 만들어 전쟁 물자에 쓰라고 교과서와 함께 학교에 가져갔다는 이야기도 더 하지 않겠습니다.

또 내 어린 미국인의 삶 가운데 가장 전율을 느낀 날인 1945년 8월 14일, 동반구의 양쪽 가장자리에 있는 어마어마한 두 전선에서 벌어지는 전쟁 때문에 우리 삶의 삼 년 반을 동원 국가에서 살다가 우리의 마지막 적인 일본이 항복한 날을 맞이한 이야기도 하지 않겠습니다. 또 내 어린 미국인의 삶 가운데 가장 전율을 느낀 밤인 1948년, 민주당의 트루먼이 예상 외로 공화당의 듀이를 물리친 밤 이야기도 하지 않겠습니다. 또 내 어린 미국인의 삶 가운데 가장 길고 가장 슬픈 날, 1945년 4월의 봄날, 유럽에서 나치 독일과 싸우는 전쟁이 끝나기까지 사 주도 남지 않은 날, 내가 태어나던 날부터 미합중국 대통령이던 4선의 루스벨트가 예순세 살의 나이에 갑자기 뇌일혈로 죽은 날 이야기도 하지 않겠습니다. 그날 우리 가족은 슬픔 속에서 속을 끓였습니다. 우리 나라가 슬픔 속에서 속을 끓였습니다.

1941년 12월부터 1945년 8월 사이에 미국의 아이는 단지 집에서, 동네에서, 학교에서만 살지 않았습니다. 주의력과 호기심이 있는 아이라면 전 지구적인 비극적 재앙의 에토스 안에서 살기도 했습니다. 그 비극적 성격을 담아낸 무시무시한 상징은 평범하고 작은 황금별 기로, 우리 차의 번호판 반만한 크기였는데, 이것은 작전중 전사한 아들이나 아버지나 남편을 둔 집 앞창문에 걸려 있었습니다. 그 가족의 어머니는 "황금별 어머니"라고 알려지게 되었습니다. 우리의 뉴어크 스트리트를 따라 자리잡은 아파트들 창에는 그런 기가 두 개 걸려 있었습니다. 학교 가는 길에 그 창문을 지나는 아이들 대부분에게, 그런 것을 보지 않고 학교에 가는 아이들의 가벼운 마음을 갖는 것은 어려운 일이었습니다.

당시 나는 어떤 아이가 그 애도하는 가족의 구성원으로서 뒤꿈치를 들고 그런 집으로 들어가야 하고, 저녁을 먹으며 다른 가족과 함께 흐느끼고, 밤에 괴로운 마음으로 잠자리에 들고, 매일 아침 겁에 질려 잠을 깨고, 등화관제로 내린 커튼과 그 황금별 기 뒤의 집에서 슬픔 때문에 입을 다물고, 방에는 불과 얼마 전에 여생을 빼앗긴 사랑하는 사람의 기념물과 추억이 여전히 끔찍할 만큼 너무 많다면 도대체 어떤 느낌일지 궁금했습니다. 아이였다가 유족이 되어버린 이 존재는 언제 다시 아이가 될 수 있을까? 두 번 다시 기쁨을 알지 못하는 게 어떤 것인지 궁금했습니다.

약 사십 년 뒤, 『새버스의 극장』을 쓰게 되었을 때 뉴저지주 브래들리비치에 사는, 애도하는 새버스 가족의 괴로움을 상상하며 나 스스로 답을 찾아내려 했습니다.

오늘밤에는 집에서 일 마일 정도 떨어진, 뉴어크 도서관 본관의 작은 분관인 오스본 테라스 도서관에 관한 이야기, 내가 어렸을 때 두 주에 한 번씩 책을 빌리러 간 이야기로 여러분의 인내심을 시험하지 않겠습니다. 나는 한 번에 대여섯 권씩 자전거 바구니에 책을 넣어 집으로 왔습니다. 하지만 그 이야기는 이미 했을 뿐 아니라, 사실은 아마, 여러분이 지금 생각하고 있는 것처럼, 여러 권에서 했을 겁니다. 하지만 이제는 아무도 내 자전거 바구니에 관해 들을 필요가 없습니다.

그러나 여기에서 나를 변호하기 위해 자전거 바구니처럼 일상적인 대상을 기억하는 것이 내 소명의 작지 않은 부분이라는 말을 끼워넣어야겠습니다. 소설가로서 나에게 쓸모가 있었던 거래는 바로 그런 물건 수천 개를 찾아 계속 기억 속을 뒤지고 돌아다니는 것이었습니다. 믿기 힘들지 모르지만, 지역적 구체성을 찾아다니는 취미지요. 가령 숙녀용 염소 가죽 장갑이나 정육점 닭이나 황금별 기나 해밀턴 손목시계 — 뉴저지주 엘리자베스 보석상 파파 에브리맨에 따르면 "이 나라가 생산한 가장 훌륭한 손목시계, 일급 미제 손목시계, 예외 없이"— 같은 겉으로 보기에 익숙하고 심지어 무해한 물체와 맺은 광범한 관계, 그것에 대한 매혹에 가까운 어떤 것.

이런 특수성에 대한, 자신이 속한 세계의 최면적 물질성에 대한 이런 열광이 허먼 멜빌과 그의 고래, 또 마크 트웨인과 그의 강 이래 미국의 모든 소설가가 명령받은 임무의 거의 핵심에 있는 것이라고 말하고 싶습니다. 미국적인 것 하나하나에 대하여 가장 매혹적이고 환기력이 있는 말을 통한 묘사를 발견하는 것.

물질—생물이든 무생물이든—의 강력한 재현 없이는, 현실인 것의 핵심적 재현 없이는 아무것도 없습니다. 소설의 구체성, 소설이 세속적인 모든 것에 뻔뻔스럽게 초점을 맞추는 것, 개별적인 것에 대한 열광과 일반적인 것에 대한 깊은 혐오가 소설의 생명선입니다. 개인적 삶이라는 특수한 자료의 블리자드에 대한 세심한 충실성으로부터, 비타협적인 주의력으로부터, 그 물질성으로부터 사실주의적 소설, 수많은 현실을 삼키고도 만족을 모르는 사실주의적 소설은 무자비한 내밀성을 끌어옵니다. 그리고 그 과제란, 인간성을 특수성 속에서 제시하는 것.

한 가지 덧붙여야 하는 것은 나 자신은 약 삼 년 전까지 말을 이용한 이런 임무를 명령받고 있다가 어느 화창한 아침 얼굴에 미소를 띠면서 잠을 깼다는 사실입니다. 기적적으로, 꿈속에서 그랬던 것 같은데, 내가 마침내 나의 평생에 걸친 주인, 즉 문학이라는 엄중한 긴급사태를 피하게 되었다는 점을 알게 되었기 때문입니다.

나는 그 공원, 옴스테드의 광대하고 아름다운 위퀘이크 공원, 숲이 우거지고 언덕이 많은 우리의 전원지대, 우리가 스케이트를 타던 연못, 낚시를 하던 물웅덩이, 우리가 몸을 비벼대던 응접실, 우리가 여자를 꼬시던 장소, 그러니까 포트노이의 삼촌 하이미가 차를 세워놓고 폴란드계 청소부의 시크사 딸 앨리스에게 자기 아들 헤시와 만나지 말라며 돈을 주던 곳에 관해서는 말하지 않겠습니다.

또는 흙이 덮인 운동장, 세로 백오십 야드 가로 육십 야드, 우리

집에서 서밋 애비뉴를 따라가다보면 나오는 큰 운동장에 관해서도. 1930년대에 증기 굴착기가 챈슬러 애비뉴의 언덕을 파내 그걸 만들었습니다. 다들 그곳을 그냥 "운동장"이라고 불렀는데, 이곳은 『네메시스』에서 버키 캔터가 창을 던지던 곳입니다. "창을 높이 들고 달리다 창을 든 팔을 몸 뒤쪽으로 쭉 당기고, 이어 그 팔을 앞으로 쑥 내밀며 어깨 위 높은 곳에서 창을 놓았다 ─ 뭔가 폭발하듯 창을 놓았다."

나는 그것도 끝냈습니다. 나는 나의 마지막 투창과 마지막 우표 앨범과 마지막 장갑 공장과 마지막 보석상과 마지막 젖가슴과 마지막 정육점과 마지막 가족 위기와 마지막 무의식적 배신과 아버지를 죽인 마지막 뇌종양을 묘사했습니다.

나는 여러분이 얼음낚시를 할 때 사용하는 나사송곳의 날 또는 저지쇼어에서 환희에 차 보디서핑*을 하는 소년 또는 불길로 타오르는 뉴어크, 이 도시 또는 찰스 린드버그 대통령 치하의 미합중국 또는 소련의 전체주의 장화에 짓밟히는 프라하 또는 웨스트뱅크 정착지에서 터져나오는 광신적 유대인 애국자의 장광설 또는 런던 교회에서 반유대주의적 처형 옆에 앉아 지켜보는 크리스마스 캐럴 예배 또는 테러리스트 딸을 둔 부모의 도덕적 미비 상태 또는 셰익스피어가 "악의의 송곳니"**라고 부른 것을 묘사하고 싶지 않습니다.

---

* 서프보드 없이 하는 파도타기.
** 『십이야』, 1막 5장 184행. ─ 원주

한 삽 한 삽 무덤을 어떻게 파고 다시 가장자리까지 흙을 채우는지 묘사하고 싶지 않습니다. 또다른 죽음도, 또는 인간 희극을 살아가는 일상적 기쁨이 담긴 그냥 단순한 드라마조차 묘사하고 싶지 않습니다. 파괴적인 사람들, 망쳐진 사람들, 멍든 사람들, 공격당하기 쉬운 사람들, 비난받는 사람들, 그들을 비난하는 사람들, 또는 심지어 온전하고 제정신이고 아름답게 말짱한 사람들과 용감하고 즐겁게 삶을 받아들이는 사람들도 이제는 소설로 생각해보고 싶지 않습니다.

오늘밤에는 로렐 가든의 프로 권투 시합 이야기를 하지 않겠습니다. 사람들은 토요일 오후에 루스벨트 극장의 뉴스 시간에 대체로 마지막에서 두번째 다운과 그에 이어지는 참담한 케이오로 이루어진 챔피언 결정전 소식을 보았습니다. 하지만 그런 충격이 직접 가해지는 것 ― 바로 눈앞의 야만적인 힘 ― 은 오직 뉴어크의 로렐 가든에서만 볼 수 있었습니다. 운동 경기장은 이 박물관에서 그리 멀지 않은 스프링필드 애비뉴에 자리잡고 있었습니다.

전쟁. 학교. 공원. 운동장. 박물관. 도서관. 권투. 오랜 세월에 걸쳐 그 모든 것이 나에게서, 내가 내 최선의 상태에서 작업을 할 때, 내가 다른 곳에서 "유창함이라는 그 음란한 감각"*이라고 묘사한 것을 불러일으켰습니다.

어린 시절 아버지는 특별 선물로 형과 나를 권투 시합에 데려갔습니다. 그곳은 뉴욕과 전성기의 매디슨 스퀘어 가든이 아니

---

*『샤일록 작전』에서. ― 원주

라, 전시의 뉴어크와 로렐 가든이었고, 따라서 선수들 반이 부랑자였습니다. 형과 나는 시합마다 오 센트 내기를 걸었습니다ー한 명은 흑인을 택하고 다른 한 명은 백인을 택하고, 둘 다 같은 인종이면 밝은색 트렁크 대 어두운 색 트렁크에 내기를 걸었습니다. 운이 나쁜 밤이면 그 시합 몇 판으로 내 일주일 용돈 이십오 센트를 날려버릴 수도 있었습니다.

그러나 로렐 가든에서 권투 시합이 벌어지는 밤은 열 살짜리 소년에게 숭고한 경험을 제공했습니다. 그것은 거의 영적인 현상이었습니다. 그것에 비하면 회당은 상대도 되지 않았습니다. 해롭고 남성적인 기쁨! 로렐 가든 내부에서는 공기라고 부르는 것을 한 모금만 삼켜도 질식할 수 있었습니다. 나이든 남자들이 걸걸하고 분개한 목소리로 선수들에게 욕설을 섞어 응원의 고함을 질렀는데 내 귀에는 그게 희극적이게도 음악적으로 들렸습니다. 오페라 부파를 위한 상스러운 뉴어크 리브레토라 할 만했지요.

그런데 그것 때문에 나는 선수들 가운데 반이 부랑자라는 것을 알게 되었습니다. 나 혼자서는 절대 알 수 없었을 겁니다. 하지만 관중석 위쪽에 앉은 지혜로운 남자들, 강인한 남자들, 난폭한 남자들, 불량배들ー집단적으로 죽어라 담배를 피워대고 있었습니다ー이 냄새나는 경기장 전체에 대고 그런 말을 했습니다. "이 부랑자 놈! 너 이 부랑자 놈 너!" 소년과 짜릿한 세속적인 것의 첫 만남.

1946년 재키 로빈슨은 야구 사상 첫 흑인 선수로서 브루클린

다저스 소속으로 백합처럼 하얀 빅리그로 잠입하는데 바로 그전 해에 그를 실제로 본 이야기는 하지 않겠습니다. 당시 그는 브루클린 이군 클럽인 몬트리올 로열스 소속이었습니다. 그들은 다운넥과 아이언바운드라는 환기력이 강한 두 이름*으로 널리 알려진 이곳의 노동계급 동네인 피프스워드에 있는 루퍼트 스타디움에서 우리의 트리플A 양키 마이너리그 이군 클럽과 시합을 하고 있었습니다.

평일에는 입장권 한 장에 이십오 센트로 관중은 그저 우리 꼬마들, 아직은 행복하게도 에로스에 무지한 우리 소년들뿐으로, 우리의 최고의 욕정은 야구 시합의 개인적 영웅주의만이 아니라 눈에 잘 안 띄는 세밀한 것으로도 향하고 있었습니다. 그곳에는 우리 소년들과 외야석에 여기저기 드문드문 흩어진 술꾼들뿐이었습니다. 술꾼 대부분은 아무도 귀찮게 하지 않고 여름 해를 받으며 훌쩍이고 코를 골면서 잠으로 오후를 보냈습니다.

그러나 그들 가운데 한 사람, 지금 기억이 납니다, 영감을 받은 사람이 있었습니다. 그는 매 이닝마다 흥분해서 비틀거리고 두리번거리면서 자기가 어디 있는지 파악하려 했습니다. 그러다가 시합에서 무슨 일이 벌어지든 ─ 그것은 전혀 모르고 있었지요 ─ 일어서서 흔들거리는 다리로 휘청거리다 수수께끼처럼 박수 사이사이에 소리를 질렀습니다. "사사구로 보내, 사사구로 보

---

* 'Ironbound'라는 이름은 철로와 제철소에 둘러싸여 있기 때문에 붙은 이름. 이곳을 'Down Neck'이라고도 불렀는데, 그것은 퍼세야강이 이곳을 흐르다 굽이를 이루었기 때문이다.

내─그 타자는 나쁜 사람이야!"

하지만 여러분은 물론 여기 앉아 밤새 그런 이야기를 들으려고 뉴어크까지 온 게 아닙니다. 핑키엘크라우트 교수*는 이런 것─어떤 것에 관해 이야기하지 않는다고 해놓고 수상쩍은 아이러니 효과를 위하여 그 이야기를 하는 것─을 가리키는 그리스의 수사학적 표현이 "역언법逆言法" 또는 "예변법豫辯法"이라고 했습니다. 따라서 여기에서부터는 우호적인 청중도 견디기 힘들었을 방법을 피해 덜 고전적인 접근법을 택하는 게 낫겠군요, 그게 감정을 아주 잘 위장해주지는 못한다 해도.

2

1995년에 낸 소설 『새버스의 극장』의 한 부분을 읽기 전에 이 책과 주인공에 관해 잠깐 말하겠습니다.

『새버스의 극장』은 제사題詞로 『템페스트』 5막에 나오는 늙은 프로스페로의 말을 한 줄 가져옵니다. 현존하는 어떤 진리 못지 않게 없앨 수 없는 진리─중지라는 짜증나는 법칙─가 자신의 뇌에 스며들었음을 인정하는 대목이지요.

프로스페로는 말합니다. "세 번에 한 번은 나의 무덤을 생각할 것이다."

---

* 알랭 핑키엘크라우트(1949년생)는 프랑스 철학자이자 지식인으로 그의 로스 인터뷰는 이 책에 실려 있으며, 그는 또 로스의 팔순 행사의 연사이기도 했다. ─원주

그 책에 '죽음과 죽어가는 기술'이라는 제목을 붙일 수도 있었을 것입니다. 이것은 신경쇠약이 만연하고 자살이 만연하고 증오가 만연하고 욕정이 만연한 책입니다. 불복종이 만연합니다. 죽음이 만연합니다.

미키 새버스는 우리 보통 사람들과는 달리 죽음에 등을 돌린 채 살지 않습니다. 프란츠 카프카는 "삶의 의미는 그것이 멈춘다는 것이다"* 하고 썼는데 아무도 새버스만큼 카프카의 판단에 기꺼이 동의하지 못할 겁니다.

죽은 자와 만나는 것, 그들과 재결합하는 것은 새버스의 마음에서 결코 멀리 있지 않습니다. 그가 죽은 자들 — 자신의 죽은 자들 — 과 가까워질수록 괴로운 느낌의 온천은 강하게 물을 뿜고 그는 그의 인생이라는 난폭하고 적대적인 공연에서 더 멀어집니다. 이 책은 죽은 자들과 함께 그 자신의 아물지 않는 상처로 들어가는 가혹한 여행입니다.

그의 책은 죽음에 사로잡혀 있습니다 — 타인의 죽음에 대한 새버스의 큰 애도와 자신의 죽음에 대한 큰 즐거움이 있습니다. 기뻐서 깡충거리는 것이 있고, 또 절망으로 깡충거리는 것이 있습니다. 새버스는 숭배하던 형이 제2차세계대전에서 전사하자 삶을 불신하게 됩니다. 새버스가 살아가는 방식을 결정하는 것이 형 모티의 죽음입니다. 모티의 죽음이 애도의 황금 기준이 됩니다.

---

* 카프카 자신이 아니라, 카프카의 경구 "새장이 새를 찾아 나섰다"를 논의한 미국 작가 레너드 마이클스(1933~2003)의 에세이 「읽을 수 있는 죽음Legible Death」에 나온다.

새버스는 죽음의 충격을 겪으면서 아주 때 이르게 우연성에서 태어나는 위기로부터 배움을 얻습니다. 열다섯 살 나이에 삶에 핵심적인 모든 것이 눈 깜빡할 사이에 사라지면서 상상도 할 수 없는 것들이 섬뜩한 현실이 되자 완전히 변해버립니다.

이 소설에서 주검은 살아 있는 자들이 삶을 통과하며 춤을 추는 무도장 바닥 밑에 감추어지지 않습니다. 여기에서는 주검도 춤을 추게 됩니다. 어떤 죽음도 묘사되지 않고 지나가는 일이 없고, 상실 또한 마찬가지입니다. 여기에 들어오는 모두가, 모두가 죽음과 결혼하며 아무도 애도를 피하지 못합니다. 상실, 죽음, 죽어감, 부패, 애도 ─ 그리고 웃음이 있습니다! 걷잡을 수 없는 웃음! 죽음에 추적을 당하고 도처에서 웃음이 따라옵니다.

이 새버스는 햄릿과 같은 장난꾸러기로, 햄릿이 농담을 하여 비극 장르에 윙크를 하듯이 새버스는 자살을 계획하여 희극 장르에 윙크를 합니다.

하지만 사랑이 크고 상실이 현실인 ─ 그의 형, 어머니, 아버지, 그리고 임종을 맞아 무자비하게 쇠약해지는 동안 그가 밤마다 찾아가는 드렌카, 즉 그의 정부의 경우처럼 ─ 곳, 이곳에서는 속임수가 사라집니다. 그러자 새버스조차, 덩치가 크고 교활하고 무례하고 관절염에 시달리고 패배하고 용서받을 수 없는 미키 새버스조차, 비록 혐오스럽고 미치광이처럼 옷을 입기는 했지만, 위엄 있는 도덕적 정서와 공동체의 일치라는 찬양할 만한 이데올로기에 동의하지 않기 때문에 가벼움에서 무거움으로, 역겨움에서 우울로, 광증에서 익살로 계속 내던져져 적의를 굽는 가마가 됩니다. 이 새버스는 결함 있는 수많은 인간과 마찬가지로 자기 자신으로부터 자유롭게 떨어져나올 수 없기 때문에 극단적인 불행에 떠밀려갑니다.

새버스가 분명히 보여주는 그런 깊이는 그의 극단성에 놓여 있습니다. 임상적으로는 "양극성"이라는 말로 표현되는 것은 새버스가 휘두르는 것과 비교하면 보잘것없습니다. 그보다는 오히려 극단성이 여럿 모인 강렬함, 극단성 위에 극단성이 부끄러운 줄 모르고 쌓여 배우들의 극단이 아니라 이 하나의 존재, 한 명으로 이루어진 극단을 이루는 것을 상상해보십시오.

그다음에 나온 나의 소설 『미국의 목가』의 스위드 레보브와 달리 새버스는 절대 외적으로 완벽한 인간이 아닙니다. 그라는 인간은 오히려 인간 이하인 인간의 본능적 교란을 보여줍니다. 관리 불가능한 인간, 무죄가 될 수 없는 인간입니다—대처하기 힘든 인간이라고 하는 게 낫겠군요. "치료하기 어렵다"는 의미에서 대처하기 힘들고, "높은 온도를 견딜 수 있다"는 의미에서 대처하기 힘듭니다. 병으로서 대처하기 힘든 것이 아니라 그 인간의 위치에 대처하기 힘든 겁니다. 대처하기 힘든 인간은 가담하지 않으려는 인간이니까요.

그의 대처가 힘든 생활방식—어떤 것도 감추지 못하고 감추려 하지 않고, 격분하고 풍자하는 본성으로 모든 것을 조롱하고, 신중과 취향의 한계를 넘어서 살고, 품위에 저항하여 신성모독을 하고—이런 대처하기 힘든 생활방식은 어떤 것도 약속을 지키지 않고 모든 것이 소멸할 수 있는 장소에 대한 새버스의 독특한 반응입니다. 변함없는 다툼의 삶이야말로 그가 아는, 죽음에 가장 잘 대비하는 방법이지요. 그는 자신의 양립 불가능성에서 자신의 진실을 찾습니다.

3

내가 책 서른한 권을 마무리하는 데 충분한 시간과 충분한 건강을 관대하게 부여받은 것을 기념하여 내가 쓴 어느 페이지 못지않게 좋아하는 몇 페이지를 읽고 싶습니다. 사실 글쓰기와 반세기 넘게 씨름을 하고 최근에 마무리를 했지만 내가 쓴 모든 페이지를 다 좋아하는 것은 결코 아닙니다.

이 몇 페이지에서 새버스는 혼자 저지 쇼어의 공동묘지에 가 할아버지, 아버지, 또 1944년 12월 13일 일본이 점령한 필리핀 제도 상공에서 일상적인 폭탄 투하 임무를 나섰다가 쌍발 B-25J가 격추당하는 바람에 죽은 형 모티의 무덤을 찾아다닙니다. 오십 년이 지났지만 이제 예순네 살이 된 미키 새버스는 여전히 대체 불가능한 형을 찾고 있습니다. 상실이 그의 세계를 지배합니다. 『새버스의 극장』의 363페이지 하단부터 370페이지 중반까지입니다.

오래된 무덤들, 최초의 해안의 유대인들이 초기에 만든 매장지에 이르자, 그는 진행중인 장례식에서 한참 떨어져 물길을 따라 움직였으며, 작고 빨간 집을 지나갈 때는 경비견들로부터 완전히 벗어나 조심해서 항해했다. 이 개들은 일반적인 예의를 아직 배우지 못했으며, 하물며 유대인 묘지에서 통용되는 오랜 금기는 말할 것도 없었다. 유대인을 개가 지켜준다? 역사적으로 완전히, 완전히 틀렸다. 그의 대안은 배틀마운틴에서 드렌카에게 최대한 가까이 다가가 묻히는 것이었다. 이것은 오늘보다 훨씬 전에 떠오른 생각이었다. 하지만 그 위에서는 누구와 이야기를 한다? 그는 지금까지 그가 만족할 만큼 빠르게 말할 수 있는 이방인goy을 만난 적이 없었다. 그런데 그곳에서는 일반적인 경우보다 더 느려질 것이었다. 차라리 개가 주는 모욕을 감당해야 할 것이다. 어떤 묘지도 완벽하지는 않을 것이다.

조부모의 묘지를 찾으려고 가랑비를 맞으며 십 분 동안 어슬렁거린 뒤에 그는 위아래로 빈틈없이 다니면서 모든 줄의 한쪽 끝에서 다른 쪽 끝까지 묘석을 다 읽지 않으면 클라라와 모디카이 새버스의 무덤을 찾기를 바랄 수 없다는 것을 알았다. 받침돌은 보지 않아도 되지만 — 대부분 "안식하고 있다"고 적혀 있었다 — 수백 개의 묘석이 그의 집중을 요구했으며, 그는 거기에 완전히 몰입했기 때문에 그의 내부에는 이 이름들 외에 아무것도 없는 듯했다. 이 사람들이 그를 얼마나 싫어했을 것이며 그들 가운데 얼마나 많은 수가 그를 경멸했을까, 그는 그런 생각을 어깨를 으쓱하며 떨쳐버릴 수밖에 없었고, 살았을 때의 그 사람들을 잊을 수밖에 없었다. 죽으면 더는 감당 못할 사람이 아니기 때문에. 나에게도 해당된다. 그는 죽은 자들을 들이마셔야 했다, 찌끼까지 모두.

우리의 사랑하는 어머니 미니. 우리의 사랑하는 남편이자 아
버지 시드니. 사랑하는 어머니이자 할머니 프리다. 사랑하는 남
편이자 아버지 제이컵. 사랑하는 남편이자 아버지이자 할아버
지 새뮤얼. 사랑하는 남편이자 아버지 조지프. 사랑하는 어머니
세라. 사랑하는 아내 리베카. 사랑하는 남편이자 아버지 벤저민.
사랑하는 어머니이자 할머니 테사. 사랑하는 어머니이자 할머
니 소피. 사랑하는 어머니 버사. 사랑하는 남편 하이먼. 사랑하
는 남편 모리스. 사랑하는 아내이자 어머니 리베카. 사랑하는 딸
이자 누이 해나 세라. 우리의 소중한 아버지 마커스. 계속 그렇
게 그렇게.

사랑하는 누구도 살아서 나오지 않는다. 우리의 아들이자 형
제 네이선. 우리의 소중한 아버지 에드워드. 남편이자 아버지 루
이스를 기억하며. 나의 묘석에는, 사랑하는 뭐? 그냥 바로 그렇
게, '사랑하는 뭐'. 데이비드 슈워츠, 조국을 위해 복무하다 죽은
사랑하는 아들이자 형제 1894~1918. 거티를 기억하며, 진실한
아내이자 충실한 친구. 우리의 아들, 열아홉 살, 1903~1922. 무
명, 그냥 "우리 아들".

그리고 나타난다. 새버스. 클라라 새버스 1872~1941. 모디카
이 새버스 1871~1923. 저기 그들이 있다. 소박한 묘석. 그 위에
조약돌 하나. 누가 찾아왔을까? 모트, 할머니한테 왔다 갔어? 아
빠가? 누가 상관할까? 누가 남았을까? 저 안에 뭐가 있을까? 상

자는 저 안에 있지도 않다. 당신은 완고했다고 합니다, 모디카이, 성질 나쁘고 우스개를 무척 좋아하고…… 하지만 당신조차도 이런 우스개는 할 수 없을 거예요. 아무도 할 수 없을 거예요. 이보다 괜찮은 우스개는 도저히 찾을 수 없지요. 그리고 할머니. 당신의 이름, 동시에 당신 직업의 이름. 사무적인 사람. 당신의 모든 것 — 당신의 키, 그 드레스, 당신의 침묵 — 이 말해주었지요. "나는 없어서는 안 될 사람이 아니다."

아무런 반박이 없고, 아무런 유혹이 없고, 옥수숫대에 붙은 옥수수알을 터무니없이 좋아하기는 했지만. 어머니는 당신이 그걸 먹는 걸 보기 싫어했어요. 어머니에게는 그게 여름의 최악의 일이었습니다. 그것을 보면 어머니는 "욕지기"가 나왔죠. 나는 그걸 아주 보기 좋아했고요. 그것만 빼면 당신 둘은 잘 지냈습니다. 아마도 조용조용히 지내고, 어머니가 일을 자기 식대로 하게 내버려두는 것이 열쇠였겠죠. 모디카이 할아버지의 이름을 물려받은 모티를 노골적으로 편애했지만, 누가 당신을 탓할수 있을까요? 당신은 모든 것이 박살나는 것을 살아서 보지 않아도 되었습니다. 운이 좋았지요. 당신한테 대단한 건 없었지만, 할머니, 그렇다고 하잘것없는 것도 없었습니다. 그냥 할머니 그대로 받아들일게요. 굴하지 않았던 착하고 상냥한 영혼. 인생은 당신을 훨씬 나쁘게 칠해놓을 수도 있었을 거예요. 작은 타운 미큘리스에서 태어나, 피트킨 메모리얼 병원에서 죽었지요.

내가 뭐든 빼먹은 게 있을까요? 있네요. 당신은 모티와 내가 파도를 쫓다가 밤에 집에 오면 우리를 위해 생선을 다듬어주는 것을 아주 좋아했지요. 대부분 우리는 맨손으로 집에 돌아왔지만, 가끔 큰 전갱이를 두어 마리 물통에 담아 해변에서 집으로 걸어올 때의 승리감이란! 당신은 주방에서 그걸 다듬곤 했어요. 필릿 나이프를 정확하게 벌어진 곳에, 아마도 항문에 집어넣고 쭉 찢으며 올라가 아가미 바로 뒤에 이르렀고, 그런 다음 (나는 이 부분을 지켜보기를 좋아했죠) 그냥 손을 쑥 집어넣어 모든 좋은 걸 움켜쥐고 내버렸습니다. 그러고 나서 비늘을 벗겼지요. 비늘의 결을 거슬러서 작업을 하면서도, 어떻게 했는지 비늘이 사방에 튀는 일은 없었습니다. 내가 그걸 다듬는 데는 십오 분, 그리고 나중에 주변을 정리하는 데는 삼십 분이 걸렸어요. 당신은 그 모든 일에 십 분이 걸렸죠. 엄마는 심지어 당신이 그것을 조리하는 것도 허락했습니다. 머리와 꼬리는 절대 잘라내지 않았죠. 통째로 구웠어요. 구운 전갱이, 옥수수, 날토마토, 커다란 저지 토마토. 할머니가 차리는 상. 그래요,

그래요, 어스름녘에 모트와 함께 해변에 내려가는 건 썩 괜찮은 일이었죠. 다른 남자들과 이야기를 하곤 했어요. 유년과 그 멋진 표지들. 여덟 살 무렵부터 열세 살까지, 우리가 갖고 있는 근본적인 부력 조절장치. 맞거나 안 맞거나 둘 중의 하나죠. 내 것은 맞았어요. 원래의 부력 조절장치, 감정이 도대체 무엇인지 우리가 배우고 있을 때 가까이 있는 사람들에게 갖는 애착. 최종적으로—그냥 내처 달려서 여기에서 벗어나는 대신—어떤 높은 지점, 어떤 인간적인 높은 지점을 생각할 수 있다니 좋은 일이네요.

이웃의 남자나 그의 아들들과 어울리고. 마당에서 만나 이야기를 하고. 해변에 내려가 모트와 낚시를 하고. 풍요로운 시간들. 모티는 다른 남자들과, 어부들과 이야기를 하곤 했어요. 아주 편하게 그렇게 했죠. 나에게는 그가 하는 모든 일이 아주 권위 있게 느껴졌어요. 갈색 바지에 흰색 반소매 셔츠를 입고 늘 입에 시가를 물고 있는 한 남자는 우리한테 고기 잡는 것에는 염병할 관심도 없다고 말했어요(그것은 다행인 것이, 그는 강남상어 외에는 거의 낚아올리지 못했거든요)—그 사람은 아이들인 우리에게 말했어요. "낚시의 주된 즐거움은 집에서 벗어나는 거지. 여자들한테서 멀어지는 거야."

우리는 언제나 웃음을 터뜨렸지만, 모티와 나에게는 물고기가 무는 것이 짜릿했어요. 전갱이가 걸리면 대박이죠. 낚싯대가 손에서 갑자기 휘청 휘어져요. 모든 게 갑자기 휘청 휘어져요. 모티는 내 낚시 선생이었어요. "농어는 미끼를 물면 그대로 전진해. 줄을 풀어주지 않으면 끊어져. 따라서 그냥 가게 놔둘 수밖에 없어. 전갱이는 물고 나면 그냥 감아들일 수 있지만, 농어는 안 돼. 전갱이는 크고 강인하지만 농어는 싸우려고 해." 복어를 미늘에서 빼내는 것은 모트를 제외한 모두에게 골칫거리였어요—모티에게는 등뼈와 아가미가 문제가 되지 않았죠. 잡는 게 별로 재미없었던 또하나는 가오리였어요. 내가 여덟 살 때 어쩌다 병원에 처박히게 되었는지 기억나요, 할머니? 방파제에 나가 엄청나게 큰 가오리를 잡았는데 그게 날 무는 바람에 그냥 정신을 잃었어요. 아름답고, 파동을 치듯이 헤엄치지만 육식을

하는 개자식이고, 그 날카로운 이빨로 아주 야비하게 굴어요. 불
길하죠. 납작한 상어처럼 보여요. 모티는 소리를 질러 도움을 청
해야 했고, 한 남자가 와서 나를 자기 차로 안고 가 피트킨으로
달려갔어요.

우리가 낚시를 하러 나갈 때마다 당신은 어서 우리가 돌아와
잡은 것을 손질해줄 수 있길 바라는 마음이었죠. 은빛 고기를
잡곤 했어요. 무게가 1파운드도 나가지 않았죠. 당신은 팬 하나
에 그놈 너덧 마리를 튀기곤 했어요. 뼈가 많았지만 훌륭했습니
다. 당신이 은빛 고기를 먹는 모습을 구경하는 것도 아주 재미
있는 일이었어요, 어머니를 제외한 모두에게. 우리가 또 당신이
손질할 걸 뭘 들고 갔더라? 가자미, 넙치, 샤크강 어귀에서 낚시
를 할 때는. 민어. 그 정도였던 듯하네요.

모티가 육군 항공대에 입대할 때는, 떠나기 전날 밤에 함께
낚싯대를 들고 해변에 한 시간 동안 나가 있었어요. 어린아이이
니 장비를 제대로 갖추는 일은 결코 없었죠. 그냥 낚았어요. 낚
싯대, 미늘, 봉돌, 줄, 가끔은 가짜 미끼, 대부분은 미끼, 주로 오
징어. 그뿐이었어요. 매우 튼튼한 낚싯대. 커다란 미늘. 낚싯대
를 닦는 법은 없었죠. 여름에 한 번 물만 좀 끼얹어줬어요. 같은
장비를 내내 사용해요. 바닥에 있는 걸 낚고 싶으면 봉돌과 미
끼만 바꿔줘요.

우리는 낚시를 하러 한 시간 동안 해변에 내려가 있었어요.
모티가 다음날 전쟁에 나가기 때문에 집안의 모두가 울고 있
었죠. 당신은 이미 여기 있었어요. 이미 사라지고 없었어요. 그

러니 무슨 일이 있었는지 이야기해드리죠. 1942년 10월 10일. 모티는 9월 내내 어디를 가지를 않았어요. 내가 바르미츠바*를 받는 것을 보고 싶고, 그 자리에 함께 있고 싶었던 거예요. 10월 11일에 모티는 퍼스앰보이로 가서 입대했어요.

방파제와 해변에서 마지막 낚시. 그런데, 10월 말이면 물고기는 사라져요. 나는 모티에게 묻곤 했어요—그가 처음 방파제에서 민물낚시를 위해 만든 작은 낚싯대와 릴로 내게 낚시를 가르쳐주고 있을 때—"고기는 다 어디로 가는 거야?" "아무도 모르지." 모티가 말했어요. "고기가 어디로 가는지는 아무도 몰라. 일단 바다로 나가면, 어디로 가는지 누가 알겠어? 무슨 생각을 하는 거야, 사람들이 고기를 따라 돌아다니기라도 할까봐? 그게 낚시의 수수께끼야. 고기가 어디에 있는지 아무도 모른다는 거."

우리는 그날 저녁 거리 끝까지 가서 층계를 내려가 해변으로 나섰어요. 막 어둑어둑해질 시간이었죠. 모티는 제물낚시 이전 시절이었는데도 낚싯줄을 백오십 피트나 던질 수 있었어요. 덮개가 없는 릴을 썼죠. 실꾸릿대에 손잡이만 달려 있었어요. 당시에는 낚싯대가 훨씬 뻣뻣했죠. 훨씬 엉성한 릴과 뻣뻣한 낚싯대. 아이에게는 그걸 던지는 게 고문이었어요. 처음에 나는 늘 줄이 엉켰어요. 줄을 펴느라 시간을 다 썼죠. 하지만 결국에는 익혔어요. 모티는 나와 함께 낚시 나가는 게 그리울 거라고 말했

---

* 유대교 남자아이가 열세 살에 치르는 성인식.

어요. 모티는 가족이 주위에서 바쁘게 움직이지 않는 곳에서 나와 오래오래 이야기를 하러 나를 데리고 해변으로 가곤 했어요.

"여기 나와 서 있으면, 바닷바람, 고요, 파돗소리, 모래밭의 발가락, 이제 곧 미끼를 물 모든 게 저기 가득하다는 생각. 어떤 짜릿한 것이 저 밖에 있다는 생각. 그게 뭔지는 몰라도, 그게 얼마나 큰지는 몰라도. 심지어 그것을 보게 될 것인지조차 몰라도." 사실 모티는 그걸 본 적이 없어요. 물론 우리가 나이가 더 들었을 때 생기는 것도 없었고요. 이런 단순한 것들에 자신을 열어젖히는 것을 조롱하는 어떤 것, 형체가 없지만 압도적인 것, 아마도 두려움인 것. 없었어요, 그 대신 죽임을 당했지요.

그게 새로운 소식이에요, 할머니. 형과 함께 어스름에 해변에 내려가 서 있는 것에서 느끼는 같은 세대 아이들끼리의 커다란 흥분. 둘은 같은 방에서 자고, 둘은 아주 가까워지죠. 모티는 어디나 나를 데리고 갔어요. 모티가 열두 살쯤 되던 어느 여름에는 집집마다 돌아다니며 바나나를 파는 일을 하게 됐어요. 벨마에 바나나만 파는 남자가 있었는데, 그 사람이 모티를 고용했고 모티가 나를 고용한 거예요. 그 일은 거리를 따라 돌아다니며 "바나나요, 한 송이에 이십오 센트!" 하고 외치는 거였죠. 얼마나 멋진 일자리였는지. 지금도 가끔 그 일이 꿈에 나와요. "바나나요!" 하고 소리를 지르는 걸로 돈을 받다니!

목요일과 금요일에 학교가 파하면 모티는 코셔 정육점을 하던 펠드먼 씨에게 가서 닭털을 뽑았어요. 레이크우드 출신의 농부가 펠드먼을 찾아가 닭을 팔았죠. 모티는 나를 데려가 일을 돕게 하곤 했어요. 나는 최악인 부분이 가장 마음에 들었어요. 이가 옮는 것을 막으려고 두 팔 맨 위까지 바셀린을 바르던 일. 그렇게 하면 나는 비록 여덟인가 아홉 살이었지만, 그 끔찍하고 좃같은 이를 두려워하지 않는, 모트처럼 그런 것쯤은 완전히 경멸하면서 그저 묵묵히 닭털이나 뽑는 작은 거물이 된 것 같은 느낌이 들었거든요.

그리고 모트는 나를 시리아계 유대인들로부터 보호해주기도 했어요. 아이들은 여름이면 마이크 앤드 루 앞의 보도에서 춤을 추곤 했어요. 주크박스 음악에 맞추어 추는 지터버그. 당신이 그것을 본 적이 있을지 의심스럽네요. 어느 여름 모티는 마이크 앤드 루에서 일을 하면서 집에 앞치마를 가져왔고 그러면 엄마는 다음날 밤에 쓸 수 있게 그것을 빨아주었어요. 앞치마는 겨자 때문에 노란색, 조미료 때문에 빨간색 물이 들곤 했죠. 겨자는 모티가 밤에 우리 방에 들어오면 모티와 함께 곧장 우리 방으로 들어왔어요. 겨자, 사우어크라우트, 핫도그 냄새가 났어요. 마이크 앤드 루의 핫도그. 그릴에 구운 것.

시리아 사내들은 마이크 앤드 루 앞의 보도에서 춤을 추곤 했어요. 뱃사람들처럼 혼자 춤을 추곤 했죠. 그들에게는 그들 나름의 다마스쿠스 맘보라는 것이 있었는데, 스텝이 아주 폭발적이었어요. 그들은 모두 친척 관계여서 배타적이었고, 피부가 아주 거무스름했죠. 우리 카드놀이에 끼는 시리아 아이들은 사납게 블랙잭을 했어요. 당시 그쪽 아이들의 아버지들은 단추, 실, 직물 관련 일에 종사하고 있었어요. 아빠 친구들, 넵튠에서 의자

속을 넣고 천을 씌우는 일을 하던 사람들이 금요일 밤 우리 주방에서 포커를 치면서 그 사람들 이야기를 하는 것이 귀에 들리곤 했어요. "돈이 그 사람들 신이야. 세상에서 함께 일하기 가장 어려운 사람들이지. 눈을 떼자마자 속여."

이 시리아 아이들 가운데 일부가 몇 가지 인상을 남겼죠. 그 애들 중 하나, 긴디 형제들 가운데 하나는 다가와서 아무런 이유 없이 주먹을 날렸어요. 다가와서 죽이고 그냥 바라보다가 걸어가버리는 거죠. 나는 그 아이의 누이에게 최면에 걸리곤 했어요. 열두 살 때였어요. 여자아이와 나는 한 반이었죠. 자그마하고 털이 많고 몸집이 소화전 같은 아이. 아주 커다란 눈썹. 나는 그 아이의 거무스름한 피부를 마음에서 떨칠 수가 없었어요. 그 여자애는 자기 오빠한테 내가 한 어떤 이야기를 전했고, 그래서 한번은 그애가 나를 괴롭히기 시작했어요. 나는 그 아이가 죽어라 무서웠어요. 애초에 여자아이에게 무슨 말을 하기는커녕, 보지도 말았어야 했는데. 하지만 그 거무스름한 피부에 나는 흥분했어요. 늘 그랬죠.

남자아이는 마이크 앤드 루 바로 앞에서 나를 괴롭히기 시작했고, 그러자 모티가 겨자가 묻은 앞치마를 두르고 밖으로 나와 긴디에게 말했어요. "그애 건드리지 마." 그러니까 긴디가 말했어요. "내가 네가 시키는 대로 해야 돼?" 그러자 모티가 말했어요. "당연하지." 그러니까 긴디가 한 방을 날려 모티의 코피를 왕창 터뜨렸고요. 기억나요? 아이작 긴디. 나는 그 아이의 나르시시즘의 형태에는 한 번도 매혹된 적이 없었어요. 열여섯 바

늘. 그 시리아인들은 다른 시간대에 살았어요. 늘 자기들끼리 수
군거렸죠. 하지만 나는 열두 살이었고, 바지 속에서 여러 가지가
반향을 일으키기 시작했는데, 긴디의 털 많은 누이에게서 눈을
뗄 수가 없었던 거예요. 소냐가 그 아이 이름이었어요. 내 기억
에 소냐에게는 오빠가 하나 더 있었는데, 이름이 모리스였고, 그
도 인간이 아니었죠.

　하지만 전쟁이 벌어졌어요. 나는 열세 살, 모티는 열여덟 살
이었어요. 이 아이는 평생 한 번도 멀리 떠나본 적이 없었어요,
아마 육상대회 말고는. 몬머스 카운티 밖으로 나가본 적이 없었
죠. 평생 매일 집으로 돌아왔어요. 끝이 없는 상태가 매일 갱신
되었던 셈이죠. 그러다 다음날 아침에 죽으러 떠나게 된 거예
요. 하지만, 죽음이야말로 단연 끝이 없는 상태네요, 그렇지 않
아요? 할머니도 동의하지 않나요? 자, 이게 무슨 가치가 있는 이
야기인지 모르지만, 더 나아가기 전에 한마디. 나는 옥수숫대
에 달린 알들을 먹을 때마다 어김없이 당신의 게걸스러운 광기
와 당신의 의치와 이것이 나의 어머니에게 불러일으킨 역겨움
을 즐겁게 떠올리곤 했어요. 그것은 나에게 시어머니와 며느리
이상의 것에 관해 가르쳐주었어요. 그것은 나에게 모든 것을 가
르쳐주었죠. 이 모범적인 할머니, 어머니는 당신을 거리에 내다
버리지 않으려고 할 수 있는 모든 일을 했어요. 나의 어머니가
쌀쌀맞은 것은 아니었어요—그건 당신도 알아요. 하지만 한 사
람에게 행복을 주는 것이 다른 사람에게는 혐오를 주기도 하죠.
이 상호작용, 우스꽝스러운 상호작용, 이것만으로도 모든 사람

을 빠짐없이 죽일 수 있죠.

사랑하는 아내이자 어머니 패니. 사랑하는 아내이자 어머니 해나. 사랑하는 남편이자 아버지 잭. 그렇게 계속된다. 그들에게 더할 나위 없이 가까웠던 이름들. 결코 기억하려 애쓸 필요가 없는 이름들. 우리의 사랑하는 어머니 로즈. 우리의 사랑하는 아버지 해리. 우리의 사랑하는 남편, 아버지, 할아버지 마이어. 사람들. 모든 사람들.

또 한 사람의 헌신적인 아내, 어머니, 할머니 리 골드먼이 막 그녀의 가족 가운데 한 사람, 아직 신원이 확인되지 않은 사랑하는 사람과 결합하기 위해 땅을 다시 팠다가 덮은 곳에서 새 버스는 어머니, 아버지, 모티의 돌 위에 올려놓을 조약돌들을 찾았다.

내가 여기 왔어요.

지은이 **필립 로스**

1998년『미국의 목가』로 퓰리처상을 수상했다. 그해 백악관에서 수여하는 국가예술훈장을 받았고, 2002년에는 미국 문학예술아카데미 최고 권위의 상인 골드 메달을 받았다. 전미도서상과 전미비평가협회상을 각각 두 번, 펜/포크너상을 세 번, 영국 WH 스미스 문학상을 두 번 수상했다. 2005년에는『미국을 노린 음모』로 미국 역사가협회상을 받았으며, 2011년 백악관 국가인문학훈장과 인터내셔널 맨부커상을, 2012년 스페인 아스투리아스 왕세자 상과 2013년 프랑스 코망되르 레지옹 도뇌르 훈장을 받았다. 2018년 세상을 떠났다.

옮긴이 **정영목**

번역가로 활동하며 현재 이화여대 통역번역대학원 교수로 재직중이다. 지은 책으로『완전한 번역에서 완전한 언어로』『소설이 국경을 건너는 방법』, 옮긴 책으로『로드』『제5도살장』『바르도의 링컨』『호밀밭의 파수꾼』『에브리맨』『울분』『포트노이의 불평』『미국의 목가』『굿바이, 콜럼버스』『새버스의 극장』『아버지의 유산』『사실들』등이 있다. 『로드』로 제3회 유영번역상을, 『유럽문화사』로 제53회 한국출판 문화상(번역 부문)을 수상했다.

문학동네 세계문학

왜 쓰는가

1판 1쇄 2023년 5월 22일 ｜ 1판 2쇄 2023년 6월 23일

지은이 필립 로스 ｜ 옮긴이 정영목
책임편집 김영수 ｜ 편집 홍유진 강윤정
디자인 강혜림 ｜ 저작권 박지영 형소진 최은진 서연주 오서영
마케팅 정민호 김도윤 한민아 이민경 안남영 김수현 왕지경 황승현 김혜원 김하연
브랜딩 함유지 함근아 고보미 박민재 김희숙 정승민 배진성
제작 강신은 김동욱 임현식 ｜ 제작처 천광인쇄사(인쇄) 경일제책사(제본)

펴낸곳 (주)문학동네 ｜ 펴낸이 김소영
출판등록 1993년 10월 22일 제2003-000045호
주소 10881 경기도 파주시 회동길 210
전자우편 editor@munhak.com ｜ 대표전화 031) 955-8888 ｜ 팩스 031) 955-8855
문의전화 031) 955-3576(마케팅), 031) 955-2679(편집)
문학동네카페 http://cafe.naver.com/mhdn
인스타그램 @munhakdongne ｜ 트위터 @munhakdongne
북클럽문학동네 http://bookclubmunhak.com

ISBN 978-89-546-9248-9 03840

잘못된 책은 구입하신 서점에서 교환해드립니다.
기타 교환 문의 031) 955-2661, 3580

www.munhak.com

미국 현대문학의 거장 필립 로스

에브리맨 • 정영목 옮김

제게『에브리맨』은 올 최고의 소설이 될 것 같습니다. 이처럼 읽는 이를 뒤흔들 수 있는 소설은 만나기 쉬운 게 아니니까요. 이동진(영화평론가)

울분 • 정영목 옮김

청춘의 격정으로 불탈 만큼 여전히 분노하고 동시에 그 격정이 스스로를 파멸시킬 수 있음을 이해할 만큼 충분히 현명한 작가로부터 나오는 폭발을 볼 수 있는 소설. 워싱턴 포스트

포트노이의 불평 • 정영목 옮김

이 작품을 즐기면서 조금도 죄책감을 느끼지 말기를.『호밀밭의 파수꾼』이래 이런 기쁨을 주는 미국 소설은 처음이다. 뉴욕 타임스

위대한 미국 소설 • 김한영 옮김

비극과 희극, 조롱과 풍자, 우화와 익살, 광기와 증오, 수치와 신념…… 필립 로스의 야구는 위대한 문학이다. 치명적인 허구다. 살아남은 진실이다. 서효인(시인)

죽어가는 짐승 • 정영목 옮김

시간의 흐름과 자유의 의미에 대한 맹렬하고 탄탄한, 때때로 짐승 같은 고찰. 데일리 텔레그래프

네메시스 • 정영목 옮김

죽은 자들의 무덤에까지 가닿는, 문학과 인생에 대한 마스터클래스. 가디언

전락 • 박범수 옮김

품위 있다. 무자비하다. 직설적이고 절박하며 절제된 문장으로 그려내는 열에 달뜬 꿈같은 이야기. 로스는 거장이다. 로스앤젤레스 타임스

굿바이, 콜럼버스 • 정영목 옮김

필립 로스가 계속 단편소설만 썼다 해도 그는 여전히 우리 시대 최고의 작가가 되었을 것이다. 그의 데뷔작이자 유일한 소설집인『굿바이, 콜럼버스』는 그만큼 훌륭하다. 래리 다크(편집자)

새버스의 극장 • 정영목 옮김

필립 로스의 작품 가운데 가장 풍부하고 심오하다. 웃기고 심오하며, 글쓰기로 표현할 수 있는 강렬함의 극치를 보여준다. 뉴욕 타임스